*Dello stesso autore in* BUR
Rizzoli

Le affinità elettive
Il divano occidentale-orientale
I dolori del giovane Werther
Faust
Massime e riflessioni
La missione teatrale di Wilhelm Meister

# Johann Wolfgang Goethe

## VIAGGIO IN ITALIA
### 1786-1788

Introduzione e commento di Lorenza Rega
Traduzione di Eugenio Zaniboni

*Nov. 2nd 2024*

*To my special and dear friend Nilov, just a small gift to remind that friendship lasts during the years and throughout continents. Italy and Solomeo, will always be your casa. Tanti auguri di buon compleanno. Il tuo amico,*

BUR classici
Rizzoli

Pubblicato per

da Mondadori Libri S.p.A.
Proprietà letteraria riservata
© 1991 RCS Rizzoli Libri S.p.A., Milano
© 1994 R.C.S. Libri & Grandi Opere S.p.A., Milano
© 1997 RCS Libri S.p.A., Milano
© 2016 Rizzoli Libri S.p.A. / BUR Rizzoli, Milano
© 2018 Mondadori Libri S.p.A., Milano

ISBN 978-88-17-16820-5

Titolo originale dell'opera:
*Italienische Reise*

Prima edizione BUR: 1991
Ventitreesima edizione BUR Classici: novembre 2020

Si ringrazia la RCS Sansoni Editore S.p.A., Firenze, per aver gentilmente
concesso la traduzione di Eugenio Zaniboni.

*Seguici su:*

www.rizzolilibri.it  /RizzoliLibri  @BUR_Rizzoli  @rizzolilibri

## INTRODUZIONE

Il *Viaggio in Italia* condivide la sorte di molte altre opere di Goethe, ovvero di accompagnarlo per molta parte della sua esistenza. L'idea prima di pubblicare il diario del viaggio in Italia si trova *in nuce* già nel *Giornale*: «Se tu ricopiassi il diario su fogli sciolti in quarto, sostituissi il tu con il Lei e omettessi quanto ti riguarda personalmente, o quanto altro ritieni opportuno tralasciare, al mio ritorno troverei una copia da poter correggere e portare ad una stesura definitiva».[1] Alcuni passi del *Viaggio* sono la riproduzione pressoché integrale di tutta una serie di articoli scritti da Goethe per essere pubblicati anonimi sul «Teutscher Merkur» di Wieland fra l'ottobre del 1788 e il marzo del 1789 (*Rosaliens Heiligtum*; *Studenmass der Italiener*; *Neapel. «Volkmanns historisch-kritische Nachrichten von Italien. Dritter Band.»* *Lazaroni*; *Plinius Naturgeschichte. Drittes Buch, fünftes Kapitel. Lebensgenuss des Volks in und um Neapel*; *Über Christus und die zwölf Apostel, nach Raphael von Mark-Anton gestochen, und von Herrn Prof. Langer in Düsseldorf kopiert*). I temi dovevano essere «la storia naturale, l'arte, i costumi», come Goethe stesso afferma nella sua proposta di collaborazione a Wieland,[2] e la prospettiva la più obiettiva possibile: «Subito dopo il mio ritorno dall'Italia attesi ad un altro lavoro che mi procurava un grande piacere.

---

[1] A Charlotte von Stein, 14 ottobre 1786.
[2] Cfr. S. Oswald, *Italienbilder*, Winter, Heidelberg, 1985, p. 88.

Da quando l'incomparabile *Viaggio Sentimentale* di Sterne ha inaugurato il genere trovando ovunque degli imitatori, le descrizioni di viaggio erano dedicate alle sensazioni e alle opinioni del viaggiatore. Io mi attenni invece alla massima di rendermi il più possibile invisibile e di accogliere in me le cose nella loro totale oggettività. Applicai fedelmente questo principio alla descrizione del Carnevale Romano».[3]

L'idea di pubblicare il *Giornale* fu successivamente lasciata cadere: neppure l'invito di Schiller a pubblicare nelle «Horen» gli appunti italiani riesce a fargli cambiare idea: «Il diario del mio viaggio da Weimar a Roma, le mie lettere e quant'altro tra le mie carte si riferisce all'Italia potrebbe essere riordinato da me solo. E comunque tutti i miei appunti di quel periodo recano l'impronta di un uomo che non vive in libertà, ma che sfugge ad un'oppressione, di una persona che anela a qualcosa (*Strebender*), che pensa a come riappropriarsi di se stesso, che non è diventato adulto e che alla fine della sua carriera sente che appena in quel momento sarebbe in grado di ricominciare tutto daccapo».[4] Soltanto più di vent'anni dopo, nel 1815, Goethe prova il bisogno di mettere per iscritto i suoi ricordi italiani attingendo alle lettere e ai diari. In una lettera a Zelter afferma: «Mi sto occupando del viaggio in Italia, in particolare di Roma. Per fortuna possiedo ancora i diari, le lettere, le osservazioni e tutta la documentazione necessaria, per cui posso scrivere una fiaba graziosa, ma nel contempo affatto veritiera».[5] Il *Viaggio* esce finalmente nella sua prima parte (ovvero fino al secondo soggiorno napoletano) nel 1816-17 col titolo *Aus meinem Leben. Zweiter Abteilung Erster und Zweiter Teil*, ma senza il sottotitolo *Wahrheit und Dichtung*, ovvero *Poesia*

---

[3] *Die Annalen*, in J. W. Goethe, *Gedenkausgabe der Werke, Briefe und Gespräche*, herausgegeben von E. Beutler, Artemis-Verlag, Zürich, (II), pp. 623-624.
[4] A Friedrich Schiller, 26 ottobre 1796.
[5] A Zelter, 7-17 maggio 1815.

*e Verità*, apposto alla *Erste Abteilung*. Goethe ha tuttavia già in mente la continuazione, come dimostra la prima stesura del commiato da Roma risalente al 31 agosto 1817, in cui afferma di non volere mettere per iscritto il suo dolore di lasciare Roma nel timore che «si dilegui il delicato profumo del dolore».[6]

Il secondo soggiorno romano — che si tende a considerare come un'opera a sé stante — fu redatto nel 1829 sempre sulla scorta di documenti poi distrutti perché ritenuti troppo intimi e personali: «Ho ripreso la mia Seconda dimora a Roma, disse Goethe, per liberarmene finalmente e poter attendere a qualche altra cosa. La parte stampata del mio viaggio in Italia l'ho tutta redatta da lettere, come lei sa. Ma le lettere che scrissi durante la mia seconda dimora in Roma non sono tali da poterle utilizzare; esse contengono troppe notizie che mandavo a casa, sui miei rapporti con Weimar, e rivelano assai poco della mia vita italiana. Ma ci si trovano pure alcuni passi che esprimono il mio intimo stato d'animo d'allora. Ora io ho intenzione di trascegliere quei luoghi, di disporli l'uno dopo l'altro, e di inserirli nella mia narrazione, la quale ne guadagnerebbe in energia ed immediatezza».[7] Il *Viaggio in Italia* nella sua redazione definitiva e completa di tutte le parti fu pubblicato nella *Ausgabe Letzter Hand* senza tuttavia il motto «Et in Arcadia ego» che era stato apposto alla prima edizione, omissione, questa, che Petra Maisak spiega avanzando l'ipotesi che il dolore del commiato si era affievolito col passare degli anni.[8]

Se per alcuni tale complessità compositiva è indice della capacità di Goethe di stare al passo con i tempi («Nella levità della struttura e nella perizia della composizione Goethe, allora ottantenne, dimostrò di essere al passo con

---

[6] *Die Annalen*, op. cit., p. 972.
[7] J. P. Eckermann, *Colloqui con Goethe*, trad. a cura di T. Gnoli, Sansoni, Firenze, 1947, p. 300.
[8] P. Maisak, *Et in Arcadia ego*, in J. Göres (Hg.), *Goethe in Italien*, Verlag Philipp von Zabern, Mainz, 1986, pp. 133-153.

gli autori romantici che allora sperimentavano con forme aperte di questo tipo.»[9]), essa comporta una notevole difficoltà di collocazione dell'opera, una volta fatta la più che ovvia constatazione di rito che di un Baedeker certo non si tratta, come del resto lo stesso Goethe avvertiva: «Quel che ora sta a cuore a me, è d'arricchirmi di quelle impressioni sensibili che non danno né i libri né i quadri. Per me l'importante è di prendere ancora interesse a ciò che si agita nel mondo, di mettere alla prova il mio spirito di osservazione, d'esaminare fino a qual punto arrivino la mia scienza e la mia cultura, d'essere sicuro che il mio occhio è lucido, limpido e puro... e se le rughe, che si sono scavate ed impresse nella mia anima, si possono ancora spianare» (20). Certo, nulla vieta al turista curioso di viaggiare sulle orme di Goethe, a condizione comunque di tenere presente che tale viaggio era funzionale all'ideale di formazione del poeta tedesco. Esso non fu intrapreso nello spirito pionieristico dei grandi viaggiatori come G. Forster o W. von Humboldt, ma soprattutto non nello spirito limitato dei tanti «cavalieri» italomani, per lo più rampolli di famiglie nobili o comunque altolocate che soprattutto dalla prima metà del Settecento oltrepassavano le Alpi per completare la loro educazione artistica in Italia, una categoria di persone, questa, che Goethe sentiva visceralmente estranea al suo modo di pensare: «... pensavo non senza stupore, come si possa andar per il mondo senza veder niente oltre la punta del proprio naso» (96), ed ancora: «Il viaggiatore nordico crede di venire a Roma per trovarvi come un'appendice della sua esistenza, per completare ciò che gli fa difetto; ma a poco a poco finisce con l'accorgersi... che per questo dovrebbe trasformare completamente il suo modo di sentire e incominciare tutto daccapo» (456). Goethe, che a posteriori si definirà uno *Strebender* durante il periodo italiano, non è più comunque un viandante, ma un viaggiatore consapevole di quel-

---

[9] S. Oswald, op. cit., p. 106.

lo che va cercando e che intraprende un viaggio di verifica di un insieme di ideali e convinzioni estetiche ed etiche già acquisite. Non è casuale neppure la frase ormai classica scritta a Langer: «A Roma, Langer, a Roma. Soltanto non quest'anno. Parigi dev'essere la mia scuola, Roma la mia università».[10]

Il *Viaggio* si colloca tra il diario di viaggio, l'autobiografia, il romanzo di formazione, il saggio. Del diario di viaggio v'è la descrizione della natura, l'osservazione degli usi e dei costumi della popolazione, la stessa abitudine di Goethe di salire sul punto più alto della città per averne una veduta aerea che gli sveli l'armonico insieme delle città; come nell'autobiografia e nel romanzo di formazione, si narra l'educazione dell'individuo che non riveste ancora cariche pubbliche[11] e si sta formando nello scontro con la realtà; ma il *Viaggio* presenta anche i tipici tratti del saggio, in cui il soggetto si indaga ed esamina se stesso nel rapporto con le cose («Io non imprendo questo viaggio meraviglioso per ingannare me stesso, bensì per imparare a conoscere me stesso attraverso i vari oggetti...» (41).[12] (*Dell'imitazione del bello nelle arti figurative* rappresenta inoltre una parte saggistica *stricto sensu*, ovvero di dissertazione dotta su di un tema dato.)

Nel quadro della genesi di quest'opera è pertanto chiaro che i motivi che spinsero Goethe a venire in Italia furono ben diversi da quelli che lo indussero a scrivere il *Viaggio* in due riprese più di vent'anni dopo. Riguardo ai primi

---

[10] A Ernst Theodor Langer, 29 aprile 1770.
[11] Nel caso di Goethe si può affermare che egli non riveste *più* cariche pubbliche, in quanto viaggiava in incognito. Inoltre in una lettera al Granduca affermava di avere ritrovato se stesso in Italia come artista, sottintendendo la sua volontà di rimanere al fianco di Carlo Augusto non più come funzionario statale, bensì nel suo ritrovato ruolo (cfr. lettera a Carlo Augusto 17 marzo 1788). Infine Goethe stesso si autodefinirà a posteriori uno *Strebender* durante il soggiorno italiano (cfr. la lettera a Schiller citata alcune righe più sopra).
[12] Per queste considerazioni sui generi cfr. H. A. Glaser, in H. A. Glaser (Hg.), *Deutsche Literatur. Eine Sozialgeschichte*, Rowohlt, Hamburg, 1983, IV, p. 136.

furono fatte numerose ipotesi: dalla fine del rapporto con la von Stein alla difficoltà di conciliare i compiti di stato con la vocazione artistica. Riguardo ai secondi v'è sia la volontà di ritrovare il periodo più felice della sua esistenza nel quadro dello specifico letterario — ovvero in un ambito in cui il viaggio concreto si trasforma in una rielaborazione poetica, esattamente come il quadro di Kniep non riproduce fotograficamente una valle, ma l'adatta al suo gusto di pittore («Chi sa quanti viaggi così detti pittoreschi contengono di simili pseudo-verità» [472]) — sia il desiderio di ribadire consapevolmente alcuni credo etici ed estetici in un momento in cui il mondo intellettuale soprattutto romantico si spostava verso posizioni non condivise da Goethe.

Altrettanto chiaro è il fatto che non solo il *Viaggio* presenta l'immagine di un'Italia molto particolare, in cui ricordo e documento effettivo (a sua volta comunque molto soggettivo) si fondono a vicenda, ma anche che il *Viaggio* è diventato non solo la narrazione di un'esperienza fondamentale — come effettivamente l'Italia è considerata per Goethe, a livello sia artistico sia personale, da parte di tutti i critici — ma il distillato di molte esperienze raccolte nel corso di tutta l'esistenza e che probabilmente ebbero un loro punto focale nei due anni italiani.

Il *Viaggio* presenta un tessuto narrativo estremamente vivace: sulla scorta dei documenti rimasti e soprattutto sull'onda del ricordo la scrittura si sviluppa chiara e leggera nella descrizione del paesaggio, delle città e dei monumenti e opere d'arte significativi agli occhi di Goethe, nella narrazione di una vita sociale appagata (le gite nella Campagna Romana, dove Goethe si recava talvolta anche a dipingere; le visite a quell'esteta *ante litteram* che fu Sir William Hamilton e alla sua giovanissima amante Emma Harte), nel racconto di episodi singolari (l'incontro con l'arpista bambina, la visita alla famiglia di Cagliostro), di avventure e disavventure (la pericolosa traversata dalla Sicilia a Napoli, l'incidente di Malcesine) e nella descrizione di molteplici sensazioni visive, olfattive e uditive (a Venezia il canto dei gondolieri già ricordato da Rousseau; sempre a Venezia l'estrema attenzione per i colori italiani che appaiono così diversi al viaggiatore nordico e che Goethe ritrova nei pittori, ad esempio nel Veronese [8 ottobre], e che, associati agli effluvi sprigionati dalla flora del giardino pubblico di Palermo, gli ricordano l'isola dei Feaci e lo inducono a procurarsi immediatamente l'*Odissea* per rileggere il canto dei giardini di Alcinoo [7 aprile]).

Tale tessuto narrativo rimanda però ad una struttura più profonda, a quei principi etici ed estetici che costituiscono la *Bildung* dello *Strebender*, che Goethe ottantenne ritiene ancora validi e che sono o menzionati *expressis verbis* o mediati appunto dagli episodi, dalle avventure, dalle sensazioni, dalle descrizioni del paesaggio, delle città e del patrimonio artistico e culturale italiano e del retaggio greco-latino in Italia.

Arte e natura sono i due grandi leitmotive che si rincorrono e s'intrecciano in tutto il libro. La natura è considerata fin dalle primissime pagine apparentemente soltanto nell'ottica scientifica: innumerevoli sono le osservazioni naturalistiche sia della flora che della conformazione geologica, osservazioni da cui traspare la gioia di Goethe per poter mettere ulteriormente alla prova le conoscenze acquisite nel corso degli anni, conoscenze che non erano soltanto teoriche, ma anche indirizzate a fini eminentemente pratici: si pensi alla passione e all'impegno profuso da Goethe nella riapertura delle miniere di Ilmenau nel Granducato di Weimar. Le tre ascensioni al Vesuvio assumono poi un'importanza particolare se viste non soltanto nell'ottica scientifica e neppure esclusivamente sullo sfondo della disputa vulcanisti-nettunisti (v. nota 6, p. 574) che rappresenta comunque per Goethe più di una discussione scientifica: il nettunista Goethe vuole conoscere quegli aspetti caotici della natura da cui arte e società devono rifuggire per svilupparsi in modo armonico. I fenomeni vulcanici sono l'esatto contrario dell'organicità ed armonia che in Goethe s'identificano col bello e col giusto. In definitiva Goethe — che però comunque soggiace al fascino «da crotalo» (146) dei vulcani — condivide il giudizio estetico che egli stesso ipotizza nel pittore Tischbein, che lo accompagna nell'ascensione al Vesuvio: «Per un artista come lui, che non si occupa se non delle più belle forme, siano di uomini o di animali, e che umanizza, grazie al sentimento ed al gusto, perfino l'informe, come le rocce e i paesaggi, una così formidabile e confusa massa come quella del Vesuvio, che divora continuamente se stessa e indice guerra ad ogni sentimento di bellezza, deve sembrare qualcosa di abominevole» (198).

È secondo le leggi della pianta, l'elemento vegetale che arte e società devono comportarsi. È questo il motivo per cui è sottolineata con tale insistenza la ricerca dell'*Urpflanze*, della pianta primitiva, ricerca che è portata avanti da Padova a Palermo, da Napoli a Segesta, finché a Roma Goethe può affermare: «Mi ha spronato ad approfondirmi nelle ricerche di storia naturale, nelle quali sono pervenuto, specie in botanica, ad un *en kai pan*, che mi fa stupire» (419). Di Firenze, città menzionata nel *Viaggio* solo di sfuggita (effettivamente Goethe nella sua fretta di giungere a Roma vi si ferma soltanto poche ore) ricorda, oltre al Duomo e al Battistero, «il delizioso Giardino di Boboli» (112). Le metamorfosi, il proteismo — ovvero una trasformazione organica ed armonica di un nucleo che rimane sempre uguale a se stesso —, non i fenomeni tellurici che tutto cambiano sconvolgendo con violenza sono il credo etico ed estetico di Goethe. L'importanza del motivo dell'*Urpflanze* nel *Viaggio* è ribadita da Baioni, il quale afferma che l'esperienza italiana rappresentò per Goethe la felicità assoluta della pianta archetipica e il ritorno a Weimar l'esilio dalla patria ideale e dunque il ritorno nella storia ovverossia nel regno della divisione e della molteplicità in cui l'unità immobile della *Urpflanze* si disgiungeva nel conflitto dei sessi e degli individui.[13]

Del resto la legge della pianta primitiva che impone un'unità di fondo anche nelle sue metamorfosi si ritrova anche in Mignon, creatura androgina,[14] nata da una relazione incestuosa, che non è azzardato riconoscere nella giovane arpista incontrata da Goethe. Mittner notava che la figlia dell'arpista ha nell'autobiografia, come Mignon nel romanzo, una sua misteriosa funzione di guida verso l'Italia; Goethe vide in lei non solo un segno incoraggiante inviatogli dal proprio genio, ma quasi il suo genio medesimo, «incarnatosi in una graziosa e capricciosa figura di bambina...».[15]

Affermando in riferimento alle opere degli antichi che esse furono prodotte «...da uomini come le più sublimi opere della natura, secondo leggi giuste e naturali. Tutto ciò che è arbitrio e capriccio, cade da sé: è la necessità, è Dio» (420), Goethe dimostra quanto intimamente collegate siano arte e natura. Del resto tale principio è ampiamente ribadito nel saggio *Dell'imitazione del bello nelle arti figurative* che, pur recando la firma del solo K. Ph. Moritz, è in realtà il frutto delle discussioni estetiche fra quest'ultimo e Goethe stesso.

Goethe giunge in Italia non per conoscere qualcosa di nuovo, ma per trovare la conferma di un ideale estetico plasmato nel corso degli anni. Riferendosi alle opere di Raffaello Goethe afferma: «Tutte vecchie conoscenze, direi quasi amicizie, che ci siamo procurati da lontano per corrispondenza, ma che ora vediamo di persona» (139). I suoi silenzi su tante opere d'arte (ad esempio Giotto) o il

---

[13] G. Baioni, *Classicismo e rivoluzione*, Guida, Napoli, 1982, p. 116.
[14] *Ibidem*.
[15] L. Mittner, *Paesaggi italiani di Goethe*, in *La letteratura tedesca del Novecento*, Einaudi, Torino, 1960, p. 115.

suo sprezzo per altre (Assisi) si spiegano con il desiderio di vedere non l'Italia, ma la *sua* Italia, vagheggiata da Goethe come un luogo ideale, il suolo di una classicità felice perché organicamente risolta, dove l'artista ha la possibilità di formarsi veramente al sommo grado, se è vero che «in arte c'è molto più del positivo (vale a dire elementi che si possono *insegnare* e *tramandare*) di quanto comunemente non si creda» (472).[16] Del resto Goethe viaggia secondo un itinerario assolutamente prestabilito, non si concede deviazioni importanti, a parte la Sicilia che svolgerà però un ruolo ben preciso nell'esperienza italiana.

Nonostante alcune riserve Goethe condivide la visione estetica di Winckelmann: «Se i miei amici desiderano di sentire in proposito qualche parola più precisa, leggano quello che dice il Winckelmann intorno allo stile sublime dei Greci» (161). Secondo J.J. Winckelmann «lo stile antico era basato su di un sistema di regole mutuate dalla natura, che in seguito però si erano allontanate da quest'ultima diventando ideali. Si operava in base al dettato di queste regole piuttosto che di quelle della natura oggetto d'imitazione. Infatti l'arte si era creata una sua propria natura. Gli innovatori dell'arte si levarono al di sopra di questo sistema così concepito avvicinandosi in tal modo alla verità della natura. Da questa appresero a dissolvere la durezza, l'angolosità e la rigidezza delle parti della figura umana in contorni fluidi, a raffigurare posizioni e azioni violente in modo più composto e sapiente e a mo-

---

[16] Tra l'altro quest'immagine dell'Italia ha influenzato e influenza generazioni di tedeschi, come ha dimostrato Doris Maurer nel suo saggio *Pilgrime sind wir alle, die wir Italien suchen... Das Italienerlebnis deutscher Schriftsteller vor und nach Goethes italienischer Reise*, in J. Göres (Hg.), *Goethe in Italien*, op. cit., pp. 154-167. Su un altro versante il geografo Scaramellini nota come il lago di Garda costituisca una meta di viaggio amata dai tedeschi e dagli inglesi, non tanto dai francesi (G. Scaramellini, *Raffigurazione dello spazio e conoscenza geografica: I resoconti di viaggio*, in E. Bianchi [a cura di], *Geografie private*, Unicopli, Milano, 1985, p. 64).

strare se stessi meno dotti, ma più belli, più sublimi, più grandi».[17]

L'importanza del concetto d'imitazione per il Goethe di quegli anni, ma anche in quelli successivi, è documentata da tutta una serie di spunti nel *Viaggio*, l'esempio più macroscopico è dato dall'inserimento del saggio di Moritz alla fine della Seconda dimora romana. Ma anche il fatto di citare ad esempio Sulzer, che Goethe aveva criticato proprio perché questi propugnava un'imitazione piatta della natura, o il fatto di ricordare l'argomento di un certamen sul tema imitazione-invenzione nelle belle arti all'Accademia degli Olimpici di Vicenza, sono delle spie dell'interesse di Goethe per il problema creazione-imitazione. Del resto, immediatamente dopo il viaggio in Italia Goethe pubblicò un saggio in cui cercò di chiarire i concetti di imitazione della natura, maniera e stile nelle arti figurative (*Über einfache Nachahmung der Natur, Manier und Stil*). Goethe condivide l'idea winckelmanniana di imitazione della natura che non dev'essere una banale riproduzione, ma una ricreazione ad un livello ideale. E questa sua convinzione non riguarda soltanto le arti figurative, ma ad esempio anche l'arte drammatica. Non è un caso che Goethe frequenti così assiduamente i teatri italiani dell'epoca a Venezia, Roma, Napoli ed esprima dei giudizi così precisi sulle rappresentazioni: «Del resto io non ho visto quasi mai degli attori rappresentare la loro parte con maggiore naturalezza di queste maschere; non si può arrivare a tal punto senza spiccate attitudini naturali e senza un assiduo esercizio» (76).

Tra gli artisti più amati in assoluto vi sono Raffaello e Palladio che gli appaiono grandi proprio perché non imitano, ma sanno ricreare lo spirito degli antichi. In particolare Goethe vede in Raffaello, a cui dedicherà molte pagine nel *Viaggio* (non solo in riferimento alle opere — ad

---

[17] *Winckelmanns Werke*, herausgegeben von C. Fernow, H. Meyer und J. Schulze, Welter, Dresden, 1808-1817, vol. V, pp. 235-236.

esempio gli Arazzi, le Logge, i molti quadri ecc. —, ma anche in riferimento alla biografia, al cranio ed alla villa in realtà erroneamente ritenuti di Raffaello) l'artista che «opera per tutta la sua esistenza con una levità sempre costante e sempre maggiore... Egli non cerca mai d'imitare la grecità, ma sente, pensa ed agisce esattamente come un greco. Abbiamo qui modo di vedere un talento splendido che si è sviluppato in un momento altrettanto propizio del periodo in cui visse Pericle in circostanze e condizioni analoghe».[18]

La Rotonda del Palladio in particolare diventerà la villa degli *Anni di apprendistato di Wilhelm Meister*.

Tutte le città e regioni affascinano Goethe: anche la Sicilia, che allora era trascurata dai viaggiatori del Grand Tour, appare fondamentale a Goethe: «Senza veder la Sicilia, non ci si può fare un'idea dell'Italia. È in Sicilia che si trova la chiave di tutto» (258). È in Sicilia che Goethe viene per la prima volta a contatto diretto con il mondo ellenico attraverso la Magna Grecia, è qui, davanti ai possenti templi di Segesta, al sarcofago d'Ippolito, ai vasi di foggia corinzia, che Goethe coglie probabilmente in tutta la sua portata il concetto storico di stile derivato da Winckelmann. Sarà da questo concetto di stile che Goethe trarrà anche un parametro per definire il bello: «L'impressione del bello, del sublime, per quanto benefica, ci turba; proviamo il desiderio di esprimere a parole la nostra intuizione; ma per questo bisogna anzi tutto conoscere, intuire, comprendere; così cominciamo a dividere, a distinguere, a ordinare, e anche questo, se non impossibile, ci riesce estremamente difficile, in modo che finiamo col ritornare alla pura ammirazione, che contemplando gioisce. Ma l'azione più decisa di tutte le opere d'arte è appunto quella di trasportarci nelle condizioni del tempo e degli individui che le hanno prodotte» (559).

---

[18] J. W. Goethe, *Antik und Modern*, in *Gedenkausgabe...*, op. cit., vol. XIII, p. 845.

Tuttavia al centro del suo interesse rimane Roma che allora era il centro artistico di tutto il mondo e dove Goethe non solo era stimolato dalla presenza di opere d'arte di ogni epoca, ma anche da tutta una cerchia di amici, artisti anch'essi, con cui aveva instaurato un dialogo fecondo sia per lui sia per gli altri: «Non so rimproverarlo [il professor Göttling]» disse Goethe, «che parli dell'Italia con tale entusiasmo; so bene quel che vi ho sentito io. Sì, io posso dire che solo a Roma ho provato che cosa propriamente voglia dire essere un uomo. A tanta altezza, a tanta felicità di sentimento io non sono arrivato più. Paragonandomi qui a come mi sentivo in Roma, posso dire che dopo d'allora effettivamente io non sono stato più lieto».[19] La vita intellettuale e mondana italiana dell'epoca lo attira tutto sommato abbastanza poco: assiste ad una rappresentazione dell'*Aristodemo* di Monti, si reca *noblesse oblige* a qualche ricevimento, ma in generale frequenta i pittori, scultori, poeti, critici di letteratura e di arte tedeschi che vivono a Roma. Ed è qui che Goethe si rende definitivamente conto di essere poeta e non pittore, anzi il secondo soggiorno romano è stato visto all'insegna della rinuncia alla pittura.

Goethe non rinuncerà neppure negli anni successivi all'ideale estetico italiano di una bellezza contraddistinta da un'organica armonia che riesca a superare il contingente e non sia soltanto espressione caratteristica del momento: «Io voglio vedere Roma, la Roma che resta, non quella che passa ad ogni decennio» (156). Certo, soprattutto grazie alla mediazione dei fratelli Boisserée, saranno molto più sfumate le prese di posizione contro l'arte gotica che nel soggiorno italiano avevano invece un carattere decisamente radicale: «La mirabile modernità di questo splendido modello di architettura [il tempio di Antonino e Faustina a Roma, n.d.r.] mi ha fatto ricordare il capitello del Pantheon a Mannheim. Ma è ben altra cosa, che i nostri

---

[19] Eckermann, op. cit., p. 240.

smorfiosi Santi delle decorazioni gotiche accovacciati l'uno a ridosso dell'altro sulle lor mensole; ben altro che le nostre colonne simili a cannucce di pipa, le nostre torricelle a punta e le guglie a fiorami: di tutto questo ciarpame, grazie agli dei, ora io mi sono liberato per sempre» (87). Tuttavia, l'insistenza con cui Goethe porta avanti nel *Viaggio* la polemica contro i pittori nazareni (cfr. p. 384 e relativa nota) testimonia delle convinzioni estetiche acquisite a Roma.

Alle creazioni artistiche d'intelletti chiari Goethe contrappone — esattamente come all'armonia della pianta primitiva aveva contrapposto la caoticità dei fenomeni vulcanici — la produzione di un intelletto che ai suoi occhi appare malato, afflitto da una fantasia morbosa, la villa del principe di Palagonia, i cui mostri però non mancano di affascinare Goethe se egli vi dedica così tante pagine. M. Fancelli[20] ha dimostrato come Goethe avesse ben compreso non soltanto quanto radicata nella cultura siciliana fosse la produzione del principe di Palagonia, quanto profondamente essa rispecchiasse la reazione al millenario predominio del classico e alla moda dei classicismi, ma anche quanti spunti i mostri di Palagonia dovessero avere fornito ad esempio alla *Klassische Walpurgisnacht*.

Sempre in questa duplice ottica di armonia e caos, è oggetto di attento interesse anche il popolo: estremamente positiva è l'organicità da esso dimostrata nella vita quotidiana, un'organicità che si esprime a tutti i livelli, fino a giungere al punto che i monumenti stessi esprimono la loro massima grandezza quando è il popolo a «fruirli»: «Egli [l'architetto, n.d.r.] deve allestire questo cratere con l'arte sua, ma nel modo più semplice possibile, perché il popolo ne sia il principale ornamento. Al vedersi così raccolto, il popolo è costretto infatti a stupire di se medesimo. E in realtà essendo abituato a vedersi in giro alla

---

[20] M. Fancelli, *Goethes italienische Reise*, in «Impulse», 1982, pp. 192-207.

spicciolata e alla rinfusa o a trovarsi in una folla senza ordine né disciplina, il mostro dalle mille teste e dai mille cervelli ondeggiante e vagante all'impazzata si trova così riunito come in un nobile corpo, in un'unica massa, quasi una figura sola animata da uno spirito solo... Oggi, al vedere l'anfiteatro vuoto non si ha alcun criterio di misura né si può rendersi conto se sia grande o piccolo» (36-37).

E il teatro italiano appare vitale a Goethe proprio perché è tutta la comunità a parteciparvi: «Anche qui, la base su cui si regge tutto lo spettacolo è il pubblico; gli spettatori sono alla lor volta attori e così la folla si fonde completamente con lo spettacolo» (75-76).

A questa immagine di un popolo che sa vivere secondo leggi organiche ed armoniose (e lo stesso saggio sulla *Misura del tempo* tende in definitiva a dimostrare che in Italia anche il tempo è scandito dall'uomo secondo l'armonica legge della natura) si contrappone il caos del Carnevale che da una parte lo affascina e diverte e dall'altra lo turba, perché questa festa collettiva e sfrenata diventa cifra di situazioni drammatiche, quando al popolo è lasciata piena libertà, profeticamente della Rivoluzione Francese che costituisce uno dei nodi più problematici dell'esistenza di Goethe.[21] «Se ci sia lecito continuare su un tono più grave che l'argomento non sembri consentire, osserveremo che... della libertà e dell'eguaglianza non si può godere se non nell'ebbrezza della follia...» (528). Amaro è comunque molto spesso il suo giudizio sul popolo che gli appare per molti rispetti ovunque uguale, simile a quello degli *Uccelli*, una commedia di Goethe rielaborata sulla scorta di Aristofane e di frequente citata nel *Viaggio*. Tale negatività raggiunge forse il suo apice durante la traversata dalla Sicilia a Napoli: «Io sono certamente... molto attaccato con le mie idee alla realtà e quanto più giro il mondo tanto meno nutro speranza che l'umanità possa mai diventare tutta intelligente, saggia e felice» (329).

[21] Sul problema estremamente complesso di Goethe e la Rivoluzione Francese cfr. G. Baioni, *Classicismo e rivoluzione*, op. cit.

Anche la visita alla famiglia di Cagliostro rientra tutto sommato in quest'ottica. Nei *Tag- und Jahreshefte* Goethe ricorda che già nel 1785 era rimasto così sconvolto dall'*affaire du collier* in cui era coinvolto Cagliostro che gli amici ritenevano fosse uscito di senno.[22] A questa figura che egli non esita a definire demonica[23] in senso negativo perché non accetta i limiti impostigli dalla nascita e dalla natura, Goethe contrappone l'immagine positiva di una famiglia che accetta di vivere entro i limiti assegnatile (ma il lettore malizioso non può fare a meno di chiedersi se le quattordici onze erano effettivamente dovute da Cagliostro alla sua famiglia o se quest'ultima non avesse fiutato la possibilità di spillarle al poeta tedesco).

Oltre a consentirci di gettare «sguardi colmi di nuova ammirazione in una vita a cui si rifà quasi tutto ciò che di meglio e di più alto abbiamo pensato e sentito», come affermò von Humboldt,[24] uno dei pochi a capire il libro nella sua complessità all'epoca della pubblicazione, il *Viaggio* fornisce tutta una serie d'informazioni non solo sulla genesi di alcune opere iniziate, rielaborate o portate a conclusione in Italia, come l'*Ifigenia*, il *Tasso*, l'*Egmont*, *Erwin und Elmire*, *Claudine von Villa Bella*, alcune poesie, ma offre anche alcuni spunti per l'analisi di altre opere: si pensi alla figura di Mignon negli *Anni di apprendistato*, alla *Klassische Walpurgisnacht* (cfr. nota 20) o addirittura al dialogo tra Elena e Faust (III atto) che, come afferma Ingrid Felber,[25] rieccheggia il tema del rapporto allieva-maestro che caratterizza il breve idillio tra Maddalena Riggi e Goethe.

Soprattutto agli occhi del lettore e viaggiatore moder-

---

[22] *Die Annalen*, op. cit., p. 622.
[23] *Ibidem*, p. 775.
[24] Cit. in H. von Einem, *Commento* al *Viaggio in Italia*, trad. a cura di E. Castellani, prefazione di R. Fertonani, Mondadori, Milano, 1983, p. 656.
[25] Ingrid Felber, *Goethe in Italien. Der Protestant im Zentrum der katholischen Welt*, in J. Göres, *Goethe in Italien*, op. cit., pp. 30-31.

no, un individuo che sempre meno cercherà nel *Viaggio in Italia* delle notizie oggettive o dei riscontri più o meno campanilistici dei luoghi dove Goethe soggiornò (tendenza, questa, che era riscontrabile soprattutto nei primi anni della ricezione del libro), il *Viaggio* si svelerà sempre più in quella che è la sua dimensione più vera: ovvero quella di un viaggio a ritroso, alla ricerca però non soltanto di un periodo felice, ma anche e soprattutto di alcuni punti fermi grazie ai quali l'esistenza di Goethe si era «caricata di una zavorra, che le conferisce il necessario peso» (169), per cui Goethe può affermare di non avere più paura dei fantasmi, che così spesso si prendevan giuoco di lui (169). Questi punti fermi Goethe voleva lasciare in eredità — come testamento spirituale — alle generazioni future, a condizione che avessero saputo leggere quest'opera acquistando la stessa consapevolezza raggiunta da Goethe durante il suo soggiorno a Roma, il cui studio gli appariva sempre più profondo, come «il mare quanto più in alto si naviga» (168).

**LORENZA REGA**

# CRONOLOGIA DELLA VITA E DELLE OPERE[1]

*1749, 28 agosto* Johann Wolfgang Goethe nasce, a Francoforte sul Meno, da Johann Kaspar Goethe e da Katharine Elisabeth Textor.

*1750, 7 dicembre* Nasce la sorella Cornelia, che morirà nel 1777.

*1753, Natale* La nonna regala al piccolo Goethe un teatro di burattini.

*1757* Prime poesie.

*1762* Comincia a studiare l'ebraico: aveva già cominciato a studiare il francese, l'italiano e l'inglese.

*1765, 3 ottobre* Giunge a Lipsia, dove segue lezioni di storia, filosofia, teologia, poetica all'università; si occupa di medicina e di scienza naturale; prende lezioni di disegno; frequenta il teatro.

*1768, luglio* Grave malattia: il 28 agosto parte da Lipsia e l'1 settembre è di nuovo a Francoforte, curato dal dottor Metz.

*1769* Lunga convalescenza: profonda amicizia con Susanne von Klettenberg, una dama pietista (l'«anima bella» dei *Lehrjahre*); lettura di scritti alchemici.

---

[1] Basata sulla cronologia di Heinz Nicolai, pubblicata nel volume XIV dell'edizione Wegner.

*1770, marzo* Partenza per Strasburgo, dove studia giurisprudenza; conosce Stilling e Herder; legge Hamann, Ossian, Shakespeare, Sterne. Amore per Friederike Brion.

*1771* Dissertazione *De Legislatoribus*: promosso *Licentiatus Juris*. Nell'agosto, ritorna a Francoforte.

*1772* Amicizia con J. C. Kestner e la sua fidanzata Charlotte Buff.

*1773* Pubblica il *Götz von Berlichingen mit der eisernen Hand* (*Götz di Berlichingen*). Comincia il *Faust*; scrive due atti del *Prometheus*.

*1774, autunno* Pubblica *Die Leiden des jungen Werthers* (*I dolori del giovane Werther*).
*Dicembre* Conosce a Francoforte Carlo Augusto von Sachsen-Weimar, col suo istitutore K. L. von Knebel.

*1775, gennaio* Fidanzamento con Lili Schönemann; nell'ottobre, rottura.
*Febbraio-aprile* Stella.
*Marzo-luglio* Viaggio in Svizzera con gli Stolberg.
*Estate* Prime scene dell'*Egmont*.
*Settembre* Carlo Augusto invita Goethe a Weimar.
*Settembre-ottobre* Nuove scene del *Faust*.
*7 novembre* Arrivo a Weimar, dove conosce Wieland e Charlotte von Stein.

*1776, aprile* Carlo Augusto regala a Goethe il giardino sul Rosenberg.
*Maggio-luglio* Prime visite alla miniera di Ilmenau, di cui si occuperà per molti anni.
*Giugno* Viene nominato consigliere del Consiglio segreto di Weimar, a cui prende parte regolarmente fino al 1785.
*Ottobre* Herder a Weimar.

*1777, febbraio*   Comincia a scrivere *Wilhelm Meisters theatralische Sendung* (*La missione teatrale di Wilhelm Meister*), nel 1785 giungerà alla fine del sesto libro.
*Novembre-dicembre*   Viaggio nello Harz.

*1778, maggio-giugno*   Viaggio con Carlo Augusto a Potsdam e Berlino.

*1779, gennaio*   Carlo Augusto affida a Goethe la direzione della commissione per la guerra e le strade.
*Febbraio*   Inizia *Iphigenie auf Tauris* (*Ifigenia in Tauride*), in prosa.
*Maggio-giugno   Egmont.*
*Settembre 1779-gennaio 1780*   Nuovo viaggio in Svizzera.

*1780, marzo*   Prima idea del *Tasso.*
*Giugno*   Accolto come «Lehrling» alla Loggia massonica Amalia di Weimar (nel 1782, «Meister»).
*Luglio*   Lettura del *Faust* a Carlo Augusto.

*1781, ottobre*   Studi di anatomia.
*Novembre*   Affitta la casa al *Frauenplan.*

*1782, 25 maggio*   Muore il padre di Goethe.

*1783, maggio*   Prende con sé Fritz von Stein, figlio di Charlotte, e lo educa.

*1784, febbraio*   Riapertura della miniera di Ilmenau.
*Marzo*   Scopre l'«os intermaxillare» in un cranio umano, e scrive un saggio su questo argomento.
*Agosto*   Poesia *Zueignung* (*Dedica*), prevista come inizio del poema *Die Geheimnisse* (*I misteri*).
*Settembre*   Riprende a studiare Spinoza.

*1785, marzo*   Studi botanici insieme a Knebel, a Jena.
*Novembre*   Studia Linneo.

*1786, luglio-settembre*   A Karlsbad.
*2 settembre*   Parte di nascosto per l'Italia.

*14 settembre* Verona.
*28 settembre* Venezia.
*29 ottobre* Arriva a Roma, dove conosce i pittori Wilhelm Tischbein e Angelica Kaufmann, Heinrich Meyer, Karl Philipp Moritz.
*Dicembre* Finisce la seconda redazione della *Iphigenie auf Tauris*.

*1787, 25 febbraio* Arriva a Napoli.
*29 marzo* Va a Palermo per mare.
*Aprile-maggio* Viaggio in Sicilia.
*14 maggio* Di nuovo a Napoli.
*6 giugno* A Roma, dove rimane fino al 23 aprile 1788.
*Settembre* Conclude l'*Egmont*.

*1788, 18 giugno* Ritorna a Weimar, dove abbandona la diretta responsabilità dei suoi uffici ministeriali.
*12 luglio* Incontra Christiane Vulpius.
*Settembre* Conosce Schiller.

*1789, 26 maggio* Prima lezione di Schiller all'università di Jena.
*Giugno* Rottura con Charlotte von Stein.
*Luglio* Finisce il *Torquato Tasso*.
*Novembre* Al *Jägerhaus*.
*Novembre-dicembre* *Versuch, die Metamorphose der Pflanzen zu erklären* (*La metamorfosi delle piante*).
*25 dicembre* Nasce il figlio Augusto.

*1790, gennaio* Finisce la prima rielaborazione del *Faust*, che verrà pubblicato con il titolo *Faust. Ein Fragment* nella prima edizione delle opere complete.
*Gennaio* Primi studi sui colori; camera oscura.
*Marzo-giugno* Secondo viaggio in Italia, a Venezia.
*Luglio-ottobre* Viaggio in Slesia, al seguito di Carlo Augusto, durante le manovre delle truppe prussiane.
*Ottobre* Lettura di Kant.

*1791, gennaio* Riprende a occuparsi del *Wilhelm Meister*. Carlo Augusto gli affida la direzione del teatro di Weimar.
*Estate* Scrive il *Grosskophta* (*Il gran Cofto*).

*1791* Diversi saggi sulla teoria dei colori.
*Estate* Carlo Augusto gli regala la casa al *Frauenplan*.
*Agosto-dicembre* Campagna di Francia.

*1793, maggio-agosto* Assedio di Mainz, occupata dalle truppe francesi.

*1793-97* Lettura di Omero.

*1794, gennaio* Rappresentazione a Weimar del *Flauto Magico* di Mozart.
*Maggio* Finisce il primo libro di *Wilhelm Meisters Lehrjahre* (*Gli anni di noviziato di Wilhelm Meister*); a dicembre il terzo libro.
*Giugno* Schiller invita Goethe a collaborare alla sua rivista «Die Horen».
*Luglio* Discussione con Schiller sulla *Urpflanze*.
*Ottobre* Finisce le *Römische Elegien* (*Elegie romane*).
*Novembre* Incontro con Hölderlin.
*Dicembre* Spedisce il primo libro del *Meister* a Schiller.

*1795, gennaio* Erster Entwurf einer allgemeinen Einleitung in die vergleichende Anatomie (*Introduzione generale all'anatomia comparata*).
*Febbraio* Spedisce il quarto libro del *Meister* a Schiller e prende a scrivere i libri quinto-sesto.
*Luglio-agosto* A Karlsbad.
*Agosto* Schiller riceve il sesto libro del *Meister*.
*Agosto-settembre* Conclude *Unterhaltungen deutscher Ausgewanderten* (*Conversazioni di emigrati tedeschi*), una raccolta di novelle.
*Dicembre* Goethe e Schiller cominciano a scrivere insieme gli *Xenien*, distici satirici.

*1796, febbraio*   Traduzione della *Vita* di Benvenuto Cellini.
*Marzo-aprile*   Schiller ospite di Goethe a Weimar.
*Maggio*   Conosce August Wilhelm Schlegel. Scrive l'elegia *Alexis und Dora* (*Alexis e Dora*).
*26 giugno*   Spedisce il settimo e l'ottavo libro dei *Lehrjahre*; Schiller risponde con le lunghe lettere-recensioni del 28 giugno, 2 luglio, 3 luglio, 5 luglio, 8 luglio, 9 luglio.
*Ottobre*   L'editore Unger pubblica il quarto e ultimo tomo (libri settimo e ottavo) dei *Lehrjahre*.
*Ottobre-novembre*   A Ilmenau, dove è avvenuto un crollo nella miniera.
*Ottobre-dicembre*   Studi sui pesci e sugli uccelli.
*Dicembre*   Scrive l'elegia *Hermann und Dorothea* (*Arminio e Dorotea*) mentre ha già iniziato la stesura del poema epico dallo stesso titolo.

*1797, marzo*   A Jena: studi chimici, ottici e sulla anatomia delle rane.
*Marzo*   Pensa di scrivere una poesia sulla caccia, che si trasformerà poi nella *Novelle* (*Novella*).
*Marzo-maggio*   Lettura di scritti sull'epica: alla fine di dicembre scrive *Über epische und dramatische Dichtung* (*Della poesia epica e drammatica*).
*Aprile*   Studia l'Antico Testamento ed Eschilo.
*Maggio-giugno*   Scrive *Die Braut von Korinth* (*La fidanzata di Corinto*), *Der Gott und die Bajadere* (*Il Dio e la baiadera*).
*7 giugno*   Conclude il poema *Hermann und Dorothea*.
*Giugno-luglio*   Riprende il *Faust*, al quale lavora anche negli anni successivi.
*Luglio-novembre*   Viaggio in Svizzera, via Francoforte-Stuttgart.

*1798, gennaio*   Lettura di Schelling.
*Marzo*   Acquista un podere presso Apolda.
*Marzo-maggio*   Comincia il poema *Achilleis*, che rimarrà incompiuto.

*Giugno* Saggio *Über Laokoon*.
*Agosto* Studia Winckelmann, Plutarco e i saggi sulla pittura di Diderot.
*Agosto* Conosce Jean Paul.
*Ottobre* Primo numero della rivista «Propyläen», a cui collaborano Goethe, Schiller, W. von Humboldt, Meyer.

*1799, marzo* Fondazione dei *Weimarer Kunstfreunde*.
*Luglio* Conosce Tieck.
*11 agosto* Prima lettera del musicista K. F. Zelter, uno dei più intimi amici della vecchiaia di Goethe.
*Settembre-ottobre* Discussioni a Jena, con Schelling, sulla filosofia della natura.
*Novembre* Riprende gli studi sui colori.
*Dicembre* Progetto del dramma *Die natürliche Tochter* (*La figlia naturale*).

*1800, aprile* Intorno al *Faust*.
*Settembre* Scrive la prima parte del terzo atto del *Faust II*, che rielaborerà nel 1826.
*Novembre* Studia la storia di Sparta.

*1801, gennaio* Grave malattia.
*Gennaio e mesi seguenti* Si occupa della costruzione e della decorazione del nuovo castello di Weimar.
*Febbraio* Legge i racconti di Cervantes. Legge diversi libri sui diavoli, che gli saranno utili per il *Faust I*, al quale continua a lavorare nel marzo-aprile.
*Giugno-agosto* Viaggio a Göttingen, Pyrmont e Kassel.
*21 ottobre* Visita di Hegel.

*1802, agosto* Studi di anatomia comparata.
*Settembre-ottobre* Legge Calderon, nella traduzione di A. W. Schlegel.

*1803, gennaio-marzo* Finisce di tradurre la *Vita* del Cellini, che pubblica lo stesso anno.
*Marzo* Conclusione di *Die natürliche Tochter* (primo

dramma di una trilogia incompiuta), che viene rappresentata il 2 aprile.
*Luglio* Dà lezioni teoriche e pratiche di arte teatrale nel teatro di Weimar.
*Ottobre* Prima idea della novella *Der Mann von fünfzig Jahren* (*L'uomo di 50 anni*) poi inclusa nei *Wanderjahre*.
*Dicembre* Madame de Staël e Benjamin Constant a Weimar (fino al marzo 1804).

*1804, 17 marzo* Rappresentazione del *Wilhelm Tell* di Schiller.
*Giugno* Nuovi studi sulla teoria dei colori.
*22 settembre* Rappresentazione del *Götz von Berlichingen*, riadattato da Goethe.
*Dicembre* Saggio su Winckelmann.

*1805, gennaio-febbraio* Traduce il *Neveu de Rameau* di Diderot, che ha ricevuto manoscritto.
*Gennaio-maggio* Ripetute malattie.
*9 maggio* Morte di Schiller.
*Novembre* Tiene conferenze su argomenti scientifici, per le dame della corte di Weimar.

*1805-1806* Intenso lavoro alla *Farbenlehre* (*Teoria dei colori*).

*1806, gennaio-febbraio* Studia il galvanismo.
*Marzo-aprile* Conclude la prima parte del *Faust* e nel maggio la consegna all'editore Cotta, che la pubblica nel 1808.
*Giugno* Legge i *Nibelunghi*.
*Giugno-agosto* A Karlsbad, dove si occupa di mineralogia e di geologia.
*Agosto-settembre* A Jena, dove incontra spesso Hegel.
*Ottobre* Conosce Johanna Schopenhauer, madre di Arthur.
*14 ottobre* Battaglia di Jena; Weimar saccheggiata dalle truppe francesi.

*19 ottobre* Dopo 18 anni di vita comune, sposa Christiane Vulpius.

*1807, gennaio-aprile* Scrive la parte polemica della *Farbenlehre*.
*10 aprile* Morte della duchessa madre Anna Amalia.
*Aprile* Conosce Bettina Brentano.
*Maggio* Lettura del *Decamerone*, delle *Mille e una notte* e dei racconti di Margherita di Navarra.
*Maggio* Scrive il primo capitolo di *Wilhelm Meisters Wanderjahre* (*Anni di pellegrinaggio di Wilhelm Meister*).
*Maggio-settembre* A Karlsbad, dove conosce K. F. Reinhard.
*Novembre-dicembre* Scrive *Pandora*, che interrompe nel 1808.

*1808, 2 marzo* *Der zerbrochene Krug* (*La brocca rotta*) di Kleist viene rappresentato a Weimar, con la regia di Goethe.
*Maggio* Schema delle *Wahlverwandtschaften* (*Le affinità elettive*), di cui nel giugno-luglio detta i primi diciotto capitoli.
*Luglio-dicembre e 1809* Prepara la parte storica della *Farbenlehre*, pubblicata nel 1810.
*13 settembre* Morte della madre di Goethe.
*2 e 6 ottobre* Incontro con Napoleone I.

*1809, aprile-ottobre* Ripresa e conclusione delle *Wahlverwandtschaften*, che pubblica nello stesso anno.
*Ottobre-dicembre* Raccolta di materiali e schemi per *Dichtung und Wahrheit* (*Poesia e verità*).
*Dicembre* Visite di Wilhelm Grimm.

*1810, aprile* Lettura di opere su Carlo Magno.
*Aprile-maggio* Riprende a lavorare al *Wilhelm Meisters Wanderjahre*.
*Maggio* Conosce Sulpiz Boisserée, che lo avvicina all'arte tedesca medioevale.

*Maggio-agosto* A Karlsbad, incontra l'imperatrice d'Austria, il re di Olanda, principi, diplomatici e generali.

*1811, maggio* Nuovi incontri con Sulpiz Boisserée.
*Agosto-ottobre* Insieme all'amico H. Meyer studia l'arte classica.
*Ottobre* L'editore Cotta pubblica la prima parte di *Dichtung und Wahrheit*.
*Settembre-dicembre* Lettura della *Vita è un sogno* di Calderon, di testi medioevali tedeschi, della *Römische Geschichte* (*Storia romana*) di Niebuhr.

*1812, gennaio* Legge Giordano Bruno.
*23 gennaio* Rappresentazione dell'*Egmont*, con la musica di Beethoven.
*Febbraio-marzo* Legge *Atala* e *Génie du Christianisme* di Chateaubriand.
*Aprile-settembre* A Karlsbad e Teplitz, dove incontra Beethoven.
*Settembre* Favola *Die neue Melusine* (*La nuova Melusina*) poi incorporata nei *Wanderjahre*.
*Novembre* Conclude la seconda parte di *Dichtung und Wahrheit*.

*1813, gennaio* Studia le *Eikónes* (*Immagini*) opera di Filostrato.
*20 gennaio* Morte di Wieland.
*Marzo* Legge Shakespeare e vari drammi elisabettiani.
*Aprile-agosto* A Dresda e Teplitz.
*Ottobre* Studia la cultura e la geografia della Cina. Conosce l'imperatore Alessandro di Russia e Metternich che dopo la battaglia di Lipsia contro Napoleone si fermano a Weimar.
*Dicembre* Comincia a scrivere la *Italienische Reise* (*Viaggio in Italia*).

*1814, febbraio-maggio* Legge *De l'Allemagne* di Madame de Staël.

*Maggio* L'editore Cotta pubblica la terza parte di *Dichtung und Wahrheit*.
*Maggio-giugno* Scrive *Des Epimenides Erwachen* (*Il risveglio di Epimenide*), per festeggiare la vittoria alleata su Napoleone.
*Giugno* Legge il *Divano* di Hafis nella traduzione di Josef von Hammer: nascono le prime poesie del *West-östlicher Divan* (*Divano occidentale-orientale*), pubblicato nel 1819.
*Luglio-ottobre* Viaggio a Wiesbaden, Francoforte, Heidelberg. Conosce Marianne von Willemer.
*Dicembre* Studi intorno alla civiltà araba e orientale.

*1815, maggio* Tenta di trasformare i primi monologhi del *Faust I* nelle arie di un melodramma.
*Giugno-luglio* Legge una raccolta di poesia greca moderna.
*Maggio-settembre* A Wiesbaden, Colonia, Mainz, Francoforte. Nell'agosto-settembre ospite dei Willemer; amore per Marianne. Scrive molte liriche del *West-östlicher Divan*.
*Ottobre-novembre* L'imperatrice di Russia a Weimar.
*Dicembre* Studia il saggio sulle nuvole di Luke Howard.

*1816, febbraio-novembre* Nuovi studi sui colori.
*18 febbraio* Parti del *Faust*, con musica del principe Radziwill, vengono rappresentate alla corte di Berlino.
*Maggio* Colloqui con Arthur Schopenhauer sulla dottrina dei colori. Legge le opere di Byron.
*6 giugno* Morte di Christiane.
*Giugno* Esce il primo numero della rivista, diretta da Goethe, «Über Kunst und Altertum in den Rhein-und Maingegenden» (che dal 1818 si chiamerà solo «Über Kunst und Altertum»).
*Settembre-ottobre* Seconda parte della *Italienische Reise* (pubblicata, con la prima, nell'ottobre 1817).
*Dicembre* Schema della seconda parte del *Faust*.

*1817* Comincia a pubblicare la rivista «Zur Naturwissenschaft überhaupt, besonders zur Morphologie» (dieci fascicoli fino al 1824), dove pubblica numerosi saggi scientifici.
*13 aprile* Lascia la direzione del teatro di Weimar.
*17 giugno* Il figlio Augusto sposa Ottilie von Pogwisch.
*Settembre-ottobre* Segue gli studi e le polemiche di G. Hermann e di F. Creuzer sulla mitologia antica.
*Ottobre* Traduce parte del *Manfred* di Byron.
*7-8 ottobre* Scrive *Urworte, orphisch* (Parole delle origini; orfiche).

*1818, febbraio* Osservazioni meteorologiche e sulla forma delle nuvole.
*Febbraio-novembre* Studi sui colori.
*9 aprile* Nasce Walter Wolfgang, nipote di Goethe.
*Giugno* Lettura del *Faust* di Marlowe.
*Luglio-settembre* A Karlsbad, dove avviene un incontro con Metternich.
*Ottobre* Scrive un saggio sulle polemiche tra classicisti e romantici in Italia.

*1819, gennaio* Legge *Die Welt als Wille und Vorstellung* (*Il mondo come volontà e rappresentazione*) di Schopenhauer.
*Agosto* Cerca di continuare la *Italienische Reise* (ultimo soggiorno romano).
*Novembre-dicembre* Nuovi studi di osteologia.

*1820, gennaio-marzo* Raccoglie materiale e comincia a scrivere *Campagne in Frankreich* (*Campagna di Francia*) e *Belagerung von Mainz* (*L'assedio di Magonza*).
*Marzo-aprile* Legge *Il Conte di Carmagnola* del Manzoni, a cui dedica un saggio.
*Aprile-maggio* A Karlsbad: osservazioni meteorologiche e geologiche.
*18 settembre* Nasce Wolfgang Maximilian, secondo nipote di Goethe.

*Settembre-dicembre* Riprende la stesura dei *Wanderjahre*.
*Novembre* Lettura di Plutarco, Appiano, Dionigi di Alicarnasso; torna a occuparsi di Omero.

*1821, febbraio* Studia la poesia indiana.
*8 maggio* Conclude la prima redazione dei *Wanderjahre*, pubblicati nel 1822.
*Luglio* Legge e traduce Euripide.
*Luglio-settembre* Viaggio a Marienbad, dove conosce Amalie von Levetzow e le sue figlie.

*1822, gennaio* Traduce *Il cinque maggio* di Manzoni.
*Marzo* Conclude *Campagne in Frankreich*.
*Giugno-agosto* A Marienbad, dove ritrova la famiglia Levetzow; poi a Eger.
*Settembre* Il bibliotecario Kräuter comincia a raccogliere, ordinare e catalogare tutti gli scritti editi e inediti di Goethe.

*1823, marzo* Compie la trilogia lirica *Paria*.
*10 giugno* Prima visita di Johann Peter Eckermann al Frauenplan.
*Giugno-settembre* A Marienbad, Karlsbad, Eger. Passione per la giovanissima Ulrike von Levetzow. *Trilogie der Leidenschaft* (*Trilogia della passione*).

*1824* Cura la redazione del suo epistolario con Schiller (pubblicato nel 1828-29).
*Maggio* Torna a lavorare ai *Wanderjahre*, come nell'anno seguente.
*Luglio-agosto* Nuovi saggi di osteologia.

*1825, gennaio* Inizia l'importante saggio *Versuch einer Witterungslehre* (saggio di una teoria meteorologica).
*25 febbraio* Ripresa del *Faust II*.

*1826, marzo* Annuncia una nuova edizione completa delle sue opere in 40 volumi: *Ausgabe letzter Hand* (Ultima edizione) (1827-30).

*Marzo-giugno*  Conclusione del terzo atto del *Faust II* (atto di Elena).
*Ottobre*  Comincia la *Novelle*, che finisce nel febbraio del 1827.
*Novembre-dicembre*  Revisione del terzo atto del *Faust II*; progetto dei due atti precedenti.

*1827*  In «Kunst und Altertum», pubblica diciannove articoli letterari (su Omero, Euripide, Sterne, l'*Amleto* ecc.). Lettura di liriche, favole e romanzi cinesi in traduzione inglese e francese (da cui nasce il ciclo poetico: *Chinesisch-Deutsche Jahres-und Tageszeiten* (Stagioni e ore cinesi-tedesche), delle *Metamorfosi* di Ovidio, di Hugo, Béranger e Hoffmann.
*6 gennaio*  Muore Charlotte von Stein.
*Aprile-luglio*  Rapporti epistolari con Carlyle, che continuano negli anni successivi.
*Maggio*  Ripresa del *Faust* (primo atto e inizio del quarto).
*Agosto*  Visita a Weimar del re di Baviera.

*1828, gennaio-febbraio, settembre-dicembre*  *Faust* (primo atto).
*Marzo-aprile, settembre-dicembre*  *Wanderjahre*.
*Aprile*  Comincia a scrivere l'ultima parte della *Italienische Reise*.
*14 giugno*  Morte del granduca Carlo Augusto.
*Luglio-settembre*  A Dornburg, dove studia opere botaniche e scrive alcune liriche.

*1829, gennaio*  Conclude la seconda redazione dei *Wanderjahre*.
*Gennaio-febbraio e dicembre*  Lavora al *Faust II*, di cui legge alcune parti ad Eckermann.
*Febbraio-agosto*  Conclude la *Italienische Reise*.

*1830, gennaio-luglio*  *Faust II* (*Klassische Walpurgisnacht*).

*Maggio*   Studia gli scritti botanici di Rousseau.
*Luglio-settembre*   Scrive *Principes de Philosophie zoologique*, dove studia la polemica tra Cuvier e Geoffroy de Saint-Hilaire.
*26 ottobre*   Morte a Roma del figlio Augusto.
*25-29 novembre*   Grave malattia.

*1831, gennaio-ottobre*   Continuazione e fine di *Dichtung und Wahrheit*.
*Febbraio-luglio*   Conclusione del *Faust II* (quarto e quinto atto), che verrà pubblicato da Riemer ed Eckermann dopo la morte di Goethe, come primo volume delle opere postume.
*8-9 ottobre*   Detta *Rembrandt der Denker* (Il pensiero di Rembrandt). Legge Euripide, Plutarco, W. Scott, B. Constant, V. Hugo, Balzac, Dumas, Galileo, Niebuhr, A. von Humboldt, Cuvier, Carus.

*1832, gennaio*   Legge alla nuora Ottilie la seconda parte del *Faust*.
*22 marzo*   Morte di Goethe.

# BIBLIOGRAFIA
a cura di Gabriella Rovagnati

JWvG = Johann Wolfgang von Goethe

OPERE:

*In tedesco*

L'opera completa di JWvG è disponibile in lingua originale in diverse edizioni, fra le quali:

JWvG: *Werke*. Im Auftrage der Großherzogin Sophie von Sachsen. 143 Bde. (I. Abteilung: Goethe: *Werke*, 55 Bde.; II. Abteilung: *Goethes Naturwissenschaftliche Schriften*, 13 Bde.; III. Abteilung: *Goethes Tagebücher*, 15 Bde.; IV. Abteilung: *Goethes Briefe*, 50 Bde.). Weimar 1887-1919. (Weimarer o Sophienausgabe). Nachdruck München 1987.

JWvG: *Sämtliche Werke*. In 40 Bden. Hrsg. von Eduard von der Hellen. Stuttgart, Berlin 1902-1912 (Jubiläums-Ausgabe).

JWvG: *Gedenkausgabe der Werke, Briefe und Gespräche*. 28. August 1949 [bicentenario della nascita del poeta]. 24. Bde. Hrsg. von Ernst Beutler. Zürich, Stuttgart 1960-1954, und 3 Erg.-Bände. Zürich, Stuttgart 1960-71. (Artemis-Gedenkausgabe.)

JWvG: *Werke*. In 14 Bänden. Hrsg. von Erich Trunz. Hamburg 1948-1964. Neu bearbeitete Auflage. München 1981. (Hamburger Ausgabe.)

JWvG: *Poetische Werke. Kunsttheoretische Schriften und Übersetzungen*. Hrsg. von einem Bearbeiterkollektiv unter Leitung von Siegfried Seidel [...]. 22 Bde.+ 1 Supplementband. Berlin, Weimar 1956-78; Suppl.-Bd. 1978. (Berliner Ausgabe.)

JWvG: *Sämtliche Werke, Briefe, Tagebücher und Gespräche*. 40 Bde. (I. Abteilung: *Sämtliche Werke*, 27 Bde.; II. Abteilung: *Briefe, Tagebücher und Gespräche*, 13 Bde.) Hrsg. von Hendrik Birus [et al.]. Frankfurt a.M. 1985ss. (Frankfurter Ausgabe.)

JWvG: *Sämtliche Werke nach Epochen seines Schaffens*. 21 Bde. Hrsg. von Karl Richter, Herbert G. Göpfert, Norbert Miller und Gerhard Sauder. München 1985ss. (Münchner Ausgabe.)

LETTERE:

*Goethes Briefe und Briefe an Goethe*. Hamburger Ausgabe in 6 Bden. Hrsg. von Karl Robert Mandelkow. 3. Aufl. München 1988.

*Briefe an Goethe*. Gesamtausgabe in Regestform. Bd. 1-4. Hrsg. von Karl-Heinz Hahn. Weimar 1980-1988.

*In italiano*

Le opere di Goethe sono disponibili in numerose versioni italiane, singolarmente o riunite in raccolte come le seguenti:

JWvG: *Opere*. In 2 voll. Vol. I.: *Werther, Poesie, Divano, Viaggio in Italia*; vol. II.: *Wilhelm Meister, Faust, Torquato Tasso*. Introduzione e scelta di Tomaso Gnoli. Versioni [dal tedesco] di Tomaso Gnoli e Vincenzo Errante. Milano 1944.

JWvG: *Opere*. A cura di Lavinia Mazzucchetti. Voll. I-V. Firenze 1961.

JWvG: *Opere*. A cura di Vittorio Santoli. Firenze 1970 (riveduta e ampliata nel 1988).

Per una panoramica della ricezione di JWvG nel nostro paese fino agli anni Sessanta del secolo scorso si vedano:

Giannetto Avanzi, Giorgio Sìchel: *Bibliografia italiana su Goethe (1779-1965)*. Firenze 1972.

Maria Fancelli: *In nome del classico. Goethe e il classicismo tedesco nella critica italiana del dopoguerra*. Firenze 1979.

Sulla fortuna di JWvG nel nostro paese negli ultimi trent'anni si veda:

Giovanni Sampaolo: *"Il primo dei moderni." Gli studi italiani su Goethe negli ultimi trent'anni (1969-1999)*. In: *Cultura Tedesca* 21 (2002), 111-121.

Le traduzioni italiane di singole opere di JWvG (di teatro e di prosa, di carattere scientifico o estetico), spesso corredate di ampie introduzioni, note e commenti sono assai numerose. Diverse e commentate sono anche le traduzioni del capolavoro di JWvG, la tragedia in due parti *Faust*. L'opera poetica è accessibile al completo in italiano grazie ai due volumi:

JWvG: *Tutte le poesie*. Edizione diretta da Roberto Fertonani con la collaborazione di Enrico Gianni. Prefazione di Roberto Fertonani. Tomo I e II. Milano 1994.

Per la corrispondenza si veda:

*La vita di Goethe seguita nell'epistolario*. A cura di Lavinia Mazzucchetti. Milano 1932.

JWvG, Friedrich Schiller: *Carteggio*. A cura di Antonino Santangelo. Torino 1946.

JWvG: *Lettere alla Signora von Stein*. Prefazione di Pietro Citati. Trad. di Rosina Spaini Pisaneschi. Milano 1986.

Il *Viaggio in Italia* ha ovviamente suscitato sempre particolare interesse nel nostro paese. Fra le edizioni italiane dell'opera, oltre a quella qui presentata, si ricordano:

JWvG: *Viaggio in Italia*. Prima traduzione integrale e note di Alessandro Tomei. Con un discorso di S.E. Luigi Rava. Roma 1905.

JWvG: *L'Italia alla fine del secolo XVIII nel viaggio e nelle altre opere di JWvG*. Traduzione integrale della *Italienische Reise*, con note e con la scorta dei principali viaggiatori stranieri. A cura di E. Zaniboni. Napoli 1906.

JWvG: *Viaggio in Italia*. 1: *Dal Brennero a Roma; Roma-Napoli*. 2: *Sicilia-Napoli-Roma*. Trad. e note di R. Pisaneschi e A. Spaini. Palermo 1926.

JWvG: *Viaggio in Italia*. A cura di Giovanni Vittorio Amoretti. Torino 1965.

JWvG: *Viaggio in Italia*. A cura di Giuliana Parisi Tedeschi. Roma 1965.

JWvG: *Viaggio in Italia*. Traduzione di Antonio Masini. Firenze 1965.

JWvG: *Viaggio in Italia*. Trad. A. Oberdorfer. Firenze 1970.

JWvG: *Viaggio in Italia*. Traduzione di Iolanda Dilena. Introduzione e commento di Gioacchino Grasso. Bologna 1971.

JWvG: *Viaggio in Italia*. Traduzione di Emilio Castellani. Commento di Herbert von Einem adattato da Emilio

Castellani. Prefazione di Roberto Fertonani. Milano 1983.

JWvG: *Viaggio in Italia.* Introduzione di Italo Alighiero Chiusano. Prefazione di Maria Fancelli. Traduzione e note di Emilio Castellani. Milano 1997.

JWvG: *Diari e lettere dall'Italia, 1786-1788.* A cura di Roberto Venuti. Trad. di Andrea Landolfi, Beatrice Talamo, R. Venuti. Roma 2002.

OPERE DI CONSULTAZIONE GENERALE:

*Texte, Motive und Gestalten der Goethezeit.* Fs. Hans Reiss. Hrsg. von John L. Hibberd [et alii]. Tübingen 1989.

Erich Trunz: *Ein Tag aus Goethes Leben. Acht Studien zu Leben und Werk.* München 1990.

*Goethe Handbuch.* In 5 Bden. Hrsg. von Bernd Witte, Theo Buck, Hans-Dietrich Dahnke, Regine Otto, Peter Schmidt. Stuttgart, Weimar 1996-99.

Gero von Wilpert: *Goethe-Lexikon.* Stuttgart 1998.

Michael Lösch: *Who's who bei Goethe.* München 1998.

*Metzler Goethe Lexikon.* Hrsg. von Benedikt Jeßing, Bernd Lutz, Inge Wild. Stuttgart, Weimar 1999.

Rose Unterberger: *Die Goethe-Chronik.* Frankfurt a.M., Leipzig 2002.

MONOGRAFIE DEGLI ULTIMI VENT'ANNI IN TEDESCO:

*Goethe. Sein Leben in Bildern und Texten.* Hrsg. von Christoph Michel. Frankfurt a.M. 1982.

Karl Otto Conrad: *Goethe. Leben und Werk.* 2 Bde. Königstein i. Ts. 1982-85.

Curt Hohoff: *JWvG. Dichtung und Leben.* München 1989.

Dorothea Hölscher-Lohmeyer: *JWvG.* München 1991.

Nicholas Boyle: *Goethe. Der Dichter in seiner Zeit*. 2 Bde. München 1995-99.

Robert Steiger: *Goethes Leben von Tag zu Tag. Eine dokumentarische Chronik*. 8 Bde. Zürich 1982-1996.

Jeßing: *JWvG*. Stuttgart, Weimar 1995.

Gottfried Eisermann: *Schicksal und Zufall. Aus Goethes Leben*. Bonn 1998.

Friedrich Sengle: *Kontinuität und Wandlung. Einführung in Goethes Leben und Werk*. Mit einem Nachwort von Manfred Windfuhr. Hrsg. von Marianne Tilch. Heidelberg 1999.

Karlheinz Schulz: *Goethe. Eine Biographie in 16 Kapiteln*. Stuttgart 1999.

SAGGI MONOGRAFICI DISPONIBILI IN ITALIANO:

Giuliano Baioni: *Goethe. Classicismo e rivoluzione*. Torino 1975.

Pietro Citati: *Goethe*. Milano 1977.

Italo Alighiero Chiusano: *Vita di Goethe*. Milano 1979.

György Lukàcs: *Goethe e il suo tempo*. A cura di Andrea Casalegno. Torino 1983.

Italo Alighiero Chiusano: *Goethiana*. Pordenone 1983.

Hans-Georg Grüning: *Goethe critico della letteratura italiana*. Palermo 1988.

Anna Chiarloni: *Le quinte della memoria*. Quattro saggi su Goethe. Torino 1988.

Sandro Barbera: *Goethe e il disordine. Una filosofia dell'immaginazione*. Venezia 1990.

Giuliano Baioni: *Il giovane Goethe*. Torino 1996.

Dorothea Hölscher-Lohmeyer: *JWvG*. Trad. di Marisa Margara. Bologna 1996.

Siegfried Unseld: *Goethe e i suoi editori*. Trad. di Valentina Di Rosa, Giuseppina Oneto. Milano 1997.

Marino Freschi: *Goethe. L'insidia della modernità*. Roma 1999.

Francesco Moiso: *Goethe, la natura e le sue forme* [edizione postuma]. A cura di Cornelia Diekamp con la collaborazione di Rosa Camoletto Pasin [et al.]. Milano 2002.

*Cultura e Rappresentazione nell'Età di Goethe*. A cura di Michele Cometa, Luca Crescenzi e Roberto Venuti. Roma 2003.

STUDI CRITICI DELL'ULTIMO VENTENNIO DEDICATI SPECIFICAMENTE AL "VIAGGIO IN ITALIA":

*in tedesco*

Peter Boerner: *Italienische Reise (1816-1829)*. In: Paul Michael Lützeler [et alii] (Hrsg.): *Goethes Erzählwerk. Interpretationen*. Stuttgart 1985, pp. 344-362.

Stefan Oswald: *Reisebilder. Beiträge zur Wandlung der deutschen Italienauffassung*. Heidelberg 1985.

„*...auf classischem Boden begeistert.*" *Goethe in Italien*. Hrsg. von Jörn Göres. Katalog der Ausstellung des Goethe-Museums Düsseldorf. Mainz 1986.

*Ein unsäglich schönes Land. Goethes Italienische Reise und der Mythos Sizilien / Un paese indicibilmente bello. Il Viaggio in Italia di Goethe e il mito della Sicilia*. Palermo 1987.

Ursula Scheurmann, Ursula Bongaerts-Schomer: „*... endlich in dieser Hauptstadt der Welt angelangt!*" - *Goethe in Rom*. Bd. 1: *Essays*. Bd. 2: *Katalog*. Mainz 1987 (Edizione Italiana Roma 1997).

Helmut Pfotenhauer: *Der schöne Tod. Über einige Schatten in Goethes Italienbild*. In: *Jahrbuch des Freien Deutschen Hochstifts* 1987, pp. 134-157.

Hermann Mildenberger (Hrsg.): *Johann Heinrich Wilhelm Tischbein. Goethes Maler und Freund.* Oldenburg 1987.

Hans-Georg Werner: *Goethes Reise durch Italien als soziale Erfahrung.* In: *Goethe-Jahrbuch* 105 (1988), pp. 27-41.

Ilse Graham: *Der Bildner als Vollstrecker der Natur: Goethes Italienische Reise und ihre Nachwehen.* In: *Goethe-Jahrbuch* 105 (1988), pp. 42-63.

Wilfried Barner: *Altertum, Überlieferung, Natur. Über Klassizität und autobiographische Konstruktion in Goethes Italienischer Reise.* In: *Goethe-Jahrbuch* 105 (1988), pp. 64-92.

Werner Busch: *Die „große simple Linie" und die „allgemeine Harmonie" der Farben. Zum Konflikt zwischen Goethes Kunstbegriff, seiner Naturerfahrung und seiner künstlerischen Praxis auf der italienischen Reise.* In: *Goethe-Jahrbuch* 105 (1988), pp. 144-164.

*Rom – Paris – London. Erfahrung und Selbsterfahrung deutscher Schriftsteller und Künstler in den fremden Metropolen. Ein Symposion.* Hrsg. von Conrad Wiedemann. Stuttgart 1988, pp. 247-259.

Italo Michele Battafarano: *Italienische Reise. Reise nach Italien.* Trento 1988.

Wilfried Berner: *Die Trümmer der Geschichte. Über römische Erfahrungen Goethes.* In: W.B.: *Geschichte als Literatur.* Stuttgart 1990.

Peter Brenner: *Der Reisebericht in der deutschen Literatur. Ein Forschungsüberblick als Vorstudie zu einer Gattungsgeschichte.* Tübingen 1990, in particolare pp. 275-319.

Horst Claussen: *„Gegen Rondinini über ..." Goethes römische Wohnung.* In: *Goethe-Jahrbuch* 107 (1990), pp. 200-216.

Norbert Miller: *Die Insel der Nausikaa. Spiegelungen des sizilianischen Abenteuers.* Stuttgart 1994.

Fiamma Satta, Roberto Zapperi: *Goethes Faustine. Die Geschichte einer Fälschung.* In: *Goethe-Jahrbuch* 113 (1996), pp. 277-280.

Wolfgang Albrecht: *Zeitgenössische Alpen- und Italienbeschreibungen in Goethes Reise-Tagebuch 1786. Probleme ihrer Berücksichtigung für die Textkonstitution und Kommentierung innerhalb einer neuen historisch-kritischen Ausgabe der Tagebücher Goethes.* In: *Quelle-Text-Edition.* Hrsg. von Karin Kranich-Hofbauer, Erwin Streitfeld, Anton Schwob. Tübingen 1997.

Karl Maurer: *Goethe und die romanische Welt. Studien zur Goethezeit und ihrer europäischen Vorgeschichte.* Paderborn [etc.] 1997.

Italo Michele Battafarano: *Die im Chaos blühenden Zitronen. Identität und Alterität in Goethes „Italienischer Reise".* Bern 1999.

Roberto Zapperi: *Das Incognito. Goethes ganz andere Existenz in Rom.* München 1999.

Jochen Schmidt: *Metamorphosen der Antike in Goethes Werk.* Heidelberg 2002.

Norbert Miller: *Der Wanderer. Goethe in Italien.* München 2002.

*in italiano*:

Ernesto Guidorizzi: *L'Italia, Goethe e la natura. La critica letteraria italiana.* Napoli 1980.

Goethe. *Il viaggio in Italia e i grandi traduttori del Garda trentino.* A cura di Albino Tonelli, Marta Marri Tonelli, Saveria Carloni. Gardone Riviera 1986.

*Un paese indicibilmente bello. Il Viaggio in Italia di Goethe e il mito della Sicilia.* A cura di Albert Meier. Palermo 1987.

*L'invito al viaggio. Disegni di Goethe su Roma e la Campagna Romana.* A cura di Paolo Chiarini. Con un saggio di Cesare De Seta. Roma 1987.

Santi Correnti: *Germania e Sicilia attraverso i secoli. Nella ricorrenza bicentenaria del viaggio di Goethe nell'isola, 1787-1987.* Catania 1987.

Augusto Placanica: *Goethe tra le rovine di Messina.* Palermo 1987.

*Goethe a Roma: 1786/1788. Disegni e acquerelli da Weimar.* A cura di Paolo Chiarini. Roma 1988.

*Goethe in Italia.* Catalogo della mostra 20 maggio-3 luglio 1988 al Museo del Folklore di Roma. A cura di Jörn Göres. Milano 1988.

Hans-Georg Grüning: *Goethe critico della letteratura italiana.* Palermo 1988.

Ernesto Guidorizzi: *Echi di Goethe in Italia.* Venezia 1988.

*Goethe in Sicilia. Disegni e acquerelli da Weimar.* A cura di Paolo Chiarini con la collaborazione di Andrea Landolfi e Roberto Venuti. Roma 1992.

*A Roma con Goethe.* A cura di Alberico Giostra. Rimini 1993.

*Goethe in Italia. Disegni e acquerelli da Weimar.* Una mostra della Stiftung Weimarer Klassik presso il Goethe Institut di Roma. A cura di Roberto Venuti con la collaborazione di Andrea Landolfi e Giuliana Todini. Roma 1995.

*"...finalmente in questa capitale del mondo!" Goethe a Roma.* Catalogo per l'inaugurazione della Casa di Goethe a Roma. A cura di Konrad Scheurmann e Ursula Bongaerts-Schomer. 2 voll. Roma 1997.

Michele Cometa: *Goethe e i siciliani. Il dialogo delle affinità.* Palermo 1997.

*Goethe a Vicenza, 19-25 settembre 1786*. Un frammento dalla *Italienische Reise* e uno studio di Christof Thoenes. Vicenza 1999.

*Frascati, i Colli Albani e altri luoghi del viaggio in Italia: disegni e acquerelli da Weimar*. A cura di Giuliana Todini. Roma 1999.

Michele Cometa: *Il romanzo dell'architettura. La Sicilia e il Grand Tour nell'età di Goethe*. Roma, Bari 1999.

Giuseppe Pitrè: *Goethe in Palermo nella primavera del 1787*. Con una nota di Dominique Fernandez. Palermo 1999.

Roberto Zapperi: *Goethe in incognito. Vita privata del poeta a Roma*. Torino 2000.

Stefano Ragni: *I viaggiatori musicali nell'Italia del Settecento. Johann Wolfgang Goethe*. Perugia 2001.

Jakob Philipp Hackert: *Lettere sulla pittura di paesaggio*. A cura di Paolo Chiarini. Con uno scritto di Nobert Miller. Roma 2002.

# VIAGGIO IN ITALIA

*AUCH ICH IN ARKADIEN!**

* Traduzione tedesca del motto latino *et in Arcadia ego*. Virgilio fu il primo a dare al mondo pastorale dell'antica bucolica il nome di Arcadia, regione montuosa e inospitale del Peloponneso. Da paesaggio essenzialmente poetico l'Arcadia divenne sinonimo di un mondo migliore in cui l'uomo vive in armonia con se stesso, la natura e il divino. Nel Rinascimento il Sannazaro fu il primo a riprendere il motivo dell'Arcadia nel romanzo omonimo. Da quel momento in poi innumerevoli furono gli autori che s'ispirarono a tale tema (T. Tasso nell'*Aminta* e G. Guarini ne *Il Pastor Fido* fra i più importanti).

Sembra che il motto in quanto tale sia documentato per la prima volta in un dipinto del Guercino che lo appose sotto un teschio oggetto di osservazione di due giovani pastori (Galleria Corsini di Roma). F. Della Corte («Maia», ott.-dic. 1964) ha dimostrato che il motto sibillino non significa soltanto *Memento mori* (riferito quindi alla morte) secondo l'interpretazione di E. Panofsky (*Il significato delle arti visive*, Einaudi, Torino, 1962, pp. 223-254), bensì anche «Io pure sono nato, o ho vissuto in Arcadia» (riferito quindi all'artista morto). Della Corte ribadisce l'ipotesi di Panofsky che fosse stato Giulio Rospigliosi a suggerire al Guercino tale motto come figurante in un'epigrafe che potrebbe essere mutila e che — riferita a Terenzio (sepolto in Arcadia secondo Svetonio e quindi Ausonio) — significherebbe l'opposizione della miserevole morte del poeta alla fortuna del suo teatro: (proferuntur in scenam meae fabulae) et in Arcadia ego (iaceo). *Et in Arcadia ego* divenne tuttavia molto noto con N. Poussin (v. nota, 62, p. 621) che lo dipinse in due sue opere e che lo interpretò non soltanto come la presenza della morte in Arcadia (ovvero nel quadro conservato a Chatsworth, Coll. Devonshire, dove è associato a un teschio), ma anche come la nostalgia della gioia provata in Arcadia ormai divenuta struggente ricordo (nel secondo dipinto custodito al Louvre, dove il teschio non compare più). Il motto — che appare anche sul monumento tombale di Poussin a San Lorenzo in Lucina a Roma — fu variamente ripreso anche da Oeser, Bach e da altri negli anni tra il 1765 e il 1780.

In campo letterario la prima traduzione tedesca documentata è di J.G. Jacobi in *Winterreise* («Auch ich war in Arkadien», 1769) e si riferisce a un'iscrizione su di una pietra tombale. Il motto, sempre come iscrizione tombale, si ritrova in Wieland (*Pervonte*, 1778). Nel 1785 Herder interpreta il motto come la capacità di ogni essere vivente di trasformarsi e di ricrearsi senza posa (*Ideen*). Il motto è presente anche in Schiller (*Resignation*, 1786) ed è documentato anche in E.T.A. Hoffmann che intitola la seconda parte delle *Lebensansichten des Katers Murr: Lebenserfahrungen des Jünglings. Auch ich war in Arkadien* (1820).

Per Goethe — che appose il motto nel 1817, ma lo tolse nell'edizione del 1829 — *et in Arcadia ego* indica l'esperienza di una gioia effimera che retrospettivamente diviene ricordo elegiaco. (Cfr. P. Maisak, *Arkadien. Genese und Typologie einer idyllischen Wunschwelt*, Lang, Frankfurt am Main 1981.)

# PARTE PRIMA

# DA CARLSBAD AL BRENNERO

*Ratisbona, 4 settembre 1786.*

Son partito da Carlsbad[1] alle tre del mattino, all'insaputa di tutti: altrimenti non mi avrebbero lasciato andar via. Gli amici,[2] che avevan voluto festeggiare con tanta cortesia il ventotto agosto, mio natalizio, s'erano acquistati anche il diritto di trattenermi un po' di più; ma ormai non m'era più possibile differire. Mi son gettato in una carrozza di posta, solo soletto, non avendo per bagaglio che un portamantelli e una valigetta; e alle sette e mezzo sono arrivato a Zwoda,[3] ch'era una mattinata nuvolosa, ma bella e tranquilla: in alto, le nubi[4] si presentavano a strisce e come fatte a lana; in basso invece più dense. Tutto questo mi parve di buon augurio: dopo un'estate così perfida, speravo godere un buon autunno. Alle dodici sono arrivato ad Eger,[5] col sole che scottava. Mi ricordai che questa regione ha la stessa latitudine della mia città natale; e provai una gioia nel ritrovarmi, all'ora del pranzo, sotto un cielo sereno, al cinquantesimo grado.

Entrati appena in Baviera, ecco l'abbazia di Walsassen, deliziosa tenuta di reverendi, uomini sempre più accorti di tutti gli altri. L'abbazia sorge press' a poco sul fondo d'un bacino piatto, fra bei prati e fertili colline all'intorno, in dolce pendio. Anche per un bel tratto all'in giro il monastero possiede dei terreni. Il suolo[6] è di schisto argilloso decomposto; e il quarzo, che si trova in questi monti e che non si decompone per l'influsso atmosferico, rende il terreno morbido e fertile a meraviglia. Fino a Tirschenreuth,[7] il suolo si eleva ancora e le acque vi vanno a ritroso, scorrendo verso l'Eger e l'Elba. Da Tirschenreuth in poi si torna gradatamente a discendere verso sud, mentre le acque affluiscono al Danubio. Io mi formo subito un concetto di qualsiasi regione, prestando attenzione alla direzione dei più piccoli corsi d'acqua e al bacino fluviale al quale appartengono. In questo modo, con un po' di riflessione si può distinguere, anche nelle contrade che si attraversano di sfuggita, il rapporto fra i monti e le valli. Da Tirschenreuth comincia l'ottimo stradale, tutto di ghiaia e di granito; non si potrebbe imaginarne uno migliore, perché la ghiaia del granito e l'argilla del suolo si collegano in modo da formare ad un tempo un fondo massiccio e un buon cemento, che rendono la via liscia come un'aia. La regione attraversata da questa via ha un aspetto altrettanto men bello: sempre granito e sempre ghiaia, monotona, fangosa, ma che vi fa trovare ancor più interessante la via maestra. Adesso che anche il terreno è in discesa, si procede con incredibile sveltezza, che tanto contrasta col passo di lumaca delle poste boeme. L'annesso foglietto[8] enumera le varie stazioni di posta. Basta, la mattina dopo alle dieci, mi son trovato a Ratisbona dopo d'aver percorso in trentanove ore più di ventiquattro miglia. Faceva giorno, quando ero ancora fra Schwandorf e Regenstauf, dove ho potuto notare che la campagna era mutata in meglio. Non più detriti di monte, ma buon terreno misto accumulatovi da alluvioni. Il flusso e riflusso risalendo nei tempi preistorici il corso della Regen[9] ha esercitato la sua azione dalla valle del Danubio in tutte le vallate che ora gli portano tributo di acqua; e così si son formate quelle colmate naturali, che oggi sono la base dell'agricoltura. Questa osservazione ha valore in vicinanza di tutti i corsi d'acqua grandi e piccoli e con questa norma l'osservatore può farsi facilmente un'idea chiara di ogni terreno adatto a coltura.

Ratisbona[10] è in una bellissima posizione: i dintorni stessi dovevano invitare a fondarvi una città; e anche qui i nostri reverendi non si sono sbagliati; tutte le campagne intorno alla città appartengono loro. In città poi, non si vedono che chiese e conventi. Il Danubio mi ricorda il mio vecchio Meno. A Francoforte veramente, fiume e ponte hanno migliore aspetto, ma la *Stadt am Hof*, dirimpetto a Ratisbona, si presenta con una certa grazia. Sono andato subito al collegio dei Gesuiti,[11] dove si dava la rappresentazione annuale degli alunni, ed ho assistito al finale di un'opera e al principio d'una tragedia. Per una compagnia di filodrammatici in erba, quei ragazzi non se la son cavata male: avevano poi dei costumi veramente belli, anzi forse troppo sfarzosi. Anche questa pubblica rappresentazione mi ha convinto ancor più dell'abilità dei Gesuiti, i quali non hanno mai trascurato nulla che possa far colpo e attendono ai fatti loro con passione e sul serio. Né qui si deve intendere abilità in senso astratto; qui si tratta di saper prender gusto a un'impresa e di ritrarne, per se stessi e per tutti, quell'intima soddisfazione che può dare solo l'esperienza della vita. Come questo grande Ordine religioso ha nel suo seno costruttori d'organo, scultori in legno e doratori, non mancano alcuni che attendono con intelletto d'amore anche al teatro; e come le loro chiese spiccano fra tutte per una magnificenza che s'impone, così quegli uomini di talento riescono, mediante un grazioso teatrino, ad esser gli arbitri anche dei gusti mondani.

Oggi scrivo sotto il quarantanovesimo grado. Il cielo promette una buona giornata; stamane faceva fresco e anche qui si lagnavano dell'umido e del freddo estivo. Poi è uscita una mattinata serena e mite. L'aria dolce che per lo più si trova in vicinanza dei grandi fiumi ha qualche cosa di singolare. Le frutta non sono gran cosa; ho mangiato delle buone pere, ma ho una gran voglia di uva e di fichi.

Il carattere e gli istituti dei Gesuiti continuano a darmi da pensare. Le loro chiese, i campanili, tutti gli edifici hanno nella loro struttura un non so che di grandioso e di perfetto, che ispira un intimo rispetto a tutti. Quanto alle decorazioni, all'oro, all'argento, ai metalli, alle pietre lavorate, tutto questo viene impiegato con tanto sfarzo, con tanta profusione, da far sbalordire la buona gente di tutti i ceti. Non manca qua e là anche qualche indizio di cattivo gusto, ma è appunto quello che si riconcilia con l'umanità, e riesce più gradito. Del resto, è nell'indole del culto cattolico; ma non l'ho mai visto messo in pratica con tanta logica come dai Gesuiti. I loro sforzi non sono diretti, come negli altri Ordini religiosi, a perpetuare un sistema di pietà logoro ed antiquato, ma piuttosto a sorreggerlo con la pompa, indulgendo allo spirito dei tempi.

Come materiale di costruzione, qui usano una pietra singolare: all'apparenza una pietra arenaria, ma che dev'essere di origine antica, primaria, e forse della specie del porfido. È di color verdognolo, commista a quarzo e porosa; vi si trovano anche dei grossi pezzi di diaspro, e del più duro; ma anche in questi ultimi si presentano frammenti rotondi della specie del brecciame. Portarne qualche esemplare con me sarebbe stato certo molto interessante e istruttivo; ma si tratta di pietra troppo massiccia ed ho giurato di non caricare di minerali il mio bagaglio, durante questo viaggio.

*Monaco, 6 settembre.*

Sono partito da Ratisbona il cinque settembre, poco dopo mezzogiorno. Presso Abach, dove il Danubio si frange contro la roccia calcarea fin verso Saal, la regione si presenta bene. Il calcare è affine a quello di Osteroda nello Harz: compatto, ma nel complesso poroso. Alle sei del mattino sono arrivato qui a Monaco,[12] dove ho girellato per ben dodici ore; per cui non farò che poche osservazioni. Nella pinacoteca, mi son trovato un po' spostato: devo ancora assuefare i miei occhi a guardare quadri. Vi son però delle cose eccellenti. Gli schizzi del Rubens,[13] della Galleria di Lussemburgo, mi han procurato un diletto vivo.

C'è anche quel famoso gingillo, ch'è il modello della Colonna Traiana.[14] Il fondo è di lapislazzuli, le figure dorate. Tutto sommato, un gran bel lavoro, che non si ammira senza piacere.

Nella sala delle antichità,[15] ho potuto anche constatare che i miei occhi non hanno familiarità con quegli oggetti; per ciò non mi sono trattenuto a sciupare il mio tempo. Parecchie cose poi non mi sono andate troppo a genio, né saprei dire il perché. Mi ha interessato un *Druso*; anche due *Antonini* mi han lasciato soddisfatto, e così altre sculture. Fatto è che i vari oggetti non si trovan nemmeno sempre al loro posto, per quanto sia evidente la buona intenzione di metterli in mostra. La sala, o a dir meglio la vòlta, piacerebbe di più se fosse più pulita e tenuta con maggior cura. Nel gabinetto di Storia naturale[16] ho visto dei bei minerali del Tirolo, che già conoscevo e che anche posseggo in piccoli esemplari.

Ho incontrato una donna con dei fichi, che, per essere una primizia, mi son piaciuti assai; ma le frutta, in generale, per il quarantottesimo grado, non sono una gran cosa. Tutti si lagnano del freddo e dell'umido. Già questa mattina, a buon'ora, prima di arrivare a Monaco, mi aveva sorpreso un nebbione, che poteva passare anche per pioggia; e per tutta la giornata, dai monti del Tirolo ha soffiato una brezza da intirizzire. Guardando da un campanile a quei monti, li ho visti coperti, sotto un cielo tutto imbronciato. Ma in questo momento, il sole al tramonto illumina ancora l'antico campanile[17] dirimpetto alla mia finestra. Chiedo scusa se mi occupo tanto del vento e del tempo; ma anche colui che viaggia per terra, se non quanto un navigante, deve pur pagare il suo tributo all'uno e all'altro. Sarebbe un vero disastro se il mio autunno in terra straniera dovesse avere il tempo meno propizio che l'estate nel mio paese.

Ed ora senz'altro alla volta di Innsbruck. Ma quante cose non mi tocca trascurare a destra e a sinistra del mio cammino, per realizzare quel sogno, che ha dormito forse fin troppo in fondo al mio spirito!

*Mittenwald, 7 settembre, sera.*

Sembra che il mio angelo custode abbia voluto mettere l'*amen* al mio *credo*, ed io gli voglio dir grazie d'avermi accompagnato fin qui con una giornata così bella. L'ultimo postiglione ha detto, con un'esclamazione di giubilo, che questa è la prima bella giornata di tutta l'estate; io però coltivo la mia segreta superstizione, che la debba durare così. E così mi perdonino gli amici se riparlo di venti e di nuvole!

Stamane alle cinque, nel lasciare Monaco, il cielo s'era rischiarato. Sulle montagne tirolesi le nuvole erano accampate in masse gigantesche, immobili. Nemmeno gli strati delle regioni sottostanti si muovevano. Adesso, la via sale mentre in basso si vede scorrere la Isar, fra i cumuli di ghiaia trasportata dalle alluvioni. Il lavorio delle correnti marine nelle epoche remote qui non è difficile a comprendersi. In alcune schegge di granito ho trovato i fratelli e i parenti degli esemplari che conservo nella mia collezione e che ho avuto in dono dal Knebel.[18]

Le nebbie del fiume e del piano hanno resistito per un bel po', ma alla fine anch'esse si sono dileguate. Dopo le colline di ghiaia, cui ho accennato, e che si stendono in lungo e in largo per ore e ore, ecco ora un terreno bellissimo e fertilissimo, proprio come nella vallata della Regen. Ma adesso ripieghiamo verso la Isar ed ecco uno spaccato e insieme un declivio di quelle colline per un'altezza di centocinquanta piedi. Sono passato per Wolfrathshausen, raggiungendo il quarantasettesimo grado. Il sole saettava infuocato e nessuno di noi credeva più nel buon tempo; e chi se la pigliava con l'annata cattiva e chi si lamentava perché il Padreterno non ci vuol porre un rimedio.

Un mondo nuovo mi si schiuse innanzi, a questo punto: mi avvicinavo alle montagne, che a poco a poco si andavano spiegando alla mia vista.

L'abbazia di Benedictbeuren[19] si presenta in una incantevole posizione, che fin dalla prima occhiata vi riempie di stupore. È un lungo ed ampio edificio, biancheggiante nel mezzo di una fertile pianura, con un alto dirupo alle sue spalle. Si sale sempre, fino al laghetto di Kochel, poi più in su ancora, sempre fra i monti, fino al lago di Walchen. Qui ho salutato le prime cime coperte di neve, e meravigliatomi di trovarmi già così vicino ai ghiacciai, mi son sentito rispondere che ancor ieri c'erano stati lampi e tuoni e che sulla montagna era caduta anche la neve. Da queste perturbazioni atmosferiche si voleva trar la speranza di un tempo migliore e dalla prima neve l'auspicio d'un cambiamento di temperatura. Le rocce che mi circondano sono tutte del calcare più antico, che però non contiene pietrefatti. Questi gioghi calcarei si allungano in enormi catene ininterrotte dalla Dalmazia al San Gottardo e più in là. Lo Hacquet[20] ha percorso gran parte di queste giogaie che si appoggiano a monti del periodo primario, così ricchi di quarzo e di argilla.

Dal lago di Walchen sono arrivato qui alle quattro e mezzo. A un'ora circa dalla città, mi è occorsa una graziosa avventura. Un suonatore d'arpa, che mi precedeva a piedi con la figliuola, una bambina di undici anni, mi pregò di prender con me in carrozza la piccina. Egli continuò a piedi, col suo strumento, ed io feci posto alla bimba, che si collocò con gran premura ai piedi una grande scatola nuova. Era una bimba[21] graziosa, abbastanza educata e non del tutto ignara del mondo. Era andata con la madre in pellegrinaggio, a piedi, fino alla Madonna di Einsiedeln,[22] avevano tutte e due in animo di compiere il più lungo pellegrinaggio di S. Giacomo di Compostella, quando la madre venne a morire, per cui il loro voto rimase incompiuto. «In onore della Madonna non si fa mai troppo!» diceva. E continuò a raccontarmi come avesse visto coi propri occhi, dopo un grave incendio, una casa ridotta in cenere dalle fondamenta; sopra la porta di questa casa, c'era prima, dietro un vetro, l'imagine della Vergine; ebbene, vetro ed imagine rimasero intatti: un miracolo, secondo lei, da toccarsi con mano. Tutti i suoi viaggi li aveva fatti a piedi. Recentemente, a Monaco, aveva suonato in presenza del Principe elettore e s'era fatta sentire da una ventina di personaggi di quella Corte. La piccina mi divertì un mondo. Aveva certi grandi occhi neri ed una fronte capricciosa che di tratto in tratto si corrugava un poco. La sua conversazione era piacevole e disinvolta, specialmente quando ella usciva in quelle sue squillanti risate infantili; ma se taceva, assumeva un'aria troppo seria, atteggiando il labbro superiore a una smorfietta non punto allegra. Si parlava del più e del meno; ella rispondeva sempre a tono, prestando attenzione a tutto ciò che ne circondava. A un certo punto: «Che albero è quello lì?» domandò. Era un grosso e bell'acero, il primo in cui mi fossi imbattuto durante tutto il viaggio. Anch'ella lo aveva notato e vedendone poi parecchi altri, era sempre felice di poter distinguere l'acero dagli altri alberi. Andava, così mi disse, alla fiera di Bolzano, dove supponeva che fossi diretto anch'io. «Se c'incontreremo a Bolzano, non mi vorrete fare un regaluccio?». Finii col prometterglielo. A Bolzano si sarebbe anche messa la cuffietta nuova, che s'era fatta fare a Monaco coi suoi risparmi. «Aspettate. che ve la faccio vedere», soggiunse, aprendo infatti la scatola; ed io non potei a meno di farle i miei complimenti per la sua graziosa cuffietta dai bei ricami e dai nastri eleganti.

Un'altra lieta prospettiva ci faceva stare allegri: la piccina dava per certo che avremmo avuto buon tempo. Infatti, diceva, suo padre e lei portavano sempre seco un barometro: vale a dire l'arpa. «Quando il cantino cresce, è indizio di bel tempo». Ed era proprio il caso. Accettai il suo buon augurio e ci separammo di ottimo umore, con la speranza di un prossimo arrivederci.

*Passo del Brennero, 8 settembre, sera.*

Eccomi qui, quasi contro voglia, ma finalmente in un luogo di riposo, in un cantuccio tranquillo come non avrei nemmeno osato di sperare. È stata una giornata di cui mi rammenterò con piacere per un pezzo. Stamane alle sei ho lasciato Mittenwald con un vento frizzante che spazzava completamente le nubi nel cielo sereno. Pareva proprio un freddo di febbraio. Intanto, nel fulgore del sole nascente le montagne opache rivestite di pini, e fra queste le rocce grigiastre, e nello sfondo le cime bianche di neve, che spiccavano nel profondo azzurro del cielo, tutto era un avvicendarsi di quadri deliziosi.

Presso Scharnitz si entra in Tirolo. Il confine è tracciato come da un baluardo che sbarra la valle e si addossa ai monti. Bel colpo d'occhio: da un lato la roccia è fortificata, dall'altro s'innalza a picco. Da Seefeld in poi la via diventa sempre più interessante; e se dopo Benedictbeuren continua a salire di poggio in poggio e tutte le acque scendono al bacino dell'Isar, adesso, dall'alto di una cresta si scorge la valle dell'Inn, ed ecco, dirimpetto, Inzingen. Intanto il sole era già alto e cocente, sì che dovetti alleggerirmi di panni, che del resto, data la temperatura così incostante, cambio parecchie volte al giorno.

A Zirl si scende nella valle dell'Inn. La posizione è d'una bellezza indescrivibile, resa ancor più splendida dal tepido vaporar del sole. Il postiglione aveva più fretta ch'io non volessi; ma non aveva ancora ascoltato la messa e s'era proposto di ascoltarla ad Innsbruck con altrettanto maggior devozione, essendo precisamente la festa della Madonna di settembre. Così siamo scesi a precipizio lungo l'Inn, rasentando la roccia di S. Martino, una scoscesa enorme muraglia calcarea a picco. Forse mi sentirei d'avventurarmi anch'io, e senza la scorta d'un angelo, fra quei dirupi, dove si vuole che sia smarrito l'imperatore Massimiliano;[23] ma sarebbe sempre un'impresa temeraria.

Innsbruck è splendidamente situata in un'ampia e fertile vallata fra monti e rocce. In sulle prime, mi volevo fermare qui un poco; ma non riuscivo a darmi tregua. Per un poco mi sono anche divertito col figlio dell'albergatore, un Söller tanto fatto.[24] Ed ecco che a poco a poco c'imbattiamo nei nostri personaggi. Per celebrare la Natività di Maria, sono tutti azzimati per la festa. Sono tipi robusti, che vanno divotamente a gruppi in pellegrinaggio fino a Wilten, santuario distante un quarto d'ora dalla città, in direzione dei monti. Alle due, mentre la mia carrozza si apriva di carriera un passaggio tra la folla variopinta, la processione se ne andava tranquillamente per la sua via.

Da Innsbruck in poi il paesaggio è sempre più pittoresco. Per vie molto comode si guadagna un vallone, che immette le sue acque nell'Inn ed offre agli occhi una varietà di scene infinita. Mentre la via procede proprio sotto la roccia da sembrarvi quasi intagliata dentro, si scorge il fianco opposto tutto in un dolce pendio, che vi consente le migliori colture. Villaggi, case, casette, capanne, tutto è dipinto di bianco, fra i campi e le macchie sparse sull'ampio ed elevato ripiano digradante. Ma ben presto tutto cambia d'aspetto: il suolo ancora coltivabile diventa prato, finché anche questo sfuma in un'erta impraticabile.

Quanto alla mia teoria cosmogonica, ho fatto alcune scoperte, non però nuove del tutto, né inaspettate. Ho anche sognato non poco di quella forma originaria[25] di cui vado discorrendo da tanto tempo e grazie alla quale sarei così felice di poter esprimere ciò che si agita nel mio spirito e non posso rappresentare in natura agli occhi di tutti.

Ma ecco che l'aria a poco a poco s'imbruna; i particolari sfumano e le masse si fanno sempre più grandi e più imponenti; infine, mentre innanzi a me tutto passa come in un fosco quadro misterioso, ecco da lontano ancora delle cime biancheggianti illuminate dalla luna. Adesso non aspetto se non che l'aurora rischiari questa gola di rupi in cui mi sono inerpicato sulla linea di confine fra il sud e il nord.

Aggiungerò ancora qualche osservazione sulla temperatura, la quale mi è così benigna forse appunto perché le dedico tante attenzioni. In pianura, il tempo, buono o cattivo che sia, non si avverte se non quando è già bene stabilito; in alta montagna invece, si assiste proprio alla sua formazione. Ho notato questo fenomeno ogni volta che, durante qualche viaggio, o qualche escursione, o durante la caccia, sia di giorno che di notte, mi è occorso di trattenermi tra le foreste e tra le rocce. Per questo mi son venuti in testa certi grilli (non li voglio chiamare altrimenti) dai quali non riesco a liberarmi come avvien sempre quando si tratta di grilli; e me li sento sempre ronzare nel cervello come se esistessero veramente. Ecco perché provo la tentazione di non tenerli tutti per me, tanto più che ho spesso per costume di mettere alla prova l'indulgenza degli amici.

Se infatti osserviamo le montagne, da vicino o da lontano, vediamo le loro vette ora lucenti nello splendore del sole, ora fasciate di nebbia, ora percorse da nubi in tempesta, o sferzate dalla pioggia o ricoperte di neve: e attribuiamo tutto questo all'atmosfera, perché possiam vedere benissimo coi nostri occhi le sue vicissitudini e le sue variazioni. Le montagne, invece, per i nostri sensi esteriori stanno immobili nella loro forma originaria. Noi le consideriamo come inerti, perché sono impassibili; le crediamo cose morte, perché si riposano. Ma da troppo tempo ormai io non so trattenermi dall'attribuire proprio alla loro occulta azione interiore, almeno in gran parte, le variazioni che si producono nell'atmosfera. Io credo in altre parole, che la massa terrestre e quindi le sue basi più eminenti non esercitino una forza d'attrazione sempre uguale e costante, ma che cotesta forza si esprima attraverso una certa qual pulsazione e che ora diminuisca ora aumenti, per cause interne e immanenti, o fors'anco esterne e accidentali. Per quanto tutti gli altri tentativi di rappresentare questa oscillazione siano ancora limitati e rudimentali, l'atmosfera è sempre abbastanza sensibile e diffusa per farci comprendere quelle sue forze occulte. Quando quella forza d'attrazione diminuisce, sia pur di pochissimo, subito il peso diminuito e la scemata elasticità dell'aria ci annunziano questa conseguenza. L'atmosfera non può più sopportare l'umidità chimicamente e necessariamente diffusa in se stessa, le nuvole si abbassano e torrenti di pioggia si rovesciano sopra la terra. Che se la montagna aumenta la sua forza di gravità, ristabilisce immediatamente l'elasticità dell'aria e si producono due importanti fenomeni: dapprima i monti concentrano intorno a sé enormi masse di nuvole, le mantengono ferme ed immote sopra il loro capo come una seconda vetta, finché, spinte da un contrasto interiore di energie elettriche, precipitano o in forma di uragano, o di nebbia, o di pioggia; subito dopo l'elasticità dell'aria agisce su quel che rimane, essendo quest'aria ancora capace di contenere in sé una più o meno grande quantità di acqua, di scioglierla e di trasformarla. Ho assistito al dissolversi di una di queste nubi, nel modo più evidente. Essa pendeva in cima alla più alta vetta e il crepuscolo la illuminava; lentamente lentamente, i suoi lembi estremi si staccarono; alcuni fiocchi furono strappati con violenza e sbandati in alto; poi anche questi svanirono e così, a poco a poco, dileguò tutta la massa, che mi apparve innanzi agli occhi come una conocchia, il cui filo fosse misteriosamente svolto da una mano invisibile.

I miei amici sorridono di questo metereologo ambulante e delle sue curiose teorie? Sappiano che, con altre mie osservazioni, offrirò loro anche argomento di riso. Perché devo confessarlo: non essendo in sostanza il mio viaggio in Italia che una fuga per farla finita con tutte le contrarietà da me sofferte sotto il cinquantesimo grado, speravo di entrar veramente, al quarantesimo ottavo, in una specie di terra promessa. Se non che mi son trovato deluso, ciò che avrei dovuto attendermi anche prima; infatti, non è la sola altezza polare che fa il clima e la temperatura; ma vi contribuiscono anche le catene dei monti e specialmente quelle che attraversano una regione da levante a ponente. In queste regioni si avvicendano grandi e continue perturbazioni atmosferiche, delle quali risentono a preferenza i paesi che volgono a settentrione. Così anche quest'estate, a quanto pare, la temperatura di tutto il Settentrione è stata influenzata dalla catena delle Alpi, dalla quale ora vi scrivo. In questi ultimi mesi qui ha sempre piovuto e i venti di sud-ovest e quelli di sud-est hanno spinto la pioggia sempre in direzione nord. In Italia probabilmente avrà fatto bel tempo, se non anche troppo asciutto.

Ed ora poche parole della vegetazione, che ha così stretto rapporto con quanto ho detto fin qui e che è per ogni guisa sotto l'influenza del clima, dell'altezza dei monti e dell'umidità. Anche da questo punto di vista non ho constatato un cambiamento molto sensibile, ma piuttosto un certo progresso. Ancor prima di Innsbruck si trovano spesso in quelle valli le mele e le pere; ma le pèsche e l'uva le importano dall'Italia e a preferenza dal Tirolo meridionale. Nelle vicinanze di Innsbruck si coltiva molto il granturco e un certo grano saraceno che chiamano *polenta*. Salendo il Brennero ho visto anche i primi larici e presso Schemberg il primo pino da pinocchi. Chi sa quali domande m'avrebbe fatto qui la figlia del suonatore d'arpa!

In materia di piante, sento che ho molto da imparare ancora. Fino a Monaco, ho creduto veramente di non vedere che le solite piante. Certo, questo mio continuo trottare di giorno e di notte non è stato molto favorevole a così sottili osservazioni; ma porto con me il mio Linneo[26] e mi son bene impressa nella mia memoria la sua terminologia. Del resto come possono bastarmi il tempo e la tranquillità a far dell'analisi che, se non mi conosco male, non è mai stata il mio forte? Ecco perché aguzzo bene gli occhi a tutto ciò che mi capita sotto: quando sulle rive del Walchen ho visto la prima pianta di genziana, mi son ricordato che anche prima d'allora avevo trovato le piante nuove sempre in riva all'acqua.

Ciò che ha attirato ancor più la mia attenzione è l'influenza che l'altezza delle montagne esercita, a quanto pare, sulle piante. Quassù non solo ho trovato piante nuove, ma anche visto modificato lo sviluppo delle piante note: se nelle regioni più basse i rami e i fusti apparivano più robusti e meglio sviluppati, le gemme più vicine le une alle altre e le foglie più larghe, nelle regioni più alte, invece, rami e fusti si mostravano più delicati, le gemme più lontane l'una dall'altra, così che fra nodo e nodo intercede uno spazio maggiore, e le foglie sviluppate in forma più aguzza. Ho osservato tutto questo in un salice ed in una genziana e mi son convinto che non erano specie diverse. Anche sul lago di Walchen ho osservato che i giunchi eran più alti e più slanciati che in pianura.

Le alpi calcaree, che ho percorso finora, presentano un color grigio e forme irregolari ma originali e pittoresche, benché la roccia sia disposta in giacimenti e a strati. Ma poiché non mancano nemmeno gli strati ondulati e la roccia in generale è corrosa in modo ineguale, le sue pareti e le cime offrono gli aspetti più bizzarri. Di siffatte montagne se ne incontra per tutta la catena del Brennero; nella regione del laghetto superiore ho trovato però un cambiamento. Sullo schisto micaceo d'un verde carico o di un grigio cupo, fortemente percorso dal quarzo, si appoggia una pietra calcare più compatta e più bianca che decomponendosi ha qualche cosa di micaceo e si presenta in grandi masse, benché frastagliate in mille modi. In questa pietra ho ritrovato dello schisto micaceo, che però m'è sembrato più fragile del precedente. Più in là si presenta un singolare tipo di gneis, o piuttosto una varietà di granito, che si avvicina al gneis, come nella regione di Ellbogen. Quassù, dirimpetto all'albergo,[2] la roccia è tutta micaschisto. Le acque che scorrono da questi monti non trasportano che questa pietra e del calcare grigio.

La grande vertebra di granito, alla quale tutto si appoggia, non può essere molto lontana. La carta geografica ci indica che ci troviamo ad un lato del grande Brennero propriamente detto, da cui le acque si riversano in tutte le direzioni.

Quanto all'aspetto esteriore della popolazione, ecco le osservazioni che ho potuto fare. Il tipo paesano è quello di un popolo franco e leale: begli occhi grandi e bruni e sopracciglia assai finemente disegnate nelle donne; sopracciglia bionde e larghe, invece, negli uomini. A tutti conferisce una lieta fisionomia il cappello, così graziosamente verde fra tanto grigio di rocce. Li portano adorni di nastri o di larghe fettucce di seta con frange fermate assai gentilmente mediante spilli. Ognuno porta sul cappello o un fiore, o una piuma. Viceversa le donne si imbruttiscono con certi cuffioni bianchi di lana pelosa, simili a berretti da notte, che danno loro un aspetto stravagante, tanto più che fuori di paese portano i cappelli verdi dei maschi, che stan loro così bene.

Ho avuto occasione di vedere in qual conto la gente del popolo tenga qui le penne del pavone e quale pregio abbiano in generale tutte le penne screziate. Chi volesse fare un'escursione in queste montagne dovrebbe portarne seco una collezione. Una di queste penne, esibita a tempo opportuno, potrebbe valere per tal mancia che mai la più gradita.

Mentre scelgo, raccolgo, cucio insieme questi foglietti e li ordino in modo che possan presto offrire agli amici una qualche idea di quanto m'è occorso fin qui, mentre nel tempo stesso alleggerisco il mio spirito di tutto quanto ho provato e meditato fin a questa tappa, scorgo con un brivido alcuni pacchetti manoscritti, dei quali son tenuto a rendere uno stretto conto. Non sono essi i miei compagni di viaggio? chi sa dirmi quale influenza potranno esercitare sull'avvenire che mi aspetta?

Avevo portato a Carlsbad tutti i miei scritti per preparare definitivamente l'edizione curata dal Göschen.[28] I manoscritti tuttora inediti li possedevo già da tempo nella bella copia stesa dal mio bravo segretario Vogel;[29] perché il valentuomo mi ha accompagnato anche a Carlsbad per assistermi con la sua abilità. Così mi son trovato in condizioni di inviare all'editore, grazie all'affettuosa cooperazione dello Herder,[30] i primi quattro volumi, ed ero già lì per far lo stesso con gli altri quattro. Ma quest'ultimi consistevano in parte di lavori soltanto abbozzati, o meglio di frammenti; perché la mia cattiva abitudine di incominciar molte cose per poi piantarle in asso al primo sbollire dell'entusiasmo, sembra si sia accentuata a poco a poco con gli anni, le occupazioni e le distrazioni.

Avendo dunque portato meco tutte queste cose, mi sono arreso di buon animo alle premure della spirituale società di Carlsbad, cui ho letto tutto quanto era rimasto ancora ignoto, mentre ha deplorato vivamente ch'io avessi lasciati incompiuti certi lavori, dei quali si sarebbe compiaciuta ben più.

La festa del mio compleanno è consistita soprattutto in una quantità di poesie da me ricevute e intitolate ai miei lavori incominciati, ma rimasti incompiuti; nelle quali gli autori si dolevano, ciascuno a modo suo, della mia condotta. Eccelleva fra tutte una poesia in nome degli «Uccelli»,[31] nella quale una deputazione di queste graziose creature inviata a *Treufreund*, con molto fervore pregava il festeggiato di decidersi a fondare e ad amministrare il regno loro promesso. Non meno argute ed amabili, sono state le espressioni relative ad altre opere mie tuttora incompiute; tanto che improvvisamente queste mi si son ravvivate nella fantasia e non senza piacere ho confidato agli amici i miei progetti e i miei proposti per l'avvenire. Tutto questo ha provocato incessanti richieste e desiderî insistenti, offrendo buon giuoco allo Herder, che finì col persuadermi di portar con me un'altra volta questi scritti e di dedicar soprattutto attenzioni speciali all'*Ifigenia*,[32] che, diceva, le avrebbe ben meritate. Il dramma, com'è al presente, è un abbozzo più che un'opera compiuta, e scritto in prosa poetica, che talvolta trapassa in un ritmo giambico ed assume anche altre forme metriche. Tutto questo finisce in realtà col nuocere all'effetto, a meno che non si legga alla perfezione o non si riesca, anche con un certo artifizio, a celarne i difetti. Lo Herder, dicevo, m'ha raccomandato con molto fervore la cosa; ma avendo io tenuto nascosto, a lui come a tutti gli altri, il gran progetto di questo mio viaggio, egli ha creduto si trattasse semplicemente di un'altra escursione montanina; anzi, come si è sempre fatto beffe della mineralogia e della geologia, mi ha suggerito di dedicare i miei talenti appunto a questo dramma, anzi che perdermi a martellare sulle pietre inanimate. Ad esortazioni tanto amabili, non potevo non ubbidire; ma fino ad oggi, non m'era riuscito di pensarci più che tanto. Ora soltanto tolgo la mia *Ifigenia* dal pacchetto, per portarmela come compagna di viaggio nel dolce paese della bellezza. La giornata è tanto lunga, la meditazione non soffre molestie e le scene maestose che mi circondano non soffocano per nulla il sentimento della poesia; anzi, favorito com'è dal moto e dall'aria libera, lo ravvivano ancor più.

## DAL BRENNERO A VERONA

*Trento, 11 settembre (1786) mattina.*

Dopo cinquanta ore passate sempre sveglio e in continue occupazioni, arrivato qui ier sera alle otto, mi son coricato immediatamente; ed eccomi ora di bel nuovo in condizioni di ripigliare il mio racconto. La sera del nove, dopo d'aver chiusa la prima parte del mio diario, avrei voluto prendere ancora uno schizzo dal vero dell'albergo, che è anche la stazione di posta del Brennero; ma la cosa non mi riuscì: sbagliai le linee caratteristiche e me ne tornai a casa un po' indispettito. L'albergatore mi domandò se non volessi proseguire: avremmo avuto il chiaro di luna e la via sarebbe stata eccellente. Benché sapessi che il suo consiglio era interessato, perché al mattino di buon'ora egli avrebbe avuto bisogno dei cavalli per trasportare il guaìme, e che per quest'ora quindi gli servivano, lo accettai per buono, trovandosi d'accordo, in fondo, con quello che desideravo anch'io. Il sole riapparve nell'orizzonte, l'aria era mite, io preparai le mie valigie e alle sette si ripartì. L'atmosfera aveva spazzato via le nubi e la serata si mantenne bellissima.

Il postiglione si era appisolato ed i cavalli si slanciarono di carriera giù per la via ben nota, per riprendere poi un trotto più discreto ogni qual volta arrivavano in piano. Allora il mio auriga si risvegliava e giù colpi di frusta; così con grande velocità e sempre fra alte rupi arrivai alle sponde del turbolento Adige.[1] La luna qui apparve ad illuminare forme di giganti: certi mulini, in mezzo ai pini decrepiti sulla riva del fiume spumeggiante, erano autentici quadri dell'Everdingen.[2]

Giunto verso le nove a Sterzen,[3] mi si fece comprendere che si aveva fretta di rimettersi in cammino. A Mezzaselva e alle dodici precise trovai tutti, tranne il postiglione, immersi nel più profondo sonno. Così procedemmo fino a Bressanone, dove si riprese il cammino, come sempre, vertiginosamente, finché allo spuntar del giorno arrivammo a Collman.[4] I postiglioni correvano veramente in modo da farci rimanere storditi; ma per quanto mi dispiacesse di percorrere queste regioni con una celerità spaventevole e quasi volando fra le tenebre, tuttavia in cuor mio salutai con piacere perfino un venticello, che, soffiando favorevolmente alle nostre spalle, mi portava sempre più vicino alla mia meta. Allo spuntar del giorno, scorsi i primi vigneti e incontrai anche una donna con pere e pèsche. Si continuò così di gran trotto fino a Teutschen,[5] dove arrivai alle sette per rimettermi poi subito in cammino. E dopo d'aver preso un poco verso nord, scorsi finalmente, e il sole era già alto, la valle in cui giace Bolzano. Bolzano è tutta circondata da ardui monti, coltivati fino a una certa altezza; ma verso mezzogiorno rimane scoperta, mentre verso settentrione è protetta dalle montagne del Tirolo. Un'aria dolce e mite spirava in tutta la regione, in cui l'Adige ripiega di bel nuovo verso mezzogiorno. Al piede del monte le colline sono coltivate a viti. Tra i filari lunghi e bassi sono piantati dei pali e le uve brune pendono graziosamente dall'alto, maturando al calore del suolo sottostante. Anche al piano della vallata, dove del resto non vi sono che praterie, la vite è coltivata in lungo ordine di filari, mentre nel mezzo spunta il granturco, il cui gambo ora si leva sempre a maggiore altezza. Ne ho visti spesso di dieci piedi. Ma la pannocchia filosa qui non è ancora recisa, come si usa quando la fecondazione è già avvenuta da qualche tempo.

Con un gran bel sole sono arrivato a Bolzano, dove le molte facce dei mercanti mi hanno comunicato una certa allegria. Qui la vita agiata e attiva si rivela con grande vivacità. Sulla piazza c'erano le fruttivendole con cesti sparsi e tondi di circa quattro piedi di diametro, in cui le pèsche e le pere eran disposte in modo da non potersi schiacciare. E qui mi ricorse alla mente ciò che avevo visto scritto sopra la finestra dell'albergo di Ratisbona:

> *Comme les pêches et les melons*
> *Sont pour la bouche d'un baron,*
> *Ainsi les verges et les bâtons*
> *Sont pour les fous, dit Salomon.*

Che sia stato un barone nordico l'autore di questi versi, è evidente; ma è anche fuor di dubbio che in queste regioni egli avrebbe cambiato opinione.

La fiera di Bolzano[6] dà incremento ad un notevole commercio in seterie. Vi si importano anche pannine e tutte le specie di cuoiami, che si producono nei paesi di montagna. Ma i commercianti vi affluiscono numerosi specialmente per riscuotere, per assumere commissioni, per aprire nuovi crediti. Avevo una gran voglia di passare in esame tutti i prodotti radunati in questo mercato; ma l'ansia e l'irrequietezza che mi spingevano innanzi non mi lasciarono nemmeno prender fiato, sì che m'affrettai di bel nuovo in cammino. Ma mi posso anche consolare pensando che tutte queste cose, ai nostri tempi in cui la statistica è in onore, si trovano certamente bell'e stampate, e che all'occasione tutti le possono apprendere dai libri. Quel che per ora sta a cuore a me, è d'arricchirmi di quelle impressioni sensibili che non dànno né i libri, né i quadri. Per me l'importante è di prendere ancora interesse a ciò che si agita nel mondo, di mettere alla prova il mio spirito d'osservazione, d'esaminare fino a qual punto arrivino la mia scienza e la mia cultura, d'essere sicuro che il mio occhio è lucido, limpido e puro, di esperimentare quanto in tanta fretta sono in grado di ritenere, e se le rughe, che si sono scavate ed impresse nella mia anima, si possono ancora spianare. Ora che faccio già tutto da me, e devo esser sempre intento e sempre vigile, sento già, da qualche giorno, una tutt'altra elasticità di spirito. Adesso, devo pensare anche alla valuta[7] e al cambio del denaro, devo pagare, notare, scrivere, mentre prima non avevo che da pensare, volere, riflettere, comandare, dettare.

Da Bolzano a Trento si percorre per circa nove miglia una valle sempre più ubertosa. Tutto ciò che fra le montagne più alte comincia appena a vegetare, qui acquista forza e vita; il sole brilla con ardore e si crede ancora in un Dio.

Una povera donna mi chiamò per pregarmi di prender il suo bambino nella mia carrozza, perché l'arsura della strada, diceva, gli scottava sotto i piedi. Io volli compiere questo atto di gentilezza in onore del potente Lume del cielo. Il piccino era lindo e adorno fuor del comune, ma non ho potuto cavargli di bocca una parola in nessuna lingua.

L'Adige scorre a questo punto più tranquillo e in molti luoghi forma estesi banchi di ghiaia. Lungo il fiume e sul dorso delle colline la coltivazione è così intensa e così folta da far pensare che tutto debba soffocarsi a vicenda: filari di viti, granturco, gelsi, mele, pere cotogne e noci. Lungo i muri si protende vigoroso il sambuco, lungo le rocce l'edera s'arrampica in tenaci fasci spampanando tutto all'intorno, la lucertola striscia fra gli intervalli, e così tutto quello che si vede e si muove qua e là, fa pensare ai quadri prediletti. Le trecce delle donne raccolte sulla nuca, il petto nudo dei maschi in abiti leggeri, gli splendidi bovi che vanno e vengono dal mercato alla casa, gli asinelli curvi sotto il carico — tutto questo sembra un quadro vivo e parlante di Enrico Roos.[8] Come poi vien la sera, e nella brezza tranquilla le rade nubi si posano sulle cime dei monti librandosi nel cielo quasi immote e, dopo il tramonto, comincia a farsi distinto lo stridio delle locuste, allora ci sentiamo a nostro agio anche in questo mondo; e non più a pigione, od in esilio. Io per me mi trovo bene come se, nato e cresciuto qui, fossi ritornato or ora da una spedizione in Groenlandia per la pesca delle balene: perfino la polvere così noiosa nella mia patria, che di tratto in tratto avvolge in un turbine la carrozza e che da un pezzo non vedevo più, ora mi riesce gradita. Il tri-tri delle locuste è quanto mai piacevole; penetrante sì, ma non senza grazia. È poi un'allegria sentire qui i monelli, che fischiano a gara con la turba di quelle canterine; chè vien proprio fatto di pensare a una gara. Anche di sera, come di giorno, l'aria è mitissima.

Se questo mio entusiasmo fosse appreso da alcuno che dimora nel Mezzogiorno o che vien dal Mezzogiorno, costui mi prenderebbe certo per un bambino. Ahi me, quello che esprimo solo adesso, lo sentivo da molto tempo, fin da quando, cioè, stavo soffrendo sotto un cielo inclemente mentre ora m'è dolce provare come un'eccezione quella gioia, che si dovrebbe godere senza interruzioni come un'eterna legge di natura.

Ho fatto un giro per la città, che è antichissima, ma che in alcune vie ha case moderne di buona costruzione. Nella chiesa[9] c'è un quadro, in cui gli intervenuti al Concilio ascoltano una predica del Generale dei Gesuiti. Sarei davvero curioso di sapere che cosa può aver dato loro ad intendere. La chiesa di questi Padri si distingue già dal suo esterno per certi pilastri di marmo rosso nella facciata. Una pesante portiera chiude la porta per trattenere la polvere. Sollevatala, mi trovai in un breve peristilio: la chiesa propriamente detta è chiusa da una cancellata di ferro, non sì però che non si possa vederla tutta. Tutto taceva né si vedeva anima viva; infatti non vi si celebra più alcuna funzione. La porta esterna era aperta solo perché tutte le chiese, dopo il vespro, devono essere aperte.

Mentre stavo esaminando lo stile dell'edificio, che mi pareva simile a tutte le altre chiese di codesti Padri, entrò un vecchierello, che subito si tolse il berretto. Il vecchio abito nero e stinto rivelava un prete caduto nella miseria. Egli s'inginocchiò innanzi al cancello e dopo una breve preghiera si alzò. Nel voltarsi, borbottò sommessamente: «Sta bene: hanno scacciato i Gesuiti;[10] ma avrebbero dovuto anche pagar loro ciò che è costata la chiesa! So ben io quel che è costata; ed anche il Seminario; e che bella somma!». Nel frattempo era già arrivato fuori, e dietro a lui caduta la portiera, ch'io risollevai, tenendomi zitto in disparte: «Non è stato l'Imperatore! — continuò allora il vecchio, fermo sul primo gradino: — ma è stato il Papa, che li ha scacciati!». Infine, verso la via e senza accorgersi della mia presenza: «Prima gli Spagnuoli, poi noialtri, poi i Francesi. Ma il sangue di Abele grida vendetta contro il fratello Caino!». E qui scese la gradinata e s'avviò sempre brontolando fra sé. Si tratta probabilmente d'un pover'uomo, mantenuto dai Gesuiti, che in seguito alla catastrofe dell'Ordine avrà perduto il ben dell'intelletto, e ogni giorno viene a cercare fra quelle mura deserte gli antichi abitatori, per lanciare, dopo una breve preghiera, una maledizione contro i loro nemici.

Un giovane presso il quale m'informai delle cose più notevoli della città, mi ha indicato una casa, detta la Casa del Diavolo,[11] ch'e proprio lui, l'eterno distruttore, avrebbe costruito in una sola notte, con pietre messe insieme in fretta e furia. Ma ciò che in tutto questo è veramente degno di nota, il bravo giovane non aveva affatto notato; quella, infatti, è precisamente l'unica casa di buon gusto che io abbia visto a Trento: costruita senza dubbio in epoca remota da qualche valente italiano.

*Rovereto, 11 settembre, sera.*

Sono partito alle cinque di sera col solito spettacolo di ieri, e con le locuste che verso il tramonto intonano subito il loro tri-tri. Per un buon miglio la via prosegue fra muriccioli, al di sopra dei quali si scorgono i tralci delle viti; altri muri, non abbastanza alti, sono rialzati a bello studio a furia di pietre, di spine e non so che altro, per impedire ai viandanti di spiccare i grappoli. Molti proprietari di vigneti spruzzano sopra i filari più avanzati una specie di calce, che dà un disgustoso sapore all'uva ma non arreca alcun danno al vino, perché la fermentazione ne espelle ogni impurità.

Eccomi a Rovereto,[12] dove la lingua si cambia d'un tratto; più verso settentrione, oscilla ancora fra il tedesco e l'italiano; ma qui ho trovato per la prima volta un postiglione italiano puro sangue; e quanto all'albergatore, non c'è verso di cavargli una parola in tedesco: io stesso devo ora mettere alla prova le mie cognizioni linguistiche.[13] Ma come son felice, che questa lingua che io amo, sia d'ora innanzi la lingua viva, la lingua usata da tutti!

*Tòrbole, 12 settembre, pomeriggio.*

Con che ardente desiderio vorrei che i miei amici si trovassero un momento qui con me, per poter gioire della vista che mi sta innanzi!

Per questa sera, mi sarei già potuto trovare a Verona; ma a pochi passi da me c'era questo maestoso spettacolo della natura, questo delizioso quadro che è il lago di Garda, ed io non ho voluto rinunciarvi; mi trovo generosamente compensato d'aver allungato il cammino. Son partito da Rovereto dopo le cinque, prendendo per una valle laterale, che versa le sue acque ancora nell'Adige. Arrivati alla sommità, si presenta in basso un enorme ciglione scosceso, che si valica per poi scendere fino al lago. S'incontrano qui le più belle rupi calcaree, che si presterebbero a studi pittoreschi. Scendendo fino in fondo, si trova poi un paesello sulla punta settentrionale del lago col suo piccolo porto o meglio luogo d'approdo, che chiamano Tòrbole.[14] Lungo il cammino, gli alberi del fico mi avevano già spesso tenuto compagnia e nello scendere per quell'anfiteatro di rocce ho trovato anche i primi ulivi carichi di bacche ed, anche per la prima volta, e comunissimi, quei piccoli fichi bianchi che la contessa Lanthieri mi aveva fatto intravedere come una ghiottornia.

Dalla stanza in cui mi trovo, una porta dà sul cortile: ho fatto avanzare un poco il mio tavolo, e, con pochi tratti, ho disegnato la veduta. Il lago si vede per quasi tutta la sua lunghezza; solo in fondo, a sinistra, si nasconde ai nostri occhi. Da ambo le parti le rive, fiancheggiate da colli e da monti, biancheggiano graziosamente di innumerevoli paesi.

Dopo la mezzanotte il vento soffia da nord a sud; perciò chi vuole attraversare il lago per la lunghezza deve partire verso quell'ora; la corrente dei venti cambia infatti direzione qualche ora prima dell'alba e soffia verso nord. Proprio adesso, cioè dopo mezzogiorno, il vento spira contro di me con violenza, addolcendo piacevolmente la forza del sole. Intanto il Volkmann[15] m'insegna che questo lago un tempo si chiamava *Benacus* e riferisce un verso di Virgilio, che lo ricorda:

*Fluctibus et fremitu resonans Benace marino.*[16]

È il primo verso latino, il cui contenuto mi stia vivo innanzi agli occhi; e in questo istante, mentre il vento aumenta sempre più la sua violenza ed il lago infrange contro il porto le sue ondate sempre più alte, anche oggi, dico, questo verso è vero come tanti secoli or sono. Molte cose sono mutate; ma ancora il vento infuria su questo lago, il cui spettacolo rimarrà sempre nobilitato da un verso di Virgilio.

Scritto sotto il quarantesimo quinto grado e cinquanta minuti.

Col fresco della sera sono andato un po' a zonzo. Adesso mi trovo veramente in un paese nuovo, in un ambiente del tutto estraneo. Gli uomini conducono una vita spensierata da paese di cuccagna; in primo luogo, le porte non hanno serrature; ma l'albergatore mi ha assicurato che posso star tranquillo, se anche tutte le cose che ho con me fossero diamanti; in secondo, le finestre sono munite di carta oliata[7] in luogo di vetri; in terzo, manca affatto una certa comodità della massima importanza; tanto da potersi dire che qui si vive in certo qual modo allo stato di natura. Avendo interrogato il garzone dell'albergo per un certo bisogno urgente, costui m'indicò senz'altro il cortile: «Qui abbasso, può servirsi». «Dove?» domandai. Ed egli, amabilmente: «Da per tutto, dove vuol». La maggior trascuratezza si manifesta da per tutto; ma non manca una certa vita attiva ed industre. Le comari fanno il loro cicaleccio, strillando tutta la giornata, ma nel tempo stesso tutte hanno qualche cosa da fare o da accudire. Non ho visto ancora una donna oziosa.

L'albergatore mi ha partecipato, con enfasi tutta italiana, che si sarebbe stimato felice di potermi servire la trota più squisita. Queste trote son prese vicino a Tòrbole, nel punto in cui il fiume scende dai monti, ed esse tentano di salire a ritroso. L'imperatore ricava da questa pesca mille fiorini per il solo appalto. Non si tratta veramente di trote; queste di Tòrbole sono grandi, del peso talvolta di cinquanta libbre e picchiettate per tutto il corpo fino alla testa: ma il sapore, fra quel della trota e del salmone, è fine e delicato.

Ma la mia vera leccornia consiste ancora nelle frutta, nei fichi e nelle pere, che non è meraviglia se son deliziose nel paese dove già allignano i limoni.

*13 settembre.*

Son partito da Tòrbole stamane alle tre con due rematori. Il vento da principio ci è stato favorevole e abbiamo anche potuto spiegare le vele. La mattinata splendida e, dall'alba in poi, benché coperta di nubi, sempre tranquilla. Siamo passati davanti a Limone, i cui giardini disposti sul declivio del monte a guisa di terrazze e piantati a limoni, offrono uno spettacolo di abbondanza e di accuratezza ad un tempo. Ogni giardino consiste in file di pilastri quadrangolari, bianchi, distribuiti ad una certa distanza l'un dall'altro e arrampicantisi per l'erta in modo da formare una gradinata. Sopra questi pilastri si appoggiano delle robuste pertiche per proteggere nell'inverno le pianticelle che crescono fra gli intervalli. La lenta traversata mi ha favorito la veduta e l'osservazione minuziosa di tutti questi graziosi particolari. Se non che, oltrepassata Malcesine, il vento all'improvviso si cambiò e riprendendo la sua consueta direzione soffiò verso nord. Fu inutile remare contro tanta violenza e dovemmo approdare nel porto di Malcesine.[8] È questo il primo paese soggetto a Venezia sulla sponda orientale del lago. Quando si ha da fare con l'acqua, non si può mai predire dove si sarà l'indomani. Comunque approfitterò del mio meglio di questa fermata, per disegnare anzitutto il castello in riva al lago, che offre un bel colpo d'occhio. Stamane, passandovi davanti, ne ho già fatto uno schizzo.

*14 settembre.*

Il vento sfavorevole, che ieri mi ha sospinto nel porto di Malcesine, mi ha procurato un'avventura abbastanza seria, che però ho affrontato con disinvoltura e che ora è gustoso ricordare. Come avevo stabilito, stamane per tempo mi ero recato al castello,[9] aperto a tutti, perché senza porte, senza custode e senza sentinelle. Entrato nel cortile, dirimpetto all'antica torre che sorge sopra la roccia, in parte anzi piantata nella roccia, avevo trovato un ottimo posticino per disegnare: un piccolo sedile di pietra lavorata accanto ad una porta chiusa, alta tre o quattro gradini dal terreno, nel pieddritto, come del resto se ne trova negli antichi edifici anche da noi.

Ero appena seduto, quando irruppero nel cortile alcuni figuri, che dopo di avermi squadrato si misero a gironzare di qua e di là. La folla intanto aumentava sempre più e finalmente tutti si piantarono vicini a me e finirono con l'accerchiarmi. Benché avessi notato che il mio disegno aveva eccitato la loro curiosità, non mi turbai per questo e continuai tranquillamente il mio lavoro. Ma alla fine un individuo dall'aspetto non troppo rassicurante mi si parò innanzi e mi domandò che cosa facessi. «Prendo uno schizzo di questa vecchia torre, per conservare un ricordo di Malcesine», gli risposi. Ma egli replicò che dovevo smettere. Avendo però detto tutto questo in dialetto veneto, che io non capivo affatto, gli risposi precisamente: «Non capisco». Allora, con una disinvoltura tutta italiana egli afferrò il foglio dei miei disegni e lo stracciò, lasciandolo poi sulla mia cartella. A questa scenata potei subito notare negli astanti una cert'aria di malumore; una donna attempata, fra gli altri, disse che non era quello il modo, e che si doveva chiamare il podestà, il quale solo poteva pronunciarsi in simili circostanze. Io mi alzai così sopra i gradini con le spalle appoggiate alla porta a contemplare dall'alto il mio pubblico che si andava sempre più accalcando. Quegli sguardi fissi e curiosi, l'espressione bonaria di quasi tutti quei visi e quel non so che di caratteristico che si rivela in una folla di estranei, mi fecero la più umoristica impressione. Credetti veramente di vedermi innanzi il coro degli Uccelli di cui più di una volta mi son preso gioco rappresentando la parte di *Treufreund* nel teatro di Ettersburg. Tutto questo mi procurò il più gran buonumore, tanto che all'arrivo del podestà col suo attuario, lo salutai affabilmente; e alla sua domanda perché io volessi ritrarre la loro fortezza risposi, modestamente, che quelle vecchie muraglie non mi avevan proprio l'aspetto di una fortezza. Anzi, tanto a lui che alla folla, feci osservare il deperimento di quella torre e di quelle mura, la mancanza di porte, insomma la inutilità di tutto quell'arnese, e conclusi assicurando che non avevo avuto altra intenzione che di osservare e di disegnare una rovina.

«Ma se è una rovina, cosa può esserci di notevole da vedere?» mi si obbiettò; io replicai, tanto per guadagnare tempo in favor mio, dilungandomi in altre minuzie: che molti viaggiatori, come loro avrebbero dovuto sapere, venivano in Italia solo per vedere delle rovine; che Roma, la capitale del mondo devastata dai barbari, non era che una gran rovina; e che queste rovine erano state riprodotte centinaia di volte; che infine non tutti i monumenti antichi erano così ben conservati come l'anfiteatro di Verona, che anch'io speravo di vedere quanto prima.

Il signor podestà, che mi stava innanzi, ma qualche gradino più in basso, era un uomo piuttosto alto, non proprio mingherlino, sulla trentina; i lineamenti volgari della sua faccia senza espressione erano in perfetto accordo coi modi tardi e impacciati con cui mi rivolgeva le sue domande. Anche l'attuario, più piccolo e svelto, pareva non sapesse come trarsi dall'impiccio di un caso così nuovo e così singolare. Io aggiunsi ancora poche ed altrettali parole, che quelli mi parve ascoltassero anche volentieri: voltomi quindi ad alcuni sorridenti visi di donne, credetti senz'altro di scorgervi una concorde approvazione.

Tuttavia al menzionar che feci l'anfiteatro di Verona, conosciuto nel paese col nome di Arena, l'attuario, che nel frattempo ci aveva pensato su, sentenziò che il mio giudizio poteva essere anche giusto, essendo quello infatti un edifizio romano di fama mondiale; ma che le torri di Malcesine non avevano nulla di notabile se non per segnare esse il confine fra il territorio di Venezia e l'Impero d'Austria; e che appunto perciò non dovevano essere esplorate da spioni. Io replicai, con molte parole, che, per me, eran degne di attenzione non soltanto le antichità greche e romane ma anche quelle del Medio Evo; che del resto non era certo mia intenzione di rimproverarli se per essere assuefatti dall'infanzia ad aver sott'occhio questi edifizi non vi potevano scoprire come me tutta la loro pittoresca bellezza. A questo punto il sole sorse per fortuna ad illuminare splendidamente torri, rocce e mura ed io cominciai a descriver loro con entusiasmo la scena superba. Ma poiché il mio pubblico voltava precisamente la schiena a tutte queste cose tanto magnificate né c'era verso che volesse andar via, a un tratto tutti voltarono indietro la testa come uno stormo di quegli uccelli, che si chiamano appunto torcicolli, per vedere coi propri occhi quello che io avevo decantato ai loro orecchi, e perfino il podestà, benché con una certa compostezza, si volse ad ammirare il paesaggio che avevo descritto. Codesta scena mi fece un'impressione così amena, che il mio buon umore si raddoppiò e non risparmiai loro più nemmeno l'edera che da tanti secoli aveva superbamente adornato le rocce e le mura.

L'attuario obbiettò a questo punto che le mie erano bensì belle parole, ma che l'imperatore Giuseppe era un principe irrequieto, che senza dubbio macchinava qualche cosa di sinistro contro la repubblica di Venezia e che io potevo benissimo essere un suo suddito, un emissario incaricato di spiare i confini.

«Ben lontano» esclamai «dall'esser suddito di questo Imperatore, io mi posso vantare d'essere cittadino di una repubblica, né più né meno di voi. La mia non può certo stare alla pari per potenza e grandezza col Serenissimo Stato di Venezia; tuttavia si governa da sé e quanto a movimento commerciale, a ricchezza e a saviezza di governanti non la cede a nessuna città della Germania. Io son nato precisamente a Francoforte sul Meno, città il cui nome e la cui fama sono senza dubbio arrivati fino a voi».

«Di Francoforte sul Meno?» esclamò una donna giovane e graziosa. «In questo caso, signor podestà, voi potrete chiarire subito chi sia o chi non sia questo forestiero, che io stimo per uomo da bene; fate chiamare Gregorio, che è stato molto tempo a servire in quella città; nessuno meglio di lui potrà mettere in chiaro questa faccenda».

Intanto intorno a me tutte quelle facce si mostravano sempre più benevole; il mio primo contraddittore era scomparso e alla venuta di Gregorio la situazione si cambiò tutta in mio favore. Era costui un uomo sulla cinquantina, una faccia bruna veramente italiana, come se ne vedono tante. Egli parlò e si comportò come chi è abituato anche con gli stranieri, e mi narrò senz'altro d'essere stato al servizio del signor Bolongaro,[20] dicendo che sarebbe stato lieto di apprendere da me qualche notizia intorno a questa famiglia e alla città di cui si ricorderà sempre con piacere. Per fortuna il soggiorno a Francoforte coincideva appunto con gli anni della mia adolescenza sì che ebbi la doppia ventura di potergli dire esattamente come stessero le cose al tempo suo e che cosa fosse accaduto di nuovo in seguito. Gli narrai di tutte le famiglie italiane, di cui nessuna mi era rimasta estranea; ed egli fu assai soddisfatto di aprendere alcuni particolari; per esempio, che il signor Alessina,[21] nel 1774, aveva celebrato le sue nozze d'oro, e che in quell'occasione era stata coniata una medaglia, che possedevo anch'io. Egli ricordò, dal canto suo, perfettamente, che la moglie di questo ricco negoziante era di nascita una Brentano.[22] Io gli seppi raccontare anche dei figli e dei nipoti di queste famiglie, e come erano cresciuti, e come erano stati educati e come sposandosi si erano anche moltiplicati.

Come gli ebbi fornite le più minute informazioni su tutto ciò che egli aveva chiesto, notai che nella fisionomia di quest'uomo si alternavano la soddisfazione e la gravità. Egli era lieto e commosso ad un tempo; la folla mi si riconciliò sempre più, tanto che non si stancava di ascoltare il nostro dialogo del quale, s'intende, egli doveva tradurre nel loro dialetto una buona parte.

«Signor Podestà» disse egli finalmente, «io sono convinto che questo signore è una brava persona e un artista assai colto, che viaggia per istruzione. Lasciatelo andare in santa pace perché possa dir bene di noi ai suoi concittadini e li incoraggi a fare una visita a Malcesine la cui bella posizione merita bene di essere ammirata dai forestieri».

Io confortai queste amabili parole con un altro elogio a quei luoghi, alla posizione ed agli abitanti del paese senza dimenticare la sapienza e la prudenza delle autorità.

Tutto questo fu preso in buona parte ed io ebbi facoltà di visitare a mio talento il paese ed i dintorni in compagnia di mastro Gregorio. Anche l'oste presso il quale ero alloggiato si unì alla nostra compagnia, e andava già in visibilio al pensare all'affluenza dei forestieri che sarebbero piovuti in casa sua, non appena i pregi di Malcesine fossero messi in debita luce. Egli osservò poi con viva curiosità il mio vestito, ma con particolare invidia le mie piccole pistole che potevano stare così comodamente in tasca;

dichiarando ben felici coloro che possono permettersi di portar seco armi così belle, ciò che da loro era proibito sotto le pene più severe. Più volte dovetti interrompere questo bonario chiacchierone per esprimere la mia gratitudine al mio liberatore.

«Non ringraziatemi» si schermì il buon uomo; «voi non mi dovete nulla; se il Podestà conoscesse il suo mestiere e se l'attuario non fosse il più grande egoista dell'universo, non ve la sareste cavata a così buon mercato. Il primo era più imbarazzato di voi, e quanto al secondo, il vostro arresto, il rapporto e la scorta fino a Verona non gli avrebbero procurato un centesimo. Egli non ha tardato a comprendere tutto ciò e voi eravate già libero prima ancora che il nostro discorso fosse finito».

Sul far della sera il brav'uomo mi accompagnò in una sua vigna, in posizione stupenda sulla riva del lago. Era con noi un suo figliuolo sui quindici anni che doveva salire sugli alberi e spiccarne per me le frutta migliori, mentre il padre mi andava scegliendo l'uva più matura.

Nella compagnia di queste due buone e brave persone a me del tutto estranee, io, solo, nell'infinita solitudine di questo cantuccio del mondo, sentii profondamente, riflettendo alle avventure della giornata, qual singolare creatura è in fondo l'uomo e come egli si crei delle noie e dei pericoli per procurarsi ciò che potrebbe godere con sicurezza e comodità in buona compagnia; e tutto per il capriccio di volersi foggiare il mondo e i suoi abitatori a propria immagine e somiglianza.

Verso mezzanotte, il mio albergatore mi accompagnò fino alla barca portando il canestro di frutta di cui Gregorio mi aveva voluto fare omaggio; e col vento favorevole mi allontanai dalla riva che aveva minacciato di diventare per me il paese dei Lestrigoni.[23]

Ed ora, della mia gita sul lago. Questa si compì felicemente con grande esultanza del mio spirito per lo splendore dello specchio d'acqua e della riva bresciana che ne è bagnata. A ponente, dove la montagna non è più a picco ed il suolo discende più dolcemente intorno al lago, si stendono in fila per il tratto di circa un'ora e mezzo i paesi di Gargnano, Bogliacco, Cecina, Toscolano, Maderno, Gardone e Salò, sdraiati tutti sulla riva. Non è possibile esprimere a parole l'incanto di questa lussureggiante riviera. Alle dieci del mattino approdai a Bardolino dove caricai il mio bagaglio sopra un mulo; quanto a me, inforcai un altro mulo. La via passa a questo punto sopra il dorso di una montagna che divide la valle dell'Adige dal bacino del lago. Probabilmente le acque d'un'epoca remota hanno esercitata un'azione su tutti e due i fianchi con le loro immense correnti ed avranno accumulato così questa colossale diga di ciottoli. In un tempo meno agitato vi sarà stato poi sovrapposto dalle alluvioni il terreno fertile; ma l'agricoltore si lagna anche adesso dei continui ciottoli che sbucano dal terreno. Per liberarsene alla meglio, li ammonticchiano in fila a guisa di cataste, formando così lungo la via una specie di muraglione. Su questa altura i gelsi per difetto di umidità non sono molto rigogliosi; di sorgenti d'acqua non si parla nemmeno. Di tratto in tratto, si trovano delle pozzanghere di acqua piovana in cui i muli ed anche i mulattieri spengono la sete. Lungo il fiume, invece, si scorgono delle norie per abbeverare a volontà le piantagioni che giacciono più in basso.

A questo punto la magnificenza del nuovo paesaggio che si contempla a colpo d'occhio lungo la discesa è inesprimibile. È tutto un giardino per parecchie miglia in lungo e in largo ai piedi di ardue montagne e di rocce scoscese nella più bella pianura tenuta col più grande amore. Per questa via giunsi il 14 settembre, verso un'ora, a Verona, dove ho voluto scrivere prima tutto questo, ed ora chiudo la seconda parte del mio diario, mentre per questa sera stessa mi seduce la speranza di contemplare con tutta tranquillità di spirito l'anfiteatro.

Quanto alla temperatura di questi giorni ho da fare le seguenti osservazioni. La notte dal 9 al 10 è stata a vicenda serena e coperta; la luna ha conservato sempre la sua aureola di vapori. Verso le cinque del mattino il cielo si è coperto interamente di una nuvolaglia grigia ma leggera, che con l'avanzare del giorno sfumò. Più scendevo, e più bello era il tempo. Finalmente a Bolzano, dove la gran catena dei monti resta a settentrione, l'aria mostrò un tutt'altro carattere; si vedeva cioè nel fondo dei vari paesaggi graziosamente differenti l'un dall'altro per la lor tinta or più or meno azzurra, che l'atmosfera aveva diffusi i suoi vapori egualmente all'intorno, per quanto poteva sopportarli; e che quelli perciò non potevano risolversi in vere nubi. Procedendo oltre e più in basso, ho potuto chiaramente discernere che tutti i vapori che salivano dalla valle di Bolzano e tutte le strie di nubi che si elevavano dai monti posti a sud prendevano la direzione del nord e che senza coprire quelle regioni le avvolgevano in una specie di tenue fumo; oltre i monti, lontano lontano, potei anche scorgere una specie di arcobaleno. Da Bolzano in giù hanno avuto per tutta l'estate bellissimo tempo; solo di tanto in tanto quattro gocce d'acqua (in questi paesi dicono *acqua* per esprimere la pioggerella leggera) e poi di nuovo il sole. Anche ieri son cadute di tanto in tanto alcune gocce, mentre il sole rideva con l'acqua. Era un pezzo che qui non s'era avuta un'annata così buona; tutto è andato bene; il male ce l'han mandato dalle nostre parti.

Della conformazione delle montagne e delle rocce dirò poche cose, perché i viaggi del Ferber[24] in Italia e dello Hacquet sulle Alpi ci danno sufficenti ragguagli di tutta questa regione. A un quarto d'ora dal Brennero c'è una cava di marmo, innanzi alla quale passai verso l'alba. Probabilmente, anzi certamente essa giace sopra un terreno di micaschisto, come l'altra che si trova sul fianco opposto e che ho veduto presso Collman a giorno fatto. Più innanzi si trovano anche dei porfidi. Le rocce erano così splendide, e lungo la via maestra la ghiaia era tagliata e ammonticchiata con tanta cura, che si avrebbe potuto improvvisarne e portarne via dei piccoli gabinetti minerali secondo il sistema del Voigt.[25] Ne avrei potuto portar con me senza molto incomodo un esemplare d'ogni specie, se sapessi moderare il desiderio di vedere e di possedere. Proprio sotto Collman trovai una specie di porfido, che si scompone in istrati regolari; e fra Bronzolo ed Egna ne trovai uno simile, i cui strati però si frazionavano per il lungo. Il Ferber li riteneva prodotti vulcanici, ma quattordici anni or sono, quando cioè il mondo intero nel cervello dei dotti era tutto una conflagrazione, lo stesso Hacquet scherza già in proposito.

Degli abitanti di queste regioni non saprei dire che poco, e anche questo non è molto lieto. Appena si fece giorno, mentre finiva la discesa del Brennero, osservai un deciso cambiamento nell'aspetto della gente, ma ciò che mi dispiacque fu precisamente il colorito pallido e bruno delle donne. Le linee del viso rivelavano in loro la miseria, e i ragazzi non erano all'aspetto meno meschini; soltanto gli uomini erano un po' meglio fatti; e però la complessione di tutti mi parve regolare e forte. Credo di poter trovare la causa di questa loro costituzione malaticcia nel frequente uso che fanno del granturco e del grano saraceno. Il primo è da loro anche chiamato polenta gialla, l'altro polenta nera; l'uno e l'altro vengono ridotti in farina e questa, bollita nell'acqua, è alla sua volta ridotta in una densa pasta, e così si mangia. I tedeschi dell'altro versante tagliano a pezzetti questa poltiglia e la friggono nel burro. Il trentino invece la mangia così tal quale, tutt'al più con un po' di formaggio grattugiato; ma non mangia carne in tutto l'anno. Così le prime vie digestive restano necessariamente inceppate o si ostruiscono, specialmente se trattisi di fanciulli o di donne; il colorito cachettico rivela appunto questo lor continuo deperimento. Mangiano inoltre frutta e fagiuoli verdi, che fan bollire nell'acqua e poi condiscono con aglio ed olio. Io domandai se non vi fossero in quei paesi anche dei contadini ricchi — «Ma sicuro». — «E questi non si trattano meglio? non mangiano un po' più da cristiani?» — «No, ormai sono abituati così». — «E che fanno allora del loro danaro? quali altre spese fanno?» — «Ma che! anch'essi hanno i loro padroni, che il denaro se lo ripigliano». Questo fu, a un di presso, il succo di una conversazione che ebbi con la figlia del mio albergatore a Bolzano.

Da costei seppi inoltre che i contadini, i quali lavorano i vigneti e passano più degli altri per benestanti, si trovano in condizioni ancora peggiori perché sono alla mercè dei negozianti della città; questi, nelle cattive annate, anticipano loro quel tanto che basta a vivere, e nelle buone pigliano tutto il vino per un nonnulla. Come è vero, che tutto il mondo è paese!

Ciò che conferma la mia opinione circa i nutrimenti, è il fatto che le donne della città hanno sempre un aspetto più florido. Ho visto delle graziose ragazze dalla faccia pienotta e dal corpo forse troppo piccolo per la complessione e per la grandezza della testa, ma, qua e là, delle figure veramente gentili; quanto agli uomini, ne sappiamo già qualche cosa per i molti tirolesi e trentini che girano il mondo. Nella campagna hanno una fisionomia meno fresca delle donne, probabilmente perché queste si assoggettano più di loro alla fatica fisica e fanno anche più moto, mentre gli uomini conducono vita più sedentaria di mercanti o di artigiani. Sul lago di Garda ho trovato le persone molto brune e senza la minima traccia di color vermiglio alle guance; con tutto questo non hanno l'aspetto poco sano, anzi fresco e florido. Probabilmente, quella tinta è un effetto dei vividi raggi del sole, cui sono continuamente esposti al piede delle loro montagne a picco.

## DA VERONA A VENEZIA

*Verona, 16 settembre* [1786].

L'anfiteatro è dunque il primo monumento importante dell'antichità, che io vedo: e così ben conservato! Nell'entrarvi, e meglio ancora nel percorrerlo in giro a sommo delle mura, ho provato un'impressione singolare: mi pareva di veder qualche cosa di grandioso, e nel tempo stesso, a dire il vero, di non veder nulla. Ma è anche vero che non bisogna vederlo vuoto, bensì pieno di gente, come si è fatto or non è molto in onore di Giuseppe I e di Pio VI.[1] Si dice che lo stesso imperatore, pure assuefatto ad aver sotto gli occhi le grandi folle, ne sia rimasto stupito. Certo, solo nei tempi antichi questo spettacolo deve avere prodotto tutto il suo effetto, quando cioè il popolo era più popolo che adesso non sia; in realtà, un anfiteatro come questo è fatto apposta perché il popolo abbia un'impressione imponente di se stesso, e perché il popolo si infischi di se stesso.

Quando accade qualche cosa di notevole in un luogo per sua natura piano e la gente accorre a vedere, coloro che stanno più indietro si studiano in tutte le maniere di sollevarsi sopra quelli che stanno innanzi; si sale sopra le panche, si fan rotolare le botti, si fanno avvicinare i veicoli, si dispongono tavolati di qua e di là, si occupa una collina vicina e in un attimo si improvvisa così un cratere.

Ora, se uno spettacolo si ripete con una certa frequenza, e sempre in un luogo fisso, si costruiscono dei palchi, per la gente che può pagare, mentre gli altri si aiutano alla meglio. Soddisfare a questo bisogno di tutti, ecco il compito dell'architetto. Egli deve allestire questo cratere con l'arte sua, ma nel modo più semplice possibile, perché il popolo ne sia il principale ornamento. Al vedersi così raccolto, il popolo è costretto infatti a stupire di sé medesimo. E in realtà essendo abituato a vedersi in giro alla spicciolata e alla rinfusa o a trovarsi in una folla senza ordine né disciplina, il mostro dalle mille teste e dai mille cervelli ondeggiante e vagante all'impazzata si trova così riunito come in un nobile corpo, in un'unica massa, quasi una figura sola animata da uno spirito solo. La semplicità della linea ovale impressiona gradevolmente l'occhio ed ogni singola testa serve a dare un'idea della grandiosità di tutto il complesso. Oggi, al vedere l'anfiteatro vuoto non si ha alcun criterio di misura né si può rendersi conto se sia grande o piccolo.

Ai Veronesi non si può non dar lode per aver così ben conservato un tal monumento. È stato costruito con certo marmo rossiccio che gli influssi atmosferici riescono però a corrodere; per questo a tempo opportuno si sostituiscono i gradini deteriorati, che hanno quasi l'aspetto di nuovi. Un'iscrizione[2] ricorda un Hyeronimus Marmoreus e la sua straordinaria sollecitudine per la conservazione di questo monumento. Delle mura esteriori non rimane in piedi che una parte; dubito anzi che esse siano mai state perfette. I portici inferiori, che guardano la grande piazza detta la Bra sono dati a pigione ad alcuni artigiani ed è uno spettacolo lieto vedere questi antri ancora animati da un soffio di vita.

La porta più bella di Verona, ma sempre chiusa al pubblico, si chiama Porta Stupa o del Pallio.[3] Come porta, e data anche la grande distanza dalla quale si può vederla, non è ideata felicemente; infatti soltanto in vicinanza si riconosce il pregio della costruzione.

Si danno varie spiegazioni circa la chiusura di questa porta. Per conto mio suppongo che l'intenzione dell'artista fosse evidentemente di dare, per mezzo di questa porta, un nuovo aspetto al Corso; infatti rispetto alla strada attuale essa è completamente fuori di posto. Il lato di sinistra non è che una fila di baracche e la linea che fa angolo retto col centro della porta corrisponde a un convento di monache, che si sarebbe dovuto assolutamente demolire. Tutto questo è stato ben compreso; ma probabilmente anche la classe aristocratica e ricca non deve aver avuto gran voglia di costruire le sue abitazioni in una parte della città così remota. L'artista forse è morto anzi tempo e così fu chiusa la porta e di tutto il progetto non si parlò più.

Il portone del Teatro Filarmonico⁴ con le sue sei grandi colonne ioniche ha un aspetto abbastanza imponente. Altrettanto più meschino appare in una nicchia dipinta, sopra la porta, e sorretta da due colonne corinzie, il busto in grandezza naturale del marchese Maffei⁵ con tanto di parrucca. Il posto è senza dubbio onorifico, ma per reggere al confronto con la grandezza e l'imponenza delle colonne, il busto dovrebbe essere colossale. Così come è su quella mensoletta, si regge miseramente e nel complesso è una stonatura.

Anche la galleria che circonda il vestibolo è una cosa meschina, e quei nani dorici scannellati fanno una ben miserevole figura in confronto dei giganti ionici, tutti lisci. Ma lasciam passare tutto questo per un riguardo al bell'istituto che ha la sua sede sotto questi colonnati. Vi si trovano infatti riuniti ed esposti gli oggetti antichi, dissepolti per lo più a Verona e nei dintorni; alcuni sono anzi stati ritrovati, a quanto pare, nell'anfiteatro stesso. Ve ne ha di etruschi, di greci, di romani e della decadenza, e financo di moderni. I bassorilievi sono incastrati nelle pareti e muniti tutti di numeri, appostivi dal Maffei, che li descrisse nella sua *Verona Illustrata*. Vi sono altari, frammenti di colonne ed altre reliquie; c'è un bellissimo tripode di marmo bianco con dei genietti che si baloccano con gli attributi degli dei. Raffaello lo ha imitato, e ne ha reso poi famoso più d'uno nelle crociere di vôlta della Farnesina.

Il vento che spira dai sepolcri degli antichi⁶ arriva carico di profumi, sopra un colle di roseti. I monumenti sepolcrali commuovono amabilmente il cuore e riproducono sempre la vita. Ecco un uomo, che accanto a sua moglie sogguarda da una nicchia come da una finestra. Ecco un padre ed una madre col figliuolo nel mezzo, che essi contemplano con una indicibile naturalezza. Qui una coppia di sposi si tende la mano, là è un padre che adagiato sopra un divano sembra intrattenersi con la sua famiglia. All'immediata presenza di queste tombe io mi son sentito profondamente intenerire. Sono monumenti che appartengono a un periodo di decadenza, ma tutti così semplici, pieni di naturalezza e in generale commoventi. Manca il solito milite armato,⁷ e ginocchioni, che aspetta una lieta resurrezione. L'artista non ha fatto che rappresentare con più o meno talento la realtà della vita umana, perpetuandone l'esistenza e rendendola imperitura. Quelle figure non tengono le mani giunte, non fissano il cielo, ma sono ancora di questo mondo, sono quelle che erano e quello che sono. S'intrattengono insieme e prendono viva parte alle cose l'un dell'altro, si amano; e tutto questo è espresso in quei marmi con molta grazia, benché talvolta con una certa inesperienza d'arte. Una colonna marmorea molto riccamente adorna mi ha suggerito nuove riflessioni.

Per quanto quest'istituzione sia lodevole, pur si osserva che il nobile spirito di conservazione che l'ha inspirata non rivive più in essa. Il tripode prezioso andrà fra non molto in rovina perché si trova all'aria libera, ed esposto alle intemperie di ponente. Con una custodia di legno non sarebbe difficile conservare questo tesoro.

Il palazzo del Provveditore,[8] appena cominciato, offrirebbe un bel modello di arte architettonica se fosse stato condotto a perfezione. Del resto i nobili edificano ancora molto, ma purtroppo tutti nello stesso àmbito dove sorgevano le loro antiche abitazioni e quindi spesso in anguste viuzze. Per dare un esempio, si sta adesso costruendo una magnifica facciata di un Seminario situato in uno dei viali più remoti del sobborgo.

Passando con la mia guida, presa così per caso, davanti al severo ed ampio portone di un curioso edificio, quella mi domandò bonariamente se non volessi entrare nel cortile. Era il palazzo di giustizia,[9] ma per l'altezza dell'edificio il cortile aveva in tutto l'apparenza di un enorme pozzo. «Qui» mi disse la guida «si custodiscono tutti i malfattori ed i pregiudicati». Guardai intorno, e vidi che ad ogni piano giravano dei corridoi aperti muniti di cancelli di ferro corrispondenti a numerose porte. Il prigioniero, che per esser condotto all'interrogatorio usciva dal suo carcere, si trovava così all'aria libera ma nel tempo stesso era esposto alla vista di tutti; ed essendo le sale di udienza numerose, si udiva lo stridio delle catene ora in un corridoio, or in un altro, a tutti i piani. Lo spettacolo era disgustoso; e confesso che il buon umore col quale mi era sbarazzato a Malcesine dei miei merlotti sarebbe stato messo qui a una ben dura prova.

Son salito sull'orlo dell'anfiteatro, che ha l'aspetto di cratere, nell'ora del tramonto e ho goduto la vista più deliziosa sopra tutta la città ed i dintorni. Ero perfettamente solo, mentre in basso, sul largo marciapiede di piazza Bra, una folla di uomini di tutte le condizioni e di donne del ceto medio andavano a diporto. Quest'ultime con le loro sopravesti nere, vedute così a volo d'uccello parevano altrettante mummie.

Lo *zendale* e la *vesta*, in cui consiste tutta la guardaroba di questo ceto, è del resto un costume egregiamente adatto ad un popolo che senza troppo preoccuparsi della pulizia ami comparire in pubblico, sia in chiesa, che alla passeggiata. Questa *vesta* consiste in una gonnella di seta nera che si getta sopra le gonne; ma se la damina ne porta sotto una elegante e candida, non le manca l'arte di sollevare con grazia un lembo della gonna nera. Questa è fermata alla cintura in modo da mettere in rilievo la vita e da coprire l'orlo inferiore del busto, il quale può essere di qualunque colore. Lo *zendale* poi è un grande scialle a cappuccio dalle lunghe frangie, col cappuccio stesso fermato sul capo da uno spillone, come una sciarpa, che gira intorno alla vita in modo che i due lembi ricadono dietro le spalle.

Quest'oggi, al mio ritorno dall'Arena, mi sono imbattuto a qualche migliaio di passi da lì, in uno spettacolo pubblico di genere nuovo. Erano quattro gentiluomini di Verona che giuocavano al pallone contro quattro di Vicenza. A questo giuoco si divertono qui tutto l'anno, per circa due ore prima di notte. Questa volta c'era molto concorso di popolo per esser gli avversari forestieri. Vi saranno stati non meno di quattro o cinquemila spettatori. Donne non ne ho viste punte, di nessun ceto.

Parlando poco più sopra delle esigenze della folla in simili casi, ho descritto l'anfiteatro naturale e fortuito proprio come l'ho visto qui formato dalla popolazione accorsa. Già da lungi avevo inteso dei vivaci battimani, che accompagnavano ogni colpo di pallone ben riuscito. Il giuoco procede così. Ad opportuna distanza l'una dall'altra, son disposte due pedane leggermente inclinate. Colui che lancia il pallone si pianta nel punto più alto della pedana, armato la destra di un grosso bracciale di legno munito di punte e nell'istante in cui uno del suo partito gli getta il pallone, si lancia di corsa a quella volta aumentando così la forza del colpo col quale ha l'abilità di imbroccare il pallone stesso. Gli avversari cercano nel frattempo di respingerlo e a questo modo il pallone vola da una all'altra parte fin che non resta fermo sul terreno. Questo esercizio presenta delle pose stupende, degne di essere ritratte nel marmo. I giuocatori son tutti dei giovanotti ben piantati e robusti, in una breve e succinta veste bianca; sicché i due partiti non si distinguono fra loro che per un contrassegno di diverso colore. Bella è soprattutto la posa di quello che sta alla battuta nel momento in cui scende di corsa dalla pedana e si slancia a colpire il pallone; ricorda il gladiatore[10] di Villa Borghese.

Mi parve strano soltanto che quest'esercizio si faccia sotto un antico muro di cinta, senza alcuna comodità per gli spettatori. Perché non farlo nell'anfiteatro, dove il posto sarebbe così adatto?

Accennerò solo di sfuggita ai quadri che ho veduto per aggiungervi qualche osservazione. Io non imprendo questo viaggio meraviglioso per ingannare me stesso, bensì per imparare a conoscere me stesso attraverso i varî oggetti; per questo dico con tutta lealtà che ben poco m'intendo dell'arte e della tecnica dei pittori. La mia attenzione e la mia osservazione non possono aver di mira che il lato pratico in generale e il soggetto e il modo come è stato trattato.

San Giorgio[11] è una galleria di buoni dipinti; tutte pale di altari, se non tutte dello stesso pregio, sempre notevoli. Ma quei poveri diavoli di artisti che cosa han dovuto dipingere e per chi? Una «Pioggia di manna»[12] di trenta piedi in lunghezza e venti in altezza; e per suo contrapposto il «Miracolo dei cinque pani».[13] Cosa si poteva mai dipingere? Gente affamata che si precipita sui granelli della manna, e altra folla innumerevole cui si fa elemosina del pane. Convien dire che gli artisti si sono stillati il cervello, per rendere interessanti queste misere cose. Eppure, spronato dalla necessità, anche questa volta il talento ha prodotto delle meraviglie. Un artista fra gli altri che doveva rappresentare Sant'Orsola[14] con le sue undicimila vergini si è tolto d'impaccio con molta abilità. La Santa sta in primo piano come se avesse preso vittoriosamente possesso di tutto il luogo; vi è raffigurata con molta nobiltà, tra la vergine e l'amazzone, ma senza attrattive speciali. Nell'ultimo piano, invece, in cui tutto si rimpicciolisce, si vede la sua schiera che scende dalle navi e si avanza in processione. Nel duomo l'«Assunzione di Maria»[15] del Tiziano è molto offuscata dal tempo; sempre ammirevole però il concetto: la Vergine che è lì lì per esser proclamata divina, non guarda verso il cielo, ma in terra, verso i suoi fedeli.

Nella galleria Gherardini,[16] dove ho trovato bellissime cose dell'Orbetto,[17] ho imparato a conoscere d'un tratto questo valente artista. Da lontano non si conoscono che gli artisti più eminenti e spesso bisogna accontentarsi di saperne il nome; ma non appena ci avviciniamo a questo cielo stellato, e incominciano a brillare anche gli astri di seconda e terza grandezza, ed ad uno ad uno tutti si presentano come facenti parte dell'intera costellazione, allora il mondo ci appare più grande e l'arte più ricca. Anche qui mi piace lodare il concetto d'un quadro. Non si tratta che di due mezze figure: Sansone nel punto in cui si è addormentato in grembo a Dalila. Costei tende lievemente la mano sopra il capo di lui per afferrare le forbici che stan sul tavolo accanto alla lampada. L'esecuzione è di gran valore. Nel palazzo Canossa[18] ho poi visto una *Danae* anche notevole.

Ma le più squisite opere d'arte si trovano nel palazzo Bevilacqua.[19] Un quadro detto il *Paradiso* del Tintoretto,[20] ma che propriamente rappresenta l'Incoronazione di Maria regina del cielo alla presenza dei patriarchi, dei profeti, degli apostoli, dei santi, e degli angeli e così via, ha offerto all'artista l'occasione di sviluppare tutta la esuberanza di un talento molto felice. Vi è leggerezza di tocco, c'è vita, varietà d'espressione: certo, per ammirare tutto questo e per provare una vera gioia, bisognerebbe possedere il quadro e tenerlo innanzi agli occhi tutta la vita. Questa composizione non finisce mai; ma anche le teste degli angeli che svaniscono nello sfondo della Gloria hanno ancora un carattere proprio. Le figure maggiori possono aver l'altezza di un piede: Maria e Cristo, che le pone in capo la corona, sono alti quattro pollici. La più bella figura femminile del quadro, benché come sempre un po' voluttuosa, è tuttavia Eva.

Anche alcuni ritratti di Paolo Veronese[21] hanno accresciuta la mia venerazione per quest'artista. La collezione degli oggetti antichi è splendida; c'è un figliuolo di Niobe[22] steso per terra, delizioso; i busti, a dispetto dei nasi restaurati, sono per la maggior parte assai interessanti, in modo particolare un Augusto con la corona civica, un Caligola ed altri.

Venerare con piacere, anzi con gioia il grande ed il bello è nella mia indole; e il potere educare questa mia inclinazione naturale al cospetto di così splendide opere d'arte, giorno per giorno, di ora in ora, è la più deliziosa di tutte le sensazioni.

In un paese in cui durante il giorno si gode, ma specialmente durante la sera si prova la gioia di vivere, è di una singolare importanza il cader della notte. Cessa allora il lavoro; la gente ritorna dalla passeggiata, il padre va a rivedere la figlia a casa, la giornata è finita; ma che cosa sia veramente questa giornata, noi altri delle regioni cimmerie[23] non lo sappiamo. In una eterna e fosca nebbia, che sia giorno o che sia notte, per noi è sempre lo stesso; quanto tempo possiamo noi veramente uscire all'aperto e goderci l'aria libera? Qui, invece, come subentra la notte, il giorno, che consiste nella serata e nella mattinata, è bell'e finito. Sono passate ventiquattro ore; il tempo s'incomincia a contare da capo, suonano le campane, si recita il rosario e la servetta ch'entra nella vostra stanza colla lampada accesa vi dice: «Felicissima notte!». Naturalmente questo momento della giornata varia ad ogni stagione; ma l'uomo che qui vive d'una vera vita non può esserne turbato, perché ogni piacere della sua esistenza non si riferisce all'ora, ma al momento della giornata. Se si volesse costringere questo popolo a computare le ore all'uso tedesco, ne nascerebbe per lui una gran confusione, essendo il suo uso intimamente connesso alla natura. A un'ora o a un'ora e mezzo prima di notte, l'aristocrazia esce per la passeggiata; si va in piazza Bra, si percorre la lunga e larga strada di Porta Nuova, si esce di Porta, si fa un giro intorno alla città e a notte fatta si ritorna. Chi va in chiesa a recitare l'«Ave Maria della sera», chi si sofferma in piazza Bra; i cavalieri si accostano alle carrozze per intrattenersi con le belle signore; e questo dura un bel pezzo, tanto ch'io non ne ho mai aspettato la fine, mentre i pedoni restano fuori anche a notte inoltrata. Proprio oggi, è caduta una pioggerella buona appena per soffocare la polvere; ma ho goduto, davvero, una scena piena di vita e di brio.

Per rendermi familiare un particolare importante della consuetudine del paese, ho escogitato un mezzo che mi facilita il sistema di contare a modo suo le ore.[24] La figura seguente ne può dare un'idea. Il circolo interno indica le nostre 24 ore, dalla mezzanotte, divise in due volte dodici ore, come noi le contiamo e come le indicano i nostri orologi. Il circolo di mezzo indica come le campane suonano nella stagione attuale, cioè anche due volte fino alle dodici, in ventiquattr'ore, ma in modo che qui batte l'una quando da noi scoccano le otto e così di seguito fino alle dodici. Alle otto del mattino, secondo il nostro quadrante, qui suona di nuovo l'una e così via. Il circolo esterno finalmente indica come si conta nella vita fino a ventiquattro. Se io sento, per esempio nella notte, battere le sette, sapendo che la mezzanotte corrisponde alle cinque, sottraggo questo numero da quello e ottengo le due dopo mezzanotte. Se invece sento durante il giorno battere le sette, sapendo che il mezzogiorno è alle cinque, seguo lo stesso procedimento e ottengo le due dopo mezzogiorno. Se poi voglio esprimere le ore all'uso locale devo ricordare che mezzogiorno corrisponde alle diciassette; ne aggiungo quindi ancora due e dico le diciannove. Nell'apprendere questo per la prima volta e al pensarci un po' su, la faccenda appare molto ingarbugliata e di difficile applicazione; ma presto ci si fa il callo e si trova anzi gradita quest'occupazione; a quella guisa che il

# CIRCOLO COMPARATIVO

## DELL'ORA TEDESCA ED ITALIANA, COL QUADRANTE ITALIANO PER LA SECONDA METÀ DI SETTEMBRE.

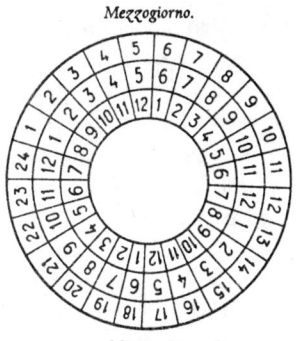

*Mezzogiorno.*

*Mezzanotte.*

La notte cresce di mezz'ora ogni mezzo mese.

| MESE | giorno | notte (secondo i nostri quadranti) | mezzanotte |
|---|---|---|---|
| AGOSTO | 1 | $8^1/_2$ | $3^1/_2$ |
| — | 15 | 8 | 4 |
| SETTEMBRE | 1 | $7^1/_2$ | $4^1/_2$ |
| — | 15 | 7 | 5 |
| OTTOBRE | 1 | $6^1/_2$ | $5^1/_2$ |
| — | 15 | 6 | 6 |
| NOVEMBRE | 1 | $5^1/_2$ | $6^1/_2$ |
| — | 15 | 5 | 7 |

Da questo momento il tempo resta invariato.

| | notte | | mezzanotte |
|---|---|---|---|
| DICEMBRE ⎱ GENNAIO ⎰ | 5 | | 7 |

Il giorno cresce di mezz'ora ogni mezzo mese.

| MESE | giorno | notte (secondo i nostri quadranti) | mezzanotte |
|---|---|---|---|
| FEBBRAIO | 1 | $5^1/_2$ | $6^1/_2$ |
| — | 15 | 6 | 6 |
| MARZO | 1 | $6^1/_2$ | $5^1/_2$ |
| — | 15 | 7 | 5 |
| APRILE | 1 | $7^1/_2$ | $4^1/_2$ |
| — | 15 | 8 | 4 |
| MAGGIO | 1 | $8^1/_2$ | $3^1/_2$ |
| — | 15 | 9 | 3 |

Da questo momento il tempo resta invariato.

| | notte | | mezzanotte |
|---|---|---|---|
| GIUGNO ⎱ LUGLIO ⎰ | 9 | | 3 |

popolo stesso si diverte a questo continuo contare e ricontare, come i ragazzi a vincere lievi difficoltà. La gente qui ha sempre le dita in aria; fa i suoi conti sempre a memoria e si occupa di numeri con piacere. D'altro canto, la cosa riesce tanto più facile agli indigeni, in quanto veramente non si preoccupano né del mezzogiorno né della mezzanotte e poi non hanno bisogno come il forestiero che si trova qui, di confrontare fra di loro due quadranti. Essi contano semplicemente le ore della sera, man mano che scoccano e durante il giorno aggiungono questo numero al numero variabile del mezzogiorno, che loro è noto. Il resto è spiegato dalle osservazioni che accompagnano la figura.

La popolazione qui va e viene fra la più grande animazione, e specialmente in alcune vie, in cui le botteghe e le officine si toccano l'un l'altra, assume una fisionomia piena di gaiezza. Innanzi ai magazzini e alle botteghe non esistono porte; la casa è aperta per tutta la sua lunghezza, e vi si vede fino in fondo tutto ciò che vi accade. I sarti cuciono, i calzolai tiran lo spago e battono il cuoio, tutti in mezzo alla via; si può dire che le botteghe stesse non sono che una parte della strada. Di sera poi, quando i lumi sono accesi, la scena è delle più vivaci.

Nei giorni di mercato le piazze sono zeppe di gente; vi sono frutta e verdura a profusione, agli e cipolle a piacere. Del resto si grida, si scherza e si canta per tutta la giornata fra un brulichio, una confusione, un tripudio, e risate che non finiscono mai. L'aria mite e il vitto a buon mercato rendon facile la vita. Infatti, fin che è possibile, qui tutti vivono all'aria aperta.

Di notte i canti e i rumori aumentano ancora. Per tutte le vie si ode la canzonetta di Marlborough,[25] e ad ora ad ora un organetto o un violino. Si divertono pure ad imitare il canto degli uccelli. I suoni più meravigliosi irrompono da tutte le parti. Tale esuberanza di vita è consentita dal clima mite anche ai poveri e l'ombra del popolo sembra perfino ancor degna di rispetto.

La poca pulizia che a noi fa tanta impressione e la scarsa comodità delle abitazioni derivano appunto da questo: la gente è sempre fuori di casa e nella sua noncuranza non si preoccupa di nulla. Per questo popolo tutto è bello e buono; anche quelli del medio ceto vivono alla giornata, mentre il ricco e il nobile stanno rinchiusi nelle loro case, le quali, del resto, non sono nemmeno comode come quelle del Settentrione. Le loro riunioni si tengono nei ritrovi pubblici. I portici e gli atrii delle case sono pieni d'immondizie e tutto questo è la cosa più naturale del mondo. Il popolo spadroneggia sempre. Il ricco può scialarla da ricco e costruirsi i suoi palazzi; il nobile può governare, ma quando ha ben costruito un porticato o un atrio, il popolo se ne serve per le sue occorrenze; sembra anzi che non abbia nulla di più urgente che il liberarsi al più presto possibile di ciò che si è messo in corpo più spesso che gli è stato possibile. Chi non può tollerare tutto questo è meglio che non si dia l'aria di gran signore, deve cioè comportarsi come se una parte della sua abitazione appartenesse al pubblico; chiuda la sua porta e buonanotte. Nemmeno quando si tratta di edifici pubblici il popolo rinunzia ai suoi diritti; inconveniente per cui i forestieri si lagnano in tutta Italia.

In più d'una via della città ho osservato oggi il costume e le usanze specialmente del ceto medio, che qui si rivela assai attivo e sempre in faccende. Camminando, dondolano tutti le braccia. Le persone di un grado più elevato e che in certe circostanze portano lo spadino non agitano che un braccio solo, il destro, essendo assuefatte a tener fermo il sinistro.

Ma benché attenda con molta negligenza ai fatti suoi, il popolo bada però con occhio acuto ai fatti altrui. Così ho potuto notare fin dai primi giorni che tutti osservavano attentamente i miei stivali, non essendo qui l'uso di portarli nemmeno nell'inverno, quasi una calzatura di troppo lusso. Adesso invece che porto scarpe basse, nessuno mi bada più. Ma ho notato con sorpresa che stamane, di buon'ora, mentre la gente andava e veniva con fiori, legumi, agli, e non so quali altri prodotti del mercato, non mancava di osservare un ramoscello di cipresso che io tenevo in mano. Vi pendevano ancora alcune bacche verdi, fra alcuni ramoscelli di cappero in fiore che pure portavo con me. Piccoli e grandi tutti mi fissavano, e chi sa quali strani pensieri passavano loro pel capo.

Avevo portato con me questi ramoscelli dal giardino Giusti[26] che è situato in una splendida posizione ed ha dei cipressi enormi che si drizzano in cielo come punte di lesina. Probabilmente gli alberi del tasso tosati a punta dei nostri giardini del Nord non sono che imitazioni di questo splendido prodotto della natura. Un albero i cui rami, dal basso in alto, dal più annoso al più recente, si protendono verso il cielo, e che per giunta conta i suoi trecent'anni, è ben degno di ammirazione. Dato il tempo in cui il giardino fu piantato, quei cipressi devono aver anche oltrepassato una così tarda età.

*Vicenza, 19 settembre.*

La via che da Verona conduce a Vicenza[27] è piacevolissima; si va verso nord-est costeggiando i monti e avendo sempre a sinistra i contrafforti, composti di sabbia, di calcare, di argilla e di marna. Sulle colline che essi formano sono sparsi paeselli, castelli e casolari. A destra l'ampia pianura che si percorre man mano si allarga, e la strada larga, diritta e ben mantenuta attraversa una campagna assai fertile: la vista spazia fra lunghe file di alberi intorno ai quali si avviticchiano verso l'alto i tralci della vite, che poi ricadono in basso come ramoscelli aerei. Qui si può farsi un'idea dei veri festoni. Le uve sono giunte a maturità e opprimono i tralci che penzolano ondeggiando per tutta la loro lunghezza. La via è piena di gente di ogni ceto e di ogni mestiere; un'impressione di letizia mi hanno fatto specialmente i carri con certe ruote basse a forma di piatto che, tirati da quattro buoi, trasportavano qua e là i grandi tini, nei quali venivano raccolte le uve dai vari vigneti per essere poi pigiate. Nei tini vuoti stavano i carrettieri in piedi: tutto questo ricordava un trionfo di Bacco. Tra i filari delle viti il suolo è sfruttato per la coltivazione di ogni sorta di grano, specialmente del granoturco e del sorgo.

Vicino a Vicenza i colli si elevano, di bel nuovo, da nord a sud: sono, a quanto si dice, di natura vulcanica, e chiudono la pianura. Vicenza è situata appunto al piede e, si vuole, in un'insenatura formata dagli stessi colli.

Sono giunto da poche ore, ma ho già fatto una scorsa per la città, ed ho visto il Teatro Olimpico e gli edifici del Palladio. Si è pubblicato per comodo dei forestieri un volumetto assai grazioso con incisioni e con un testo che rivela intelligenza d'arte. Soltanto avendo innanzi agli occhi questi monumenti, se ne può comprendere il loro grande valore. Con la loro mole e con la loro imponenza essi devono, per dir così, riempire gli occhi, mentre con la bella armonia delle loro dimensioni, non solo nel disegno astratto, ma in tutto l'assieme della prospettiva, sia per quello che sporge, che per quello che rientra, appagano lo spirito. E questo è proprio, secondo me, il caso del Palladio[28] un uomo straordinario, e per quello che ha sentito in sé, e per quello che ha saputo esprimere fuori di sé. La più ardua difficoltà contro la quale questo maestro, come tutti gli architetti moderni, ebbe a lottare è l'opportuna applicazione degli ordini nel campo dell'edilizia civile: infatti l'unione delle colonne e dei muri riman sempre una contraddizione. Eppure, come egli ha saputo abilmente associare le une e gli altri, e come imporsi con la realtà delle sue opere, riuscendo a farci dimenticare che il suo scopo è semplicemente di affascinarci! C'è qualche cosa di veramente divino nei suoi disegni: perfettamente come è la forma per un grande poeta, che dalla verità e dalla finzione plasma una terza cosa, la cui esistenza fittizia ci rapisce.

Il teatro Olimpico[29] è un teatro su modello antico ma in piccole proporzioni ed indicibilmente bello; però in confronto dei nostri mi ha tutta l'aria di un bimbo di nobili natali, ricco, educato con cura, a fianco a un sapiente uomo di mondo che, non tanto ricco né tanto educato, sa però meglio quel che può fare con tutti i suoi mezzi.

Esaminando ora sul luogo stesso i maestosi edifici innalzati da quell'artista, e notando come per le umili e ignobili necessità della vita essi non sono al loro giusto posto e come quei progetti sono quasi tutti superiori alle forze degli esecutori, e quanto poco infine tutti i preziosi monumenti di uno spirito così superiore sono adatti alla vita che si vive dai più, non si può a meno di pensare che il mondo va sempre dappertutto così: poca gratitudine ottiene presso gli uomini colui che si studia di elevare i loro bisogni morali, di inspirar loro una grande idea di se stessi, e di far sentire tutta la bellezza di una esistenza veramente nobile. Solo dando da bere ai gonzi e spacciando fandonie, indulgendo giorno per giorno alle loro debolezze e rendendoli peggiori, solo allora si diventa popolari; e per questo, anche i tempi nostri si compiacciono di tante volgarità. Non dico questo per denigrare certi miei amici; dico soltanto che essi sono fatti così e che non si deve meravigliarsi se tutto è quello che è.

Non è possibile esprimere l'impressione che fa la Basilica[30] del Palladio accanto a un antico edificio a somiglianza di castello con finestre irregolari sparse qua e là. Quest'edificio, nel progetto dell'architetto, doveva certamente essere demolito. Ma io già mi devo mettere bene in guardia, perché anche qui mi tocca vedere purtroppo, nel tempo stesso, ciò che fuggo e ciò che cerco.

*20 settembre.*

Ieri c'è stato spettacolo d'opera, che durò fin dopo mezzanotte; tanto che non vedevo l'ora di andare a dormire. *Le tre Sultanine* e *Il Ratto dal serraglio*[31] hanno offerto alcune situazioni drammatiche con le quali è stata imbastita con poca abilità tutta quanta l'opera. La musica si ascolta con piacere, ma probabilmente è lavoro di dilettante senza un pensiero nuovo che mi abbia colpito. I balletti invece sono graziosissimi. Le prime due ballerine hanno ballato un'*Alemanna*, di cui non si potrebbe vedere nulla di più aggraziato.

Il teatro è bello, nuovo, grazioso, d'un'eleganza modesta e monotona, adattata ad una città di provincia. Ogni palco è ricoperto di un tappeto dello stesso colore; solo quello del *Capitan grande* si distingue per la coperta un poco più lunga.

La prima donna, la beniamina di tutto il pubblico, è freneticamente applaudita fin dal suo apparire sulla scena, ed ogni volta che eseguisce qualche cosa per benino, ciò che non le accade di rado, i suoi cascamorti sembrano fuori di sé dalla gioia. È un tipo disinvolto, dalla figura graziosa, dalla bella voce, di una fisionomia piacente e d'un portamento veramente corretto; solo nel movimento delle braccia potrebbe mettere un po' più di grazia. Per conto mio, non ci tornerò più; sento che non sono più tagliato a fare il merlo.

*Vicenza, 21 settembre.*

Quest'oggi ho fatto una visita al dottor Turra.[32] Per cinque anni egli si è dedicato con passione alla botanica; è riuscito a mettere insieme un erbario della *flora italiana* ed ha inoltre fondato sotto il Vescovo passato un giardino botanico. Tutto questo però, è andato perduto. La pratica della medicina ha preso il sopravvento sulla storia naturale; l'erbario è diventato preda dei tarli, il Vescovo è morto e il giardino botanico è ritornato, come sempre accade, un orto di cavoli e di agli.

Il dottor Turra è un uomo di grande finezza e bontà. Mi ha raccontato tutta la sua storia con espansiva sincerità e modestia; parlava sempre con lucidezza e con cortesia, ma non si è mostrato disposto ad aprire i suoi armadi, probabilmente perché non erano in condizione d'esser presentati. E così la nostra conversazione presto si arenò.

*Sera.*

Sono stato dal vecchio architetto Scamozzi,[33] che ha dato alla luce le opere del Palladio ed è anche un artista di valore ed appassionato. Mi ha dato più di uno schiarimento, ben lieto dell'interesse che io dimostravo. Fra i lavori del Palladio ce n'è uno per il quale ho sempre avuto una predilezione speciale; sarebbe, a quanto si dice, proprio la casa[34] da lui abitata. Ma al vederla da vicino, è ben altro che vederla riprodotta. Io vorrei possedere il disegno di questa casa e vederla illuminata con gli stessi colori che le han dato il materiale e il tempo. Non si creda però che l'architetto si sia costruito proprio un palazzo. È la più modesta casa del mondo e non ha che due finestre separate da un muro intermedio, nel quale starebbe benissimo una terza. A farne un quadro, che ritraesse nel tempo stesso le case vicine, non sarebbe senza interesse vedere appunto l'effetto che essa fa a trovarsi in mezzo a quelle. Ma questo quadro l'avrebbe dovuto dipingere il Canaletto.

[*Vicenza, 22 settembre*].

Oggi ho visitato una splendida villa detta la *Rotonda*,[35] a una mezz'ora dalla città, sopra un'amena collina. Si tratta di un edificio quadrangolare che racchiude una sala rotonda, la quale riceve la luce dall'alto. Da tutti e quattro i lati si sale per le larghe scale che dànno in altrettanti vestiboli formati da sei colonne corinzie. Forse mai l'arte architettonica ha raggiunto un tal grado di magnificenza. Lo spazio occupato dalle scale e dai vestiboli è molto più grande di quello della casa stessa; infatti ogni singolo lato basterebbe per una buona facciata anche d'un tempio. L'interno poi si può dire «abitabile», ma non certo comodo per una abitazione. La sala è mirabilmente proporzionata, come pure le stanze, ma per le esigenze della villeggiatura di una famiglia signorile sarebbe appena sufficiente. In compenso questa Rotonda si presenta stupendamente da tutti i lati e per tutta quella plaga. La varia impressione, che questa mole suscita allo sguardo del viandante assieme a tutte le sue colonne sporgenti, è veramente straordinaria; l'intenzione del proprietario, il quale voleva lasciare agli eredi un grande fidecommisso e nel tempo stesso un segno manifesto della sua magnificenza, è perfettamente raggiunta. Come poi l'edificio da ogni punto della regione si può ammirare in tutto il suo splendore, così anche la vista che vi si gode all'intorno è una delle più deliziose. Si vede scorrere il Bacchiglione che porta le barche scendenti da Verona nella Brenta, e vi si può ammirare nella loro estensione i vasti possedimenti che il marchese Capra volle mantenere indivisibili nella sua famiglia. Le iscrizioni dei quattro frontoni, che prese insieme ne compongono una sola, meritano di essere riprodotte:

MARCUS CAPRA GABRIELIS FILIUS
QUI AEDES HAS
ARCTISSIMO PRIMOGENITURAE GRADUI SUBJECIT
UNA CUM OMNIBUS
CENSIBUS AGRIS VALLIBUS ET COLLIBUS
CITRA VIAM MAGNAM
MEMORIAE PERPETUAE MANDANS HAEC
DUM SUSTINET AC ABSTINET

La chiusa specialmente è abbastanza singolare; un uomo che ha potuto disporre a suo talento di tanto denaro, sente ancora di dover sopportare noie e privazioni! Tutto questo, in verità, si può imparare anche a più buon mercato.

Questa sera ho preso parte a un'adunanza dell'Accademia degli Olimpici.[36] Non è che un passatempo; ma di buon gusto e che serve a mantenere ancora fra la gente un po' di brio e di vita. Una gran sala accosto al teatro del Palladio, decentemente illuminata; il Capitano e una rappresentanza esclusivamente di persone colte, fra cui molti ecclesiastici; in tutto, circa cinquecento persone.

Il tema assegnato dal presidente per l'odierna seduta era il seguente: «Se alle belle arti abbia arrecato maggior vantaggio l'invenzione o l'imitazione». L'idea non era cattiva; perché data l'alternativa del tema, c'è da discutere per cent'anni in un senso o nell'altro. Del resto i signori accademici non si son lasciati sfuggire tale occasione ed hanno esposto in prosa e in versi le loro ragioni, e fra tante, anche non poche ragioni buone.

D'altro canto, si tratta d'un pubblico pieno di vivacità. Gli ascoltatori applaudivano con molti «bravo» e battimani, ridendo per giunta. Ah, se anche noi innanzi ai nostri conterranei potessimo presentarci in questo modo per intrattenerli piacevolmente con la nostra azione diretta! Invece non facciamo che mettere il nero sul bianco in tutto ciò che abbiamo di meglio; colui che legge poi si rincantuccia col suo libro, e se lo divora per suo conto, come meglio può.

Superfluo il dire che anche in questa occasione il Palladio è stato l'argomento di tutti i discorsi, in favore sia dell'invenzione che dell'imitazione. Infine, non potendo mancare la nota amena, un accademico ha avuto la felice idea di dichiarare che, essendosi tutti gli altri presi il Palladio per sé, egli avrebbe alla sua volta fatto l'elogio di un Franceschini, grande industriale di seta nella città. E così cominciò a parlare del vantaggio che in seguito all'invenzione delle stoffe di Lione e di Firenze era venuto a questo bravo industriale, e, grazie a lui, a tutta la città di Vicenza; ciò che dimostra quanto l'imitazione vinca l'invenzione. Tutto questo fu poi esposto con tal vena di umorismo, da provocare un'ininterrotta ilarità. Nel complesso però i partigiani dell'imitazione hanno avuto maggior successo, perché non han fatto che esporre pensieri condivisi dalla maggioranza. A un certo punto, per esempio, il pubblico ha salutato con grandi applausi un sofisma veramente grossolano, mentre aveva lasciato passare inosservate molte idee buone, anzi addirittura eccellenti in favore della invenzione. Tutto sommato, mi fa piacere d'aver preso parte anche a una riunione di questo genere, ed è oltremodo edificante vedere il Palladio dopo tanto tempo sempre citato a modello dai suoi concittadini, e venerato come la loro stella polare.

*Vicenza, 23 settembre.*

Stamane di buon'ora mi sono recato a Thiene, che si trova verso la montagna, a nord-ovest. Vi stanno costruendo un edificio nuovo su una pianta antica: sul qual fatto ci sarebbe anche qualche cosa da dire. Così si rispetta in questi luoghi l'eredità del buon tempo antico, e si ha abbastanza buon senso per erigere sopra un vetusto disegno un edificio nuovissimo. Il castello è situato in mezzo a una grande pianura in eccellente posizione, sullo sfondo delle Alpi, senza altri monti per lo mezzo. Chi segue lo stradone che mena diritto al castello, sale a ritroso di un'acqua irrigua, che scorre ai due lati della via e feconda le ampie risaie che attraversa.

Non ho visto finora che due città italiane e non ho parlato

che con poca gente; tuttavia i miei Italiani li conosco, e bene. Sono come i cortigiani che si credono, in buona fede, i primi personaggi del mondo e che tuttavia per certe doti che non si possono negar loro, possono anche impunemente e a lor talento cullarsi in quest'opinione. Per me l'italiano è un gran buon popolo. Basta osservare i ragazzi e la gente minuta, come li vedo e posso io vederli essendo e volendo esser continuamente con loro. Che tipi! e che fisionomie!

Bisogna anche rendere questa giustizia ai Vicentini, che san godersi, fra loro, i vantaggi di una grande città. Essi non badano a nessuno; si può fare quello che si vuole. Se poi alcuno si rivolge loro, si dimostrano affabili e pieni di attenzioni. Le donne mi piacciono in modo speciale. Non per muovere appunti alle Veronesi, che hanno un bel corpo e il profilo così espressivo, ma che al solito sono di color pallido, mentre lo zendale non conferisce per nulla alle loro grazie, essendo troppo naturale pretendere sotto un abbigliamento grazioso anche qualche cosa di seducente. A Vicenza invece trovo delle creature leggiadre in tutto e per tutto; parecchie, specialmente quelle coi capelli neri e ricciuti, m'inspirano una simpatia particolare. Ve n'ha anche di bionde, ma queste non sono tanto di mio gusto.

*Padova, 26 settembre, sera.*

Ho percorso la via da Vicenza a Padova in quattro ore, imballato con tutto il mio bagaglio in una carrozzina ad un posto, detta «sediola». È un tratto che si percorre comodamente in tre ore e mezzo; ma volendo godere all'aria aperta della bellissima giornata, non mi fece per nulla dispiacere che il vetturino fosse in ritardo. Si attraversa una pianura fertilissima, sempre verso sud-est, fra siepi ed alberi, senza veder nient'altro finché si scorgono finalmente, a man destra, i bei monti che si protendono dall'est a sud. La quantità delle piante e delle frutta, su tutti quegli alberi, lungo i muri e dietro le siepi, non si descrive. Vi son delle zucche che opprimono i tetti, mentre i più meravigliosi poponi pendono dalle assicelle e dalle spalliere.

La stupenda posizione della città, la potei godere perfettamente dall'Osservatorio,[37] a nord le montagne del Tirolo coperte di nevi e mezzo nascoste fra le nubi; a nord-ovest le vicentine, che vi si addossano; infine verso ovest e più da vicino, i monti di Este dei quali si può nettamente distinguere la struttura e le sinuosità. Verso sud-est non è che tutto un mare di verzura senza traccia di colli; alberi sopra alberi, cespugli sopra cespugli, piante sopra piante, case bianche a non finire, ville e chiese che occhieggiano tra il verde. Nell'orizzonte lontano ho potuto distinguere benissimo con altri minori campanili il campanile di S. Marco di Venezia.

*Padova, 27 settembre.*

Ho potuto procurarmi finalmente le opere del Palladio; non l'edizione originale che avevo già veduto a Vicenza e le cui tavole sono incise in legno, bensì una copia fedele o meglio un fac-simile in rame, edizione curata da un egregio gentiluomo, il signor Smith,[38] già console inglese a Venezia. Bisogna riconoscere che gl'inglesi sanno apprezzare, e non da ieri, il bello e il buono e che posseggono un'abilità straordinaria per divulgarlo.

In occasione di questa compera sono entrato in una libreria, che in Italia ha una fisionomia del tutto particolare. I libri son tutti legati e disposti torno a torno; nella bottega, si trova anche buona compagnia tutta la giornata. Tutta la gente che ha da fare in qualche modo con la letteratura, ecclesiastici, nobili, artisti, vi vanno e vengono come a casa loro. Fanno richiesta di libri, li consultano, li leggono e vi si trattengono a loro piacimento. Ve ne ho trovato una mezza dozzina; e tutti, non appena ebbi chiesto le opere del Palladio, rivolsero la loro attenzione su di me. Mentre il padrone della bottega cercava il libro, essi presero a farne gli elogi, a fornirmi notizie dell'originale e della copia, egregiamente informati dell'opera e del merito dell'autore. Credendomi poi un architetto, non mi hanno risparmiato elogi per essermi dato allo studio di questo maestro a preferenza degli altri. Per la sua pratica utilità, dicevano, vale più ancora di Vitruvio; perché, mentre il Palladio ha studiato a fondo gli antichi e il loro mondo, ha procurato di adattarsi ai nostri bisogni. Mi sono intrattenuto a lungo con questi amabili signori, mi son fatto dare altri schiarimenti sui monumenti notevoli della città e infine mi congedai.

Poiché s'è fatto tanto per costruire chiese in onore dei Santi, era giusto che vi si trovasse un posticino anche per ricordare gli uomini di valore. Il busto del cardinal Bembo[39] sorge fra colonne joniche; è una superba faccia, contratta, se sia lecito dir così, violentemente su se stessa, e con gran barba. L'iscrizione dice:

*Petri Bembi Card. imaginem Hier. Guerinus Ismeni f. in publico ponendam curavit ut cujus ingenii monumenta aeterna sint ejus corporis quoque memoria ne a posteritate desideretur.*

Il palazzo dell'Università[40] con tutto il suo aspetto venerando, mi ha dato un senso di sgomento. Buon per me che non qui mi è toccato di fare i miei studi. Tanta angustia di locali, non si può nemmeno immaginare, anche se da studenti abbiam dovuto fare la dolorosa esperienza dei banchi delle università tedesche; il teatro anatomico specialmente può servire da modello per chi voglia pigiare gli studenti. Gli uditori vi sono infatti agglomerati l'un sopra l'altro in una specie di imbuto profondo ed appuntito. Essi guardano giù nel ristretto spazio dove è il tavolo anatomico, sul quale non cade spiraglio di luce, tanto che il professore è costretto a far lezione al lume di una lampada. In compenso, il Giardino botanico[41] è tanto più grazioso ed allegro. Molte piante vi possono rimanere all'aperto anche durante l'inverno, purché siano collocate accosto ai muri o non molto distanti. In sul declinare dell'ottobre però, tutte vengono ricoperte e durante i pochi mesi dell'inverno vi si riscalda anche la stufa. Fa piacere ed è anche istruttivo l'aggirarsi in mezzo a una vegetazione per noi nuova. Fra le piante cui siamo assuefatti, come fra tutti gli oggetti che ci son noti per lunga consuetudine, si finisce col non pensare a niente; e che cosa è mai, vedere senza pensare? Qui, fra tanta varietà di piante che vedo per la prima volta, mi si fa sempre più chiara e più viva l'ipotesi che in conclusione tutte le forme delle piante si possano far derivare da una pianta sola. Soltanto con l'ammettere questo sarebbe possibile di stabilire veracemente i generi e le specie, cosa che a me pare sia stata fatta finora in modo molto arbitrario. Del resto la mia sapienza botanica si arresta a questo punto, e non vedo ancora come potrò cavarmela. Questa materia, a parer mio, non è meno vasta che profonda.

La piazza grande, detta Prato della Valle,[42] è una larghissima spianata dove si tiene la fiera di giugno. Le baracche di legno che vi si trovano nel mezzo, non le conferiscono certo il maggior decoro: ma i Padovani assicurano che anche qui sorgerà fra non molto un'arena di marmo come quella di Verona. E per questo dà senza dubbio a bene sperare fin da adesso l'ampiezza della piazza, che offre un colpo d'occhio piacevole e grandioso.

Un immenso ovale è occupato tutto all'intorno da statue rappresentanti uomini illustri che hanno studiato o insegnato in questa Università. Qui è permesso a tutti, indigeni o forestieri, di erigere una statua di una certa grandezza ad un compatriotta o ad un parente, purché sia provato il valore della persona e la sua dimora accademica a Padova.

Intorno a quest'ovale scorre un canale d'acqua. Sui quattro ponti che lo sovrastano si trovano statue colossali di Papi e di Dogi ed altre più piccole innalzate da corporazioni, da privati e da forestieri. Il re di Svezia, per esempio, ne ha fatto collocare una a Gustavo Adolfo,[43] perché si vuole che questi abbia una volta assistito ad una lezione a Padova. Così l'arciduca Leopoldo[44] ha reso omaggio alla memoria del Petrarca e del Galilei. Le statue sono bene scolpite, alla foggia moderna, e poche soltanto sono di maniera; alcune, molto disinvolte, e tutte nel costume del tempo e coi distintivi del grado. Anche le iscrizioni sono encomiabili. Nulla, in queste, che sia meschino o di cattivo gusto.

Per tutte le università, codesta potrebbe essere un'idea felice; in nessuna più che in quella di Padova, perché fa tanto bene il veder richiamato alla memoria tutto un passato. Del resto, questa diventerà una bellissima piazza, quando l'avranno sbarazzata dal mercato di legno e vi avranno costruito un mercato di pietra, come pare sia il progetto.

Nel luogo di riunione d'una confraternita intitolata a S. Antonio[45] si trovano dei quadri antichi, che ricordano gli antichi tedeschi; e fra questi alcuni anche del Tiziano nel quale già è notevole un grande progresso, che nessun pittore transalpino ha raggiunto finora. Ho veduto poco dopo anche qualche cosa de' modernissimi. I moderni non potendo più toccare le vette del sublime, hanno indovinato con singolare felicità il quadro di genere. La *Decollazione di S. Giovanni Battista* del Piazzetta,[46] tenuto conto della maniera del maestro, è, sotto quest'aspetto, un ottimo quadro. S. Giovanni è a ginocchi con le mani giunte innanzi a sé e con un ginocchio piegato sopra una pietra. Egli guarda verso il cielo. Uno sgherro che lo tiene legato dietro la schiena, si volge da un lato e lo guarda in faccia, come stupito per la impassibilità con cui il Santo attende d'essere immolato. Nel piano superiore si scorge la figura di quello che deve eseguire la sentenza, ma che non ha la spada e fa semplicemente con le mani un gesto, quasi per allenarsi a dare il colpo mortale. Un terzo, più in basso, estrae la spada dalla guaina. L'idea è felice, se non geniale, e l'esecuzione impressionante e di ottimo effetto.

Nella chiesa degli Eremitani[47] ho visto dei quadri del Mantegna,[48] uno dei più antichi, che mi riempì di stupore. Qual precisa e sicura naturalezza in questi quadri! Dallo studio di codesta realtà così vera e non soltanto apparente, sollecita bensì degli effetti e ispiratrice della sola fantasia, ma severa, pura, limpida, larga, coscienziosa, delicata, precisa, che aveva nello stesso tempo qualche cosa di rigido, di studiato e fors'anche di stentato, sono usciti gli artisti posteriori, come ho potuto constatare nei quadri del Tiziano, e solo così la vivacità del loro talento, l'energia della loro natura, illuminata dallo spirito dei loro antecessori, animata dalla loro forza, si son potute slanciare sempre più in alto, sollevarsi quasi dalla terra, produrre creature divine, e nel tempo stesso vere. Così si è sviluppata l'arte dai tempi barbarici in qua.

La sala del Consiglio municipale, chiamata a buon diritto con l'accrescitivo di *Salone*,[49] è un ambiente così vasto che appena si arriva a immaginare o a richiamare alla mente, nemmeno dopo averlo visto da poco. È lungo trecento piedi, largo cento e, fino alla volta che lo ricopre per tutta la sua lunghezza, alto cento piedi. La gente, qui, è tanto assuefatta a vivere all'aperto, che gli architetti hanno avuto l'idea di coprire la piazza di un mercato.

Né si può negare che un tale enorme spazio ricoperto ci dà un'impressione singolare. È qualche cosa di sterminato, ma nel tempo stesso di limitato e in armonia con gli uomini più che non sia il firmamento. Questo ci strappa, per dir così, fuor di noi stessi, quello invece ci riconcentra pian piano in noi stessi.

Per questo mi sono indugiato con piacere anche nella chiesa di S. Giustina.[50] Questa è lunga quattrocento e ottantacinque piedi, alta e larga in proporzione, costruita con grandiosità ma anche con semplicità. Questa sera mi son messo in un angolo della chiesa ed ho avuto il mio momento di meditazione tranquilla. Mi sentivo perfettamente solo; nessuno al mondo, che in quel momento avesse pensato a me, mi avrebbe cercato in quel luogo.

Ma è tempo ormai di far le valige; domattina si parte col burchiello sulla Brenta. Oggi ha fatto un po' di pioggia, ma il cielo s'è rimesso al bello; così spero di contemplare le lagune e la Sposa e Signora del mare in un giorno sereno, e di poter mandare dal suo grembo un saluto agli amici.

# VENEZIA

*28 settembre 1786.*

Era dunque scritto nel libro del destino, alla pagina mia, che l'anno 1786, la sera del 28 settembre, alle cinque secondo il nostro orologio, avrei visto per la prima volta Venezia entrando dalla Brenta nelle Lagune; e che poco dopo avrei toccato questo suolo e visitata questa meravigliosa città di isole, questa repubblica di castori. Così, Venezia non è più per me, grazie agli dèi, una semplice parola, un nome vano, come quelli che così spesso han tormentato proprio me, nemico mortale delle parole vuote!

Mentre la prima gondola si accostava al nostro burchiello[2] (ciò che avviene per trasportare più presto a Venezia i passeggeri frettolosi) mi son ricordato d'un mio antico giocattolo, al quale non avevo forse pensato da vent'anni in qua. Mio padre possedeva un grazioso modello di gondola, che aveva portato seco dal suo viaggio in Italia; la teneva molto cara ed era convinto di fare anche a me un gran regalo permettendomi di trastullarmi con quella gondoletta. Così i primi rostri della lamiera luccicante e i felze neri delle gondole mi hanno salutato come una vecchia conoscenza, mentre rievocavo quella cara impressione della mia infanzia, che da tanto tempo non m'era stata concessa.

Mi trovo alloggiato bene alla *Regina d'Inghilterra*,[3] non lontano da piazza S. Marco, ciò che rappresenta il più gran vantaggio per un albergo. Le mie finestre dànno sopra uno stretto canale racchiuso fra case alte; sotto i miei occhi un ponte ad una sola arcata e dirimpetto un vicolo angusto ma pieno di movimento. Questa è la mia abitazione e qui resterò per un pezzo, finché, cioè, non avrò finito il pacchetto[4] da spedire in Germania e non mi sarò saziato dello spettacolo di questa città. La solitudine che ho sospirato così spesso e con tanta ansia posso finalmente goderla completa; perché l'uomo non si sente mai così solo come tra una folla in cui si aggira perfettamente ignoto a tutti. A Venezia non c'è forse che una sola persona[5] la quale mi conosca; e anche questa non m'incontrerà tanto presto.

Poche parole del mio tragitto da Padova fin qui. La gita sul Brenta col burchiello pubblico e in compagnia assai per bene (gl'Italiani fanno cerimonie anche fra di loro) è simpatica e piacevole. Le rive sono adorne di giardini e di ville; piccoli paesi si allineano sulla sponda, lungo la quale corre talvolta la via maestra. Scendendo per il fiume col sistema delle cateratte, ogni tanto c'è una breve fermata, di cui si approfitta per dare una capatina a terra e per gustare delle frutta che vi offrono in quantità. Si risale quindi a bordo per rimettersi in cammino, attraverso un piccolo mondo tutto animazione e fertilità.

A tanti quadri e a così varie figure, si è aggiunta un'apparizione, la quale, benché proveniente dalla Germania, è sembrata qui al suo vero posto; intendo parlare di due romei, i primi che io abbia osservato da vicino. Essi hanno diritto al passaggio gratuito in tutti questi pubblici mezzi di trasporto; ma poiché gli altri passeggeri evitano il loro contatto, essi non prendono posto sopra coperta, bensì a prua, accanto al pilota. I due pellegrini, come personaggi piuttosto rari ai nostri giorni, erano oggetto di curiosità e trattati anche con pochi riguardi, essendosi perpetrate tempo addietro, sotto quelle spoglie, non poche furfanterie. Avendo inteso che eran tedeschi e non parlavano altra lingua, mi sono avvicinato ed ho appreso che venivano dai dintorni di Paderborn. Erano tutti e due oltre la cinquantina e d'una fisionomia un po' dura, ma bonaria. Avevano visitato da prima la tomba dei Re Magi[6] a Colonia, poi attraversata la Germania e adesso erano in cammino alla volta di Roma, per poi ritornare in alta Italia; di qui l'uno aveva intenzione di restituirsi in Vestfalia, l'altro di compiere un pellegrinaggio a S. Giacomo di Compostella.

Il loro costume era quello noto; ma portandolo essi succinto, avevano un aspetto migliore di quel che noi siamo soliti rappresentarceli nelle nostre riunioni eleganti in lunghi abiti di seta. Il grande colletto, il cappello tondo, il bordone e la conchiglia, usata come il più primitivo dei bicchieri, tutto aveva il suo significato, la sua pratica utilità. Una scatola di latta conteneva i loro passaporti. La suppellettile più curiosa eran però i loro portafogli di marrocchino rosso, in cui eran custoditi tutti i piccoli utensili che possono esser di aiuto, in tutte le più piccole necessità della vita. Li avevan tirati fuori, appunto perché avevano creduto necessario di rattoppare un po' i loro abiti.

Il nostro pilota, al colmo del giubilo per aver trovato un interprete, mi richiese di rivolger loro alcune domande; ho appreso così varî particolari dei loro progetti e in modo speciale del loro pellegrinaggio. Si lagnavano molto dei loro compagni di fede, e per fin dei preti e dei frati. «La pietà» dicevano «deve essere una cosa ben rara dal momento che nessuno presta fede alla nostra. Benché noi si abbia sempre presentato il foglio di via con l'itinerario prescritto dai superiori e i passaporti rilasciati dai vescovi, nei paesi cattolici siamo considerati quasi da per tutto come dei vagabondi». Viceversa parlavano con commozione delle accoglienze avute fra i protestanti, specialmente da un Pastore della campagna sveva e più ancora da sua moglie, che aveva convinto il marito, un po' restio, a far loro somministrare copiosi soccorsi, di cui avevano infatti gran bisogno. «Quando ci congedammo» soggiunsero «quella brava donna ci ha offerto anche un tallero, una vera provvidenza appena abbiam rimesso piede in paese cattolico». A questo punto, uno dei due, con tutto il fervore di cui era capace, esclamò: «Per conto nostro, tutti i giorni ci ricordiamo nelle nostre preghiere di quella signora, e preghiamo Iddio che le apra gli occhi, come le ha aperto il cuore a pietà di noi, in modo che Egli possa accoglierla, quando che sia, nel grembo della chiesa che è l'unica vera. Così noi speriamo d'incontrarla un giorno in paradiso.»

Di tutto questo, rimanendo seduto sulla mia scaletta, andavo spiegando quel tanto che credevo opportuno al timoniere e ad alcuni altri, che erano usciti dalla loro cabina, per accorrere in quel cantuccio. Intanto i due pellegrini raccolsero anche alcune elemosine, ma scarse, non essendo gli Italiani proclivi a dar del proprio. I due tirarono fuori in compenso delle piccole immagini benedette, sulle quali si vedeva i tre Magi, con le rispettive preghiere in latino. I buoni pellegrini mi pregarono anche di distribuirle alla piccola comitiva e di spiegarne il prezioso valore. Questo mi è riuscito anche egregiamente, tanto è vero che trovandosi i due molto imbarazzati a rintracciare in una gran città come Venezia il convento destinato ad accogliere i pellegrini, il pilota, commosso, promise loro che allo sbarco avrebbe regalato subito a qualche ragazzo qualche spicciolo per farli accompagnare fin sul posto, che era abbastanza distante. «Lì, però» egli soggiunse in tono confidenziale «non troverete molto da stare allegri; l'ospizio fondato con sufficiente larghezza, al presente è assai decaduto, impiegandosi le rendite ad altri scopi».

Così intrattenendoci, eravamo discesi lungo il bel fiume, lasciandoci dietro dei magnifici giardini, dei palazzi splendidi, ed ammirando alla sfuggita lungo le rive paeselli pieni di vita e di ogni ben di Dio. Nel momento in cui siamo entrati nella laguna, numerose gondole circondarono immediatamente, come uno sciame, il nostro burchiello. Un signore lombardo, molto noto a Venezia, m'invitò a tenergli compagnia per entrare più presto in città e per evitare le noie della dogana. Così con una piccola mancia egli seppe sbarazzarsi di certa gente che ci voleva trattenere, e così vogammo rapidamente, con uno splendido tramonto, verso la nostra mèta.

*29 [settembre], giorno di S. Michele, sera.*

Di Venezia, già si è detto e si è tanto stampato che rinunzio ad una descrizione minuta, per esporre soltanto le mie impressioni. Quello che soprattutto mi colpisce è ancora il popolo, questa grande massa di esseri necessariamente collegati insieme senza volontà propria.

Questa popolazione non si è rifugiata per suo capriccio in queste isole; né fu per propria volontà che coloro i quali vennero poi, si unirono ai primi venuti; fu la necessità che insegnò loro a cercare la propria sicurezza nella posizione più sfavorevole di tutte e che pur è riuscita loro, più tardi, tanto opportuna e li ha resi così civili, in un tempo in cui tutto il Settentrione era avvolto nelle tenebre; il loro ingrandimento, le loro ricchezze furono una conseguenza necessaria. Le abitazioni sorsero per incanto l'una accanto all'altra; e il terreno sabbioso o paludoso fu rimpiazzato da solide pietre, le case cercarono aria come gli alberi chiusi, essendo costrette appunto a guadagnare in altezza quello che era loro negato in larghezza. Avari di ogni palmo di terreno, e, in sul principio, ristretti in angusto spazio, non concessero alle vie se non la larghezza strettamente necessaria per dividere una fila di case da quella dirimpetto, offrendo nel tempo stesso al cittadino un sufficiente passaggio. L'abitante di Venezia doveva necessariamente trasformarsi in un tipo singolare di uomo, a quel modo che la sua Venezia non può essere comparabile se non con se stessa. Il Canal Grande, che serpeggia in linea spirale, non la cede a nessuna strada del mondo; così a quel tratto che si trova innanzi alla piazza di S. Marco, nulla può essere contrapposto; intendo quell'ampio specchio d'acqua che è abbracciato in forma di mezza luna da Venezia propriamente detta. Sopra la superficie dell'acqua si scorgono a sinistra le isole di S. Giorgio Maggiore, un po' più oltre, a destra, la Giudecca[7] col suo canale, più oltre ancora e sempre a destra la dogana[8] e l'ingresso nel Canal Grande di dove si ergono innanzi ai nostri occhi due templi[9] nel fulgore del marmo, immensi. Questo è in brevi tratti tutto ciò che di più importante colpisce il nostro sguardo avanzandoci nella piazza di S. Marco fra le due colonne.[10] Tutto ciò che si può vedere, del resto, è stato tante volte riprodotto in incisioni, che gli amatori se ne possono fare benissimo un'idea chiara.

Dopo pranzo mi sono affrettato a procurarmi anzitutto un'impressione generale e sommaria; e mi lanciai, senza guida, consultando soltanto l'orizzonte, nel labirinto della città, la quale, benché tutta frastagliata da canali e canaletti, rimane pur sempre riunita per mezzo di ponti e di ponticelli. Non si può immaginare una tale angustia e ristrettezza senza averla vista coi propri occhi. Al solito si può misurare o in tutto o in parte la larghezza della via pur distendendo le braccia; ma nelle vie più strette si può urtare anche coi gomiti, solo appoggiando le mani sui fianchi;

non mancano anche strade più larghe e qua e là qualche piazzetta; ma relativamente, tutto si può dire angusto.

Ho trovato con facilità il Canal Grande e il ponte di Rialto che è il più importante. Questo è composto di un unico arco di marmo bianco. Dall'alto si gode una vista grandiosa: il Canale solcato in lungo e in largo da barche, che trasportano dalla terraferma tutto il necessario per vivere, che qui trova il punto principale d'imbarco e di sbarco; fra questo un brulichio continuo di gondole. Oggi specialmente, festa di S. Michele, lo spettacolo era meravigliosamente vivace. Ma per poter offrirne una descrizione qualsiasi, prenderò le cose un po' più alla larga.

Le due parti principali di Venezia, separate dal Canal Grande, sono riunite l'una all'altra per mezzo dell'unico ponte di Rialto; con tutto questo, si è pensato anche a parecchi altri mezzi di comunicazione, che si effettuano mediante barche per il pubblico e in posti determinati. Oggi appunto era una bellezza vedere quelle damine così ben vestite, pur ricoperte il capo di un velo nero, farsi traghettare a frotte per recarsi alla chiesa dell'Arcangelo[1] di cui si celebrava la festa. Ho lasciato il ponte e mi son recato anch'io ad uno di questi punti di traghetto per osservare da vicino le donne che vi approdavano. E fra loro ho trovato delle fisionomie e delle personcine assai graziose.

Sentitomi stanco, mi gettai in una gondola, e lasciando quei vicoletti attraversai tutta la parte a nord del Canal Grande per godere anche lo spettacolo del lato opposto; girai intorno alle isole di Santa Chiara fino alle lagune, di qui rientrai per il canale della Giudecca fin verso la piazza di S. Marco, e mi credevo già padrone del mare Adriatico, come del resto si sente ogni buon Veneziano non appena si è sdraiato nella sua gondola. Ho pensato in questa occasione al mio povero padre, che non sapeva trovar di meglio che discorrere di queste cose. Non succederà, un giorno, anche a me, così? Tutto ciò che mi circonda è pieno di nobiltà, è l'opera grandiosa e veneranda di forze umane riunite, è un monumento maestoso non di un solo principe, ma di tutto un popolo. E se anche le sue lagune a poco a poco si vanno riempiendo, se dalle paludi esalano perfidi miasmi, se il commercio langue, se la sua signoria è decaduta, tuttavia questa Repubblica, col suo carattere e con le sue istituzioni, non sembrerà, a chi bene osservi, men degna di rispetto. Anche essa soggiace al tempo, come tutto ciò che si affaccia alla vita.

*30 settembre.*

Sul far della sera mi sono smarrito un'altra volta, senza guida, ne' più remoti quartieri della città. I ponti son tutti muniti di gradini affinché le gondole ed anche le barche di una certa grandezza possano passare comodamente sotto gli archi. Ho cercato di cavarmela alla meglio in questo labirinto senza interrogare nessuno e, come altre volte, senz'altra guida che l'orizzonte. Si finisce bensì col trarsi d'impaccio, ma è sempre una matassa incredibilmente arruffata; il miglior metodo è quello di farne personalmente l'esperienza, come ho fatto io. Ho anche studiato, fino al più estremo lembo dell'abitato, il contegno, gli usi, i costumi e la natura degli abitanti, che in ogni quartiere sono diversi. Dio, come è vero che l'uomo è una povera buona creatura!

Proprio sulla riva dei canali sorgono moltissime casette; ma qua e là vi sono dei marciapiedi di pietra ben lastricati, sui quali è un piacere passeggiare su e giù, fra l'acqua, le chiese ed i palazzi. Pieno di vita e di gaiezza è anche il lungo argine di pietra al lato nord di dove si dominano le isole, in modo particolare quella piccola Venezia che è Murano. Le lagune che si trovano in questo tratto sono animate da una quantità di gondole.

*sera.*

Oggi ho fatto una più intima conoscenza di Venezia procurandomi una pianta della città. Dopo di averla sommariamente studiata, son salito sul campanile di S. Marco, di dove si offre allo sguardo uno spettacolo unico. Era mezzogiorno e il sole così limpido che ho potuto discernere esattamente tutto, e da vicino e da lontano, senza bisogno di cannocchiale. L'alta marea copriva le lagune quando, vòlto uno sguardo al così detto Lido (una stretta lingua di terra che chiude la laguna), ho visto per la prima volta il mare, ed alcune vele. Nelle stesse lagune si trovano galee e fregate le quali dovrebbero raggiungere il cavaliere Emo,[1,2] in guerra contro gli Algerini, ma son trattenute dai venti contrarî. I monti del Padovano e del Vicentino con le Alpi del Tirolo, fra nord e ovest, racchiudono stupendamente il bel quadro.

*1 ottobre.*

Ho fatto un giro ed ho osservato sotto varî altri aspetti la città: ed essendo appunto domenica son rimasto colpito dalla grande sporcizia delle vie; a proposito della quale non ho potuto trattenermi dal fare le mie brave considerazioni. Certamente esisterà qualche regolamento di polizia in materia; la gente butta le immondizie negli angoli e vedo anche dei barconi andare su e giù, sostare in certi punti e portare via il sudiciume: tutta gente delle isole circostanti che ha bisogno di concime. Se non che per questi provvedimenti non c'è né ordine né severità alcuna, ed è veramente imperdonabile la sporcizia di una città come questa, che potrebbe esser tenuta pulita alla pari di qualsiasi città olandese.

Tutte le strade sono selciate e perfino i più remoti quartieri son forniti di marciapiedi di mattone; dove è necessario, il suolo è nel mezzo alquanto elevato, ai lati invece digrada in certe cunette, per raccogliere le acque e farle scorrere nei canali coperti. Altri provvedimenti tecnici dell'antico piano di costruzione così bene inteso, attestano dell'ottima intenzione di quei bravi architetti di fare di Venezia la città più pulita, come infatti è la più singolare. Io non ho potuto nemmeno rinunziare durante la mia passeggiata ad abbozzare su due piedi un regolamento di polizia in piena regola e ad impartire naturalmente le mie brave istruzioni all'ispettore che assumesse l'impresa sul serio. Tanto è vero che non manca mai né il tempo né la voglia di impicciarsi nei fatti altrui.

*2 ottobre.*

Mi sono affrettato anzitutto alla Carità.[13] Avevo letto nel Palladio che qui egli aveva progettato un convento, in cui aveva anche in mente di riprodurre l'abitazione privata dei ricchi ed ospitali nostri padri antichi. Il disegno, eseguito perfettamente sia nell'insieme che nei particolari, mi era piaciuto immensamente, e speravo, in realtà, di trovare una meraviglia di monumento; ma ahi me, di compiuto non c'è che la decima parte dell'edificio; e pure, come anche questa è degna del suo genio divino! una perfezione nella pianta generale, ed una precisione nell'esecuzione del lavoro, quali non avevo visto mai. Bisognerebbe stare degli anni interi, in contemplazione di un'opera simile. Mi sembra di non aver mai visto cosa più sublime e più perfetta; e non credo d'ingannarmi. Si pensi anche come questo eminente artista, nato col genio delle cose grandi e belle, forma e plasma con immensi sforzi la propria arte su quella degli antichi, per poi farla rivivere nell'opera sua. Egli trova modo di realizzare il suo sogno prediletto, d'innalzare cioè sul modello di un edificio privato dei tempi antichi un monastero, dimora di molti monaci, albergo di molti forestieri.

Quanto alla chiesa, essa esisteva fin d'allora. Da questa si passa in un atrio di colonne corinzie che ci rapisce e ci fa dimenticare tutte le fraterie della terra. Da un lato c'è la sacristia, dall'altro una stanza per il capitolo e a fianco a questa la più bella scala a chiocciola del mondo, con ampia gabbia aperta, coi gradini di marmo fissati nella parete e così disposti che l'uno serve di sostegno all'altro; non ci si stancherebbe mai di salire e di scendere per questa scala; quanto poi sia bene costruita, si può dedurre dal fatto che lo stesso Palladio la dichiara ben riuscita. Dall'atrio si passa nel grande cortile interno. Purtroppo di tutto l'edificio che gli doveva sorgere intorno, non è stato eseguito che il lato sinistro: tre ordini di colonne sovrapposti l'uno all'altro; delle sale al pianterreno, un corridoio ad arco al primo piano, sul quale danno le celle; al piano superiore un muro con finestre. Questa descrizione, ben s'intende, vuol essere completata dall'esame dei disegni. Ora, una parola sull'esecuzione.

Soltanto i capitelli e i piedistalli delle colonne e le chiavi degli archi sono di marmo lavorato; tutto il resto, non dirò di mattoni ma piuttosto di argilla cotta. Mattoni come questi non ne ho visto mai. Il cornicione e i fregi sono anche dello stesso materiale e così le varie parti degli archi; tutto nelle singole parti di terracotta, mentre l'edificio intero non è tenuto insieme che da un po' di calce. È, insomma, come di un solo getto. Ma se tutto l'edificio fosse compiuto, e se si potesse ammirarlo ben polito e dipinto, sarebbe certo un colpo d'occhio di paradiso.

Ma questo progetto era troppo grandioso, come è il caso di tant'altri edifici dell'epoca presente. L'autore aveva non solo supposto che il convento attuale sarebbe stato demolito, ma che si sarebbero comperate anche le case circostanti; e per questo sarà mancato e il danaro e la voglia. O destino, tu che hai favorito e perpetuato tante stupidità, perché non hai permesso che un'opera come questa fosse compiuta?

*3 ottobre.*

La chiesa del Redentore è una bella e grandiosa opera del Palladio; la sua facciata merita maggiore ammirazione ancora di quella di S. Giorgio. Bisognerebbe avere sott'occhio questi capolavori, del resto così spesso incisi nel rame, per poter comprendere quel che ne ho detto. Per ora poche parole.

Il Palladio era tutto compenetrato della vita degli antichi e sentiva l'angustia e la meschinità del suo tempo come un grande che non vuole adattarsi ma che con ogni sforzo aspira a trasformare tutto ciò che lo circonda, conforme alla nobiltà dei suoi ideali. Egli non poteva adattarsi, come io deduco da una velata espressione del suo libro, a veder continuamente costruire delle chiese cristiane sul modello delle antiche basiliche; per questo egli ha tentato di riavvicinare le sue costruzioni severe all'antica forma del tempio; in tal modo però risultarono certi inconvenienti che nella chiesa del Redentore, secondo me, sono felicemente evitati, ma che saltan troppo agli occhi nella chiesa di S. Giorgio. Anche il Volkmann fa qualche accenno in proposito, ma senza cogliere proprio nel segno.

L'interno del Redentore non è men pregevole; tutto, anche i disegni degli altari, è del Palladio. Dolorosamente, le nicchie che si sarebbero dovute adornare di statue, mettono in mostra certe figure grossolane, dipinte in legno.

I cappuccini di S. Pietro avevano decorato con grande magnificenza uno degli altari laterali per la festa di S. Francesco; tranne i capitelli corinzi, di marmo non si vedeva più nulla. Tutto il rimanente era coperto da parati ricamati a guisa di rabeschi con grande buon gusto e splendore, e tutto con tanta grazia quanto si può desiderare. Quello che più ammiravo, erano festoni a tralci e a fogliami ricamati d'oro. Ma fattomi vicino, trovai il più amabile inganno. Tutto quello che io avevo creduto oro puro, non era che paglia sparsa ed appiccicata sulla carta sopra leggiadri disegni, con lo sfondo rischiarato di colori vivaci; il tutto con così bella varietà e con tanto buon gusto, che un tale scherzo, la cui materia prima non ha nessun valore e che probabilmente è stata allestita nello stesso convento, sarebbe costato parecchie migliaia di talleri se fosse stato eseguito davvero. All'occasione, è un esempio che si potrebbe anche imitare.

Accanto a un parapetto in faccia al mare ho visto già più volte un povero diavolo, il quale raccontava, in dialetto veneziano, non so quali istorie, ad un uditorio più o meno numeroso. Sventuratamente non ho mai potuto comprendere una parola; ma nessuno ride, solo qualche volta quest'uditorio, composto in massima parte di popolani, sorride. Del resto anche il protagonista non ha nulla nella sua figura che sorprenda o provochi il riso; direi piuttosto che nei suoi gesti non manca una certa compostezza; nel tempo stesso anche un'ammirevole varietà e precisione rivelano gusto d'arte e riflessione.

Con la pianta alla mano ho cercato di spingermi, fra il più intricato labirinto, fino alla Chiesa dei Mendicanti.[14] Qui ha sede il Conservatorio, che, al presente, gode il mio maggior favore. Le donne, dietro alla grata, eseguivano un oratorio. La chiesa era piena di uditori; la musica bellissima, le voci stupende. Un contralto cantava la parte di Re Saul, l'eroe principale del lavoro. Di una voce simile non avevo ancora idea. Alcuni brani musicali erano d'un'infinita bellezza. Il testo, poi, perfettamente cantabile; cioè un latino così italiano, che in certi punti fa anche ridere; eppure è qui che la musica trova veramente il suo campo.

Il mio godimento sarebbe stato completo, se quel maledetto direttore d'orchestra non avesse battuto il tempo con un rotolo di carta contro la grata, con un chiasso così indiavolato come se avesse avuto da fare con gli scolaretti ai quali imbeccare la lezione; eppure quelle ragazze avevano già provata più volte la loro parte, sicché tutto quel ripicchiare era perfettamente inutile, mentre per l'appunto guastava ogni effetto: come se alcuno, per farci meglio ammirare una bella statua, le applicasse alle giunture dei pezzetti di belletto. Un rumore estraneo distrugge ogni armonia. E pensare che costui è un musico, e che non capisce tutto questo; se pure non commette queste sconvenienze per attrarre su di sé l'attenzione del pubblico, mentre sarebbe molto meglio che dimostrasse il suo valore col rendere più perfetta l'esecuzione. So che questo è un costume invalso presso i Francesi, ma tra gli Italiani non l'avrei mai creduto; e intanto il pubblico sembra si sia assuefatto. Certo non è questa l'unica volta in cui il pubblico grosso si illude che un piacere venga accresciuto da ciò che precisamente guasta ogni piacere.

Iersera spettacolo d'opera al San Mosè.[15] (I teatri, qui, prendono il nome dalla chiesa[16] cui sono più vicini). Non c'era da star molto allegri. Al concetto, alla musica, ai cantanti stessi, manca quella forza interiore che sola può innalzare un simile spettacolo al suo più alto grado. Di nessuna parte si potrebbe proprio dire che fosse cattiva; solo le due protagoniste han fatto del loro meglio, non tanto per rappresentare bene la parte, quanto per dar nell'occhio e per piacere. È sempre qualche cosa. Sono due simpatiche figure dalla bella voce, dalle personcine graziose e disinvolte. Degli uomini invece, non ce n'è uno che dimostri di sentire in sé la sua parte, o che cerchi di appassionare il pubblico allo spettacolo; quanto a voce, poi, non una che possa dirsi davvero bella.

Il balletto, poverissimo d'invenzione, fu in complesso fischiato; invece hanno avuto molti applausi alcuni valentissimi ballerini e ballerine, le quali ultime si son fatte anche un dovere di mettere in mostra tutte le loro attrattive più intime.

Quest'oggi invece ho assistito a una commedia di nuovo genere, che m'ha divertito ben più. Ho inteso discutere pubblicamente una causa a Palazzo ducale. La causa era importante e fortuna volle che si trattasse durante il periodo feriale. Uno degli avvocati era la perfetta caricatura d'un buffo: figura bassa e tozza ma piena di vita, profilo oltre modo marcato, voce di bronzo e un calore di tono come se tutto quello che diceva gli salisse veramente dal profondo del cuore. Ho detto commedia, perché, a quanto pare, quando ha luogo una di queste pubbliche rappresentazioni si sa fin da principio come tutto andrà poi a finire; i giudici sanno come sentenzieranno e le parti quello che potranno aspettarsi. Intanto, preferisco incomparabilmente questa specie di procedura alle nostre burocratiche lungaggini papaveriche. Voglio anzi anche provarmi a dare un'idea della discussione e del modo piacevole, senza falsa solennità, in cui qui tutto naturalmente procede.

In una spaziosa sala del palazzo sedevano da un lato i giudici, in semicerchio; rimpetto a loro, sopra una specie di bigoncia che poteva contenere parecchie persone una accanto all'altra, erano gli avvocati delle due parti, e, immediatamente innanzi a quella bigoncia, querelante e querelato in persona, seduti sopra una panca. L'avvocato della parte offesa era già sceso dalla tribuna perché la seduta odierna non era destinata alla discussione. Si dovevano soltanto leggere in pubblico i varî documenti pro e contro, benché fossero già stampati.

Un cancelliere allampanato, avvolto in una zimarra nera, che gli piangeva addosso, con un grosso scartafaccio in mano, si apparecchiava a compiere il suo ufficio di leggitore. La sala era, del resto, zeppa di spettatori e di uditori: indizio che la questione giuridica, oltre che per i personaggi interessati, doveva sembrare ai Veneziani di somma importanza.

I fidecommessi godono nello Stato Veneto i più grandi favori; una proprietà alla quale sia stato una volta impresso questo carattere, lo conserva in perpetuo; se accade poi che, o per cessione, o per qualsiasi altra circostanza, sia stata alienata da secoli e sia passata per molte mani; discutendosi la controversia innanzi ai giudici, i discendenti della prima famiglia finiscono con l'aver ragione e i beni devono essere espropriati a vantaggio loro.

Nel caso nostro la controversia[17] era della massima importanza essendo la lite mossa contro lo stesso Doge, o meglio contro sua moglie, la quale assisteva in petto ed in persona, assisa nel suo banco, avvolta nel suo zendado e non separata dal querelante che da un brevissimo spazio. Era una matrona di una certa età, dalla figura distinta, dalla fisionomia regolare, su cui si disegnava un'espressione severa e, fino a un certo punto, disdegnosa. I Veneziani sembravano non poco fieri che la loro Dogaressa fosse stata costretta a presentarsi al cospetto della giustizia, sotto i loro occhi, nel suo stesso palazzo.[18]

Il cancelliere incominciò a leggere e solo a questo punto mi spiegai che cosa stesse a fare un omiciattolo seduto sul piccolo sgabello dietro al tavolino, in faccia ai giudici, poco lontano dalla tribuna degli avvocati; e compresi pure cosa significasse la clessidra, che quell'omino teneva innanzi. Infatti, finché il cancelliere legge, il tempo non si calcola; ma se l'avvocato parla, non gli si concede che un tempo limitato. Mentre, per esempio, il cancelliere legge, l'orologio sta nella sua posizione orizzontale e l'ometto vi tiene su la mano. Ma appena l'avvocato apre la bocca, l'orologio è rimesso in posizione diritta per poi ricadere di nuovo appena l'avvocato tace. La grande abilità dell'avvocato consiste appunto nell'interrompere a bruciapelo la lettura, di fare alla sfuggita delle osservazioni, e di destare e fermare l'attenzione del pubblico. È la volta in cui il piccolo Saturno si trova nel più grande imbarazzo. Egli è costretto, infatti, di cambiare ogni momento la posizione orizzontale o verticale della clessidra: proprio come nella condizione degli spiriti malvagi nel teatro dei burattini, i quali, al comando di quell'insolente d'Arlecchino, che grida ora *berlicche* ora *berlocche*,[19] non sanno mai se andare avanti o indietro.

Chi ha assistito nelle cancellerie alla collazione dei documenti, si può fare un'idea di una tale lettura, monotona e affrettata bensì, ma bene scandita ed anche abbastanza chiara. L'ingegnoso avvocato non ignora l'arte d'interrompere con le facezie la noia del pubblico, che si diverte un mondo alle sue trovate e scoppia nelle più matte risa. Riferirò una di queste facezie, la più curiosa fra quante ne ho potuto comprendere. Il cancelliere stava appunto leggendo ad alta voce un documento in forza del quale uno dei proprietari supposti illegittimi disponeva dei beni in questione. L'avvocato lo invitò a leggerlo un po' più lentamente e mentre colui spiccando le parole leggeva: *Io dono, io lego*, l'oratore lanciandosi con violenza contro il cancelliere esclamò: «E che vuoi donare, tu, e che cosa vuoi legare? Tu che non hai il becco di un quattrino. Però», aggiunse poi facendo le finte di riprendersi, «anche quel serenissimo proprietario non era in condizioni diverse dalle tue; anche lui voleva regalare, anche lui voleva disporre di cose che gli appartenevano né più né meno come appartengono a te». A questo punto echeggiò uno scoppio di risa; ma la clessidra riprese subito la sua posizione orizzontale. Il cancelliere fece all'avvocato il muso arcigno, ma continuò, borbottando, la sua lettura. Tutte queste non son del resto che commedie già preparate prima.

*4 ottobre.*

Ieri sono stato alla commedia nel teatro di San Luca.[20] Mi è piaciuta molto. Ho visto così uno spettacolo estemporaneo, con maschere, rappresentato con grande naturalezza, con arte e con brio. Certo non tutti gli attori hanno lo stesso valore. Ottimo, il Pantalone; una delle attrici, un pezzo di donna tanto fatta, senz'essere straordinaria recita tuttavia benino e tiene la scena a meraviglia. Quanto al soggetto della commedia, è una delle solite stramberie, simili a quelle che si rappresentano anche da noi sotto il titolo «der Verschlag».[21] Grazie all'incredibile varietà delle situazioni il pubblico si è divertito per più di tre ore. Anche qui, la base su cui si regge tutto lo spettacolo è il pubblico; gli spettatori sono alla lor volta attori e così la folla si fonde completamente con lo spettacolo. Durante il giorno, i compratori e i venditori, i mendicanti, i gondolieri, le comari, gli avvocati e i loro avversari, sulle piazze, lungo le vie, nelle gondole, nei palazzi, tutti son pieni di vita, tutti si fan sentire e vociano, giurano, gridano, offrono mercanzia, cantano, giocano, bestemmiano, fanno del chiasso. La sera poi vanno al teatro e vedono ed ascoltano la stessa loro vita della giornata, riprodotta con arte, messa loro innanzi con grazia, intrecciata con altre finzioni, allontanata dalla realtà per mezzo della maschera, ma a quella riavvicinata dalla rappresentazione dei costumi. A tutto questo il pubblico si diverte come un bambino; e torna a gridare, ad applaudire, a fare schiamazzo. Dalla mattina alla sera, anzi da una mezzanotte all'altra, la vita è sempre quella.

Del resto io non ho visto quasi mai degli attori rappresentare la loro parte con maggior naturalezza di queste maschere; non si può arrivare a tal punto senza spiccate attitudini naturali e senza un assiduo esercizio.

Mentre scrivo, sento sotto la mia finestra, sul Canale, un baccano indiavolato, ed è già mezzanotte suonata. O per divertirsi, o per attaccar briga, hanno sempre qualche cosa da fare.

Ho inteso adesso anche degli oratori pubblici; prima, tre individui che raccontavano a modo loro non so che storielle sulla pubblica piazza, e sul molo; poi due avvocati, due predicatori e in fine i commedianti estemporanei, tra i quali devo una parola d'encomio specialmente a Pantalone. Tutti costoro hanno qualche cosa di comune, sia perché appartengono tutti allo stesso paese, in cui, vivendo continuamente fra il pubblico, la gente si trova sempre mescolata in conversazioni accalorate, sia perché in realtà tutti si imitano a vicenda. Si aggiunga una pronunziata tendenza a parlare gesticolando e ad accompagnare coi gesti tutto ciò che intendono esprimere e quel che pensano e quel che sentono.

Oggi, festa di S. Francesco, sono stato nella chiesa a lui dedicata alle Vigne.[22] La voce squillante di un cappuccino era accompagnata dalle grida dei rivenditori fuori della chiesa, come da un'antifona. Io stavo sulla soglia fra i due, e, a sentirli, faceva un effetto abbastanza curioso.

*5 ottobre.*

Questa mattina sono stato all'Arsenale,[23] visita abbastanza interessante per me, che sono ancora digiuno di cognizioni marinaresche, ed ho potuto imparare qui almeno i primi elementi. Veramente, par di trovarsi come in una famiglia antica, che ancora si tien su alla meglio, benché per lei sia ormai trascorso il bel tempo della floridezza e della maturità. Amando osservare nei varî lavori anche gli operai, ho potuto vedere parecchie cose notevoli; e son salito anche sopra una nave da ottantaquattro cannoni la cui ossatura è già al completo.

Una nave come questa rimase preda dell'incendio fino al livello dell'acqua sei mesi or sono, sulla Riva degli Schiavoni;[24] la polveriera non era però molto piena, così che scoppiando non fece gran danno. Le case circostanti però ci rimisero tutti i vetri.

Ho visto anche come si lavora il bellissimo legno di quercia che proviene dall'Istria; ciò che mi ha offerto l'occasione di fare fra me e me alcune osservazioni sullo sviluppo di quest'albero veramente prezioso. Non dirò mai abbastanza qual vantaggio io abbia tratto sempre, per spiegarmi il lavoro degli artefici e degli operai, dalle cognizioni con tanta fatica acquistate intorno ai prodotti della natura, che servono all'uomo come materia prima e per tutti i suoi bisogni; ecco perché anche la conoscenza delle montagne e dei rispettivi minerali mi ha agevolato di molto il cammino per la conoscenza dell'arte.

Per esprimere in due parole che cosa è il Bucintoro, lo chiamerò una galea da parata. Il Bucintoro antico, del quale rimangono le riproduzioni, giustifica questa espressione più ancora del moderno, il quale con tutta la sua magnificenza ci fa dimenticare la sua origine.

Insisto sempre nella mia antica idea: date ad un artista un soggetto veramente buono, ed egli produrrà qualche cosa di buono. Nel caso nostro all'artista era stato affidato il còmpito di costruire una galea, che fosse degna di portare i capi della repubblica, nel giorno solenne che consacra il tradizionale dominio del mare; un tal còmpito è stato eseguito alla perfezione. La nave è già per sé tutta una decorazione; non si può dire quindi che sia sovraccarica di ornamenti; è tutto un cesello d'oro, e del resto non serve ad altro; è un vero e proprio ostensorio, che serve a mostrare al popolo i suoi principi, in tutta la loro magnificenza. Si sa che il popolo, come ha una predilezione per adornare i suoi capelli, così ama vedere anche i suoi superiori in abito elegante e sfarzoso. Questa nave di gala non è che un autentico mobile d'inventario, che ci ricorda in modo tangibile quello che i Veneziani furono, o si lusingarono di essere.

*Notte.*

Ritorno ora dalla tragedia e rido ancora. È necessario che metta subito in carta questa buffonata. Il lavoro non è cattivo; l'autore ha fatto sfilare l'un dopo l'altro tutti i «matadori» della tragedia e gli attori hanno recitato bene. La maggior parte delle situazioni erano note, alcune nuove, molte ben riuscite. Si tratta di due padri che si odiano; viceversa i figli e le figlie di queste famiglie nemiche sono innamorati alla follia; una delle coppie, anzi, si è già segretamente sposata. Il dramma si è svolto fra scene selvagge e crudeli, e, alla fine, per la felicità dei giovani non ci mancava se non che i due padri s'infilzassero a vicenda; dopo di che, fra scroscianti applausi è caduto il sipario; ma a questo punto gli applausi si fecero più insistenti e si cominciò a gridare *fuori!* finché le due coppie principali accondiscesero a comparire sul proscenio, a fare i loro bravi inchini, per poi ritirarsi dalla parte opposta.

Il pubblico non era ancora soddisfatto; né finiva più di applaudire e di chiamar fuori: *I morti!* Tutto questo continuò finché anche i due morti uscirono alla ribalta e fecero i rispettivi inchini. Avendo anzi alcune voci gridato: *bravi i morti!* questi furono trattenuti a lungo dagli applausi, finché anche a loro fu concesso di ritirarsi. Una buffonata di questo genere acquista maggior pregio per i testimoni oculari ed auricolari, i quali, come me, si sentono continuamente ronzare negli orecchi le grida di *bravo* e *bravi*, che gl'Italiani han sempre in bocca; senza contare che con questo complimento si acclamano anche i morti.

«Buona notte», diciamo noi del Settentrione, in qualsiasi ora in cui ci congediamo dopo il tramonto; l'Italiano invece dice: *Felicissima notte!* ma solo una volta, quando cioè si porta il lume nella stanza, nell'ora in cui finisce il giorno e comincia la notte; ciò che è ben diverso da quel che avviene fra noi. Intraducibili sono le singolarità di ogni lingua; infatti, dalla frase più eletta alla più umile, tutto prende un particolare suggello della nazione, sia rispetto al carattere, che ai sentimenti, che alle condizioni speciali.

*6 ottobre.*

La tragedia di ieri mi ha anche insegnato parecchie cose. Ho capito anzitutto come gl'Italiani sanno trattare e declamare i loro giambi endecasillabi; ho poi compreso con quanta abilità il Gozzi[25] sappia ottenere la fusione delle maschere con le figure della tragedia. È questo il vero spettacolo per questa gente, la quale vuol essere commossa dalle azioni atroci; non prova compassione, né sente tenerezza per gl'infelici, ma gode soltanto se l'eroe parla bene; per questo tiene molto alla recitazione, ma, nel tempo stesso, vuol ridere e divertirsi anche a qualche facezia.

Il suo interesse per un lavoro drammatico si limita a quello che vi è di reale. A un certo punto, in cui il tiranno offre al figliuolo la spada e lo eccita ad ammazzare la propria moglie che gli sta a fianco, il pubblico cominciò fra alti clamori a dimostrare il suo disgusto per tale provocazione e poco mancò che lo spettacolo non fosse interrotto. L'uditorio pretendeva che il vecchio riprendesse la sua spada, ciò che avrebbe indubbiamente mandato all'aria le scene successive della tragedia. Il figlio, tra i due fuochi, finalmente si decise; si avanzò sul proscenio e pregò rispettosamente il pubblico di pazientare ancora per un momento, perché tutto sarebbe finito conforme al suo desiderio. Ma dal punto di vista artistico, tale episodio, date le circostanze del dramma, era mostruoso ed assurdo; per cui io do ragione al pubblico e al buon senso.

Adesso comprendo meglio il lungo discorrere e il molto e vario dissertare della tragedia greca. Gli Ateniesi ascoltavano i discorsi ancor più volentieri e se ne intendevano ancor meglio degli Italiani e qualche cosa imparavano già davanti ai tribunali dove passavano tutta la loro giornata.

Negli edifici che il Palladio ha potuto finire, specialmente nelle chiese, ho trovato accanto a cose perfette anche qualche menda. Pensando ora fra me e me, fino a qual punto di fronte ad un uomo così straordinario potessi aver ragione oppure torto, mi è sembrato mi fosse accanto e mi dicesse: questo e quest'altro l'ho fatto contro la mia volontà; ma ho finito con l'adattarmi, perché, date le circostanze, soltanto così potevo avvicinarmi di più ai miei più alti ideali.

Più ci penso, e più mi convinco che egli, dopo aver considerata l'altezza e la larghezza di una chiesa già costruita, o di una vecchia casa cui egli doveva rifare la facciata, si sia posto il quesito: come faresti tu a dare a questi edifici una forma più grandiosa? Nei particolari, in vista delle ulteriori esigenze, devi tollerare qualche spostamento e qualche disordine, per cui qua e là sarà inevitabile qualche inconveniente; ma sia pure; il complesso dell'edificio sarà intonato a uno stile elevato e tu avrai lavorato anche per il piacere tuo.

In tal modo egli ha perseguito l'alto ideale che vagheggiava nel suo spirito anche là dove non si poteva adattare perfettamente, o dove si era visto costretto ad alterarlo o a mutilarlo in qualche particolare.

L'ala del convento della Carità è in compenso più preziosa per noi, perché l'artista vi ha potuto lavorare con piena libertà e seguire incondizionatamente il suo genio. Se il convento fosse stato compiuto, oggi non vi sarebbe forse in tutto il mondo capolavoro architettonico più perfetto.

Come egli procedesse nel suo pensiero e nel suo lavoro, mi riesce sempre più chiaro quanto più leggo le sue opere e quanto più considero come egli apprezzasse gli antichi. Egli è un uomo di poche parole, ma tutte hanno un valore. Il quarto libro in cui son descritti i templi antichi, è una eccellente introduzione per studiare con intelletto le reliquie del passato.

*7 ottobre.*

Iersera, al teatro S. Crisostomo,[26] ho visto l'«Elettra» del Crébillon,[27] tradotta, naturalmente. Quanto mi sia parso insipido questo lavoro, e che terribile noia mi abbia procurato, non posso dire.

Gli attori, del resto, sono buoni e riescono anche, in alcune situazioni, a infinocchiare il pubblico. Il solo Oreste ha in una scena tre racconti diversi infarciti di situazioni poetiche. Elettra, una graziosa donnina di mezzana statura e d'una vivacità quasi francese, si presenta bene e pronuncia i versi con grazia; se non che dal principio alla fine dello spettacolo mantiene quel contegno da spiritata che richiede purtroppo la parte stessa. Ma intanto ho ancora imparato qualche cosa. Il giambo italiano, sempre endecasillabo, offre gravi inconvenienti alla declamazione, perché l'ultima sillaba è sempre breve e assume contro la volontà del declamatore un tono troppo accentuato.

Stamane nella chiesa di Santa Giustina[28] ho assistito alla messa cantata, cui tutti gli anni in questo giorno deve esser presente il Doge, in ricordo di un'antica vittoria[29] riportata sui Turchi. Vedere approdare alla piazzetta le barche dorate che portano il sovrano e una parte della nobiltà; i gondolieri nel costume caratteristico premere sui remi dipinti in rosso; il clero schierato lungo la riva, e le confraternite che portano i ceri accesi in cima alle pertiche o ne' candelieri d'argento a mano, mentre tutti si affollano e ondeggiano nella grande attesa, e poi veder gettare dalle navi alla riva i pontili coperti di tappeti, e apparire da prima le lunghe tonache violette dei magistrati, poi le lunghe zimarre dei senatori, che strascicano ampiamente sul marciapiede, e infine scendere il vecchio Doge adorno dell'aureo berretto frigio, in prolisso abito talare tutto d'oro e con mantello d'ermellino, fra i tre servitori che s'impadroniscono del suo strascico; tutto questo, ripeto, sopra una piccola piazza e davanti al portone di una chiesa innanzi alla quale sono issate bandiere turche, fa l'impressione di un arazzo antico di mirabile disegno e colore. A me, fuggitivo dal Settentrione, tal cerimonia ha procurato un vivo piacere. Da noi, dove per tutte le cerimonie solenni son prescritti abiti succinti e dove anche la cerimonia più grandiosa che si possa immaginare si svolge tra fucili a spalla, tutta questa gala sarebbe forse fuori di posto. Ma qui sì, stanno bene, questi abiti a coda, queste cerimonie di pacifica pompa.

Il Doge è un uomo di bella e forte statura, forse malfermo in salute, ma dal portamento ancor diritto sotto l'abito pesante che gl'impone la sua dignità. Lo direste il nonno di tutta questa generazione, tanta è in lui l'affabilità e la gentilezza; anche nei suoi paludamenti si trova assai bene, né gli disdice la zucchetta sotto il berretto che, finissimo e trasparente come è, posa sovra i capelli del più bell'argento di questo mondo.

Eran con lui circa cinquanta nobili[30] in lungo abito a strascico di colore rosso cupo; begli uomini anche essi, in generale, non una sola figura che stonasse, più d'uno di statura alta, con la testa grande, cui si adatta bene la parrucca bionda e inanellata: lineamenti marcati, carnagione bianca e delicata ma senza quella mollezza che è così ripugnante; e tutti dall'aspetto intelligente senza sforzo, tranquilli e sicuri di sé, naturalmente disinvolti, anzi con una cert'aria di gaiezza in tutta la persona.

Come nella chiesa tutti furono a posto, e incominciò la messa cantata, le confraternite entrarono per il portone principale, per riuscire poi dalla porta laterale a destra, dopo aver ricevuta la benedizione con l'acqua lustrale, coppia per coppia, e dopo d'aver fatto la loro riverenza all'altar maggiore, al Doge ed alla nobiltà.

Per questa sera mi ero accaparrato il celebre canto dei gondolieri,[31] che cantano, su certe loro melodie, versi del Tasso e dell'Ariosto. Questa cantata bisogna ordinarla a bella posta perché non è più comune come una volta, ma appartiene alle leggende del tempo andato, passate quasi in dimenticanza. Ho preso posto in una gondola, al chiaro di luna, avendo uno dei cantatori a prora e l'altro a poppa; ed essi intonarono subito il loro canto, cantando verso per verso, a gara. La melodia che noi conosciamo dal Rousseau,[32] è un genere medio fra il corale e il recitativo e conserva sempre la stessa andatura, senza alcun tempo. La modulazione della voce è anche la stessa; soltanto passa in una specie di declamazione tanto rispetto al tono, quanto al tempo, a seconda del contenuto del verso. Da quanto segue si potrà comprendere in che consista lo spirito, la vita di questo canto.

Come si sia venuta formando questa melodia, non investigherò qui; basti che essa conviene perfettamente agli oziosi, che canticchiano per conto proprio adattando al suo canto dei versi che sanno a memoria.

Adagiati sulla spiaggia di un'isola, di un canale, sulla prua di una barca, fanno echeggiare il loro canto e con voce squillante (il popolo apprezza soprattutto la forza) e quanto più lontano è possibile. Il canto si diffonde sul tranquillo specchio dell'acqua. Un altro cantatore ode da lungi la melodia, che egli già conosce; ne intende le parole e risponde col verso che segue; il primo replica ancora e così a vicenda, in modo che l'uno è sempre l'eco dell'altro. Per notti intere dura questo canto, che li rallegra senza stancarli mai. Anzi quanto più lontani sono l'uno dall'altro, tanto più seducenti riescono le loro canzoni. Il giusto posto per colui che ode, è nel bel mezzo dei due.

Per farmelo constatare, i miei gondolieri sbarcarono sulla riva della Giudecca e a un certo punto del canale si separarono. Io mi diedi a passeggiare su e giù tra l'uno e l'altro, in modo da allontanarmi sempre più da colui che dava principio al canto e riavvicinarmi a quello che l'aveva sospeso. Fu allora che mi si rivelò l'intimo senso di quelle canzoni. Per voce che viene da lontano, l'impressione è molto singolare; pare quasi un lamento senza tristezza, qualche cosa che non si può definire e che commuove fino alle lacrime. Volevo attribuirlo al mio stato d'animo; ma il mio vecchio gondoliere mi disse: «È singolare come quel canto intenerisce, e molto più quando è ben cantato». Egli avrebbe voluto ch'io udissi le donne del Lido e specialmente quelle di Malamocco e di Pellestrina, le quali pure, mi diceva, cantano versi del Tasso su queste od altrettali melodie. Queste donne, egli aggiunse, hanno la consuetudine di sedere sulla riva del mare mentre i loro mariti sono fuori per la pesca; esse fanno echeggiare con gran voce in sulla sera i loro canti, finché anch'esse da lontano odono la voce dei loro cari, e in tal modo s'intrattengono scambievolmente. Tutto questo non è molto bello? Colui che ascolta da vicino s'intende bene che non può provare tutto il piacere che dànno queste voci in lotta con le onde del mare. Ma l'idea di questo canto diventa umana e vera, e la melodia, la cui lettera morta ci aveva torturato il cervello, diventa viva. È il canto che un'anima solitaria fa sentir da lontano, affinché un'altra anima solitaria, e mossa dallo stesso sentimento, ascolti e risponda.

*8 ottobre.*

Ho visitato il palazzo Pisani Moretta per vedere un prezioso quadro[33] di Paolo Veronese. Rappresenta le donne della famiglia di Dario inginocchiate al cospetto di Alessandro e di Efestione. La madre, in ginocchio innanzi alle altre, scambia Efestione per il re; ma quello si schermisce e addita il vero re. Corre la leggenda, che l'artista, onorevolmente accolto in questo palazzo e rimastovi ospite per lungo tempo, avesse dipinto segretamente il quadro e che poi lo lasciasse lì in dono, ravvolto e nascosto sotto il suo letto. Certo il quadro meriterebbe una origine straordinaria, perché rivela in realtà tutto il valore dell'artefice. La sua grande arte di esprimere la più deliziosa armonia evitando di diffondere su tutta la tela un tono uniforme, distribuendo i chiaroscuri con gran discernimento, non altrimenti degli altri colori che si avvicendano, risalta qui, nel modo più evidente, perché il quadro è perfettamente conservato e ci sta innanzi fresco come se fosse dipinto da ieri. Certo, quando un quadro come questo ha sofferto qualche avaria, il nostro godimento rimane subito turbato senza che noi stessi ne sappiamo la ragione.

Chi volesse fare il pedante con l'artista a proposito dei costumi, si immagini soltanto che egli abbia voluto rappresentare un episodio del secolo XVI; ed ogni discussione sarà troncata. L'espressione della madre rispetto a quella della sposa e delle figlie è gradatamente resa con grande verità e felicità. La più giovane delle principesse, inginocchiata dietro a tutte le altre, ha un grazioso visino, molto gentile ma capriccioso e caparbio. Si direbbe che non riesca proprio ad acconciarsi alla sua posizione.

Il mio antico modo di considerare il mondo con gli occhi di quel pittore, i cui quadri mi han lasciato nello spirito l'impressione più recente, mi ha suggerito una riflessione singolare. L'occhio evidentemente si educa secondo gli oggetti, che è assuefatto a vedere dall'infanzia; ecco perché il pittore veneziano deve necessariamente vedere tutto più luminoso e più sereno degli altri. Noi settentrionali, che passiam la vita in un paese monotono, brutto ora di fango ora di polvere, e in cui ogni riflesso si attutisce, noi che viviamo in ambienti ristretti, non possiamo rappresentarci nei nostri paesi uno spettacolo così letificante.

Percorrendo le lagune in pieno sfolgorio di sole ed osservando ai fianchi delle gondole i gondolieri nelle loro agili movenze e nei loro costumi variopinti scivolar via curvi sul remo, mentre le loro figure si profilavano sopra lo specchio verde chiaro dell'acqua, nello sfondo azzurro cupo dell'aria, ho ammirato il migliore e il più fresco quadro della scuola veneziana. La luce del sole dava un risalto affascinante ai colori locali e le ombre spiccavano così nette, che alla loro volta avrebbero potuto servire, in certo modo, di luci. Lo stesso si può dire dei riflessi verdi dell'acqua marina. Tutto era chiaro e dipinto su fondo chiaro in modo che anche l'onda spumeggiante e gli splendori scintillanti eran necessari per mettere, come si suol dire, i punti sugli i.

Il Tiziano e Paolo possedevano il segreto di questa luminosità in grado sommo; se questa non appare nelle loro opere, vuol dire che il quadro ha sofferto o è stato restaurato.

Le cupole e le volte della chiesa di S. Marco[34] con le loro facciate laterali sono da per tutto coperte di immagini; tutto è pieno di figure variopinte sopra sfondo d'oro, e tutto è mosaico; le une sono eseguite perfettamente, le altre mediocremente, a seconda dei maestri che ne hanno eseguito i cartoni.

Sono stato colpito dall'idea che tutto dipende dal primo concetto inventivo e che questo dà la giusta intonazione ed è la vera anima di tutto; tanto è vero che con dei piccoli dadi di vetro, benché non sempre, come nel caso nostro, con la più grande finezza, si può imitare tanto il buono che il cattivo. L'arte del mosaico, che agli antichi offriva i pavimenti, ai cristiani inarcava il cielo delle loro chiese, ora si è avvilita fino alle tabacchiere e ai braccialetti. I nostri tempi son peggiori di quel che non si pensi.

A Ca' Farsetti[35] c'è una pregevole collezione di copie delle migliori sculture antiche. Non dirò di quelle che già conosco per averle viste a Mannheim o altrove; accennerò soltanto a nuove conoscenze. C'è una Cleopatra[36] colossale, che, con l'aspide che le costringe il braccio, si addormenta, serena nel sonno della morte; una Niobe[37] che protegge col suo mantello la minor figliuola dalle frecce di Apollo; alcuni gladiatori, un genietto addormentato fra le ali, e figure di filosofi, assisi e stanti.

Sono tutte opere delle quali il mondo può trarre diletto e ammaestramento per secoli e secoli, senza giunger mai, per forza di pensiero, a comprendere in tutta la sua profondità il genio dell'artista.

Molti notevoli busti mi hanno trasportato fra lo splendore dei tempi antichi. Ora sento purtroppo quanto io sia rimasto indietro nella conoscenza di questo campo; ma del cammino, certo ne percorrerò; per lo meno ne conosco la via. Il Palladio me l'ha aperta, come mi ha aperto tutte le vie dell'arte e della vita. Questo ch'io dico può sembrare forse un poco strano, non però così paradossale come quel che si dice di Iacob Böhme[38] il quale, alla vista di un piatto di stagno, fu tratto a comprendere come Giove irradiasse l'universo. In questa collezione si trova, inoltre, un frammento della impalcatura del tempio di Antonino e di Faustina a Roma.[39] La mirabile modernità di questo splendido modello di architettura mi ha fatto ricordare il capitello del Pantheon di Mannheim. Ma è ben altra cosa, che i nostri smorfiosi Santi delle decorazioni gotiche accovacciati l'uno a ridosso dell'altro sulle lor mensole; ben altro che le nostre colonne simili a cannucce di pipa, le nostre torricelle a punta e le guglie a fiorami: di tutto questo ciarpame, grazie agli dèi, ora io mi sono liberato per sempre.

Ricorderò alcune altre opere di statuaria, che ho potuto osservare in questi giorni; in verità solo alla sfuggita ma non senza mio stupore né senza grande ammirazione; intendo i due enormi leoni[40] di marmo bianco davanti alla porta dell'Arsenale; l'uno, assiso sulle zampe posteriori, si erge sulle anteriori; l'altro si riposa: magnifico contrasto di una varietà viva. Questi leoni sono così grandi che fanno parer piccolo tutto ciò che sta intorno a loro; e ci farebbero sentire meschinamente anche di noi stessi, se le cose alte non ci elevassero sempre. Probabilmente sono stati trasportati a Venezia nei tempi dello splendore della repubblica, e derivano dall'epoca aurea dell'arte greca.

Anche un paio di bassorilievi,[41] murati nel tempio di Santa Caterina, la vittoriosa dei Turchi, provengono probabilmente da Atene; ma purtroppo son tenuti un po' all'oscuro dai mobili della chiesa. Me li fece notare il sagrestano, poiché una leggenda vuole che il Tiziano li abbia presi a modello per quegli angeli d'indicibile bellezza che egli ha dipinto nel quadro del Supplizio di S. Pietro Martire. Sono genietti che si baloccano con gli attributi degli dei, ma così belli da vincere ogni ammirazione.

Ho osservato poi con un'emozione tutta particolare la colossale statua nuda di Marco Agrippa[42] nel cortile d'un palazzo: un delfino che gli sta di fianco con la coda vibrata in alto fa capire che si tratta d'un eroe del mare. Come è vero che tali rappresentazioni eroiche rendono un semplice mortale simile agli dei!

I cavalli di San Marco li ho osservati da vicino. Dal basso in alto si vede facilmente che presentano delle macchie ed hanno in parte un bel colore giallo d'una lucentezza metallica e in parte una tinta color verde rame. Ma da vicino si vede e si comprende che sono stati coperti di strisce perché i barbari non si sono accontentati di togliere l'oro con la lima ma lo han voluto tagliar con gli scalpelli. Del resto poteva andar peggio; ché almeno la forma è rimasta.

Ma che magnifica coppia di cavalli! Vorrei sentire in proposito un buon conoscitore: quello che a me sembra strano è che in vicinanza essi fanno l'impressione d'una scultura pesante: ma visti dalla piazza, sembrano svelti come cervi.

Stamattina sono andato in gondola, col mio angelo custode, fino al Lido, lingua di terra che chiude le lagune e le separa dal mare. Sbarcati, abbiamo attraversato tutto il Lido; ed ecco un violento mugghio: era il mare, che subito dopo ho veduto slanciarsi sulla spiaggia per poi ritirarsi. Era appunto mezzogiorno, l'ora del riflusso. Così ho visto, proprio con questi occhi, anche il mare, che ho seguito lungo la bella aia di sabbia che si lascia indietro quando si ritira. Ma con che piacere avrei visto qui anche i nostri piccoli, a giuocare con le conchiglie! Io stesso, del resto, ne ho fatto, come un bambino, una bella collezione. A qualche uso le ho però già destinate: vorrei dissecarvi un po' del liquido della seppia, che qui si trova in tanta abbondanza.

Sul Lido, non lungi dal mare, sono sepolti gli Inglesi e più in là gli Ebrei, non potendo né gli uni né gli altri riposare in terra benedetta. Ho visto la tomba dell'ottimo console inglese Smith e della sua prima moglie; è a lui che son debitore del mio esemplare del Palladio, e per questo sulla sua tomba sconsacrata gli ho voluto rendere grazie.

E non soltanto sconsacrata, ma mezzo sepolta fra la sabbia è quella tomba. Il Lido non è all'aspetto che una duna, sulla quale si depone la sabbia che poi viene agitata di qua e di là dal vento, accumulata e trasportata dappertutto. Fra poco, quel monumento che pure è abbastanza alto sopra il suolo, forse non si potrà ritrovare più.

Ma qual grandioso spettacolo non è pur sempre il mare! Vedrò di fare una passeggiata in barca; le gondole non si arrischiano di prendere il largo.

Lungo la spiaggia ho anche trovato varie piante, i cui caratteri comuni mi han fatto conoscere più da vicino le loro proprietà: sono tutte salde e forti, piene di succhi e tenaci, ed è manifesto che l'antica salsedine del terreno sabbioso, ma più ancora l'aria pregna di sale, ha impresso loro queste proprietà caratteristiche; sono piante piene di succhi come le piante acquatiche e sono grasse e tenaci come le piante montanine; se il sommo delle loro foglie finisce quasi a spina, come fanno i cardi, le foglie sono fortemente aguzze e rigide. Ne ho trovato uno, di questi mazzi di foglie, che mi ricorda la nostra semplicissima tussillaggine; qui però sono munite di armi aguzze e le foglie sono coriacee; tutto poi, anche le capsule e gli steli, è pieno di succo e grasso. Porterò con me alcuni semi e delle foglie disseccate (*Eryngium maritimum*).

Il mercato del pesce coi suoi infiniti frutti di mare mi dà un grande diletto; frequento spesso il mercato e passo il tempo ad osservare quegli infelici abitatori del mare, che si son lasciati coglier nelle reti.

*9 ottobre.*

Deliziosa giornata, dal mattino fino a notte! Sono stato fino a Pellestrina dirimpetto a Chioggia, dove si trovano le grandiose costruzioni dette i Murazzi, che la Repubblica oppone contro la furia del mare. Sono di pietra viva, destinate precisamente a proteggere contro l'elemento selvaggio quella lunga lingua di terra che chiamano Lido e che divide le lagune dal mare.

Le lagune sono un'antica opera di madre natura; da principio il flusso, il riflusso e la terra lottando gli uni contro l'altra, poi il precipitare a grado a grado delle acque primitive, furono le cause per cui nell'estremità superiore dell'Adriatico si è venuto formando quel notevole tratto paludoso che, visitato dal flusso, viene poi in parte abbandonato dal riflusso. L'arte si è impadronita dei punti più elevati, ed ecco sorgere Venezia che giace sopra cento isole raggruppate insieme ed è circondata da altre cento. Nel tempo stesso, con indicibili sforzi e sacrifizi si sono scavati nella palude profondi canali, perché anche nel periodo della bassa marea le navi da guerra possano approdare ai punti principali. Quello che l'ingegno e l'industria umana hanno ideato e compiuto fin dai tempi antichi, la saggezza e l'industria devono adesso conservare. La lunga striscia di terra divide le lagune dal mare, nel quale non si può entrare che per due parti: cioè presso il Castello e nella estremità opposta presso Chioggia. Il flusso vi penetra di solito due volte al giorno e due volte il riflusso ritira l'acqua sempre per la stessa via e nella stessa direzione. Il flusso ricopre i luoghi paludosi nell'interno, mentre lascia i più elevati se non proprio asciutti, per lo meno scoperti.

Ben altro sarebbe se il mare cercasse nuovi varchi, desse l'assalto alla lingua di terra e se le onde irrompessero innanzi e indietro a loro capriccio. Senza tener conto che i paeselli sul Lido come Pellestrina, San Pietro ed altri dovrebbero scomparire, si riempirebbero d'acqua anche i canali di comunicazione, e trascinando l'acqua dietro a sé tutto alla rinfusa, il Lido si trasformerebbe in isola e le isole che ora gli stanno alle spalle in lingue di terra. Per salvarsi da questa minaccia i Veneziani devono proteggere il Lido con tutti i mezzi possibili, perché il terribile elemento non muova all'assalto per mettere sossopra ciò che gli uomini tengono saldo in loro dominio e cui han dato forma e direzione secondo uno scopo determinato.

In casi straordinari, quando cioè il mare si gonfia oltre misura, è specialmente opportuno ch'esso non penetri che per due tratti, e che il resto rimanga precluso; in tal modo il mare non può irrompere con la sua maggior violenza e deve in poche ore sottomettersi alla legge del riflusso e moderare il suo furore.

Del rimanente Venezia non ha nulla a temere; la lentezza con cui il mare si ritira le assicura ancora migliaia d'anni; e i Veneziani tenendo d'occhio soprattutto i loro canali, sapranno mantenere intatto il lor possesso.

Se pensassero piuttosto a tener più pulita la loro città, ciò che sarebbe altrettanto necesssario quanto facile, e può aver così gravi conseguenze per i secoli avvenire! Adesso è bensì vietato sotto pene severe di gettare checchessia nei canali e di scaricarvi immondizie, ma dopo un improvviso acquazzone nessuno può impedire che le immondizie accumulate nei canti delle vie non si sommuovano e non sian trascinate nei canali, e, ciò ch'è ancor peggio, che non sian trasportati agli scaricatoi destinati esclusivamente allo scolo dell'acqua, producendo in tal modo tale rigurgito, che le piazze principali corrono il rischio di rimaner sott'acqua. Ho visto già otturati e pieni d'acqua alcuni scaricatoi della piazzetta di S. Marco, dove son costruiti con lo stesso buon sistema che nella piazza grande.

Nelle giornate di pioggia si forma una fanghiglia insopportabile: tutti borbottano, tutti imprecano, e intanto, nel salire o nello scendere dai ponti, tutti s'insudiciano i mantelli, i cosidetti *tabarri*, che qui si portano tutto l'anno; e poiché tutti calzano scarpine e calzette, la gente s'inzacchera a gara e poi strilla perché non è il solito fango quello che li ha insudiciati, ma un fango che ha qualche cosa di corrosivo. Poi il tempo si rimette al bello, e chi pensa più alla pulizia? Hanno ragione di dire: il pubblico si lagna sempre di essere mal servito, ma non sa far nulla per essere servito meglio. In questa città, se chi comanda volesse, si potrebbe far tutto.

Verso sera son salito sul campanile di S. Marco: avendo già veduto dall'alto le lagune nell'ora dell'alta marea in tutta la loro imponenza, ho voluto vederle anche nel loro più dimesso aspetto, nell'ora del riflusso: bisogna pure avvicinare fra loro queste due imagini se si vuol formarsene un quadro esatto. È sorprendente, infatti, vedere apparire da per tutto la terra ferma, dove prima non era che specchio d'acqua. Le isole non sono più isole, bensì dei tratti di suolo elevato un po' al di sopra di una grande palude verde grigia intersecata da bei canali. Il tratto paludoso è cosparso di piante d'acqua, le quali pure riescono ad elevare gradatamente il suolo, benché il flusso ed il riflusso vi arrechino continuamente danno e scompiglio, non concedendo alla vegetazione tregua alcuna.

Ma io devo riparlare del mare: quest'oggi ho osservato il governo della famiglia delle chiocciole marine, delle patelle e dei granchi, e ne ho avuto sinceramente un gran piacere. Che cosa preziosa e meravigliosa non è sempre un organismo vivente![43] E come tutto è appropriato alle sue condizioni speciali e come è vero, come è naturale! Quale utile d'altra parte non traggo ora io da quel po' di studio che ho fatto della Natura, e come mi compiaccio adesso di poterlo proseguire! Ma, poiché son cose che si possono comunicare, non voglio con le mie ingenue esclamazioni stuzzicare la curiosità dei miei amici.

Le colossali opere di muratura opposte a difesa contro il mare consistono di alcuni gradini ripidi in basso, quindi di un piano inclinato, poi nuovamente d'un gradino e alla sua volta d'un altro piano leggermente inclinato, finalmente di una muraglia che sporge a picco sull'acqua. Lungo questi gradini e su per questi piani si avanza la linea fluttuante finché, nei casi straordinari, arriva a infrangersi sotto la muraglia e fino al suo sommo.

In queste scorrerie il mare è seguito dai suoi abitatori: dalle piccole conchiglie mangerecce, dalle patelle univalvi, ma specialmente dai granchi e da tutto quel piccolo mondo, insomma, che pullula nell'acqua. Se non che, appena codesti animaletti hanno trovato il loro posto lungo la superficie liscia della muraglia, ecco l'onda del mare retrocedere e rimbalzare fluttuando, così come se n'era venuta. Tutto quel formicolio di esseri viventi non sa bene da principio dove si trovi e spera sempre che l'ondata ritorni, ma questa non ritorna e intanto il sole scotta e asciuga rapidamente; allora comincia la ritirata. È in questa occasione che i granchi cercano la loro preda. Niente di più curioso e di più comico che il veder le mosse di queste bestioline, composte di un corpicciolo tondo e di due lunghi tentacoli a modo di forbice; perché le altre zampette, simili a quelle del ragno, non si vedono nemmeno. Esse si muovono di qua e di là come sui trampoli e non appena una patella sbuca sotto il suo guscio, le si avventano contro per ficcare le morse nel breve spazio fra il suolo ed il guscio, per rovesciare il suo tetto e per divorarne il mollusco. La patella cerca lentamente di riprendere la sua via, ma appena avverte che il nemico è vicino, si attacca subito alla pietra viva. Il nemico comincia allora a fare la ronda intorno alla piccola fortezza con certe mosse stravaganti e graziose, ma non gli basta la forza per vincere il duro muscolo di quel molle corpicciolo; rinunzia per il momento alla sua preda e muove all'assalto di un'altra patella, che si aggira in quei pressi mentre quella prima ripiglia tranquillamente il suo cammino. Non ho visto mai uno di quei granchi raggiungere il suo scopo, benché abbia osservato per ore ed ore la ritirata di tutto quel formicolio, mentre strisciava giù per i due piani o si fermava sui gradini di mezzo.

*10 ottobre.*

Anch'io posso dire finalmente di aver visto una commedia! Hanno rappresentanto oggi, al teatro di S. Luca, le *Baruffe Chiozzotte*,[44] che si potrebbero tradurre: *Rauf- und Schreihändel* a Chioggia. I personaggi, tutta gente di mare; abitanti del luogo, con le rispettive mogli, sorelle e figliuole. I soliti chiassi di questa gente, nei momenti di gioia come nell'ira, i loro pettegolezzi, la vivacità, la bonomia, le volgarità, l'arguzia, il buon umore, la libertà dei modi, tutto è egregiamente rappresentato. Anche questo lavoro è del Goldoni; da parte mia vi ho assistito con immenso piacere, tanto più che proprio ieri ero stato a Chioggia e gli orecchi mi ronzavano ancora del vocio di quei marinai e di quegli scaricanti e i loro gesti mi stavano ancora innanzi agli occhi. Qualche allusione particolare mi è certo sfuggita, ma nel complesso ho potuto tener dietro al lavoro benissimo. Ecco l'intreccio della commedia: Alcune chioggiotte stan sedute sulla spiaggia davanti alle loro case, intente come al solito a filare, a far la calza, a cucire, a girare il fuso. Passa un giovanotto, il quale saluta una di loro con un po' più di garbo che le altre, e subito comincia il pettegolezzo. Questo però passa ben presto la misura, si inasprisce, arriva fino allo scherno e fino all'ingiuria. A una trivialità ne tien dietro un'altra peggiore della prima, finché una comare di temperamento più focoso salta su ad un tratto a spiattellare la verità e da questo momento le ingiurie, gli oltraggi, lo schiamazzo non hanno più limite, e si finisce a vie di fatto, tanto che la forza pubblica è costretta ad intervenire.

Nel secondo atto siamo nell'aula della pretura. L'attuario, in luogo del podestà assente (perché nella sua qualità di nobile non potrebbe apparire sulla scena), procede all'interrogatorio delle donne, ad una ad una. Ma l'affare si fa serio perché egli stesso in persona è innamorato della prima amorosa, e, felicissimo di poterle parlare a quattr'occhi, invece d'interrogarla le spiattella una dichiarazione d'amore. Un'altra, che è alla sua volta innamorata del cancelliere, si precipita furibonda di gelosia nella sala, l'innamorato della prima in preda a una grande eccitazione fa lo stesso, gli altri ne imitano l'esempio, e di qui nuovi improperi si succedono ai primi, tanto che nella sala della pretura succede il diavolo a quattro, né più né meno come prima sulla piazzetta a mare.

Nel terzo atto il comico raggiunge il colmo, finché tutto finisce con una affrettata soluzione imposta dalla necessità delle cose. Ma la trovata più felice è espressa in un personaggio, del quale ecco la caratteristica.

Si tratta di un vecchio marinaio il cui fisico, ma specialmente gli organi vocali, si sono come atrofizzati per una vita di stenti durata fin dalla giovinezza; costui appare come il diretto contrasto di tutta quella gente così mobile, così ciarliera e rumorosa; egli comincia sempre, quasi prendendo la rincorsa, col muovere le labbra e con l'agitare le mani e le braccia finché tutto ciò che ha in testa finalmente gli esce fuori; ma non potendosi esprimere se non in termini abbreviati, finisce con l'adottare una laconica gravità, che dà a tutto quello che dice un'impronta come di proverbio o di sentenza, per cui l'azione irruente e appassionata degli altri personaggi è tenuta in un meraviglioso equilibrio.

Non ho mai assistito in vita mia a un'esplosione di giubilo come quella cui si è abbandonato il pubblico al vedersi riprodotto con tanta naturalezza. È stato un continuo ridere di pazza gioia dal principio alla fine. Bisogna anche dire che gli attori hanno recitato a meraviglia; si erano distribuite le parti a seconda dell'indole dei rispettivi temperamenti e come si vede abitualmente nella vera vita del popolo. Molto simpatica soprattutto la protagonista e molto più felice in questa parte che non in quella recentemente sostenuta, di eroina appassionata. Le donne in generale, ma specialmente quest'ultima, imitavano le voci, i gesti, il fare del popolo in modo da incantare. Gran lode merita l'autore, che da un nonnulla ha saputo cavare il divertimento più gustoso: ciò che del resto non può riuscire che ad un artista, il quale viva direttamente in mezzo al suo popolo e a un popolo giocondo come questo. Comunque, il lavoro è scritto da mano maestra.

Della compagnia Sacchi,[45] per la quale lavorava il Gozzi, ma che si è sbandata qua e là, ho visto la *Smeraldina*, figura piuttosto grassoccia ma piena di vita, di sveltezza e di buon umore. Con lei ho visto il *Brighella*, maschera eccellente soprattutto nel giuoco della fisonomia e del gesto, e figura piuttosto allampanata, ma ben proporzionata. Coteste maschere, che da noi non si conoscono se non come altrettante mummie, perché per noi non hanno vita e non significano nulla, qui invece fanno meraviglie, appunto perché sono espressioni caratteristiche del paese stesso. Le età, i caratteri, le caste speciali si sono ormai personificate in questi abbigliamenti strani: se qui la gente va in giro quasi tutto l'anno con la maschera sul viso, niente di più naturale che anche sul palcoscenico si presentino delle facce nere.

*11 ottobre.*

E poiché la solitudine in una così gran folla di gente non riesce alla fin fine più possibile, mi sono imbattuto in un vecchio francese, che non sa una parola d'italiano e che, confuso e smarrito, non sa con tutte le sue lettere di raccomandazione dove batter la testa. È una persona per bene, di modi gentilissimi, ma che non sa trarsi d'impaccio da sé; ha varcato probabilmente da un pezzo la cinquantina ed ha lasciato a casa un ragazzo di sette anni, del quale attende ansiosamente notizie. Gli ho potuto render qualche servigio. Viaggia l'Italia da signore, ma in fretta e in furia, tanto per poter dire di averla veduta, pur senza trascurare, anche durante questa scorreria, di istruirsi quanto più può. Gli ho fornito parecchie informazioni. Parlando di Venezia mi ha chiesto da quanto tempo fossi qui. E avendo inteso che soltanto da quindici giorni e per la prima volta: «Il parait» mi osservò «que vous n'avez pas perdu votre temps». È il primo attestato di buona condotta che posso presentare. Quanto a lui, si trova qui soltanto da otto giorni e domani se ne va. Per me è stata una fortuna di incontrare in paese straniero un versagliese puro sangue. Ma intanto, ecco come si viaggia; pensavo appunto, e non senza stupore, come si possa andar per il mondo senza veder niente oltre la punta del proprio naso. E dire che colui, nel suo genere, è una brava persona, di cultura e di valore.

*12 ottobre.*

Ieri, al San Luca, hanno rappresentato un nuovo lavoro: *L'Anglicismo in Italia*.[46] Vivendo molti inglesi in Italia, è naturale che i loro costumi siano presi di mira; in questa commedia io m'aspettavo appunto di apprendere che cosa pensino gli Italiani di questi ricchi ospiti, loro così graditi; ma la mia attesa fu completamente delusa. Si tratta delle solite scene stravaganti, per quanto come sempre ben trovate, ma tutto il complesso è pesante e goffo; senza nemmeno un'idea del carattere degl'Inglesi; bensì modi di dire e di fare italiani, e anche questi sopra un intreccio dei più volgari.

Del resto la commedia non è nemmeno piaciuta e per poco non è finita a fischi; gli attori non si trovavano più nel loro elemento; non era più la piazza di Chioggia! È l'ultimo lavoro teatrale cui assisto in questa città e mi sembra veramente che in confronto di tale scipitaggine il mio entusiasmo per la rappresentazione popolare italiana dell'altra sera sia ancora aumentato.

Ed ecco che, dopo aver dato una scorsa al mio diario ed avervi inserito alcune piccole osservazioni affidate al taccuino, adesso devo fare il registro degli atti e spedirli agli amici perché me ne diano il loro parere. Trovo già fin d'adesso, in questi foglietti, parecchie cose che potrei precisar meglio, o ampliare o ritoccare: ma resti pur tutto così, come documento della prima impressione, la quale anche quando non sia sempre la vera, riman per noi la più preziosa. Potessi piuttosto far giungere fino agli amici lontani un soffio di questa mia agile esistenza! Sì, per l'Italiano, l'*oltramontano* si presenta ancora a tinte oscure ed a me stesso ora appare più buio tutto quello che si trova al di là delle Alpi; eppure vi son sempre delle figure amiche, che mi accennano sorridendo di tra quella nebbia. Solo il clima mi potrebbe indurre a preferire queste terre a quelle; ché la nascita e l'abitudine son pure dei vincoli ben saldi. Né saprei vivere, né qui, né altrove, senza un'occupazione. Intanto, la novità delle cose assorbe la mia ininterrotta attività. Qui vedo l'architettura sorgere come un antico fantasma ed essa m'impone di studiare i suoi precetti, come regole d'una lingua morta, non già allo scopo di professarli o di goderne veracemente, bensì per venerare semplicemente nel silenzio del mio spirito la nobile esistenza dei tempi remoti, ora tramontata per sempre. Il Palladio si richiama in tutto a Vitruvio;[47] per questo mi son procurato anche l'edizione del Galliani,[48] ma quest'*in folio* è troppo pesante per il mio bagaglio, come pesante ne è lo studio per il mio cervello. Il Palladio, con le sue parole e con le sue opere, col suo modo di pensare e di creare mi ha già fatto sentir da vicino Vitruvio, e ne è stato per me l'interprete, assai meglio che non possa la traduzione italiana. Vitruvio non è una lettura molto facile: il testo è già per sé oscuro e richiede uno studio critico. Con tutto questo lo leggo correntemente da capo a fondo e più d'una nobile impressione ne resta in me. Dirò meglio: lo leggo come si leggerebbe un breviario; più per religione che per istruzione. E già la notte scende ora più presto e consente tempo e raccoglimento per leggere e scrivere.

Lode agli dei, come tutto mi ritorna caro quello che mi era stato caro nella giovinezza! Come mi sento felice dell'audacia di accostarmi agli antichi scrittori! Ora lo posso dire, ora posso confessare la mia malattia, la mia follia: da qualche anno in qua, io non potevo nemmeno vedere un autore latino, o contemplare alcuna cosa che mi richiamasse allo spirito l'Italia. Quando questo per caso mi accadeva, ne soffrivo terribilmente. Lo Herder si prendeva spesso giuoco di me, che apprendevo tutto il mio latino dallo Spinoza,[49] perché aveva notato che questo era l'unico testo latino ch'io leggessi; ma egli non sapeva come e quanto dovevo guardarmi dagli antichi, e con che cuore e con quale angoscia ricorrevo a quelle astruserie, come ad un rifugio. Or non è molto, perfino la traduzione che il Wieland[50] ha fatto delle Satire d'Orazio mi aveva portato al colmo dell'infelicità; ne avevo letto appena due, che già mi sentivo fuori di me!

Se non avessi preso la risoluzione che ora sto mettendo in pratica, mi sarei irremissibilmente perduto; a tal punto di maturità era arrivata nel mio spirito la smania di vedere coi miei occhi tutte queste cose. La conoscenza storica non mi giovava; le cose mi stavano a portata di mano, soltanto ne ero diviso da una barriera insormontabile. Nemmeno ora ho l'impressione di vedere nella realtà queste cose per la prima volta, ma piuttosto di rivederle. Non sono a Venezia che da poco tempo e già questo soggiorno mi è diventato quasi familiare e so di certo che ne porterò con me un'idea, per quanto incompleta, perfettamente lucida e fedele.

*Venezia, 14 ottobre, 2 ore di notte.*

Ultimi istanti di questo mio soggiorno. Si parte subito per Ferrara con la barca-corriera.[51] Lascio Venezia di lieto animo: per rimanervi ancora con frutto, dovrei fare altri passi che non sono nel mio programma. Del resto tutti se ne vanno ormai da Venezia per le loro ville e i loro possedimenti in terra ferma. In questo frattempo ho fatto buon bottino; porto per viatico il prezioso, mirabile, unico quadro di questa città.

## DA FERRARA A ROMA

*16 ottobre [1786] mattina, sulla barca-corriera.*

I miei compagni di viaggio, maschi e femmine, tutta gente ammodo e senza cerimonie, dormono ancora in cabina. Quanto a me, ravvolto nel mio mantello, ho passato le due notti sopra coperta. Soltanto verso il mattino si sentiva un po' il fresco. Ora sono entrato veramente nel 45° grado di latitudine e ripeto la mia vecchia canzone: sarei disposto a lasciar tutto a questi abitanti, pur di poter abbracciare con delle striscie di cuoio, come Didone,[1] tanto del loro clima da circondarne le nostre case. Qui si vive infatti ben altrimenti che da noi. Il tragitto, con un tempo splendido, è stato piacevolissimo; il panorama e le singole vedute, semplici ma non senza grazia. Il Po, dolce fiume, scorre fin qui a traverso pianure estese; ma non si vedono che le sue rive a cespugli e a boschetti. Come lungo l'Adige, ho visto anche qui delle strane costruzioni idrauliche, non meno puerili e dannose di quelle sulla Saale.

*Ferrara, 16 ottobre. Notte.*

Sono arrivato qui stamane alle 7 (orologio tedesco) e già mi preparo alla partenza per dimani. Per la prima volta mi sento sorpreso da non so che uggia, in questa che è pure una grande e bella città, ma tutta in piano e spopolata. Queste vie, un tempo, furono animate da una splendida Corte. Qui visse l'Ariosto, insoddisfatto; qui il Tasso,[2] infelice; e noi crediamo di edificarci, a visitare questi luoghi. Il mausoleo dell'Ariosto[3] racchiude di molto marmo, ma distribuito male. Invece della prigione del Tasso,[4] vi fan vedere un assito, buono per una stalla o per deposito di carbone, dove egli certamente non è mai stato rinchiuso. In tutto l'edificio non c'è un cane che vi sappia dar qualche informazione a proposito. Ci vuole la mancia, perché finalmente comincino a raccapezzarsi. Tutto questo mi fa pensare alla famosa macchia d'inchiostro di Lutero,[5] che il custode della Wartburg di quando in quando ha cura di rinfrescare. Ma la maggior parte dei viaggiatori han sempre qualche cosa del commesso di magazzino, e sono naturalmente trasportati verso simili curiosità. Io per me ero diventato di pessimo umore, tanto che non m'interessai che scarsamente perfino d'un buon Istituto accademico,[6] fondato e arricchito da un Cardinale ferrarese; dove tuttavia mi consolarono alcuni monumenti antichi nel cortile.

Anche mi rasserenò più tardi la trovata di un pittore. Si tratta di S. Giovanni Battista al conspetto di Erode e di Erodiade.[7] Il profeta, avviluppato nel suo consueto costume del deserto, accenna alla donna con gesto energico; essa guarda perfettamente tranquilla il suo signore, che le siede al fianco; e quest'ultimo guarda, riflettendo in silenzio, il profeta ispirato. Davanti al re, un cane di mezzana grandezza, bianco; di sotto al manto d'Erodiade, invece, spunta un cagnolino di razza bolognese, e l'uno e l'altro abbaiano contro il profeta. Molto ben pensato a parer mio.

*Cento, 17 ottobre. Sera.*

Scrivo dalla patria del Guercino,[8] in una disposizione d'animo migliore di ieri. Ma mi trovo anche in ben altra situazione. Una piccola e simpatica città, ben costruita, di cinque mila abitanti circa, piena di movimento e di vita, linda, in mezzo a una pianura tutta coltivata a perdita d'occhio. Secondo la mia abitudine, sono salito immediatamente sul campanile; un mare di pioppi svettanti, nel cui mezzo si vedono delle piccole masserie, ognuna circondata dalla sua campagna. Terreno prezioso, clima mite. Era una di quelle serate d'autunno, quali la nostra estate ce ne regala di rado. Il cielo, coperto durante la giornata, s'era rasserenato, le nubi s'accalcavano a nord e a sud sopra le montagne. Per domani, spero in una bella giornata.

Di qui ho visto per la prima volta l'Appennino, al quale mi sto avvicinando. L'inverno qui non dura che il dicembre e il gennaio; l'aprile è piovoso; del resto, a seconda delle stagioni, tempo buono. Piogge ostinate, non ve ne sono mai; questo settembre poi, è stato migliore e più caldo che lo stesso agosto. Mandai un buon saluto all'Appennino, giù verso sud; ché di pianure presto ne avrò abbastanza. Domani, scriverò di laggiù.

Il Guercino ha nutrito amore per il suo paese natio, come in generale gli Italiani, che coltivano in sommo grado quest'attaccamento al loro campanile: lodevole sentimento che ha dato origine a tanti istituti e di sì gran pregio; fra gli altri, a sì gran quantità di Santi. Sotto la direzione di questo Maestro, sorse anche qui un'accademia di pittura. Egli stesso ha lasciato parecchi quadri, dei quali i concittadini si tengono tanto ancor oggi ed a ragione.

Guercino è il nome di un Santo, che corre sulle labbra dei grandi come dei piccoli.

Mi è piaciuto molto il quadro che rappresenta Cristo risorto[9] mentre appare alla Madre. Inginocchiata davanti a lui, ella lo contempla con una tenerezza indicibile. La sinistra tocca il corpo del figlio, proprio sotto quella ferita atroce, che guasta tutto il quadro. Egli le appoggia la sinistra intorno al collo, e sta curvo, per vederla meglio, e inclinato un poco all'indietro. Questa movenza conferisce alla figura, non vorrei dire alcunché di sforzato, sì di innaturale; ciò non ostante, essa riman sempre oltre ogni dire seducente. Lo sguardo muto e dolorante, col quale egli la contempla, è unico: quasi che il ricordo dei dolori suoi e dei dolori di lei, non ancora sanato dalla resurrezione, aleggi tuttavia innanzi a quel nobile spirito.

Il quadro è stato inciso dallo Strange;[10] vorrei che i miei amici ne vedessero almeno questa copia.

In seguito anche una Madonna ha attratto la mia simpatia. Il bambino domanda la poppa; ella esita, piena di pudore, a scoprirsi il seno. Bel quadro, pieno di grazia, tutto naturalezza e nobiltà.

E ancora una Maria, che accompagna il bambino al braccio, in piedi innanzi a lei e rivolto a chi guarda, nell'atto di benedire con le dita alzate. Pensiero felice nello spirito della mitologia cattolica, e che ricorre spesso.

Il Guercino è un artista profondamente e virilmente esperto, sano, senza crudezze. I suoi lavori hanno anzi non so che grazia gentile e onesta, una libertà e una grandiosità pari alla compostezza, e poi quel carattere peculiare, che ce li fa riconoscere a prima vista, una volta che l'occhio si sia addestrato. La leggerezza del suo pennello, la purezza, la finitezza fanno stupire. Per il panneggiamento, si vale specialmente di certi suoi bei colori su fondo rosso cupo, che armonizzano egregiamente con l'azzurro, di cui anche si serve volentieri.

I soggetti degli altri quadri sono, dal più al meno, poco felici. Il buon Maestro ha messo se stesso alla tortura, per sciupare alla fine il pensiero e il pennello, il talento e la fatica. Ma io sono molto soddisfatto con me stesso d'aver veduto anche questo bel cielo di arte, benché una corsa così frettolosa non conceda che una parte del diletto e del profitto.

*Bologna, 18 ottobre. Notte.*

Partito da Cento stamane all'alba, sono arrivato qui abbastanza di buon'ora. Uno svelto cicerone di piazza, non privo d'istruzione, come ebbe inteso che non avevo intenzione di fermarmi a lungo, mi fece trottare per tutte le vie e attraverso tanti palazzi e tante chiese, che a stento ho potuto annotare nel mio Volkmann i luoghi dove ero stato. E chi sa, se più tardi riuscirò a raccapezzarmi fra tanti appunti di tante cose! Ecco alcune oasi luminose, che mi han permesso di provare un vero sollievo.

Anzitutto: la Santa Cecilia, di Raffaello![11] È quello che già sapevo anche prima, ma che adesso vedo, coi miei propri occhi. Raffaello ha sempre fatto precisamente quello che altri han desiderato di fare: tanto che ora non vorrei dire nient'altro se non che il quadro è suo. Cinque Santi in un gruppo,[12] del tutto indifferenti a ognuno di noi, ma la cui esistenza appar così perfetta, che a un tal quadro augureremmo una vita eterna, se anche dovessimo accontentarci di perire noi stessi. Eppure, per ben conoscere l'autore e bene apprezzarlo, e non continuare soltanto a magnificarlo come un Dio, piovuto dal cielo come Melchisedech[13] senza padre e senza madre, occorre considerare i suoi precursori, i suoi maestri. Costoro hanno tenuto il piè fermo sul terreno della verità; hanno posto le fondamenta salde a forza di lavoro, anzi di travaglio; e, gareggiando insieme, hanno innalzato a grado a grado la piramide, finché Egli, per ultimo, giovandosi di tutti questi vantaggi, rischiarato dal suo genio celeste, è riuscito a collocare l'ultima pietra sul vertice, oltre e accanto al quale nessun altro può consistere.

L'interesse storico diventa particolarmente vivo, se si considerano le opere dei maestri antichi. Francesco Francia[14] è un artista d'alto valore; Pietro da Perugia,[15] un gran brav'uomo, che si potrebbe definire il tipo proverbiale del tedesco galantuomo. Oh se il destino avesse accompagnato Alberto Dürer[16] un po' più giù nella Penisola! Di lui ho visto a Monaco alcune cose incredibilmente grandi. Povero Dürer! Pensare che a Venezia si sbagliò nel conto e conchiuse con quei preti un contratto tale da fargli perdere settimane e mesi! E durante il suo viaggio in Olanda barattò in cambio di pappagalli quelle sue superbe opere, con le quali sperava di far la sua fortuna; e, per risparmiare la mancia, eseguì il ritratto ai servitori che gli avevano portato un piatto di frutta! Questo povero diavolo d'artista mi fa una pena infinita, perché, in fondo, il suo destino è anche il mio; con la differenza ch'io so trarmi d'impaccio un po' meglio.

Sul far della sera, mi sono finalmente appartato da questa antica città veneranda e dotta, da tutta questa folla, che, sotto i suoi portici sparsi per quasi tutte le vie, può andare e venire, al riparo del sole e della pioggia, e baloccarsi, e fare acquisti e attendere ai fatti suoi. Son salito sulla torre a consolarmi all'aria aperta. Veduta splendida! A nord si scorgono i colli di Padova, quindi le Alpi svizzere, tirolesi e friulane, tutta la catena settentrionale, ancora nella nebbia. A occidente, un orizzonte sconfinato, nel quale emergono soltanto le torri di Modena. A oriente, una pianura uniforme fino all'Adriatico, visibile al sorgere del sole. Verso sud, i primi colli dell'Appennino, coltivati e lussureggianti fino alla cima, popolati di chiese, di palazzi e di ville, come i colli del Vicentino. Era un cielo purissimo; non la più piccola nuvola; solo all'orizzonte una specie di nebbione secco. Il custode della torre mi assicura che codesto nebbione da sei anni non si decide a scomparire; ma che col cannocchiale ha potuto più volte distinguere benissimo i colli vicentini con le case e le chiesette, ciò che ora avvien di rado anche nei giorni sereni. Questa nebbia si stende infatti a preferenza verso la catena settentrionale, ciò che rende la nostra cara patria un vero paese dei Cimmerii. Il brav'uomo mi ha fatto inoltre notare la posizione e l'aria salubre della città anche per il fatto che i suoi tetti sembrano nuovi, vale a dire che le tegole non sono per nulla intaccate dal muschio o dall'umidità. E bisogna convenire che i tetti son veramente belli e puliti; forse anche la bontà delle tegole vi avrà contribuito in parte; è un fatto che nei tempi antichi se ne cuoceva qui una qualità eccellente.

La torre pendente è uno spettacolo che disgusta, eppure è molto probabile che sia stata costruita a bella posta così. Mi spiego in questo modo una simile stravaganza. Nell'epoca dei torbidi cittadini, ogni grande edificio era una fortezza, in cui ogni famiglia potente si costruiva una torre. A poco a poco se ne fece una questione di passatempo e di puntiglio; ognuno voleva primeggiare anche con la sua torre; e quando le torri diritte cominciarono a diventare comuni, vi fu chi se ne costruì una pendente. Architetto e proprietario hanno raggiunto il loro scopo; si passa quasi indifferenti davanti alle molte torri diritte e slanciate, per cercare quella pendente. Sono salito anche su questa. Gli strati dei mattoni sono in posizione orizzontale. Con del buon cemento tenace e con ancore di ferro, si possono compiere anche imprese da pazzi.

*Bologna, 19 ottobre, sera.*

Ho impiegato la mia giornata come meglio ho potuto per vedere e rivedere; ma in arte succede come nella vita: più ci si inoltra, e più tutto si allarga. In questo firmamento, spuntano astri sempre nuovi, che io non so contare e che mi portano fuori di strada: come i Carracci,[17] Guido,[18] il Domenichino,[19] apparsi in una posteriore epoca più fortunata. Ma per gustarli veracemente, ci vuole conoscenza e giudizio, ch'io non posseggo e che si possono acquistare solo a poco a poco. Un grande ostacolo alla contemplazione pura e all'intuizione diretta sono i soggetti quasi sempre assurdi dei quadri, che ci fan perdere la testa mentre pur vorremmo venerarli ed amarli.

Avviene come allora che i figliuoli di Dio sposarono le figlie degli uomini: ne nacque ogni specie di mostri. Mentre il genio divino di Guido e il suo pennello (il quale avrebbe dovuto ritrarre soltanto quello che è dato di veder di più perfetto), ti attraggono, vorresti distogliere gli occhi da certi soggetti così orribilmente stupidi, che non vi sono parole abbastanza riprovevoli per condannare. Sempre così: ci troviamo sempre in una sala anatomica o davanti a un patibolo o a uno scorticatoio: sempre tormenti del protagonista, mai azione, mai un interesse presente, sempre l'attesa fantastica di qualche cosa che venga dal di fuori. O malfattori o fanatici, o delinquenti o pazzi; che se il pittore, per trovare uno scampo, introduce un giovane nudo o una piacente spettatrice, tratta i suoi eroi spirituali come dei manichini per drappeggiarli di bei mantelli a larghe pieghe. Nulla, che offra un'idea umana. Su dieci soggetti non uno adatto ad esser dipinto e quest'unico tale, che l'artista non ha nemmen potuto svolgerlo dal suo buon punto di vista.

Il grande quadro di Guido[20] nella chiesa dei Mendicanti è tutto quanto di grande si può dipingere, ma anche tutto ciò che di assurdo si può commettere e affidare ad un artista. È un quadro votivo. Credo che il Senato unanime lo abbia votato, ed anche inventato. I due angeli, che meriterebbero di consolare nella sua sventura una Psiche, qui son costretti...

San Procolo è certo una bella figura; ma tutti gli altri, quei vescovi, quei preti! In basso vi son delle creature divine, che giuocano coi loro attributi. Il pittore, che aveva il coltello alla gola, ha cercato di salvarsi alla meno peggio; si è arrabattato per mostrare almeno che il barbaro non è stato lui.

Due nudi di Guido, un S. Giovanni nel deserto[21] e un S. Sebastiano,[22] sono dipinti deliziosamente; ma che dicono? L'uno spalanca la bocca, l'altro si contorce tutto.

Anche a consultar la storia, in questo mio momento di cattivo umore, sarei tentato di dire: la fede ha sì risuscitato le arti, ma la superstizione ne è diventata padrona e le ha di nuovo condotte alla rovina.

Dopo pranzo, in uno stato d'animo più benigno e meno presuntuoso di stamane, ho preso questi appunti nel mio quaderno. A palazzo Tanari vi è un celebre quadro di Guido, che rappresenta Maria nell'atto di offrire il seno al bambino,[23] è di grandezza più che naturale ed ha una testa che sembra dipinta da un Dio. Indescrivibile è poi l'espressione, con cui ella sogguarda il poppante: una calma e profonda rassegnazione, così mi pare, quale sarebbe se ella si lasciasse esaurire il seno non già da un figlio dell'amore e della gioia, ma da un figlio divino sostituito al vero. Né può essere altrimenti, perché, nella sua profonda umiltà, ella non comprende nemmeno come sia stata assunta a tanto ufficio. Il resto della scena è occupato da un drappeggio immenso, di cui i conoscitori fanno gran pregio; io per me non saprei che farmene. I colori del resto si sono attenuati; e anche la sala e la giornata non erano delle più luminose.

A dispetto della confusione in cui mi trovo, sento già che l'esercizio, l'esperienza, la simpatia, mi son di aiuto in questi labirinti. Così, una Circoncisione[24] del Guercino mi ha fatto una profonda impressione, perché già conosco ed amo questo maestro. Gli ho perdonato il soggetto antipatico e ho goduto dell'esecuzione. Tutto vi è dipinto, come appena è possibile immaginare; tutto notevole, tutto perfetto, come se fosse uno smalto.

Mi avviene così come a Baalam,[25] il profeta della confusione, che benediceva quando credeva di maledire; ciò che si ripeterebbe ancor più spesso, se m'indugiassi qui più a lungo.

Basta infatti imbattersi in un altro lavoro di Raffaello o a lui attribuito con qualche probabilità, per sentirsi subito perfettamente guariti e contenti. Ho trovato una Sant'Agata,[26] delizioso dipinto, benché non perfettamente conservato. L'artista le ha dato una verginità sana, sgombra di preoccupazioni e tuttavia senza freddezza e crudezza. Mi son fissato bene in mente questa figura: le leggerò in ispirito la mia *Ifigenia*, né farò dir nulla a questa mia eroina, che non possa esser proferito da quella Santa.

E poiché ora ripenso al dolce peso, che porto con me in questo mio pellegrinaggio, non posso nascondere che, a fianco dei grandi oggetti d'arte e di natura attraverso i quali devo aprirmi il passo, si avanza anche una meravigliosa teoria di figure poetiche, che mi conturbano. Dopo Cento, volevo riprendere il mio lavoro all'*Ifigenia*; ma che mi è accaduto? L'ispirazione ha suggerito al mio spirito l'argomento di *Ifigenia a Delfi*, e sono stato costretto a svilupparlo. Eccolo riassunto più brevemente che è possibile.

Elettra, nella sicura speranza che Oreste trasporti a Delfi la statua di Diana taurica, appare nel tempio di Apollo e fa voto al Dio, come suprema offerta espiatoria, della scure abominevole, causa di tanti lutti nella casa di Pelope. Purtroppo le si avvicina uno dei Greci e le racconta come egli, accompagnati Oreste e Pilade a Tauride, ha visto i due amici condotti alla morte, e come poi fortunatamente si è salvato. L'appassionata Elettra, fuori di sé, non sa se rivolgere il suo furore contro gli Dei o contro gli uomini. Nel frattempo, Ifigenia, Oreste e Pilade arrivano pure a Delfi. La celeste compostezza di Ifigenia contrasta mirabilmente con la passionalità terrena di Elettra quando i due personaggi s'incontrano, senza conoscersi l'un l'altro. Il greco fuggiasco vede Ifigenia, riconosce la sacerdotessa che ha sacrificato i due amici e svela tutto ad Elettra. Questa è lì lì per uccidere Ifigenia con la stessa scure, che ha strappato dall'altare, quando un fortunato incidente viene a scongiurare dalle due sorelle quest'ultima orrenda sciagura. Se questa scena riesce, non si sarà forse visto mai in teatro cosa più grande e più patetica. Ma quante braccia e quanti anni ci vorrebbero, anche se lo spirito fosse pronto!

Mentre mi sento angustiato in tanta foga e sovrabbondanza di cose buone e desiderabili, voglio raccontare ai miei amici un sogno, che, or è appunto un anno, mi è parso piuttosto espressivo. Mi pareva di approdare, a bordo d'una barca non piccola, ad un'isola fertile, copiosamente rivestita di vegetazione, e di cui m'era nota l'abbondanza di fagiani. Senz'altro trattai con gli abitanti per acquistare di questa selvaggina, che essi infatti andarono subito ad uccidere e mi portarono in quantità. Erano precisamente fagiani; ma, come il sogno di solito trasforma tutto, vedevo delle lunghe code variopinte ed occhiute come quelle dei pavoni o degli uccelli del paradiso. Me li portarono dunque a bizzeffe nella barca, e collocandoli con le teste verso l'interno, così ben disposti, che le lunghe code a colori pendendo verso l'esterno producevano, sotto i raggi del sole, un assieme così splendido come non si può imaginare e in tanta abbondanza, che a mala pena rimaneva a prora e a poppa un posticino per il timoniere e per i rematori. Così fendemmo le acque tranquille ed io già facevo ad uno ad uno il nome degli amici, ai quali pensavo di far parte del mio variopinto tesoro. Approdato finalmente a un grande porto, mi smarrii nel mezzo dei navigli dalle enormi alberature; e qui salii di coperta in coperta per trovare un sicuro punto d'approccio alla mia barchetta.

Sono imagini vane, ma alle quali prendiamo diletto, perché emanano da noi stessi, ed hanno certamente analogia con tutta la nostra vita e la nostra fortuna.

*Bologna, 20 ottobre, sera.*

Mi son recato anche nel celebre Istituto scientifico[27] detto semplicemente Istituto, o gli Studi. L'ampio edificio, specie il cortile interno, ha un aspetto piuttosto severo, benché non sia dell'architettura migliore. Le scalinate e i corridoi non mancano di stucchi e di freschi; tutto ha un'aria di correttezza e di decenza, e non a torto si rimane stupiti di tante cose belle e notabili ivi accumulate. Un tedesco, assuefatto a un più libero metodo di studi, non vi si trova tuttavia perfettamente a suo agio.

Mi ritorna qui alla mente una mia vecchia osservazione: che, cioè, gli uomini, con l'andar del tempo che tutto trasforma, difficilmente si liberano dall'idea di ciò che una cosa è stata una volta, anche se il suo destino in seguito si sia mutato. Le chiese cristiane continuano a mantener la forma di basilica, benché, per il culto, la struttura del tempio sia forse più indicata. Così gli istituti scientifici hanno ancora l'aspetto dei conventi, perché in questi luoghi austeri gli studi han trovato il loro primo rifugio.

Le aule giudiziarie in Italia sono ampie ed elevate quanto lo consente il patrimonio di un Comune: sembra di trovarsi in una piazza, a cielo scoperto, dove del resto un tempo si amministrava la giustizia. Noi stessi, non continuiamo a costruire i più grandi teatri con tutti i loro accessori sotto un unico tetto, come se si trattasse, né più né meno, d'una baracca per la fiera, da allestirsi in pochi momenti con quattro assi? Solo grazie all'enorme incalzare di gente avida di sapere, nel periodo della Riforma, gli scolari furono trasportati in case borghesi; ma quanto ci è voluto prima che noi aprissimo i nostri orfanotrofî,[28] e procurassimo a quei poveri bimbi un'educazione laica pur così necessaria!

Questa bella giornata serena l'ho passata tutta all'aria libera. Basta ch'io m'avvicini alle montagne, per sentirmi sempre attratto dai minerali. Mi par d'essere Anteo,[29] che si sentiva sempre più saldo in forze quanto più veniva a contatto con la madre sua, la terra.

Ho fatto un'escursione a cavallo, a Paderno, dove si trova la così detta pietra bolognese (spato pesante); dalla quale si ricavano quelle pietruzze, che, essendo calcinate, risplendono all'oscuro, pur che prima sian rimaste esposte alla luce, e che qui si chiamano senz'altro *fosfori*.

Cammin facendo, ho trovato delle rocce intere di scagliola, dopo d'aver lasciato alle mie spalle una montagna di argilla sabbiosa. Non lungi da una fabbrica di mattoni, scorre un torrentello, nel quale confluiscono parecchi altri più piccoli. Sulle prime, sembra di trovarsi davanti a una collina argillosa di formazione alluvionale, lavata poi dalle piogge. Ma, a osservar meglio, ecco quanto potei assodare circa la sua natura: la roccia dura, dalla quale è originata questa parte della montagna, è una specie di ardesia dagli strati molto sottili, che si alterna con la creta. La roccia d'ardesia è così intensamente commista alla pirite solforosa, che, al contatto dell'aria e dell'umidità, si decompone completamente: s'intumidisce, gli strati si perdono, si forma una specie di argilla sgranata, conchigliacea, sbriciolata, che alla superficie risplende come il litantrace. Solo osservando i pezzi più grossi, parecchi dei quali ho ridotto in frantumi, esaminandone le due facce, potei convincermi dell'alterazione e della trasformazione. Nel tempo stesso si vedono le superfici conchigliacee punteggiate di bianco; talvolta vi sono anche delle macchie gialle; in tal modo a poco a poco si scompone tutta la superficie e la collina assume l'aspetto d'una pirite in grande, decomposta. Sotto gli strati se ne trovano anche di più dure, verdi e rosse. Di pirite solforosa ne ho trovato qua e là spesso anche nel nucleo della roccia.

Mi sono poi inerpicato su per i burroni della montagna decomposta in blocchi, lavati dagli acquazzoni recenti e con mia soddisfazione ho trovato lo spato pesante, che cercavo, in abbondanza; per lo più in forma non perfetta di uovo, in parecchi punti del monte in via di decomposizione; in parte abbastanza puro, in parte ancora tutto circondato dall'argilla in cui stava incastrato. Che non si tratti di detriti, si può convincersi a prima vista. Per decidere poi se si siano formati contemporaneamente agli strati di ardesia o soltanto in seguito alla loro tumefazione o decomposizione, occorrerebbe un esame più accurato. I pezzi da me ritrovati si approssimano, dal più al meno, a una forma d'uovo imperfetta; i più piccoli assumono anche una forma cristallina non ben precisa. Il pezzo più pesante da me trovato, è di 17 lotti. Nell'argilla stessa ho trovato anche dei cristalli di gesso, perfetti, sciolti. Dati più precisi sapran dedurre i competenti dai pezzi che porto con me. Ed eccomi un'altra volta carico di pietre: di questo spato ne ho messo nelle mie valigie per una buona dozzina di libbre!

*Notte.*

Quanto avrei ancora da dire, se volessi confessare che cosa mi è passato per il capo in questa bella giornata! Ma la mia aspirazione è più forte dei miei pensieri. Io mi sento irresistibilmente attratto sempre più innanzi; solo a fatica mi raccolgo nella realtà presente. Ma sembra che il cielo mi esaudisca. Mi si è offerto un vetturino direttamente per Roma; così posdomani, senz'altro, partirò per colà. Intanto, oggi e domani bisogna pur che pensi a mettere in ordine le mie cose e a finire anche qualche po' di lavoro.

*Lojano sull'Appennino, 21 ottobre, sera.*

Se quest'oggi io mi sia strappato da Bologna, o se ne sia stato scacciato, non saprei dire. Basta, ho afferrato con entusiasmo un'occasione ancora più spiccia per partire. Ed eccomi qui in una miserabile locanda, in compagnia di un ufficiale papalino diretto a Perugia, sua città natale. Nel prender posto accanto a lui, nella sediola a due ruote, tanto per attaccar discorso gli ho rivolto un complimento, dicendogli che da buon tedesco abituato a trattare con soldati, ero felicissimo di viaggiare adesso in compagnia di un ufficiale del Papa.

«Non abbiatevene a male» egli replicò, «tenetevi pure la vostra simpatia per i soldati, dal momento che in Germania, a quanto sento, non ci sono che militari; quanto a me, benché il nostro servizio sia comodo ed io possa nella mia sede di guarnigione, a Bologna, attendere perfettamente ai fatti miei, sarei ben contento di spogliarmi di questa giacca per amministrare piuttosto il poderetto di mio padre. Ma io, sono il figliuolo più giovane e devo fare di necessità virtù».

*22 ottobre, sera.*

Ed eccomi a Giredo,[30] un'altra terricciuola sull'Appennino, dove mi sento completamente beato, poiché vado sempre più avvicinandomi alla meta dei miei desiderî. Quest'oggi si sono uniti alla nostra compagnia un signore ed una signora, a cavallo: un inglese e sua sorella, almeno a quanto dice lui. Hanno dei bei cavalli, ma viaggiano senza domestici e il signore a quanto pare fa da scudiere e da cameriere ad un tempo. Trovano da ridire su tutto. Par di leggere certe pagine dell'Archenholz.[31]

Gli Appennini sono per me un pezzo meraviglioso del creato. Alla grande pianura della regione padana segue una catena di monti che si eleva dal basso per chiudere verso sud il continente fra i due mari. Se la struttura di questi monti non fosse troppo scoscesa, troppo elevata sul livello del mare e così stranamente intricata; se avesse potuto permettere al flusso e riflusso di esercitare in epoche remote la loro azione più a lungo, di formare delle pianure più vaste e quindi inondarle, questa sarebbe stata una delle contrade più amene nel più splendido clima, un po' più elevata che il resto del paese. Ma così è un bizzarro groviglio di pareti montuose a ridosso l'una dell'altra; spesso non si può nemmeno distinguere in quale direzione scorra l'acqua. Se le valli fossero meglio colmate e le pianure più regolari e più irrigue, si potrebbe paragonare questa regione alla Boemia; con la differenza che qui le montagne hanno un carattere sotto ogni aspetto diverso. Non si deve tuttavia immaginarsi un deserto, bensì una regione quasi dappertutto coltivata benché montuosa. I castagni prosperano egregiamente; il frumento è bellissimo e le messi ormai verdeggianti. Lungo le vie sorgono querce sempre verdi dalle foglie minute; e intorno alle chiese e alle cappelle agili cipressi.

Iersera il tempo era nuvoloso; oggi è di nuovo bello e sereno.

*25 ottobre, sera. Perugia.*

Per due sere non ho scritto. Gli alberghi eran così cattivi che non c'era nemmeno da pensare a tirar fuori un foglio di carta. Adesso, incomincio anche a sentirmi un poco a disagio; infatti, dopo la mia partenza da Venezia il programma del mio viaggio non si svolge più così piacevole e così liscio.

Il 23 mattina, alle dieci, secondo il nostro orologio, siamo sbucati dalle montagne dell'Appennino e scorgemmo Firenze distesa in un'ampia valle d'un'inverosimile fertilità e disseminata a perdita d'occhio di case e di ville.

Ho fatto una rapida scorsa per la città; ho visitato il Duomo e il Battistero. È tutto un mondo nuovo a me perfettamente sconosciuto, che qui mi si apre innanzi, e non voglio indugiarmivi. Delizioso, quel giardino di Boboli; ma ne sono uscito di corsa, così come v'ero entrato.

Dall'aspetto della città si può farsi un'idea dell'opulenza del popolo, che l'ha costruita; bisogna riconoscere che essa ha avuto la ventura di una serie di governi felici. Quello che più colpisce è l'aspetto leggiadro e grandioso insieme che in Toscana hanno le opere pubbliche, le vie, i ponti. Tutto qui è nitido e solido nel tempo stesso; si cerca di unire l'utile e il pratico al grazioso, e si nota dovunque una certa sollecitudine, che tutto vivifica. Lo Stato pontificio per lo contrario sembra che si mantenga in piedi solo perché la terra non lo vuole inghiottire.

Quel che poco fa dicevo degli Appennini e come essi potrebbero essere, è proprio il caso di dire della Toscana; trovandosi la Toscana in una posizione più bassa, il vecchio mare ha bene pagato il suo tributo, accumulandovi un terreno profondamente argilloso. Questo è terreno giallo chiaro e facilmente dissodabile. I contadini arano nel suolo profondo ma ancora perfettamente alla maniera primitiva; il loro aratro non ha ruote e il vomere non è nemmeno mobile. L'agricoltore lo trascina innanzi, curvo dietro i suoi giovenchi e così sommuove la terra. Arano la terra fino a cinque volte l'anno e non si usa che poco concime molto leggero, che si sparge con le mani. In fine seminano il frumento, quindi vi accumulano intorno il terreno e negl'intervalli formano dei solchi profondi. Tutto è fatto in modo che l'acqua piovana sia costretta a scorrere. La messe cresce e si eleva sopra i cumuli del terreno mentre i contadini vanno su e giù per i solchi per la sarchiatura. Questo procedimento si comprende dove c'è pericolo di umidità. Ma perché si applichi un tal sistema nei terreni più asciutti, non posso intendere. Ho fatto questa osservazione ad Arezzo, dove si apre una splendida pianura. Non è possibile vedere una campagna meglio tenuta; nemmeno una zolla di terra che non sia pulita, e come passata attraverso lo staccio. Il frumento qui prospera assai rigoglioso e sembra che abbia trovato tutte le condizioni favorevoli alla sua natura. Nel secondo anno si coltivano le fave per i cavalli, ai quali qui non si dà avena. Si seminano anche lupini, che in questi giorni verdeggiano magnificamente e che giungeranno a maturità nel marzo. Anche il lino è ormai germogliato. Questo supporta la rigidezza dell'inverno, anzi per il gelo si fa ancor più tenace.

Una pianta singolare è l'olivo. Si presentano come i salici, ma perdono il loro midollo mentre la corteccia si screpola da cima a fondo. Con tutto questo hanno un aspetto vigoroso. Dal legno stesso si vede che l'albero cresce lentamente e che la sua fibra è oltremodo fine. Le foglie son come quelle dei salici, ma i rami ne portano poche. Intorno a Firenze le colline son tutte piantate a olivi ed a viti, mentre gl'intervalli del terreno sono sfruttati per il grano. Da Arezzo in giù si lasciano i campi un po' più liberi. Secondo me non si rimuove abbastanza l'edera, così dannosa agli olivi ed alle altre piante, mentre sarebbe pure così facile l'estirparla. Prati non se ne vedono. Dicono qui che il granturco esaurisca il suolo e che, da quando è stato introdotto, l'agricoltura per altri rispetti sia deperita. Io credo invece che ciò derivi dallo scarso concime.

Stasera mi son congedato dal mio capitano con la sicura promessa di fargli una visita a Bologna, al mio ritorno. È il vero tipo di molti suoi conterranei. Ecco qualche particolare che ne rileva più spiccata la fisionomia. Rimanendo io spesso in silenzio e sopra pensiero: «*Che pensa*» mi disse una volta; «*non deve mai pensar l'uomo; pensando s'invecchia*». E dopo un po' di conversazione: «*L'uomo non deve fermarsi in una sola cosa, perché allora divien matto; bisogna avere molte cose, una confusione nella testa*».

Il buon uomo non poteva certamente sapere che se non parlavo e stavo pensieroso, era appunto perché mi ronzava nel capo una confusione di cose vecchie e di cose nuove. La cultura di questo bel tipo d'italiano apparirà ancor più manifesta da quest'altro dialogo. Egli s'era accorto ch'io ero protestante; dopo un certo giro di parole, mi chiese che gli permettessi alcune domande, avendo inteso intorno a noi, protestanti, tante cose strane, circa le quali desiderava apprendere una buona volta qualche cosa di positivo. «Potete voi», mi disse, «avere libera relazione con una bella ragazza, senza essere uniti con lei proprio in matrimonio? Lo permettono i vostri preti?» «I nostri preti», risposi, «son gente seria, che non si occupano di queste piccolezze. Certo, se volessimo chieder la loro opinione in proposito, non ci permetterebbero mai quel che voi dite». «Dunque!» egli esclamò a questo punto:

«beati voi, perché, dal momento che non vi confessate, i vostri preti non ne sanno nulla». E qui, egli uscì in lamenti ed invettive contro i suoi preti, portando alle stelle, nel tempo stesso, la nostra beata libertà. «Ma per tornare alla confessione», ripigliò poi: «come stanno veramente le cose? Da noi si predica che tutti, anche i non cristiani, devono pur confessarsi; ma perché i non cristiani, nella loro cecità, non possono distinguere la diritta via, si confessano ad un vecchio albero, ciò che, indubbiamente, è abbastanza ridicolo e sacrilego, ma pur dimostra che anch'essi, alla fin fine, riconoscono la necessità della confessione». Allora, io gli spiegai le nostre idee circa la confessione, e come le cose siano da noi in realtà. Tutto quel che narrai, gli parve molto comodo; ma espresse anche l'opinione che tanto valeva il confessarsi ad un albero. Dopo di aver esitato un po', mi pregò infine, con aria di gran mistero, di spiegargli lealmente qualche altro punto oscuro. Egli aveva inteso dalla bocca d'uno dei suoi preti, un uomo che era la verità in persona, che a noi è lecito sposare la sorella: una cosa enorme, naturalmente. Avendo io negato questa fandonia e messigli sott'occhio alcuni concetti più umani delle nostre pratiche religiose, egli non fu più in grado di prestarvi attenzione, sembrandogli, queste, idee comuni. E prese a farmi un'altra domanda: «Ci assicurano», disse, «che Federigo il Grande, il quale ha riportate tante vittorie perfino sui fedeli, ed ha riempito il mondo della sua fama; che Federigo il Grande, da tutti considerato come un eretico, sia invece un buon cattolico e che abbia avuto dal Papa il permesso di tener nascosta la sua religione. Infatti, come è noto, egli non mette piede nelle vostre chiese, ma adempie ai suoi doveri religiosi in una cappella sotterranea, con cuor compunto di non poter professare in pubblico la vera fede; e non v'ha dubbio che, s'egli facesse questo, i suoi prussiani, popolo bestiale fuori della grazia di Dio, lo ammazzerebbero lì per lì, ciò che del resto non risolverebbe la questione. Ecco perché il Santo Padre gli ha dato quel permesso: appunto perché egli possa favorire e diffondere in segreto e del suo meglio quella religione, in cui sola è la nostra salvezza». Io gli menai buone tutte queste bubbole, osservandogli semplicemente che si trattava d'un gran segreto bensì, ma che nessuno era in grado di documentare la verità. Il resto della nostra conversazione si aggirò, a un dipresso, sempre sullo stesso tono; tanto che dovetti meravigliarmi della scaltrezza del clero italiano, il quale cerca di eliminare o di alterare tutto ciò che può sconvolgere o infrangere il cerchio tenebroso della sua dottrina e della sua tradizione.

*Foligno, 26 ottobre, sera.*

Ho lasciato Perugia con una splendida mattinata, provando la felicità di sentirmi ancora una volta solo. La posizione della città è amena e la vista del lago oltremodo lieta. Mi sono bene impresso nella mente quel paesaggio. La via da prima scende, poi s'inoltra in una ridente vallata racchiusa da ambo i lati e in lunga fila da colli lontani; finalmente ecco Assisi.

Dal Palladio e dal Volkmann avevo appreso che esiste colà un delizioso tempio di Minerva[32] costruito al tempo di Augusto e ancora perfettamente conservato. Presso la Madonna degli Angeli lasciai il mio vetturino, che proseguì la sua via per Foligno, e salii sotto un ventaccio impetuoso il colle d'Assisi. Sentivo infatti una gran voglia di fare un'escursione a piedi, attraverso un mondo per me così solitario. Ma le enormi costruzioni delle chiese sovrapposte l'una all'altra come la Torre di Babele, sotto le quali è la tomba di San Francesco, le ho lasciate alla mia sinistra, e con ripugnanza, pensando che solo in tali luoghi possono essere squadrate le teste sul tipo di quella del mio capitano; e chiesi a un giovinetto tutta grazia dove fosse Santa Maria della Minerva. Egli mi accompagnò durante la salita fino alla città, costruita su un alto colle. Giungemmo finalmente alla città antica; ed ecco, innanzi ai miei occhi, quell'insigne lavoro, il primo completo monumento ch'io mai vedessi. È un tempio di proporzioni modeste, come si conveniva a una città tanto piccola; ma così perfetto, così felicemente ideato, che potrebbe rifulgere in qualsiasi luogo. Anzitutto qualche cosa della sua posizione. Da quando ho letto in Vitruvio e nel Palladio come si devon costruire le città e come erigere i templi e gli edifici pubblici, nutro una venerazione profonda per i monumenti. Anche sotto quest'aspetto gli antichi erano grandi per lor natura. Il tempio è leggiadramente situato a mezza costa, in un punto in cui s'incontrano due colli sopra una spianata che ancor oggi si chiama «la piazza». Anche questa è leggermente in pendio e vi s'intrecciano quattro strade, che formano una croce di S. Andrea molto pronunciata: due dal basso in alto, e due dall'alto in basso. Probabilmente, in antico non esistevano le case che ora sorgono dirimpetto al tempio e impediscono la vista. Se queste non esistessero, l'occhio vi spazierebbe verso mezzogiorno nella più splendida regione e nel tempo stesso il sacrario di Minerva si vedrebbe da tutti i suoi lati. La rete delle strade è probabilmente antica; perché, infatti, esse seguono la configurazione del monte. Ora il tempio non si trova nel mezzo della piazza, ma è situato in modo che, visto di scorcio, per chi sale dalla parte di Roma si presenta assai graziosamente. Non si dovrebbe ritrarre soltanto l'edificio, ma anche la sua felice posizione.

Non potevo saziarmi di contemplare quella facciata, tanta è la genialità, tanto il senso d'arte che vi traspare. L'ordine architettonico è il corinzio; e la distanza delle colonne è di circa due moduli. I fusti delle colonne poi, e le rispettive basi sembran poggiare su piedistalli; ma non è che un'illusione; perché lo stilobate è intagliato cinque volte, e per ogni volta fra una colonna e l'altra salgono cinque gradini; e questi portano al piano, sul quale s'entra anche nel tempio. L'audace idea d'intagliare lo stilobate è stata in questo caso molto felice, perché, sorgendo il tempio sopra un colle, si sarebbe dovuto prolungare eccessivamente la gradinata per salirvi e la piazza ne sarebbe stata rimpicciolita. Quanti gradini rimangano ancora interrati, non saprei dire con precisione; eccetto pochi, son tutti completamente sotto il suolo e soffocati dal selciato. Mi sono strappato a malincuore da quella contemplazione e non senza proporre a me stesso di richiamar su questo monumento l'attenzione di tutti gli architetti, perché ce ne sia offerta una pianta esatta. Ho dovuto infatti esperimentare anche questa volta quale scarso valore abbia la tradizione. Lo stesso Palladio, nel quale avevo una fiducia illimitata, riproduce bensì uno schizzo di questo tempio; ma non è possibile che egli lo abbia veduto proprio coi suoi occhi, perché colloca sul piano dei piedistalli veri, in modo che le colonne s'elevano a un'altezza sproporzionata; ne risulta così un complesso deforme, mostruoso, come gli avanzi di Palmira,[33] anziché uno spettacolo di soave e serena bellezza, che veramente rallegri l'occhio e lo spirito. Del resto, tutto quello che si è agitato entro di me alla vista di quest'opera d'arte è inesprimibile e produrrà eterni frutti.

Scendevo in quella bellissima sera lungo la via romana nella più calma disposizione di spirito, quando mi colpì un vocio incomposto e selvaggio, come di persone che altercassero fra loro. Da principio supposi che fossero gli sbirri, da me già notati poco prima in città. E proseguii tranquillamente per la mia via, tendendo l'orecchio; sì che ben presto potei accorgermi che quella gente aveva preso di mira proprio me. Quattro di quei figuri, due dei quali armati di fucile e in atteggiamento poco rassicurante, mi passarono innanzi borbottando. Dopo pochi passi, ritornarono indietro, mi circondarono e mi chiesero chi fossi e che cosa facessi. Risposi che ero forestiero, e che percorrevo a piedi la via di Assisi, mentre il mio vetturino proseguiva con la carrozza alla volta di Foligno. Se non che, a coloro non parve verosimile che un viaggiatore pagasse la vettura e poi andasse a piedi. E mi chiesero se ero già stato al Gran Convento. Dissi che no, assicurandoli però che il monumento m'era noto da tempo, ma che essendo io un architetto, m'ero interessato soltanto, per questa volta, di S. Maria della Minerva, che, come loro sapevano, è un capolavoro. Non poterono contraddirmi, ma si mostrarono assai disgustati per non aver io pagato il mio tributo di devozione al Santo; e non nascosero il sospetto che il mio mestiere fosse piuttosto quello di trafugare roba di contrabbando. Mostrai quanto fosse ridicolo prender per contrabbandiere un individuo, che camminava soletto per la sua via, senza bagaglio e con le tasche vuote; e proposi di accompagnarli in città e di recarci insieme dal podestà, per esibirgli le mie carte, sicuro com'ero che m'avrebbe riconosciuto per un forestiero galantuomo. Ma anche a questa proposta borbottarono fra i denti, dichiarando che era tutto inutile. Finalmente, poiché il mio contegno cominciava ad assumere un'aria di sempre più energica risolutezza, si allontanarono di bel nuovo verso la città. Io li tenni d'occhio, e i brutti ceffi già si perdevano in primo piano, mentre dietro a loro quella soave Minerva mi guardava ancora con grande amabilità, quasi per confortarmi. Volsi lo sguardo a sinistra, su quella triste chiesa di S. Francesco; e stavo già per ripigliare il mio cammino, quando uno di loro si staccò dalla compagnia e mi si fece innanzi con un aspetto assai riguardoso. «Caro mio signor forestiero», mi disse subito salutandomi: «voi dovreste darmi, per lo meno, una mancia, perché v'assicuro che io v'ho riconosciuto subito per un galantuomo e che l'ho anche dichiarato francamente ai miei compagni. Ma sono delle teste calde e non hanno esperienza del mondo. Avrete anche notato che io sono stato il primo ad approvare e a prestar fede alle vostre parole». Io gli feci i miei complimenti, e lo esortai a protegger sempre i forestieri per bene, sia che si rechino ad Assisi per divozione, sia per amore dell'arte: e specialmente gli architetti, che d'ora in poi volessero studiare e ritrarre a maggior gloria della città il tempio di Minerva, che non è mai stato riprodotto in disegni o in incisioni come si deve; e ch'egli avrebbe fatto bene a prestar loro i suoi servigi, perché gli si sarebbero certamente mostrati riconoscenti. Così dicendo gli feci scivolare nella mano alcune monete d'argento, onde egli si compiacque oltre ogni sua aspettazione. Anzi, mi pregò di ritornare in quei luoghi, e in particolar modo mi consigliò di non mancare alla festa del Santo, occasione per cui avrei potuto istruirmi e insieme divertirmi senza il più lontano pericolo di questo mondo; che s'io non avessi disdegnato, da quel bel giovine che ero, di far la conoscenza di qualche graziosa donnina, potevo contare che, con una sua raccomandazione, sarei stato accolto con entusiasmo dalla più bella e rispettabile signora di tutta Assisi. Finalmente si congedò, assicurando che quella sera stessa si sarebbe rammentato di me nelle sue orazioni sulla tomba del Santo e che avrebbe anche pregato per il resto del mio viaggio. Così ci separammo, ed io mi sentii ben felice d'essere di bel nuovo solo con la natura e con me stesso. Il tratto di strada fino a Foligno è stato per me una delle più amene e delle più deliziose passeggiate che abbia mai fatto. Per quattro buone ore si procede alle falde di un monte, mentre a destra si stende un'ubertosa vallata.

Ma il viaggiar coi vetturini è una faccenda imbrogliata. La miglior cosa quando si può, è il seguirli bel bello a piedi. Da Ferrara fin qui, mi son trascinato innanzi sempre a questo modo. Quest'Italia benedetta, così singolarmente favorita dalla natura, dal punto di vista della meccanica e della tecnica, su cui, volere o no, si fonda un sistema di vita più comodo e più agile, è rimasta enormemente indietro in confronto di tutti i paesi. La carrozza di codesti vetturini, che si chiama tuttora «sedia», è derivata indubbiamente dalle antiche lettighe, nelle quali si facevan trasportare a dorso di mulo le donne, i vecchi e i personaggi ragguardevoli. In vece del mulo posteriore, che era attaccato alle stanghe, vi han messo due ruote e non han pensato ad alcun altro miglioramento. Così i viaggiatori son trascinati innanzi, né più né meno come nei secoli scorsi, dondoloni e quasi sopra un'altalena. Altrettanto si dica per le abitazioni e per tutto il resto.

Se si vuole vedere ancora realizzata la rappresentazione poetica dei primi tempi, quando gli uomini vivevano per lo più a cielo scoperto o si ricoveravano all'occasione nelle caverne, bisogna varcare la soglia delle case di questa regione, ma specialmente nelle campagne dove quelle son costruite proprio col carattere e col gusto delle caverne. A una tale incredibile incuria la gente si abbandona perché teme che i pensieri la facciano invecchiare. Con una leggerezza inaudita, non pensano né provvedono all'inverno e alle sue lunghi notti, e quindi, per buona parte dell'anno, soffrono come cani. Qui a Foligno, in una casa governata con sistema perfettamente omerico, dove tutti stanno accampati, rumoreggiando, in un gran locale a vôlta, e dove tutti mangiano a un lungo tavolo che ricorda il banchetto delle nozze di Cana, approfitto dell'occasione per scrivere queste righe, poiché mi han fatto trovare un calamaio: cosa a cui non avrei mai pensato in circostanze simili. Ma anche da questo foglio di carta potete accorgervi del freddo e di altre noie che circondano il mio tavolo.

Adesso, comincio già a provare quanto sia temerario avventurarsi in questo paese senza preparazione e senza compagnia. Il vario corso del danaro, i vetturini, il prezzo delle merci, le cattive osterie rappresentano un tormento quotidiano; tanto che, per chi viaggia per la prima volta come me, solo, e nella lusinga d'inseguire un godimento ininterrotto, c'è proprio da perdersi d'animo. Ma una sola cosa io ho voluto; e nulla più: ho voluto veder questa terra, a qualunque costo; e dovessi farmi strascinare fino a Roma sulla ruota di Issione,[34] dalla mia bocca non uscirà un lamento.

*Terni, 27 ottobre. Sera.*

Eccomi di bel nuovo in una spelonca, che un anno fa ha anche sofferto per un terremoto. La cittadina è in una posizione ridente, che ho ammirato con piacere, in un giro fatto or ora. Si trova al principio d'una bella pianura, fra monti che sono ancor tutti di roccia calcarea. Come Bologna dalla parte opposta, così Terni al di qua si stende ai piedi d'una catena di monti.

Ora che il soldato pontificio m'ha lasciato, ho per compagno di viaggio un prete. Costui mi sembra un po' più contento del suo stato e, certamente, m'ha riconosciuto per un eretico; perciò alle mie domande risponde informandomi volentieri e intorno al rito cattolico e intorno ad altri particolari che vi si riferiscono. Così, trovandomi sempre a contatto di uomini nuovi, raggiungo perfettamente il mio scopo. Bisogna sentir discorrere la gente del popolo per avere un'idea viva di tutta una regione. Qui, son tutti in urto l'un con l'altro, in un modo che sorprende; animati da un singolare spirito di campanile, non possono soffrirsi a vicenda. Le varie caste vivono in perfetto antagonismo; il quale si manifesta con un così sentito, così vivace, così alacre spirito di partigianeria, da offrir di sé tutti i giorni lo spettacolo più comico. Ma grazie a questo, essi si rivelano anche per quel che sono in realtà. Poi ritornano in sé, e comprendono nel tempo stesso e notano immediatamente quando il forestiero non approva il loro modo di comportarsi o di pensare.

Sono salito a Spoleto e sono anche stato sull'acquedotto,[35] che nel tempo stesso è ponte fra una montagna e l'altra. Le dieci arcate che sovrastano a tutta la valle, costruite di mattoni, resistono sicure attraverso i secoli, mentre l'acqua scorre perenne da un capo all'altro di Spoleto. È questa la terza opera degli antichi che ho innanzi a me e di cui osservo la stessa impronta, sempre grandiosa. L'arte architettonica degli antichi è veramente una seconda natura, che opera conforme agli usi e agli scopi civili. È così che sorge l'anfiteatro, il tempio, l'acquedotto. E adesso soltanto sento con quanta ragione ho sempre trovato detestabili le costruzioni fatte a capriccio, come ad esempio il Winterkasten sul Weissenstein:[36] un nulla che non serve a nulla, o tutt'al più una enorme bomboniera; e così dicasi di mille altre cose: cose tutte nate morte, perché ciò che veramente non ha in sé una ragione di esistere, non ha vita, e non può esser grande, né diventare grande.

Di quanta gioia, e di quante cognizioni non sono debitore a quest'ultime otto settimane! Ma tutto questo mi è costato anche non poca fatica. Tengo sempre gli occhi aperti e m'imprimo profondamente le cose nella memoria. Quanto ai giudizi, vorrei fare a meno d'esprimerne; ma non è possibile.

San Crocifisso,[37] una originale cappella che si incontra lungo il cammino, non mi sembra l'avanzo d'un tempio sorto sul luogo. Secondo me, dopo d'aver ritrovato delle colonne, dei pilastri e delle impalcature, han raffazzonato tutto alla rinfusa con un criterio non dirò da sciocchi, ma da pazzi. Non è possibile descrivere questa cappella che, del resto, è già stata riprodotta in qualche incisione.

Si prova talvolta un'impressione strana in questo molto affaticarsi per avere un'idea del mondo antico, mentre innanzi a sé non si vedono che rovine, dalle quali solo a grande stento si può ricostruire ciò di cui non si ha ancora l'idea.

Ben altrimenti accade rispetto a ciò che si chiama *suolo classico*. Se noi, qui, non ci abbandoniamo ai voli della fantasia, e se consideriamo questo suolo nella sua realtà, proprio come si presenta da sé, esso rimane sempre il teatro definitivo dei più grandi avvenimenti. Io ho osservato finora le cose anche con l'occhio del geologo e del paesista, appunto per tenere in freno la foga dell'immaginazione e del sentimento, e per conservare in tal modo una visione serena e indipendente dei luoghi. Così la storia si riannoda meravigliosamente e vivacemente ai varî luoghi, senza che si arrivi a comprendere come ciò avvenga in noi. Ecco perché io provo il più acuto desiderio di legger Tacito[38] a Roma.

Non posso lasciar del tutto in disparte le mie osservazioni sul tempo. Dopo la mia partenza da Bologna, al valico degli Appennini, le nubi correvan sempre verso nord; più tardi però cambiarono direzione e si spinsero verso il Trasimeno. Qui s'arrestarono e poi s'avanzarono un poco verso sud. Mentre dunque, durante l'estate, la gran pianura del Po spinge le sue nubi verso le montagne del Tirolo, adesso ne dirige una porzione verso gli Appennini; e per questo probabilmente si ha la pioggia.

Siamo al principio della raccolta delle olive. I contadini le abbacchiano con le pertiche. Quando si annunzia un inverno precoce, il resto della raccolta si lascia sui rami fino a febbraio. In un terreno molto sassoso ho visto oggi le piante d'olivo più grandi e più annose.

Il favor delle Muse, come quello dei Demoni, non ci sorride sempre a tempo opportuno. Quest'oggi sono stato assiduamente tentato a comporre cose del tutto fuor di luogo. Avvicinandomi al centro del cattolicismo, circondato da cattolici, imprigionato in una «sediola» a tu per tu con un prete, mentre mi sforzavo di osservare e di comprendere coi sentimenti più puri la natura nella sua realtà e l'arte in tutta la sua nobiltà, il mio spirito è stato colpito vivamente dall'idea che qui ogni traccia del Cristianesimo primitivo sia cancellata; a rappresentarmelo poi in tutta la sua purezza, quale appare dagli Atti degli Apostoli, mi sentivo fremere pensando qual paganesimo deforme, anzi addirittura barocco, si è ora sovrapposto all'ingenua semplicità di quei principî. Il mio pensiero ricorse allora all'Ebreo errante,[39] che fu testimonio di tutte queste strane evoluzioni e che vide coi suoi occhi uno stato di cose tanto bizzarro che Cristo stesso, se ritornasse al mondo per vedere i frutti della sua dottrina, correrebbe il rischio di esser crocifisso per la seconda volta. La leggenda del *venio iterum crucifigi*[40] mi doveva appunto servir d'argomento per quella catastrofe.

Altrettali fantasticherie mi aleggiano ancora innanzi; perché nell'impazienza di proseguire sempre oltre, mi corico vestito e non conosco nulla di più dolce che l'essere svegliato prima dell'alba, per gettarmi in fretta in una carrozza e precorrere il giorno fra il sonno e la veglia, lasciando libero il campo a tutti i sogni della mia fantasia.

*Città Castellana, 28 ottobre.*

Non voglio lasciarmi sfuggire quest'ultima sera. Non sono ancora le otto, e già tutti son coricati; e così, per ultima dolcezza, posso ripensare al passato e rallegrarmi fin da ora per quello che mi attende nell'avvenire. La giornata è stata perfettamente serena, splendida: la mattina molto fredda, il giorno limpido e caldo, la sera un po' ventosa ma bellissima.

Partiti da Terni assai per tempo, siamo arrivati a Narni prima di giorno, in modo che non ho potuto vedere il ponte.[41] Valli e valloni, da presso e da lontano, tutto è delizioso; dappertutto predomina la roccia calcarea, senza alcuna traccia d'altre rocce.

Otricoli giace su un colle ghiaioso, accumulato dalle antiche correnti; è costruita con pietre di lava, trasportatevi dall'altra riva.

Varcato appena il ponte,[42] si trova un terreno vulcanico, ora tra lave propriamente dette, ora fra rocce di epoca anteriore, alterate dalla decomposizione e dalla fusione. Si sale quindi lungo un monte che si potrebbe ritenere di lava grigia. Questo contiene molti cristalli bianchi in forma di granato. La via maestra che da quest'altura arriva fino a Città Castellana, è della stessa pietra ben battuta e liscia. Ma la città è costruita sopra tufo vulcanico, nel quale credo d'aver rinvenuto della cenere, del bismuto e dei pezzi di lava. Dal castello[43] si gode una vista splendida. Il monte Soratte si presenta isolato, assai pittorescamente; anche questo è probabilmente un monte calcareo appartenente agli Appennini. Le regioni di natura vulcanica son però molto più basse degli

Appennini e soltanto l'acqua che le ha corrose ne ha formato a capriccio le rocce e le montagne, ché i paesaggi, così vivaci, così pittoreschi, e quelle cime a picco, e tutte le altre accidentalità del suolo, son formate a caso.

Dunque, domani sera io sarò a Roma. Non lo posso credere ancora; certo, quando un tal desiderio sarà soddisfatto, che cosa potrò desiderare ancora? Niente altro, se non di poter approdare felicemente fino a casa mia con la mia barca carica di fagiani e di ritrovare gli amici in buona salute, lieti, e sempre benevoli con me.

# ROMA

*Roma, 1 novembre 1786.*

Finalmente posso rompere il silenzio e mandare di buon animo un saluto agli amici! Possano essi perdonarmi il segreto di questo viaggio, quasi direi, sotterraneo. Io osavo appena dire a me stesso dove ero diretto, e perfino lungo la via temevo ancora di non toccare la meta; soltanto sotto la Porta del Popolo[1] sono stato certo di aver raggiunto Roma.[2]

E lasciatemi dire ancora che ho pensato mille volte, che penso continuamente a voi al cospetto di tante cose, che non avrei mai creduto di poter vedere da solo. Soltanto quando mi sono accorto che tutti i miei amici eran come incatenati anima e corpo nel Settentrione, e che ogni aspirazione di visitar questa terra a poco a poco svaniva, solo allora mi son potuto decidere ad intraprendere un lungo viaggio solitario e a cercare il centro, al quale mi traeva un bisogno irresistibile. In questi ultimi anni, quell'aspirazione era diventata come una malattia, dalla quale non mi potevan sanare se non la vista e la presenza delle cose reali. Ora lo posso confessare. Ero arrivato al punto da non poter nemmeno vedere un libro latino né un disegno di qualsiasi regione d'Italia. Il desiderio intenso di visitare questa terra era da troppo tempo maturo; ora che questo è soddisfatto, nell'intimo del cuore gli amici e la patria mi son diventati ancor più cari e il ritorno più desiderabile; tanto più desiderabile perché sento che tutti questi tesori non li porterò con me a vantaggio mio soltanto, e solo per mio uso privato, ma perché possano servire per tutta la vita, a me e ad altri, di guida e di sprone.

*Roma, 1 novembre 1786.*

Sì, sono arrivato finalmente in questa capitale del mondo! Se l'avessi visitata quindici anni or sono, in buona compagnia, sotto la scorta di un uomo davvero intelligente, mi stimerei certo fortunato. Ma poiché dovevo visitarla da solo, e vederla coi miei occhi soltanto, è bene che tanta gioia mi sia stata concessa così tardi.

Attraverso le Alpi tirolesi son passato quasi di volo. Ho visto bene Verona, Vicenza, Padova e Venezia; alla sfuggita Ferrara, Cento e Bologna; Firenze appena appena; l'ansia di arrivare a Roma era sì grande ed aumentava talmente ad ogni istante, che non potevo più star fermo, e a Firenze non mi son trattenuto che tre ore. Eccomi ora a Roma, tranquillo, e, a quanto sembra, acquietato per tutta la vita. Poter contemplare coi propri occhi tutto un complesso, del quale già si conoscevano interiormente ed esteriormente i particolari, è, direi quasi, come incominciare una vita nuova. Tutti i sogni della mia giovinezza ora li vedo vivi; le prime incisioni di cui mi ricordo (mio padre aveva collocato in un'anticamera le vedute di Roma), ora le vedo nella realtà e tutto ciò che da tempo conoscevo in fatto di quadri e disegni, di rami o di incisioni in legno, di gessi o di sugheri, tutto ora mi sta raccolto innanzi agli occhi, e dovunque io vada, trovo un'antica conoscenza in un mondo forestiero. Tutto è come lo immaginavo, e tutto è nuovo. Altrettanto posso dire delle mie osservazioni e delle mie idee. Non ho avuto nemmeno un pensiero completamente nuovo, non ho trovato nulla di completamente estraneo a me, ma i pensieri antichi mi sono diventati così precisi, così vivi, così concatenati l'un l'altro, che veramente posson passare per nuovi.

Quando l'Elisa di Pigmalione,[3] che l'artefice si era plasmata conforme ai suoi desiderî e in cui aveva infuso tutta la verità e tutta la vita che gli era stata possibile, venne finalmente a lui e gli disse: «Eccomi!», come dovette apparir diversa la creatura viva dal marmo scolpito!

E quanto è anche moralmente salutare per me, il vivere fra un popolo dotato di tanta sensibilità, sul quale si è tanto parlato e tanto scritto, e che ogni straniero giudica secondo il criterio ch'egli porta con sé! Io perdono a tutti quelli che criticano o condannano questo popolo; esso è troppo lontano da noi; e al forestiero costa troppa fatica e troppa spesa, l'aver contatto con lui.

*Roma, 3 novembre.*

Una delle ragioni principali per cui ritenevo di dover anticipare il mio arrivo, era la festa di tutti i Santi, primo novembre; se a un santo solo, pensavo, si fa tanto onore, che cosa non si farà per tutti? Ma quanto mi ingannavo. La chiesa di Roma non ha mai voluto alcuna festa generale di grande imponenza; ogni Ordine ha sempre potuto celebrare in particolare e tranquillamente la memoria del suo patrono; la festa dell'onomastico e del giorno solenne che gli è consacrato, è precisamente quella in cui ogni Santo appare in tutta la sua gloria.

Ieri invece, giorno dei Morti, sono stato più fortunato. La commemorazione dei defunti vien celebrata dal papa nella sua cappella privata al Quirinale.[4] Tutti vi hanno libero accesso; anche io, col Tischbein,[5] sono accorso a Montecavallo. La piazza davanti al palazzo ha qualche cosa di tutto proprio; è irregolare bensì, ma grandiosa e fa una gradita impressione. Ho visto finalmente i due colossi.[6] Ma né occhio né pensiero umano bastano per afferrarne tutta la bellezza. Ci siam fatti largo tra la folla, spingendoci attraverso un cortile superbo e spazioso, su per la scalea immensa. In questi vestiboli, dirimpetto alla cappella pontificia e al cospetto della fuga degli appartamenti, sotto lo stesso tetto del Vicario di Cristo, si prova un sentimento singolare.

La cerimonia era cominciata, e il Papa e i cardinali già in chiesa. Il santo Padre mi è parso la figura più bella e più venerabile; i cardinali, di età e di aspetto diversi.

Uno strano desiderio s'impadronì di me in quel momento: che cioè il Papa aprisse la sua bocca d'oro, e che, parlando con entusiasmo dell'inesprimibile gaudio delle anime beate, riuscisse alla sua volta ad entusiasmare anche noi. Ma come lo vidi muoversi semplicemente di qua e di là davanti all'altare e volgersi ora da una parte ora dall'altra, gesticolando e biascicando orazioni come il più umile prete, il peccato originario del protestante si risvegliò in me, e il solito sacrificio della messa che già conoscevo, finì col disgustarmi. Cristo ha spiegato a viva voce fin da fanciullo la Sacra Scrittura, e nella giovinezza non ha certo insegnato e operato a bocca chiusa; anzi egli conversava volentieri, e bene, e con finezza, come apprendiamo dagli evangeli. Ma che direbbe egli, pensavo, se entrasse qui e vedesse il suo rappresentante in terra borbottare e tentennare di qua e di là? Il *Venio iterum crucifigi!* mi ritornò alla memoria, e feci un segno al mio compagno per passare nell'aria più libera delle sale a vôlta adorne di dipinti.

Vi trovammo una quantità di persone che osservavano con raccoglimento quei quadri preziosi; questa festa dei Morti, infatti, è nel tempo stesso la festa di tutti gli artisti di Roma. Come la cappella pontificia, così anche il palazzo con tutte le sue sale è accessibile a tutti, e per molte ore della giornata l'ingresso è libero; non occorre nemmeno dare una mancia, né si ha alcuna noia dal custode.

Ho dedicato subito la mia attenzione agli affreschi ed ho imparato a conoscere parecchi eccellenti artisti a me noti appena per nome; fra gli altri, ho potuto apprezzare ed amare quel pittore tutta grazia che è Carlo Maratti.[7]

Ma soprattutto sono stato felice di imbattermi nei capolavori degli artisti, alla cui maniera e alla cui scuola il mio spirito s'era già educato. Ho veduto ed ammirato la santa Petronilla del Guercino che prima si trovava in S. Pietro, dove adesso in luogo dell'originale si vede una copia in mosaico. Il corpo della Santa vien sollevato dal sepolcro ed ella, richiamata in vita, è accolta nel regno dei cieli da un divino adolescente. Checché si possa obbiettare a proposito di questa duplice azione, il quadro è d'inapprezzabile valore.

Ancor più mi ha colpito di stupore un quadro del Tiziano.[8] Questo sorpassa tutti i quadri che ho visti fino ad ora. Se il mio gusto sia ormai più raffinato o se questa tela sia in realtà la più perfetta di tutte, non saprei decidere. Un'abbondante pianeta, grave di ricami e di figure d'oro cesellato, avvolge la figura imponente di un vescovo, che regge il pastorale massiccio nella sinistra alzando gli occhi al cielo in atto di rapito, mentre con la destra sostiene un libro, dalla lettura del quale sembra attingere in quel momento una divina commozione. Dietro a lui una bella vergine, con la palma in mano, guarda con amabile sollecitudine il libro aperto. Un grave vegliardo a destra, vicinissimo al libro, sembra invece che non vi presti alcuna attenzione; avendo le chiavi in mano, egli può ben lusingarsi di aprirsi l'entrata da sé. Dirimpetto a questo gruppo si trova un giovine nudo, dalle belle forme, legato, trafitto dalle frecce, che guarda innanzi a sé in atto di modestia e di rassegnazione. Nel frattempo, due monaci portanti la croce ed il giglio si volgono devotamente verso quei celesti; perché, in alto, la sala a mezza vôlta che inquadra tutti i personaggi è aperta. Lassù, nella gloria dei cieli, si libra una madre che guarda verso il basso con pietosa sollecitudine. Il bimbo che ella tiene in grembo, tutto vivace e raggiante, offre con il gesto pieno di grazia una corona, che direste voglia gettare fra gli astanti. Ai due lati si librano angeli portanti altre corone. Ma al di sopra di tutti e sopra una triplice corona radiosa volteggia la colomba celeste, che rappresenta il centro e insieme la chiave di vôlta di tutto il quadro.

Potremmo dire che nel fondo del quadro vi sia senza dubbio una pia tradizione antica, che ha potuto raccogliere insieme con tanta arte e con tanta espressione personaggi così diversi e di così vario interesse. Ma non indagheremo il come e il perché, paghi di ammirare l'opera d'arte di pregio inestimabile.

Meno incomprensibile, ma tuttavia pieno di mistero è un affresco di Guido[9] nella cappella che porta il suo nome. La piissima Vergine, così infantilmente adorabile, è assisa tranquilla e assorta, e cuce, mentre due angeli al suo fianco sono in attesa d'un cenno, per prestarle i loro servigi. L'innocenza giovanile e la laboriosità, protette ed onorate dal cielo, ecco quello che c'insegna questo grazioso quadro. Il quale non ha bisogno né d'una leggenda, né d'illustrazione.

Ed ecco, tanto per addolcire un po' la gravità di queste riflessioni artistiche, un'avventura allegra. Io avevo notato che parecchi artisti tedeschi, dopo di essersi avvicinati con l'aria di conoscenti al Tischbein, mi osservavano, girandomi intorno. L'amico, che mi aveva lasciato per pochi istanti, ritornato a me, disse: «È amenissimo quello che succede. La voce che Lei si trovi a Roma, si è già diffusa, e gli artisti hanno preso di mira l'unico forestiero che non conoscono. Ce n'è uno della nostra compagnia, che afferma già da tempo d'essere stato in relazione con Lei, anzi d'aver vissuto parecchio con Lei in rapporti di amicizia, cosa alla quale non volevamo proprio credere. Costui è stato ora invitato a osservarLa attentamente per togliere ogni dubbio, ma ha dichiarato senz'altro che Lei non è Goethe, ma un forestiero, che alla figura e all'aspetto non Le somiglia né poco né punto. Così il Suo incognito per il momento è salvo, ed in seguito ci sarà da ridere».

Io mi confusi quindi più liberamente nella schiera degli artisti, chiedendo notizia degli autori dei varî quadri, la cui scuola non mi era ancora nota. Alla fine un quadro sopra tutti mi colpì: un S. Giorgio[10] vittorioso del dragone e liberatore della Vergine. Nessuno mi sapeva dire il nome dell'autore, quando si fece innanzi un omino tutto modesto, che fino allora non aveva aperto bocca, il quale m'informò che il quadro era del Pordenone, veneziano, che era anzi uno dei suoi migliori e in cui risaltava tutto il suo valore. Allora mi potei spiegare perfettamente la mia simpatia: il quadro mi aveva interessato perché, avendo già familiarità con la scuola veneziana, ero in grado di apprezzare meglio le qualità dei suoi maestri.

L'artista che mi aveva dato queste spiegazioni è Enrico Meyer,[11] svizzero, che studia da parecchi anni con un amico di nome Cölla;[12] è un valente riproduttore alla seppia di busti antichi ed egregiamente versato nella storia dell'arte.

*Roma, 5 novembre.*

Mi trovo qui da sette giorni e a poco a poco si va formando nel mio spirito l'idea generale della città. Andiamo continuamente da un luogo all'altro ed io imparo così a conoscere la pianta della Roma antica e di quella moderna, osservo le rovine e gli edifici, visito questa e quella villa, mentre ai monumenti più grandiosi non mi accosto che a poco a poco; io apro semplicemente gli occhi e vedo, e vado, e vengo, perché solo a Roma è possibile prepararsi a comprendere Roma.

Confessiamo tuttavia che è un lavoro ingrato e triste questo voler dissotterrare Roma antica dalla moderna; eppure bisogna fare anche questo, se si vuol godere alla fine un'incomparabile soddisfazione. Si trovano tracce d'una magnificenza e d'una distruzione che oltrepassano entrambe la nostra immaginazione. Quello che i barbari hanno lasciato in piedi, hanno devastato gli architetti della Roma moderna.

A considerare un'esistenza che risale a duemila anni e più, trasfigurata dalla vicenda dei tempi in modo così vario e talora così radicale, mentre è pur sempre quello stesso suolo, quegli stessi colli, spesso perfino le stesse colonne e le stesse mura, e perfino nella popolazione si vedono ancora le stimmate del carattere antico, si finisce col diventar contemporanei dei grandi disegni del destino; ed ecco perché in sul principio riesce difficile all'osservatore il discernere come Roma sia succeduta a Roma, e non soltanto la nuova sopra l'antica, ma le varie epoche dell'antica e della nuova l'una sull'altra. Io mi accontento soprattutto di scoprire da me i punti mezzo nascosti; ché solo in tal modo si può trarre pieno profitto dei buoni lavori preparatorî. Infatti dal secolo XV fino ai nostri giorni, artisti e dotti di gran valore non si sono occupati per tutta la loro vita che di queste indagini.

Eppure, tutta questa meravigliosa massa di cose agisce su di noi del tutto tranquillamente, via via che si visita Roma anche solo per accostarci frettolosamente ai monumenti più insigni. Altrove, bisogna cercare ciò che ha importanza; qui ne siamo oppressi e schiacciati. Sia che si percorra la città o ci si fermi per via, ci vediamo innanzi paesaggi d'ogni specie, palazzi e rovine, giardini e luoghi incolti, sfondi e angiporti, casupole, stalle, archi trionfali e colonne, e tutto spesso così vicino che si potrebbe riprodurlo sopra un foglio solo. Bisognerebbe incidere con mille ceselli; che cosa può fare, qui, una sola penna? E la sera si è stanchi e spossati, per aver troppo visto e troppo ammirato.

*7 novembre.*

Mi perdonino gli amici se d'ora innanzi mi troveranno povero di parole; mentre si viaggia, si raccoglie, lungo la via, quello che si può; ogni giorno arreca qualche cosa di nuovo e si ha fretta anche di pensarvi sopra e di giudicare. Qui, invece, ci troviamo in una grande scuola in cui un giorno dice tante cose, che non si ha il coraggio di dir nulla del giorno. Si farebbe assai bene se, dimorando qui per alcuni anni, si mantenesse un silenzio pitagorico.

Mi sento proprio bene. Il tempo, come dicono i romani, è *brutto*. Soffia un vento di mezzogiorno, lo *scirocco*, che ogni giorno porta più o meno della pioggia; ma io non posso trovare brutto un tempo simile, perché fa caldo come da noi non è nemmeno in estate, s'intende quando piove.

Imparo a conoscere e ad apprezzare sempre più il talento di Tischbein, i suoi propositi e le sue vedute in materia d'arte. Mi ha fatto vedere i suoi disegni e i suoi schizzi che rappresentano e promettono molte cose buone. Grazie al suo soggiorno presso il Bodmer,[13] i suoi pensieri sono risaliti ai primi tempi del genere umano, quando questo si è visto collocato sulla terra e ha dovuto risolvere il problema di diventare padrone del mondo.

Come geniale introduzione a tutto un complesso, egli ha cercato di rappresentare sensibilmente l'epoca primitiva del mondo. Montagne rivestite d'imponenti foreste, voragini corrose dalle acque, vulcani spenti e appena leggermente fumanti. Nel primo piano il tronco possente di un'annosa quercia a mezzo nascosta sotto terra e contro le cui radici in parte scoperte un cervo prova la forza delle sue corna: il tutto altrettanto bene ideato che felicemente eseguito.

Egli ha quindi rappresentato sopra un cartone degno della più viva attenzione, un uomo nella duplice qualità di domatore di cavalli e di creatura superiore, se non per la forza, almeno per l'astuzia, a tutti gli animali della terra, dell'aria e dell'acqua. La composizione è d'una bellezza straordinaria e, riprodotta in un quadro a olio, produrrebbe una grande impressione. Dovremmo averne assolutamente un disegno a Weimar. Oltre a tutto questo, Tischbein sta studiando un convegno di sapienti antichi, in cui coglierà l'occasione di rappresentare delle figure reali. Ma ora sta abbozzando col più grande entusiasmo una battaglia in cui due corpi di cavalleria si attaccano con pari furore, e precisamente in un punto, in cui un enorme crepaccio li divide e oltre al quale il cavallo non potrebbe spingersi che col massimo sforzo. A difendersi non è nemmeno il caso di pensare. Un attacco audace, una risoluzione selvaggia, la vittoria oppure il precipizio nell'abisso. Questo quadro gli offrirà occasione di sviluppare in modo notevolissimo la conoscenza che egli ha già del cavallo, della sua struttura e dei suoi atteggiamenti.

Tutti questi quadri, e tutta una serie di altri che vi si collegano, egli vorrebbe veder riuniti in un poema, a illustrazione delle scene rappresentate, mentre il poema stesso guadagnerebbe a sua volta di vita e di attrattiva con l'aiuto delle illustrazioni.

L'idea è felice, ma converrebbe vivere insieme parecchi anni per portare a termine un'opera simile.

Non ho visto finora che una sola volta le logge[14] di Raffaello e i grandi quadri della scuola d'Atene;[15] è come se si dovesse studiare Omero in un manoscritto parzialmente cancellato e danneggiato. Il piacere della prima impressione è incompleto; solo dopo di aver bene esaminato e studiato a poco a poco l'assieme, il godimento raggiunge il colmo. Le cose meglio conservate sono i soffitti delle logge, che rappresentano storie bibliche di tanta freschezza come se fossero state dipinte ieri; veramente, solo in minor parte sono di mano di Raffaello, ma tutte dipinte con gran perfezione, conforme ai suoi disegni e sotto la sua direzione.

Ho avuto qualche volta fantasia, ed ho nutrito anche il più ardente desiderio nei tempi andati, di essere accompagnato in un viaggio in Italia da un uomo di sicura dottrina, da un Inglese, colto in materia d'arte e di storia; ebbene, tutto questo si è avverato nel frattempo, meglio che non avessi potuto immaginare. Tischbein viveva qui da tempo, col cuore dell'amico che anelava di farmi vedere Roma; la nostra relazione è vecchia rispetto alla corrispondenza epistolare, nuova rispetto alla conoscenza personale: dove avrei potuto imbattermi in una guida più degna? Per quanto il mio tempo sia limitato, io godrò e apprenderò tutto il possibile.

E con tutto questo prevedo che il giorno in cui partirò, desidererò di ritornare.

*8 novembre.*

Il mio curioso semi-incognito, che forse non è se non un capriccio, mi procura vantaggi ai quali non potevo pensare. Credendosi ognuno obbligato d'ignorare ch'io mi sia, e non potendo quindi nemmeno parlare a me di me, non rimane altro a coloro che io frequento, se non di parlare di se stessi o di cose che li interessano; in tal modo apprendo unicamente quello di cui ognuno si occupa, o quello che in generale può accader di notevole. Il consigliere Reiffenstein[16] mi ha aiutato anche in questo mio capriccio; ma non potendo egli soffrire per una ragione particolare il nome che ho adottato, mi ha subito dato del barone ed io adesso non sono che «il barone dirimpetto a Rondanini»[17]. con ciò sono designato abbastanza esattamente, tanto più che gli Italiani non chiamano le persone se non col prenome o con un soprannome. Basta, ho ottenuto quello che volevo e così mi sono liberato dalla noia infinita del dover render conto dei fatti miei.

*9 novembre.*

Talvolta faccio una breve sosta e passo in rassegna i punti più salienti di tutto ciò che ho guadagnato con questo mio viaggio. Assai volentieri ritorno col pensiero a Venezia, a quella grandiosa cosa balzata dal seno del mare, come Pallade dal capo di Giove. Qui la Rotonda,[18] sia per il suo esterno che per l'interno, mi ha costretto ad ammirazione e tripudio insieme per la sua grandiosità. In San Pietro,[19] ho imparato a capire come l'arte, non meno della natura, può render vano qualsiasi termine di confronto. E così l'Apollo del Belvedere[20] mi ha trasportato oltre i limiti della realtà. Infatti, come i disegni più perfetti non possono dare alcuna idea di questi monumenti, così avviene con gli originali di marmo messi al confronto con le riproduzioni in gesso, delle quali ho pur visto anche prima alcuni esemplari molto belli.

*10 novembre.*

Vivo qui con una serenità ed una calma di cui da tempo non avevo alcun sentore. La mia consuetudine di vedere e di prendere le cose come sono, il mio costante esercizio di lasciarmi guidare dal lume dei miei occhi, la mia completa rinunzia ad ogni pretensione, mi servono ancora a meraviglia e mi rendono, nel mio segreto, supremamente felice. Non passa giorno senza qualche nuovo oggetto degno di essere notato; ogni giorno sono immagini singolari, vive, grandiose, un complesso al quale si può pensare e del quale si può sognare da gran tempo, ma che per forza d'immaginazione non si raggiunge mai.

Quest'oggi sono stato alla piramide di Cestio,[21] e la sera al Palatino,[22] fra le rovine dei palazzi imperiali che sorgono come pareti di rocce. Di tutto questo non è certo possibile rendere un'impressione. Fatto è che qui non c'è nulla di piccolo, benché anche qui si trovi talvolta qualche cosa di riprovevole e di cattivo gusto; ma anche questo ha la sua parte nella grandiosità del tutto.

Se poi rientro in me stesso, come si fa sempre tanto volentieri, scopro in me un sentimento che mi dà una gioia infinita e che appena oso esprimere. Colui che qui si guarda intorno seriamente, ed ha occhi per vedere, deve diventare serio e deve farsi della serietà un'idea più chiara che non abbia mai avuto prima.

Lo spirito ne riceve uno slancio poderoso e arriva ad un grado di serietà senza pedanteria e a quella compostezza, che è gioia. A me sembra, per lo meno, di non aver mai apprezzato così equamente come adesso le cose di questo mondo. E mi rallegro con me stesso delle felici conseguenze che mi accompagneranno per tutta la vita.

Lasciatemi dunque suggere il miele dove lo trovo; l'ordine verrà più tardi. Io non sono qui per godere a modo mio, io voglio darmi anima e corpo alle cose grandi; istruirmi ed educarmi, prima che il quarantesimo anno mi raggiunga.

*11 novembre.*

Oggi ho fatto visita alla Ninfa Egeria,[23] poi ho visto il Circo di Caracalla,[24] i sepolcri diruti lungo la via Appia e la tomba di Cecilia Metella,[25] che bisogna vedere, se si vuole avere l'idea di una costruzione solida. Questa gente lavorava per l'eternità; e teneva conto di tutto tranne che della follia dei devastatori, alla quale tutto deve cedere. Qui, ti ho desiderato ardentemente.[26] Gli avanzi del grande acquedotto[27] impongono veramente il rispetto. Quale grande e nobile scopo non è quello di abbeverare un popolo mediante un monumento così grandioso! La sera siamo stati al Colosseo,[28] che era già l'ora del crepuscolo. Quando si è visto questo monumento, tutto il resto sembra sempre meschino; è così grande che la sua immagine non si può contenere tutta nello spirito; ce lo ricordiamo più piccolo, e se vi ritorniamo, ci sembra di bel nuovo più grande.

*Frascati, 15 novembre.*

La brigata è andata a letto ed io scrivo ancora, con l'inchiostro di seppia col quale oggi abbiamo disegnato. Abbiamo avuto qui due o tre belle giornate, senza pioggia, con un sole tiepido e blando che non ci fa rimpiangere l'estate. La regione è amenissima; il paese è situato sopra una collina o meglio sul declivio di un monte, e ad ogni passo si offrono al disegnatore dei soggetti stupendi. Il panorama è sterminato: si vede Roma nel piano, e da lungi il mare; a destra i monti di Tivoli; e così via. In questa terra deliziosa, le ville sono veramente case di delizia, e come gli antichi Romani già avevano qui le loro ville, così cento e più anni or sono alcuni Romani facoltosi non meno che fastosi hanno anche piantato le loro case di campagna nelle migliori posizioni. Sono già due giorni che noi ci aggiriamo di qua e di là, e troviamo sempre qualche cosa di nuovo e di seducente.

Eppure non è facile dire se la sera non sia ancora più piacevole del giorno. Appena la nostra formosa albergatrice colloca la lampada di ottone a tre becchi e ci dà la «felicissima notte», si fa circolo e si metton fuori i cartoni abbozzati e disegnati durante la giornata.

Poi si apre la discussione: se il tale soggetto non si sarebbe forse potuto riprendere da un punto di vista più favorevole; o se il carattere sia stato indovinato; infine su tutti quei primi requisiti generali di cui si può giudicare fin dal primo abbozzo. Il consigliere Reiffenstein ha l'abilità di organizzare e presiedere queste sedute con avvedutezza e con autorità. Ma questa lodevole istituzione si deve particolarmente a Filippo Hackert,[29] che ha l'arte di disegnare e dipingere dalla natura con un gusto incomparabile. Artisti e dilettanti, uomini e donne, vecchi e giovani, non lasciava in pace nessuno, ma incoraggiava tutti a cimentarsi alla prova secondo le proprie qualità e le proprie forze, dando egli stesso il buon esempio. Questa consuetudine di riunire e di intrattenere una società, il consigliere Reiffenstein l'ha saputa continuare fedelmente anche dopo la partenza del suo amico e noi ora vediamo quanto sia bello saper tener desti l'interesse e l'attività delle singole persone. Il temperamento e il carattere dei varî membri della società risaltano, così, in modo veramente grazioso. Il Tischbein, per esempio, pittore di quadri storici, vede il paesaggio in modo tutto diverso dal pittore di paesaggi. Egli trova dei raggruppamenti importanti ed altri oggetti interessanti ed espressivi, là dove un altro non aveva notato nulla, e così a lui riesce pure di sorprendere più di una linea ingenua della natura umana, si tratti di bambini, o di gente di campagna, di accattoni e di altri esseri primitivi, sia in fine di animali, che egli sa rendere incomparabilmente con pochi tratti caratteristici; mentre fornisce alla conversazione argomento sempre nuovo e gradito.

Se la conversazione sta per languire, allora, sempre conforme alla tradizione, lanciataci dallo Hackert, si legge qualche pagina della *Teoria* dello Sulzer;[30] e benché da un punto di vista superiore quest'opera non possa soddisfare completamente, si avverte con piacere la buona influenza ch'essa esercita su persone d'un certo grado di cultura.

*Roma, 17 novembre.*

Eccoci di ritorno. Questa notte si è scatenato un formidabile acquazzone con lampi e tuoni; adesso continua a piovere, ma fa sempre caldo.

Quanto a me, non posso ricordare che con poche righe la gioia che ho provato in questa giornata. Ho visto gli affreschi del Domenichino a S. Andrea della Valle,[31] ed anche la galleria del Carraccio a palazzo Farnese.[32] Ce n'è di troppo per mesi e mesi; non dico nulla per un giorno.

*18 novembre.*

È ritornato il bel tempo; giornata limpida, d'un tepore piacevole.

Nella Farnesina[33] ho visto la storia di Psiche, le cui riproduzioni a colori allietano da tanto tempo le mie stanze; poi la trasfigurazione di Raffaello a San Pietro in Montorio.[34] Tutte vecchie conoscenze, direi quasi amicizie, che ci siamo procurati da lontano per corrispondenza, ma che ora vediamo di persona. Il vivere fra loro è però tutt'altra cosa; ogni convenienza o sconvenienza ora si manifesta immediatamente nella realtà.

Si trovano inoltre da per tutto cose splendide di cui non si parla quasi per nulla e che non sono state diffuse gran che per il mondo mediante riproduzioni. Ne porto meco parecchie, disegnate da giovani e valenti artisti.

L'essere stato a lungo nei migliori rapporti epistolari col Tischbein, e l'avergli espresso più volte il desiderio, anche senza speranza, di venire in Italia, han reso subito il nostro incontro fruttuoso e simpatico. Egli aveva sempre pensato e provveduto per me. È versatissimo anche nello studio dei marmi coi quali hanno costruito antichi e moderni; li ha studiati a fondo, e in ciò il suo occhio e il gusto dell'artista per gli oggetti sensibili gli hanno molto giovato. Una collezione di esemplari scelti appositamente per me l'ha già spedita or non è molto alla volta di Weimar; e al mio ritorno essa mi farà certamente buona accoglienza. Intanto la collezione si è arricchita di un'importante aggiunta. Un ecclesiastico[35] che attualmente dimora in Francia e che attende a un'opera intorno alle diverse pietre antiche, ha ricevuto per favore speciale della Propaganda[36] dei notevoli frammenti di marmo di Paro. Questi frammenti sono stati tagliati in altrettanti campioncini, e dodici pezzetti differenti sono stati messi da parte anche per me, dalla grana più fine alla più grossa, alcuni d'una purezza perfetta, altri mescolati più o meno di mica; quelli più adatti alla scultura, questi all'architettura. Quanto giovi una esatta conoscenza del materiale artistico ad apprezzare il valore dell'arte stessa, è abbastanza evidente.

Qui non mancano occasioni per mettere insieme collezioni simili. Oggi abbiamo percorso le rovine del palazzo di Nerone[37] attraverso campi di carciofi recentemente fioriti, e non potemmo trattenerci dal riempirci le tasche di granito, di porfido, di piastrelle di marmo, che qui si trovano disseminate a migliaia, anche oggi testimoni inesauribili dell'antica magnificenza delle pareti che ne erano rivestite.

Ma io devo parlare ancora di un curioso quadro, molto discusso, che si vede sempre con piacere anche dopo le cose di maggior pregio.

Parecchi anni or sono dimorava a Roma un francese[38] noto per amatore d'arte e collezionista. Un bel giorno acquistò un affresco antico, non si sa da chi; lo fece restaurare dal Mengs[39] e lo aggiunse alla sua collezione come un'opera di gran pregio. Il Winckelmann[40] ne parla in qualche luogo con entusiasmo. Il quadro rappresenta Ganimede che porge una coppa di vino a Giove e ne riceve in cambio un bacio. Ed ecco che il francese muore e lascia il quadro, come antico, alla sua padrona di casa. Muore anche il Mengs, ma questi dichiara, sul suo letto di morte, che l'opera non è antica, perché l'ha dipinta egli stesso. Di qui controversie a non finire. Chi sostiene che il Mengs abbia buttato giù questo quadro per burla; qualche altro che il Mengs non abbia mai saputo fare qualche cosa di simile, che l'opera, anzi, sarebbe troppo bella per Raffaello stesso. Quanto a me, l'ho vista ieri e devo dire che non conosco nulla di più bello della figura di Ganimede, specialmente il capo e la schiena; il resto è stato molto restaurato. Intanto il quadro è discreditato, e la povera donna non può trovare chi la alleggerisca del suo tesoro.

*20 novembre.*

Dal momento che l'esperienza c'insegna che le poesie richiedono disegni ed incisioni d'ogni genere, e che lo stesso pittore dedica la sua opera più accurata ad illustrare qualche passo di un poeta, l'idea del Tischbein di far lavorare insieme il poeta per dare fin dall'inizio unità all'opera comune, è certo degna di alto encomio. La difficoltà sarebbe diminuita senza dubbio se si trattasse di piccoli poemi da abbozzare e portare a termine alla lesta.

Il Tischbein ha anche questa volta delle idee che richiamano i più graziosi idilli, ed è veramente notevole che i soggetti ch'egli vorrebbe trattati in questo modo sono tali che né la poesia né la pittura basterebbero da sole a rappresentarli. Me ne ha parlato nelle nostre passeggiate, per invogliarmi a spingermi in questa impresa. Il frontispizio della nostra opera comune è già progettato; se non temessi d'avventurarmi in un nuovo lavoro, mi lascerei tentare.

*Roma, 22 novembre. Festa di S. Cecilia.*

Al ricordo di questa giornata felice voglio consacrare alcune righe, che vi comunichino almeno attraverso il racconto la gioia che ho provato. Il tempo era splendido e tranquillo, il cielo purissimo, il sole tiepido. Sono andato dapprima col Tischbein in piazza S. Pietro dove abbiamo passeggiato su e giù, poi, come il caldo si faceva troppo sentire, al riparo del grande obelisco,[41] la cui ombra bastava appunto per due, sgranando dell'uva che avevamo comperato nei dintorni. Ci siamo quindi recati nella Cappella Sistina, che abbiamo anche trovato luminosa, coi quadri nella più bella luce. Il Giudizio Universale e i varî quadri michelangioleschi della vôlta si son contesi la nostra ammirazione. Io non sapevo che guardare e meravigliare. L'intima sicurezza e l'energia del Maestro,[42] la sua grandiosità, sorpassano ogni espressione. Dopo d'aver visto e rivisto tutto, lasciammo questo santuario e ci recammo nella chiesa di S. Pietro, che riceveva la più bella luce dal cielo sereno, ed appariva in tutte le sue parti chiara e luminosa. Anche noi ci siamo lasciati andare all'entusiasmo da gente che vuol godere la sua parte, davanti a tanta pompa e a tanta magnificenza, senza però lasciarsi fuorviare, questa volta, da un gusto né troppo schifiltoso, né troppo sapiente, sopprimendo ogni giudizio troppo assoluto. Abbiamo goduto insomma tutto il godibile.

Finalmente siamo saliti sul tetto della chiesa dove si trova la riproduzione in miniatura di una città costruita come si deve. Case e magazzini, fontane che sembrano gettar acqua, chiese, ed un gran tempio, tutto all'aria aperta e percorso da belle passeggiate. Siamo saliti anche sulla cupola, a contemplare la regione degli Appennini così gaiamente illuminata, il Monte Soratte, le colline vulcaniche di Tivoli, Frascati, Castel Gandolfo, e poi la pianura, e più lontano il mare. Sotto di noi, la città di Roma in tutta la sua estensione coi suoi palazzi sopra le colline, con le sue cupole ecc. Non spirava un alito di vento e nell'interno della cupola di rame faceva caldo come in una stufa. Dopo di aver bene osservato tutto questo, scendemmo e ci facemmo aprire le porte che dànno sui cornicioni della cupola, del tamburo e della navata; si può fare il giro torno torno ed osservare dall'alto le singole parti e la chiesa stessa. Mentre ci trovavamo sul cornicione del tamburo, il Papa passò laggiù, sotto di noi, per recarsi a fare le sue divozioni del pomeriggio. Per una visita alla chiesa di S. Pietro non ci è mancato dunque nulla. Riscendemmo quindi fin sulla piazza, prendemmo un frugale ma lieto pasto in una vicina trattoria, e continuammo il nostro cammino verso Santa Cecilia.[43]

Avrei bisogno di troppe parole per descrivere l'addobbo della chiesa, in quell'ora affollatissima. Non si vedeva nemmeno un pezzo di marmo; le colonne erano coperte di velluto rosso e intrecciate di nastri d'oro; i capitelli anche coperti di velluto ricamato, su disegno più o meno della loro stessa forma, e con tutte le cornici e tutti i pilastri parimenti rivestiti e parati di tappezzerie. Anche gli intervalli dei muri erano ricoperti di dipinti vivaci, tanto che tutta la chiesa sembrava un solo mosaico, mentre più di duecento ceri bruciavano all'intorno e ai lati dell'altar maggiore: sembrava tutta una grande muraglia di lumi, e la navata stessa ne era tutta rischiarata. Le navate laterali e gli altari rispettivi erano del pari adorni a festa e illuminati. Dirimpetto all'altar maggiore, sotto l'organo, due palchi anche rivestiti di velluto; in uno di questi c'erano i cantori, nell'altro l'orchestra che eseguiva della musica senza interruzione. La chiesa era piena zeppa.

In quest'occasione ho potuto assistere a un'esecuzione musicale veramente di gran carattere. Come vi sono concerti di violini o di altri strumenti, così qui dànno dei concerti con voci umane, nei quali una voce, per esempio il soprano, è la predominante e canta l'*a solo*, mentre il coro interrompe di quando in quando e l'accompagna; ma, s'intende, sempre a grande orchestra. Tutto questo è di ottimo effetto.

Dirò infine, come abbiamo dovuto chiudere la nostra giornata. La sera ci siamo spinti fino al teatro dell'Opera dove si rappresentava appunto *I litiganti*[44]; ma avevamo già goduto tante belle cose, e passammo oltre.

*23 novembre.*

Ma perché con l'incognito, che mi piace conservare, non mi avvenga quello che avviene allo struzzo, il quale crede nascondersi tenendo la testa sotto l'ala, faccio anche delle eccezioni, pur sostenendo il mio vecchio principio. Così ho fatto con piacere una visita al principe di Liechtenstein,[45] fratello della contessa di Harrach,[46] da me tenuta in tanta considerazione; ed ho anche pranzato qualche volta da lui. Non ho potuto tuttavia nascondermi che questa mia arrendevolezza circa l'incognito mi avrebbe portato molto più in là, ciò che in fatto è anche avvenuto. Mi avevano parlato dell'abate Monti[47] e della sua tragedia *Aristodemo*, che dovrebbe essere rappresentata quanto prima. L'autore, si diceva, avrebbe desiderato di leggermela e di sentire la mia opinione in proposito. Io lasciai cadere la cosa senza dire né sì né no; ma alla fine trovai il poeta e uno dei suoi amici in casa del Principe e si diede lettura anche alla tragedia.

L'eroe, come è noto, è un re di Sparta, che si toglie la vita per certi scrupoli di coscienza; mi avevan fatto capire, con discrezione, che l'autore del *Werther* non avrebbe trovata cattiva l'idea di mettere a profitto, in questa tragedia, alcuni passi del suo eccellente lavoro. Così nemmeno fra le mura di Sparta ho potuto sottrarmi ai Mani adirati dello sciagurato giovine.

La tragedia procede con compostezza e con semplicità. Il sentimento, come pure lo stile, sono conformi al soggetto, vale a dire forti ma ad un tempo pieni di dolcezza. Il lavoro rivela un bellissimo talento.

Io non mancai di mettere in rilievo a modo mio, non certamente alla maniera italiana, il buono ed il bello della tragedia e tutti ne son rimasti abbastanza contenti, pur pretendendo, con la solita impazienza meridionale, qualche cosa di più. Si voleva sapere da me, soprattutto quale effetto si poteva sperare da parte del pubblico. Io mi scusai adducendo la mia ignoranza del paese, degli usi, della scena, e del gusto del pubblico; ma fui abbastanza franco per soggiungere che non potevo capacitarmi come i romani, assuefatti ad assistere a un'intera commedia in tre atti e ad un'opera completa di due atti come interludio, oppure a una grande opera con balletti estranei al soggetto, come intermezzo, potessero appassionarsi allo svolgimento nobile e sereno di una tragedia rappresentata senza intermezzi. Oltre a ciò, anche il particolare del suicidio mi sembrava completamente estraneo alla mentalità italiana. Che i romani si ammazzassero fra loro, lo sentivo dire quasi ogni giorno; ma di gente che si togliesse la vita con le proprie mani o anche soltanto che una cosa simile si ritenesse possibile, non m'era ancora accaduto di sentire a Roma.

Volli quindi essere minutamente informato di quanto si potesse obbiettare di fronte alla mia incredulità, e mi arresi assai di buon grado alle argomentazioni plausibili; assicurai infine che nulla desideravo di più che veder rappresentare la tragedia e renderle, con un gruppo di amici, l'omaggio dell'applauso più sincero e più vivo. Questa dichiarazione fu accolta assai amabilmente ed io ebbi motivo di rimaner soddisfatto, questa volta, della mia arrendevolezza. Il principe di Liechtenstein è infatti l'amabilità in persona; egli mi ha procurato l'occasione di visitare in sua compagnia parecchi tesori d'arte, pei quali è necessario un permesso speciale del proprietario e quindi un'alta influenza.

Viceversa, la mia buona disposizione d'animo non resse, quando la figlia del Pretendente[48] manifestò del pari il desiderio di veder da vicino la bestia rara esotica. A questa richiesta mi rifiutai, e tornai ad ecclissarmi di bel nuovo completamente.

Non è questa però la via più diritta, e sento ora vivamente ciò che ho potuto osservare altre volte nella vita: l'uomo che aspira al bene deve comportarsi, rispetto agli altri, attivamente e serenamente né più né meno dell'egoista, del volgare, del malvagio; ma non è facile comportarsi secondo lo spirito di questa massima.

*24 novembre.*

Di questo popolo non saprei dire se non che è un popolo allo stato di natura e che, pur vivendo in mezzo alla magnificenza e alla maestà della religione e delle arti, non è dissimile d'un capello da quel che sarebbe, se vivesse nelle caverne e nelle selve. Ciò che colpisce il forestiero, e che oggi è ancora l'argomento delle conversazioni (ma solo delle conversazioni) di tutta la città, sono gli omicidî, del resto all'ordine del giorno. Quattro persone sono state assassinate soltanto nel nostro quartiere nelle ultime tre settimane. Oggi, un egregio artista, lo svizzero Schwendimann,[49] artista in medaglie, ultimo allievo di Hedlinger,[50] è stato aggredito, proprio come il Winckelmann. L'assassino, col quale s'era azzuffato, gli ha inferto una ventina di coltellate e al sopraggiungere degli sbirri lo scellerato si è suicidato. Ciò che del resto qui non si usa: l'omicida al solito ripara in una chiesa, e buona notte.

Dovrei quindi, per mettere anche un po' d'ombra nei miei quadri, dilungarmi un po' intorno a delitti e a miserie, a terremoti e a inondazioni; ma in quest'ora l'eruzione del Vesuvio mette in moto la maggior parte dei forestieri e bisogna farsi violenza per non lasciarsi trascinare dietro a loro. Un tal fenomeno ha veramente qualche cosa del crotalo, che attira gli uomini irresistibilmente a sé. Siamo in un momento in cui si direbbe che tutti i tesori d'arte di Roma non contano nulla; tutti i forestieri interrompono il corso delle loro osservazioni e si precipitano a Napoli. Ma io voglio resistere, nella speranza che il vulcano riservi qualche sorpresa anche a me.

*1 dicembre.*

C'è qui il Moritz,[51] a noi già favorevolmente noto per il suo *Anton Reiser* e per le sue *Escursioni in Inghilterra*. È un'anima semplice, un uomo eccellente, la cui compagnia ci è molto cara.

A Roma, dove si vedono tanti stranieri, che non sempre visitano questa capitale del mondo per amore delle arti superiori, ma anche per divertirsi in altro modo, bisogna essere preparati a tutto. Vi sono certe arti inferiori, che richiedono abilità di esecuzione e inclinazione al mestiere, portate quasi alla perfezione e per cui si è cercato di interessare per l'appunto il forestiero.

Fra queste è la pittura ad encausto, la quale, mediante i suoi lavori preparatori e preliminari, poi mediante lo stesso lavoro d'encausto e checché altro le appartenga, può occupare meccanicamente ognuno, che si sia dedicato in certa misura all'acquerello, e mettere in rilievo, grazie alla novità dell'impresa, un merito artistico per sé mediocre. Vi son degli abili artisti, che danno lezioni e che, col pretesto dell'iniziazione, eseguiscono spesso la parte più delicata del lavoro; così che, quando il quadro rilevato dalla cera appare tutto fiammante nella sua cornice d'oro, la graziosa alunna rimane tutta stupita del proprio talento fino allora ignorato.

Un'altra dilettevole occupazione è quella di ricalcare le pietre incise sopra uno strato di fine argilla; ciò che riesce egregiamente anche con le medaglie, di cui si riproducono insieme le due facce.

Maggiore abilità, attenzione e diligenza richiede infine la preparazione stessa delle paste di vetro. Per tutte queste cose il Consigliere Reiffenstein possiede a casa sua, o per lo meno presso i suoi familiari, tutto il materiale occorrente.

*2 dicembre.*

Ho trovato qui per caso l'*Italia* dell'Archenholz. È incredibile come qui, sul luogo, un libello simile si raggrinza tutto: fate conto che sia messo proprio sui carboni accesi, finché a poco a poco diventa scuro, poi nero, e le pagine si accartocciano e finiscono in fumo. Indubbiamente, l'autore ha visto le cose; ma, per farsi perdonare la sua aria sprezzante e piena di sussiego, possiede troppo poche cognizioni e annaspa continuamente, sia che lodi sia che biasimi.

Questo bel tempo tiepido e tranquillo, non interrotto che talvolta da qualche giorno di pioggia, è per me, alla fine di novembre, una cosa affatto nuova. Approfittiamo del tempo bello per goderlo all'aria aperta, e del cattivo per passarlo in casa; si trova da per tutto argomento di diletto, di studio e di occupazione.

Il 28 novembre ritornammo nella Cappella Sistina e ci facemmo aprire la Galleria, dove si può veder più da presso la vôlta. Essendo molto stretta, ci si spinge innanzi con una certa difficoltà e con un apparente pericolo, lungo le sbarre di ferro; per cui chi soffre di capogiro non vi si azzarda. Ma tutto è compensato dallo spettacolo dell'immenso capolavoro. E in questo momento io sono talmente entusiasta di Michelangelo, che nemmen la Natura mi soddisfa più dopo di lui, non potendola vedere con occhi grandi come i suoi. Se ci fosse almeno un mezzo, per fissar bene nell'anima imagini tali! Certo, tutto quanto posso procurarmi di rami e di disegni delle sue opere, lo porterò con me.

Di qui siam passati alle Logge di Raffaello, ma (trovo appena il coraggio di dirlo) non si poteva più fermarvi lo sguardo. L'occhio s'era talmente dilatato e assuefatto alle grandi forme michelangiolesche e alla stupenda perfezione di tutte le parti, che non si poteva più fermarsi alla virtuosità e al giuoco degli arabeschi, e le stesse storie della Bibbia, per quanto belle, non potevano sopportarne il paragone. Rivedere spesso questi capolavori l'uno dopo l'altro, confrontarli a miglior agio e senza pregiudizî, procura necessariamente una grande gioia; perché ogni simpatia, in sulle prime, è unilaterale.

Ci recammo infine, sotto un sole forse troppo cocente, a Villa Pamfili,[52] i cui giardini offrono bei punti di vista, e vi rimanemmo fino a sera. Un grande prato, incorniciato da querce sempreverdi e da alti pini, era tutto cosparso di margherite, che volgevano le testoline verso il sole; e così si risvegliarono in me le mie speculazioni botaniche, che ripresi il giorno seguente durante una passeggiata a Monte Mario, a Villa Medici e a Villa Madama.[53] È molto interessante osservare il modo di comportarsi di una vegetazione che procede rigogliosa senza le interruzioni dovute al rigore del freddo. Qui non si vedono gemme, ma qui soltanto si apprende che cosa sia una gemma. L'albatro (*arbutus unedo*) sta adesso per fiorire, mentre maturano i suoi ultimi frutti; così l'arancio si presenta coi fiori e coi frutti, maturi o in tutto o in parte; quest'ultime piante però, se non siano circondate dalle case, in questa stagione vengono ricoperte. Il cipresso, l'albero più degno di rispetto quando sia vecchio e prosperoso, dà anche molto a riflettere. Quanto prima farò una visita all'Orto Botanico[54] e spero di impararvi parecchio. In generale, nulla è comparabile alla vita nuova, che lo studio di un paese nuovo offre a un uomo che sappia osservare. Benché io sia sempre quello stesso, mi pare d'esser mutato fino all'intimo midollo.

Per questa volta finisco, per riempire il prossimo foglio di miserie, di assassinî, di terremoti ed altre calamità. Così nei miei quadri non mancheranno le ombre.

*3 dicembre.*

La temperatura ha cambiato fino ad oggi quasi sempre di sei in sei giorni. Due giorni stupendi, uno coperto, due o tre di pioggia, poi di nuovo bel tempo. Io cerco di sfruttarli nel miglior modo, ciascuno alla sua maniera.

Questi splendidi oggetti son tuttavia per me sempre conoscenze nuove. Gli è che non siamo vissuti con loro, non siamo penetrati nella loro intimità. Alcuni ci attirano a sé con violenza tale, che di fronte ad altri si resta per qualche tempo indifferenti, e perfino ingiusti. Così, ad esempio, il Pantheon, l'Apollo di Belvedere, alcune teste colossali e, recentemente, la Cappella Sistina si sono così impadronite del mio spirito, che quasi non vedo null'altro più. Ma a che volersi eguagliare, piccoli come s'è, e abituati al piccolo, a tanta nobiltà, grandiosità e perfezione? E anche se questo fino a un certo punto fosse possibile, ci sentiamo incalzati da ogni lato da una folla immensa di cose, che si fanno innanzi ad ogni passo e ognuno reclama per sé il tributo dell'attenzione. Come cavarsi d'impaccio? Non altrimenti, che lasciando correre pazientemente e prestando particolare attenzione a quello che gli altri han fatto a nostro pro.

La Storia dell'Arte del Winckelmann, tradotta dal Feà (ultima edizione), è un'opera utilissima, che mi son procurato subito e che trovo di grande aiuto qui sul luogo in una egregia compagnia di interpreti e commentatori.

Anche le antichità romane cominciano a darmi diletto. Storia, iscrizioni, monete, delle quali non volevo sentir parlare, tutto mi si affolla innanzi. Quello che già nella Storia naturale, mi accade ora anche in quest'altro campo: qui infatti si riattacca tutta la storia del mondo ed io considero come un mio secondo natalizio, come una vera rinascita, il giorno in cui sono arrivato a Roma.

*5 dicembre.*

Nelle poche settimane che son qui, ho visto parecchi stranieri andare e venire, non senza stupirmi della leggerezza con cui tanta gente tratta questi oggetti degni di rispetto. Grazie a Dio, io non mi lascerò imporre da simili uccelli di passo, se alcun di loro mi parlerà, nel nord, di Roma; e nessuno mi farà pigliar collera; perché adesso posso dire d'aver veduto anch'io, e so, press'a poco, a che punto sto.

*8 dicembre.*

Abbiamo di quando in quando delle giornate stupende. La pioggia, che cade nel frattempo, fa rinverdire l'erba e la vegetazione dei giardini. Piante sempre verdi sorgono ancora qua e là, tanto da non far desiderare il fogliame delle altre. Nei giardini si vedono aranci carichi di frutta, in piena terra e senza ripari.

Pensavo di parlare diffusamente di una piacevolissima escursione a mare e d'una pesca che vi abbiam fatto; ma ecco che il nostro Moritz, rientrando una sera a cavallo, s'è rotto un braccio, in seguito a uno scivolone preso dalla bestia sul selciato levigato di Roma. Tutta la nostra letizia è andata in fumo e la piccola società n'è rimasta colpita come da una sciagura domestica.

*13 dicembre.*

Come son giubilante che abbiate preso la mia improvvisa scomparsa proprio com'io desideravo! Riconciliatemi ora anche con tutti gli altri, che potrebbero esserne rimasti male! Non ho voluto offender nessuno, e adesso non posso dir ancor nulla per giustificarmi. Dio mi guardi dall'urtarmi con qualche amico, con l'esporre le ragioni di quella mia decisione!

Mi sto riavendo solo ora a poco a poco del mio «salto mortale» e, più che godere, studio. Roma è tutto un mondo, e ci vogliono anni, anche soltanto per riconoscervi se stessi. Fortunati quei viaggiatori che vedono e se ne vanno.

Stamane mi son venute sott'occhio le *Lettere* che Winckelmann scriveva dall'Italia.[56] Con quanta commozione ne ho incominciata la lettura! Egli è arrivato qui trentun'anni or sono, in questa stessa stagione, povero illuso, anzi ancor più illuso di me, ma anch'egli era convinto, da buon tedesco, di dovere studiare sul serio, a fondo, con precisione, il mondo e l'arte antica. Come ha saputo egregiamente vincere gli ostacoli! E che cosa non è per me, in questi luoghi, il ricordo di tal uomo!

Oltre gli oggetti della Natura, che in tutti i suoi particolari è vera e conseguente, nulla parla a voce così alta come l'esempio di un valentuomo di talento, o come l'arte vera, che è altrettanto logica della Natura. Questo si può sentir bene qui a Roma, dove tanti capricci hanno imperversato e dove tante pazzie son rimaste eterne per forza di potenza e di ricchezza.

C'è un passo d'una lettera del Winckelmann al Franke, che mi ha fatto oltre modo piacere: «A Roma bisogna cercare tutte le cose con una certa flemma; altrimenti, vi prendono per francese. È a Roma, secondo me, la grande scuola di tutto il mondo; anch'io sono stato illuminato e provato».

Queste frasi s'adattano egregiamente al mio modo di osservare qui le cose; certo, fuori di Roma, non si ha un'idea di ciò che qui s'impara. Bisogna, per dir così, rinascere; e allora si rivedono le proprie idee d'una volta come si rivedrebbero i calzoncini corti dell'infanzia. L'uomo più volgare qui diventa qualche cosa; per lo meno acquista un'idea non volgare, anche se egli non può immedesimarsi nella sostanza di quella.

Questa mia vi arriverà per il nuovo anno. Buon capo d'anno dunque! Prima della sua fine, ci rivedremo; e non sarà piccola gioia. L'anno che volge al tramonto è stato il più importante della mia vita. Che io muoia o che duri ancora qualche poco, tutto sarà stato bene per me. Ed ora due righe per i piccoli.

Ai piccoli leggerete o racconterete quanto segue. Qui l'inverno non si vede; i giardini sono piantati ad alberi sempre verdi; il sole risplende chiaro e tiepido e la neve non si scorge che sulle montagne più lontane, a settentrione. I limoni, che sono piantati nei giardini lungo i muri, ora si vanno coprendo con tettoie di canna; ma gli aranci rimangono a cielo scoperto. Centinaia di frutti bellissimi pendono da tutti questi alberi, che non vengono tosati e non si mettono nei cassoni come da noi, ma prosperano felicemente in piena terra, in fila coi loro fratelli. Non si può imaginar nulla di più allegro di questo spettacolo. Con una piccola mancia ne potete mangiare quanti volete. Sono già maturi adesso; ma in marzo saranno ancora più saporiti.

Giorni sono ci siamo recati in riva al mare e abbiam fatto gettar le reti; ne son venute fuori, fra pesci, crostacei e piccoli mostri rari, le cose più curiose; anche il pesce che dà una scossa elettrica a chi lo tocca.

*20 dicembre.*

Eppure, tutto questo è più fatica e preoccupazione, che godimento. La rinascita, che mi trasforma dall'interno all'esterno, continua ad operare. Pensavo bene di imparare qui qualche cosa di vero; ma che dovessi ritornare così indietro a scuola, e disimparare tante cose e tante altre impararle da capo, non credevo; ora mi sono convinto e mi sono del tutto rassegnato: quanto più son costretto a rinnegare me stesso, tanto più ne son lieto. Sono come un architetto, che abbia voluto costruire una torre e abbia posto un fondamento cattivo; se ne accorge in tempo, interrompe animosamente tutto ciò che ha costruito, cerca di ampliare il suo progetto, di perfezionarlo, di assicurarsi meglio della sua base e già si rallegra in anticipazione della più sicura saldezza del futuro edificio. Voglia Dio che al mio ritorno in patria si possano sentire anche in me le conseguenze morali di una vita passata in un mondo così vasto! È infatti il sentimento morale che, assieme all'artistico, subisce un grande rinnovamento.

C'è qui il dottor Münter,[57] di ritorno dal suo viaggio in Sicilia. È un uomo pieno di energia e di fuoco. Non conosco i suoi propositi; ma sarà tra voi in maggio e potrà raccontarvi parecchie cose. Ha viaggiato in Italia due anni e non è soddisfatto degli Italiani, che non hanno preso abbastanza in considerazione le importanti commendatizie portate seco, le quali avrebbero dovuto aprirgli più di un archivio e di una biblioteca privata; ragioni per cui non ha veduto completamente esauditi i suoi desideri.

Ha raccolto delle belle monete[58]e possiede, come mi ha detto, un manoscritto, che riattacca la numismatica a caratteristiche precise, come quelle di Linneo. Lo Herder vorrà certo avere informazioni più minute in proposito; e forse si potrà averne una copia. Fare qualche cosa di simile, è possibile: speriamo anzi che riesca. Anche noi, presto o tardi, dovremo addentrarci in questo campo.

*25 dicembre.*

Comincio già ora a vedere le cose più interessanti per la seconda volta: al primo stupore succede una compenetrazione più intima e un sentimento più puro del valore dell'obbietto. Per appropriarsi il concetto più alto di ciò che gli uomini hanno prodotto, lo spirito deve anzitutto raggiungere la perfetta libertà.

Il marmo è un materiale singolare: per questo l'Apollo di Belvedere, nell'originale, dà una gioia senza limiti; invece anche nella migliore riproduzione in gesso, l'afflato sublime di quella creatura viva nella libertà d'un'eterna giovinezza, subito si perde.

Dirimpetto a noi, a palazzo Rondanini, si trova una maschera di Medusa,[59] nel cui volto nobilmente bello, oltre la grandezza naturale, la rigidezza angosciosa della morte è espressa con indicibile potenza. Posseggo già una buona riproduzione, ma il fascino del marmo è svanito; la nobile semitrasparenza della pietra giallina, così vicina al colore della carne, non c'è più. In sua vece, la copia ha sempre qualche cosa di terreo, di esanime.

Eppure qual piacere non procura la visita ad un fonditore, nella cui officina le belle membra delle statue si vedono uscire ad una ad una dalla forma, ottenendosi così nuovi aspetti delle figure stesse. Si vede inoltre tutto in una volta ciò che si trova disperso per Roma: cosa utilissima per fare confronti. Io non ho saputo resistere alla tentazione di acquistare la testa colossale di un Giove.[60] Questo si trova ora di fronte al mio letto, in bella luce, in modo che posso subito rivolgergli la mia preghiera mattutina. Ma con tutta la sua imponenza e maestà, questo Giove ha dato occasione al più allegro incidente.

La nostra vecchia padrona di casa non entra in camera, per rifare il letto, se non è accompagnata dal suo gatto prediletto. Io mi trovavo nel salotto e udivo la vecchia intenta ai fatti suoi. A un tratto, con una furia e una violenza contrarie alle sue abitudini, ella apre la porta e mi grida: «Accorrete! un miracolo!» «Che c'è?» le domando. Ed ella: «Il gatto, in adorazione davanti al Padre Eterno. È un pezzo che ho osservato che quella bestia ha l'intelligenza d'un cristiano; ma questa volta è proprio un miracolo». Io corsi per vedere coi miei occhi, e infatti la cosa era abbastanza strana. Il busto del mio Giove riposa sopra uno zoccolo e il corpo è troncato molto al di sotto del petto, in modo che la testa arriva piuttosto in alto. Il gatto aveva fatto un salto sul tavolo, e, messe le zampe sul petto del dio, e distendendosi per quanto poteva, era arrivato col muso proprio fino alla sacra barba, che andava leccando con la maggior grazia del mondo, senza lasciarsi disturbare menomamente né dalle esclamazioni della padrona, né dal mio intervento. Mi guardai bene dal guastare la meraviglia della buona donna, ma per conto mio mi sono spiegato la strana divozione felina con la probabile circostanza che la bestia, dall'odorato squisito, s'era accorta del grasso colato dalla forma e rimasto nella cavità della barba.

*29 dicembre 1786.*

Ad onore del Tischbein devo dire ancora qualche cosa; come fra l'altro s'è procurata una cultura da sé, da autentico tedesco; devo anche soggiungere con gratitudine che durante il suo secondo soggiorno a Roma s'è occupato di me da vero amico, facendo eseguire per mio conto una serie di copie dai maestri migliori, quali a matita, quali a seppia e ad acquerello, che acquisteranno maggior valore in Germania per la lontananza degli originali e che a me richiameranno in mente le cose più preziose.

Nella sua carriera artistica il Tischbein, dedicatosi in principio al ritratto, ha avuto rapporti con eminenti personaggi, specialmente a Zurigo; e al loro contatto ha perfezionato il suo gusto ed allargato l'orizzonte delle sue idee.

Ho portato con me la seconda parte delle *Pagine Sparse*[61] [dello Herder], che hanno trovato un'ottima accoglienza. Dell'efficacia che ha avuto su me questo libretto, specie dopo una seconda lettura, dovrebbe essere informato lo Herder stesso, per sua ricompensa. Il Tischbein non riusciva a capire come si fosse potuto scrivere tali cose senza essere stati in Italia.

In questo ambiente d'artisti si vive come in una sala tutta adorna di specchi, in cui, sia pur contro voglia, si vede ripetutamente se stessi e gli altri. Io avevo notato che il Tischbein mi fissava spesso con attenzione; ora sappiamo che egli vuol fare il mio ritratto.[62] L'abbozzo è finito ed egli ha già montato la tela. Sarò ritratto in grandezza naturale, in costume da viaggiatore, avvolto in un mantello bianco, all'aperto, seduto sopra un obelisco rovesciato, nell'atto di contemplare le rovine della Campagna di Roma nello sfondo lontano. Riuscirà un bel quadro, ma forse troppo grande per le nostre stanze settentrionali. Io potrò ancora trovarvi una nicchia per me, ma il ritratto non vi troverà posto.

Con tutti i tentativi che fanno per strapparmi dalla mia oscurità; per quanto i poeti mi leggano o mi faccian leggere i loro lavori; e per quanto dipenda solo da me di rappresentare qui una parte, non mi lascio fuorviare, anzi, tutto questo mi diverte, perché ho già capito quello che a Roma si vorrebbe da me: i molti piccoli circoli ai piedi di questa regina del mondo mi hanno un po' l'aria del provinciale.

Anche qui tutto il mondo è paese, e quel che si vorrebbe fare di me, o col mio intervento, mi dà noia prima ancora che sia accaduto in realtà. Bisogna parteggiare per questi o per quelli, difendere i loro capricci e i loro intrighi, elogiare artisti ed amatori, deprimere rivali, prendere in santa pace tutto ciò che piace ai grandi ed ai ricchi. Ed io reciterò con gli altri tutta questa litania che farebbe scappare lontano le mille miglia? a quale scopo?

No, io non andrò più oltre, se non quel tanto che basti per conoscere anche queste faccende, e per rimaner soddisfatto, al mio ritorno, anche sotto questo aspetto e per far passar la voglia, a me stesso e agli altri, di correre il mondo. Io voglio vedere Roma, la Roma che resta, non quella che passa ad ogni decennio. Se avessi tempo, lo impiegherei meglio. La storia, osserverò in particolare, si legge qui ben diversamente che nel resto del mondo. Altrove, si legge dal di fuori al di dentro; ma qui sembra di leggerla dal di dentro al di fuori; tutto si schiera intorno a noi e tutto riprende il suo cammino da noi. E ciò vale non soltanto per la storia romana, ma per la storia universale. Da questa città io posso accompagnare i conquistatori fino alla Weser e fino all'Eufrate; o, se preferisco stare in ozio, posso aspettare il ritorno dei trionfatori nella Via Sacra. Intanto, mi sono nutrito di elargizioni di grano e di danaro e partecipo a tutta questa magnificenza con ogni mio comodo.

*2 gennaio 1787.*

Si può dire quello che si vuole a favore di una tradizione scritta od orale; ma nella maggior parte dei casi essa è insufficiente, non potendo comunicare il carattere proprio di un soggetto, nemmeno in materia di cose spirituali. Ma non appena si è visto bene e con sicurezza, si può anche bene ascoltare e leggere con interesse, perché tutto si riannoda a un'impressione viva, e allora si può riflettere e giudicare.

Voi vi siete presi beffa di me e spesso mi avete voluto impedire di considerare con particolare inclinazione, e da certi punti di vista ben determinati, minerali, piante ed animali: adesso rivolgo la mia attenzione agli architetti, agli scultori e ai pittori; imparerò a ritrovarmi anche in questo campo.

*6 gennaio.*

Ritorno or ora dal Moritz, al cui braccio, guarito, hanno tolto oggi l'apparecchio. Tutto procede benissimo. Quello che ho inteso e imparato in questi quaranta giorni trascorsi al suo capezzale come infermiere, confessore, uomo di fiducia, ministro delle finanze e segretario particolare, mi potrà esser utile per l'avvenire. Durante questo tempo, le sofferenze più acute e le soddisfazioni più nobili si son sempre fatte compagnia.

Con mio grande giubilo, ieri ho collocato nel salotto una copia della testa colossale di Giunone, il cui originale è esposto a Villa Ludovisi.[63] È stata il mio primo amore a Roma, ed ora la posseggo. Non vi son parole, che possano renderne un'idea; è un canto di Omero.

Ma io ho ben meritato anche per l'avvenire l'intimità di una così buona compagnia; perché, ora ve lo posso annunziare, l'*Ifigenia* è finalmente compiuta, vale a dire, mi sta qui sul tavolo in due esemplari abbastanza uniformi, l'un dei quali sta per emigrare fra voi. Accoglietela benevolmente! Certo, non è in queste pagine che si troverà ciò che avrei dovuto, ma si potrà almeno indovinare ciò che ho voluto fare.

Vi siete lagnati talvolta di alcuni passi oscuri nelle mie lettere, accennanti a qualche cosa che mi opprime in mezzo a questi spettacoli di magnificenza. Colpa non piccola ne ha avuto questa mia Greca, compagna di viaggio, che mi ha costretto a lavorare, quando avrei dovuto contemplare.

Mi ricordo di quell'ottimo amico, preparatosi ad un grande viaggio, che si sarebbe ben potuto chiamare viaggio di scoperta. Dopo parecchi anni di studi e d'economie, gli venne anche in mente alla fine di rapire la figlia d'una famiglia distinta, pensando con ciò di prendere due piccioni a una fava.

Non minor delitto fu il mio, che mi decisi di portar meco l'*Ifigenia* a Carlsbad. Vi dirò brevemente in quali luoghi mi sono specialmente intrattenuto con lei.

Varcato il Brennero, la tolsi di fra il pacchetto più grande e me la posi accanto. Sulle rive del Garda, mentre l'ôra impetuosa sbatteva le onde contro la spiaggia ed io mi trovavo per lo meno così solo come la mia eroina sulla spiaggia di Tauride, tracciai le prime linee della nuova redazione, continuata poi a Verona, a Vicenza, a Padova, ma con particolare amore a Venezia. In seguito il lavoro rimase interrotto, anzi io stesso mi lasciai andare a una nuova invenzione, a comporre cioè un'*Ifigenia in Delfi*, ciò che avrei fatto senz'altro, se non m'avessero trattenuto le distrazioni e un sentimento di dovere verso la redazione precedente.

A Roma il lavoro fu continuato con una certa assiduità. La sera, prima di coricarmi, preparavo il mio còmpito per l'indomani e appena sveglio mi mettevo all'opera. Il mio metodo era semplicissimo: copiavo il brano tranquillamente, e lo sottoponevo riga per riga, periodo per periodo, alle regole della metrica. Quel che ne è risultato, giudicherete voi. Con questo metodo ho più imparato che fatto. Quanto al lavoro per sé, farò seguire altre osservazioni.

Per discorrere un altro poco di cose attinenti alla Chiesa, vi dirò che abbiam passato la notte di Natale girando per la città e visitando le chiese dove si celebravano le funzioni. Molto frequentata è una[64] specialmente, il cui organo e l'orchestra sono combinati in modo da render tutti i suoni d'una cantata pastorale, senza farvi mancare né le zampogne, né il cinguettio degli uccelli, né il belato del gregge.

Il primo giorno di Natale ho veduto in San Pietro il papa con tutta la sua Corte. Celebrava la messa cantata in parte assiso sul trono, in parte innanzi a questo. Spettacolo unico nel suo genere, pieno di magnificenza e di nobiltà. Ma io sono ormai tanto invecchiato nel mio diogenismo protestante, che tanto splendore mi deprime più che non mi esalti. Sarei tentato di dire anch'io, come il mio pio predecessore, a questi sacri conquistatori del mondo: Non nascondetemi il sole dell'arte sublime e dell'umanità pura!

Oggi, festa dell'Epifania, ho visto e ascoltato la messa, secondo il rito greco. Queste cerimonie mi sembrano più imponenti, più severe, più austere e nel tempo stesso più popolari di quelle latine.

Mi sono anche accorto d'esser diventato troppo vecchio per tutto, tranne che per il vero. Le funzioni di questa gente, gli spettacoli d'opera, le processioni e i balletti, tutto scivola senza lasciar traccia su di me, come l'acqua sopra un'inceratina. Invece, un effetto della natura, come il tramonto del sole da Villa Madama, un'opera d'arte come la mia Giunone adorata mi fanno un'impressione profonda e duratura.

Mi sento già venire i brividi a pensare al teatro. La prossima settimana se ne apriranno sette. C'è qui anche l'Anfossi[65] e si darà *Alessandro in India*. Si rappresenterà del pari un *Ciro* e la *Presa di Troia*, balletto. Qui sì, potrebbero divertirsi i nostri piccoli!

*10 gennaio.*

Eccovi dunque la figlia del dolore. *Ifigenia* merita quest'epiteto per più d'una ragione. Avendola letta a una cerchia di nostri artisti, ho sottolineato alcune righe delle quali parte corressi, secondo il mio modo di vedere, parte lasciai intatte: chi sa che lo Herder non voglia aggiungervi due righe. Io mi ci sono affaticato inutilmente.

Se poi da parecchi anni ho preferito pei miei lavori di scrivere in prosa, la ragione vera è che la nostra prosodia naviga ancora in alto mare: gli amici miei, collaboratori intelligenti ed esperti, lasciano la soluzione di non poche difficoltà al sentimento e al gusto, così che ogni direttiva va perduta.

Non avrei mai osato di ridurre l'*Ifigenia* in giambi, se con la *Prosodia*[66] del Moritz non mi fosse apparsa una stella polare. La consuetudine con l'autore stesso, specialmente durante la sua infermità, mi ha ancor più illuminato su questo punto ed io prego gli amici di dedicarvi la loro benevola attenzione.

Nella nostra lingua noi non possediamo, cosa strana, che poche sillabe, che siano decisamente brevi o lunghe. Con le altre, si procede secondo il gusto o il capriccio. Ora il Moritz è riuscito a scoprire una certa gerarchia fra le sillabe, in modo che quella che, secondo il senso, ha più importanza, è lunga, rispetto a quella che ne ha meno, e la fa breve; mentre essa può diventar breve alla sua volta, quando si trovi vicina ad un'altra, il cui contenuto sia più forte. Esiste qui dunque un punto d'appoggio, e se non tutte le difficoltà sono con ciò superate, si ha tuttavia un filo conduttore, al quale affidarsi. Io ho chiesto più volte consiglio a questa massima e l'ho trovata in armonia col mio modo di sentire.

Avendovi parlato più sopra d'una lettura della mia tragedia, dirò brevemente come la cosa è andata. Quei giovani, abituati ai miei precedenti lavori tutti passione e movimento, s'aspettavano da me qualche cosa di «berlichinghiano»[67] e si son trovati quindi disorientati di fronte alla movenza tranquilla dell'*Ifigenia*; con tutto questo, i passi più nobili e puri non son rimasti senza effetto. Il Tischbein, al quale pure non poteva entrare in capo quest'assenza quasi totale di passione, ha trovato un grazioso paragone o simbolo, in proposito. Egli ha paragonato la mia tragedia ad un sacrificio, il cui fumo, soffocato da una lieve pressione atmosferica, striscia a terra, mentre la fiamma tende più liberamente al cielo. E ne ha fatto un disegno molto simpatico ed espressivo, che accludo nella presente.

E così questo lavoro, che pensavo di poter finire in breve, mi ha tenuto occupato e sospeso, affaccendato e tormentato tre mesi intieri. Non è la prima volta che tratto le cose più importanti come secondarie, ma su questo punto non disputiamo e non sofistichiamo troppo.

Con la presente[68] mando pure un grazioso cammeo: un leoncino, con un tafano, che gli ronza intorno al naso. Gli antichi prediligevano questo soggetto e lo hanno riprodotto spesso. Amerei che ve ne serviste per suggellare le vostre lettere e perché con questa piccolezza una qualche eco d'arte si faccia sentire fra voi e me.

*13 gennaio.*

Quante cose avrei da dirvi ogni giorno, ma quanto lavoro e quante distrazioni mi impediscono di mettere giudiziosamente un po' di nero sul bianco! Aggiungete le giornate alquanto rigide, durante le quali si sta meglio da per tutto tranne che nelle stanze senza stufa e caminetto, buone solo per dormire o per starvi male. Non tacerò tuttavia di alcune cose occorsemi la settimana passata.

A palazzo Giustiniani[69]c'è una Minerva, alla quale ho consacrato tutta la mia venerazione. Il Winckelmann ne fa appena accenno, e anche questo non è proprio al suo posto, mentre io non mi sento degno abbastanza per parlarne. Stavamo osservando la statua, trattenendoci a lungo, quando la moglie del custode ci raccontò che quella era stata una volta l'imagine di una Santa, e che gli inglesi, i quali professano la sua religione, avevano ancora per costume di venerarla e di baciarle la mano; questa infatti è perfettamente bianca mentre tutto il resto della statua è diventato scuro. Una signora di questa religione, ella aggiunse, un giorno arrivò nel palazzo, si gettò a ginocchi e adorò la statua: atto così bizzarro, cui ella, da buona cristiana, non aveva potuto assistere senza ridere e senza uscir dalla sala per non scoppiare. Ma poiché anch'io mostravo di non voler lasciare la statua, la custode mi domandò se non avessi per caso un'innamorata somigliante a questo marmo, che mi attirava tanto. La buona donna non capiva che l'adorazione e l'amore; ma della ammirazione pura per una nobile opera d'arte, della venerazione fraterna per lo spirito umano, non poteva avere nemmeno l'idea. Noi rimanemmo edificati per il racconto della signora inglese e ce n'andammo col desiderio di ritornare, come è vero che presto vi ritornerò. Se i miei amici desiderano di sentire in proposito qualche parola più precisa, leggano quello che dice il Winckelmann intorno allo stile sublime dei Greci. Purtroppo, in quel passo egli non ricorda questa Minerva. Ma, o io m'inganno, o essa è veramente di questo stile elevato e severo, che trapassa nel bello; è il bocciolo nel momento in cui si schiude;

ed ecco una Minerva, al carattere della quale questo trapasso si adatta a meraviglia.

Ed ora, a ben altro spettacolo. Il giorno dell'Epifania, festa della buona novella annunciata ai pagani, siamo andati a Propaganda. Qui, alla presenza di tre cardinali e di numeroso uditorio, si è tenuta da prima una conferenza sul tema: in qual luogo i Re Magi furono ricevuti da Maria; se nella stalla, o altrove. Quindi, dopo la recita di alcune poesie latine su lo stesso argomento, si presentarono l'uno dopo l'altro una trentina circa di alunni, che lessero delle poesiole, ognuno nell'idioma nativo: malabar, epirota, turco, moldavo, ellenico, persiano, colchico, ebraico, arabo, sirio, cophto, saraceno, armeno, iberico, madagascarese, islandese, boio, egizio, greco, isaurico, etiopico e poi altri ancora, per me inintelligibili. I vari componimenti sembravano composti per lo più secondo la metrica e recitati secondo l'arte del dire nazionali; non vi mancavano infatti ritmi e accenti barbarici. Il greco soltanto pareva come una stella nella notte. L'uditorio rideva sfrenatamente a tutti questi suoni esotici, e così anche questa rappresentazione finì in una farsa.

Un ultimo fatterello, per dimostrare con quanta confidenza si trattano nella santa Roma le cose sacre. Il defunto cardinale Albani[70] assisteva a una delle solennità or ora descritte. Quando uno degli alunni, rivolto ai cardinali, cominciò in un suo sermone ad abbaiare: *gnaia, gnaia!* che suonava, a un di presso, come: *canaglia, canaglia!* il cardinale si piegò verso i suoi confratelli e mormorò: «Ecco uno che ci conosce!»

Quante cose non ha portato a compimento il Winckelmann, e quante ce ne ha lasciate a desiderare! Egli ha costruito così rapidamente coi materiali che si era appropriati, per mettere se stesso al coperto. Se vivesse ancora (e potrebbe essere ancora vegeto e forte) sarebbe il primo a darci un rimaneggiamento della sua opera. Quante cose non avrebbe egli ancora osservate, quante rettificate; e come si sarebbe avvantaggiato di tutto ciò che altri hanno osservato e compiuto secondo i suoi principî; quante altre infine non avrebbe egli disseppellite e scoperte! E poi sarebbe morto il cardinale Albani, per amor del quale ha in parte scritto, in parte forse taciuto parecchie cose!

*15 gennaio.*

Finalmente hanno rappresentato l'*Aristodemo*, con molto successo e grandi applausi. Poiché l'abate Monti appartiene alla famiglia del nipote del Papa[71] ed è molto apprezzato nelle alte sfere, c'era anche da fondarvi tutte le speranze. I palchi non sono stati certo avari di applausi. Quanto alla platea, questa fu subito conquistata dal bello stile del Poeta e dalla esecuzione eccellente degli attori, tanto che non si è trascurata occasione per manifestare il proprio compiacimento. Anche le poltrone degli artisti tedeschi si son distinte, ed han fatto benissimo questa volta, perché la nostra colonia è di solito alquanto severa.

L'autore era rimasto in casa tutto preoccupato per l'esito dello spettacolo; ma alla fine di ogni atto, arrivavano messaggi favorevoli, che a poco a poco convertivano le sue ansie nel più grande giubilo. Alla rappresentazione non mancheranno adesso le repliche, e tutto procede nel miglior modo possibile. Così, con le cose più antitetiche, purché ciascuna abbia un suo merito ben definito, si può ottenere ad un tempo l'approvazione della folla e quella degli intendenti.

Del resto, anche la rappresentazione è stata molto encomiabile: il protagonista, che riempie di sé tutta la tragedia, ha recitato superbamente; pareva veramente di veder sulla scena un sovrano antico. Avevano poi trasportato egregiamente sulle scene quei costumi che a noi sembrano così imponenti nelle statue e si vedeva che ogni artista aveva studiato il mondo antico.

*16 gennaio.*

Una grave perdita minaccia l'arte di Roma. Il re di Napoli farà trasportare l'Ercole Farnese[72] nella sua capitale. È un lutto per tutti gli artisti; ma intanto, vedremo in questa occasione qualche cosa che i nostri predecessori non han visto mai.

La statua, dalla testa alle ginocchia, oltre i piedi e lo zoccolo sul quale poggiano, era stata ritrovata in una proprietà Farnese; mancavano però le gambe, dal ginocchio alla caviglia, che sono state sostituite da Guglielmo Della Porta. Su queste l'Ercole si reggeva fino al presente. Nel frattempo sono state ritrovate, in un terreno dei Borghese, le vere gambe antiche, che furono anche esposte a Villa Borghese.

Ora il principe Borghese ha risoluto di offrire in omaggio al re di Napoli gli avanzi preziosi. Le gambe del Della Porta vanno via, si stanno sostituendovi le gambe autentiche e, benché fino adesso nessuno si sia lagnato delle prime, tutti ora si ripromettono uno spettacolo nuovo e un godimento estetico più armonioso di prima.

*18 gennaio.*

Ieri, festa di S. Antonio Abate, ci siamo divertiti per bene. Faceva il più bel tempo del mondo; gelo nella notte precedente, ma giornata serena e calda.

Tutte le religioni, è risaputo, le quali hanno allargato il loro culto o le loro speculazioni, han dovuto finire con l'ammettere in certa misura anche gli animali a partecipare alle grazie spirituali. Ed ecco Sant'Antonio, abate o vescovo che sia, patrono dei quadrupedi; la cui festa è giorno di saturnale, sia per le bestie che per i loro guardiani e conducenti. In questo giorno, tutti i signori devono restarsene a casa oppure uscire a piedi. Si raccontano anche delle storie paurose: di signori increduli, ad esempio, che hanno voluto per forza uscire in questa giornata coi loro cavalli, ma che ne sono stati puniti da gravi disgrazie.

La chiesa del santo[73] sorge in un piazzale così vasto, che sembra quasi un deserto; ma oggi era più che mai tutto pieno di animazione. I cavalli e i muli, con le criniere e le code intrecciate di bei nastri, alcuni dei quali splendidi, vengono condotti davanti alla cappelletta a poca distanza dalla chiesa; e qui un prete, munito d'un grande aspersorio, spruzza energicamente e senza risparmio l'acqua benedetta, raccolta in secchie e tinozze, contro le brave bestie, talvolta con la maliziosa intenzione di eccitarle. I cocchieri devoti portano ceri grandi e piccoli, i padroni mandano offerte e regali, affinché gli utili e preziosi animali siano preservati per tutto l'anno da ogni infortunio. Anche gli asini e gli animali cornuti, non meno utili e preziosi ai loro proprietarî, prendono la loro modesta parte alla cerimonia della benedizione.

Dopo di che, ci siamo ricreati con una grande escursione, sotto un cielo sì bello, sempre in mezzo agli oggetti più interessanti; ai quali tuttavia non abbiam prestato questa volta che scarsa attenzione, per abbandonarci piuttosto alla pazza gioia.

*19 gennaio.*

Il grande Re,[74] della cui gloria era pieno il mondo, e le cui gesta lo avevan perfino reso degno del Paradiso dei cattolici, ha dunque detto addio a questa valle terrena, per conversare con gli eroi suoi pari nel regno delle ombre. Giova non far troppo rumore, mentre si porta un mortale come questo all'eterno riposo.

Oggi ci siamo dati bel tempo: dopo d'aver visitata una parte del Campidoglio, da me fin qui trascurato, traghettammo il Tevere e bevemmo del vino di Spagna a bordo di un barcone di recente approdato. Si vuole che in questi paraggi siano stati trovati Romolo e Remo; ed ecco come, celebrando quasi una duplice o triplice Pentecoste, si può inebriarsi ad un tempo del sacro spirito delle arti, dell'atmosfera più dolce, di reminiscenze archeologiche e di vino soave.

*20 gennaio.*

Ciò che in sul principio, se considerato superficialmente, procura una sensazione piacevole, finisce con l'opprimere non appena si avverte che non esiste gioia vera, senza una conoscenza profonda.

Posseggo una discreta preparazione agli studi anatomici e mi sono procurato, fino a un certo punto, e non senza fatica, la conoscenza del corpo umano. Qui si è continuamente riportati a questo studio, ma in un modo più elevato, dall'osservazione quotidiana delle statue. Da noi invece, con la nostra anatomia medico-chirurgica, si tratta semplicemente di conoscere l'organo, e a tal uopo può bastare anche un muscolo pur che sia. A Roma gli organi non significano nulla se nel tempo stesso non presentano una bella forma.

Nel grande ospedale di Santo Spirito[75] si trova preparata ad uso degli artisti una bellissima figura di uomo scorticato, che suscita l'ammirazione di tutti. Lo si direbbe un semidio tratto dalla vagina delle membra, un Marsia autentico.

È anche consuetudine, sull'esempio degli antichi, di studiare lo scheletro non come una maschera di ossa messe assieme con bell'artifizio, ma con tutte le giunture per le quali riceve vita e movimento.

Se ora aggiungo che anche la sera ci occupiamo di studi di prospettiva, sarà manifesto che non stiamo in ozio. Con tutto questo, si spera sempre di far di più di quello che realmente si fa.

*22 gennaio.*

Quanto al gusto degli artisti tedeschi e alla loro vita d'arte in questa città, si può dire che si sentono i suoni, ma non l'armonia. A pensare da quali splendide opere d'arte siamo circondati e quale scarso profitto ne traggo, starei per disperare; tuttavia ripenso ancora con gioia al mio ritorno, nella speranza di arrivare un giorno a conoscere i capolavori, dei quali finora non ho che conoscenze imperfette.

Intanto anche a Roma si fa troppo poco per coloro che attendono seriamente a uno studio generale. Costoro sono costretti a raggranellare tutto faticosamente da rovine sterminate, per quanto d'inesauribile ricchezza. Certo non tutti gli stranieri si prefiggono sul serio di vedere e d'imparare a fondo. Essi seguono i loro grilli, i loro capricci, come bene osservano tutti coloro che hanno da fare coi forestieri. Ogni cicerone ha le sue vedute particolari, e tende ora a raccomandare un negoziante, ora a favorire un artista. E perché no? non sono forse le cose migliori, che quegli ignoranti rifiutano, fra quante vengono loro offerte?

Un vantaggio straordinario sarebbe derivato agli studî, si sarebbe anzi creato un mezzo unico nel suo genere, se il governo, il quale deve dare il permesso d'esportazione per qualsiasi oggetto antico, avesse imposto volta per volta di ritrarlo prima in gesso. Ma se tale idea fosse venuta in mente a qualche pontefice, avrebbe incontrato l'opposizione di tutti: in pochi anni, infatti, sarebbero rimasti spaventati del valore e dell'importanza degli oggetti esportati, mentre tutti sanno ottenere di contrabbando e con ogni mezzo, nei singoli casi, la rispettiva licenza.

Già da tempo, ma specialmente dopo la rappresentazione dell'*Aristodemo*, s'è risvegliato il patriottismo dei nostri artisti tedeschi. Non hanno trascurato occasione di lodare la mia *Ifigenia*; singoli brani mi sono stati anche richiesti ed io mi son visto finalmente costretto a ripetere la lettura di tutta la tragedia. Così ho scoperto anche qualche passo, che usciva più snodato dalla recitazione che non sulla carta. Indubbiamente la poesia non è fatta per gli occhi.

Un'eco di questo successo è arrivata fino al Reiffenstein e ad Angelica,[76] sicché ho dovuto tenere un'altra lettura del mio lavoro. Ho chiesto che mi fosse concessa una dilazione, ma ho esposto subito la favola e lo svolgimento della tragedia con una certa precisione. La mia esposizione mi ha conquistato il loro favore più che non supponessi; perfino il signor Zucchi, dal quale me lo sarei meno aspettato, vi ha preso un interesse vivo e sincero. Ciò si spiega col fatto che il lavoro si avvicina alla forma da lungo tempo familiare della poesia greca, italiana e francese; forma che rimane sempre meglio accetta a quanti non sono ancora abituati alle audacie inglesi.[77]

*25 gennaio.*

Mi diventa sempre più difficile di dar conto della mia dimora a Roma. Come si trova il mare sempre più profondo quanto più in alto si naviga, così succede a me con lo studio di questa città.

Non è possibile rendersi ragione del presente senza lo studio del passato; ma il confronto di tutti e due richiede più tempo e più calma. La stessa posizione di questa capitale del mondo ci riporta alla sua fondazione. Si avverte subito che qui non ha stabilito la sua dimora un gran popolo migrante e ben diretto, per fissarvi opportunamente il centro d'un impero, non è stato un principe potente che l'ha scelta come sede adatta allo stanziamento di una colonia. Al contrario, furono dei pastori e gente di malaffare, che cominciarono a crearsene un rifugio, e due baldi giovani gettarono le fondamenta dei palazzi per i signori del mondo proprio su quel colle,[78] a pie' del quale il capriccio del fondatore li aveva un giorno insediati fra la palude e il canneto. Così, i sette colli di Roma non sono già delle alture opposte al terreno che si stende dietro di loro, bensì contro il Tevere, e contro l'antico letto del Tevere, che poi divenne il Campo Marzio. Se la primavera mi consentirà altre escursioni, descriverò più diffusamente questa posizione infelice. Ma fin da ora, sento di partecipare vivamente alle grida e ai lamenti delle donne di Alba,[79] che si vedono distruggere la loro città e son costrette ad abbandonare la loro bella sede, già prescelta da un abile condottiero, per fissar loro stanza fra le nebbie del Tevere, occupare il miserabile Celio e di qui rivolgere lo sguardo verso il loro paradiso perduto. Conosco ancora poco questa regione, ma sono convinto che nessun paese del mondo antico è sorto in una peggior posizione di Roma; ma poiché alla fine i Romani ebbero tutto inghiottito, dovettero allargarsi con le loro ville nuovamente alla periferia e spingersi fino alle sedi delle città distrutte, per vivere e per godere la vita.

Offre occasione a considerazioni tranquille, il vedere qui quanta gente conduce vita ritirata e come ognuno si regola a suo talento. In casa d'un prete, che, senza grande intelligenza naturale ha dedicato tutta la sua vita all'arte, abbiamo veduto delle copie molto interessanti di eccellenti quadri, da lui riprodotti in miniatura. Ottima fra tutte, la Cena di Leonardo da Vinci.[80] Il momento riprodotto è quello in cui Cristo, seduto amicamente a tavola, dice ai suoi discepoli: «Eppure, uno è fra voi, che mi tradisce».

Si spera di ottenere un'incisione o da questa copia, o da altre, che stan per essere eseguite. Sarà il più grande regalo per il pubblico, una riproduzione fedele di questo gioiello.

Giorni sono, ho fatto una visita al p. Jacquier,[81] francescano, che abita alla Trinità de' Monti. Francese di nascita, noto per le sue opere di matematica, molto innanzi negli anni, è un uomo molto amabile e intelligente. Al tempo suo ha conosciuto gli uomini più insigni; ha passato, fra l'altro, alcuni mesi con Voltaire,[82] che ebbe per lui molta benevolenza.

Molti altri valentuomini ho imparato a conoscere, che qui sono innumerevoli, ma si tengono l'un dall'altro in disparte per non so qual diffidenza pretesca. Anche il movimento librario non agevola alcuna relazione e le novità letterarie di solito non hanno importanza.

Giova, così, al solitario, visitare gli eremiti. Dopo la rappresentazione dell'*Aristodemo*, per il cui successo noi tedeschi abbiamo realmente spiegata tanta attività, mi si voleva indurre un'altra volta in tentazione; ma era troppo evidente che non si trattava della mia persona; piuttosto, di rafforzare il proprio partito e di servirsi di me come d'uno strumento. Se avessi voluto far la mia figura e dichiararmi per l'uno o per l'altro, avrei rappresentato, come un fantasma, una parte piuttosto breve. Adesso però, che han capito come con me non ci sia nulla da fare, mi lasciano stare ed io vado tranquillo per la mia via.

Sì, la mia esistenza si è caricata di una zavorra, che le conferisce il necessario peso; non ho più paura dei fantasmi, che così spesso si prendevan giuoco di me. Coraggio! voi mi sosterrete in equilibrio, e mi ricondurrete ancora a voi.

*28 gennaio.*

Non voglio trascurare di esporre due riflessioni, che s'insinuano da per tutto e alle quali si è tratti incessantemente a sottomettersi; tanto più che ora mi son diventate perfettamente chiare.

Anzitutto, data la ricchezza immensa, per quanto frammentaria, di questa città, di fronte ad ogni singolo oggetto d'arte si è indotti a domandarsi in qual tempo esso abbia avuto la sua origine. Dal Winckelmann siamo continuamente stimolati a distinguere le varie epoche e a discernere il vario stile di cui i popoli si son serviti e che poi con l'andar del tempo hanno a poco a poco perfezionato, per finire col corromperlo. Non c'è vero amico dell'arte che non sia convinto di ciò: riconosciamo tutti la giustezza e l'importanza di questo postulato.

Ma come arrivare a tale intuizione! Lavori preparatori ve n'ha pochi; il concetto è esposto esattamente e splendidamente; ma i particolari son rimasti in un'incertezza oscura. È necessario un esercizio severo dell'occhio per parecchi anni; e conviene prima imparare, per poter poi domandare. A nulla giova l'esitare; l'attenzione su questo punto importante è ormai desta, e ognuno, che prenda sul serio la cosa, vede chiaro che anche in questo campo non è possibile un giudizio, se non si sia in grado di elaborarlo dal punto di vista storico.

La seconda riflessione riguarda esclusivamente l'arte dei Greci e mira a indagare come quegli artisti incomparabili abbiano proceduto, per sviluppare dalla figura umana il ciclo dell'opera divina completamente conchiuso, al quale non manca né un solo carattere fondamentale né quelli di passaggio o di transizione. Ho un sospetto, che essi abbiano seguite quelle stesse leggi, dalle quali procede la natura e di cui io sono sulle tracce. Resterebbe ancora qualche cosa da dire, ma io non saprei esprimerla.

*2 febbraio.*

Non si può concepire la bellezza d'una passeggiata per le vie di Roma al chiaro di luna, se non si è visto questo spettacolo. Tutti i particolari restano assorbiti dalle grandi masse della luce e dell'ombra; solo i più grandi quadri di assieme si presentano all'occhio. Da tre giorni noi abbiamo goduto completamente le notti più chiare e più splendide. Un colpo d'occhio singolarmente bello offre il Colosseo. La notte, rimane chiuso; vi ha la sua abitazione, nella cappella accanto, un eremita e alcuni mendicanti stanno accovacciati sotto le vôlte in rovina. Questi avevano acceso un fuoco sulla nuda terra e un vento lieve spingeva appena il fumo verso l'arena, in modo che la parte più bassa delle rovine ne rimaneva coperta e le mura sterminate emergevano in alto più cupe. Noi ci siamo fermati presso al cancello, ad osservare. Brillava, alta, la luna, e a poco a poco il fumo, che sfuggiva attraverso le pareti, le fessure, le aperture, ne fu illuminato come una nebbia. Lo spettacolo era meraviglioso. È con questa illuminazione che si deve vedere il Pantheon, il Campidoglio, il peristilio di San Pietro ed altre piazze e vie principali. Così il sole e la luna, non meno che lo spirito umano, hanno qui un còmpito del tutto diverso che in altri luoghi; qui, dico, dove al loro sguardo si offrono delle masse sterminate sì, ma fuse in una artistica linea.

*13 febbraio.*

Devo far cenno d'un incidente piacevole, per quanto di poco conto. Una fortuna, grande o piccola che sia, è sempre una fortuna e fa sempre piacere. Alla Trinità dei Monti si stan facendo degli scavi, per le fondamenta di un nuovo obelisco,[83] è tutto un cumulo di terriccio, già appartenente alle rovine dei giardini di Lucullo, che poi son diventati quelli dei Cesari.

Il mio parrucchiere passa per di là di buon mattino e trova fra le macerie un pezzo liscio di terra cotta con delle figure; lo ripulisce e ce lo porta a vedere. Io ne faccio acquisto senz'altro. Non è più grande di una mano e sembra aver fatto parte dell'orlo di un grande piatto. Rappresenta due grifi presso a un tavolo espiatorio; sono di ottima fattura e mi piacciono oltre ogni dire. Se fossero in un cammeo, me ne farei un grazioso suggello.

Sto facendo collezione di molti altri oggetti, di cui nulla è inutile o frivolo, ciò che qui sarebbe impossibile; al contrario tutto è istruttivo e importante. Ma ciò che vale di più, è quello che raccolgo nel mio spirito e che, mentre aumenta di continuo, può moltiplicarsi sempre.

*15 febbraio.*

Non ho potuto sottrarmi, prima della mia partenza per Napoli, a un'altra lettura della mia *Ifigenia*. Uditori furono madama Angelica e il consigliere Reiffenstein, cui volle aggiungersi anche lo Zucchi, poiché ne aveva espresso il desiderio sua moglie. In questi giorni lo Zucchi lavora ad un grande disegno architettonico, che sa eseguire egregiamente nel genere decorativo. È stato anche in Dalmazia col Clerisseau,[84] dopo d'essersi associato con lui nel disegnar figure di edifici e rovine, che poi il Clerisseau ha pubblicato. In tal modo ha potuto imparare la prospettiva e l'effetto, e, nella sua età avanzata, se ne può ancora occupare degnamente e con diletto.

Quell'anima sensibile di Angelica ha accolto con incredibile commozione il mio lavoro; e mi ha promesso di farne un disegno, che io terrò per suo ricordo. Proprio ora, che m'accingo a lasciare Roma, mi sento teneramente legato a queste brave persone; e provo un sentimento piacevole e doloroso ad un tempo nel vedere che anche loro non mi lasciano partire senza rincrescimento.

*16 febbraio.*

L'arrivo felice dell'*Ifigenia* mi è stato annunziato con una gradita sorpresa. Mentre andavo al teatro dell'opera, mi fu portata una lettera di mano ben nota, doppiamente gradita questa volta, perché col leoncino per suggello, presagio del felice arrivo del pacchetto. Entrato in teatro, cercai di trovarmi un posto, fra la folla estranea, sotto il lampadario; e mi sentii trasportato dalla nostalgia così vicino ai miei, che avrei voluto balzar loro incontro ed abbracciarli. Vi ringrazio di cuore di avermi dato il semplice annunzio dell'arrivo. La vostra prossima lettera la accompagnerete, mi auguro, con una buona parola di approvazione.

Accludo un elenco dei varî esemplari delle mie opere, che sto aspettando dal Goeschen, con la lista degli amici fra i quali devono essere distribuiti; se mi è del tutto indifferente l'accoglienza che farà il pubblico a questi miei scritti, desidero di procurare qualche soddisfazione almeno ai miei amici.

Forse mettiamo troppa legna sul fuoco. A pensare ai miei ultimi quattro volumi in blocco, mi sento venir le vertigini; se invece li prendo ad uno ad uno la cosa va.

Non sarebbe stato meglio mandare per il mondo, secondo la mia prima risoluzione, tutti questi scritti frammentariamente, e trattare con freschezza di lena e di forze soggetti nuovi, pieni di interesse vivo per me? Quanto non avrei fatto meglio a scrivere l'*Ifigenia a Delfi*, anziché frastornarmi coi grilli del *Tasso*! Eppure, anche in questo ho già messo ormai troppo di me, per troncarlo adesso senza alcun frutto.

Mi sono accampato nell'antisala presso al caminetto, e il calore d'un fuoco questa volta ben nutrito mi dà ancora la lena di incominciare un altro foglio: è troppo bello, potersi spingere con la freschezza dei propri pensieri così lontano, e trasportare anzi i propri intimi in mezzo a questi pensieri per virtù della semplice parola. Il tempo è splendido; le giornate si allungano visibilmente e già fioriscono i lauri, i bossi ed anche i mandorli. Stamane ho avuto la sorpresa d'uno spettacolo singolare: vedevo in lontananza degli alti alberi slanciati, rivestiti del più bel violetto. Osservando meglio, riconobbi l'albero, noto nelle nostre serre sotto il nome di albero di Giuda, il *cercis siliquastrum* dei botanici, che produce i suoi fiori a figura di farfalle direttamente dal tronco. I rami slanciati che avevo osservato da prima, erano stati rimondati durante l'inverno e così i bei fiori dalla tinta carica uscivano a migliaia dalla corteccia. Le primule sbucano dal terreno come formiche; il croco e l'adone si vedono più raramente, ma sono altrettanto più graziosi.

Quali soddisfazioni, quante cognizioni non mi procurerà il Mezzogiorno, e quali altri buoni risultati non ne ricaverò! I fenomeni della natura sono un po' come i prodotti dell'arte: per quanto se ne sia scritto, ognuno che li osserva può trovare sempre nuovi rapporti.

Pensando a Napoli o addirittura alla Sicilia, si resta sorpresi a sentir raccontare o al vedere nelle illustrazioni, come in questi paradisi del mondo l'inferno dei vulcani si spalanchi di tratto in tratto con violenza, immergendo da secoli coloro che lo abitano e lo godono, nel terrore e nella disperazione.

Ma io preferisco soffocare in me la speranza di ammirare questi imponenti spettacoli, per sfruttare ben bene, prima della mia partenza, il mio soggiorno nella antica capitale del mondo.

Da quindici giorni sono in moto da mattina a sera; ciò che non ho visto ancora, vado a vederlo, e vado a rivedere le cose più importanti, per la seconda e la terza volta. Così tutto si riordina un poco; perché mentre le cose più notevoli mi si schierano ora al loro giusto posto, trovo un po' di posto, fra loro, anche per molte altre di minor conto. Le mie simpatie si precisano e si decidono, e il mio spirito ora può finalmente, con un interesse più tranquillo, librarsi verso ciò che v'ha di più grande e di più vero.

Invidiabile è certamente, a questo proposito, l'artista, il quale mediante la riproduzione e l'imitazione, si avvicina ancor più e in tutti i modi a quelle grandi intuizioni e le comprende meglio di colui che le osserva o le pensa. Ma, tutto sommato, ognuno deve fare quel che può; ed io spiego tutte le mie vele per compiere il periplo intorno a tutta questa costiera.

Il caminetto questa volta è riscaldato come si deve e le più belle braci si accumulano innanzi a me, cosa rara in questo paese, dove non si ha tanto facilmente il tempo e la voglia di dedicare un paio d'ore d'attenzione al fuoco del camino. Nel frattempo approfitterò di questa buona temperatura, per fissare sui miei quaderni alcune osservazioni, per metà già scolorite.

Il due febbraio siamo andati nella Cappella Sistina, per assistere alla cerimonia della benedizione dei ceri. Ma non era cosa per me, e me ne sono andato via ben presto con gli amici. Pensavo infatti: ecco qua precisamente i ceri, che da tre secoli anneriscono questi affreschi stupendi, ed ecco l'incenso che, con santa sfrontatezza, non solo avvolge di vapori il sole unico dell'arte, ma di anno in anno lo offusca sempre più e finirà con l'immergerlo nella tenebra.

Uscimmo quindi all'aria aperta e dopo una lunga passeggiata arrivammo a S. Onofrio, dove in un angolo è sepolto il Tasso. Il suo busto si trova nella biblioteca del convento; il volto è di cera, formato probabilmente dalla maschera. Non senza qualche indeterminatezza e qualche guasto, dà tuttavia, meglio di qualsiasi altro suo ritratto, l'impressione di un uomo geniale, pieno di finezza e di sensibilità, quanto chiuso in se stesso.

E basta per oggi. Ora voglio studiarmi un po' la seconda parte dell'ottimo Volkmann, che comprende Roma; e precisamente le cose che non ho ancora veduto. Prima della mia partenza per Napoli, la messe vuol per lo meno esser falciata; arriveranno anche i giorni per legarla in covoni.

*17 febbraio.*

Il tempo si mantiene incredibilmente, indicibilmente bello; per tutto il febbraio, salve quattro giornate di pioggia, il cielo è stato puro e sereno; verso mezzogiorno, fa per fin troppo caldo. E già tutti cercano la campagna aperta; quanto a noi, se fino ad ora ci siam potuti occupare solo di dèi e di eroi, ecco che il paesaggio reclama improvvisamente i suoi diritti e ci attrae nei dintorni, ravvivati dalle giornate splendide. Ricordo talvolta come gli artisti del nord si affaccendano a cogliere qualche motivo dai tetti di paglia e dai castelli in rovina, e quanta pena si danno, presso a un torrentello, a un cespuglio, a un cumulo di pietre infrante, per sorprendervi qualche effetto pittorico; io stesso sono oggetto di meraviglia a me stesso, al constatare come, dopo una così lunga consuetudine, si possa essere ancora tanto attaccati a tutte queste cose. Ma da una quindicina di giorni ho preso coraggio: sono uscito con la mia cartella, ho percorso i colli e le vallate dei Castelli, e, senza pensarci su più che tanto, ho buttato giù degli interessanti soggettini di carattere completamente meridionale e romanesco, ai quali ora, con l'aiuto della fortuna, mi studio di dar luce ed ombra. È singolare come si possa vedere e conoscere chiaramente ciò che è bene e ciò che è meglio, ma, quando si tratta di appropriarselo, tutto ci sfugge di mano, e finiamo con l'acchiappare non quel che è bene, ma quello cui eravamo abituati. Solo mediante un esercizio ordinato si potrebbe far progressi; ma come trovare il tempo e il raccoglimento necessarî! Intanto, grazie a questo appassionato travaglio che dura da quindici giorni, mi sento anche di molto migliorato.

Gli artisti m'insegnano con piacere, perché comprendo rapidamente. Se non che, altro è comprendere, altro è fare; afferrare con prontezza è una dote dello spirito; ma per produrre qualche cosa di buono, occorre l'esercizio di tutta la vita.

Con tutto questo, l'amatore, per quanto deboli siano le sue forze, non deve perdersi d'animo. I pochi tratti, che butto sulla carta, spesso precipitosi, di rado esatti, mi agevolano la rappresentazione degli oggetti sensibili; perché è più facile elevarsi al generale, quando si osservino i particolari con maggiore esattezza e precisione.

Non si deve però confrontare se stesso con l'artista, sì procedere secondo la propria maniera; perché la natura provvede per tutti i suoi figli e il più meschino non è inceppato nella sua esistenza dall'esistenza del più valente. «Un piccolo uomo è anche un uomo!»[85] e non parliamone più.

Ho visto il mare due volte: prima l'Adriatico, poi il Mediterraneo; ma la mia è stata una semplice visita. A Napoli faremo conoscenza più intima. Tutte le voci si fan sentire in me in una volta sola: perché non prima? perché non con minor dispendio? Quante cose, alcune anche del tutto nuove, non avrei da dirvi!

*17 febbraio, sera.*
*Mentre la baldoria carnevalesca dilegua.*

Mi spiace di lasciare solo il Moritz, alla mia partenza. Egli è sulla buona via; ma, quando cammina per suo conto, cerca subito i suoi prediletti nascondigli. Lo ho indotto a scrivere allo Herder e accludo la lettera; desidero una risposta che contenga qualche cosa di positivo e di utile. Il Moritz è un valentuomo, come pochi; e avrebbe fatto maggior cammino, se di tratto in tratto avesse incontrato due persone capaci e ben disposte a illuminarlo circa la sua situazione. Presentemente, non potrebbe stringere una relazione più benefica per lui, di quella con lo Herder, se questi gli permettesse di scrivergli, di tanto in tanto. Si sta occupando egregiamente di un lavoro archeologico,[86] che meriterebbe di essere incoraggiato. L'amico Herder potrebbe difficilmente interporre i suoi buoni uffici per miglior causa e spargere i buoni ammaestramenti in terreno più propizio.

Il grande ritratto, che il Tischbein si è assunto di farmi, comincia a prendere già un rilievo. Egli si è fatto allestire da un valente scultore un modellino in creta e lo ha drappeggiato, con molto gusto, di un mantello. Adesso dipinge alacremente su questo modello, dovendo il ritratto essere portato fino a un certo punto, prima della nostra partenza per Napoli; e una tela così vasta, ci vuol del tempo, anche solo a coprirla di colore.

*19 febbraio.*

Il tempo continua a mantenersi bello oltre ogni dire. Ma questa giornata, l'ho passata, con mio rincrescimento, fra le pazzie del carnevale. Sul far della notte, ho ripreso fiato a Villa Medici,[87] la luna nuova è passata ed ho potuto discernere ad occhio nudo, accanto all'esile falce, quasi tutto il disco oscuro; col cannocchiale poi, perfettamente. Sopra la terra fluttua quel vapore di giorno, che non si vede se non nei quadri e nei disegni del Lorrain:[88] fenomeno che, in natura, è difficile veder meglio di qui. Adesso cominciano a spuntar dalla terra fiori, di cui io non conosco ancora il nome, e nuove fiorite sugli alberi; un'altra apparizione nuova sono i mandorli in fiore, fra il verde cupo della querce. Tutto il cielo è una pezza di raso illuminata dal sole. Che cosa non sarà a Napoli! Quasi tutto è già verde e tutto risveglia i miei grilli botanici; sono infatti sulla via di scoprire nuovi e meravigliosi rapporti: come cioè la Natura, questo mirabile mostro che a nulla assomiglia, possa sviluppare dal semplice la più grande varietà.

Il Vesuvio erutta cenere e lapilli, e di notte i napoletani vedono il cono rosseggiante. Che la Natura sempre desta ci faccia dono d'un torrente di lava! Adesso non posso più aspettare il momento in cui anche questi fenomeni mi diventino familiari.

*Mercoledì delle Ceneri. 21 febbraio.*

Finalmente le pazzie carnevalesche sono terminate. Anche gli innumerevoli moccoli di ieri sera erano uno spettacolo da matti. Bisogna averlo visto, il carnevale romano, per perdere del tutto la voglia di rivederlo. Descrivere questa baldoria è fatica sprecata; ma a discorrerne a voce potrebbe anche divertire. Intanto è spiacevole aver la sensazione che a tutta questa gente la gioia vera sia estranea e che le manchi il denaro per dar la stura a quel po' di divertimento, che ancora potrebbe procurarsi. I gran signori vivono economicamente e si tengono indietro, la borghesia è povera, il popolo indolente. In questi ultimi giorni c'è stato un baccano inverosimile, ma di letizia sincera nemmeno l'idea. Il cielo, inesprimibilmente bello e sereno, guardava queste stravaganze sempre pieno di nobiltà e di purezza.

Non essendo possibile riprodurre simili scene, vi mando, per fare stare allegri i ragazzi, alcune maschere carnevalesche e alcuni caratteristici costumi romaneschi disegnati ed illuminati; per i nostri piccoli, potranno tener luogo di qualche capitolo, che non si trova nell'*Orbis pictus*.[89]

Mentre faccio le valigie, approfitto dei momenti di sosta, per riparare a qualche ommissione. Domani si parte per Napoli.

Gioisco fin da ora al pensare a tante cose nuove, che per me saranno anche indicibilmente belle; e spero di riacquistare, in quel paradiso della natura, nuova libertà e nuova lena per ritornare poi, in questa austera Roma, allo studio dell'arte.

Il far le valigie non mi costa fatica; me ne occupo a cuor più sollevato che sei mesi fa, quando mi stavo strappando da tutto che avevo di caro e di prezioso. Sì, sono già sei mesi; ma dei quattro, che ho passato a Roma, non ho perduto un momento; ciò che vuol dir molto, senza tuttavia dir troppo.

So che l'*Ifigenia* è arrivata; possa io apprendere alle falde del Vesuvio che ella è stata accolta benevolmente!

Fare questo viaggio in compagnia del Tischbein, che possiede un occhio così geniale sia per la natura che per l'arte, è per me della massima importanza: tuttavia da buoni tedeschi, non sappiamo liberarci dal far progetti e programmi di lavoro. Abbiamo fatto acquisto della carta più bella per i disegni che abbiamo in mente di eseguire, benché la dovizia, la bellezza e lo splendore degli oggetti saranno molto probabilmente di ostacolo alla nostra buona volontà.

Una cosa son riuscito ad impormi: di tutti i miei lavori poetici, non porterò meco che il *Tasso*; ma su lui fondo le mie migliori speranze. Se sapessi adesso ciò che voi pensate dell'*Ifigenia*, mi servirebbe di norma. Si tratta infatti d'un lavoro somigliante; l'argomento è forse ancor più tenue, e vuol essere meglio elaborato nei particolari. Ma non so ancora bene ciò che ne uscirà. Quel che ho fatto fin qui deve essere distrutto completamente; è stato troppo a dormire; né i personaggi, né la condotta, né l'intonazione del lavoro hanno la più lontana parentela con le mie vedute presenti.

Nel mettere in ordine le mie carte, mi son venute tra mano alcune care lettere vostre e, nel rileggerle, ho notato il rimprovero che mi fate di certe contraddizioni nelle lettere mie. Io non posso, veramente, essermene accorto, perché quello che scrivo lo spedisco subito; ma la cosa sembra molto probabile anche a me: io sono in fatti trascinato di qua e di là da forze sovrumane ed è ben naturale che non sappia sempre dove io mi sia.

Si racconta d'un marinaio, che, sorpreso da una notte di tempesta in mezzo al mare, si sforzava di guadagnare la riva. Un suo figliuoletto, accosciato accanto a lui nelle tenebre: «Papà», gli disse, «che può essere quel lumicino, quel folletto, che si vede laggiù, ora sopra ora sotto di noi?». Il padre promise che la spiegazione gliel'avrebbe data il giorno dopo. Risultò infatti che era la fiamma del faro, che, all'occhio ondeggiante fra quei selvaggi marosi ora in alto ora in basso, appariva ora in basso ora in alto.

Anch'io veleggio verso un porto, in un mare agitato dalle passioni; anch'io seguo troppo con l'occhio la fiamma del faro, ma, per quanto mi sembri che essa cambi posto, finirò tuttavia col guarire, toccando la sponda.

Nell'ora della partenza, ci ritornano involontariamente alla memoria le partenze precedenti e si pensa anche a quella che ci aspetta, e sarà l'ultima; ma io mi sento oppresso, e più che mai, anche dalla riflessione che noi facciamo troppi, ma troppi preparativi per vivere. Ecco che ora anche il Tischbein ed io stiamo per volger le spalle a tante cose magnifiche, e perfino al nostro ben fornito museo privato. Abbiamo, l'una accanto all'altra per poter fare il confronto, tre Giunoni, e noi le lasciamo, come se non ce ne fosse neppur una.

# PARTE SECONDA

# NAPOLI

*Velletri, 22 febbraio 1787.*

Siamo arrivati qui di buon'ora. Già l'altr'ieri il tempo s'era rabbuiato: le giornate bellissime ce ne avevan portate altre coperte, ma qualche indizio nell'aria presagiva che tutto si sarebbe accomodato; ciò che realmente accadde. Le nubi a poco a poco si sono squarciate, qua e là è apparso il sereno e finalmente il sole ha rischiarato il nostro cammino. Siamo passati per Albano, dopo di esserci soffermati prima di Genzano all'ingresso di un parco, tenuto (non dico mantenuto) dal suo proprietario, il principe Chigi, nel modo più strano: costui non vuol nemmeno che i passanti vi diano più che uno sguardo. Intanto vi si è formato un vero groviglio: alberi e cespugli, erbacce e tralci crescono come vogliono, si fanno secchi, cadono, marciscono. E tutto va bene, e tutto anzi va per il meglio. Il piazzale davanti all'ingresso è bello oltre ogni dire. Un'alta muraglia chiude il vallone, una cancellata permette di dare un'occhiata all'interno, quindi s'innalza la collina, sulla quale sorge il castello. Sarebbe un quadro del più grande effetto, se lo volesse fare un vero artista.

Per finirla con le descrizioni, dirò soltanto che, nel momento in cui davamo uno sguardo dall'alto ai monti di Sezze alle Paludi Pontine, al mare e alle isole, imperversava sopra le Paludi, in direzione del mare, un forte acquazzone, in modo che la luce e l'ombra, in movimentata alternativa, animavano la pianura solitaria con le scene più varie. Un bellissimo effetto producevano inoltre parecchie colonne di fumo illuminate dal sole, che salivano dalle capanne sparse qua e là e a mala pena visibili.

Velletri[1] è in bellissima posizione, sopra una collina vulcanica che, collegata da altre colline solo verso nord, offre la più ampia veduta verso le tre altre direzioni.

Abbiamo veduto il museo del cavaliere Borgia,[2] il quale, grazie alla sua parentela col cardinale e alle sue aderenze colla Propaganda, è riuscito a mettere insieme oggetti antichi preziosi ed altre cose curiose: idoli egiziani di pietra durissima, figurine in metallo d'epoca remota e recente, scavate nei dintorni, e quei bassorilievi di terracotta, pei quali si vorrebbe attribuire agli antichi Volsci uno stile tutto proprio.

Molte altre rarità d'ogni fatta possiede questo museo. Ho notato due cofanetti cinesi lavorati a seppia; sui lati dell'uno è riprodotto l'allevamento completo dei bachi da seta, sull'altro la coltivazione del riso: l'uno e l'altra d'un'estrema ingenuità e gran finitezza di esecuzione. Ogni cofanetto, non meno del suo involucro, è d'una rara bellezza e non scomparirebbe nemmeno a fianco al codice da me già ammirato nella biblioteca di Propaganda.

È certamente imperdonabile che un tal tesoro, a due passi da Roma, non sia visitato più spesso. Posson servire però di scusa la poca comodità di tutte le escursioni in questi paraggi e il potente fascino dell'Urbe. Nel recarci alla locanda, alcune donne sedute innanzi alla porta ci hanno domandato se anche noi non volessimo acquistare degli oggetti antichi; e poiché ci siamo mostrati tutt'altro che restii, sono andate a prendere delle vecchie casseruole, delle molle pel fuoco e non so che altri utensili di cucina senza alcun valore, ridendo a crepapelle per averci presi in giro. Montammo allora su tutte le furie, ma il nostro cicerone riuscì a rabbonirci, asserendo che quella era una burla tradizionale del paese, alla quale tutti i forestieri devon pagare il loro tributo.

Scrivo tutto questo in una pessima locanda, né mi sento la forza e la lena di continuare. Felicissima notte, dunque!

*Fondi, 23 febbraio.*

Alle tre di stamane eravamo già in cammino. All'alba ci trovammo fra le Paludi Pontine, che non hanno poi quel triste aspetto col quale son descritte comunemente a Roma. Di un'impresa così vasta e complessa quale è il progettato prosciugamento, non si può certo dare un giudizio attraversandole di sfuggita; ma mi sembra che i lavori ordinati dal papa raggiungeranno lo scopo desiderato per lo meno in gran parte.

Si imagini un'ampia vallata, che si stende da nord a sud in un lieve pendio, troppo bassa ad est verso le montagne, troppo alta ad ovest dalla parte del mare. Per tutta la lunghezza passa in linea retta l'antica Via Appia, restaurata; e alla sua destra il canale principale, lungo il quale l'acqua scorre dolcemente. Grazie a questo canale il terreno a destra verso il mare vien prosciugato e ridotto a cultura; infatti è coltivato a perdita d'occhio, o potrebbe esser coltivato se trovasse dei mezzadri, tranne in alcuni tratti che declinano troppo in basso.

La parte a sinistra, verso la montagna, offre maggiori difficoltà per essere bonificata. Vi sono bensì dei canali traversali, che immettono, sotto la via maestra, nel canale principale; ma, per l'inclinazione del suolo verso la montagna, non è possibile liberarlo dall'acqua con questo mezzo; si aprirà quindi, a quanto si dice, un secondo canale al piede dei monti. Dei buoni tratti, specialmente verso Terracina, sono disseminati di salici e di pioppi.

Le stazioni di posta non consistono che in un lungo pagliaio. Tischbein ne ha disegnato uno, e in compenso si è goduto uno di quei divertimenti che sa godere solo lui. Un cavallo bianco s'era sfrenato sopra il terreno prosciugato e, approfittando della libertà, caracollava qua e là come un raggio di sole sopra il bruno del suolo: spettacolo veramente superbo, ma che l'entusiasmo del Tischbein rendeva ancor più caratteristico.

Dove un tempo sorgeva Mesa,[3] il papa ha fatto costruire un grande e bell'edificio, che può esser considerato come il centro della pianura. A vederlo, si accresce la speranza e la fiducia in tutta l'impresa. Noi continuammo il nostro cammino, conversando animatamente, sempre memori della raccomandazione che lungo questo tratto non è bene farsi cogliere dal sonno; in realtà, il vapore azzurrino, che già in questa stagione fluttua a una certa altezza sopra il suolo, ci fa pensare a qualche ondata di malaria. Tanto più lieta e gradita ci parve la posizione di Terracina, appollaiata sulla roccia. Avevamo appena finito di goder quella veduta, che arrivammo anche in vista del mare. Poco dopo, l'altro lato della città e della roccia ci offrì anche lo spettacolo di una nuova vegetazione: i fichi d'india allungavano le loro grandi e tozze foglie grasse fra il verde sbiadito degli umili mirti sotto il verde dorato dei granati e quello pallido degli ulivi; nuovi fiori e cespugli non mai visti si offrivano lungo il cammino al nostro sguardo; narcisi e anemoni fiorivano sui prati. Per un certo tratto, il mare rimane a destra; ma le rocce calcaree restano a sinistra, sempre a noi vicine. Queste sono una continuazione degli Appennini, che si partono da Tivoli e raggiungono il mare, dal quale sono staccate prima mediante la Campagna di Roma, poi dai vulcani di Frascati, di Albano, di Velletri e infine dalle Paludi Pontine. Probabilmente anche il monte Circello, promontorio dirimpetto a Terracina, dove finiscono le Paludi, è composto di roccia calcarea.

Lasciando il mare, arrivammo ben presto nella sorridente pianura di Fondi. Questo angolo di terra fertile e ben coltivata, racchiuso da montagne non troppo aspre, non può non sorridere a chiunque lo percorra. Le arance pendono tuttora dagli alberi, la messe già verdeggia e per tutti i campi si vede frumento e olivi, con la cittadina nello sfondo. Ecco, solitaria, una palma; la salutiamo. Basti così per questa sera! Perdonate alla fretta della mia penna! Sono costretto a scrivere, senza pensare, tanto per mettere del nero sul bianco. Le cose interessanti son troppe, la stazione di posta pessima, ma il desiderio di confidare qualche cosa alla carta, troppo ardente. Siamo arrivati sul far della notte ed è ora di prendersi un po' di riposo.

*S. Agata* [*di Sessa*], *24 febbraio.*

Devo darvi notizie di una bella giornata, ma da una stanza gelida. Lasciata Fondi, che era l'alba, fummo subito salutati dagli aranci che pendevano sopra i muri d'ambo i lati della via. Gli alberi ne sono stracarichi, quanto è possibile immaginare. In alto, il fogliame tenero è di color giallognolo, ma in basso e nel centro è del verde più marcato. Mignon non aveva torto di sentir la nostalgia di questo paese.

Proseguimmo quindi attraverso campi ben coltivati a grano, e piantati a giusta distanza ad olivi. Il vento, agitandoli, faceva vedere la parte inferiore delle foglie color d'argento, mentre i rami si curvavano svelti e graziosi. La mattinata era coperta; ma una forte tramontana prometteva di diradare le nubi.

La via attraversa quindi la valle fra campagne ingombre di pietre, ma ben tenute, ricche di messi verdeggianti. In alcuni punti si scorgono degli spazî rotondi lastricati, circondati da muriccioli, dove si battono senz'altro le spighe, senza bisogno di trasportarle a casa nei covoni. La valle si restringe sempre più e la via è in salita; rocce calcaree spiccano da ambo i lati. Alle nostre spalle il temporale si faceva sentire con più violenza. Cadeva qualche fiocco, che si scioglieva molto lentamente.

La vista di alcuni muri di antiche costruzioni a reticolato fu una lieta sorpresa. Più in alto le terrazze sorgono sulla roccia, ma vi sono piantati degli ulivi, dovunque li può accogliere il più piccolo spazio di terreno. Un'altra spianata di ulivi, un'altra cittadina. Abbiamo visto altari, tombe antiche, frammenti d'ogni sorta sparsi nel recinto dei giardini, e poi dei pianterreni di vecchie ville molto ben costruiti ma ora ingombri di terra e ricoperti da macchie di ulivi. Infine giungemmo in vista del Vesuvio, che aveva una colonna di fumo sul cono.

Anche Mola di Gaeta ci ha accolti gioiosamente coi suoi superbi aranceti. Vi sostammo alcune ore. Il golfo davanti alla cittadina offre una delle più belle vedute; il mare si spinge fino ai suoi piedi. Percorrendo con lo sguardo la riva destra fino all'estremo corno della mezzaluna, ecco la fortezza di Gaeta sopra uno scoglio. Il corno a sinistra si protende ancor più lontano; da prima s'incontra una catena di monti, poi il Vesuvio, poi le isole. Ischia si adagia dirimpetto, quasi nel centro.

Sulla spiaggia, ho trovato qui le prime stelle e i primi ricci di mare allo scoperto; quindi una bella foglia, verde e fine come la più fine carta velina, e varie pietruzze curiose, per lo più di calcare comune, ma anche di serpentino, diaspro, quarzo, breccia silicea, granito, porfido, marmi diversi e vetro di color verde-azzurro. Questi ultimi minerali non sono probabilmente prodotti locali, ma piuttosto frantumi di costruzioni antiche: ed ecco come davanti ai nostri occhi le onde si trastullano con la magnificenza del mondo antico. Ci siamo soffermati con piacere in questo punto, interessandoci anche all'aspetto degli abitanti, che ci sono parsi semi-selvaggi. Allontanandosi da Mola, si gode sempre una bella veduta, anche se il mare ci abbandona. L'ultimo colpo d'occhio fu una graziosa miniatura, che disegnammo. Seguono ora delle buone masserie, racchiuse da siepi di aloe. Scorgemmo anche un acquedotto, che dalla montagna si protendeva in direzione di un ammasso confuso di rovine.[6]

Più in là si passa il Garigliano. La via sale quindi sopra una montagna, attraverso zone abbastanza fertili. Nulla di straordinario. Finalmente, ecco la prima collina di cenere vulcanica.[7] Qui incomincia una vasta e superba regione di monti e di valli, al di sopra della quale emergono in fondo cime bianche di neve. Sul colle vicino, una lunga cittadina,[8] che si offre con grazia allo sguardo. Nella valle, Sant'Agata.[9] E qui ci accoglie una locanda di una certa pretesa, in cui un fuoco ben nutrito scoppietta sotto la cappa di un camino, disposto come un salotto da ricevere. Ma intanto la nostra stanza è gelida. Niente finestre, ma soltanto imposte di legno; e mi tarda di far punto.

*Napoli, 25 febbraio.*

Finalmente eccomi arrivato felicemente anche qui, e sotto buoni auspici. Di questa giornata di viaggio basti dire che abbiam lasciato S. Agata al levar del sole, con un vento che soffiava con violenza alle nostre spalle: vento di tramontana, che non cessò per tutta la giornata, ma che a mezzogiorno spazzò la nuvolaglia. Il freddo ci ha fatto soffrire.

Percorremmo una via sempre attraverso colline vulcaniche, nelle quali tuttavia mi è parso notare ancora la presenza di qualche roccia calcarea; finalmente raggiungemmo la pianura di Capua, e poco dopo Capua stessa, dove facemmo la nostra sosta meridiana. Nel pomeriggio ci si aprì innanzi una bella campagna tutta in piano, mentre la via maestra tagliava in due i solchi delle messi verdeggianti. Il grano si stende come un tappeto alto non meno di una spanna. I pioppi sono piantati in fila nei campi, e sui rami bene sviluppati si arrampicano le viti. Questo spettacolo continua fino a Napoli. Il terreno è meravigliosamente pulito, friabile ed egregiamente lavorato. Le viti sono d'un vigore e d'un'altezza straordinaria, i pampini ondeggiano come una rete fra pioppo e pioppo.

Il Vesuvio si manteneva sempre alla nostra destra, fumigando con violenza; ed io mi compiacevo con me stesso di poter finalmente contemplare coi miei occhi anche questo meraviglioso spettacolo. Il cielo si rasserenò sempre più, tanto che alla fine il sole batteva fin troppo caldo su quella nostra cameretta a quattro ruote. Avvicinandoci a Napoli, l'atmosfera si era fatta completamente sgombra di nubi e noi ci trovammo veramente in un altro mondo. Le abitazioni coi tetti a terrazza facevan comprendere che eravamo in un clima diverso; ma non credo che nell'interno esse siano molto ospitali. Tutti sono sulla strada, tutti seggono al sole finché finisce di brillare. Il napoletano crede veramente d'essere in possesso del paradiso, e dei paesi settentrionali ha un concetto molto triste: «*Sempre neve, case di legno, grande ignoranza, ma danari assai*». Questa è l'idea che essi hanno delle cose nostre. A edificazione di tutte le popolazioni tedesche, questa caratteristica, tradotta, significa: «Immer Schnee, hölzerne Häuser, grosse Unwissenheit, aber Geld genug».

Napoli per sé si annunzia giocondamente, piena di movimento e di vita; una folla innumerevole s'incrocia per le vie; il re[10] è a caccia, la regina incinta,[11] e non si potrebbe desiderare nulla di meglio.

*Napoli, lunedì, 26 febbraio.*

«*Alla locanda del Sgr. Moriconi al Largo del Castello*».[12] Con questo indirizzo altrettanto giocondo che rimbombante ci potrebbero arrivare lettere da tutte le quattro parti del mondo. Nel rione del grande castello[13] in vicinanza del mare si apre un vasto piazzale, che tuttavia, benché sia chiuso ai quattro lati da case, non è detto piazza, ma *largo*; probabilmente da tempo remoto, quando esso era ancora aperta campagna. Ad uno dei lati di questo largo, sporge un casamento ad angolo. Qui prendemmo possesso di una spaziosa sala proprio all'angolo, che offre una veduta libera e lieta sopra il piazzale sempre in movimento. Un balcone di ferro gira davanti a parecchie finestre e svolta anche intorno all'angolo. Non si vorrebbe staccarsene mai, se il vento tagliente non si facesse troppo sentire.

La sala ha una decorazione gaia, specie la vôlta, i cui molti arabeschi in altrettanti cassetti preannunziano già la vicinanza di Pompei e di Ercolano. Tutto questo starebbe benissimo; ma non si vede né un caminetto né un braciere, mentre il febbraio fa sentir le sue ragioni anche in questo paese; io non vedevo l'ora di potermi un po' riscaldare.

Mi portarono un mobile a tre piedi, abbastanza alto per poterci tenere sopra comodamente le mani. Sul treppiedi era fissata una bacinella sparsa, piena di braci minute, che ardevano, accuratamente nascoste sotto la cenere. Tutto sta nell'adattarsi alla vita casalinga; e questo lo abbiamo imparato già a Roma. Con l'anello di una chiave di quando in quando si toglie via delicatamente la cenere di sopra le braci, in modo che queste rimangano sempre un poco a contatto dell'aria. Se si volesse invece ravvivare impazientemente una vampata, si sentirebbe sì, per un momento, maggior caldo, ma tutta la fiamma si consumerebbe presto e bisognerebbe far riempire di nuovo la bacinella, dietro compenso d'una piccola moneta.

Io non mi sentivo perfettamente bene e avrei desiderato certo qualche comodità di più. Una stuoia vegetale serviva a proteggerci dalle conseguenze del pavimento di mattoni; e poiché qui non si conoscono pellicce, mi son deciso a indossare un cappotto da marinaio, che avevamo portato con noi per burla, ma che mi ha reso buoni servizi, specialmente dopo di essermelo legato intorno alla vita mediante un cordone della valigia. Non potei a meno di trovar molto comica la mia figura, un *quid medium* fra il marinaio e il padre cappuccino. Il Tischbein, nel rincasare dopo certe sue visite ad amici, non seppe trattenersi dal ridere.

*Napoli, 27 febbraio.*

Ho trascorso la giornata di ieri in riposo, per curare una lieve indisposizione; oggi mi son dato alla pazza gioia, dedicando tutto il mio tempo a queste incomparabili bellezze. Si ha un bel dire, raccontare, dipingere; ma esse sono al disopra di ogni descrizione. La spiaggia, il golfo, le insenature del mare, il Vesuvio, la città, i sobborghi, i castelli, le ville! Questa sera ci siamo anche recati alla Grotta di Posillipo,[4] nel momento in cui il sole, tramontando, passa coi suoi raggi fino alla parte opposta. Ho perdonato a tutti quelli che perdono la testa per questa città e mi sono ricordato con tenerezza di mio padre, che aveva conservato un'impressione incancellabile proprio degli oggetti da me visti oggi per la prima volta. E come si suol dire che colui, al quale è apparso uno spettro, non può più esser lieto, così si potrebbe dire al contrario che non sarà mai del tutto infelice chi può ritornare, col pensiero, a Napoli. Quanto a me, ora son perfettamente tranquillo, a modo mio, e non apro gli occhi alla meraviglia, se non si tratti di cose veramente straordinarie.

*Napoli, 28 febbraio.*

Oggi abbiamo fatto visita a Filippo Hackert, il celebre paesista, che gode la speciale confidenza ed è nelle grazie del re e della regina. Gli è stata riservata un'ala del palazzo Francavilla, che egli ha fatto arredare con gusto d'artista e dove vive beatamente da signore. È un uomo molto preciso nei suoi atti, ma anche molto avveduto; e, pur lavorando senza tregua, sa godere la vita.

Ci siamo recati quindi in riva al mare a veder tirar fuori dall'acqua pesci di ogni sorta e dalle forme più strane. La giornata era splendida, la tramontana tollerabile.

*Napoli, 1 marzo.*

A Roma il mio umore lunatico di anacoreta si era dovuto rassegnare, più che non desiderassi, a qualche po' di vita mondana. Certo, sarebbe un'impresa curiosa l'andar girando il mondo per restare solo soletto. Così non ho potuto resistere nemmeno al principe di Waldeck,[15] che mi aveva invitato nella forma più cortese e che mi ha procurato il piacere di conoscere, grazie al suo grado e alle sue aderenze, parecchie cose buone. Eravamo appena arrivati in Napoli, dov'egli soggiorna da qualche tempo, quando ci pervenne l'invito a fare una gita con lui a Pozzuoli e nei dintorni. Proprio oggi, io avevo pensato al Vesuvio; ma il Tischbein ora mi costringe a quest'altra escursione, che, già piacevole per sé, ci promette anche non poco profitto, dato il tempo splendido e la compagnia d'un gran signore così compito e così colto. A Roma abbiamo già fatta la conoscenza d'una bella signora e di suo marito; anch'essa, inseparabile dal principe, sembra debba essere della brigata. Tutto promette una piacevolissima giornata.

Del resto io sono abbastanza noto a questa aristocratica compagnia per un incontro precedente. Il principe, in occasione della nostra prima conoscenza, mi domandava infatti di che cosa allora io mi occupassi. La mia *Ifigenia* mi stava talmente a cuore, che una sera ne potei fare un riassunto abbastanza preciso. Tutti approvarono; ma credo d'essermi accorto che da me si aspettavano qualche cosa di più vivo e di più forte.

*Sera.*

Sarebbe difficile dar conto d'una giornata come questa. Chi non sa che la lettura frettolosa d'un libro, il quale ci abbia trascinati irresistibilmente, ha esercitato la più grande influenza su tutta la nostra vita e ha prodotto subito un effetto, al quale una seconda lettura o una più matura riflessione non han potuto più tardi aggiungere che poco? Questo mi è accaduto una volta con la «Sakontala».[16] E non ci accade forse lo stesso con gli uomini di valore? Una gita in barca fino a Pozzuoli, delle piccole escursioni in carrozza, allegre scampagnate attraverso la regione più meravigliosa del mondo. Sotto il cielo più puro, il terreno più infido. Rovine d'un'opulenza appena credibile, tristi, maledette. Acque bollenti, zolfo, grotte esalanti vapori, montagne di scoria ribelli a ogni vegetazione, lande deserte e malinconiche,[17] ma alla fine una vegetazione lussureggiante, che s'insinua da per tutto dove appena è possibile, che si solleva sopra tutte le cose morte in riva ai laghi e ai ruscelli e arriva fino a conquistare la più superba selva di querce sulle pareti d'un cratere spento.

Così siamo continuamente palleggiati fra le vicende della natura e della storia. Si vorrebbe meditare, ma non ci sentiamo capaci. Intanto chi vive continua a vivere allegramente e noi stessi non abbiamo mancato di confermarlo. Uomini di cultura, di mondo e di vita, ma non insensibili agli ammonimenti d'un destino superiore, inclinati alla riflessione. Veduta senza confini sulla terra, sul mare, sul cielo, richiamata alla realtà dalla presenza d'una donna giovine e simpatica, abituata e non indifferente agli omaggi.

Ma fra tanta ebbrezza non ho mancato di fare alcune osservazioni. Per trascriverle ordinatamente in seguito mi saranno di ottimo aiuto la carta topografica di cui mi son servito sul posto e un rapido schizzo del Tischbein; oggi non mi è possibile di aggiungere la più piccola notizia. Il 2 marzo sono salito sul Vesuvio benché il tempo fosse coperto e il cono avvolto nelle nubi. Fino a Resina sono andato in carrozza, poi ho incominciato la salita sopra un muletto, attraversando i vigneti; ho proseguito finalmente a piedi, sopra la lava del 1771, già rivestita d'un muschio fine ma tenace. Più innanzi ancora, lasciammo in disparte la lava, trascurando la capanna dell'Eremita,[18] in alto a sinistra. Qui incomincia la salita della montagna di cenere, impresa da non prendersi a gabbo. Due terzi di questo cono erano coperti di nuvole. Finalmente raggiungemmo il vecchio cratere, ora tutto colmato, ritrovammo le lave recenti di due mesi, di quindici giorni ed una perfino di cinque giorni, già raffreddata. Ne guadagnammo la cima, percorrendo una collina vulcanica di recente formazione:

fumigava da tutte le parti. Il fumo fuggiva in direzione opposta a noi ed io mi decisi a salire fino al cratere. Ci eravamo spinti circa cinquanta passi fra il vapore, quando questo si fece sì denso che io non potevo vedere le mie scarpe. Tenere il fazzoletto innanzi alla bocca non serviva a nulla; anche la mia guida era scomparsa e i miei passi sopra i frantumi di lava erano sempre più incerti. Pensai bene di ritornare indietro, e di riservarmi l'agognato spettacolo per una giornata serena e con minor violenza di fumo. Intanto ho imparato a mie spese quanto sia difficile respirare in un'atmosfera siffatta.

Del resto la montagna era tranquillissima: né fiamme, né boati, né pioggia di lapilli, come ha sempre fatto. Per ora ho praticato una semplice ricognizione, per porre l'assedio in piena regola non appena il tempo si metterà al bello.

Le lave che vi ho trovato erano per la maggior parte oggetti a me noti. Ho scoperto tuttavia un fenomeno, a parer mio molto notevole e che mi propongo di studiare più da vicino, consultandomi con gli intendenti e i collezionisti. Si tratta d'un rivestimento stalattitiforme d'un fumaiolo vulcanico, che un tempo era a vôlta, ma che adesso è aperto, e sorgeva dal vecchio cratere attualmente colmato. Questo masso duro, grigiastro, stalattitiforme, credo si sia prodotto mediante la sublimazione delle esalazioni vulcaniche più impercettibili, senza la collaborazione dell'umidità e senza fusione. Mi darà da pensare ancora.

Oggi, 3 marzo, il cielo è coperto e soffia lo scirocco; tempo buono per un giorno di posta.

Quanto ad uomini di ogni fatta, bei cavalli e pesci meravigliosi, qui ne ho già veduti abbastanza.

Quanto alla posizione della città e alle sue singolari bellezze tanto descritte e decantate, non ho parole da aggiungere. *Vedi Napoli e poi muori!* dicono qui.

*Napoli, 3 marzo.*

Se i napoletani non vogliono saperne di lasciar la loro città, se i loro poeti decantano con iperboli esagerate la felicità della sua posizione, bisognerebbe scusarli, anche se nei dintorni sorgessero due o tre Vesuvî di più. In questo paese non è assolutamente possibile ripensare a Roma; di fronte alla posizione tutta aperta di Napoli, la capitale del mondo, nella valle del Tevere, fa l'impressione di un vecchio monastero mal situato.

Anche il mare e la navigazione importano uno stato di cose tutto diverso. La fregata di Palermo è partita ieri con un vento forte di limpida tramontana. Questa volta non avrà impiegato certo più di trentasei ore per la traversata. Con che sospiri ho accompagnato quelle vele gonfie, mentre il battello filava fra Capri e il Capo Minerva,[19] e finalmente scomparve! A veder partire a questo modo una persona cara, ci sarebbe da morire di nostalgia. Adesso soffia lo scirocco; se si farà più violento, le onde potranno offrire uno spettacolo ben interessante in prossimità del molo.

Essendo venerdì, oggi ha avuto luogo la passeggiata di gala dell'aristocrazia, in cui tutti mettono in mostra le loro carrozze, ma specialmente i cavalli. Non è possibile veder nulla di più elegante di questi cavalli; è la prima volta in vita mia che, al vederli, mi son sentito battere il cuore.

Accludo alcuni foglietti con poche righe per darvi notizia del mio felice arrivo in questa città; ed anche la busta della vostra ultima lettera, con tracce di fumo in un angolo, per testimoniarvi che essa mi ha accompagnato sul Vesuvio. Non vorrei tuttavia né in sogno e nemmeno nella veglia apparirvi circondato da chi sa quali pericoli. Siate sicuri che dove vado io non c'è più pericolo che sul viale del Belvedere.[20] Dio è il padrone del mondo, si può ben dire a proposito. Io non vado a caccia di avventure, né per temerità né per originalità; ma poiché vedo al solito ben chiaro e so cogliere rapidamente il lato peculiare delle cose, posso anche fare e osare più di un altro. Il viaggio in Sicilia è una cosa da nulla. Giorni or sono, è partita con vento favorevole di nord-est la fregata di Palermo; lasciata Capri a destra, ha compiuto certamente la traversata in trentasei ore. Anche laggiù i pericoli non sono in realtà tali, quali noi ce li rappresentiamo da lontano.

Di terremoti nel Mezzogiorno d'Italia non c'è alcun sentore; nel Settentrione, invece, Rimini e i dintorni hanno recentemente sofferto danni. Strano: quaggiù si parla di terremoti come della pioggia e del sereno, o come in Turingia di incendî.

Sono lieto che andiate prendendo gusto alla mia nuova redazione dell'*Ifigenia*; ancor più caro mi sarebbe se la differenza vi fosse parsa più sensibile. Io so quello che vi ho lavorato e se ne parlo è perché avrei potuto spingere la cosa ancor più in là. Se è una gioia godere ciò che è buono, ve n'ha una più grande ancora: sentire ciò che è meglio; e in arte, soltanto l'ottimo è buono abbastanza.

*Napoli, 5 marzo.*

Abbiamo dedicato la seconda domenica di quaresima a peregrinare di chiesa in chiesa. Come a Roma tutto è in sommo grado solenne e austero, così qui tutto è spensieratezza e buon umore. Anche la scuola pittorica napoletana non si può comprendere che a Napoli. Non è senza meraviglia che qui si vede la facciata d'una chiesa dipinta[21] da capo a fondo, e sopra la porta il Cristo, che scaccia dal tempio i trafficanti, i quali alla lor volta, atterriti, si precipitano da ambo le parti facendo i capitomboli più matti e più piacevoli ad un tempo. Nell'interno d'un'altra chiesa la parete sopra la porta d'ingresso è sfarzosamente decorata con un affresco rappresentante la cacciata di Eliodoro. Luca Giordano ha ben dovuto *far presto*, per riempire degli spazî così vasti. Anche il pulpito non è sempre, come altrove, una cattedra, una tribuna per una persona sola, ma addirittura una galleria, dove ho visto un cappuccino passeggiare su e giù, arringando a destra e a sinistra i fedeli intorno alla loro vita peccaminosa. Cosa non ci sarebbe da dire di su quel pulpito!

Indicibile ed indescrivibile è invece la maestà d'un chiaro di luna piena, quale noi l'abbiamo goduto passeggiando per le vie e le piazze della riviera di Chiaia, la passeggiata che non finisce mai, e poi su e giù lungo la riva del mare. C'è da sentirsi veramente presi dal sentimento dello spazio infinito. Ma vale anche la pena di sognare così.

Devo dire brevemente qualche cosa d'un gran valentuomo, del quale ho fatto la conoscenza in questi giorni. Parlo del cavaliere Filangieri,[24] noto per la sua opera sulla Scienza della legislazione. Egli appartiene a quella categoria di giovani egregi, che si prefiggono il bene dell'umanità non iscompagnato da una onesta libertà. Alle sue maniere si riconosce l'uomo d'armi, il signore e l'uomo di mondo; ma tanta nobiltà è temperata in lui dall'espressione di uno squisito senso morale, che, diffuso in tutta la persona, brilla con molta grazia in ogni sua parola, in ogni suo gesto. È sinceramente devoto al suo re e alla causa del reame, pur non approvando tutto quel che avviene; ma anche lui ha paura di Giuseppe II.[25] L'idea di un sovrano dispotico, anche se campata semplicemente in aria, è spaventevole per un uomo di alto sentire. Mi ha parlato con tutta schiettezza di ciò che Napoli avrebbe da temere da parte di quel sovrano. Discorre volentieri del Montesquieu, del Beccaria, non meno che dei suoi propri lavori, e sempre con quello spirito di gran simpatia e di sincero entusiasmo giovanile per il bene. Non credo che abbia ancora varcato la quarantina.

Fin da principio mi ha fatto conoscere un antico scrittore, della cui sapienza senza fondo questi moderni giuristi italiani vanno quanto mai lieti e superbi. Il suo nome è Giambattista Vico, e lo antepongono al Montesquieu. Da una scorsa alla sua opera, che mi fu presentata come una reliquia, mi è parso trovarvi presentimenti sibillini del buono e del giusto che un giorno regneranno o dovrebbero regnare su questa terra, presentimenti fondati sopra un'austera meditazione della storia e della vita. È cosa ben degna, che una nazione possegga un tal patriarca. Per noi tedeschi, una bibbia simile sarà un giorno lo Hamann.[26]

*Napoli, 6 marzo.*

Benché di mala voglia, il Tischbein, sempre buon compagno del resto, mi ha accompagnato oggi sul Vesuvio. Per un artista come lui, che non si occupa se non delle più belle forme, siano di uomini o di animali, e che umanizza, grazie al sentimento ed al gusto, perfino l'informe, come le rocce e i paesaggi, una così formidabile e confusa massa come quella del Vesuvio, che divora continuamente se stessa e indice guerra ad ogni sentimento di bellezza, deve sembrare qualche cosa di abominevole.

Siamo partiti con due birocci, non bastandoci il coraggio di avventurarci da soli nel tumulto della città. Il cocchiere non finiva di gridare: largo, largo! per mettere in guardia e scansare gli asini, carichi di legna o di immondizie, i carretti in corsa, la gente curva sotto i pesi o che si trovava a passare pei fatti suoi, i bambini ed i vecchi; in modo da poter mantenere un buon trotto.

Il percorso attraverso gli ultimi sobborghi e le vigne aveva già in sé qualche cosa di plutonico; perché non essendo piovuto da parecchio, il fogliame degli alberi sempreverdi era tutto coperto d'un denso polverone color cenere, mentre i tetti, le sporgenze e tutto ciò che offriva una superficie piana, era ugualmente tinto di grigio, in modo che solo il cielo superbamente azzurro e il sole che già batteva con forza potevano attestarci che si camminava ancora tra i viventi.

Ai piedi della salita siamo stati accolti da due guide, una piuttosto anziana, l'altra un giovine, entrambi forti in gamba. Il primo rimorchiò me, il secondo il Tischbein; e su, per la montagna. Ho detto: ci rimorchiarono; infatti, queste guide si circondano la vita di una cinghia di cuoio, alla quale gli escursionisti si afferrano facendosi tirar su per la salita, e aiutandosi meglio ancora con un bastone.

Così raggiungemmo la cornice, sopra la quale sorge il cono, lasciando a nord le scorie del monte Somma.

Un colpo d'occhio a ponente, sopra tutta la regione, ci guarì, come un bagno salutare, di tutte le fatiche e di ogni travaglio durato; quindi girammo intorno al cono, che continuava a vaporare e a lanciar cenere e lapilli. Ogni qual volta lo spazio ci permetteva di rimanere a debita distanza, lo spettacolo era grandioso, emozionante. Da prima un potente boato, che echeggiava dal profondo della voragine, poi una pioggia di lapilli, grandi e piccoli, lanciati a migliaia nell'aria e commisti a cenere. La maggior parte di questi ricadeva nell'abisso; ma gli altri frammenti, lanciati più in là, precipitavano sugli orli del cratere, producendo un frastuono straordinario; piombavano prima i più pesanti, che rotolavano con un sordo muggito per i fianchi del cono; seguivano poi, crepitando, i più piccoli, e infine fioccava la cenere. Tutto questo succedeva a pause regolari, che potevamo calcolare benissimo, contando comodamente.

Ma lo spazio fra il Somma e il cono divenne a un tratto abbastanza stretto; alcuni lapilli cadevano già intorno a noi, rendendo poco piacevole il cammino. Il Tischbein a questo punto sentì ancor più viva la sua ripugnanza per il vulcano; questo mostro, non contento di essere brutto, minacciava anche di diventar pericoloso.

Ma poiché anche l'imminenza di un pericolo ha qualche cosa di attraente ed eccita l'uomo a sfidarlo per un certo spirito di contraddizione, io pensai che, nell'intervallo di due eruzioni, doveva esser possibile raggiungere la sommità del cono, spingersi fino al cratere e ritornare sui nostri passi, sempre, dico, nello stesso intervallo. Mi consultai in proposito con le due guide, riparando al sicuro sotto la sporgenza d'una roccia del Somma, dove ci rifocillammo con le nostre provvigioni. Il più giovine si dichiarò pronto a tentar con me l'avventura; foderammo i nostri cappelli con fazzoletti di tela e di seta e ci tenemmo pronti; io, attaccato alla sua cintura, entrambi coi bastoni in mano.

I lapilli crepitavano ancora intorno a noi e la cenere fioccava ancora, quando la mia robusta guida mi trascinò senz'altro sopra la frana rovente. Ci trovammo al cospetto di fauci enormi, il cui fumo ci era tenuto lontano da un vento leggero, mentre nel tempo stesso ci nascondeva l'interno della voragine, che sbuffava tutt'all'intorno per mille fessure. Durante un intervallo di questi vapori, potemmo scorgere qua e là nelle pareti della roccia alcuni crepacci. Lo spettacolo non era né istruttivo, né allegro; ma appunto perché non c'era nulla da vedere, aspettammo un poco, per vederne uscir qualche cosa. Ci eravamo dimenticati di contare tranquillamente, e ci trovammo a picco sull'orlo d'un abisso enorme. Improvvisamente echeggiò un boato e la scarica formidabile ci passò sopra la testa; ci curvammo involontariamente, come se questo ci potesse salvare dalla tempesta dei massi; le pietre più piccole cominciavano già a crepitare quando noi, senza riflettere che avevamo ancora un intervallo davanti a noi, contenti di aver superato il pericolo, arrivammo al piede del cono, mentre la cenere fioccava ancora, coi cappelli e con le spalle infarinate anzi che no.

Accolto dai rimproveri più affettuosi del Tischbein, dopo d'essermi un poco ristorato, potei dedicare speciale attenzione alle lave, antiche e recenti. La guida anziana sapeva indicarne le epoche esatte; le prime erano già ricoperte di cenere e lisce, le altre, specialmente quelle dal corso più lento, offrivano uno spettacolo singolare: infatti, trasportando esse nella loro marcia vorticosa per un certo tempo le masse indurite alla loro superficie, accade necessariamente che queste di quando in quando si arrestino; ma travolte poi di bel nuovo dal torrente di fuoco, affastellate l'una su l'altra, rimangono in ultimo irrigidite in creste dalle forme più strane, e ben più che, nel caso analogo, non si osservi nei banchi di ghiaccio accavallatisi l'un su l'altro. Fra tutta questa informe congerie di materiali fusi si trovano anche dei grossi blocchi, che, percossi, mostrano la scalfittura molto somigliante a una specie di roccia primitiva.

Sulla via del ritorno a Napoli, ho osservato con curiosità certe casette a un solo piano, di costruzione strana, senza finestre, e con le stanze che ricevono luce soltanto dalla porta che dà sulla strada. Gli abitanti vi si piantano lì dalla mattina a notte fatta, finché in ultimo si ritirano a dormire in quelle loro spelonche.

La città stessa, che durante la serata offre lo spettacolo di un subbuglio alquanto diverso dalle altre, mi ha fatto sorgere il desiderio di soggiornarvi qualche tempo, per abbozzare secondo le mie forze un quadro così pieno di vita. Ma temo che non mi riesca.

*Napoli, mercoledì 7 marzo.*

In questa settimana il Tischbein mi ha coscienziosamente mostrato ed illustrato una buona parte dei tesori artistici di Napoli. Da buon conoscitore e pittore di animali, aveva già prima richiamata la mia attenzione sopra una testa di cavallo in bronzo nel cortile del palazzo Colubrano.[27] Ci siamo andati oggi. Il prezioso frammento è collocato proprio dirimpetto al portone, nel mezzo del cortile, in una nicchia, al disopra d'una fontana. È qualche cosa di stupendo; chi sa quale effetto deve aver prodotto una testa simile, unita a tutte le altri parti del corpo! Era un cavallo molto più grande di quelli di San Marco; ma anche la sola testa, esaminata più da vicino nei particolari, permette di studiarne e di ammirarne sempre meglio il carattere e l'espressione. L'osso frontale superbo, le narici sbuffanti, gli orecchi intenti, la criniera eretta; che magnifico animale, che vigore, che fuoco!

Ci rivolgemmo quindi ad osservare una statua di donna collocata nella nicchia sopra il portone d'entrata. Già il Winckelmann vi aveva veduto la riproduzione d'una danzatrice antica;[28] coteste artiste infatti rappresentano con le loro mosse piene di vita, nel modo più vario, quello che gli statuari ci hanno conservato sotto la forma irrigidita delle ninfe e delle dee. È tutta sveltezza e grazia; la testa, che s'era staccata dal busto, è stata rimessa a posto con abilità. Del resto non ha sofferto altro danno e meriterebbe un posto più degno.

*Napoli, 9 marzo.*

Ricevo oggi le vostre carissime del 16 febbraio. Scrivetemi ancora! Io ho predisposto accuratamente le mie poste intermedie e continuerò a farlo nel caso che debba proseguire il mio viaggio. Mi sembra tanto strano l'apprendere a sì grande distanza che gli amici non si dànno convegni; eppure nulla di più naturale che il non darsi un convegno quando si è già così vicini l'uno all'altro.

Il tempo si è imbronciato e segna mutazione; è la primavera che s'avanza; avremo delle giornate di pioggia. Il cono del Vesuvio non è ancora sgombro, dal giorno della mia ascensione. Durante queste ultime notti lo si è visto gettar fiamme; ma adesso si mantiene tranquillo. Si prevede un'eruzione più violenta.

La bufera di questi giorni ci ha offerto lo spettacolo di un mare superbo; qui sì che si potrebbe studiare le onde, nelle loro forme e nelle proporzioni più imponenti; la Natura è sempre l'unico libro, di cui ogni pagina abbia un grande contenuto. Al contrario, il teatro non mi soddisfa più. Durante la quaresima qui si rappresentano degli oratorî, per null'altro dissimili dalle Opere profane, se non per l'assenza dei balli durante gli intermezzi: per il rimanente, bizzarri fino al possibile. Al S. Carlo[29] si dà «La distruzione di Gerusalemme per opera di Nabucodonosor».[30] Ma a teatro, mi sembra di trovarmi come in una camera ottica; temo d'aver perduto il gusto per simili cose.

Oggi siamo stati col principe di Waldeck a Capodimonte,[31] dove si trova la grande collezione di quadri, monete e simili; un'esposizione alquanto disordinata, ma che racchiude cose di gran pregio. Certi concetti tradizionali cominciano già a fissarsi in me in una forma ben precisa. Quello che da noi settentrionali si trova importato isolatamente qua e là, in fatto di monete, di gemme, di vasi, rari a vedersi come gli alberi d'arancio tosati e azzimati, qui, dove questi tesori sono a tutti familiari, producono, in massa, un'impressione totalmente diversa; infatti, dove le opere d'arte sono rare, la rarità stessa conferisce loro anche un valore; qui invece s'impara ad apprezzare soltanto quello che merita d'essere apprezzato.

Si pagano adesso grandi somme per i vasi etruschi e certamente vi sono fra questi dei belli e magnifici esemplari. Non c'è forestiero, che non ami possederne qualcuno. Il danaro non si stima tanto, quanto a casa propria; ed io stesso ho paura di lasciarmi adescare.

Una cosa piacevole, per chi viaggia, è che anche gli incidenti comuni acquistano, grazie alla novità e alla sorpresa, sapore di avventura. Ritornando l'altra sera da Capodimonte, feci ancora una visita in casa i Filangieri; dove trovai, seduta sopra un divano accanto alla padrona di casa,[32] una signora,[33] il cui aspetto esteriore non mi sembrava del tutto in armonia con la familiarità delle maniere, che ella si permetteva, in gran confidenza. Vestita di seta leggera, a righe, con una pettinatura capricciosa, la graziosa donnina aveva l'aria d'una modista, che, troppo occupata nell'abbigliare altrui, non si prende eccessiva cura del proprio esteriore. Questa gente è così abituata a veder compensato il proprio lavoro, che non capisce come si possa far qualche cosa gratuitamente, sia pure per se stessi. La mia presenza non disturbò menomamente il cicaleccio della signora, che anzi continuò a sgranare una quantità di storielle buffe occorsele in questi giorni, o meglio provocate dalla sua storditezza.

La padrona di casa, desiderosa di venire in aiuto alla mia conversazione, parlò della splendida posizione di Capodimonte e dei suoi tesori artistici. Ma la vivace damina fece un salto e, così ritta sulla persona, parve ancora più graziosa di prima. Si congedò, fece una corsa fino alla porta e nell'andarsene: «I Filangieri», disse, «vengono a pranzo da me in questi giorni; spero di vedere anche voi con loro». E prima che io potessi dire di sì, era sparita. Appresi allora che essa era la principessa\*\*\*, intima parente della famiglia. I Filangieri non sono ricchi e vivono in una decorosa parsimonia. Lo stesso m'imagino della mia piccola principessa, tanto più che simili titoli reboanti a Napoli son tutt'altro che rari. Mi son notato il nome, e il giorno e l'ora, deciso di trovarmi, a suo tempo, al luogo indicato.

*Napoli, domenica 11 marzo.*

Poiché il mio soggiorno a Napoli non può durare a lungo, comincio le mie escursioni dai punti più lontani; ché i più vicini si offrono da sé; sono andato col Tischbein a Pompei,[34] e abbiamo veduto, a destra e a sinistra, quei deliziosi panorami che, a noi ben noti per tante riproduzioni, ci si presentavano ora, nell'assieme, in tutto il loro splendore. Pompei è la sorpresa di tutti i visitatori, per la modesta piccolezza delle sue proporzioni. Vie strette, per quanto diritte e fornite ai lati di marciapiedi; case piccole senza finestre, stanze attigue ai cortili e ai loggiati, non rischiarate che dalla porta. Perfino le opere pubbliche, come la banca all'ingresso della città, il tempio, ed anche una villa in quei pressi, somigliano più a modellini e a vetrine di bambole che ad edifici. Ma queste stanze, questi corridoi, questi loggiati sono dipinti nel modo più gaio; le pareti, a tinta uniforme, con nel centro un quadro in tutto punto, ora quasi sempre deteriorato, hanno ai lati e agli angoli leggeri arabeschi di grande gusto, che qua e là s'intrecciano anche con graziose figurine di bambini e di ninfe, mentre più in là, da grandi viluppi di fiori, scappano figure d'animali domestici e feroci. Così lo stato attuale di completa devastazione d'una città, prima sepolta sotto una pioggia di cenere e di pietre, poi messa a sacco dagli scavi, testimonia ancora del gusto artistico di tutto un popolo, gusto del quale oggi anche l'amatore più acceso non ha né idea, né sentimento, né bisogno.

Se si riflette alla distanza di Pompei dal Vesuvio, si conclude che la massa vulcanica, dalla quale fu seppellita quella città, non può essere stata lanciata fin lì né da un'esplosione, né da una bufera di vento; giova piuttosto pensare che le pietre e la cenere siano rimaste per un certo tempo come librate in aria a guisa di nuvole, finché si son precipitate sopra la sciagurata città.

Se poi ci si vuol rappresentare quest'avvenimento in modo ancor più sensibile, si imagini un villaggio alpestre sepolto sotto la neve. Gli spazî fra le abitazioni, anzi le stesse abitazioni schiacciate sotto il peso, sono state colmate, ma non sì che qua e là non emerga ancora qualche opera in muratura, dopo che la collina presto o tardi è stata coltivata a vigne e ad orti. Più d'un coltivatore, eseguendo degli scavi nella sua proprietà, ha ottenuto così, senza dubbio, un primo notevole raccolto. Molte stanze si son trovate vuote e in un canto di qualcuna s'è trovato un cumulo di cenere, che ricopriva piccole masserizie ed oggetti artistici.

La strana e in parte anche sgradita impressione di questa città mummificata non si è dileguata dal nostro spirito se non allora che, seduti sotto la pergola di una modesta locanda in riva al mare, ci facemmo a divorare una frugale refezione, deliziandoci di cielo azzurro e di mare iridescente e luminoso, non senza la speranza di rivederci e di deliziarci qui tutti insieme, il giorno in cui questo ameno sobborgo sarà tutto ombreggiato da verdi tralci.

Nelle vicinanze della città, abbiam rivisto con sorpresa le note casette, riproduzioni perfette di quelle di Pompei. Chiedemmo il permesso di visitarne una e l'abbiam trovata ordinata, con grande pulizia: vi erano delle sedie di giunco graziosamente lavorate e uno stipo completamente dorato, ben verniciato e adorno di varî fiori. Dopo tanti secoli, dopo vicende innumerabili, ecco che questa regione ispira ai suoi abitatori quasi gli stessi usi e costumi, le stesse tendenze, gli stessi gusti.

*Napoli, lunedì 12 marzo.*

Oggi ho percorso la città, osservando qua e là secondo il mio costume e prendendo anche molti appunti per poterla a suo tempo descrivere un po' diffusamente, ciò che purtroppo ora non posso fare. Tutto fa comprendere che una terra beata e fornita copiosamente di che soddisfare i primi bisogni, esprime dal suo grembo anche uomini dal temperamento felice, i quali possono tranquillamente aspettare che l'indomani loro porti quello che ha portato l'oggi e vivono perciò senza alcuna preoccupazione. Soddisfazione momentanea, godimento limitato, sopportazione gioconda di mali passeggeri. Eccone un esempio grazioso.

Nella mattinata faceva freddo ed umido; aveva piovuto un poco. Ero arrivato in un *largo*, in cui le grosse pietre del lastricato sembravano accuratamente pulite con la granata. Sopra questa spianata perfettamente liscia vidi con mia sorpresa una frotta di piccoli straccioni che, accoccolati in giro, tenevan le mani stese verso il suolo, come per riscaldarsi. Credetti in sulle prime che fosse un trastullo, ma come ebbi osservato i loro gesti composti e pieni di serietà, da gente che ha soddisfatto un bisogno, per quanto mi lambiccassi il cervello non riuscivo a spiegarmi la scena. Fu necessario che domandassi la ragione per cui quegli scimmiotti s'erano raggruppati nella posizione così curiosa di un circolo perfetto.

Seppi così che un fabbro del vicinato aveva arroventato in quel punto il ferro di una ruota, seguendo questo metodo: il cerchio di ferro vien collocato a terra e, al di sopra, si accumulano tanti trucioli di quercia che bastino a renderlo malleabile come si conviene. Il legno finisce di bruciare, il cerchio vien rimesso intorno alla sua ruota e la cenere accuratamente spazzata. Subito quei piccoli Uroni[35] approfittano del calore rimasto nella pietra e non se ne vanno via senza aver prima goduto l'ultimo riflesso di quel tepore. Esempi di tanta moderazione e della tendenza a sfruttare quel che altrimenti andrebbe perduto, qui sono innumerevoli. Trovo in questo popolino l'industria più alacre e più ingegnosa, non per arricchire, bensì per vivere senza pensieri.

*Sera.*

Per arrivare alla debita ora in casa della mia bizzarra principessina e per non sbagliarmi, ho preso un servitore di piazza. Costui mi condusse innanzi al portone d'un gran palazzo; ma non potendo io supporre che ella avesse una così splendida dimora, pronunziai ancora una volta, chiaramente, il suo nome; il servitore mi confermò che io era arrivato. Trovai un cortile spazioso, solitario e tranquillo, pulito, vuoto, circondato dalla costruzione principale e da altre accessorie: è la solita architettura napoletana, piena di gaiezza come la sua tinta. Di fronte, una grande porta d'ingresso e uno scalone largo e comodo. Ai due lati dello scalone, dal basso in alto, erano schierati i servitori, in livree di gala, che al mio passaggio fecero un profondo inchino. Mi sembrava d'essere il sultano nelle fiabe del Wieland[36] e, seguendo il suo esempio, mi feci coraggio. Più in là fui ricevuto dai domestici dell'appartamento, finché il più maestoso aprì la porta d'un salone, ed io mi vidi innanzi un altro grande vano, altrettanto splendido ma non meno vuoto di tutto il resto. Passeggiando su e giù, osservai in una galleria laterale una tavola apparecchiata per una quarantina di persone e la cui magnificenza era pari a tutto l'assieme. Entrò un prete secolare, il quale, senza domandarmi chi io fossi o donde venissi, mi trattò come un'antica conoscenza, discorrendo del più e del meno.

Una porta a due battenti si aprì e si chiuse subito dietro un vecchio signore, che si fece avanti. Il prete gli andò incontro, io feci lo stesso e lo salutai con poche parole cortesi, alle quali egli rispose con certi balbettamenti e certi ringhi, che io non potei comprender sillaba di tutto quell'idioma da ottentotti. Essendosi poi il vecchio accostato al caminetto, il prete si tirò in disparte, ed io lo imitai. Entrò un maestoso benedettino, seguito da un più giovane confratello, che salutò a sua volta il padron di casa, e ne ricevette a sua volta i soliti abbaiamenti, dopo di che si ritirò presso la finestra con noi. Gli ecclesiastici regolari, specialmente quelli vestiti con una certa eleganza, godono in società dei più grandi vantaggi. Il loro abito accenna bensì all'umiltà e alla rinunzia, ma nel tempo stesso conferisce loro una spiccata dignità. Nel loro contegno possono mostrarsi umili senza abbassarsi; ma quando si risollevano, non disdice loro una certa qual sicurezza di se stessi, che non si passerebbe per buona a tutt'altri ceti. Tale era questo monaco. Io gli domandai di Montecassino, ed egli mi invitò a fargli una visita, promettendomi le accoglienze più liete. Intanto la sala s'era riempita: c'erano ufficiali, personaggi di corte, preti secolari e perfino qualche cappuccino. Io cercavo inutilmente delle signore, che pure non sarebbero dovute mancare. La porta a due battenti si riaprì e si richiuse due volte. Entrò una vecchia dama, più vecchia ancora del signore, e questa volta la presenza della padrona di casa mi diede la piena sicurezza che mi trovavo in un palazzo straniero, completamente sconosciuto agli abitanti. Ma già si serviva in tavola ed io mi tenevo vicino agli ecclesiastici per scivolare con loro nel paradiso della sala da pranzo, quando tutt'a un tratto ecco entrare il Filangieri e sua moglie, con molte scuse per il ritardo. Poco dopo ecco irrompere nella sala anche la mia principessina che, passando davanti a tutti con inchini, riverenze, cenni del capo, si fermò proprio davanti a me. «Siete stàto bravo a mantenere la parola» esclamò; «a tavola vi metterete vicino a me; i migliori bocconi saranno per voi. Aspettate un momento. Devo prima scegliere il mio posto; dopo vi metterete accanto a me». A quest'invito, seguii la sua varia manovra e finalmente arrivammo a posto, i benedettini dirimpetto, i Filangieri all'altro lato. «È un pranzo squisito», continuò; «tutti cibi di magro, ma roba scelta. Ora vi indicherò il meglio; ma prima devo un po' tormentare questi preti; non li posso digerire, questi bricconi; vengono tutti i giorni a portarci via qualche cosa; e dovremmo godercelo coi nostri amici, quel po' di ben di Dio che abbiamo». Si servì la zuppa; il benedettino mangiava con grande compunzione. «Prego, non fate cerimonie, padre», disse anche a lui; «forse che il cucchiaio è troppo piccolo? Ve ne farò portare uno più grande. I nostri reverendi sono così abituati a riempirsi la bocca!» Il padre rispose che in una casa di gran signori come quella, tutto era disposto così bene da soddisfare pienamente ben altri ospiti.

Si servirono dei pasticcini, e il padre non ne prese che uno. «Ma prendetene una mezza dozzina!» gli gridò; «non sapete che la pasta sfogliata è di facile digestione?». Il bravo padre prese un altro pasticcino, ringraziando della graziosa attenzione, come se non avesse capito lo scherzo irriverente. E venne un altro dolce, più grande, che le fornì l'occasione di dar la stura alla sua malizia; infatti, avendone il monaco infilato un pezzetto e tiratolo a sé, ne era caduto sul piatto un secondo pezzo. «Ma prendetene un terzo, padre reverendo!» gridò allora; «a quanto pare, avete voglia di stabilire una buona base!». E il padre: «Quando si fornisce un materiale così buono, l'architetto ha ben da lavorare!». E così via di questo passo, senza che la principessa s'interrompesse un momento, se non per servirmi coscienziosamente i migliori bocconi.

Io m'intrattenevo intanto col mio vicino su argomenti molto più serî. Non ho inteso il Filangieri pronunziare una sola parola insignificante. Egli assomiglia, in questo, come in molte altre cose, al nostro amico Giorgio Schlosser;[37] soltanto che, da napoletano e da uomo di mondo, quello è d'un temperamento più dolce e d'una conversazione più alla mano.

Durante tutto questo tempo, la malizia della nostra vicina non aveva lasciato tregua a quei reverendi. I pesci specialmente, che, essendo quaresima, eran preparati in forma di carne, le fornirono argomento inesauribile di trovate irriverenti e piccanti, soprattutto per mettere in rilievo e raccomandare il gusto della carne. Se era proibita la sostanza, diceva, c'era almeno da godere dell'apparenza.

Ho notato altri scherzi di questo genere, che però non ho il coraggio di riferire: certe cose possono essere tollerate nel vivo della conversazione, specialmente se pronunciate da una bella bocca, ma, a metterle in nero sul bianco, non piacciono nemmeno a me. E l'insolenza ha questo di particolare, che lì per lì piace, perché stordisce; ma a raccontarla, ci offende e ci ripugna.

Avevano servito il *dessert*, ed io temevo che le chiacchiere non finissero più; ma quando meno me l'aspettavo, la mia vicina si rivolse a me, seria seria, e: «Lasciamo che i preti, disse, si godano il Siracusa in santa pace; non mi riesce mai di tormentarne uno come intendo io; nemmeno di fargli perdere l'appetito. Parliamo piuttosto un po' sul serio. Che diavolo avete detto col Filangieri? Gran brav'uomo eh? ma si dà troppo da fare. Quante volte non gli ho detto: se voi altri fate delle leggi nuove, noi non finiremo più di stancarci per trovar subito il mezzo di trasgredirle; mentre per le leggi vecchie, abbiam già trovato il rimedio. Vedete un po' a Napoli, come è bello; la gente vive da secoli allegra e senza pensieri e, a impiccarne uno di tanto in tanto, tutti gli altri rigano diritto che è un incanto».

Dopo di che, mi fece la proposta di andare in quel di Sorrento, dove essa possiede molte terre e dove fra l'altro il suo fattore mi farebbe gustare i pesci più squisiti e una carne di vitello da latte, detta *mungana*, delicatissima. L'aria della montagna e il panorama stupendo mi guarirebbero di ogni filosofia; più tardi verrebbe anche lei e non mi resterebbe più traccia di tante rughe, da cui mi son lasciato solcare anzi tempo; insomma, si vivrebbe insieme allegramente.

*Napoli, 13 marzo.*

Scrivo oggi stesso ancora due parole, perché una lettera scacci l'altra. Tutto va bene, ma vedo un po' meno di quel che dovrei. Questo è un paese che inspira la trascurataggine e la poltroneria; tuttavia vado formandomi a poco a poco un'idea più completa della città.

Domenica siamo stati a Pompei. Molte sventure sono accadute a questo mondo; ma poche che abbiano procurato ai posteri tanta gioia. Non conosco forse nulla di più interessante. Le case sono piccole e strette, ma nell'interno tutte adorne di graziosissime pitture. La porta della città[38] è notevole, con le tombe che vi sono accanto. Il sepolcro di una sacerdotessa ha la forma di un sedile in semicerchio, con la spalliera di marmo, sulla quale è incisa l'epigrafe a grandi lettere.[39] Al di sopra della spalliera si vede il mare e il sole che tramonta. Posizione stupenda, degna d'un pensiero così felice.

Vi abbiam trovato buona e allegra compagnia di napoletani: gente tutta naturalezza e spensieratezza. Abbiamo fatto colazione a Torre Annunziata, mangiando proprio in riva al mare. Era una giornata incantevole; la vista di Castellammare e di Sorrento, che parevano a due passi, deliziosa. I napoletani poi si trovavano come a casa loro: alcuni dicevano che, senza vedere il mare, non è possibile vivere. Quanto a me, mi basta di averne impressa l'imagine nell'anima e sono ormai disposto a ritornare tra le nostre montagne.

Per fortuna c'è a Napoli un eccellente paesista,[40] che sa ritrarre al vivo, sui suoi cartoni, il sentimento di questa libera e opulenta natura. Ha già fatto qualche lavoro anche per me.

Ho anche studiato diligentemente i prodotti del Vesuvio; è ben altra cosa vederli qui raccolti tutti insieme. Io dovrei veramente dedicare all'osservazione il resto della mia vita; credo che farei qualche scoperta, che allargherebbe l'orizzonte delle conoscenze umane. Dite, vi prego, allo Herder, che in fatto di botanica continuo a vederci sempre più chiaro. È sempre quel principio, ma ci vorrebbe tutta una vita per elaborarlo a fondo. Forse sono ancora in grado di tracciarne le linee principali.

Un gran piacere sarà per me vedere il museo di Portici.[41] Di solito, questa è una delle prime visite; ma noi lo vedremo per ultimo. Non so bene ancora che cosa sarà di me: tutti gli amici mi rivogliono a Roma per Pasqua. Ma io lascio dire. Angelica ha incominciato a dipingere un quadro ispirato dalla mia *Ifigenia*,[42] il pensiero è oltremodo felice ed ella lo saprà rendere egregiamente. Si tratta del momento in cui Oreste riprende conoscenza di sé, accanto alla sorella e all'amico. Quello che i tre personaggi dicono l'uno appresso dell'altro, ella lo ha ritratto contemporaneamente in un gruppo, sostituendo alle parole l'azione. Anche in questo si avverte la finezza del suo sentire e l'abilità di sapersi appropriare quello che appartiene al suo campo. Questo è veramente il perno di tutto il lavoro.

Addio dunque; e vogliatemi bene. Qui tutti mi dimostrano della benevolenza, per quanto io non sappia far nulla per loro. Il Tischbein invece li sa prender meglio per il loro verso; la sera ritrae le loro teste in grandezza naturale, e allora quelli gesticolano come gli abitanti della Nuova Zelanda alla vista di una nave da guerra. Ciò ha dato luogo a una scenetta allegra.

Il Tischbein possiede infatti il gran dono di ritrarre a penna le figure degli dèi e degli eroi in grandezza naturale e anche più. Butta giù pochi tratti, ma preme con un largo pennello sulle ombre, in modo che la testa risalta in pieno rilievo. Gli spettatori ammiravano la speditezza con cui procedeva il lavoro e ne prendevano gran piacere. Ora accadde che ad alcuni di loro venne anche la voglia di dipingere a quel modo; afferrarono i pennelli e cominciarono a dipingersi scambievolmente la barba e a impiastricciarsi il viso. Non c'è qui qualche cosa dei costumi delle razze primitive? E si trattava di una società di persone colte, e in casa di un uomo, che a sua volta disegna e dipinge, e come! Bisogna vederla da vicino questa gente, per farsene un'idea.

*Caserta, mercoledì 14 marzo.*

Ospite di Hackert, nel delizioso appartamento che gli è stato riservato nell'antica Villa reale. La nuova è un palazzo immenso[43] che ricorda l'Escuriale, costruito in quadrato, con parecchi cortili: una residenza veramente regale. Posizione di una bellezza straordinaria, nella pianura più fertile del mondo, in cui il parco si stende fino al piede delle montagne. Un acquedotto vi porta un fiume intero, per dare acqua e freschezza alla Villa e ai dintorni; e tutta la massa d'acqua, gettata su rocce disposte ad arte, forma poi una cascata meravigliosa. I giardini del parco sono stupendi, in perfetta armonia con un lembo di terra che è tutto un giardino.

Il palazzo, per quanto regale, non mi è sembrato abbastanza animato: in quegli enormi spazî vuoti noi altri non possiamo trovarci a nostro agio. Pare che anche il re la pensi così, perché hanno provveduto a costruirgli sulla montagna una villetta,[44] in cui gli abitanti possono vivere più vicini, e che si presta ai divertimenti della caccia e di altro genere.

*Caserta, giovedì 15 marzo.*

Hackert occupa nella Reggia un appartamento fornito veramente di ogni sollievo; c'è spazio più che sufficiente per lui e per i suoi ospiti. Sempre occupato a disegnare e a dipingere, egli è tuttavia sociévole e ha l'arte di conquistare gli uomini, facendo di ognuno uno scolaro. Ha saputo conquistare anche tutte le mie simpatie, mostrando indulgenza per la mia scarsa abilità, insistendo anzitutto sulla precisione del disegno, quindi sulla sicurezza e sulla chiarezza della luce e dell'ombra. Quando acquerella, ha sottomano sempre tre tinte; procedendo dall'ultimo al primo piano, e facendo uso ora dell'una ora dell'altra tinta, il quadro appare a un tratto bell'e pronto e non si sa come. Se la cosa fosse veramente così facile, come sembra! Mi ha detto un giorno con la sua schiettezza abituale: «Lei ha disposizione, ma non sa far nulla. Resti un anno e mezzo con me e potrà produrre cose che faran piacere a lei e agli amici». Non è questo un salmo, sul quale si dovrebbe tenere una predica a non finire a tutti i dilettanti? Se la predica mi gioverà, vedremo poi.

Una prova della confidenza di cui lo onora la regina, non è soltanto che egli dà lezioni alle principessine ma, meglio ancora, che egli è chiamato spesso, la sera, a Corte, per intrattenersi su argomenti di arte e di quanto vi ha attinenza. In queste occasioni egli si giova, per testo, del Dizionario dello Sulzer, dal quale sceglie questo o quel passo, a suo talento.

Io ho dovuto dare la mia approvazione, ma poi anche ridere di me stesso. Qual differenza non c'è fra un uomo che vuol coltivarsi partendo dall'intimo dello spirito, e un altro, che vuole influire sugli altri, e dar loro un'istruzione pratica! La teoria dello Sulzer mi è sempre stata odiosa per la falsità del suo principio; ebbene, ora ho constatato che quest'opera contiene ancora ben più che la gente non abbia bisogno di sapere. Le molte cognizioni che essa offre, il modo di pensare cui si è limitato un uomo di valore come il Sulzer, non sono sufficienti per personaggi del gran mondo?

Non poche ore interessanti e piacevoli abbiamo passato anche nell'appartamento del restauratore Andres,[45] che, chiamato da Roma, abita pure nella Reggia di Caserta, proseguendo assiduamente l'opera sua, alla quale il re tanto s'interessa. Non penso nemmeno a descrivere la sua abilità nel restaurare quadri antichi, perché si dovrebbe trattare nel tempo stesso dell'arduo compito e della felice soluzione, che costituiscono quest'industria singolare.

*Caserta, 16 marzo.*

Ricevo oggi le vostre care del 19 febbraio, e rispondo subito due parole. Mi è sempre tanto gradito raccogliermi un po', col pensiero rivolto agli amici.

Napoli è un paradiso; tutti vivono in una specie di ebbrezza e di oblio di se stessi. A me accade lo stesso; non mi riconosco quasi più, mi sembra d'essere un altr'uomo. Ieri mi dicevo: o sei stato folle fin qui, o lo sei adesso.

Ho fatto anche una punta all'antica Capua e ai suoi monumenti.

Bisogna vedere questi paesi, per comprendere che cosa vuol dire vegetazione e perché si coltiva la terra. Il lino è già lì per fiorire, il grano alto una spanna e mezza. Intorno a Caserta, la regione è completamente piana; e la campagna intensamente e diligentemente coltivata come l'aiuola di un giardino. Da per tutto pioppi, sui quali s'arrampicano le viti; e a dispetto dell'ombra che ne deriva, il terreno produce ancora le messi più perfette. Che cosa sarà mai, quando saremo in piena primavera? Fino ad ora, abbiamo avuto dei venti rigidi anche col sole: conseguenza della neve che si trova sulle cime.

Fra quindici giorni bisognerà decidere se andrò, o meno, in Sicilia. Non sono mai stato tanto in forse, per una risoluzione da prendere. Oggi sopraggiunge qualche cosa che mi spinge a partire, domani un'altra circostanza me ne dissuade. Due spiriti si contraddicono in me.

Ed ora, in confidenza, per le amiche soltanto; e che gli amici non ne sappiano nulla. Mi sono accorto che l'accoglienza fatta alla mia *Ifigenia* è stata un po' strana; gli amici erano abituati alla prima forma; conoscevano le espressioni, imparate quasi a memoria a forza di sentirle e di leggerle; adesso, tutto questo dà un altro suono, ed io capisco che, in sostanza, nessuno mi è grato della pena infinita che un tal lavoro mi è costato. Un lavoro come questo non finisce propriamente mai; bisogna dichiararlo finito, dopo d'aver fatto tutto il possibile rispetto al tempo e alle circostanze.

Tuttavia questo non mi può distogliere dal sottoporre il *Tasso* alla stessa operazione. Lo getterei piuttosto nel fuoco; ma io persisterò nel mio proposito e, stando così le cose, ne uscirà un'opera che farà stupire. Per questo mi fa sommo piacere che la stampa dei miei scritti proceda così lenta. Né fa poi tanto male, vedersi minacciati a distanza dal compositore tipografo. Strano tuttavia, che, per le azioni anche più libere, si attenda, anzi si desideri qualche inciampo.

Se a Roma si studia con piacere, a Napoli non si vuole che vivere; si dimentica se stessi e l'universo; quanto a me, è una sensazione abbastanza strana questa di non aver da fare che con uomini che pensano a godere. Il cavaliere Hamilton,[46] che è sempre qui come inviato d'Inghilterra, dopo d'aver fatto tanti anni il dilettante d'arte, e dopo d'aver tanto studiato la natura, ha trovato il colmo del diletto sia in natura che in arte nella persona d'una bella ragazza. Se la tiene in casa, ed è un'inglesina[47] di circa vent'anni, veramente bella e ben fatta. Le ha fatto allestire un costume greco che le sta a meraviglia: così vestita, ella si scioglie i capelli, prende due o tre scialli, e sa dare tanta varietà ai suoi atteggiamenti, ai suoi gesti, alle sue espressioni, che si finisce col credere veramente di sognare. Quel che tanti e tanti artisti sarebbero felici di esprimere, in lei appare compiuto, pieno di vita e di una varietà sorprendente. In piedi, a ginocchi, seduta, sdraiata, seria, triste, maliziosa, sfrenata, contrita, provocante, minacciosa, angosciata, ecc., una posa segue l'altra e deriva dall'altra. Per ogni espressione, ha l'arte di scegliere le pieghe dello scialle, di cambiarle e di far cento diverse acconciature del capo con gli stessi nastri. Il vecchio cavaliere le tiene la candela, ufficio al quale s'è dedicato con tutta l'anima. Egli trova in lei tutte le statue antiche, tutti i bei profili delle monete sicule, e perfino l'Apollo di Belvedere. Certo, che il divertimento è unico. Noi lo abbiamo già goduto due sere. Stamane, Tischbein le farà il ritratto.

Quanto ai particolari che ho potuto apprendere e ricostruire circa la Corte, i suoi personaggi e quel che vi succede, devo prima controllare e mettere in chiaro tutto. Oggi il re è alla caccia del lupo; sperano di ucciderne cinque per lo meno.

*Napoli, 17 marzo.*

Ogni volta che la penna vuol descrivere, mi vengono sempre sott'occhio imagini della fertilità del suolo, del mare sconfinato, delle isole vaporanti nell'azzurro, della montagna fumigante, e mi mancano i mezzi per esprimere tutto questo.

Bisogna esser qui per comprendere come l'uomo ha potuto concepire l'idea di coltivare il suolo; qui dove la terra produce tutto e dove si può sperare da tre a cinque raccolti all'anno. Si dice che nelle migliori annate si sia coltivato il granturco tre volte nello stesso campo.

Ho visto molto, e meditato ancor di più: il mondo mi si allarga continuamente ed anche quello che so già da tempo, soltanto adesso diventa proprio mio. È proprio vero che l'uomo incomincia presto a sapere, ma tardi a mettere in pratica quello che sa.

Peccato soltanto che non possa comunicare ad ogni istante le mie impressioni agli amici; Tischbein è bensì con me, ma in lui l'uomo e l'artista sono agitati da mille pensieri, reclamati da cento persone. La sua posizione è singolare e curiosa; egli non può prender viva parte all'esistenza altrui, perché in tal modo sente inceppate le sue proprie tendenze.

Eppure il mondo non è che una ruota, sempre eguale in tutta la sua orbita, ma che a noi sembra così strana perché noi stessi giriamo con lei.

Quello che ho sempre detto, è accaduto: solo qui imparo a comprendere e a sviluppare certi fenomeni della natura e certi disordini nelle opinioni. Io traggo profitto di tutto e non sarà poco quel che porterò con me; certo anche molto amore della mia patria e molta gioia di vivere con pochi amici.

Quanto al mio viaggio in Sicilia, la bilancia è ancora in mano agli dèi; la lancetta oscilla ora a destra, ora a sinistra.

Chi sarà l'amico che mi annunziano tanto misteriosamente? Purché io non gli sfugga, con le mie disordinate escursioni e col mio viaggio in Sicilia!

La fregata di Palermo è già di ritorno; fra otto giorni ripartirà di qui; se mi porterà con sé, o se ritornerò per la settimana santa a Roma, chi lo sa. Non sono mai stato così titubante; un attimo, un nonnulla potrà decidere.

Comincio a trovarmi meglio con questa gente: bisogna però pesarli solo con la stadera, non con la bilancetta dell'orefice, come purtroppo hanno per uso di fare tra loro anche gli amici di fantasia bisbetica e di strane pretese.

Qui la gente non si dà alcun pensiero dei fatti altrui; è molto se si accorgono di correre qua e là, l'uno accanto all'altro; vanno e vengono tutto il giorno in un paradiso, senza guardarsi troppo intorno, e quando la bocca dell'inferno loro vicino minaccia di montar sulle furie, ricorrono a San Gennaro e al suo sangue, come del resto tutto il mondo ricorre o vorrebbe ricorrere al sangue, contro la morte e contro il demonio.

È interessante e fa così bene, aggirarsi tra una folla innumerevole e irrequieta come questa. Tutti si rimescolano come le onde d'un torrente, eppure ognuno trova la sua via e arriva alla sua meta. Solo in mezzo a tanta folla e fra tanta irrequietezza io mi sento veramente tranquillo e solo; più le vie rumoreggiano, e più mi sento calmo.

Qualche volta penso al Rousseau[48] e alle sue querele da ipocondriaco; comprendo tuttavia come un organismo così felice ha potuto esser turbato. Se io non provassi tale simpatia per tutto ciò che è conforme a natura e se non vedessi che, nel disordine apparente, si possono confrontare e riordinare mille osservazioni, a quel modo con cui il geometra controlla mediante una sola linea trasversale molte singole misure, io stesso mi crederei uno stravagante.

*Napoli, 18 marzo.*

Non mi era possibile differire più a lungo la nostra visita ad Ercolano[49] e alla collezione degli oggetti di scavo a Portici. Quell'antica città, ai piedi del Vesuvio, era stata completamente seppellita dalla lava, aumentata più ancora in seguito alle successive eruzioni, tanto che gli edifici si trovano adesso a sessanta piedi sotto il livello del suolo. È stata scoperta, scavando un pozzo in fondo al quale si rinvenne un pavimento di marmo.[50] È un gran peccato che gli scavi non siano stati eseguiti con un piano sistematico per opera di minatori tedeschi; chi sa quante nobili reliquie del mondo antico non sono andate sciupate con questo scavare che si è fatto alla cieca e con metodi briganteschi! Si discende per sessanta gradini in una grotta dove, al lume delle torce, si ammira il teatro, che un tempo sorgeva all'aria aperta; e ci si fa raccontare tutto ciò che vi è stato ritrovato e si è portato fuori a rivedere il sole.

Nel museo siamo entrati con buone raccomandazioni, e benissimo accolti. Non ci è stato permesso tuttavia di disegnar nulla. Forse per questo abbiamo potuto dedicar meglio la nostra attenzione, riportandoci altrettanto più vivamente nel passato, quando tutte queste cose erano a portata di mano dei loro possessori per gli usi e i piaceri della vita. Quelle casette e quelle camerette di Pompei mi sono apparse qui più anguste e più spaziose ad un tempo; più anguste, perché me le figuravo piene di tanti oggetti preziosi; più spaziose, perché proprio questi oggetti non rappresentano soltanto il puro necessario, ma, adorni e animati nel modo più gentile e più suggestivo dall'arte, ricreano e dilatano lo spirito, che meglio non potrebbe la casa più vasta.

Si vede, per esempio, una secchia di forma mirabile, con l'orlo superiore di squisito lavoro; osservato da vicino, quest'orlo si può innalzare dalle due parti, si riuniscono i due semicerchi ad ansa e così il recipiente si può trasportare con tutta comodità. Le lampade son rabescate di mascheroni e di viticci, secondo il numero dei lucignoli, in modo che ogni singola fiammella illumina una vera opera d'arte. Degli alti e svelti fusti di bronzo sono destinati a portare le lampade; quelle invece che vanno sospese, hanno attaccate figure d'ogni genere e dalle trovate più ingegnose, che, a farle oscillare appena, piacciono e divertono più che mai.

Nella speranza di ritornare, ci siamo fatti accompagnare di sala in sala dal custode, cogliendo del nostro meglio, per quanto il tempo lo consentiva, l'utile e il dolce.

*Napoli, lunedì 19 marzo.*

In questi giorni ho stretto una nuova relazione. Durante le ultime quattro settimane il Tischbein mi ha tenuto buona, utile e fedele compagnia fra tante escursioni d'arte e tante bellezze naturali; non più tardi di ieri siamo stati insieme a Pompei. Con tutto questo, in seguito a scambievoli riflessioni, ci è parso evidente che la sua carriera artistica e gli affari cui egli deve attendere sia a Corte che in città, sempre nella speranza di stabilirsi definitivamente a Napoli, non possono andar d'accordo coi miei progetti, coi miei desiderî, coi miei gusti in generale. Sempre pieno di sollecitudine per me, mi ha quindi proposto per compagno stabile un giovanotto, che avevo visto spesso fin dai primi giorni, e non senza interesse e simpatia. Si chiama Kniep; è vissuto qualche tempo a Roma, e poi è venuto a Napoli, il vero elemento per un pittore di paesaggio. Già a Roma lo avevo sentito vantare come abile disegnatore; non lo stesso avevo sentito dire della sua solerzia. Ma intanto lo conosco abbastanza e mi pare anche che il difetto che gli si rimprovera sia piuttosto una certa irresolutezza, che saprà vincere certamente se resteremo insieme qualche tempo. Abbiamo incominciato bene e questo conferma le mie speranze; se la cosa continua, saremo per un bel pezzo buoni camerati.

Basta percorrere le vie ed aver occhi in testa, per vedere dei quadri inimitabili.

Sul molo, un cantuccio fra i più rumorosi della città, ho visto ieri un Pulcinella che litigava sopra una baracca con una scimmia; alle sue spalle un balcone, dove una ragazza veramente bella attendeva il passaggio di qualche merlo. A due passi dalla baracca, un cerretano, che offriva a una folla assiepata di credenzoni i suoi specifici contro tutti i mali. Dipinto da Gerardo Dow,[51] un quadro simile potrebbe degnamente interessare i contemporanei e i posteri.

Oggi è stata anche la festa di S. Giuseppe,[52] patrono di tutti i friggitori, ossia di quelli che commerciano in paste fritte, del genere meno fino, s'intende. Poiché sotto l'olio nero che frigge si alzano continuamente delle grandi fiammate, tutti i tormenti del fuoco entrano nella giurisdizione di costoro; così, fin da ieri la gente ha addobbato alla meglio le facciate delle case di quadri rappresentanti le anime del purgatorio e il Giudizio Universale, rosseggianti e fiammeggianti tutt'all'intorno. Grandi padelle poggiano davanti a ogni porta su leggere fornacelle. Un garzone fa delle ciambelle e le getta nell'olio grasso e bollente. Accanto alla padella, un terzo ritira mediante un forchettone le ciambelle man mano che escono fritte, le passa a un quarto sulla punta di un altro forchettone, e quest'ultimo le offre ai passanti. Il terzo e il quarto di questi garzoni portavano parrucche bionde e inanellate, che qui passano per attributi degli angeli. Altri individui completavano il gruppo, offrivano del vino ai friggitori, bevevano essi stessi e strillavano la merce: angeli, cuochi, tutti strillavano. La folla si pigiava, anche perché ogni sorta di fritto si vende in questo giorno più a buon mercato; una parte dell'utile va anzi distribuito ai poveri.

Non si finirebbe più a descrivere simili scenette; ogni giorno si vede sempre qualche cosa di nuovo e di più stravagante; basterebbe accennare alla varietà del vestire, in cui ci s'imbatte per via, e alla folla che formicola nella sola via Toledo.

Vivendo fra il popolo, c'è sempre da divertirsi nel modo più originale; esso è così naturale, che con lui si potrebbe diventar naturali. Tale, per esempio, è Pulcinella, la vera maschera di questo paese; tale l'Arlecchino di Bergamo, tale lo *Hanswurst* del Tirolo. Pulcinella è il servitore posapiano, comodo, fino a un certo punto apatico, poltrone anzi che no, e sempre buffone. Garzoni di albergo e servitori come lui, se ne trova da per tutto. Oggi mi sono specialmente divertito col mio, e non si trattava che di mandarlo a prender un po' di carta e delle penne. Un po' l'equivoco, un po' la sua flemma, un po' la malizia e un po' la buona volontà, tutto questo ha provocato la scena più divertente da rappresentarsi con successo in qualsiasi teatro.

*Napoli, martedì 20 marzo.*

La notizia che un torrente di lava, or ora aperto ma invisibile per Napoli, stava per precipitarsi sopra Ottaiano mi ha indotto a visitare il Vesuvio per la terza volta. Alle falde del monte, disceso appena dal mio biroccio a un cavallo, si son presentate le due stesse guide che mi avevano accompagnato l'altra volta; e ho preso l'una per abitudine e riconoscenza, l'altra per fiducia, tutte e due per mia maggiore comodità.

Arrivati al cono, il più attempato rimase a custodire i mantelli e le vettovaglie; l'altro mi seguì e salimmo risolutamente insieme, contro un vapore enorme che sorgeva dalla montagna al di sotto del cratere; quindi, costeggiando il cono, discendemmo lievemente finché, sotto il cielo rischiarato, vedemmo zampillare la lava dalla nuvolaglia selvaggia dei vapori.

Per quanto si sia inteso parlare mille volte d'una cosa, la sua caratteristica speciale non ci è rivelata che dalla vista immediata. La lava formava una striscia forse non più larga di dieci piedi; ma il modo come scorreva per quel declivio non rapido e piuttosto uniforme, era ben sorprendente: infatti, nel raffredarsi durante la corsa, ai due lati e sulla superficie, essa forma un canale che s'ingrossa sempre più, perché il materiale già fuso s'irrigidisce alla sua volta sotto il letto del fuoco, che sparge uniformemente a destra e a sinistra le scorie galleggianti alla superficie; per cui si formano a poco a poco due argini, fra i quali la corrente arroventata continua a scorrere tranquillamente come il ruscello d'un mulino. Ci accostammo agli argini abbastanza elevati; le scorie precipitavano regolarmente ai due lati, fino ai nostri piedi. Attraverso alcune fessure del canale potemmo vedere dal basso la corrente ignea e, continuando a scorrere più giù, potemmo osservarla anche dall'alto.

La massa rovente sembrava come offuscata dallo splendore vivo del sole; un tenue fumo soltanto saliva nell'aria. Io desideravo accostarmi al punto in cui la lava scaturisce dal vivo della montagna, dove, a quanto mi assicurava la guida, essa si forma ad un tratto una vôlta ed un tetto, sotto il quale la stessa guida s'era più volte trattenuta. Per vedere e provar da vicino anche questo spettacolo, risalimmo la montagna, per raggiungere la nostra mèta da sopra. Per fortuna trovammo la posizione libera di vapori, a causa d'una forte corrente d'aria; non completamente però, perché il vapore ci fumigava ancora intorno da mille crepacci. Arrivammo finalmente sopra la vôlta indurita, irrigidita come una poltiglia, che però si protendeva in avanti tanto che non potemmo vedere scorrere la lava.

Tentammo di fare ancora una ventina di passi, ma il terreno ci scottava sempre più sotto i piedi, mentre nell'aria sbuffava un vapore insopportabile, che ci soffocava ed oscurava il sole. La guida, che mi precedeva, ritornò ben presto indietro, mi afferrò per la cintura e così ci strappammo da quella bolgia infernale.

Dopo aver ricreato gli occhi al bel panorama e le fauci con un po' di vino, girammo un po' intorno, per osservare altri particolari di questa bocca d'inferno che si erge nel mezzo di un paradiso. Ho potuto osservare attentamente un'altra volta alcune voragini, veri camini del vulcano, che però non emettono fumo, ma esalano di continuo e violentemente un'aria arroventata. Le ho viste completamente tappezzate di materiale stalattitiforme, che, in forma di coni e di mammelle, riveste l'abisso fino all'orlo. Data la irregolarità di queste «fumarole», potemmo osservare da vicino parecchi penduli prodotti dal vapore, e raggiungerli comodamente coi nostri bastoni e con altri utensili armati di uncini. Avevo già trovato dal negoziante di lava esemplari come questi, elencati sotto il nome delle lave vere; ma ora ho la soddisfazione di avere scoperto che si tratta in realtà di fuliggine vulcanica, dispostavi dai vapori infuocati, e che lascia vedere le parti minerali volatili in essa contenute.

Il più splendido tramonto, una serata di paradiso, mi hanno estasiato al ritorno. Ho potuto tuttavia sentire come un contrasto così enorme basti a turbare i nostri sensi. L'orribile accostato al bello, il bello all'orribile, si annullano a vicenda e finiscono per produrre una sensazione d'indifferenza. Non v'ha dubbio che il napoletano sarebbe un altr'uomo, se non si sentisse prigioniero fra Dio e Satana.

*Napoli, 22 marzo.*

Se il mio temperamento tedesco e il mio desiderio stesso non mi spingessero a studiare e a lavorare più che a godere, dovrei dimorare ancora qualche tempo e procurare di trar miglior frutto, in questa scuola della vita facile ed allegra. Sarebbe un gran bel soggiorno, se si potesse soltanto procurarsi qualche piccola comodità. Per decantare la posizione della città e la mitezza del clima, non vi sono parole bastanti; ma questo è anche tutto ciò su cui può contare il forestiero.

Non v'ha dubbio: chi ha tempo a disposizione, un po' di tatto e la borsa piena, può fissare anche qui la sua residenza in lungo e in largo. Così, anche il cavaliere Hamilton si è costruito qui il suo bel nido,[53] e se lo gode, ora che la sua vita è giunta a sera. L'appartamento che egli ha messo su, al gusto inglese, è quanto mai delizioso, e la vista che si gode da una stanza ad angolo, forse unica. Ai piedi il mare, in faccia Capri, a destra Posillipo, a fianco la passeggiata della Villa Reale,[54] a sinistra un vecchio edificio di gesuiti, più in là la costiera di Sorrento fino al capo Minerva. È ben difficile, almeno in Europa, che si possa trovare un punto simile; molto più nel centro di una città grande e popolosa.

Hamilton è uomo d'un gusto universale, che, dopo aver percorso tutti i regni della creazione, si è fermato davanti a una bella donna, il capolavoro del grande Artista.

Con tutto questo e dopo aver goduto in cento altre guise, le sirene mi invitano all'altra sponda; e se il vento sarà favorevole, partirò assieme a questa mia; ella per il nord, io per il sud. Lo spirito umano è indomabile; io specialmente ho bisogno di spaziare molto. Adesso la mia mira non è tanto il persistere, quanto il concepire rapidamente. Mi basta aver toccato appena un dito, per potermi appropriare, ascoltando e meditando, tutta la mano.

Strano: proprio in questi giorni un amico mi fa ripensare al *Wilhelm Meister*,[55] e me ne chiede la continuazione. Sotto questo cielo non mi sarebbe possibile, ma forse negli ultimi libri si potrà far sentire qualche influsso di questo clima. Possa la mia esistenza durare e svilupparsi quanto è necessario, lo stelo crescere in altezza, i fiori sbocciare più copiosi e più belli! Certo, sarebbe meglio non riprendere più la via del ritorno, se non tornassi rinnovellato di novella fronda.

Oggi abbiamo veduto un quadro del Correggio,[56] in vendita; non perfettamente conservato, ma che pur mantiene indelebile l'impronta più felice della grazia. Rappresenta una Madonna col bambino, nel momento in cui questi è esitante fra il seno materno e alcune pere, che gli porge un angioletto: un Cristo svezzato insomma. L'idea mi sembra d'un'estrema delicatezza, l'esecuzione oltremodo attraente. Richiama subito alla mente gli Sponsali di Santa Caterina[57] che è indubbiamente, a parer mio, di mano del Correggio.

*Napoli, venerdì 23 marzo.*

La mia relazione col Kniep si è ora formata e confermata nel modo più pratico. Siamo stati assieme a Pesto, e tanto lì quanto nell'andata e nel ritorno egli si è mostrato, come disegnatore, d'una grande attività. Ne abbiamo riportato degli schizzi stupendi; ora egli è tutto contento di questa vita piena di movimento e di lavoro, che gli stimola un talento che egli stesso non sapeva di possedere. Il disegnare esige della risolutezza, ed è appunto in questo che egli rivela un'abilità naturale e precisa. Non c'è verso ch'egli dimentichi di incorniciare in un quadrato rettangolare la carta che gli serve per i suoi disegni; così il far continuamente la punta alle migliori matite inglesi è per lui un divertimento quasi quanto l'eseguire il disegno; infine la sua linea non lascia nulla a desiderare.

Ecco il nostro patto: da oggi in poi vivremo e viaggeremo in compagnia, senz'altra preoccupazione, per lui, che quella di disegnare, come ha fatto in questi giorni. Tutti i disegni saranno di mia proprietà; ma affinché egli possa trovare un cespite di lavoro anche dopo il nostro ritorno dalla Sicilia, eseguirà per mio conto un certo numero di soggetti da scegliersi, fino a una determinata somma. Data la sua abilità e l'importanza delle vedute che si ritrarranno, tutto il resto verrà da sé. Quest'accordo mi riempie di gioia, e adesso posso anche render conto della nostra escursione.

Tenendo le redini un po' per uno dall'alto del nostro svelto biroccio, con alle spalle un ragazzo alquanto selvatico ma di buona indole, abbiam percorso da prima un'incantevole contrada, che il Kniep salutava col suo occhio da pittore. Giungemmo quindi a una gola alpestre, che abbiamo attraversato di volo, trottando sopra una via molto ben battuta, al piede dei più pittoreschi gruppi di boschi e di rocce. Infine, giunti presso Cava dei Tirreni, Kniep non seppe resistere dal buttar giù il contorno netto e caratteristico d'una montagna stupenda,[58] che spiccava mirabilmente nel cielo di fronte a noi, oltre al paesaggio che dai lati e al basso chiudeva la montagna. Ne siam rimasti tutt'e due soddisfatti, come d'un buon principio per il nostro accordo.

Un bozzetto dello stesso genere fu preso la sera dalle finestre del nostro albergo a Salerno; anche questo mi dispenserà dal descrivere un pezzo di terra unico per la sua fertilità e il suo incanto. Chi non si sarà sentito attrarre allo studio in questi luoghi, nei bei tempi in cui la scuola salernitana[59] era in fiore! La mattina dopo, per tempissimo, trottammo per vie impraticabili e qua e là paludose fino al piede di due belle montagne, attraversando canali e ruscelli, e incontrando bufali dall'aspetto di ippopotami e dagli occhi selvaggi e iniettati di sangue.

La regione appariva sempre più piana e più deserta e gli scarsi casolari annunciavano l'abbandono di ogni cultura. Finalmente, senza sapere se attraverso rocce o rovine, riuscimmo a distinguere chiaramente in certe colossali masse lunghe e quadrate, che avevamo già viste da lontano, i templi e i monumenti superstiti della città di Pesto,[60] un tempo così fiorente. Kniep, che, cammin facendo, aveva già abbozzato due pittoresche montagne calcaree, si scelse immediatamente un buon posto, per poter riprodurre nelle sue linee caratteristiche questa regione, del resto tutt'altro che pittoresca.

Nel frattempo, io m'ero fatto condurre da un campagnuolo nei pressi dei monumenti. La prima impressione non poteva essere che di sbalordimento. Mi vedevo in un mondo affatto nuovo. Infatti, come i secoli evolvono dal severo al grazioso, così essi plasmano l'uomo, anzi così senz'altro lo riproducono. Ora i nostri occhi, e con questi il nostro spirito, son attratti verso un'architettura più svelta, e vi sono così assuefatti, che queste masse di colonne pesanti, a forma di cono, costrette l'una accanto all'altra ci riescono in sulle prime antipatiche e c'infondono perfino terrore. Ma ben presto io ritornai in me, mi richiamai alla mente la storia dell'arte, ricordai i tempi il cui spirito trovava opportuna quell'architettura, mi rappresentai lo stile austero della plastica, e in men d'una ora mi sentii già riconciliato e resi grazie al mio genio d'avermi concesso di vedere coi miei occhi mortali queste reliquie così ben conservate, non potendosi mediante le riproduzioni formarsene alcuna idea. Nel piano architettonico, infatti, esse riescono più eleganti, e, in prospettiva, più pesanti che non siano in realtà; solo girandovi intorno e percorrendole da una parte all'altra si comunica loro una vera vita, vita che par di vedere uscire da quelle pietre, così come l'architetto volle e creò. Così ho trascorso tutta la giornata, mentre il Kniep continuava a ritrarre fedelmente e senza tregua i nostri schizzi. Come ero contento d'essermi liberato, sotto questo aspetto, da ogni preoccupazione e d'essermi assicurato, per la memoria, appunti così precisi! Purtroppo non c'era alcuna occasione per pernottare sul luogo, per cui ritornammo a Salerno e all'indomani riprendemmo di buon'ora la via di Napoli. Lungo la via il Vesuvio, visto da dietro, nella più fertile pianura del mondo; e in primo piano pioppi colossali, come altrettante piramidi sparse lungo il vialone. Anche questo spettacolo fu per noi oltremodo gradito e ce lo siamo goduto durante una breve sosta.

Poco dopo arrivammo ad un'altura, dove un quadro grandioso si presentò ai nostri occhi. Napoli in tutta la sua magnificenza, con le sue case schierate lungo la spiaggia del golfo per parecchie miglia, i promontorî, le lingue di terra, le pareti delle rocce, e poi le isole, e, nello sfondo, il mare: spettacolo davvero incantevole.

Un canto selvaggio, o piuttosto un grido, un urlo di gioia mi spaventò e mi turbò: era il ragazzo, che stava nel biroccio dietro a noi. Io lo rimproverai vivacemente, mentre fino allora egli non aveva inteso una sola parola aspra da noi, essendo in fondo un buon figliuolo.

Per un poco, non si mosse; poi mi battè lievemente sulla spalla, tese fra noi due il braccio destro con l'indice alzato e: «Signor, perdonate», disse, «questa è la mia patria!». Ciò che mi sorprese non men di prima e mi fece luccicare negli occhi, povero figlio del nord, qualche cosa come una lacrima.

*Napoli, 25 marzo. Annunciazione di Maria.*

Benché avessi compreso subito che il Kniep mi avrebbe accompagnato volentieri in Sicilia, tuttavia c'era qualche cosa, come ebbi occasione di assicurarmi, che egli lasciava a Napoli a malincuore. Data la sua schiettezza, scoprii ben presto che era innamorato, e legato piuttosto intimamente con una bella ragazza. Sarebbe grazioso raccontare come si sono conosciuti; fatto è che, fino allora, sulla condotta della ragazza non c'era nulla da ridire. Era venuto il momento in cui anche io avrei dovuto vedere questa bellezza; s'era convenuto che, nella stessa occasione, avrei anche potuto godere uno dei più bei panorami della città. Infatti, egli mi condusse sulla terrazza di una casa, dalla quale si poteva abbracciar con lo sguardo specialmente la parte bassa di Napoli, verso il molo, col golfo e la spiaggia di Sorrento; tutta la parte a destra si presentava in uno sfondo singolarissimo, come forse sarebbe difficile vedere da tutt'altro punto. Napoli è bella e stupenda da per tutto.

Mentre stavamo ammirando la veduta, dal piano della terrazza spuntò all'improvviso, ma non inaspettata, una testolina veramente graziosa: infatti, per salire dall'abitato a quella terrazza, non c'è che una lunga apertura quadrata, che può esser chiusa con una botola. Come quell'angioletto apparve del tutto fuori della botola, mi ricordai che alcuni antichi pittori rappresentano l'Annunciazione a un dipresso così e che anche l'angiolo appare salendo da una scala. La nostra angioletta aveva realmente una leggiadra figura, un visino incantevole e un portamento simpatico e naturale. Ed io fui molto lieto di vedere il mio recente amico così felice sotto un cielo così stupendo, al cospetto della plaga più bella del mondo. Come la ragazza si fu allontanata, egli mi confessò d'aver sofferto fino allora volontariamente la povertà, contento dell'amore di lei e di aver potuto apprezzare la modestia delle sue abitudini; mai come adesso gli sorrideva la prospettiva di giorni meno tristi e di una posizione meno disagiata, che lo mettesse in grado di offrire anche a lei un avvenire migliore.

Dopo questa piacevole avventura sono andato a fare una passeggiata in riva al mare. Ero in un momento di calma e di umor lieto; e una buona idea venne anche a rischiarare le mie teorie botaniche. Prego di dire allo Herder che, per quanto concerne la «pianta originaria», sarò presto a buon porto; temo tuttavia che nessuno vorrà riconoscervi il resto del mondo vegetale. La mia famosa teoria dei cotiledoni è sublimata a tal punto, che non sarà facile spingersi più in là.

*Napoli, 26 marzo.*

Questa mia partirà domani. Giovedì, 29, partirò finalmente anch'io per Palermo, con la corvetta che, ignaro di cose marinaresche, nell'ultima mia ho elevato al grado di fregata. Il dubbio di partire o no mi ha perfin turbato in parte il mio soggiorno a Napoli. Ora che mi son deciso, mi sento più tranquillo. Dato il mio modo di sentire, questo viaggio sarà salutare, anzi necessario. La Sicilia mi richiama l'Asia e l'Africa; trovarsi nel centro meraviglioso, dove convergono tanti raggi della storia universale, non è cosa da nulla.

A Napoli ho vissuto alla napoletana; ho fatto di tutto, tranne che lavorare; ho visto molte cose e mi son formato un concetto generale del paese, degli abitanti e delle condizioni locali. Al mio ritorno, provvederò a riempire questa lacuna; non tutto certamente, perché è necessario che mi ritrovi a Roma prima del

29 giugno. Se non ho assistito alle funzioni della Settimana Santa, voglio almeno celebrarvi la festa di S. Pietro. Il mio viaggio in Sicilia non deve distrarmi troppo dal mio primo programma.

L'altro ieri abbiamo avuto un forte acquazzone, con lampi, tuoni e pioggia a torrenti; ora il tempo si è rimesso al bello e spira una magnifica tramontana; se la dura, avremo una traversata rapidissima.

Ieri sono stato col mio compagno di viaggio a visitare il battello e la cabina che ci ospiterà. Un viaggio di mare era quello di cui non avevo ancora un'idea; questa piccola traversata, forse una escursione lungo la costa, gioverà alla mia fantasia e mi allargherà l'orizzonte. Il capitano è un giovine affabile, il battello elegante: è un buon veliero costruito in America.

Qui tutto incomincia a verdeggiare; in Sicilia troverò la vegetazione ancor più inoltrata. Quando voi riceverete questa mia, io sarò già sulla via del ritorno e avrò già voltato le spalle alla Trinacria. Così siam fatti noi: i nostri pensieri saltano sempre avanti e indietro; io non sono ancora stato laggiù, e già sono di ritorno tra voi. Ma se questa lettera è così disordinata, la colpa non è mia; mi interrompono ad ogni momento, e intanto vorrei finire almeno questo foglio.

Ho avuto or ora la visita del marchese Berio,[62] un giovine gentiluomo, a quanto pare, assai colto. Anche lui ha voluto conoscere l'autore del *Werther*. In generale, qui c'è molto interesse e gusto per la scienza e la cultura. Soltanto sono troppo felici per battere la buona strada. Se avessi più tempo, mi farebbe piacere concederne loro un po' di più. Un mese di soggiorno! ma che cos'è, nel vortice immenso d'una vita come questa! Ed ora addio. In questo viaggio imparerò certo a viaggiare; se anche a vivere, chi lo sa. Gli uomini che sembrano conoscere quest'arte sono, in tutto, troppo diversi da me, perché io possa pretendere di possedere questo talento.

Addio e vogliatemi bene, che io penso a voi di gran cuore.

*Napoli, 28 marzo.*

Passo tutti questi giorni a far valigie, a congedarmi da questo e da quello, a far provviste e a pagar conti, a sbrigare qualche faccenda e a prepararmi al viaggio: giornate completamente perdute.

Il principe di Waldeck mi ha messo una pulce nell'orecchio anche al momento di lasciarci: mi ha detto nientemeno che al mio ritorno devo prepararmi a fare un viaggio con lui in Grecia e in Dalmazia. Una volta lanciati nel gran mondo e attratti nella sua orbita, bisogna star bene all'erta per non lasciarsi prendere e fuorviare addirittura. Non m'è possibile aggiungere una parola.

*Napoli, 29 marzo.*

Da alcuni giorni il tempo è stato incerto; oggi, giorno fissato per la partenza, è bello quanto mai: la tramontana propizia e un cielo limpido e luminoso, che fa venir voglia di andar per il mondo. Mando ancora un addio di cuore a tutti gli amici di Weimar e di Gotha. Che il vostro amore mi accompagni; potrò sempre averne bisogno. La notte scorsa ho sognato di trovarmi ancora fra le mie solite occupazioni. Sembra proprio che quella mia barca di fagiani non potrà approdare che da voi. Speriamo che arrivi carica di bottino veramente prezioso!

# SICILIA

*In rotta. — Giovedì 29 marzo.*

Non soffiava, questa volta, come all'ultima partenza del postale, quella fresca e propizia tramontana, bensì un vento tiepido di nord-est, il più uggioso del mondo. Abbiamo imparato così come il navigante sia in balìa dei capricci del tempo e del vento. La mattinata, l'abbiamo trascorsa impazienti fra la rada e il caffè; a mezzogiorno finalmente siamo saliti a bordo, dove, dato il bellissimo tempo, abbiam goduto un colpo d'occhio incantevole. La corvetta era ancorata a poca distanza dal molo. Splendeva un bel sole, l'atmosfera era piena di vapori; le rocce ombrate di Sorrento, dell'azzurro più carico; Napoli luminosa e brulicante, nella pompa di tutti i colori. Solo al tramonto il battello si mosse, ma adagio adagio; e il vento contrario ci spinse verso Posillipo e oltre la sua punta. Per tutta la notte il battello ha poi proseguito la sua rotta tranquillamente. È di costruzione americana, munito di buone vele, e provveduto nell'interno di spaziose cabine e di cuccette separate. I compagni di viaggio, di umor gaio ma corretti. Sono dei cantanti e dei ballerini scritturati a Palermo.

*Venerdì, 30 marzo.*

All'alba ci siam trovati fra Ischia e Capri, a forse un miglio da quest'ultima, quando il sole apparve maestoso dietro le rocce di Capri e il Capo Minerva. Il Kniep ha disegnato accuratamente i contorni delle rive e delle isole coi loro aspetti diversi, favorito nel suo lavoro dalla lentezza del tragitto. Proseguimmo così la nostra rotta con un vento fiacco. Verso le quattro, il Vesuvio scomparve dai nostri occhi, mentre Capo Minerva ed Ischia si scorgevano ancora. Ma verso sera, anche questi ultimi furono perduti di vista. Il sole si tuffò nel mare avvolto di nubi e in una stria tutta di bagliori di porpora, lunga parecchie miglia. Anche questo fenomeno fu riprodotto dal Kniep. A un certo punto, terra ferma non se ne vide più; l'orizzonte era tutto un cerchio d'acqua, la notte rischiarata da un bel chiaro di luna.

Ma tutti questi splendori, io non li ho potuti godere che per pochi momenti, ché ben presto mi sopraggiunse il mal di mare. Mi ritirai nella mia cabina, e coricatomi in posizione orizzontale, non ho toccato né cibo né bevanda, all'infuori di un po' di pane bianco e di vino rosso, e così mi son sentito benissimo. Segregato dal mondo esteriore, ho lasciato libero campo alle mie riflessioni interiori e nella previsione di una traversata lenta, mi sono assegnato un grave compito, tanto per distrarmi. Di tutte le mie carte avevo portato a bordo solo i due primi atti del *Tasso*,[1] redatti in prosa poetica; i due atti, simili press'a poco nel disegno e nella stesura alla redazione attuale, ma scritti una diecina d'anni fa, avevano qualche cosa di impreciso e di nebuloso, che del resto andò perduto quando, in conformità a vedute più recenti, ebbi a curare in prevalenza la forma e v'introdussi il ritmo.

*Sabato, 31 marzo.*

Il sole è sorto limpido dal mare. Alle sette raggiungemmo un battello francese, partito due giorni prima di noi. Avevamo dunque veleggiato meglio di quello; eppure non si vedeva ancora la fine della nostra traversata. Ci consolò un poco la vista dell'isola d'Ustica, che però lasciammo purtroppo a sinistra, mentre avremmo dovuto lasciarla a destra, come Capri. Verso mezzogiorno il vento cominciò a soffiare completamente contrario e non ci fu verso di dare un passo innanzi. Il mare a poco a poco si fece grosso e a bordo quasi tutti soffrivano.

Io non mi mossi dalla mia solita posizione, e riuscii a rimaneggiare tutto il mio dramma da capo a fondo. Le ore sarebbero trascorse senza che me ne accorgessi, se quel briccone di Kniep, sul cui appetito le onde non avevano alcuna presa, non si fosse divertito di quando in quando a far gli elogi dell'ottimo pranzo, della gentilezza e del buon umore del giovine ed esperto capitano, portandomi anche del pane e del vino, ed esprimendomi il suo dispiacere per non poter gustare io la mia parte. Materiale non meno abbondante ai suoi maliziosi schizzi gli forniva inoltre il passaggio dal buon umore e dagli scherzi all'indisposizione e al mal di mare, e il modo come tutto questo accadeva in particolare a questo o a quel passeggero di bordo.

Alle quattro del pomeriggio il capitano cambiò rotta. Furono spiegate un'altra volta le vele più grandi, prendendo la direzione di Ustica, dietro la quale, con nostro grande giubilo, scorgemmo le montagne della Sicilia. Il vento si rabbonì e continuammo più speditamente in direzione della Sicilia, incontrando ancora altre isole. Il tramonto è stato coperto e il chiarore del cielo soffocato dalle nubi. Durante tutta la serata, vento piuttosto favorevole. Verso mezzanotte, mare assai mosso.

*Domenica, 1 aprile.*

Alle tre del mattino, grande burrasca. Io ho continuato, tra veglia e sonno, a tracciar le linee del mio dramma, mentre sopra coperta l'animazione era grande. Fu necessario ammainar le vele; il battello rullava già in balìa delle onde. Verso l'alba, la burrasca si calmò e l'orizzonte ritornò sereno. L'isola di Ustica rimaneva sempre alla nostra destra. Ci han fatto vedere una grossa tartaruga che nuotava a una certa distanza e che sotto il nostro cannocchiale si discerneva benissimo come un punto semovente. Verso mezzogiorno abbiam potuto distinguere nettamente la costa siciliana coi suoi promontorî e le sue insenature; ma ci trovavamo troppo sotto vento e dovemmo bordeggiare continuamente. Nel pomeriggio la riva era già vicina. Potevamo distinguere perfettamente, dato il tempo sereno e il sole luminoso, la costa occidentale dal Capo Lilibeo al Capo Gallo.

Una frotta di delfini accompagnava il battello a destra e a sinistra della prora, slanciandosi sempre innanzi. Era bello vederli ora nuotare, tuffati nelle onde chiare e trasparenti, ora balzare fuor d'acqua con le creste, i dorsi e le pinne di verde-oro cangiante.

Essendo il battello ancora sotto vento, il capitano drizzò la prua verso un'insenatura dietro Capo Gallo. Nemmeno questa buona occasione fu trascurata dal Kniep, che disegnò le vedute più varie con parecchi particolari. Al tramonto, il capitano prese di nuovo il largo, in direzione nord-est, per raggiungere l'altezza di Palermo. Qualche volta mi avventuravo anch'io sopra coperta, ma sempre assorto nel mio compito di poesia, che ormai ero riuscito a padroneggiare quasi completamente. Cielo nebuloso, ma bel chiaro di luna; riflesso sulle onde, indicibilmente bello. I pittori, per amor dell'effetto, ci fan credere spesso che il riflettersi degli astri nell'acqua abbia per lo spettatore la maggior ampiezza là dove ha la maggior forza. Ma qui si vedeva il riflesso più largo all'orizzonte, mentre in direzione del battello finiva in onde scintillanti come piramidi appuntite. Anche durante la notte, il capitano ha cambiato manovra più volte.

*Lunedì, 2 aprile, 8 di mattina.*

Siamo arrivati dirimpetto a Palermo: giornata molto lieta per me. L'abbozzo del mio dramma ha progredito abbastanza, in questi giorni, nel ventre della balena. Mi sentivo già così bene, da poter seguire con attenzione, sopra coperta, le coste della Sicilia. Kniep ha continuato a disegnare a tutt'uomo e, grazie alla sua abilità e alla sua precisione, più d'un foglio di carta si è trasformato in un prezioso ricordo del nostro approdo tanto contrastato.

*Palermo, lunedì 2 aprile.*

Siamo finalmente entrati in porto, a gran fatica e con molti sforzi, oggi alle tre del pomeriggio, e un lieto spettacolo si è subito presentato ai nostri occhi. Del tutto ristabilito come ero, ne ho potuto godere pienamente. La città, con le spalle a nord, è situata ai piedi di alti monti. Sopra la città, per l'ora in cui eravamo, il sole gettava tutti i suoi raggi, in modo che le ombre tenui delle facciate delle case ci stavano di fronte, rischiarate dal riflesso. A destra il monte Pellegrino, con le sue forme graziose in piena luce, a sinistra la spiaggia adagiata via via coi suoi seni, le sue sporgenze, i suoi promontorî. Ma quel che produceva l'effetto più suggestivo, era il verde tenero degli alberi, le cui cime, illuminate da dietro, ondeggiavano davanti alle case nell'ombra, come grandi sciami di lucciole vegetali. Un vapor chiaro dava una mano di azzurro a tutte le ombre.

Invece di scendere impazienti sulla rada, ce ne siamo rimasti sopra coperta finché non ci hanno mandati via. Dove avremmo potuto ritrovare un punto di vista come quello, e godere un colpo d'occhio così felice!

Entrammo in città per una porta[2] piuttosto singolare, (composta cioè di due enormi pilastri, ma senza architrave, affinché il carro di S. Rosalia, alto come una torre, vi possa passare in occasione della festa famosa); e subito, prendendo a destra, ci condussero in un vasto albergo. L'albergatore, un arzillo vecchietto assuefatto da tempo a vedere facce straniere d'ogni nazione, ci accompagnò in una camera spaziosa, dal cui balcone si aveva la vista del mare e della rada, del monte di Santa Rosalia e della spiaggia; avendo scorto di lì il nostro battello, potemmo farci un'idea anche del nostro primo punto di osservazione. Pienamente soddisfatti della posizione della nostra stanza, avevamo appena prestato attenzione a un'alcova nascosta sopra un rialzo dietro le cortine, dove si stendeva un letto di proporzioni così imponenti, sormontato da un maestoso baldacchino di seta, che s'intonava perfettamente col resto della vistosa mobilia antica. Un appartamento così sfarzoso ci pose in un certo imbarazzo e, secondo la nostra abitudine, chiedemmo di accordarci sul prezzo. «Non è necessario far patti», obbiettò il vecchietto; «mi auguro soltanto che lor signori si trovino bene a casa mia; si servano pure, se credono, anche dell'antisala, che dà proprio nella loro stanza, e che con tanti balconi è aerata, fresca e piacevole».

Rimanemmo così a goderci la vista incomparabile e variata, studiandoci di riprodurla minuziosamente col lapis e col pennello, come quella che da tal punto offriva all'artista una messe inesauribile.

Il chiaro di luna ci attirò verso sera nuovamente sulla rada e al ritorno ci trattenne ancora a lungo sulla balconata. Era una splendida illuminazione, una calma e un fascino grandi.

*Palermo, martedì 3 aprile.*

Nostro primo pensiero fu quello di osservare più minutamente la città, che è facile abbracciare d'un colpo d'occhio, ma difficile conoscere nei particolari; facile, perché una via la attraversa per qualche miglio dalla porta inferiore alla superiore, cioè dal mare al monte, mentre essa stessa viene alla sua volta intersecata verso la metà da un'altra via; e tutto quel che sta su queste linee è comodo a trovarsi. Ma la parte interna della città è invece tale, che il forestiero vi si smarrisce come in un labirinto, né riesce a trovare il bandolo senza l'aiuto d'una guida.

Verso sera abbiam dedicato tutta la nostra attenzione alla famosa passeggiata della nobiltà, che, in lunga fila di carrozze, si reca fuori di porta e lungo la spiaggia a godere il fresco, a intrattenersi scambievolmente e a far la corte alle signore.

Due ore prima di notte era spuntata la luna piena, che diffondeva nella serata un incanto inesprimibile. La posizione di Palermo, tutta rivolta a nord, fa sì che la città e la spiaggia si trovino in rapporto singolare rispetto agli astri, il cui riflesso non si vede mai nelle onde. Ecco perché anche oggi, sotto il cielo più sereno, abbiam trovato il mare d'un azzurro carico, cupo, quasi esasperante, mentre a Napoli, dal pomeriggio in poi, appare sempre più gaio, più vaporoso, più sfumante.

Il Kniep m'ha lasciato fare già quest'oggi più d'una passeggiata e d'un'osservazione da solo; egli è andato a riprodurre uno schizzo preciso del monte Pellegrino, il più bel promontorio del mondo.

Seguono alcune notizie suppletive e confidenziali.

Partiti da Napoli giovedì 29 marzo al tramonto, non siamo approdati a Palermo che dopo quattro giorni, alle tre del pomeriggio. Il breve diario, che accludo, dà alcune notizie sommarie delle nostre avventure. Io non ho mai fatto un viaggio così tranquillo, non ho mai goduto di tanta quiete come durante questo tragitto così prolungato da un costante vento contrario, e perfino nella mia cuccetta, nell'angusta cabina dove mi son dovuto trattenere i primi giorni, preso come ero da un forte mal di mare.

Ora ripenso in tutta calma a voi, perché, se c'era qualche cosa di importanza decisiva per me, talè è questo viaggio.

Se un uomo non s'è visto circondato dal mare, non può aver un'idea del mondo e della sua posizione rispetto al mondo. Come pittore di paesaggio poi, questa linea semplice e grandiosa mi ha anche ispirato pensieri del tutto nuovi.

Come vi dice il diario, abbiamo avuto durante la breve traversata una varia fortuna e abbiam conosciuto, direi quasi, le avventure di una grande traversata pericolosa. Quanto alla sicurezza e alle comodità del battello, non c'è elogio che basti. Il capitano è una gentilissima persona, che sa il fatto suo. I compagni di viaggio, tutta una compagnia di teatro, gente per bene, socievole e simpatica. L'artista, che ho portato con me, è un bravo giovane affezionato e di temperamento gioviale; disegna con la più grande accuratezza e ha già schizzato tutte le isole e le coste, man mano che ci si presentavano; quando vi porterò questi disegni, ne avrete gran piacere. Del resto, per ingannare le lunghe ore della traversata, mi ha anche steso per iscritto la pratica dell'acquarello, che in Italia si coltiva adesso con grande successo: si tratta dell'impiego di certi colori per produrre determinati toni, che non si otterrebbero senza conoscere il segreto, che a prezzo di sforzi inauditi. Qualche cosa ne avevo sentito dire a Roma, ma sempre alla spicciolata. Solo in un paese come l'Italia, gli artisti han potuto studiarlo a fondo così com'è. Non è possibile esprimere a parole la trasparenza vaporosa che avvolgeva le coste, nello splendido pomeriggio in cui siamo arrivati davanti a Palermo. La purezza del contorno, la morbidezza dell'assieme, il digradare dei toni, l'armonia del cielo, del mare e della terra. Chi ha visto tutto questo, non lo dimentica più. Adesso sì che comprendo Claude Lorrain; spero di poter un giorno, ritornato nel nord, rievocare dall'intimo del mio spirito qualche imagine, sia pur vaga, di questa terra beata. Possa io uscir mondo di ogni meschinità, per lo meno quanto son riuscito a liberare i miei concetti sul disegno dalla meschinità dei tetti di paglia della mia patria! Vediamo ciò che saprà fare questa regina delle isole.

Come essa ci abbia accolti, non ho parole per esprimere: gelsi d'un verde appena nato; oleandri sempre verdi; spalliere di agrumi, ecc.; in un giardino pubblico,[4] grandi aiuole di ranuncoli e di anemoni. L'aria è dolce, mite, profumata; il vento tiepido. La luna sorgeva dietro un promontorio e si specchiava nel mare: quale godimento, dopo aver passato quattro giorni e quattro notti in balia delle onde! Perdonatemi l'audacia di scarabocchiare tutto questo con una penna ottusa, che intingo in una conchiglia di seppia, di cui si serve il mio compagno per i suoi schizzi. Vi arriverà almeno come un bisbiglio, mentre io preparo a tutti coloro che mi vogliono bene un altro monumento[5] di queste mie ore felici. Che ne sarà, non lo dico; quando lo riceverete, nemmeno posso dire.

Grazie al foglio che accludo, voi dovreste partecipare fino al possibile, miei cari, a una vivissima gioia; esso vi dovrebbe offrire la descrizione di questo golfo incomparabile, in tutta la sua estensione: dall'est, donde un promontorio più basso[6] si protende a lungo nel mare, fino alle rocce molto scoscese, dalle belle forme rivestite di piante, e via via alle abitazioni dei pescatori nei sobborghi, e alla città stessa, le cui prime case son tutte prospicienti sul porto come la nostra; e così fino alla porta, per la quale abbiam fatto il nostro ingresso. Di qui si continua ad ovest dov'è il porto ordinario d'arrivo e dove approdano i bastimenti più piccoli, fino al porto propriamente detto, ossia al molo, approdo dei bastimenti più grandi. Qui sorge, ad ovest, a proteggere tutto il naviglio, il monte Pellegrino nelle sue belle forme, lasciando dietro di sé la terra ferma vera e propria e un'amena e fertile vallata,[7] che si estende fino all'altra parte del mare.

Il Kniep ha eseguito dei disegni, io degli schizzi, entrambi con nostra grande gioia; ritornati all'albergo tutti contenti, ora non ci sentiamo né la lena né il coraggio di ritoccarli né di portarli a termine. I nostri saggi resteranno come sono per l'avvenire; e così il foglio che vi mando non è che un documento della nostra impotenza ad affrontare oggetti simili, o meglio della nostra presunzione di volerli conquistare in così breve tempo.

*Palermo, mercoledì 4 aprile.*

Abbiamo visitato nel pomeriggio la fertile ed amena vallata che si stende fra i monti a sud di Palermo, attraversata a zig-zag dal fiume Oreto. Anche qui ci vuole l'occhio e la mano abile d'un pittore per trovare il soggetto d'un quadro; e il Kniep è riuscito infatti a cogliere il suo punto di vista, là dove l'acqua, trattenuta, precipita da un argine mezzo rovinato, all'ombra d'una ridente macchia d'alberi, con la valle in salita nello sfondo e qua e là delle case di campagna.

Il più bel tempo di primavera e una fertilità lussureggiante diffondevano su tutta la valle un sentimento di pace che consolava; ma ce lo guastava, con la sua erudizione, quell'importuno che ci faceva da guida, raccontando per filo e per segno come qualmente Annibale avesse dato qui una grande battaglia,[8] e non so quali episodi stupendi, che si sarebbero svolti in quel punto. Io gli rimproverai con una certa asprezza la sua macabra evocazione di tanti spettri, passati nel numero dei più. È abbastanza triste, gli osservai, che di tempo in tempo le messi debbano essere calpestate, se non proprio da elefanti, da uomini e da cavalli; non si dovrebbe risvegliare di soprassalto la fantasia dai suoi sogni pacifici e spaventarla con simili orrori.

La guida rimase non poco stupita al sentirmi far così poco conto di un ricordo classico in un luogo come quello; quanto a me, inutile aggiungerlo, non son riuscito a fargli capire l'impressione che mi aveva fatto una tale contaminazione del passato e del presente. Ancor più stravagante dovetti sembrare a una guida simile, quando, in tutti quei tratti che il fiume lascia dovunque all'asciutto, mi misi a cercare delle pietruzze e a fare raccolta delle specie più varie. Anche questa volta non mi riuscì di fargli entrare in testa che il modo più spedito per farsi un'idea d'una regione montuosa è l'esaminare le varie pietre che vengono trascinate dai torrenti e che questo era anche il metodo di procurarsi, mediante le rovine, un'idea di quelle eterne, classiche altezze dell'antichità terrestre.

Il bottino che ho raccolto dal fiume Oreto è stato anche abbastanza abbondante; ne ho raccolto circa quaranta pezzi, da classificarsi tuttavia in poche rubriche. La maggior parte si possono classificare o fra i diaspri e le agate o fra gli schisti argillosi. Ne ho trovate in parte in forma di prodotti alluvionali indefiniti e in parte in forma romboidale, di vario colore; mi sono inoltre imbattuto in numerose varietà di calcare antico e in non poche brecce, collegate con calcare; le combinazioni con pietre erano in parte a base di diaspro, in parte di calcare. Non mancavano nemmeno prodotti alluvionali di calcare conchilifera.

I cavalli vengono qui nutriti con orzo, paglia tritata e crusca; in primavera si dà loro dell'orzo verde tallito, «per rinfrescarli» come dicono. Non avendo prati, non hanno fieno. Sui monti vi sono alcuni pascoli, e così in certe campagne, ma un terzo rimane per maggese. Allevano poche pecore, di razza barbaresca; e in generale più muli che cavalli, confacendosi meglio ai primi il nutrimento secco.

La pianura sulla quale sorge Palermo, la contrada suburbana «Ai colli» e la regione detta «Bagheria» hanno per base quel calcare conchilifero, col quale si è costruita la città; per questo si vedono nei dintorni delle grandi cave. Nei pressi di monte Pellegrino ve n'è di profonde fino a cinquanta piedi. Gli strati inferiori sono d'una tinta più bianca; e abbondano di coralli, crostacei e soprattutto di conchiglie. Lo strato superiore è commisto ad argilla rossa e non contiene che poche o punte conchiglie. L'argilla rossa è completamente alla superficie, ma il suo strato è piuttosto sottile.

Il monte Pellegrino si distingue da tutta questa struttura; esso è un calcare antico, con molti fori e fessure, che, osservate attentamente, benché molto irregolari, seguono la disposizione dei banchi. La massa pietrosa è salda e sonante.

*Palermo, giovedì 5 aprile.*

Abbiamo percorso la città, parte a parte. L'architettura ricorda per lo più quella di Napoli, ma alcuni monumenti pubblici, per esempio certe fontane, sono ancor più lungi dal rivelare del buon gusto. Qui si cerca invano quello spirito d'arte che, come a

Roma, ispira il lavoro; la costruzione qui ha la sua ragione d'essere solo per circostanze accidentali. Una fontana[9] che forma l'ammirazione di tutta l'isola, forse non esisterebbe nemmeno se in Sicilia non vi fosse del bel marmo di vario colore e se in quei giorni non fosse stato in auge uno scultore, abile precisamente nel riprodurre gli animali. Non è impresa facile descrivere questa fontana. Nel centro d'una piazza mediocre sorge un'opera monumentale rotonda, dell'altezza di quasi un piano, con lo zoccolo, le pareti e la cornice tutto di un marmo variegato; nelle pareti sono incavate l'una dopo l'altra parecchie nicchie, dalle quali sporgono, col collo teso, teste di ogni specie d'animali, in marmo bianco: cavalli, leoni, cammelli, elefanti si seguono e si rassomigliano e nessuno si aspetterebbe di vedere in mezzo a questo giardino zoologico una fontana, alla quale si accede da quattro lati, negli intervalli vuoti, mediante gradini di marmo, per attingere l'acqua copiosamente largita.

Qualche cosa di simile si osserva nelle chiese, che superano per la mania della pompa quelle degli stessi gesuiti, ma non per un principio o per un piano determinato, bensì per circostanze puramente accidentali, secondo che l'operaio, scultore, intagliatore, decoratore, doratore, verniciatore o marmista ha voluto eseguire a capriccio, senza gusto e senza guida, quello che solo sapeva fare.

Si osserva infatti una certa abilità nell'imitare oggetti dalla natura; quelle teste di animali, ad esempio, non sono affatto lavorate male. Tutto questo solleva naturalmente l'ammirazione della folla, per la quale il gusto artistico consiste soprattutto nel trovare l'oggetto imitato comparabile al suo modello.

Verso sera ho fatto una piacevole conoscenza, entrando da un modesto mercante della via principale, per comprarvi alcune piccolezze. Mentre m'indugiavo davanti alla bottega per esaminare la merce, si era sollevato un leggero colpo di vento, che, turbinando per la via, riempiva di un gran polverone botteghe e finestre. «Diavolo!» esclamai, «come va che la vostra città è così sudicia; che non ci sia proprio un rimedio? Questa via, per lunghezza e per bellezza, non la cede al Corso di Roma. A destra e a sinistra vedo dei marciapiedi, che ogni proprietario di magazzino o di officina mantiene puliti a furia di scopare gettando tutta l'immondezza nel mezzo della via; ma questa naturalmente diventa sempre più sudicia e finisce col restituirvi, ad ogni soffio di vento, il sudiciume che vi avete accumulato. A Napoli vi sono degli asini, che tutto il giorno non fanno altro che trasportare la spazzatura negli orti e in campagna; non si potrebbe escogitare e fare qualche cosa di simile anche tra voi?».

«La faccenda è proprio come voi dite», replicò il mio uomo. «Quello che noi gettiamo dalle case, imputridisce davanti alle nostre porte. Guardate là; sono mucchi di paglia e di strame, avanzi di cucina e non so che altre sconcezze, che poi si disseccano e infine ritornano a noi sotto forma di polvere. Noi abbiamo un bel difenderci tutto il giorno, dalla polvere. Guardate anche qua: queste nostre belle scopette, così graziose, a lavorare tutto il giorno finiscono anch'esse, logorate che siano, ad aumentare le immondezze davanti alle nostre case».

E a prenderla allegramente, era proprio così. La gente qui si serve di certe eleganti scopette di palme nane, che potrebbero anche servire su per giù da ventaglio; ma si logorano facilmente e allora si vedono a centinaia disseminate per la via. A un'altra mia domanda, se non ci fosse modo di provvedere contro quello sconcio, rispose: «Corre voce fra il popolo, che proprio coloro ai quali spetta provvedere alla pulizia urbana non possono venir costretti, grazie al loro grande ascendente, a fare il debito uso del pubblico danaro; c'è poi anche questa curiosa circostanza: hanno paura che, a portar via tutto questo letamaio, il pubblico veda ancor più chiaramente in quali pessime condizioni si trovi il lastricato della via; per cui si scoprirebbero alla loro volta anche le magagne della pubblica amministrazione. Ma tutte queste», aggiunse con un'aria comica, «non sono che supposizioni di gente malevola! Per me, son dell'opinione di quelli che sostengono che l'aristocrazia ha interesse di mantenere uno strato così morbido alle sue carrozze, per poter fare con tutto il comodo la solita passeggiata sempre su terreno elastico». Il brav'uomo, ormai in vena, continuò a burlarsi di parecchi altri abusi della polizia, dimostrando, a mia consolazione, che la gente trova sempre un po' di buon umore per divertirsi a spese dei guai che non hanno rimedio.

*Palermo, 6 aprile.*

Santa Rosalia, patrona di Palermo, è così nota a tutti, grazie alla descrizione che il Brydone[10] ci ha dato della sua festa, che non sarà certo sgradito agli amici di leggere qualche particolare del luogo, dove essa viene in modo speciale venerata.[11]

Il monte Pellegrino, grande complesso roccioso più largo che alto, sorge all'estremità nord-ovest del golfo di Palermo. Non è possibile descrivere a parole la bellezza della sua forma: una riproduzione imperfetta se ne trova nel *Voyage pittoresque de la Sicile*.[12] È composto di un calcare grigio dell'epoca primitiva. Le rocce, completamente nude: non un albero, non vi cresce un cespuglio; solo le sporgenze piane sono a mala pena rivestite d'un po' d'erba e di muschio.

In una caverna di questa montagna furono scoperte, al principio del secolo scorso, le ossa della Santa, che furono trasportate a Palermo. La sua potenza liberò la città dalla peste, e da quel momento Santa Rosalia divenne la patrona del popolo; in suo onore furono costruite delle cappelle e decretate magnifiche feste.

I devoti cominciarono a recarsi a frotte in pellegrinaggio sulla montagna; si costruì allora, con grandi spese, una via che poggia, come un acquedotto, sopra pilastri ed arcate, e s'inerpica a zig-zag tra pareti di rocce.

Questo pio ritiro si accorda all'umiltà della Santa, che vi ha cercato un rifugio, meglio che non la pompa delle feste, celebrate in onore della sua completa rinuncia al mondo. E forse tutta la Cristianità, che da diciotto secoli fonda il suo imperio, la sua magnificenza, le sue festività solenni sulla povertà de' suoi primi fondatori e de' suoi più zelanti confessori, non possiede alcun altro santuario, che sia addobbato e venerato in modo più ingenuo e più commovente.

Giunti alla vetta del monte, dove questo forma come una nicchia nella roccia, ci troviamo di fronte a una parete a picco, alla quale la chiesa e il convento sembrano come appesi.

L'esterno della chiesa non ha nulla di attraente; si apre la porta con indifferenza, ma già all'entrata si rimane colpiti della più grande meraviglia. Ci troviamo in un atrio, che continua per tutta la larghezza della chiesa, e s'apre in direzione della navata. Vediamo le solite pile con l'acqua benedetta e qua e là dei confessionali. La navata è un cortile aperto, racchiuso a destra da rocce nude, a sinistra da una continuazione dell'atrio. È lastricata di pietra e un po' inclinata per agevolare lo scolo dell'acqua piovana; una fontanina scorre press'a poco nel centro.

La grotta[13] propriamente detta è stata trasformata in coro, senza toglierle nulla del suo naturale carattere silvestre. Vi sono apposti soltanto alcuni gradini. Di fronte c'è un grande leggío col messale, da ambo i lati gli stalli. Tutto è rischiarato dalla luce naturale, che entra dal cortile o dalla navata. In fondo, nel buio della grotta, sorge in posizione centrale l'altar maggiore.

Come ho detto, la grotta per sé è rimasta intatta; ma poiché la roccia gocciola continuamente, occorreva mantenere il luogo asciutto. E ciò si è ottenuto mediante canali di piombo infissi alle pareti della roccia e variamente comunicanti tra loro; essendo poi questi in alto larghi e in basso appuntiti, e come imbrattati d'un color verde sporco, tutta la grotta sembra rivestita di cactus giganteschi. L'acqua vien condotta in parte dai lati, in parte dal fondo della grotta in un limpido serbatoio, al quale i devoti attingono per guarire da tutti i mali.

Mentre stavo esaminando attentamente tutto questo, mi si avvicinò un prete, che mi domandò s'io non fossi per caso un genovese, che volesse far dire delle messe. Gli risposi che infatti ero arrivato a Palermo con uno di Genova, che sarebbe venuto al santuario domani, giorno di festa. Dovendo uno di noi restare sempre in casa, oggi ero salito io solo, per pura curiosità. Al che egli soggiunse che io potevo starvi ed osservar tutto con mio comodo, e fare le mie divozioni. Mi fece notare specialmente un altare a sinistra della grotta, come oggetto di particolare venerazione e mi lasciò.

Attraverso le aperture d'un grande fogliame d'ottone ad arabeschi vidi sotto l'altare risplendere alcune lampade; m'inginocchiai più da presso e spiai attraverso le aperture. Nell'interno c'era ancora una cancellata di filo d'ottone finemente intrecciato, in modo che l'oggetto racchiuso nel fondo si scorgeva appena come attraverso un velo.

Una bella giovinetta mi apparve allora, al chiarore di alcune lampade tranquille.

Sembrava come rapita in estasi, con gli occhi a metà velati, il capo mollemente abbandonato sulla mano destra, carica di anelli. Non potevo saziarmi dal contemplarla, come se avesse avuto un fascino del tutto singolare. La veste di stagnola dorata imitava alla perfezione una stoffa riccamente intessuta d'oro. La testa e le mani, di marmo bianco, erano, non dirò molto elegantemente stilizzate, ma tuttavia così naturali, così seducenti, da far credere che ella respirasse e si movesse. Un angioletto le stava accanto, nell'atto di farle vento col gambo di un giglio.

Nel frattempo erano arrivati nella grotta i preti, che si disposero nei loro stalli a cantar vespro. Io presi posto in un banco dirimpetto all'altare e rimasi per un poco ad ascoltare; quindi ritornai all'altare e m'inginocchiai per contemplare ancor più minutamente la bella imagine della Santa. E m'abbandonai completamente alla affascinante illusione della figura e del luogo.

Il canto dei preti aveva finito di echeggiare nella grotta; l'acqua zampillava nel serbatoio di fianco all'altare e le rocce a picco sopra il vestibolo, la vera navata della chiesa, completavano meglio ancora la scena. Un gran silenzio dominava in questo deserto che sembrava restituito alla morte, e una grande pulizia in quella grotta selvaggia: il falso orpello del culto cattolico, e specialmente siciliano, appariva qui in tutta la sua naturale ingenuità; l'illusione che produceva la figura della bella addormentata, anche per un occhio addestrato, era inesprimibile. A farla breve, io non mi potei strappare che a fatica da quel luogo, né ritornai a Palermo se non a notte inoltrata.

*Palermo, sabato 7 aprile.*

Ho passato delle tranquille ore deliziose nel giardino pubblico, in prossimità del molo. È il più meraviglioso angolo di questa terra. Concepito sopra un disegno normale, ha tuttavia qualche cosa di fiabesco; piantato da poco tempo, ci trasporta nel mondo antico. Aiuole verdeggianti racchiudono piante esotiche; spalliere di agrumi s'incurvano in graziose capanne; alte pareti di oleandri, adorne di mille fiorellini rossi simili ai garofani, vi avvincono lo sguardo. Alberi strani, a me del tutto ignoti, ancora senza fogliame, probabilmente di paesi tropicali, allargano le loro ramificazioni curiose. Una panca collocata in un viale dietro lo spazio in piano permette di abbracciare d'un colpo d'occhio una vegetazione così intricata e straordinaria, e domina delle grandi vasche, in cui pesci dorati e argentati ora guizzano graziosamente, ora si appiattano fra il muschio del canneto, ora ritornano ad aggrupparsi in frotta, attratti da una mica di pane. Le piante ostentano un verde al quale noi non siamo assuefatti e che ora è più giallastro, ora più azzurrastro che da noi. Ma quello che conferiva all'insieme una grazia incomparabile era una vaporosità intensa, diffusa uniformemente su tutto, d'un effetto tanto più notevole quanto più gli oggetti, a pochi passi l'un dall'altro, spiccavano grazie a un tono azzurro chiaro marcato, in modo che o il loro vero colore finiva col perdersi, o si presentavano allo sguardo per lo meno intensamente colorati d'azzurro.

L'aspetto meraviglioso che una tale vaporosità diffonde sugli oggetti più lontani, sui battelli, sui promontori, è notevole per l'occhio dell'artista, in quanto gli permette di distinguere e perfino di misurare perfettamente le distanze; per cui anche una escursione sulle colline acquista il più grande fascino. Non è più la natura, che si vede, ma soltanto dei quadri distinti, quali il pittore più provetto avrebbe ottenuto, staccandoli l'un dall'altro mediante sfumature azzurrine.

L'impressione di quel giardino incantato m'era rimasta troppo profondamente scolpita nell'anima; le onde d'un celeste cupo nell'orizzonte a nord, che lottavano per penetrare nell'insenatura del golfo, lo stesso odore tutto particolare del mare vaporante, tutto mi richiamava alla mente non meno che ai sensi l'isola beata dei Feaci. Andai subito ad acquistare un Omero,[14] lessi con ineffabile rapimento quel canto, e ne improvvisai una traduzione per Kniep, che, dopo una giornata di lavoro ostinato, aveva diritto di ricrearsi con un bicchiere di buon vino.

*Palermo, 8 aprile. (Domenica di Pasqua.)*

L'esplosione di gioia per la risurrezione del Signore si è fatta sentire fin dall'alba: i petardi, le racchette, le bombe, i serpentelli, sparati davanti alla porta delle chiese, si contavano a carra, mentre i devoti affluivano per i battenti spalancati. Fra il suono delle campane e degli organi, le salmodie delle processioni e i cori dei preti che le precedevano, ce n'era abbastanza per frastornare gli orecchi di quanti non sono assuefatti a un modo così fragoroso di adorare Iddio.

La prima messa era appena finita, quando due corrieri del vicerè[15] si presentarono, in abiti di gala, al nostro albergo, col duplice scopo: di portare gli auguri di Pasqua a tutti gli ospiti stranieri, per ricevere in compenso una mancia; e d'invitarmi a pranzo, ragione per cui la mia buona grazia sarebbe stata, necessariamente, più generosa.

Dopo aver trascorso il mattino a visitare le varie chiese e ad osservare i volti e le figure del popolo, mi recai nel palazzo del vicerè,[16] che sorge all'estremità superiore della città. Essendo arrivato troppo presto, trovai i saloni ancora deserti; non c'era che un omino tutto arzillo, che mi venne incontro e che io riconobbi subito per un cavaliere dell'Ordine di Malta.[3]

Come egli intese che io ero tedesco, mi domandò se gli potessi dar notizie di Erfurt, dove aveva trascorso lietamente qualche tempo; io gli potei dare tutte le informazioni desiderate sulla famiglia von Dacheröden e sul Coadiutore von Dalberg,[17] dopo di che, tutto soddisfatto, mi richiese ancora di altre conoscenze della Turingia. Non mancò d'informarsi con visibile simpatia anche di Weimar: «Che cosa mi dice di quel giovanotto allora così pieno di vita, che a Weimar faceva la pioggia e il bel tempo? Non ricordo il suo nome; a farla breve, è l'autore del *Werther*». Dopo un po' di silenzio, come per chiamare a raccolta i miei pensieri, dissi senz'altro: «La persona di cui per vostra bontà volete aver notizie, sono proprio io». «Oh», fece lui, dando un passo indietro, con un gesto di evidente stupore: «Si vede che s'è cambiato molto!» «Sicuro», soggiunsi; «da Weimar a Palermo, ho fatto qualche cambiamento».

In quel momento fece il suo ingresso il vicerè col suo seguito. Egli si comportò subito con quella decorosa affabilità che si addice ad un gentiluomo par suo; ma non potè a meno di sorridere, quando il cavaliere maltese ebbe espressa anche a lui la sua meraviglia di vedermi lì. A tavola il vicerè, che mi aveva fatto prendere posto accanto a lui, conversò a lungo sullo scopo del mio viaggio, assicurandomi che avrebbe dato disposizioni per farmi vedere tutta Palermo e per agevolarmi in tutti i modi la mia escursione in Sicilia.

*Palermo, lunedì 9 aprile.*

Abbiamo sciupata tutta la giornata d'oggi dietro alle pazzie del principe di Pallagonia;[18] ma anche queste stravaganze ci son parse tutt'altra cosa di quel che ci fanno credere i libri o i racconti della gente. Infatti, con tutto l'amore per la verità, colui che voglia render conto dell'assurdo, si trova in grande imbarazzo: solo a volerne dare un'idea, vi annette troppa importanza; mentre in fondo non si tratta che di un nulla, che pretende di essere qualche cosa. Devo premettere un'altra riflessione generale: né le cose di ottimo, né quelle di pessimo gusto provengono immediatamente da un solo uomo o da una sola epoca; anzi, a ben considerare, si potrebbe stabilire alle une e alle altre una genealogia.

Anche la famosa fontana pubblica di Palermo può essere annoverata fra gli antenati di questo mentecatto di Pallagonia; con la differenza che quella si trova proprio nel suo ambiente e si presenta in piena libertà. Cercherò di spiegare il processo di questa discendenza.

Se una villa è situata, in queste regioni, più o meno nel centro di tutta la proprietà, per raggiungere la residenza del proprietario bisogna percorrere campagne coltivate, orti ed altri fondi d'economia rurale. In questo, i meridionali si mostrano più avveduti massai dei settentrionali, che sacrificano spesso una grande estensione di suolo coltivabile per piantarvi un parco e ingannare l'occhio con la vista di un'infeconda boscaglia. Questi meridionali costruiscono invece due muri, fra i quali si arriva alla villa senza veder quello che c'è a destra e a sinistra. La via fra i muri incomincia di solito con una grande porta d'ingresso, talvolta anche con un atrio coperto e finisce nel cortile del palazzo. Perché poi anche l'occhio possa svagarsi fra le due muraglie, queste sono munite in cima di sporgenze e adorne di volute e di piedistalli, sui quali poggiano qua e là dei vasi; le pareti sono intonacate, suddivise in varî campi e ricoperte di colore. Il cortile della villa è circondato da casette d'un piano, in cui abitano i domestici e gli operai; la villa stessa, con le sue quattro facciate, domina tutt'all'intorno.

Tale è la disposizione originaria, e tale probabilmente esisteva da tempo, quando il padre del principe attuale costruì la villa, d'un gusto, che, se non è proprio dei migliori, è per lo meno sopportabile. Ma l'attuale proprietario, senza allontanarsi da quelle linee generali, ha concesso libero sfogo al suo capriccio e alla sua predilezione per il deforme e per il mostruoso; gli si farebbe troppo onore, attribuendogli anche una sola scintilla di fantasia.

Entrati dunque nel grande vestibolo, che segna il limite della sua proprietà, ci trovammo in un ottagono, troppo alto per la sua larghezza. Quattro giganti colossali, calzati alla moderna, sopportano la cornice, sulla quale, dirimpetto all'ingresso, aleggia la santa Trinità.

Il viale che conduce alla villa è più ampio del solito ed il muro è trasformato in un continuo zoccolo, piuttosto elevato, sopra il quale i vistosi piedistalli sorreggono dei gruppi strani, mentre fra gli intervalli sporgono numerosi vasi. L'aspetto disgustoso di questi mostri, abborracciati da un qualsiasi tagliapietre, è reso ancor più evidente dal volgarissimo tufo in cui sono scolpiti; del resto, un miglior materiale farebbe forse risaltare ancor più la mostruosità della forma. Ho detto or ora gruppi, e mi son servito d'un'espressione falsa e fuor di luogo, perché queste combinazioni non sono frutto di una qualsiasi riflessione e nemmeno del capriccio, ma d'un puro accidente. Tre di questi gruppi costituiscono volta per volta la decorazione d'ogni piedestallo quadrato, essendo le loro basi disposte in guisa, che tutte insieme riempiono nelle diverse posizioni lo spazio quadrangolare. Il gruppo principale consiste per lo più di due figure, e la sua base occupa la maggior parte del lato anteriore del piedestallo; e si tratta quasi sempre di mostri a figura d'uomo o d'animale. Ma per riempire la parte posteriore del piedestallo, occorrono ancora due gruppi: quello di media grandezza rappresenta al solito un pastore o una pastorella, un cavaliere o una dama, o una scimmia e un cane che ballano. Rimane un'altra lacuna sul piedestallo; e questa è riempita per lo più da un nano, personaggio che rappresenta sempre una parte importante negli scherzi più scipiti.

Ma per fornire tutti gli elementi della stravaganza del principe di Pallagonia, ecco qua un elenco: — *Uomini*: mendicanti d'ambo i sessi, spagnuoli e spagnuole, mori, turchi, gobbi, deformi d'ogni specie, nani, musicanti, pulcinella, soldati vestiti all'antica, dèi e dee, personaggi in antichi costumi francesi, soldati con zaino e uose, personaggi mitologici con attributi umoristici, p. e. Achille e Chirone con Pulcinella. — *Animali*: solo porzioni d'animali: cavallo con mani umane, testa di cavallo su corpo umano; scimmie deformi; draghi e serpenti in quantità; zampe d'animali aggiunte alle figure più diverse; sdoppiamenti e scambi di teste. — *Vasi*: mostri e fregi di tutte le specie, che finiscono in pancie di vasi e piedistalli.

Basta ora immaginare simili figure riprodotte a non finire, ammassate senza discernimento e senza scopo, zoccoli, piedistalli, mostri, e il tutto allineato a perdita d'occhio, per avere un'idea della penosa impressione da cui si sente sopraffatto colui che per avventura debba passare attraverso le verghe di questa follia.

Avviciniamoci ora alla villa, dove un vestibolo semicircolare ci tende le braccia; il fronte della facciata principale, nel cui mezzo s'apre il portone, è costruito come una fortezza. Ecco qua una figura egiziana incastrata nel muro, ecco una fontana saliente senz'acqua, un monumento, vasi sparsi qua e là, statue col naso contro terra. Entriamo nel cortile, ed eccoci nella Rotonda tradizionale, attorniata da piccoli edifici, e suddivisa in semicerchi più piccoli, perché non manchi la varietà.

Il suolo è quasi tutto coperto d'erbacce. Ecco, come in un camposanto abbandonato, vasi di marmo dai fregi più bizzarri, eredità del principe padre; ecco nani e mostri diversi, d'epoca più recente, buttati alla rinfusa qua e là, che aspettano ancora la loro destinazione. Si passa anche davanti a una capanna, piena zeppa di vasi antichi e d'altre pietre bizzarramente foggiate.

Ma l'assurdo e il cattivo gusto di una simile frenesia si rivelano in sommo grado in questo particolare: che le cornici degli edifici minori sono inclinate ora da questa parte ora dall'altra parte, in modo che il senso del livello e della linea verticale, così profondamente umano e fondamento d'ogni euritmia, è esposto al ludibrio e alla tortura. Superfluo aggiungere che anche queste tettoie sono orlate di idre e di piccoli busti rappresentanti orchestre di scimmie e amenità di simil genere; draghi, che si avvicendano con dèi; un Atlante che, invece del globo celeste, porta sulle spalle una botte.

Nella speranza di trovare uno scampo da tutte queste follie, entriamo nella villa, che, costruita dal padre, ha un aspetto esteriore relativamente più ragionevole; ma ecco, già al portone d'ingresso, una testa d'imperatore romano coronata di alloro sopra il busto d'un nano, seduto sopra un delfino.

Nella villa, il cui esterno fa supporre un interno tollerabile, la febbre del nostro principe ricomincia il suo delirio. I piedi delle sedie sono segati inegualmente, in modo che non è possibile sedervisi; lo stesso custode avverte di badar bene, perché sotto i cuscini di velluto delle sedie più solide si nascondono degli aculei. Negli angoli vi sono dei candelabri cinesi di porcellana, che a osservarli da vicino sono composti di vassoi, coppe, sottocoppe e simili, incollate alla rinfusa. Non c'è un cantuccio che non mostri qualche stravaganza. Perfino la vista incomparabile del mare oltre i promontori è guastata da vetrate a colori, che, coi loro toni falsi, o raffreddano o accendono il panorama. Non tacerò poi di un gabinetto la cui impalcatura è formata di vecchi telai dorati tolti qua e là e riuniti poi insieme. Le innumerevoli cesellature, le varie gradazioni delle dorature antiche e recenti, più o meno rôse dalla polvere o dal tempo, ricoprono qui, affastellate l'una sopra l'altra, tutte le pareti, dando l'idea di una bottega di rigattiere.

Per descrivere soltanto la cappella, ci vorrebbe un volume. Qui si trova la chiave di tutta la mania, che non poteva attecchire fino a tal punto se non nella psiche di un superstizioso. Lascio imaginare quante caricature d'una pietà fuorviata si trovano qui ammassate; ma non mi passerò del meglio. Infisso alla vôlta, si vede un crocifisso scolpito d'una certa grandezza, con le carni dipinte al naturale, inverniciato e dorato ad un tempo. Nell'ombelico del crocifisso è avvitato un uncino, dal quale pende una catena che alla sua volta è fissata alla testa d'un penitente inginocchiato e sospeso in aria; tutto questo, dipinto e inverniciato come tutte le altre imagini della cappella, rappresenterebbe, come in un simbolo, la inestinguibile e devota pietà del proprietario della villa.

Del resto, questa non è del tutto finita; un grande salone, fatto costruire dal padre, e la cui costruzione lussuosa e di vario stile non è nemmeno urtante, è rimasto incompiuto. Dove si vede che neppure la sconfinata demenza del proprietario è bastata a dare sfogo a tutte le sue stravaganze.

Per la prima volta ho visto il Kniep perdere la pazienza; il suo senso d'artista s'era rivoltato in un simile manicomio; e quando s'accorse ch'io cercavo di riprodurre qualche particolare di quelle mostruosità, mi trascinò via. Con tutto questo, sempre bonario, finì col disegnare uno dei gruppi, l'unico che offriva per lo meno parvenza d'un quadro. Rappresenta una donna con la testa equina, che, seduta sopra una sedia, giuoca a carte con un cavaliere dal collo in giù vestito all'antica, e con una testa di grifo adorna d'una gran parrucca incoronata. Il quadro ricorda lo stemma di casa Pallagonia, sempre curioso anche dopo tutte queste follie; cioè un satiro, che tiene lo specchio davanti a una donna dalla testa di cavallo.

*Palermo, martedì 10 aprile.*

Oggi siamo saliti a Monreale: magnifica via, fatta costruire dall'abate del monastero[19] in tempi di grande abbondanza, larga, di comoda salita, con alberi a destra e a sinistra, ma soprattutto provvista di copiose fontane e getti d'acqua, con fregi e ornamenti pallagonici anzi che no, ma utili a ricreare uomini e bestie.

Il monastero di S. Martino,[20] situato sopra una collina, è un istituto degno di gran rispetto. Un celibe, come sarebbe il principe di Pallagonia, è riuscito di rado a produrre da solo qualche cosa di ragionevole; ma parecchi insieme hanno costruito invece le opere più grandiose, come testimoniano tante chiese e tanti conventi. La ragione per cui le comunità religiose hanno spiegato tanta attività è soprattutto questa: che esse potevano contare, meglio di qualsiasi altro padre di famiglia, sopra una innumerevole discendenza.

I monaci ci han fatto vedere le loro collezioni; hanno parecchie cose buone, sia nel campo dell'archeologia che in quello delle scienze naturali. Ci ha colpito soprattutto una medaglia con la figura d'una giovine dea, d'irresistibile bellezza. I buoni padri ce ne avrebbero ceduto volentieri anche un calco, ma non avevano a disposizione il necessario per riprodurre qualsiasi forma.

Dopo d'averci fatto vedere tutto, non senza un malinconico confronto fra il tempo presente e il passato, ci hanno accompagnati in una linda saletta, dal cui balcone si gode un bel panorama. Qui c'era la tavola apparecchiata per due, e ci fu servito un ottimo pranzo. Alle frutta comparve l'abate, accompagnato dai monaci più anziani, si sedette accanto a noi e s'intrattenne una buona mezz'ora, rivolgendoci parecchie domande. Ci siamo congedati con grande cordialità. I monaci più giovani ci riaccompagnarono nelle sale della collezione e quindi fino alla nostra carrozza.

Ce ne siamo ritornati a casa in una disposizione di spirito diversa da quella di ieri sera. Oggi pensavamo quanto sia deplorevole che un grande istituto vada decadendo proprio nello stesso tempo in cui un'impresa da pazzi riceve incremento.

La via che sale a S. Martino è fondata su antica roccia calcarea. Si frantuma la roccia e se ne ottiene una calce bianchissima. Per cuocerla, adoperano dei vimini lunghi e sottili, che fan disseccare in covoni. Così sorge una calcara. Fino alle colline più ripide trovasi dell'argilla rossa alluvionale, che qui rappresenta il terriccio, tanto più rosso quanto più si sale, e poco annerito dalla vegetazione. Ho veduto a una certa distanza una miniera, che mi sembrò di cinabro.

Il monastero sorge nel mezzo della montagna calcarea, assai ricca d'acque. I colli circostanti sono ben coltivati.

*Palermo, mercoledì 11 aprile.*

Dopo aver visitato le due zone principali fuori della città, ci siamo recati al palazzo reale,[21] dove il premuroso corriere ci fece vedere le varie sale con tutto quello che racchiudono. Con nostro grande sgomento la sala degli oggetti antichi si trovava nel massimo disordine, essendo in corso i lavori per una nuova decorazione. Le statue erano state tolte dai loro posti, avvolte in panni, rinchiuse nelle rispettive gabbie, tanto che con tutta la buona volontà della nostra guida e parecchi sforzi degli operai non abbiam potuto procurarcene che un'idea molto imperfetta. Quel che più mi premeva erano i due arieti di bronzo,[22] che, anche a vederli in circostanze sfavorevoli, ci hanno procurato un gran diletto allo spirito. Sono sdraiati, con una zampa protesa in avanti e, per contrasto, con le teste rivolte in direzione opposta. Due imponenti figure della famiglia mitologica, degne di portare a volo Frisso ed Elle.[23] Il vello non è corto e ricciuto, ma spiovente in lunghi ondeggiamenti: lavoro pieno di verità e di eleganza, del miglior periodo greco. Sembra si tratti di un antico ornamento del porto di Siracusa.

Il nostro corriere ci ha condotto quindi fuori di città, alle catacombe,[24] che, disposte con senso architettonico, non sono per nulla antiche cave di pietra, utilizzate poi per recinto sepolcrale. Nella parete a picco di un tufo piuttosto compatto sono incavate delle fessure a vôlta e nell'interno di queste parecchi cunicoli in forma di bara l'un sopra l'altro, tagliati nel tufo senz'alcun lavoro di muratura. Le bare superiori sono più piccole e negli spazi sopra i pilastri sono incavate le nicchie per i bambini.

*Palermo, giovedì 12 aprile.*

Oggi ci han fatto vedere la collezione di medaglie del principe di Torremuzza.[25] Vi sono andato in certo qual modo di mala voglia. M'intendo troppo poco di queste cose e un viaggiatore semplicemente curioso è inviso agli intenditori e agli amatori. Ma poiché è pur necessario incominciare, mi son rassegnato e ho finito col trarne utile e diletto. Quanto profitto non si ricava infatti al constatare sia pur di sfuggita come il mondo antico era disseminato di città, la più piccola delle quali ci ha lasciato, nelle sue preziose monete, se non tutta una storia dell'arte, alcune epoche almeno! Da questi tiretti ci sorride una inesauribile primavera d'arte, di fiori e di frutti, d'un'industria esercitata nel senso più nobile e di non so quali manifestazioni dello spirito umano. Lo splendore delle città siciliane, ora offuscato, da questi metalli lavorati brilla d'una luce novella.

Purtroppo, noi non abbiamo posseduto nella nostra adolescenza che monete di famiglia, le quali non dicono nulla, e monete imperiali che riproducono lo stesso profilo fino alla sazietà: teste di sovrani, non proprio da considerarsi come modelli dell'umanità. Perché la nostra giovinezza si è malinconicamente limitata alla Palestina così povera di forme e a Roma, così confusa nelle sue molteplici forme! Ma ora la Sicilia e la Magna Grecia mi fanno sperare in una nuova e giovine vita.

Il fatto stesso che mi lascio andare, a questo proposito, a considerazioni generali, dimostra che non ho imparato ancor molto; ma a poco a poco anche questo, come tutto il resto, verrà.

Questa sera mi è accaduto di soddisfare un altro mio desiderio, e in modo tutto particolare. Mi trovavo sul marciapiede della via principale, piacevolmente conversando col bottegaio che sapete; d'un tratto mi s'accostò un corriere aitante ed elegante, che si affrettò a porgermi un piatto d'argento, in cui erano parecchi spiccioli di rame e qualche moneta d'argento. Non sapendo di che si trattasse, mi strinsi nelle spalle accennando col capo, come qui si usa per dir di no a domande o a proposte che non si capiscono, o di cui non si vuol capire. Quello se ne andò, com'era venuto, di fretta, e intanto osservai che un suo collega faceva la stessa operazione sul marciapiede opposto.

«Cosa vuol dire?» domandai al mio mercante. E questi, con un gesto serio, mi indicò con la coda dell'occhio un signore magro allampanato, in abito da cerimonia, che procedeva disinvolto e corretto sopra il sudiciume nel bel mezzo della via. Era un vegliardo solenne e grave, tutto azzimato e incipriato, col cappello sotto il braccio, con lo spadino al fianco, ed una elegante calzatura con fibbie adorne di pietre preziose. Tutti gli occhi erano rivolti su di lui.

«È il principe di Pallagonia», mi disse il mercante, «che di tanto in tanto va in giro per la città e fa una colletta per riscattare gli schiavi prigionieri in Barberia. La colletta non frutta un gran che, ma l'esempio non si dimentica, e più d'una volta quelli che in vita non hanno dato nulla lasciano in testamento delle forti somme a questo scopo. Il principe presiede già da molti anni quest'istituzione[26] e ha fatto molto del bene».

«Avrebbe fatto meglio», io replicai, «ad impiegare le enormi somme che ha prodigate per le pazzie della sua villa!»

Ma il mio mercante: «Cosa vuole; siamo tutti così; le nostre pazzie non ci par vero di pagarcele noi; quanto alle nostre virtù, ci piace farle pagare agli altri».

*Palermo, venerdì 13 aprile.*

Prima di noi, il conte Borch[27] si è occupato di mineralogia siciliana con grande interesse, e chi visita l'isola con gli stessi propositi glie ne deve essere molto grato. Quanto a me, trovo piacevole non men che doveroso esaltare il ricordo d'un precursore. Chi sono io, se non un precursore di altri che verran dopo di me, nella vita come nel viaggio!

L'attività del conte Borch mi sembra tuttavia superiore alle sue cognizioni; egli procede con una certa sicurezza di sé, che contraddice alla modestia e alla serietà con cui van trattati argomenti importanti. Ciò non toglie che il suo volume in quarto, completamente dedicato alla mineralogia della Sicilia, mi sia di vantaggio grande; grazie a questo, ho potuto visitare non impreparato e con profitto i politori di pietra, che, un tempo più occupati nei loro lavori, continuano tuttavia ad esercitare la loro industria, oggi che chiese ed altari vogliono più che mai essere rivestiti di marmi e di agate. Ho ordinato loro campioni di pietre tenere e di pietre dure: essi distinguono il marmo e l'agata solo per la differenza del prezzo. Ma s'intendono molto, oltre che di questi due, anche d'un altro materiale, prodotto dal fuoco delle loro calcare. In quest'ultimo trovasi dopo la cottura una specie di vetro fuso, con delle sfumature che vanno dall'azzurro più chiaro al più cupo, e perfino al più nero. Questi grumi vengono tagliati, come ogni altro minerale, in istrati sottili, e secondo il pregio e l'acqua della loro tinta e della loro purezza, impiegati invece dei lapislazzuli ad ornare altari, sepolcri, ed altri monumenti di chiesa.

Una raccolta completa come io la vorrei non c'è ancora, ma me la invieranno a Napoli. Le agate sono della più rara bellezza, specialmente quelle in cui si alternano macchie irregolari di diaspro giallo o rosso con quarzo bianco che par cristallizzato, producendo così un bellissimo effetto.

Un'imitazione perfetta di queste agate, ottenuta sul verso di sottili lastre di vetro mediante vernice colorata, è l'unica cosa ragionevole in cui mi sia imbattuto visitando l'altro giorno il manicomio pallagoniano. Queste tavolette spiccano come elemento decorativo ancor meglio dell'agata genuina, dovendo questa esser composta di molti pezzetti, mentre quelle assumono la grandezza che vuole l'architetto. È un esempio d'arte decorativa che meriterebbe di trovare imitatori.

Senza veder la Sicilia, non ci si può fare un'idea dell'Italia. È in Sicilia che si trova la chiave di tutto.

Quanto al clima, non vi sono elogi che bastino; adesso abbiam la stagione delle piogge, ma con continue interruzioni. Oggi, lampi e tuoni; ma tutto si riveste intensamente di verde. Il lino mostra già in parte i suoi nodi, in parte la sua fiorita. Nei campi coltivati par di vedere degli stagni, tanto son belle le messi del lino nella loro tinta verde azzurra. Le cose che vi incantano non si contano. E il mio compagno di viaggio è una perla, un vero *Hoffegut*,[28] col quale io continuo a rappresentare la parte di *Treufreund*. Egli ha già eseguito degli eccellenti schizzi e non mancherà di cogliere sempre il meglio. Quale prospettiva, ritornarmene un giorno felicemente in patria con tutti questi miei tesori!

Quanto poi agli alimenti di quaggiù, non ho detto ancor nulla, mentre si tratta d'un capitolo tutt'altro che indifferente. Gli ortaggi sono squisiti; l'insalata in particolare ha la delicatezza e il sapore del latte: ora capisco perché gli antichi la chiamavano *lactuca*. L'olio, il vino, ottimi; ma potrebbero essere ancora migliori, se si avesse più cura della loro preparazione. Pesci della qualità più fine e prelibata. In questa stagione abbiamo avuto anche del manzo eccellente, che comunemente non è però molto pregiato.

Ora lasciamo la tavola e corriamo alla finestra. Che succede nella via? Hanno graziato un delinquente, cosa che accade naturalmente in onore della settimana benedetta di Pasqua. Una confraternita accompagna lo sciagurato fin sotto il patibolo, eretto pro forma; e qui, ai piedi della scala deve far le sue devozioni e baciare i gradini, finché non lo riportino via. Era un bell'uomo di media statura, ben pettinato, in farsetto bianco, cappello bianco, tutto bianco: portava il cappello in mano. Non ci mancava che aggiustargli qua e là dei nastri a colori, perché potesse far la sua figura in una veglia mascherata, come pastorello.

*Palermo, 13 e 14 aprile.*

Ed ecco che, poco prima di lasciar Palermo, il caso mi riservava una strana avventura, di cui voglio informarvi per filo e per segno.

Già durante tutto il mio soggiorno s'era fatto un gran parlare, alla nostra tavola rotonda, del Cagliostro, delle sue origini, dei suoi casi. I palermitani eran tutti d'accordo nel raccontare che un certo Giuseppe Cagliostro, loro concittadino, famigerato per certe sue prodezze, era stato condannato al bando; ma se costui fosse proprio tutt'uno col famoso conte Cagliostro, le opinioni erano discordi. Più d'uno, che lo aveva conosciuto, pretendeva fra l'altro di riconoscere la sua fisionomia in quell'incisione[29] che da noi va per le mani di tutti e che era arrivata nella stessa Palermo.

Fra un discorso e l'altro, uno degli ospiti dell'albergo venne a parlare d'un avvocato palermitano,[30] che s'era molto adoperato a sbrogliare questa matassa. Costui era stato incaricato dal ministero francese di fare indagini intorno alla provenienza di un individuo, che — al cospetto della Francia e si può dire del mondo intero — aveva avuto l'insolenza di sballare le frottole più marchiane in occasione d'un processo altrettanto importante che delicato.

Quest'avvocato, si raccontava, aveva potuto mettere in chiaro l'albero genealogico di Giuseppe Balsamo[31] e spedire in Francia una memoria giustificativa con allegati autentici, di cui, a quanto pare, colà si sarebbe fatto pubblicamente uso.

Io manifestai il desiderio di conoscere quest'avvocato, del quale si diceva del resto un gran bene; e il mio informatore si offrì di preavvertirlo e di condurmi in casa sua.

Dopo pochi giorni vi andammo insieme, e lo trovammo a consulto coi suoi clienti. Come li ebbe licenziati, ci fece vedere un manoscritto, che conteneva l'albero genealogico del Cagliostro, una copia dei documenti relativi e un abbozzo della memoria che aveva spedito in Francia.

Mi mise sott'occhio l'albero genealogico, dandomi tutte le

spiegazioni necessarie; di queste non riferirò qui che quel tanto che è indispensabile per comprender meglio la mia narrazione.

Il bisavolo di Giuseppe Balsamo, per parte di madre, fu un Matteo Martello. Il nome di battesimo della bisavola non si sa. Da questo matrimonio nacquero due figlie: l'una, Maria, andò sposa a Giuseppe Bracconeri e fu la nonna di Giuseppe Balsamo; l'altra, Vincenza, andò sposa a Giuseppe Cagliostro, nativo di La Noara, villaggio a otto miglia da Messina. Osservo qui che con quel nome a Messina vivono tutt'ora due fonditori di campane. La prozia fu in seguito madrina di Giuseppe Balsamo; questi ricevette il nome di battesimo del marito di lei e finì con l'assumere dal suo prozio il cognome di Cagliostro.

La coppia Bracconeri ebbe tre figli: Felicita, Matteo e Antonino.

Felicita si maritò con Pietro Balsamo, figlio di un nastraio di Palermo, Antonino Balsamo, di origine, a quanto pare, ebrea. Pietro Balsamo, padre del famigerato Giuseppe, fallì e morì a quarantacinque anni. La vedova, tutt'ora vivente, gli aveva regalato, oltre Giuseppe, una figliuola, Giovanna Giuseppina Maria, che sposò Giovan Battista Capitummino, di cui restò vedova dopo aver messo al mondo tre figli.

La memoria che l'autore volle cortesemente leggermi e lasciarmi, in seguito a mia preghiera, per alcuni giorni, era stata redatta in base ad accurati certificati di battesimo, contratti nuziali ed altri strumenti legali. Conteneva press'a poco (come mi risulta da un estratto da me fatto allora) gli stessi particolari, che ci furono poi noti in occasione del processo di Roma; cioè, che Giuseppe Balsamo, nato a Palermo ai primi di giugno del 1743, era stato tenuto a battesimo da Vincenza Martello, maritata Cagliostro; che in gioventù aveva preso l'abito dei Fratelli della Misericordia, ordine che si dedica specialmente alla cura degli infermi; che ben presto aveva rivelato intelligenza e attitudine non comune per la medicina; ma che per la sua cattiva condotta era stato espulso dall'ordine e che da allora in poi visse a Palermo facendo il cabalista e il ricercatore di tesori.

Egli mise inoltre a profitto (così continua la memoria) il dono raro di imitare qualsiasi calligrafia. Falsificò, o meglio creò fra l'altro un documento antico, in base al quale sorse una lite per la proprietà di alcuni stabili. Fu processato e rinchiuso in carcere, ma prese la fuga e fu citato «edictaliter». Attraversando la Calabria giunse a Roma, e qui sposò la figlia di un mercante di cordami. Da Roma se ne ritornò a Napoli, ma sotto il nome di marchese Pellegrini. Ebbe l'audacia di far ritorno a Palermo, ma fu riconosciuto e tratto in arresto, e finalmente liberato per una circostanza che merita d'essere narrata nei particolari.

Uno fra i più cospicui e più ricchi principi della Sicilia, un gentiluomo che rivestiva a Corte cariche onorevolissime, aveva un figliuolo, che ad una grande forza fisica e ad un temperamento indomito accoppiava quella tracotanza alla quale pretendono aver diritto i ricchi e i potenti senza educazione.

Donna Lorenza Cagliostro lo seppe conquistare, e il falso marchese Pellegrini cominciò a fondare su lui la sua salvezza. Il principe non faceva mistero di proteggere la coppia forestiera; ora non è a dire da qual furore fu preso nell'apprendere che Giuseppe Balsamo era stato nuovamente incarcerato a istigazione della parte lesa, in seguito alle note truffe. Tentò parecchi espedienti per liberarlo e, tutto riuscendo inutile, ebbe l'audacia di minacciare in malo modo, nella stessa anticamera del presidente, l'avvocato della parte avversaria, se non si fosse revocato immediatamente l'arresto del Balsamo. Al rifiuto dell'avvocato, il giovane lo affrontò, lo malmenò, lo gettò a terra, se lo mise sotto i piedi e si sarebbe spinto a chi sa quali altri eccessi, se il presidente in persona non fosse accorso a farla finita.

Quest'ultimo, uomo debole e remissivo, non ebbe il coraggio di infliggere una punizione all'offensore; la parte avversa e il rispettivo avvocato si fecero piccini piccini e il Balsamo fu rimesso in libertà, senza che dagli atti risulti alcun accenno alla sua scarcerazione, né chi l'abbia ordinata, né come sia avvenuta.

Ben presto il Cagliostro si allontanò da Palermo e fece parecchi viaggi, intorno ai quali il nostro informatore non ha potuto fornirci che notizie incomplete.

La memoria finisce dimostrando ingegnosamente come Cagliostro e Balsamo non siano che l'identico individuo, tèsi che allora non era facile sostenere come è adesso, che siamo informati per filo e per segno di tutta la faccenda.

Se allora non avessi dovuto ritenere che in Francia si sarebbe fatto uso pubblico di questa memoria e che forse, al mio ritorno, l'avrei trovata bell'e stampata, avrei potuto benissimo redigerne copia, per offrire agli amici ed ai lettori la primizia di più d'un particolare interessante.

D'altra parte, quasi tutto e più ancora di quel che contiene la memoria l'abbiamo appreso da una fonte che di solito non diffonde che errori. Chi l'avrebbe detto, che Roma avrebbe una volta tanto contribuito a illuminare il mondo e a smascherare una volta per sempre un ciurmadore, come in realtà è avvenuto dopo la pubblicazione di quest'estratto dagli atti del processo! Certo quest'estratto sarebbe potuto e dovuto riuscire molto più inteteressante; ma resterà sempre un bel documento in mano di ogni persona assennata, che abbia visto con dolore tanti truffati,[32] semi truffati o truffatori andare in visibilio per anni ed anni davanti a quest'uomo e alle sue ciurmerie, sentirsi superiori agli altri grazie ai loro buoni rapporti con lui, e commiserare, se non disprezzare, dall'alto della loro tronfia dabbenaggine, il buon senso comune.

Chi non ha taciuto per tutto questo tempo? Io stesso, solo ora che tutta quanta la faccenda è finita e fuori discussione, mi posso risolvere a pubblicare, a complemento dei documenti, ciò che ho constatato di persona.

Avendo visto nell'albero genealogico tante persone, specialmente la madre e la sorella del Cagliostro, indicate come ancora viventi, manifestai all'autore della memoria il desiderio di vederle, per imparare a conoscere i parenti di un uomo così straordinario. Egli mi osservò che la cosa non era tanto facile, facendo essi, gente povera ma onesta, una vita molto ritirata; senza contare che, non essendo abituati a veder forestieri, una mia visita, dato anche il carattere sospettoso degli isolani, avrebbe fatto loro supporre dio sa che cosa. Mi avrebbe tuttavia mandato il suo segretario, frequentatore di casa Cagliostro, mediante il quale era entrato in possesso delle notizie e dei documenti necessari ed utili a mettere insieme l'albero genealogico.

Il giorno dopo, il segretario apparve infatti, ma mise fuori alcuni scrupoli: «Io ho sempre evitato finora», disse, «di rientrare in contatto con questa gente; perché, per entrare in possesso dei loro certificati di battesimo, di matrimonio o d'altro, e poterne estrarre le copie legali, mi son dovuto servir sempre di qualche astuzia. Ho incominciato a discorrere di non so che beneficio della famiglia, vacante non so dove, prospettando la probabilità che il piccolo Capitummino avesse qualche diritto per ottenerlo; che comunque occorreva stabilire un albero genealogico, per vedere se e fino a qual punto le ragioni del giovinetto fossero fondate; che infine, si doveva venire a trattative; trattative che avrei assunto sopra di me, solo che mi avessero fatto sperare, in compenso delle mie prestazioni, la giusta parte della somma da riscuotere. Quella buona gente aderì di gran cuore, in tutto e per tutto: mi diedero le carte necessarie, furono estratte le copie, elaborato l'albero genealogico. Ma, da quel giorno mi guardo bene dal farmi vedere. Non son passate due o tre settimane, che ho incontrato la vecchia Capitummino; e non ho trovato altra scusa, che le lungaggini attraverso le quali devono passare da noi simili faccende».

Così il segretario. Non volendo io recedere dal mio proposito, dopo un po' di riflessione ci mettemmo d'accordo: io mi sarei spacciato per inglese, incaricato di portare alla famiglia notizie del Cagliostro, allora allora uscito dalla Bastiglia e arrivato a Londra.

All'ora data (potevano essere le tre del pomeriggio) ci mettemmo in cammino. La casa si trovava all'angolo d'un vicolo non lungi dalla via principale, detta il *Cassero*. Salimmo per una scala miserabile e ci trovammo senz'altro nella cucina. Una donna di media statura, tarchiata senz'essere grassa, era intenta a risciacquare le stoviglie. Era vestita pulitamente e, vistici entrare, rialzò un lembo del grembiule, per nascondere la parte sudicia. «Oh! don Giovanni», fece, guardando sorridente la mia guida; «che buone nuove ci portate? Avete dunque fatto qualche cosa?»

«Il nostro affare», rispose, «non son riuscito ancora a spuntarlo. Ma ecco qua un forestiero, che vi porta i saluti di vostro fratello e che vi può dire come sta, adesso».

Veramente questi saluti che avrei dovuto portare, non c'entravano, secondo il nostro accordo; ma intanto, la presentazione era fatta. «Mio fratello, conoscete voi?» domandò la donna. «Tutta Europa lo conosce», soggiunsi io; «e suppongo che non vi farà dispiacere sentire che egli sta bene, e si trova al sicuro; certo, finora avete avuto qualche preoccupazione per la sua sorte!». «Entrate pure», continuò lei «vi raggiungo subito». Ed io entrai col segretario nella stanza attigua.

Questa era spaziosa ed alta, tanto che da noi passerebbe per un salone; ma aveva anche l'aria d'essere l'unica stanza per tutta la famiglia. Una sola finestra dava luce a tutte le ampie pareti, che una volta avevano conosciuto il colore, e da cui ora pendevano delle imagini sacre, nere in cornici dorate. Accanto a una parete erano due grandi letti senza cortine; accanto all'altra, un modesto cassettone scuro, dalla forma di scrittoio. Qua e là, vecchie sedie di giunco, coi dorsi che mostravano ancora tracce d'oro; le mattonelle del pavimento in molti punti mancavano. Del rimanente, molta pulizia da per tutto. Ci accostammo alle nostre ospiti, che si erano raccolte nell'altro angolo della stanza, accanto all'unica finestra.

Mentre il mio introduttore spiegava alla vecchia Balsamo, rannicchiata nel cantuccio, la ragione della mia visita, ripetendo ad alta voce le parole, causa la sordità della buona vecchierella, ebbi il tempo di osservare meglio la stanza e gli altri miei personaggi. Una ragazza di circa sedici anni, ben fatta, ma col viso butterato dal vaiolo, stava presso alla finestra; accanto a lei un giovine, la cui fisionomia punto simpatica, anche guasta dal vaiolo, mi fece del pari una certa impressione. Sopra un divano, dirimpetto alla finestra, era seduto o meglio coricato un infermo, dalla figura sfatta, che sembrava affetto da una specie di torpore.

Come il segretario ebbe esposte tutte le sue ragioni, ci si fece sedere. La vecchia mi rivolse parecchie domande in dialetto siciliano che volta per volta dovevo farmi tradurre, non comprendendolo abbastanza.

Nel frattempo, esaminavo la buona donna, non senza mio interesse. Era di statura media, ma di giuste proporzioni; nelle linee regolari del viso che l'età non era riuscita ad offuscare, era diffusa quella serenità, che di solito è un dono delle persone prive dell'udito; il timbro della voce era dolce e gradevole.

Risposi alle sue domande, e anche le mie risposte le dovettero esser tradotte.

La lentezza della nostra conversazione mi offriva il destro di misurare le parole. Le raccontai che suo figlio era stato assolto in Francia e che al presente si trovava in Inghilterra, dove aveva avuto buone accoglienze. La gioia che le traspariva a queste notizie era accompagnata da espressioni di una sincera pietà, e parlando essa più forte e più lentamente, la potevo anche capire un po' meglio.

Intanto era entrata la figlia, che prese posto accanto alla mia guida, facendosi ripetere parola per parola quello che io avevo detto. Ella si era annodato un grembiule nuovo e acconciati i capelli nella reticella. Più la osservavo e la confrontavo con la madre, e più la differenza fra le due mi sembrava sorprendente. Una calda e sana sensualità traspariva da tutta la persona della figlia, che poteva avere una quarantina d'anni; gli occhi azzurri vivi brillavano d'intelligenza, né io potei trovarvi un'ombra di sospetto. Seduta, la sua figura sembrava più slanciata, che non diritta in piedi; il suo atteggiamento aveva qualche cosa di preciso: teneva il busto un po' reclinato sopra la sedia e le mani conserte ai ginocchi. Per tutto il resto, i lineamenti, pacati più che pronunciati, mi facevan pensare al ritratto del fratello, come ci è noto dalle incisioni. Mi fece parecchie domande sul mio viaggio e sulla mia intenzione di visitare la Sicilia, mostrandosi convinta che al mio ritorno avrei celebrato con loro la festa di Santa Rosalia.

Ma poiché la nonna continuava a rivolgermi domande ed io dovevo badare a risponderle, la figlia prese a discorrere a mezza voce con la mia guida, ma in modo che io potevo intervenire per chiedere di tratto in tratto: «Cosa dite?». «La signora Capitummino», mi rispose la guida, «dice che suo fratello le è ancora in debito di quattordici once d'oro; alla sua improvvisa partenza da Palermo, ella gli ha riscattato certi oggetti tenuti in pegno; ma da quel giorno non ha avuto più notizie di lui, né ricevuto danaro, né altro sussidio, benché egli possegga, a quanto dicono, di gran ricchezze e faccia una vita da gran signore. Non vorreste voi», continuò, «incaricarvi al vostro ritorno di richiamargli con garbo alla mente il suo debito e far pervenire alla sorella qualche sussidio? O forse meglio, portargli una lettera, o fargliela recapitare?» Io risposi che sì. Ella mi chiese allora dove abitassi, per farmi pervenire la lettera. Non volli darle il mio indirizzo, ma mi offrii di andare a prendere la lettera io stesso, l'indomani sera.

Detto questo, ella cominciò a descrivermi la sua situazione penosa. Era rimasta vedova, con tre figliuoli; una figlia si trovava in educazione in un convento, l'altra viveva presso di lei assieme al maschietto, che in quel momento era a scuola. Oltre a questo, ella aveva in casa anche la madre, e doveva pensare a mantenere anche lei; senza contare quel povero infermo che si teneva in casa per carità, e che accresceva più ancora i suoi guai. Tutta la sua attività era appena bastante a sopperire al puro necessario per sé e per la famiglia. Sapeva bene che Iddio non lascia senza compenso le opere buone; ma eran troppi i suoi sospiri, sotto il peso che portava già da tanto tempo!

Anche le più giovani presero parte a questo punto alla conversazione, che divenne più vivace. Mentre io parlavo con questo e con quello, sentii la vecchia domandare alla figlia se anch'io appartenessi alla loro religione; e potei notare che la figliuola cercava prudentemente di sviare il discorso, facendo capire alla madre, se non ho inteso male, che io avevo tutta l'aria d'un forestiero pieno di buone intenzioni a loro riguardo e che sarebbe stato sconveniente toccare questo tasto.

Quando sentirono che io sarei partito presto da Palermo, si mostrarono ancor più premurosi e mi pregarono di farmi vedere ancora: in particolare poi, non la finivano più di magnificarmi le grandi giornate delle feste di Santa Rosalia, un paradiso, che di simili non ce n'è e non si può godere in tutto il mondo.

Il mio compagno, che da un pezzo non vedeva l'ora di andarsene, alla fine fece un segno di troncar la conversazione. Io rinnovai la promessa di ritornare la sera dopo a prendere la lettera ed egli si compiacque che tutto fosse andato bene. Così ci lasciammo tutti e due soddisfatti.

Lascio imaginare quale impressione mi aveva lasciato questa povera famiglia, di gente timorata e da bene. La mia curiosità era soddisfatta, ma il fare disinvolto e bonario di quelle povere donne mi aveva destato una certa simpatia, resa ancor più viva dalla riflessione.

Comunque, non ero senza qualche preoccupazione per l'indomani. Era naturale: la mia visita, che in sulle prime aveva arrecato loro una certa sorpresa, avrebbe certo sollevato, dopo la mia partenza, anche qualche commento. Dall'albero genealogico mi risultava che parecchi membri della famiglia vivevano ancora; nulla di più naturale che le mie donne chiamassero a raccolta i loro compari, per ripetere in loro presenza quello che il giorno prima avevano inteso con tanta meraviglia dalla mia bocca. Avevo raggiunto il mio scopo; non mi restava che coronare la mia avventura in modo conveniente. Il giorno dopo, mi recai quindi da loro solo soletto, subito dopo pranzo. Fecero le meraviglie, al vedermi entrare; dissero che la lettera non era ancora pronta, che c'erano degli altri parenti che desideravano pure di conoscermi, e che questi si eran dati convegno per la serata. Osservai che la mia partenza era già fissata per la mattina dopo, che avevo ancora delle visite da sbrigare, poi da far le valigie; per questo avevo pensato di venire un po' più presto, anziché non venire affatto.

A questo punto entrò il figlio, che il giorno prima non avevo ancora veduto. Era molto somigliante alla sorella, per la costituzione e all'aspetto. Portava seco la lettera a me destinata, e che, secondo l'usanza locale, avevano fatto scrivere fuori, da uno scrivano pubblico. Il giovanotto aveva un'aria modesta, posata, piuttosto malinconica; s'informò di suo zio, mi domandò delle sue ricchezze, delle sue spese da gran signore, e soggiunse con tristezza: «Come può aver dimenticato completamente la sua famiglia! Che gran fortuna sarebbe la nostra», continuò poi, «se egli ritornasse a Palermo e si prendesse a cuore la nostra sorte! Ma», qui s'interruppe, «come vi ha fatto sapere che a Palermo ha ancora dei parenti? Dicono che non vuol saperne di noi e che si spaccia da per tutto per un personaggio di grande nobiltà». A questa domanda, provocata dall'insolenza della mia guida alle prime parole della nostra prima conversazione, risposi facendogli credere che suo zio poteva bensì aver le sue ragioni di tener nascosta al pubblico la sua origine; ma che con gli amici e i parenti non ne faceva alcun mistero.

Anche la sorella, sopraggiunta durante questo dialogo e incoraggiata dalla presenza del fratello e forse anche dall'assenza del mio compare del giorno prima, cominciò a interloquire con molta buona grazia e vivacità. Tutt'e due mi pregarono molto di tanti saluti e doveri allo zio, nel caso che gli dovessi scrivere. «Quando poi avrete finito di visitare l'Isola», insistettero con altrettanta premura «venite ancora a vederci; festeggeremo insieme Santa Rosalia».

La madre, facendo coro ai figliuoli: «Caro signore», disse; «è vero che non sta bene, per me che ho una figlia da marito, tener dei forestieri in casa; si ha tanto da fare per tenersi lontane dai pericoli e dalla maldicenza! Con tutto questo voi sarete sempre il benvenuto, ogni volta che ritornerete tra noi!» «Certamente», risposero i figliuoli; «sarà un piacere per noi accompagnare il signore in giro il giorno della festa; gli faremo veder tutto, anzi prenderemo posto sulle tribune, il miglior punto per veder tutti i festeggiamenti; avrà piacere di ammirare il carro di Santa Rosalia; vedrà che magnifica illuminazione!»

Nel frattempo, la nonna aveva letto e riletto la famosa lettera. Ma appena ebbe inteso che stavo per andarmene, si alzò e mi consegnò il foglio piegato. «Dite a mio figlio», (queste parole furono proferite con una dignità piena di calore, anzi con un certo *pathos*) «dite a mio figlio quanto io sono felice per le notizie che mi avete portato; ditegli che lo stringo al cuore», (e qui aprì le braccia per ricongiungerle poi sul petto) « . . . così. Ditegli che io lo raccomando ogni giorno a Dio e alla Santissima Vergine nelle mie orazioni, che mando a lui e a sua moglie la mia benedizione, che non ho altro desiderio che di vederlo ancora una volta con questi occhi prima di morire, con questi occhi, che hanno versato tante lacrime per lui».

La grazia tutta particolare della lingua italiana secondava ancor di più la spontaneità e il ritmo elegante di queste parole, sottolineate per di più da gesti pieni di vita, coi quali i meridionali sogliono dare ai loro discorsi un fascino straordinario.

Non mi congedai da quella buona gente senza commozione. Mi diedero tutti la mano, i giovani mi accompagnarono fin sulle scale e, mentre scendevo, si riaffacciarono di corsa al balcone della cucina che sporgeva sulla via, mi chiamarono indietro, salutando con la mano e ripetendomi: «Non dimenticate di ritornare!» Giunto all'angolo della via, essi erano ancora al balcone.

Superfluo aggiungere che l'interesse destatomi da questa famiglia mi aveva fatto nascere anche un vivo desiderio di esserle utile e di qualche sollievo nella sua miseria. Per colpa mia essa si trovava ingannata un'altra volta, e le sue speranze in un soccorso imprevisto minacciavano di naufragare per la seconda volta, causa la curiosità di un frettoloso pellegrino del nord.

La mia prima intenzione era stata di far loro pervenire, prima della mia partenza, quelle quattordici once d'oro di cui era rimasto debitore il fuggiasco, rendendo accetto il dono col far loro credere che avrei potuto riavere poi la somma da lui stesso; ma, all'albergo, fatti i conti, e un bilancio sommario della mia cassa e del mio portafoglio, ho dovuto convincermi che in un paese in cui per mancanza di comunicazioni le distanze si moltiplicano all'infinito, mi sarei trovato io stesso nell'imbarazzo, pretendendo di rimediare, per troppo buon cuore, alle male fatte di una canaglia.

*Palermo, domenica 15 aprile.*

Ieri, sul far della sera, son ritornato dal mio mercante e gli ho domandato: «Come andrà mai la festa domani, se è vero che una grande processione deve percorrere la città, e il viceré in persona accompagnerà il Santissimo a piedi? Basterà il più lieve alito di vento per seppellire sotto il polverone uomini e dèi».

Quel burlone di mercante mi osservò: «A Palermo si fa spesso e volentieri affidamento sui miracoli. In simili circostanze, più volte è caduto un bell'acquazzone, che, ripulendo in parte almeno la via, quasi tutta inclinata com'è, lascia passare comodamente la processione. Anche questa volta speriamo così, e non senza fondamento; guardate come il cielo si va rannuvolando e promette la pioggia, per questa notte!»

E infatti, è proprio accaduto così. Questa notte si sono aperte le cateratte del cielo. Ed io sono uscito fin dal mattino per essere testimone del miracolo; e lo spettacolo era veramente abbastanza strano. Il torrente di pioggia, trattenuto fra i due marciapiedi, aveva trascinato la spazzatura più minuta in parte al mare, in parte negli scaricatoi, in quelli almeno che non eran rimasti otturati; ma le immondizie più grosse le aveva spinte qua e là, disegnando sul selciato dei meandri nel vero senso della parola. Centinaia e centinaia di spazzini, con pale, granate e forche, erano intanto affaccendati ad allargare gli spazi puliti e a metterli in comunicazione gli uni con gli altri, accumulando nel tempo stesso il sudiciume rimasto ora da un lato ora dall'altro. È avvenuto che la processione, in sul principio almeno, trovò realmente la strada pulita, che serpeggiava attraverso la melma; e così tanto i preti, con le loro vesti lunghe, quanto la nobiltà, con le sue eleganti calzature, e lo stesso viceré alla testa, poterono percorrere impunemente il cammino senza insudiciarsi. Mi sembrava di vedere i figli d'Israele, condotti dall'angelo sul terreno asciutto attraverso paludi e pantani: paragone col quale ho cercato di nobilitare lo spettacolo disgustoso di tanta gente per bene, che andava salmodiando e mettendosi in mostra fra due file di fango ammonticchiato.

Sui marciapiedi era ancor possibile, come sempre, circolare senza insudiciarsi; ma nell'interno della città dove ci siamo inoltrati proprio oggi per vedere diverse cose fin qui trascurate, era quasi impossibile aprirsi il passo, benché anche qui non avessero lesinato la scopa e la pala.

La solennità odierna ci ha offerto l'occasione di fare una visita alla cattedrale³³ e di osservarvi le cose più interessanti. E, come eravamo in cammino, siamo andati a vedere anche altri edifici; fra questi una casa moresca,³⁴ finora assai ben conservata, che ci ha procurato molto piacere: non è grande, ma ha delle belle sale, ampie e ben proporzionate, armonicamente disposte: casa non proprio adatta per abitazione, sotto un clima nordico; ma nel Mezzogiorno, dimora oltre modo piacevole. Speriamo che qualche architetto ce ne dia la pianta completa.

In un locale piuttosto uggioso, abbiamo anche veduto diversi frammenti di statue antiche, che però non abbiamo avuto la pazienza di identificare.

*Palermo, lunedì 16 aprile.*

Poiché noi stessi dobbiam tormentarci con la prospettiva della prossima partenza da questo paradiso, oggi ho accarezzato la speranza di provare ancora nel giardino pubblico la grande consolazione di leggere il mio *pensum* nell'*Odissea*, di continuare a meditare il disegno della mia Nausicaa passeggiando nella valletta a piè del monte di S. Rosalia, e di vedere infine se fosse possibile drammatizzare anche questo soggetto. Tutto questo mi è stato concesso, se non con grande fortuna, certo con mia grande soddisfazione. Ho tracciato a grandi linee tutto il piano, senza poter resistere ad abbozzare ed elaborare anche alcuni passi, che più mi seducevano.

*Palermo, martedì 17 aprile.*

Gran disgrazia, l'esser perseguitato e tentato da ogni sorta di folletti! Stamane mi ero recato al giardino pubblico col fermo proposito di cullarmi tranquillamente nei miei sogni di poesia, quando, senza che me ne accorgessi, mi vidi assalito da un altro fantasma, che mi assediava già da alcuni giorni. Le molte piante, che ero abituato a vedere solo nelle casse e nei vasi, e per la maggior parte dell'anno solo nelle serre, qui allignano vegete e fresche all'aria aperta; per cui, conformandosi pienamente al loro destino, ci diventano anche più intelligibili. Alla presenza di tante forme nuove o rinnovellate, mi saltò in testa la mia antica fantasia: perché, in tanta ricchezza di vegetazione, non dovrei scoprire la *Urpflanze*, la pianta originaria? Una tale pianta ci deve pur essere: diversamente, come potrei riconoscere che questa o quella figura è una pianta, se non fossero tutte formate sopra un solo modello?

Mi sono sforzato di esaminare in che cosa realmente tutte queste varie figure si possano distinguere l'una dall'altra. E le ho trovate più simili che diverse; applicando la mia terminologia botanica, la cosa riusciva fino a un certo punto, ma non venivo ad una conclusione; e questo mi rendeva irrequieto, senza giovarmi a nulla. Ed ecco sconvolto il mio bel progetto poetico, ecco sparito il giardino di Alcinoo: davanti a me si apriva solo un giardino di questa terra. Ma perché, noi altri moderni siamo così distratti; perché ci lasciamo sedurre da problemi che non possiamo né risolvere, né affrontare?

*Alcamo, mercoledì 18 aprile.*

Siamo partiti con le nostre cavalcature da Palermo di buon mattino. Il Kniep e il conducente avevano fatto le valigie, ch'era una meraviglia. Ci avviammo lentamente per la splendida salita di S. Martino, a noi già nota per la visita che vi avevamo fatto, ammirando un'altra volta una delle fontane monumentali che allietano il cammino; e qui abbiamo avuto la prima occasione di conoscere le abitudini di temperanza di questi paesi. Il nostro capo squadra si era legato al fianco, con delle corregge come usano le nostre vivandiere, un barilotto di vino, che sembrava dovesse bastarci per alcuni giorni. Non fu quindi piccola la nostra sorpresa, quando lo vedemmo correre ad una fontana, togliere il tappo del barile e riempirlo d'acqua. «Cosa fate?» gli domandammo con meraviglia tutta tedesca; «il barile non è già tutto pieno di vino?» Calmo calmo, egli ci rispose che lo aveva lasciato vuoto per un terzo; e poiché nessuno beve vino puro, era meglio mescolarvi tutta l'acqua addirittura, formandosi così una miscela più omogenea, tanto più che non si era sicuri di trovare acqua da per tutto. In tanto il barilotto si era riempito, e a noi non restò che inchinarci a quest'usanza nuziale dell'Oriente antico.[35]

Quindi sulle colline alle spalle di Monreale vedemmo una bellissima contrada, ma bella più dal punto di vista storico, che economico rurale. L'occhio spaziava a destra fino alla marina, che tendeva la sua diritta linea orizzontale fra i promontorî più pittoreschi sopra le spiagge ora nude ora vestite di piante, offrendo un contrasto stupendo, con la sua calma profonda, alle rocce selvagge. Il Kniep non potè a meno di schizzarne alcune in piccolo formato.

Ed eccoci ora ad Alcamo, pulita e tranquilla cittadina, il cui buon albergo merita d'essere raccomandato, come tappa per visitare di qui, con comodo, il tempio di Segesta, situato fuori di mano in una regione solitaria.

*Alcamo, giovedì 19 aprile.*

Questa tranquilla e simpatica cittadina di montagna ci seduce a riposarci un po'; e infatti abbiamo deciso di passarvi tutta la giornata. Discorriamo quindi anzitutto delle vicende di ieri.

Ho già negato al principe di Pallagonia l'originalità: egli ha avuto infatti dei precursori e dei modelli. Sulla via di Monreale si trovano due mostri ai piedi di una fontana e sulla balaustrata alcuni vasi, tali e quali come se li avesse ordinati il principe in persona.

Dopo Monreale, abbandonando la bella via maestra e inoltrandosi fra montagne rocciose, ci s'imbatte, nella sella, in pietre che, per la pesantezza e l'ossidatura, mi sembrano sideriti. Le terre in piano sono tutte coltivate e producono, quale più quale meno. Il calcare si presenta di color rosso e così la terra dissodata in questi punti. Questa terra rossa calcare-argillosa è molto diffusa, il suolo è compatto, senza traccia di sabbia, e produce ottimo frumento. Abbiamo trovato dei vecchi ulivi, molto rigogliosi, ma coi tronchi rattrappiti.

Ci siamo rifocillati con due bocconi, sotto la volta d'un pergolato aperto, costruito a ridosso d'una cattiva osteria. C'erano dei cani che trangugiavano avidamente le bucce del salame che gettavamo loro; un accantoncello li cacciò via e cominciò a rosicchiare di buon appetito le bucce delle mele che avevamo lasciate; ma anche lui fu scacciato alla sua volta da un vecchio accattone. La gelosia di mestiere non manca mai. Bisognava vedere quello straccione, trascinarsi di qua e di là in una toga consunta, e fare ora da facchino, ora da cameriere. Del resto avevo notato anche prima che, a domandare al padrone qualche cosa che nell'osteria non c'è, egli la manda a prendere dal bottegaio per mezzo d'uno di questi straccioni.

Buon per noi, che possiamo di solito fare a meno d'un servizio così poco simpatico; perché il nostro conducente è, in grado superlativo, stalliere, cicerone, guardiano, provveditore, cuoco, insomma tutto.

Sulle montagne più alte, si trova ancora l'olivo, il carrubbe, il frassino. La cultura è trienne: legumi, grano e maggese; e in proposito, i contadini dicono: il concime fa più miracoli di un santo. La vite viene coltivata assai bassa.

La posizione di Alcamo, in vetta al colle, a qualche distanza dal golfo, è splendida. La grandiosità del paesaggio ci ha sedotti: rocce alte, burroni profondi, ma anche distese pianeggianti e grande varietà. Dopo Monreale, si entra in una bella, duplice vallata, nel cui centro sorge un alto dorso roccioso. La campagna coltivata è d'un verde monotono, mentre lungo i margini della via spaziosa, i cespugli e gli arbusti selvatici sono tempestati a miriadi di fiori. Il lentisco è tutto soffocato da fiori papiglionacei, da non lasciar vedere una foglia sola; il biancospino caccia grappoli sopra grappoli; gli aloe si rizzan già sullo stelo preannunziando la fioritura; e poi immensi tappeti di trifoglio d'un rosso amaranto, *l'ophrys insectifera*, rododendri, giacinti dalle campanule chiuse, la borraggine, le aliacee, gli asfodeli.

L'acqua che scende da Segesta[36] porta, oltre ai ciottoli calcarei, molti detriti di pietra cornice, assai compatti, d'un azzurro carico, rossi, gialli, scuri, delle più varie sfumature. Vi ho trovato anche filoni di pietre cornici e selici in roccia calcarea, con cimose di calcare. Di questi detriti vi sono intere colline, prima di arrivare ad Alcamo.

*Segesta, 20 aprile.*

Il tempio di Segesta[37] non è mai stato finito e il piazzale che lo circonda non è mai stato livellato; si è appianato soltanto il recinto sopra il quale dovevano sorgere le colonne; oggi stesso i gradini in alcuni punti sono affondati per nove o dieci piedi nel terreno, né vi sono colline in vicinanza, dalle quali togliere pietre e terra. Le pietre stesse giacciono del resto nella loro posizione più naturale, e in mezzo a queste non si vedono rovine.

Le colonne sono tutte in piedi; due, che erano cadute, sono state rimesse a posto recentemente. Se le colonne abbiano avuto zoccoli, è difficile stabilire e far comprendere senza un disegno. Talvolta sembra che la colonna riposi sopra il quarto gradino, nel qual caso si dovrebbe discendere d'un gradino per entrare nel tempio; tal'altra, il gradino superiore è tagliato, e allora sembra che le colonne abbiano le loro basi; altre volte infine questi intervalli sono colmati e ci ritroviamo di fronte al primo caso. Lasciamo agli architetti di decidere.

Le facciate laterali hanno dodici colonne, senza contare quelle ad angolo; la facciata anteriore e la posteriore ne hanno sei, con le colonne angolari. Le sporgenze mediante le quali si son potute trasportare le pietre, non sono state scalpellate dai gradini del tempio: segno che il tempio non è stato finito. Ma la miglior prova la fornisce il suolo, che ai lati è qua e là coperto di lastre, mentre nel centro la roccia grezza è più alta del livello della parte lastricata, e quindi non può essere stato mai lastricato. Anche qui, nessuna traccia di sala interna. Meno ancora appare che il tempio sia stato rivestito di stucchi, mente sembra probabile che tale sia stata l'intenzione del costruttore: le basi dei capitelli mostrano infatti le sporgenze, alle quali doveva forse essere apposto lo stucco. Tutto il complesso è costruito in pietra calcare simile al travertino, adesso molto corrosa dal tempo. I restauri del 1781 hanno giovato molto al monumento. Il taglio che unisce le singole parti delle pietre è semplice, ma bello. Non ho potuto trovare le grandi pietre di cui parla il Riedesel:[38] è possibile che le abbiano impiegate a restaurare le colonne.

La posizione del tempio è singolare; all'estremità superiore d'una vallata lunga e larga, in cima a una collina isolata, ma circondata di rocce, esso domina in lungo e in largo un'ampia distesa di campi, ma solo un breve tratto di mare. Tutta la regione dà l'impressione d'una fertilità monotona; tutto è messo a coltura, ma non si vede quasi mai un'abitazione umana. Miriadi di farfalle volteggiano intorno ai cardi fioriti; i finocchi selvatici, alti fin nove e dieci piedi e già secchi dall'anno scorso, si trovano in così gran copia e apparentemente così bene ordinati, da essere scambiati per aiuole d'un istituto pomologico. Il vento fischiava fra le colonne come in una foresta, e certi uccelli grifagni roteavano sopra la carcassa del tempio, empiendo il cielo di strida.

La fatica durata a percorrere le insignificanti ruine d'un teatro[39] ci fece passar la voglia di visitare quelle della città. Ai piedi del tempio si trovano grossi frammenti di pietra cornice, dei quali è commisto in grande abbondanza tutto il tratto fra Segesta ed Alcamo; ragion per cui il suolo presenta tracce di terra silicea, che lo rende più soffice. In un finocchio dell'annata ho notato la differenza tra le foglie inferiori e le superiori, mentre è sempre lo stesso organismo che dal semplice evolve nel vario. Qui si fa un gran sarchiare e i contadini percorrono in lungo e in largo la terra, come in una battuta. Non mancano anche gli insetti. A Palermo non avevo visto che lucciole. Le lucertole, le sanguisughe, le lumache non offrono colori più belli che da noi; sono anzi quasi sempre grigi.

*Castelvetrano, sabato 21 aprile.*

Da Alcamo a Castelvetrano[40] si costeggiano montagne calcaree, attraversando colline silicee. Fra le montagne ripide e sterili, distesa di valli e di colli, tutto a coltivazione, ma quasi senza ombra d'albero. Le colline silicee piene di ciottoloni, indizio di antiche correnti marine; il suolo opportunamente mescolato, e più soffice che fin qui grazie alla presenza della sabbia. Abbiam lasciato Salemi a un'ora di distanza sulla nostra destra, attraversando un terreno di rocce argillose che ricoprono calce. Il terreno appare sempre più felicemente commisto. Da lungi, verso occidente, il mare; nello sfondo, da per tutto colline. Abbiam trovato dei fichi già in fiore; ma quello che destava la nostra meraviglia erano gli sterminati tappeti di fiori distesi lungo la via fin troppo ampia, che spiccavano alternandosi in grandi masse variopinte l'una appresso dell'altra. I più bei convolvoli, gli *hibiscus* e le malve, grandi varietà di trifogli predominavano a volta a volta e in mezzo a questi, allii e cespi di galegà. Cavalcammo attraverso questo splendore di tappeti mantenendoci entro i sentieri che s'incrociavano a non finire. Qua e là pascolavano delle belle mandre, di color bruno-rossastro, non di grandi proporzioni, ma di bellissime forme; molto graziose specialmente le piccole corna.

Le montagne a nord est formano tutte una catena; una sola cima, il Cuniglione, spicca nel centro. Le colline silicee sono povere d'acqua: le piogge non devono esser troppo frequenti, non trovandosi solchi di torrenti né di alluvioni.

La notte scorsa mi è capitato un caso strano. Ci eravamo buttati stanchi morti sui nostri letti, in un'osteria certo non molto elegante, quando, verso la mezzanotte, mi sveglio ed ecco sopra la mia testa l'apparizione più graziosa del mondo: una stella, ma così bella come non credo d'averne viste mai. Stavo tutto rapito a contemplare il gentile fenomeno, presagio di tante cose buone; ma il dolce splendore ben presto disparve e mi lasciò solo nelle tenebre. All'alba soltanto ho potuto constatare l'origine del bel miracolo. Nel tetto c'era una fessura, e in quel momento passava per il mio meridiano una delle stelle più luminose del firmamento. La cosa era naturale; ma noi, viandanti alla ventura, la considerammo come di buon augurio.

*Sciacca, domenica 22 aprile.*

Da Alcamo fin qui, tratto senza interesse per lo studioso di mineralogia, si continua ad attraversare colline silicee. Si raggiunge la marina, dove di quando in quando sorgono rocce calcaree. Tutta la piana è d'una incredibile fertilità: l'orzo e l'avena crescono superbamente: si coltiva anche la sàlsola (*Salsola Kali*); gli aloi han già allungato lo stelo, da ieri e l'altro ieri. Le varie specie di trifoglio non ci hanno lasciato. Alla fine siamo arrivati in un boschetto di cespugli, con qualche raro albero più alto qua e là. Ed ecco finalmente dei sugheri!

*Girgenti, lunedì 23 aprile sera.*

Da Sciacca a Girgenti,[41] una buona giornata di cammino. Subito dopo Sciacca, abbiamo visitato le terme:[42] una sorgiva calda scaturisce dalla roccia con un forte odor di zolfo; l'acqua ha sapore alcalino, ma non disgustoso. Che l'esalazione solforosa si produca nel momento della fuoruscita? Un po' più sopra c'è una fontana d'acqua fresca e inodore. Sulla vetta del colle un convento, dove sono le stufe: un vapore spesso si spande per l'aria pura.

Il mare rigetta qui solo detriti calcarei; il quarzo e la pietra cornice sono scomparsi. Ho fatto qualche osservazione nelle fiumare; anche la Caltabellotta e la Macaluba[43] non trasportano che detriti calcarei; il fiume Platani marmo giallo e selci, eterne accompagnatrici di questo più nobile calcare. Alcuni pezzetti di lava han richiamato la mia attenzione; ma non credo si tratti di materiale vulcanico in questa regione; suppongo piuttosto che sian frammenti di pietre da macina, o da non saprei quale altro uso, trasportati da chi sa dove. Nelle vicinanze di Monteallegro è tutto creta: creta densa e scagliuola, con intere rocce in cui è commista la calce. Ma la fantastica posizione di Caltabellotta,[44] annidata sulla roccia!

*Girgenti, martedì 24 aprile.*

Una primavera splendida come quella che ci ha sorriso stamane al levar del sole, certo non ci è stata mai concessa nella nostra vita mortale. Sull'alto spianato dell'antica roccia, giace la Girgenti moderna in un circuito abbastanza vasto per contenere una popolazione. Dalle nostre finestre abbiamo contemplato in lungo e in largo il lieve declivio della città antica, tutto rivestito di orti e di vigneti, sotto la cui verzura non si supporrebbe nemmeno la traccia dei quartieri urbani un tempo così vasti e così popolosi. Il tempio della Concordia si vede appena spuntare all'estremità meridionale di questo piano tutto verde e tutto fiori; a oriente le scarse rovine del tempio di Giunone; le rovine di tutti gli altri edifici sacri sulla stessa linea retta dei due menzionati non si presentano all'occhio di chi sta in alto, che corre più verso nord, lungo la costa, protesa ancora per una mezz'ora verso la marina. Purtroppo, oggi non ci fu consentito di scendere fra quei rami e quei viluppi, fino alle plaghe così verdeggianti, così fiorite, così promettenti di frutti, perché il nostro cicerone, un piccolo abate dabbene,[45] ci ha pregati di dedicare questa giornata anzitutto alla visita della città.

Da prima ci ha fatto vedere le vie perfettamente costruite, poi ci ha condotti su alcune alture più eminenti dalle quali la vista, più estesa, acquistava ancora maggior fascino, e infine, per appagare anche il nostro gusto di artisti, alla cattedrale. Questa racchiude un sarcofago[46] ben conservato, trasformato per sua salvezza in altare: rappresenta Ippolito, trattenuto coi suoi compagni di caccia e coi cavalli dalla nutrice di Fedra, che gli consegna una tavoletta. L'intenzione principale dell'artista era di rappresentare qui dei graziosi adolescenti, per cui anche la vecchietta, dalla figura di nana, sta lì come un accessorio affatto innocuo. Credo di non aver mai veduto nulla di più superbo, in fatto di bassorilievi; e s'aggiunga che l'opera è perfettamente conservata. Per me, la ritengo un modello del periodo più leggiadro dell'arte greca.

La vista d'un prezioso vaso[47] di notevoli dimensioni e di perfetta conservazione ci ha fatto pensare ad epoche ancor più remote. Anche altre reliquie dell'architettura del tempo hanno trovato il loro posto, a quanto pare, qua e là nella Chiesa nuova.

Non essendoci alberghi di sorta, una brava famiglia ci ha alloggiati in casa propria, mettendo a nostra disposizione un'alcova, attigua a una grande stanza un po' più bassa. Una portiera verde ci separava con tutto il nostro bagaglio dai padroni di casa, affaccendati nello stanzone a preparare maccheroni e maccheroni della pasta più fine, più bianca e più minuta. Questa pasta si paga al più caro prezzo, quando, dopo aver presa la forma di tubetti, vien attorta su se stessa dalle affusolate dita delle ragazze, in modo da assumere forma di chiocciole. Ci siamo seduti accanto a quelle graziose creature, ci siamo fatti spiegare le varie operazioni ed apprendemmo così che quella specie di pasta si fa del frumento migliore e più duro, detto «grano forte». Occorre del resto più abilità di mano che non lavoro di macchine o di forme. Ci hanno anche imbandito dei maccheroni squisiti, pur deplorando di non poterci servire nemmeno un piatto di quella qualità superlativa, che si trova soltanto a Girgenti, anzi soltanto a casa loro. Con tutto questo, la pasta che abbiamo gustato mi è sembrata, per candore e delicatezza di gusto, senza rivali.

Anche per tutta la serata il nostro cicerone è riuscito a frenare la nostra impazienza di scendere per la collina, conducendoci sempre sulle alture a goder nuovi punti di vista e a farci pregustare d'un solo colpo d'occhio la posizione di tutte le cose più notevoli che avremmo visto il giorno dopo.

*Girgenti, mercoledì 25 aprile.*

Allo spuntar del sole ci siamo avviati giù per la china; ad ogni passo, un paesaggio tutt'all'intorno sempre più pittoresco. Convinto di far tutto per il nostro meglio, il nostro abatino ci ha condotti senza tregua a destra e a sinistra fra quella lussureggiante vegetazione, facendoci notare mille particolari, ognun dei quali offriva una scena da idillio. L'ineguaglianza del suolo contribuisce molto a questa varietà, estendendosi esso in forma ondulata sopra le rovine nascoste, le quali si son potute ricoprire di terreno fertile, tanto più facilmente, in quanto gli edifici anteriori erano costruiti di un leggero tufo conchilifero. Così giungemmo all'estremità orientale della città, dove le rovine del tempio di Giunone[48] deperiscono d'anno in anno, per l'aria e per le intemperie che corrodono la pietra tufacea. Per oggi non ci siam proposti che un'ispezione sommaria. Ma il Kniep ha già scelto i suoi punti di vista, e domani si metterà al lavoro.

Il tempio sorge oggi sopra una roccia diruta; di qui le mura della città si protendono ad oriente sopra uno strato di calcare, che sovrasta a picco la spiaggia abbandonata in epoca più o men remota dal mare, dopo aver formato queste rocce e averne lambito il piede. Le mura erano in parte tagliate nella roccia, in parte costrutte coi suoi blocchi; dietro le mura spiccava la linea diritta dei templi. Nessuna meraviglia quindi se la città bassa, ossia la parte che s'arrampica grado a grado, e la città alta, viste dal mare, presentavano insieme un colpo d'occhio imponente.

Il tempio della Concordia[49] ha resistito al lavorio di tanti secoli; già la sua architettura slanciata lo avvicina al nostro criterio del bello e del simpatico. Di fronte ai templi di Pesto, sta come la figura di un Dio di fronte a quella di un gigante. Io non mi dorrò se il progetto, per sé lodevole, di conservare questi monumenti è stato eseguito senz'alcun gusto, riempiendo le lacune con certo gesso d'un biancore abbacinante, per cui anche questo monumento si presenta in certo modo come una rovina. Quanto sarebbe stato facile dare al gesso la tinta della pietra diruta! Al vedere con quanta facilità si stacca il tufo dalle colonne e dalle mura, c'è da stupire che abbia resistito tanto a lungo. Ma i costruttori, nella speranza di lasciare posteri simili a sé, avevano escogitato il modo di preservarlo: si vede anche oggi sopra le colonne la traccia d'un fine intonaco, che doveva garantire della durata ed accarezzar l'occhio nel tempo stesso.

Abbiamo fatto quindi sosta innanzi alle rovine del tempio di Giove.[50] Questo si distende per un lungo tratto, come la carcassa d'uno scheletro gigantesco, entro e fuori alcuni poderi, circoscritti da siepi e sparsi di piante alte e cespugli. Ogni forma d'arte è scomparsa sotto l'ingombro di tante macerie, tranne un triglifo enorme ed un frammento di colonna della stessa proporzione. Mi son provato a misurare il triglifo a braccia aperte, senza riuscire a contenerlo; quanto alla scannellatura della colonna, basti che, a tenermi diritto in piedi, la riempivo come se mi fossi trovato in una nicchia, toccandone il sommo con le spalle. Ventidue uomini, l'uno accanto all'altro in giro, rappresenterebbero press'a poco la circonferenza d'una colonna. Ce ne siamo allontanati, sentendo purtroppo che per un disegnatore non c'era da far nulla.

Il tempio di Ercole,[51] invece, mostra ancora tracce dell'antica simmetria. I due ordini di colonne, che accompagnavano il tempio da tutti i lati, giacevano allineati sulla stessa fila, come coricati insieme tutti ad un tratto, da nord a sud, e inclinati gli uni verso l'alto, gli altri verso il basso d'un colle, formatosi, a quanto pare, in seguito allo sfasciarsi della cella del tempio. Le colonne, probabilmente tenute insieme dall'impalcatura, precipitarono all'improvviso, forse rovesciate dalla violenza d'un uragano; e ora giacciono in linea, scomposte nei frammenti originarî. Per disegnare esattamente questo interessante spettacolo, il Kniep non vedeva l'ora di temperare le sue matite.

Il tempio di Esculapio,[52] ombreggiato dal più bel carrubbe e quasi murato in una casupola di campagna, offre un quadro grazioso.

Da questo punto siamo scesi alla tomba di Terone,[53] lieti di aver sott'occhio questo monumento già da noi visto in tante riproduzioni, tanto più che esso formava il primo piano d'una mirabile prospettiva; l'occhio spaziava da occidente ad oriente fino alla massa delle rocce sulla quale sorgevano i ruderi delle mura, e attraverso e al di sopra, le reliquie dei templi. Sotto la mano esperta dello Hackert, questa veduta è diventata un quadro delizioso; il Kniep non mancherà di prenderne uno schizzo.

*Girgenti, giovedì 26 aprile.*

Quando mi svegliai, il Kniep era già pronto per la sua escursione artistica in compagnia d'un ragazzo, che doveva indicargli la via e portargli il suo albo. Io ho goduto la mattinata incantevole stando al balcone, avendo al mio fianco un amico discreto, silenzioso, ma tuttavia non muto. Riverenza e riserbo mi hanno impedito finora di fare il nome del mio mentore, che di quando in quando consulto ed ascolto: è questi l'ottimo Riedesel, il cui libriccino porto sul petto come un breviario o un talismano. Mi son sempre rispecchiato volentieri nelle nature che posseggono quello che a me manca; e questo è proprio il caso: serenità e risoluzione ad un tempo, sicurezza di obbiettivo, mezzi opportuni e concepiti con chiarezza, preparazione e cognizioni; più, rapporti d'intimità con un dotto e un maestro quale il Winckelmann: insomma, tutto quello che io non ho e tutti i vantaggi che ne derivano. Eppure, non posso attribuirmi a colpa se cerco d'impadronirmi per sorpresa, di assalto, con astuzie, di tutto ciò che nella vita mi è stato negato per le vie ordinarie. Possa quel valentuomo apprendere in quest'ora, nel tumulto del mondo, come il suo epigone riconoscente esalta i suoi meriti, solitario nel luogo solitario, che pure ha avuto anche per lui tanto fascino, da fargli desiderare di passar qui i suoi giorni, nell'oblio dei suoi e dai suoi obliato.

Ho percorso poi il cammino di ieri con la guida del mio pretino, esaminando questo e quello da varî punti, e facendo ogni tanto una visita al mio compagno affaccendato nel suo lavoro.

Il mio cicerone mi ha fatto notare un bell'istituto, della antica e potente città. Nelle rocce e nel massiccio delle mura, che servivan di baluardo a Girgenti, si trovano delle tombe, destinate probabilmente al riposo eterno dei buoni e dei valorosi. Dove potrebbero questi avere un tumulo più degno, per la propria gloria e per l'eterna emulazione dei concittadini!

Nell'ampio tratto che divide le mura dal mare trovansi ancora gli avanzi d'un tempietto,[54] conservato come cappella cristiana. Anche qui le mezze colonne armonizzano mirabilmente con le pietre quadre delle mura, fuse le une con le altre, offrendo un leggiadro colpo d'occhio. Par di sentire esattamente il punto in cui l'ordine dorico ha raggiunto la sua misura perfetta.

Abbiamo inoltre osservato altri ma poco significanti monumenti antichi; maggior attenzione abbiamo dedicato al modo come attualmente si conserva il grano entro certe grandi fosse murate sotto terra. Il mio buon vecchietto mi ha fatto anche un bel discorso sulle condizioni della città e del clero: a sentir lui, nulla ha fatto progresso. La conversazione andava perfettamente d'accordo con quelle rovine in continua decadenza.

Gli strati tufo-calcarei pendono tutti verso la marina. La scogliera è bizzarramente rôsa da dietro e in basso, mentre le parti anteriori e superiori sono parzialmente conservate: tutto questo le dà l'aspetto d'una grande frangia pendente. Astio contro i francesi, che han fatto la pace coi barbareschi, e che sono accusati di tradir la causa dei cristiani per quella degli infedeli.

Dalla parte del mare esisteva una porta antica, tagliata nel vivo della roccia. Le mura tutt'ora superstiti poggiano per gradini sulla roccia. Il nostro cicerone si chiama don Michele Vella, antiquario dimorante presso mastro Gerio, in vicinanza di S. Maria.

Ecco come fanno a piantar le fave: scavano dei buchi nel terreno a opportuna distanza l'un dall'altro, vi gettano dentro una manata di concime, aspettano la pioggia e poi seminano le fave. Lo stelo della fava si brucia e con la cenere che ne risulta lavano la biancheria. Di sapone non fanno uso. Anche le bucce delle mandorle vengono bruciate, e se ne servono invece della soda. Prima lavano la biancheria con l'acqua, e poi con questa specie di lisciva.

Ed ecco come si avvicendano le loro culture: fave, frumento, tumenia; il quarto anno si tiene la terra a maggese. Per fave, s'intendono le fave di orto. Il frumento è bellissimo. La tumenia, nome che sembra derivi da *bimenia* o *trimenia*, è un dono prezioso di Cerere: è una specie di grano estivo, che matura in tre mesi.

Lo seminano dal primo gennaio al giugno, e matura sempre entro un tempo determinato. Non ha bisogno di molta acqua, ma piuttosto di gran caldo; da principio mostra una fogliolina assai delicata, poi cresce come il frumento e infine acquista molta forza. Il grano lo seminano in ottobre o in novembre; e matura in giugno. L'orzo seminato in novembre giunge a maturità al principio di giugno, più precoce sulla costa, più tardivo sulla montagna.

Il lino è già maturo. L'acanto ha già spiegate le sue foglie magnifiche. La *salsola fructicosa* cresce molto rigogliosamente.

Sulle colline non messe a cultura, si produce in abbondanza la lupinella. Viene appaltata a lotti e portata a covoni in città. Anche l'avena si vende a covoni; questa si separa dal grano mediante il sarchiello.

Nel terreno praticano dei graziosi solchi in cui piantano i cavoli, che poi circondano di terreno per agevolarne l'irrigazione.

Gli alberi del fico avevano già tutte le foglie, e i frutti cominciavano già a spuntare. I fichi sono maturi per S. Giovanni; ma l'albero continua a dar frutta una seconda volta. I mandorli erano molto carichi; un albero di carrubbe, potato, portava innumerevoli baccelli. L'uva mangereccia matura su pergole sostenute da alti pali. I poponi si seminano in marzo e maturano in giugno; fra le rovine del tempio di Giove allignano allegramente pur senza traccia d'umidità.

Il nostro mulattiere mangiava col più grande appetito rape e carciofi crudi; bisogna aggiungere però che questi son molto più teneri e più succulenti che da noi. Passando per le campagne, i contadini permettono a tutti di mangiarne a volontà.

Prestando io una certa attenzione ad alcune pietre dure e nere somiglianti alla lava, il mio antiquario mi osservò che erano dell'Etna e che ve n'erano anche in prossimità del porto, o, a esser più esatti, dell'ancoraggio.

Uccelli non ve ne son molti. Si trovano parecchie quaglie. Gli uccelli di passo sono: usignuoli, allodole e rondini. Le *rinnule* sono uccelletti neri che vengono dal Levante, nidificano in Sicilia, e poi proseguono, o talvolta ritornano. Certe specie di tordi vengono a dicembre e a gennaio dall'Africa, si abbattono presso all'Acraga e poi si ritirano sui monti.

Due parole ancora sul vaso nella cattedrale. Vi è rappresentato un guerriero in completa armatura, dall'aspetto di forestiero, innanzi a un vecchio, assiso, che corona e scettro indicano come il re. Dietro a lui è una donna, a capo chino, la mano sinistra sotto il mento, in atto cogitabondo. Dirimpetto, dietro al guerriero, un altro vegliardo pure con la corona. Questi conversa con un uomo portante lancia e appartenente forse alla guardia del corpo. Il vecchio, che sembra aver introdotto il guerriero, ha l'aria di dire alla guardia: «Fatelo parlare al re; è un brav'uomo». Il rosso pare sia il fondo di questo vaso; il nero, il colore sovrapposto; solo nelle vesti della donna pare rosso su nero.

*Girgenti, venerdì 27 aprile.*

Se il Kniep vuole eseguire davvero i suoi progetti, bisognerà che lavori senza interruzione, mentre io vado in giro col mio vecchio piccolo cicerone. Abbiamo fatto una gita verso la marina, punto dal quale Girgenti, come assicurano gli antichi, si presentava superbamente. Il mio sguardo fu attratto dalla distesa delle onde e la mia guida mi fece osservare una lunga striscia di nuvole, che, simile a un dorso montanino, sembrava adagiata a mezzodì sulla linea dell'orizzonte. «Quella linea indica la costa africana», egli disse. E intanto, mi colpì un altro fenomeno curioso: un sottile arco di nuvole leggere, che appoggiando una sua estremità sopra la Sicilia, si incurvava nel cielo del resto perfettamente azzurro, mentre con l'altra sembrava poggiare sul mare, a mezzodì. Leggiadramente colorato dal sole morente e quasi immobile, offriva uno spettacolo altrettanto raro che incantevole. La guida mi assicurò che quest'arco era teso esattamente nella direzione di Malta, e che anzi si appoggiava probabilmente su quest'isola: fenomeno che accade qualche volta. Sarebbe abbastanza strano, se la forza di mutua attrazione delle due isole si manifestasse in tal guisa nell'atmosfera.

Anche questa conversazione mi fece ripetere a me stesso la domanda, se fosse proprio il caso di rinunciare al progetto di visitare Malta. Ma le difficoltà e i pericoli, già altre volte discussi, rimanevan sempre quelli, sicché ci siam decisi a fare il patto col bardonaro fino a Messina.

Ma ad una tal decisione ha contribuito anche un mio grillo ostinato. Fino a questo punto del mio viaggio, non avevo veduto che poche regioni ricche di grano: per di più l'orizzonte era stato sempre limitato da montagne vicine e lontane, tanto che l'isola m'era parsa quasi completamente priva di pianure e non riuscivo a comprendere come Cerere avesse potuto largirle così generosamente i suoi favori. Chieste informazioni, mi fu risposto che, per rendermi conto del fatto, invece di costeggiare e passare per Siracusa, avrei dovuto attraversare l'interno dell'isola, nel qual caso di campi di grano ne avrei incontrati abbastanza. Così seguimmo il suggerimento di lasciar da parte Siracusa, ben sapendo che di questa città magnifica non è rimasto che il suo superbo nome. In ogni modo, l'avremmo potuta visitare facilmente anche da Catania.

*Caltanisetta, sabato 28 aprile.*

Oggi (lo possiamo dire finalmente) abbiamo visto coi nostri occhi come la Sicilia abbia potuto meritare l'epiteto onorifico di granaio d'Italia. La grande fecondità del suolo incomincia poco dopo Girgenti. Non si tratta di pianure molto vaste, bensì di dorsi di montagne e di colline in lieve pendio, completamente disseminate di frumento e d'orzo, che offrono allo sguardo una massa ininterrotta di fertilità. Il terreno dedicato a questa cultura è così intensamente sfruttato e risparmiato, che non si vede mai un albero; perfino i piccoli gruppi di case e i casolari sorgono tutti sul dorso delle colline, dove una serie di rocce calcaree rende il terreno incoltivabile. Lì dimorano le donne tutto il santo giorno, affaccendate a filare e a tessere, mentre gli uomini non vi passano che il sabato e la domenica, nella stagione del grande lavoro campestre, rimanendo gli altri giorni nella pianura, dove la notte si ricoverano in capanne costruite di canne. Così il nostro desiderio è rimasto soddisfatto anche fin troppo; chè ci saremmo augurati il carro alato di Trittolemo[55] per sottrarci a tanta monotonia.

Dopo aver dunque cavalcato sotto un sole cocente attraverso questo deserto di fecondità, non ci è parso vero di arrivare finalmente qui a Caltanisetta, cittadina ben situata e ben costrutta, nella quale però abbiam un'altra volta cercato invano un albergo sopportabile. Qui i muli trovan ricovero in certe stalle dalle vôlte superbe, i domestici dormono su fieno destinato alle bestie, ma l'ospite pellegrino deve incominciare a metter su casa completamente da sé. Si trova finalmente una stanza da occupare? Bisogna incominciare a farvi pulizia. Non c'è una sedia, non una panca; bisogna sedersi su trespoli bassi di legno massiccio. Né c'è verso di trovare un tavolo.

Volete trasformare quei trespoli in sostegni del letto? Bisogna andare dal falegname e farsi prestare, dietro modico compenso, le tavole necessarie. Il grande sacco di cuoio prestatoci dallo Hackert, e che provvisoriamente facemmo imbottire di paglia, è stato in quest'occasione una vera provvidenza.

Ma in primo luogo è stato necessario pensare a rifocillarci. Avevamo comperato per via una gallina e il bardonaro era riuscito a procurarci del riso, del sale e non so che droghe, ma trovandosi in questo paese per la prima volta, per un pezzo non seppe raccapezzarsi dove la gallina si sarebbe dovuta cucinare, non essendovi all'albergo alcuna comodità. Finalmente un vecchio del paese si prestò a fornirci per pochi soldi il focolare, la legna e le masserizie da cucina e da tavola; nell'attesa poi che il pasto fosse pronto, ci portò in giro per la città, e infine nella piazza principale, dove eran raccolti a conversare secondo l'antica usanza i notabili del luogo, che vollero intrattenersi anche con noi.

Abbiam dovuto parlare a lungo di Federico II; la loro simpatia per questo grande re era tanto viva che abbiam tenuto loro nascosta la sua morte, per non riuscire invisi ai nostri ospiti con una notizia così triste.

Qualche appunto retrospettivo di geologia. Da Girgenti in poi, lungo le rocce di calcare tufaceo, si osserva un terreno biancastro, che poi si fa più chiaro; si trova nuovamente il calcare antico, commisto a terra gessosa. Ampie vallate in piano, fertili fino alle cime. Calcare antico commisto a gesso decomposto. Si osserva anche una nuova pietra calcarea, meno compatta, giallastra, di facile decomposizione: nei campi coltivati si può riconoscere facilmente il suo colore, che spesso assume una tinta più scura, ed anche violetta. A mezza via circa, riappare il terreno gessoso. Su questo cresce non di rado un *sedum* dalla graziosa tinta violetta, tendente al rosa e sulle rocce calcaree un bel muschio giallo.

Quella roccia calcarea decomposta riappare poi ancor più spesso, soprattutto verso Caltanisetta, dove si trova a strati, che contengono singole conchiglie; più in là si mostra di color rossiccio, quasi come il minio, con qualche venatura violetta, come l'avevo osservata sul colle di S. Martino.

Frammenti quarziferi non ne ho trovati che a mezza via in una valletta aperta verso il mare, a mattina, ma chiusa dalle altre tre parti.

Lontana, a sinistra, era molto visibile la montagna di Camerata,[56] ed un'altra ancora in forma di tronco di cono. Non un albero per una buona metà del cammino. Stupende le messi, benché non così alte come presso Girgenti e sulla spiaggia; ma d'una purezza quasi incredibile: non un'erbaccia per tutta l'immensa estensione della campagna. Da principio non vedevamo che campi verdeggianti; ma poi suoli arati con qualche prato nei tratti più umidi: qui alligna anche qualche pioppo. Subito dopo Girgenti abbiam trovato mele e pere, ed anche, presso le colline e in vicinanza degli scarsi paeselli, alcuni fichi.

Questo tratto di trenta miglia, con tutto quello che ho potuto vedere a destra e a sinistra, è composto di calcare antico e recente, commisto a gesso. Alla decomposizione e all'influsso reciproco di questi tre elementi il suolo deve la sua ubertà. Non sembra che quest'ultimo contenga molta sabbia e sotto i denti stride appena. Una mia ipotesi circa il fiume Achates avrà la sua conferma domani.

Le vallate hanno una bella forma e per quanto non siano perfettamente in piano, non si osserva traccia di alluvioni; non vi scorrono che piccoli torrenti, appena visibili, perché tutto confluisce direttamente nel mare. Trifoglio se ne vede di rado; anche i bassi palmizi vanno scomparendo e così tutti i fiori e i cespugli della zona sud-est. I cardi sono tollerati e fan da padroni soltanto sulla via; tutto il resto è dominio di Cerere. Del resto, questa regione ha molto in comune con alcune zone collinose e fertili della Germania, per esempio con quella tra Erfurt e Gotha[57] specialmente a guardare dalla parte del castello di Gleichen. Molte circostanze han dovuto contribuire per far della Sicilia uno dei paesi più fertili del mondo.

Per tutto il cammino abbiam visto pochi cavalli; i contadini arano coi giovenchi, ed è proibito ammazzare vacche e vitelli. Di capre, asini e muli n'abbiano incontrati una quantità. I cavalli sono per lo più leardi, con la criniera e coi piedi neri; superbe le stalle, con le lettiere in muratura. La campagna vien concimata con le fave e le lenticchie; gli altri prodotti crescono dopo questo raccolto. A quelli che passano a cavallo si offrono delle spighe d'orzo ancor verde e del trifoglio rosso, a fasci.

Sulla montagna al di là di Caltanisetta ho trovato calcare massiccio con pietrefatti: le conchiglie grandi negli strati inferiori, le piccole nei superiori. Nel lastricato della borgata abbiam rinvenuto calcare con pettiniti.

Dopo Caltanisetta i colli digradano bruscamente in parecchie vallate, che versano le loro acque nel fiume Salso. Il terreno è rossiccio, molto argilloso e in gran parte incolto. Nei tratti coltivati, i prodotti sono abbastanza rigogliosi ma non tanto, relativamente alle zone che abbiamo attraversato fin qui.

*Castrogiovanni, domenica 29 aprile.*

Una regione ancora più fertile e ancora più vuota di abitanti, ecco che cosa abbiamo da notare oggi. La pioggia caduta durante la notte ci ha dato molta noia, avendoci costretti a passare attraverso numerose fiumare oltre modo rigonfie. Giunti al fiume Salso, dove cercammo invano un ponte, abbiamo avuto una strana sorpresa. Alcuni uomini nerboruti, che eran lì bell'e pronti, afferrarono a due a due i nostri muli sotto la pancia con tutto il bagaglio e il cavaliere sopra e così ci trasportarono, attraversando un profondo braccio di fiume, fino a un isolotto di ciottoli nel mezzo; appena tutta la carovana fu raccolta qui, si passò con la stessa manovra all'altro braccio del fiume, dove quelli, puntando i piedi e a furia di spinte, riuscirono a mantenere le bestie nel giusto percorso in mezzo alla corrente. Lungo l'acqua cresce qualche cespuglio che però si perde subito entro terra. Il fiume Salso porta granito, transizione del gneis, e marmo striato a un sol colore.

A questo punto ci vedemmo di fronte il dorso isolato della montagna, sul quale sorge Castrogiovanni[58] e che dà alla regione un carattere strano e severo ad un tempo. Percorso il lungo sentiero che s'inerpica da un lato, abbiamo potuto osservare che la montagna era composta di calcare conchilifero; ne raccogliemmo alcuni grossi frammenti ma solo calcinati. Castrogiovanni non si vede se prima non si raggiunge il sommo del monte, essendo situata sul pendio verso nord. La singolare cittadina, il campanile,[59] la borgata di Calascibetta[60] a qualche distanza a sinistra, si guardano severamente a vicenda. Giù in basso, si vedevano le fave in piena fioritura; ma chi poteva pensare a godere tale spettacolo! La via era infame, più orribile ancora per essere stata un tempo lastricata; e la pioggia non accennava a smettere. L'antica Enna ci fece, così, un'accoglienza ben poco ospitale: una stanza a cielo, con imposte sprovviste di vetri, tanto che ci dovemmo rassegnare o a rimanere all'oscuro o a sopportare ancora gli schizzi della pioggia, alla quale eravamo sfuggiti allora allora. Abbiamo divorato con grande appetito gli scarsi avanzi delle nostre provvigioni, per passare poi una cattiva notte. Abbiamo solennemente giurato di non scegliere più quale mèta del nostro cammino un nome mitologico.

*Lunedì, 30 aprile.*

Da Castrogiovanni in poi si scende per un viottolo ripido e faticoso, tanto che siamo stati costretti di guidare i muli a mano. L'atmosfera, in basso, era ravvolta nella nuvolaglia, per cui ci fu dato di osservare, a quella notevolissima altezza, un fenomeno meraviglioso. Era un non so che di bianco o grigio a strisce, che aveva l'aria di corpo solido; ma come può stare in cielo un corpo solido? La nostra guida ci spiegò allora che l'oggetto della nostra meraviglia non era che un dorso dell'Etna attraverso le nubi squarciate; la neve e la schiena del vulcano formavano or sì or no quelle strisce; e quella non era nemmeno la vetta più alta.

La roccia a picco dell'antica Enna era ormai alle nostre spalle. Abbiamo attraversato vallate solitarie, che non finivano mai; sbadigliavano incolte, disabitate, alla mercè delle mandre pascenti, le quali del resto ci son parse d'un bel colore bruno, non molto sviluppate, con le corna piccole, di graziose proporzioni, snelle e vispe come cervi. Le buone bestie avevano evidentemente pascolo a sufficienza, ma contrastato e a poco a poco lesinato da enormi macchie di cardi. Queste piante trovano qui la miglior occasione per propagarsi e diffondersi; usurpano uno spazio incredibile, che basterebbe a dar pascolo al bestiame di più d'una grande fattoria. Non essendo piante perenni, si potrebbero benissimo estirpare in questa stagione, strappandole dal terreno prima della fioritura.

Se non che, mentre ponzavamo con tanta gravità il nostro piano agricolo-strategico contro i cardi, abbiam dovuto constatare, a nostro scorno, che anch'essi non sono poi del tutto inutili. In una locanda solitaria dove avevamo fatto sosta per dar da mangiare ai muli erano sopraggiunti attraverso l'interno dell'isola due signori siciliani, diretti a Palermo, per certo loro processo. Quale non fu la nostra meraviglia al vedere i due signori davanti a un gruppo di questi cardi estrarre i loro affilati coltellini, tagliarne la parte superiore, trattare delicatamente con la punta delle dita la loro preda irta di spine, mondarne l'involucro e divorarne di gusto la polpa. Li abbiamo lasciati per un buon pezzo intenti a quest'operazione e nel frattempo ci siam consolati con un po' di vino, questa volta non annacquato, e con del buon pane. Anche il nostro bardonaro ci fece trovar pronti dei cardi a questo modo, giurando che era un cibo sano e rinfrescante; ma quanto a noi, lo trovammo dello stesso gusto delle rape di Segesta.

*In cammino.*

Arrivati nella valle attraversata a zig-zag dalla fiumara di S. Paolo, abbiam trovato il terreno bruno rossiccio e calcare decomposto; molte sodaglie, grandi tratti di terra coltivata, una bella valle, resa ancor più attraente dal corso della fiumara. Il buon terreno misto e argilloso raggiunge talvolta i venti piedi di spessore, quasi sempre uguale. Gli aloi erano già molto innanzi; le messi belle, ma in certi tratti guaste da erbacce, e al paragone della parte meridionale dell'isola, molto indietro. Qua e là qualche casupola; non ombra d'alberi, fino alle immediate adiacenze di Castrogiovanni. Sulla riva della fiumara i pascoli abbondanti, racchiusi da enormi masse di cardi. Nel greto della fiumara, ancora quarzo, in parte semplice, in parte brecciato.

Molimenti,[61] recente borgatella, egregiamente situata nel centro di belle campagne, sulla riva del torrente S. Paolo. Non lontano, campi d'un frumento incomparabile, che si falcia già il 20 maggio. Tutta la regione non mostra ancora traccia di vulcanismo; il torrente stesso non porta alcun detrito di questo genere. Il terreno è di buona mistura, piuttosto compatto, e nel complesso d'un color bruno che dà nel violetto. Tutti i monti a sinistra, che racchiudono il torrente, sono calcare o sabbia. Non ho potuto osservarne la transizione; certo è che, grazie alla decomposizione, contribuiscono alla grande e sempre uniforme fertilità della vallata inferiore.

*Martedì, 1 maggio.*

Per questa valle tanto inegualmente coltivata, quanto destinata dalla natura a una perenne fertilità, siamo scesi un po' di mala voglia, non incontrando nulla, dopo tanti strapazzi, che si offrisse ai nostri gusti pittorici. Il Kniep aveva schizzato una veduta in lontananza molto interessante; ma per la troppa bruttezza del primo e del secondo piano, vi ha sostituito, quasi per celia ma con molto gusto, un primo piano alla maniera del Poussin,[62] che non gli è costato nulla, ma che ha trasformato l'abbozzo in un quadretto delizioso. Chi sa quanti viaggi così detti pittoreschi contengono di simili pseudo-verità!

Il bardonaro, tanto per rabbonire il nostro malumore, aveva promesso di farci trovare per la sera un buon albergo; e in verità ci condusse in una locanda costruita da pochi anni, che, situata alla giusta distanza da Catania, dovrebbe essere salutata con piacere da ogni viaggiatore. Date le condizioni sopportabili di detta locanda, dopo dodici giorni ce la siamo anche cavata alla meno peggio. Ma qual non fu la nostra meraviglia, al vedere sulla facciata un'iscrizione, tracciata col lapis a bei caratteri inglesi, che diceva: «O passeggero, chiunque tu sia, guardati a Catania dall'albergo al Leon d'oro; peggio che cadere in una volta sola nelle grinfie dei ciclopi, delle sirene e di Scilla». Pur sospettando che il dabbene ammonitore avesse esagerato un po' il pericolo per amor della mitologia, risolvemmo tuttavia di evitare questo Leon d'oro, dipinto come un così terribile mostro. Avendoci quindi domandato il mulattiere dove volessimo alloggiare a Catania: «Da per tutto», rispondemmo, «tranne che all'albergo del Leone»; per cui ci propose di prendere stanza nello stesso fondaco,[63] dove egli avrebbe governato i suoi muli; soltanto, avremmo dovuto provvedere per nostro conto al vitto, come del resto avevamo fatto fino allora. Contenti tutti, e per tutto: unico nostro desiderio era di sfuggire alle fauci del Leone.

Nei pressi di *Hybla maior*,[64] si presentano frammenti di lava, che le acque portan seco da nord. Oltre la fiumara, si trova roccia calcarea, commista a frammenti d'ogni sorta, a pietra cornice, lava e calce, oltre a cenere vulcanica indurita e rivestita di tufo. Le colline silicee, miste, continuano fin verso Catania; e fino a queste, ed anche più in là, torrenti di lava dell'Etna. A sinistra trovasi, a quanto pare, un cratere. (Immediatamente sotto Molimenti i contadini pettinavano il lino.) Qui si può vedere come la natura, amica della varietà, si diletti a giuocar con la lava d'un grigio azzurro carico, rivestendola d'un muschio giallo acceso, mentre un bel sedano rosso vi vegeta sopra allegramente fra altri fiori d'un grazioso violetto. Un'accurata coltura si rivela nelle piante di fichi d'India e nei filari delle viti. Più oltre si protendono enormi torrenti di lava. Motta[65] è una roccia imponente e pittoresca. Le fave qui son già degli arbusti altissimi. La campagna varia: qua molto argillosa, là mescolata con miglior terreno.

Il bardonaro, che forse non aveva visto da molto tempo questa vegetazione primaverile della costa sud-est, uscì in una grande esclamazione di meraviglia per la bellezza delle messi e con un patriottismo tutto pieno di sé: «C'è nulla di simile nei vostri paesi?» ci domandò. Tutto qui infatti è sacrificato al grano; pochi, o punti alberi. Graziosissima, una ragazza dalla splendida figura slanciata, vecchia conoscenza del nostro bardonaro, e che accompagnava di corsa il suo mulo chiacchierando e nel tempo stesso torcendo il suo filo con la maggior buona grazia del mondo. A questo punto cominciano a prevalere i fiori gialli. Verso Misterbianco,[66] i fichi d'India si fanno vedere nuovamente fra le siepi; siepi che, completamente formate da queste piante strane, nei dintorni di Catania si presentano sempre più regolari e più belle.

*Catania, mercoledì 2 maggio.*

Nel nostro fondaco ci siam trovati realmente molto male. Il vitto che poi ci poté apparecchiare il mulattiere non è stato certo ottimo. Con tutto questo, una gallina bollita nel riso non sarebbe stata disprezzabile, se il troppo zafferano non l'avesse ridotta, oltre che gialla, immangiabile. Per poco non abbiam dovuto rimetter fuori il sacco dello Hackert, causa i pessimi letti, sicché, al mattino ne abbiam parlato al nostro bravo locandiere. Questi si mostrò spiacente di non poterci servire meglio: «Ma lì dirimpetto» disse, «c'è un albergo, dove i forestieri sono ben trattati e hanno motivo di trovarsi bene». E ci additò una grande casa all'angolo della via, il cui lato, rivolto verso di noi, sembrava molto incoraggiante. Ci siamo andati di corsa e vi abbiamo trovato un individuo tutto affaccendato e premuroso, che si fece conoscere per cameriere, e che, in assenza dell'albergatore, ci assegnò una bella stanza accanto a un salotto, assicurandoci nel tempo stesso che saremmo stati serviti a prezzi modicissimi. Domandammo senz'altro, secondo la nostra abitudine, quanto sarebbe costato l'alloggio, il vitto, il vino, la colazione ed altri particolari. Tutto era conveniente, sicché facemmo trasportare in fretta e furia il nostro modesto bagaglio, per allogarlo in quegli ampi armadi dorati. Il Kniep trovò per la prima volta l'occasione di metter fuori e riordinare i suoi cartoni, mentre io riordinavo le mie osservazioni. Poco dopo, tutti soddisfatti del nostro bell'alloggio, ci affacciammo al balcone del salotto per godervi la vista. E dopo d'averla ammirata e lodata per un bel poco, stavamo per ritornare alle nostre faccende, quand'ecco... un grande leone d'oro in atto di minaccia, sopra le nostre teste! Ci scambiammo un'occhiata eloquente, sorridemmo, ridemmo... Ma da quel momento in poi ci mettemmo in guardia, per paura che non facesse la sua comparsa qualcuno di quei mostri omerici, di cui sopra.

Non c'era da veder nulla di simile; al contrario, scorgemmo nel salotto una giovine donna, bellina, che andava su e giù con un bimbo di circa due anni, ma che fu subito vivacemente richiamata da quello pseudo albergatore che aveva l'argento vivo addosso. «Fammi il piacere di andartene!» le comandò: «che cosa hai da fare qui?» — «La è dura» rispose quella, «che tu mi debba mandar via; non si può fare star zitto il piccolino se non ci sei tu; e questi signori mi permetteranno certamente di rabbonirlo in tua presenza». Ma il marito non volle saperne, anzi fece per metterla alla porta. Strilli del bimbo sulla soglia, da far pietà. In conclusione dovemmo insistere perché la graziosa donnina restasse con noi.

Messi sull'attenti dal nostro inglese, non ci volle molto per subodorare la commedia. Noi due abbiam rappresentata la parte dei novellini, degli ingenui; quanto al cameriere, questi rappresentava alla perfezione la parte del padre nobile e affettuoso. Il bimbo era veramente tutto carezze per lui; probabilmente, dietro la porta, la supposta madre gli aveva dato qualche pizzicotto.

Così ella rimase nella nostra sala con l'aria più innocente del mondo, quando il marito uscì per consegnare all'abate di casa Biscari[67] una lettera di raccomandazione. Ella non smise di cicalare, finché quello non fu ritornato ad avvertire che l'abate sarebbe venuto di persona a darci più minute informazioni.

*Catania, giovedì 3 maggio.*

L'abate, che era già venuto a salutarci ieri sera, si è presentato stamane per tempo e ci ha condotti a palazzo Biscari,[68] edificio ad un sol piano sopra un basamento elevato; e qui abbiam visitato il museo, che raccoglie statue di marmo e di bronzo, vasi e simili antichità d'ogni specie. Abbiam così avuto un'altra occasione di allargare le nostre cognizioni; quel che in modo particolare ci sedusse fu un torso di Giove,[69] a me già noto per una copia esistente nello studio del Tischbein, e che aduna in sé troppi pregi, perché osi esprimere un giudizio. Un familiare ci ha fornito le informazioni storiche più necessarie e quindi siamo passati in un alto e spazioso salone. Le molte sedie disposte accanto alle pareti indicavano che lì si raccoglie di tratto in tratto qualche circolo numeroso. Prendemmo posto nell'attesa di un'amabile accoglienza. Ed ecco farsi avanti due signore, che si misero a passeggiare per tutta la lunghezza del salone, scambiandosi all'occasione qualche parola. Come si avvidero di noi, l'abate si alzò, io feci lo stesso e tutti e due facemmo un inchino. Domandai chi fossero e seppi che la più giovine era la principessa, la più attempata una gentildonna catanese. Messici a sedere, le due gentildonne continuarono a passeggiare su e giù, né più né meno come si farebbe in una piazza.

Fummo introdotti dal principe, il quale, come mi avevan fatto osservare, ci fece vedere la sua collezione di monete per un atto di deferenza speciale; infatti, in occasione di simili visite, tanto al suo compianto padre quanto a lui stesso più d'un oggetto era andato perduto, ragion per cui la sua consueta liberalità s'era intiepidita un poco. Questa volta ho potuto sfoggiare qualche cognizione di più, avendo già tratto ammaestramento dalla mia visita alla raccolta del principe di Torremuzza. Ho imparato qualche cosa di più, facendomi guidare con qualche frutto da quel solito filo del Winckelmann, che ci accompagna attraverso le differenti epoche dell'arte. Il principe, perfettamente edotto di tutto questo, vedendo che aveva da fare non con conoscitori ma con dilettanti e osservatori, ha acconsentito di erudirci in tutti i particolari di cui abbiam chiesto spiegazione.

Dopo d'aver dedicato a quest'esame un certo tempo, sempre troppo poco tuttavia, stavamo per congedarci, quando egli volle presentarci alla madre, nel cui appartamento erano esposti altri oggetti d'arte di più piccola dimensione.

Ci trovammo innanzi a una gentildonna[70] dall'aspetto distinto ma disinvolto, che ci ricevette dicendo: «Guardino pure, signori, come vogliono, in casa mia; vi troveranno tutto così come il mio povero marito ha raccolto e messo in ordine. E devo tutto alla pietà del mio figliuolo, che ha voluto non solo farmi alloggiare nelle sue stanze migliori, ma non ha lasciato portar via né toccare il più piccolo degli oggetti raccolti e riordinati dal suo povero padre. Così ho il doppio vantaggio, di vivere come sono abituata ormai da tanti anni, e insieme di incontrarmi e di far conoscenza, come una volta, con tanti illustri forestieri, che vengono da paesi così lontani a vedere le nostre rarità».

Quindi ci aprì ella stessa la vetrina, in cui erano custoditi gli oggetti d'ambra lavorata. L'ambra di Sicilia ha questo di diverso dalla nostra che, dal colore di cera e di miele, trasparente ed opaco, passa attraverso tutte le sfumature di un giallo carico fino al più bel rosso giacinto. Ne avevano intagliato urne, coppe ed altri oggetti, tanto da far supporre dei pezzi di grandezza meravigliosa. Questi oggetti, come pure le conchiglie incise, che vengono lavorate a Trapani e infine alcuni squisiti lavori in avorio formavano la compiacenza particolare della gentildonna, che trovava modo di raccontare in proposito più d'una piacevole storiella. Il principe dal canto suo ci intrattenne intorno a cose più serie e così trascorsero alcune ore dilettevoli ed istruttive.

Nel frattempo, la principessa aveva appreso che eravamo tedeschi, per cui ci domandò notizie dei signori von Riedesel, Bartels,[71] Münter, tutti da lei conosciuti, e dei quali aveva anche saputo discernere ed apprezzare egregiamente il carattere e il costume. Ci siam congedati a malincuore da lei, ed ella stessa parve ci lasciasse andar via di malincuore. La vita di questi isolani ha sempre qualche cosa di solitario e non si ridesta e non si sostiene che in forza di qualche interesse passeggero.

Dopo questa visita, l'abate ci condusse al Convento dei Benedettini,[72] nella cella d'un monaco, la cui fisionomia, triste per l'età non avanzata e tutta chiusa in sé, non prometteva troppo gioconda conversazione. Ebbene, era costui l'uomo di multiforme ingegno, l'unico che sapesse domare l'organo immenso di quel duomo. Come ebbe indovinato, più che inteso, il nostro desiderio, lo volle soddisfare, in silenzio: ci siamo recati nella chiesa, che, pur essendo molto vasta, egli, trattando il mirabile strumento, seppe riempir tutta quanta fino agli angoli più remoti, facendovi ora spirare i singhiozzi più lievi, ora echeggiare i tuoni più possenti.

Chi non avesse già visto prima quell'ometto, avrebbe dovuto credere che solo un gigante fosse capace di tanto impeto; ma noi che già lo conoscevamo di persona, non potemmo meravigliare che d'una cosa: che non abbia dovuto soccombere già da tempo, in una simile lotta.

Poco dopo il nostro pranzo, è venuto a prenderci l'abate con una carrozza, per farci vedere il quartiere più eccentrico della città. Nel momento di salire in vettura, si è svolta una curiosa disputa d'etichetta. Io ero salito per primo e stavo per prender posto a sinistra quando egli, salendo alla sua volta, volle espressamente che mi scomodassi e che lasciassi la sinistra a lui. Lo pregai di lasciar da parte queste cerimonie. Ma: «Scusate» mi disse: «facciamo così, perché se io mi metto alla vostra destra, la gente crederà che io vada a spasso con voi; se invece mi metto alla sinistra, è convenuto che voi venite con me, e che io vi faccio veder la città in nome del principe». Non c'era da replicare e così fu.

Così salimmo per certe vie, dove la lava, che nel 1669 distrusse gran parte della città, è ancora visibile ai giorni nostri. Il torrente igneo, irrigidito, è stato trattato come una roccia qualsiasi: vi hanno tracciato sopra la pianta delle vie, alcune in parte anche costruite. Ne ruppi un pezzo di indubbia fusione, ricordando che prima della mia partenza dalla Germania, la discussione circa la natura vulcanica del basalto s'era già accesa.[73] E lo stesso feci in vari punti, per ottenere più d'una varietà.

Ma se gli indigeni stessi non amassero il loro paese e non si fossero dati la pena di raccogliere, o per guadagno o per amor della scienza, quel che v'è di notevole nella loro regione, il viaggiatore avrebbe un bel torturarsi il cervello. Già a Napoli, il mio negoziante di lava m'era stato di non poco aiuto; più ancora e in un senso più elevato, qui a Catania, il cavaliere Gioeni.[74] Nella sua copiosa collezione, disposta con rara eleganza, ho visto le lave dell'Etna, i basalti che si trovano a pie' del vulcano e pietre di varia composizione più o meno facili ad essere identificate. Tutto mi è stato mostrato con la più grande amabilità. Quel che più destò la mia ammirazione furono certi zooliti provenienti dagli scogli dirupati che sorgono dal mare di Jaci.[75]

Domandammo al cav. Gioeni quale fosse il modo migliore per accingersi a un'ascensione sull'Etna; ma egli non volle sentir parlare nemmeno d'un tentativo per raggiungere la vetta, specie in questa stagione. «I forestieri in generale» così disse, non senza chiederci scusa, «prendono la cosa troppo alla leggera; quanto a noi, nati al piede della montagna, ne abbiamo abbastanza se, approfittando della migliore occasione, riusciamo a toccar la cima due o tre volte in tutta la vita. Il Brydone stesso, che con la sua descrizione ha acceso per primo il desiderio di contemplar da vicino il cono infuocato, non l'ha raggiunto affatto; il conte von Borch lascia in dubbio il lettore, ma anche lui non si è spinto che a una certa altezza; così potrei affermare di più d'uno. Per il momento, la neve è scesa troppo giù e presenta ostacoli insormontabili. Se volete seguire il mio consiglio, spingetevi domani di buon'ora, coi muli, fino alle falde dei Monti Rossi, e salitene poi la sommità; di lì godrete uno spettacolo superbo e osserverete nel tempo stesso la vecchia lava, che, scaturita in quel punto nel 1669, si è precipitata sciaguratamente sulla città. La veduta è magnifica e ben distinta. Quanto al resto, è meglio sentirlo raccontare».

*Catania, venerdì 4 maggio.*

Seguendo questo buon consiglio, la mattina per tempo ci siam messi in cammino e rivolgendoci sempre a guardare indietro, dall'alto dei nostri muli, abbiam raggiunto la zona delle lave non ancora domate dal tempo. Blocchi e lastre frastagliate ci presentavano le loro masse irrigidite, attraverso le quali le nostre cavalcature si aprivano a caso un sentiero. Giunti alla prima vetta d'una certa importanza, abbiamo fatto sosta. Il Kniep ha riprodotto con grande esattezza ciò che si presentava innanzi a noi dalla parte della montagna: le masse di lava in primo piano, le vette gemelle dei Monti Rossi a sinistra, e dirimpetto a noi la selva di Nicolosi, sopra la quale si ergeva il cono dell'Etna ricoperto di neve e leggermente fumante.[76] Ci siamo accostati ancor più sotto i Monti Rossi ed io ne ho raggiunto una cima: è tutta un ammasso di rottami vulcanici di color rosso, di cenere e di lapilli. Avrei potuto girare senza difficoltà intorno al cratere, se un impetuoso vento di burrasca non avesse reso mal sicuro ogni passo innanzi; per procedere un poco, avrei dovuto togliermi il mantello; ma il cappello era sempre in pericolo di volare entro il cratere, ed io dietro a lui. Perciò mi posi a sedere, per riavermi un po' e per contemplare il paesaggio, ma anche questa posizione non giovò a nulla; la burrasca veniva proprio da oriente, coprendo la magnifica regione che si stendeva ai miei piedi in lungo e in largo fino al mare. Avevo sott'occhio tutta la distesa della spiaggia da Messina a Siracusa, con le sue insenature e i suoi golfi, ora completamente libera, ora un po' nascosta da qualche scoglio sulla riva. Come fui ridisceso, tutto stordito, trovai il Kniep, che sotto una tettoia aveva impiegato bene il suo tempo, fissando a rapide linee sulla carta quello che la furia dell'uragano, non che imprimermi nella mente, m'aveva a mala pena lasciato travedere.

Ritornati nelle fauci del Leon d'oro, ritrovammo il cameriere, che a gran fatica avevamo potuto distogliere dall'accompagnarci. Ha approvato la nostra risoluzione di non spingerci fin sulla vetta, ma ci ha proposto con molta insistenza, per domani, una escursione a mare fino agli scogli di Jaci: la più bella gita di piacere che si possa fare da Catania: si porta con sé da mangiare e da bere, e qualche masserizia per fare un po' di cucina; tutte cose che sua moglie avrebbe assunto sopra di sé. Egli non poteva dimenticare infine l'allegria di certi inglesi, che s'eran fatti accompagnare con musica in una barchetta, un divertimento da non potersi immaginare.

Gli scogli di Jaci rappresentavano una grande attrattiva per me; avevo una gran voglia di far raccolta di quei begli zooliti, come ne avevo visti in casa Gioeni. Si poteva sbrigare la faccenda e rinunziare alla compagnia della donna; ma lo spirito ammonitore dell'inglese ebbe il sopravvento; abbiam rinunciato agli zooliti e ci siam chiamati non poco contenti di codesta rinunzia.

*Catania, sabato 5 maggio.*

Il nostro cicerone in sottana non s'è fatto aspettare. Ci ha condotti a vedere gli avanzi di monumenti antichi, per ammirare i quali, certo occorrerebbe da parte dell'osservatore un pronunciato talento di restaurazione. Ci ha poi fatto vedere i resti di certi bacini, d'una naumachia e simili rovine, tutto però talmente soffocato e sprofondato in seguito alle ripetute distruzioni della città per opera delle lave,[77] dei terremoti e delle guerre, che solo a un più esperto conoscitore d'architettura antica ne può venire istruzione e diletto.

L'abate ci dispensò dal fare una nuova visita al principe e così ci siamo congedati con le espressioni più cordiali di gratitudine e di simpatia da ambo le parti.

*Taormina, domenica 6 maggio.*

Grazie a Dio, tutto quello che abbiamo visto oggi è stato già abbastanza descritto; meglio ancora, il Kniep ha stabilito di passare tutta la giornata di domani lassù a Taormina, a disegnare. Dopo aver superata l'altezza delle rocce, che si elevano a picco non lungi dalla spiaggia, si trovano due vette collegate da un semicerchio. Quale sia stata la loro struttura naturale, fatto è che l'arte è venuta in aiuto e ne ha formato quel semicerchio a figura d'anfiteatro,[78] a comodo di spettatori; muraglie ed altre costruzioni accessorie in mattoni han prestato i corridoi e i vani necessarî; ai piedi del semicerchio a gradinate si è costruito il proscenio, che congiungendo le due pareti rocciose ha completato la più immane opera di natura e di arte.

Chi si collochi nel punto più alto, occupato un tempo dagli spettatori, non può a meno di confessare che forse mai il pubblico d'un teatro ha avuto innanzi a sé uno spettacolo simile. A destra, sopra rupi elevate, sorgono dei fortilizi; laggiù in basso la città; benché tutte queste siano costruzioni moderne, ne sorgevano di simili anche nel tempo antico e allo stesso posto. Lo sguardo abbraccia inoltre tutta la lunga schiena montuosa dell'Etna, a sinistra la spiaggia fino a Catania, anzi fino a Siracusa. L'enorme vulcano fumante conchiude il quadro sterminato, ma senza crudezza, perché i vapori dell'atmosfera lo fanno apparire più lontano e più grazioso che non sia in realtà.

Se poi da questo spettacolo si volge l'occhio ai corridoi costruiti alle spalle degli spettatori, ecco a sinistra tutte le pareti della roccia, e fra queste ed il mare la via che serpeggia fino a Messina, e gruppi e ammassi di scogli nello stesso mare, e la costa della Calabria nell'ultimo sfondo, che solo spiando attentamente si discerne fra le nubi che si innalzano dolcemente.

Siamo discesi lungo il teatro, ci siamo fermati fra le sue rovine, che potrebbero tentare un abile architetto a fissare sulla carta almeno il suo talento di restauratore, e infine ci siamo provati ad aprirci un sentiero fra gli orti fino alla città. Ma questa volta abbiamo esperimentato quale baluardo impenetrabile sia una siepe di fichi d'India piantati l'uno accanto all'altro: si vede bensì attraverso il groviglio delle foglie, e si crede di potervi anche penetrare, ma le dure spine all'orlo di quelle sono ostacoli ben convincenti. A mettere il piede sopra uno di questi colossi di foglie, nella speranza che ci sopporti, va tutto in pezzi e invece di passare oltre, al sicuro, si cade fra le braccia d'un arbusto vicino. Riuscimmo finalmente a districarci anche da questo labirinto. In città prendemmo un boccone, ma non potemmo staccarci da questo luogo prima del tramonto. Osservare come questa regione, in tutti i particolari interessante, si sprofondava a poco a poco nelle tenebre, è stato spettacolo di una bellezza indicibile.

*Sotto Taormina, sulla spiaggia. Lunedì 7 maggio.*

Non ho parole bastanti per far l'elogio del Kniep, che m'è stato proprio inviato dal cielo; egli m'ha sollevato d'un peso che per me sarebbe insopportabile e mi ha restituito al mio temperamento naturale. Si è spinto sulle maggiori alture, per disegnare minuziosamente quello che abbiamo osservato di sfuggita: avrà un bel da fare a temperare i suoi lapis, e non so come riuscirà a cavarsela. Se avessi potuto anch'io rivedere tutto! In sulle prime, volevo fare la salita con lui, ma poi m'è venuto il desiderio di restare quaggiù e sono andato in cerca di un cantuccio, come l'uccello che voglia fare il suo nido. Mi sono appollaiato sopra certi tronchi d'arancio in una masseria squallida ed abbandonata, sprofondandomi nelle mie fantasie. Tronchi d'arancio sui quali si riposi un viandante, suonerà un po' strano; ma sembrerà naturalissimo, se si sappia che l'arancio, abbandonato a se stesso, un po' più sopra della radice si biforca in due rami, che col tempo diventano dei veri tronchi.

Così son rimasto, continuando a meditare il piano della mia *Nausicaa*, come riassunto drammatico dell'Odissea. Non lo credo irrealizzabile, ma bisognerà non perder di vista la differenza sostanziale del dramma e dell'epopea.

È ritornato il Kniep, tutto allegro e contento, con due sterminati fogli disegnati con la più grande precisione. Finirà poi di colorirli tutti e due per me, a ricordo perenne di questa incantevole giornata.[79]

Non è da dimenticare che abbiamo goduto la vista di questa bella spiaggia sotto il cielo più puro, dall'alto d'un balconcino, fra rose che occhieggiavano e usignoli che cantavano. In questi paesi, a quanto ci assicurano, gli usignoli cantano sei mesi all'anno.

### Ricordi

Grazie alla presenza e all'attività del mio esperto artista, e un poco anche per la mia stessa opera, sia pure saltuaria e più modesta, io ero sicuro che delle contrade più interessanti della Sicilia e delle loro diverse parti mi sarebbero rimasti ricordi eletti e durevoli, sia in quadri compiuti che in semplici abbozzi; ho ceduto quindi più facilmente al desiderio sorto a poco a poco in me di vivificare mediante nobili imagini di poesia la splendida natura che mi circondava, il mare, le isole, i porti, e di comporre con questi elementi locali un'opera, d'un carattere e d'un'intonazione quale ancora non avevo prodotto. La purezza del cielo, il respiro del mare, i vapori pei quali i monti sembravan come fusi in un elemento solo col mare e col cielo, tutto questo forniva alimento ai miei progetti; e passeggiando in quel bel giardino pubblico di Palermo fra spalliere di oleandri in fiore, sotto capanne di aranci e di limoni carichi di frutti, e sostando fra altri alberi e arbusti a me ignoti, ho subìto quest'influsso esotico in maniera quanto mai affascinante.

Convinto che non vi poteva essere per me un commento all'Odissea migliore della natura vivente che mi circondava, me n'ero procurato un esemplare, che andavo leggendo a mio modo con un rapimento incredibile. Ma ben presto mi sentii eccitato a produrre qualche cosa di mio, che, per quanto strano in sul principio, mi divenne sempre più caro e finì con l'assorbirmi completamente. In altre parole, accarezzai il pensiero di trattare *Nausicaa* come argomento di tragedia.

Non m'è possibile giudicare da me stesso quello che ne avrei fatto, ma quanto allo schema, non m'era rimasto dubbio: il pensiero dominante era di rappresentare in Nausicaa una vergine eletta, la quale, mentre parecchi aspirano alla sua mano, non sentendo inclinazione per nessuno, ha respinto finora tutti gli adoratori; ma toccata al cuore da uno straniero misterioso, esce da questo stadio d'indifferenza e si compromette con una dichiarazione precipitosa del suo amore, ciò che rende la situazione tragica in sommo grado. Questa favola semplice potrebbe diventare interessante per la ricchezza dei motivi subordinati e specialmente per quel non so che di marino e di isolano dell'esecuzione vera e propria, e del suo tono particolare.

Il primo atto incominciava col giuoco della palla. Seguiva la conoscenza inaspettata; la perplessità da parte di Nausicaa, di accompagnare personalmente lo straniero in città, è già un sintomo precursore di simpatia.

Il secondo atto faceva conoscere il palazzo di Alcinoo, i caratteri dei proci, e finiva con la comparsa di Ulisse.

Il terzo era tutto dedicato a mettere in rilievo l'importanza dell'uomo avventuroso ed io mi lusingavo di raggiungere qualche effetto d'arte e d'interesse col racconto dialogizzato delle sue avventure, accolte con emozioni diverse dai diversi ascoltatori. Durante il racconto le passioni si accentuano e la viva simpatia di Nausicaa per lo straniero si scopre finalmente attraverso l'azione e la reazione.

Nel quart'atto, Ulisse dà prova del suo valore fuori della scena, mentre le donne rimangono e dànno libero corso alle rispettive simpatie, alle speranze, a tutti i sentimenti più dolci. Di fronte ai grandi successi riportati dallo straniero, Nausicaa sa contenersi ancor meno e si compromette irrimediabilmente al cospetto dei suoi. Ulisse, causa in parte colpevole in parte innocente di tutto questo, è costretto alla fine a svelare i suoi propositi di partenza, e alla buona fanciulla, nel quinto atto, non resta altro scampo che la morte.

In questo intreccio non c'era nulla che non avessi potuto ritrarre dalla natura, secondo le mie esperienze. Pellegrino anch'io; anch'io in pericolo di destare delle inclinazioni, non dirò tali da finire in tragedia, ma da prendere una piega abbastanza dolorosa e non innocua; anch'io, a tanta distanza dalla mia patria, in condizioni di dipingere a colori vivaci, per il diletto dei miei amici, oggetti a noi lontani, avventure di viaggio, vicende della mia vita; e di esser considerato dalla gioventù come un semidio, dalla gente posata come un millantatore; di ottenere più d'un favore immeritato, d'imbattermi in più d'un ostacolo imprevisto; tutto questo m'aveva fatto prendere così forte piacere al mio disegno, a questo mio proponimento, che ho passato il mio soggiorno a Palermo e la maggior parte del mio viaggio in Sicilia, a sognarvi sopra. Che se del mio pellegrinaggio ho anche sofferto poco i molti disagi, gli è che in questa terra sovranamente classica mi son trovato in una così poetica disposizione di spirito, che m'ha permesso di far tesoro di tutto e di custodire in me, come in un'urna di gioia, ciò che ho provato, ciò che ho veduto, ciò che m'è accaduto.

Ligio alla mia buona o cattiva abitudine, non ho scritto che poco o nulla, di tutto ciò; ma ne ho elaborato la miglior parte, fino ai particolari più minuti, nel mio spirito, dove il mio bel progetto è rimasto arenato, fra le secche delle distrazioni sopraggiunte, fino a questo momento, in cui ne ho evocato un semplice ricordo fuggitivo.

*Sulla via di Messina.*

A sinistra si costeggiano alte rocce calcaree, che si mostrano sempre più colorate e formano delle belle insenature; segue una specie di pietra che potrebbe essere schisto argilloso o quarzo micaceo. Nei torrenti si trovano già dei detriti di granito. I tuberi gialli del solano, i fiori rossi dell'oleandro allietano il paesaggio. Fiume di Nisi[80] e gli altri torrenti che s'incontrano poi, portano dello schisto micaceo.

Tormentati dal vento di est, abbiam proseguito con le nostre cavalcature fra il mare in burrasca a destra e a sinistra le pareti delle rocce, che l'altro ieri avevamo visto dall'alto di Taormina: tutto il giorno in lotta con le onde. Siam passati oltre una quantità di fiumare, fra le quali la più importante, il Nisi, si onora del titolo di fiume; tuttavia, e quest'acqua e i ciottoli che essa trascina seco, sono stati più facili a superare delle onde marine, che imperversavano con violenza, e in alcuni punti si abbattevano al di sopra del nostro cammino fino contro la roccia, spruzzandoci tutti: spettacolo del resto imponente e non comune, che ci ha fatto tollerare facilmente il disagio.

Non ho voluto nemmeno trascurare qualche osservazione mineralogica. Le colossali rocce calcaree, decomponendosi, si sfasciano e le parti friabili, portate via dal fluttuare delle onde, lasciano nude le parti più salde, in modo che tutta la spiaggia appare coperta di piriti di vario colore, della natura della pietra cornice; e ne abbiamo raccolto parecchi esemplari.

Ed eccoci arrivati a Messina: non avendo notizia di alcun albergo, ci siamo adattati a passare la prima notte nella locanda del nostro cavallaro, riservandoci di andare il giorno dopo alla ricerca di un alloggio migliore. Questa nostra risoluzione ci ha offerto fin dai primi passi lo spettacolo più orrendo d'una città distrutta.[81] abbiamo percorso a cavallo il tratto d'un quarto d'ora attraverso rovine e rovine prima di arrivare alla locanda, l'unica abitazione ricostruita in tutto quel quartiere, e che perciò dai balconi del piano superiore non presentava che la vista d'un deserto frastagliato di macerie. Oltre la cerchia di quella specie di masseria, non c'era ombra né di uomini né di animali: il silenzio, nella notte, era terribile. Le porte non eran munite né di saliscendi, né di serrature: ad accogliere ospiti umani s'era provveduto come se si fosse trattato di cavalli; e con tutto questo abbiam dormito tranquillamente sopra un materasso, che il nostro servizievole bardonaro, a furia di chiacchiere, era riuscito a strappare da sotto la schiena del locandiere.

*Messina, venerdì 11 maggio.*

Oggi abbiam licenziato la nostra brava guida, compensandola con una generosa mancia dei suoi buoni servigi. Ci siamo lasciati da amici, non prima che egli ci avesse procurato un domestico di piazza, il quale avrebbe dovuto accompagnarci nel migliore albergo e mostrarci poi le cose più interessanti della città. Il nostro locandiere, che non vedeva l'ora di sbarazzarsi di noi, ha aiutato a trasportare in gran fretta bauli e valigie in un alloggio decente, più vicino al centro animato della città, vale a dire fuori della cerchia della città stessa. Ed ecco perché. Dopo l'immane catastrofe che colpiva Messina e uccideva dodicimila abitanti,[82] non era rimasto un tetto per trentamila superstiti; la maggior parte delle case era crollata; quelle che eran rimaste in piedi non offrivano, per le mura tutte lesionate, alcun rifugio sicuro; si pensò allora a costruire in fretta e in furia a nord della città, in una estesa pianura, una città di baracche, della quale potrebbe farsi un'idea chi, nella stagione della fiera, percorra il Römerberg[83] a Francoforte o la piazza grande di Lipsia; dove tutte le botteghe e i negozi dànno sulla strada, e buona parte del lavoro si fa all'aperto. Così qui non vi son che pochi edifici fra i più importanti, che rimangano in qualche modo chiusi al pubblico, perché gli abitanti passano gran parte del tempo a cielo scoperto. In tali condizioni si vive a Messina già da tre anni. Una simile vita di baracca, di capanna e perfino di tenda influisce decisamente anche sul carattere degli abitanti. L'orrore riportato dal disastro immane e la paura che possa ripetersi li spingono a godere con spensierata allegria i piaceri del momento. Il ventun aprile scorso, vale a dire circa una ventina di giorni fa, si era temuta una nuova catastrofe: una scossa ben sensibile aveva fatto tremare il suolo un'altra volta. Ci han fatto vedere una chiesetta, dove era pigiata una folla di devoti proprio nel momento in cui si era avvertita la scossa. Alcuni dei presenti, a quanto si dice, non si sarebbero ancora riavuti dallo spavento.

    Durante queste nostre visite e indagini, ci è stato di guida un amabile console, che s'è spontaneamente sobbarcato a più d'un sacrificio per noi, guadagnandosi la nostra riconoscenza in mezzo a tutte queste rovine, che meglio non avrebbe potuto altrove. Avendo inteso che era nostro desiderio di partire presto, ci ha anche procurato la conoscenza di un francese, padrone d'un vascello mercantile, in procinto di far vela per Napoli: doppia fortuna per noi, perché la bandiera bianca garantisce contro i corsari.

Avevamo appena espresso alla nostra guida il desiderio di visitare internamente una delle baracche più grandi, del resto non più alte d'un piano, e di osservare l'arredamento e quel tenor di vita improvvisata, quando un signore piuttosto simpatico si associò alla nostra compagnia, dandosi subito a conoscere per insegnante di lingua francese. Finita la passeggiata, il console gli manifestò il nostro desiderio di vedere una di quelle abitazioni, pregandolo di condurci a casa sua e di farci vedere la sua famiglia.

Entrammo nella baracca, costruita e coperta di tavole di legno. L'impressione è stata proprio quella che fanno i baracconi della fiera, dove si fan vedere a pagamento gli animali feroci o altre curiosità. L'ossatura del legname era visibile tanto alle pareti quanto sul tetto; una cortina verde separava il vano anteriore, che non sembrava pavimentato, ma battuto come un'aia. Di mobili non c'erano che sedie e tavoli. La luce pioveva dall'alto, per le fessure formatesi a caso nel tavolato. Conversammo per un bel po'; io stavo osservando la cortina verde e l'impalcatura del tetto, visibile al di sopra, quando, d'un tratto, dietro alla cortina s'affacciarono a curiosare due graziosissime testine di fanciulle, dagli occhi neri e dai capelli neri, le quali però, appena s'accorsero d'essere osservate, sparirono come un lampo. Tuttavia, alle preghiere del console, dopo pochi minuti necessari per acconciarsi, riapparvero tutte linde e graziose in vesti di vario colore, che mettevano una nota spiccata e leggiadra sul fondo verde della cortina. Dalle loro domande ci fu facile arguire che esse ci consideravano come esseri leggendari dell'altro mondo; ameno inganno, in cui le nostre risposte non potevano che confermarle ancor più. Il console stesso fece loro un quadro divertente della nostra apparizione fiabesca; e la conversazione fu così piacevole che durammo fatica a congedarci. Soltanto fuori della porta ci

venne in mente che non avevamo veduto le stanze interne:
le gentili abitatrici ci avevan fatto dimenticare l'abitazione.

*Messina, sabato 12 maggio.*

Il console mi aveva detto, fra l'altro, che una visita al governatore,[84] se non proprio assolutamente necessaria, sarebbe stata tuttavia opportuna; si trattava di un vecchio originale, che a seconda del suo capriccio o d'un suo preconcetto avrebbe potuto fare tanto del bene che del male; il console stesso si sarebbe ingraziato il governatore, presentandogli dei forestieri di riguardo: un forestiero non sa mai se un giorno o l'altro possa aver bisogno d'un personaggio simile. Così, per far piacere all'amico, lo accompagnai.

Nell'attraversare l'anticamera, udimmo dall'interno un chiasso indiavolato. Un corriere bisbigliò all'orecchio del console con gesti da pulcinella: «Cattiva giornata! Non è il momento di scherzare questo!» Tuttavia entrammo e trovammo il decrepito governatore che, con le spalle rivolte contro di noi, sedeva ad un tavolo vicinissimo alla finestra. Davanti a lui, un gran mucchio di carte e di lettere ingiallite, dalle quali stava tagliando con tutta disinvoltura i fogli bianchi, rivelandoci con questo le sue abitudini d'economia. Ma durante questa pacifica occupazione, se la prendeva bestemmiando maledettamente con un signore, che, dalla foggia del vestito, ci parve essere un cavaliere maltese, e che del resto gli teneva testa con molto sangue freddo e con precisione, per quanto il governatore non gli lasciasse il tempo. Quest'uomo così maltrattato cercava con la sua calma di allontanar da sé il sospetto, insinuatosi a quanto pare nell'animo del governatore, che lo vedeva così spesso andare e venire senza la relativa licenza, allegando i suoi passaporti e le sue buone referenze a Napoli. Tutto inutile; il vecchio continuava a tagliare le sue vecchie carte, a mettere accuratamente da parte le pagine bianche e a far del chiasso.

Oltre a noi due, eran presenti forse una dozzina di persone, che facevano un gran cerchio, tutti spettatori di questo combattimento di fiere e forse invidiosi del buon posto che noi occupavamo vicini alla porta, ottimo posto nel caso che quello spiritato si fosse deciso ad alzare le sue grucce e a menar colpi all'impazzata. La faccia del console, durante questa scenata, s'era fatta visibilmente lunga; quanto a me, mi consolavo al veder quel buffone di corriere che, al di là della porta e alle mie spalle, faceva le smorfie più comiche del mondo per rassicurarmi ogni volta che mi voltavo indietro, e per farmi capire che era una cosa da nulla.

In realtà, quella terribile faccenda finì in una bolla. Conclusione del governatore: nulla gli avrebbe impedito, per la verità, di fare arrestare il suo uomo e fargli vedere il sole a scacchi; ma per questa volta, passi; resti egli pure a Messina, per i due o tre giorni stabiliti; ma poi pensi subito alle sue valigie e non si faccia vedere più. Calmo calmo, senza mutar viso, il nostro uomo fece la sua riverenza di congedo, salutò garbatamente tutti i presenti, e in particolare noi due, che dovemmo fargli ala, perché raggiungesse la porta. Il governatore che s'era voltato borbottando, per lanciargli dietro ancora qualche improperio, si accorse allora della nostra presenza, si calmò immediatamente, fece un segno al console, e ci avvicinammo.

Un uomo d'età molto avanzata: testa cascante, occhi neri e profondi, luccicanti sotto le ciglia grige ed irte. Del rimanente, un tutt'altro uomo, che un momento prima: mi invitò a sedere, mi domandò di questo e di quello senza per questo interrompere la sua occupazione; io risposi del mio meglio ed egli finì col dirmi che, per tutto il tempo del mio soggiorno a Messina, ero invitato alla sua tavola. Il console, contento al pari di me, anzi più di me, perché conosceva meglio il pericolo al quale eravamo sfuggiti, discese i gradini a quattro a quattro; quanto a me mi era passata ogni voglia di rimetter piede in quella fossa dei leoni.

*Messina, domenica 13 maggio.*

Ci siamo svegliati, è vero, con un sole splendido e in un albergo più simpatico, ma ci siam sempre ritrovati in questa sventurata Messina. Nulla di più tetro che lo spettacolo della così detta «Palazzata»,[85] una serie di grandi palazzi a falce di luna, che incorniciano la spiaggia per il tratto d'un quarto d'ora. Erano tutti edifici a quattro piani e costruiti in pietra; di questi, alcune facciate sono rimaste ancora in piedi fino al sommo della cornice, altre son crollate fino al terzo piano, al secondo, al primo; in modo che tutta questa schiera di palazzi, un tempo così superbi, adesso si presenta allo sguardo orribilmente frastagliata e bucherellata, poiché l'azzurro del cielo si vede attraverso quasi tutte le finestre. Nell'interno le abitazioni propriamente dette sono tutte sfasciate.

La ragione di questo fenomeno singolare è che, per seguir l'esempio del brillante piano architettonico tracciato dai proprietari più ricchi, i vicini, meno facoltosi, in un'apparente gara di sfarzo, avevano mascherato, dietro alle facciate nuove costruite in pietra viva, le loro vecchie case, murate con ciottoli grandi e piccoli tenuti insieme con molta calce. Una struttura simile, poco sicura per sé, sfasciata e frantumata dall'orrenda convulsione, non poteva non rovinare completamente. Fra i non pochi casi meravigliosi di salvataggio, in mezzo a tanta rovina, si racconta anche questo: un abitante d'una di queste case s'era rifugiato, nel momento del disastro, nella nicchia d'un balcone; la casa era crollata alle sue spalle ed egli, rimasto lassù sano e salvo, potè aspettare tranquillamente che lo liberassero da quella sua aerea prigione. Che poi la cattiva costruzione delle case, dovuta a mancanza di pietre nei dintorni, sia stata la causa precipua della rovina totale di Messina, lo dimostra anche la resistenza opposta dagli edifici più saldi. Il collegio e la chiesa dei Gesuiti,[86] massicce costruzioni in pietra, stanno ancora in piedi, incolumi nella loro originaria solidità. Comunque sia, l'aspetto di Messina è indicibilmente triste e ricorda gli antichissimi tempi, in cui Sicani e Siculi abbandonarono questa terra instabile per stanziarsi sulla costa occidentale dell'isola.

Trascorsa così la nostra giornata, siam ritornati all'albergo per una frugale refezione. Eravamo ancora a tavola in lieta brigata, quando il domestico del console irruppe tutto trafelato nella sala per farmi sapere che il governatore mi andava cercando per tutta la città; mi aveva invitato a pranzo ed io non m'ero fatto vedere; il console mi pregava per l'amor di Dio di accorrere senz'altro, avessi o non avessi già pranzato, avessi lasciato passar l'ora di proposito o per dimenticanza. Allora soltanto m'accorsi della incredibile leggerezza con la quale avevo mandato al diavolo l'invito di quel ciclope, troppo fortunato di essergli sfuggito la prima volta. Il domestico non mi lasciò nemmeno il tempo di pensarci su; le sue rimostranze erano urgenti e perentorie; il console correva il rischio, niente meno, con quel tiranno inferocito, di pagare un terribile fio; lui, e tutta la sua colonia.

Mi feci coraggio: misi un po' in ordine la mia pettinatura e il mio vestito e seguii di buon animo la mia guida, raccomandandomi ad Ulisse mio patrono ed invocando il suo intervento presso Pallade Atena.

Giunto al covile della belva, fui introdotto da quel capo ameno di corriere in una grande sala da pranzo, dove, intorno a una tavola ovale, eran distribuiti circa quaranta convitati, senza che si avvertisse il menomo rumore. Il posto alla destra del governatore era ancor vuoto: il corriere mi accompagnò proprio lì.

Dopo aver salutato con un inchino il padrone di casa e gli ospiti, mi sedetti accanto a lui adducendo per scusa al mio ritardo l'ampiezza della città e l'uso per me insolito di contar le ore, che m'aveva già tratto più d'una volta in inganno. «Quando si vive in paese straniero», replicò colui, con le fiamme negli occhi, «bisogna informarsi delle abitudini locali e regolarsi secondo queste». Io osservai che questa era sempre stata la meta dei miei sforzi continui, ma avevo esperimentato che con tutti i migliori proponimenti, i primi giorni in cui si è ancor nuovi d'un paese e non si son fatte conoscenze, si cade di solito in certi errori che sarebbero imperdonabili, se non si potesse allegare per scusa lo strapazzo del viaggio, le distrazioni sempre nuove, la preoccupazione di trovare un alloggio passabile e perfino i mezzi più adatti per rimettersi in cammino.

Il governatore mi domandò poi quanto avessi intenzione di trattenermi a Messina. «Mi auguro» dissi, «di rimanervi a lungo; così potrò dimostrare a Vostra Eccellenza la mia gratitudine per la benevolenza usatami, ottemperando a puntino ai vostri comandi e alle vostre disposizioni». Mi chiese quindi, dopo una certa pausa, che cosa avessi veduto a Messina. Gli feci brevemente il racconto della mia giornata con alcune osservazioni, aggiungendo d'aver soprattutto ammirato l'ordine e la pulizia delle strade di questa città distrutta. E in verità era ammirevole vedere come le vie eran tutte sgombre di macerie, e come il calcinaccio veniva accumulato nell'ambito dei muri crollati, e come le pietre, viceversa, eran sovrapposte in ordine lungo le case, lasciando libero il centro delle vie, restituite così al traffico e alla circolazione. Potevo bene, a questo proposito, fare un po' la corte all'egregio gentiluomo senza dir bugie, assicurandolo che tutta Messina si professava riconoscente, di tal beneficio, alle sue provvide cure. «Lo riconoscono dunque?», ruggì il vecchio; «ma prima, hanno imprecato abbastanza contro la severità con cui li abbiamo dovuti tenere in freno per il loro bene». Io parlai anche dei saggi provvedimenti e delle mire elevate del governo, che solo più tardi si sarebbero potute riconoscere ed apprezzare, e così via. Mi domandò poi se avessi veduto la chiesa dei Gesuiti; e avendo risposto che no, mi promise di farmela vedere con tutte le sue dipendenze.

Durante la conversazione, interrotta da brevi pause, avevo notato che tutto il resto della brigata era rimasta nel silenzio più perfetto, senza muoversi se non quel tanto che era necessario per portare le pietanze alla bocca. Così se ne rimasero, anche a tavola sparecchiata e mentre si serviva il caffè, come altrettanti fantocci schierati lungo le pareti. Abbordai subito l'abate di casa, che mi doveva far vedere la chiesa, per ringraziarlo a bella prima delle sue premure; ma egli respinse i miei ringraziamenti, assicurandomi con molta unzione che per lui non esistevano che gli ordini di sua eccellenza. Quindi attaccai discorso con un giovane forestiero che gli stava vicino, ma che, per quanto francese, non aveva l'aria di trovarsi proprio nel suo elemento; una mummia anche lui, e muto come tutta la compagnia; nella quale ravvisai più d'uno che il giorno prima aveva assistito quatto quatto alla scenata col cavaliere maltese.

Il governatore s'allontanò e dopo un poco l'abate mi avvertì che era l'ora di andare. Lo seguii, mentre il resto della brigata s'era sbandato zitto zitto. Mi condusse al portone d'ingresso della chiesa dei Gesuiti che, secondo il ben noto gusto architettonico di questi padri, si eleva pomposa e maestosa a grande altezza. Sopraggiunse uno scaccino, che c'invitò ad entrare; ma l'abate mi trattenne, facendomi osservare che si doveva attendere prima l'arrivo del governatore. Come giunse anche la sua vettura, il vecchio la fece fermare a poca distanza dalla chiesa, e ad un suo cenno ci raccogliemmo tutti e tre davanti allo sportello. Diede ordine allo scaccino di farmi vedere non solo la chiesa in tutti i particolari, ma di spiegarci anche minutamente la storia degli altari e degli istituti della chiesa e infine di aprire il tesoro e farmi osservare attentamente tutte le rarità ivi custodite. «È un signore, al quale voglio far tutti gli onori, e che nel suo paese dovrà parlare di Messina come si conviene. Badate poi», soggiunse, rivolgendosi a me e sorridendo per quel tanto che la sua faccia gli permetteva di abbozzare un sorriso, «badate di non dimenticare, finché sarete a Messina, di venire a pranzo all'ora precisa. Sarete sempre il benvenuto». Ebbi appena il tempo di rivolgergli un rispettoso ringraziamento. La vettura era già partita.

Da quel momento, anche l'abate parve respirare. Entrammo. Il gran cerimoniere (che così dovrei chiamare la mia guida in quel palazzo incantato e sconsacrato) già si accingeva a compiere l'ufficio assegnatogli con tanta severa precisione, quando ecco precipitarsi nel santuario il console e il Kniep, ed abbracciarmi e manifestare la più grande gioia di rivedermi, di riveder proprio me, che essi già credevano *in domo Petri*. Erano stati in un'ansia indicibile fino al momento in cui lo svelto corriere, certo profumatamente compensato dal console, era corso a raccontare, con le sue smorfie pulcinellesche, l'epilogo felice della mia avventura. Dopo di che, abbandonandosi a una pazza gioia, si eran messi sulle mie tracce, avendo saputo che il governatore aveva gentilmente disposto di farmi vedere la chiesa.

Eravamo giunti nel frattempo davanti all'altar maggiore, ascoltando la spiegazione di quelle antiche rarità. Colonne di lapislazzuli, che parevano scannellate mediante verghette di bronzo dorato, pilastri e riquadri con incrostazioni all'uso fiorentino, le splendide agate di Sicilia a profusione, e ancora bronzi e dorature che si ripetevano e s'intrecciavano da per tutto.

Ma i discorsi del Kniep e del console, sempre a proposito dell'imbarazzo provocato dalla mia avventura, e quelli del sagrestano, che alla sua volta andava spiegando la magnificenza di tante rarità ancora così ben conservate (gli uni e l'altro così compenetrati dalla loro parte), rappresentavano davvero una bizzarra fuga di contrappunto; per cui io godetti la doppia soddisfazione: di assaporare tutta l'importanza del pericolo felicemente scampato e nel tempo stesso di vedere applicati architettonicamente i prodotti delle montagne di Sicilia, pei quali m'ero già dato tanto da fare.

La conoscenza esatta delle singoli parti, che costituiscono tutta questa magnificenza, mi ha giovato a scoprire che il così detto lapislazzuli di quelle colonne non è in realtà che calcare: senza dubbio del più bel colore che io abbia visto mai e di una magnifica combinazione. Ma anche essendo tali, queste colonne rimangon sempre pregevoli; perché ci vuole una massa enorme di materiale per poter sceglierne i pezzi di un colore così leggiadro e così eguale, senza contare quel che costa il taglio, l'affilatura e la politura: che non è cosa da poco. Ma qual è la difficoltà, che non abbian saputo vincere i gesuiti?

Intanto il console non la finiva di spiegarmi il pericolo che aveva corso; il governatore, che se l'era presa con se stesso, seccato ch'io fossi stato testimonio fin dal primo momento della sua brutale condotta verso lo pseudo cavaliere maltese, aveva stabilito di rendermi onori speciali e s'era quindi tracciato un programma che aveva dovuto subire un taglio fin dal principio a causa della mia assenza. Messosi finalmente a tavola, dopo aver aspettato un bel pezzo, quel despota non era riuscito a dissimulare il suo impaziente malumore, in modo che tutti i convitati erano presi dalla paura di assistere a una scenata, o al mio arrivo o a mensa levata.

Contemporaneamente, il sagrestano cercava sempre di riprendere la parola; e intanto andava aprendo i ripostigli riservati, tutti di belle proporzioni, con fregi di buon gusto, anzi di gran lusso; dove eran rimasti in custodia altri arredi sacri, intonati anch'essi a tutto il resto e per la forma e per gli ornamenti. Ma di metalli nobili, non ho visto nulla; e così né veri oggetti d'arte, né antichi né moderni.

La nostra fuga italo-germanica (perché l'abate e il sagrestano salmodiavano in italiano, Kniep e il console in tedesco), stava per finire, quando si unì alla nostra compagnia un ufficiale che avevo visto alla tavola del governatore, e che apparteneva al suo seguito. La cosa poteva destarmi qualche sospetto, tanto più che egli si offrì di accompagnarmi al porto, ove mi avrebbe condotto in certi luoghi, per altro non accessibili a gente estranea. I miei compagni si scambiarono un'occhiata, ma io non mi lasciai dissuadere dall'andar solo con lui. Dopo aver parlato un po' del più e del meno, cominciai a discorrergli in confidenza e gli dissi senz'altro che, al pranzo del governatore, m'ero accorto che più d'un convitato m'aveva fatto silenziosamente capire coi gesti che io non mi trovavo isolato fra estranei ma fra amici, anzi in mezzo a fratelli[87] e che perciò non avevo da temer di nulla. Aggiunsi che mi ritenevo in dovere di ringraziare lui, e di pregarlo d'esprimere lo stesso sentimento ai suoi amici. «Essi han voluto rassicurarvi», mi rispose «tanto più che, conoscendo per esperienza l'indole del loro superiore, non avevano realmente nulla da temer per voi; una sfuriata come quella contro il cavaliere di Malta è ben rara; e quando gli accade una cosa simile il buon vecchio è il primo che se ne accora. Per molto tempo infatti se n'è ben guardato ed è poi vissuto qualche tempo nella sua tranquilla *sine cura* del suo ufficio, finché un bel giorno, sorpreso da un incidente inaspettato, s'è lasciato trasportare a nuovi eccessi». L'egregio amico soggiunse che tanto lui, quanto i suoi compagni non desideravano di meglio che di entrare meco in più intimi rapporti; per cui io avrei dovuto aver la compiacenza di darmi a conoscere più da vicino: quella notte stessa si sarebbe offerta la migliore occasione. Io evitai garbatamente di rendermi a quest'invito e lo pregai di perdonarmi un mio capriccio. «Quando viaggio», dissi, «desidero di esser considerato semplicemente come uomo; se, come tale, posso ispirare fiducia e conquistar simpatie, tanto meglio e tanta maggior fortuna per me; ma quanto a contrarre altre relazioni, ho delle ragioni che me lo proibiscono».

Non pensavo affatto a convincerlo, non potendogli dire quali erano veramente queste ragioni. Ma mi parve abbastanza interessante osservare come questi valentuomini possano associarsi liberamente e impunemente, sotto un regime dispotico, a tutela dei propri interessi e di quelli degli stranieri. Non gli nascosi nemmeno che ero perfettamente edotto dei loro rapporti con altri viaggiatori tedeschi, e mi dilungai sugli scopi lodevoli che essi si prefiggevano, facendo stupire sempre più con la mia segreta ostinatezza. Egli fece di tutto per strapparmi il mio incognito, ma non ci riuscì; in parte perché, sfuggito ad un pericolo, non volevo avventurarmi leggermente in un altro; in parte perché le idee di questi ottimi isolani, lo sapevo bene, erano così diverse dalle mie, che un contatto più intimo con la mia persona non avrebbe loro arrecato né piacere né soddisfazione.

In compenso, la sera ho trascorso ancora alcune ore col console, sempre così sollecito e premuroso, che mi spiegò anche le ragioni della scenata col cavaliere maltese. Costui non sarebbe veramente un avventuriero, ma un irrequieto girovago. Il governatore, discendente da una grande famiglia, tenuto in gran conto per la sua integrità e per la sua capacità, apprezzato per eminenti servigi resi, ha fama tuttavia di caparbietà senza limiti, d'una violenza sfrenata e d'una inflessibile rigidezza. Diffidente come tutti i vecchi e i despoti, preoccupato più che convinto d'esser circondato da nemici, ha in odio tutta questa gente che va e viene e che egli tiene senz'altro in conto di spie. Questa volta gli è capitata tra i piedi l'uniforme rossa del cavaliere maltese, e proprio nel momento in cui, dopo una pausa non breve, aveva più che mai bisogno di sfogar la sua collera, tanto per alleggerirsi lo stomaco.

*Messina, e a bordo, lunedì 14 maggio.*

Ci siamo svegliati tutti e due sotto la sgradita impressione di avere ormai decisa la partenza col capitano francese, per la frettolosa impazienza di sottrarci allo spettacolo di Messina desolata. Dopo il lieto fine dell'avventura col governatore, dati i miei rapporti con quei valentuomini, ai quali non avrei avuto che da farmi conoscere più da vicino, e infine dopo la visita al mio banchiere, dimorante in un'amenissima contrada fuori di città, c'era da accarezzare le migliori speranze per un soggiorno più prolungato. Anche il Kniep, che aveva trovato da passar bene il tempo con due o tre graziose conoscenze, non desiderava se non che il vento contrario, altre volte così odioso, durasse ancor più. Intanto, la situazione non era allegra: il nostro bagaglio era già fatto e noi dovevamo esser pronti a partire in qualsiasi momento.

Verso mezzogiorno, fu dato anche questo segnale: ci affrettammo a bordo, dove, tra la folla raccolta sulla spiaggia, trovammo anche il nostro buon console, dal quale ci congedammo con animo grato. Anche il corriere dal vestito giallo si fece avanti, per amor della mancia. Gli abbiamo dato il suo compenso e lo incaricammo di annunziare al suo padrone la nostra partenza e di presentargli le scuse per la mia assenza dal pranzo. «Chi va per mare non ha scuse da fare!» ci gridò, e volte le spalle, dopo una capriola sparì.

Il nostro battello aveva tutt'altro aspetto della corvetta napoletana; ma, prendendo a poco a poco il largo, rimanemmo assorti nella vista magnifica della Palazzata, della cittadella e dei monti che sorgevano alle spalle della città. La Calabria si vedeva dalla parte opposta. Infine, l'occhio poté correre liberamente lungo lo stretto, a nord e a sud, per l'ampia striscia di mare fiancheggiata da rive stupende. Dopo d'aver pagato il nostro tributo d'ammirazione a tutte queste bellezze, ci si fece notare a sinistra, un po' lontano, un certo subbuglio nell'acqua, e a destra, un po' più vicino, uno scoglio che spiccava netto sulla spiaggia: quello era Cariddi, questo Scilla. A proposito di queste due curiosità, così lontane in natura l'una dall'altra, ma così vicine nella poesia, si è rimproverato tanto ai poeti la loro tendenza al favoleggiare, senza riflettere che la fantasia di tutti gli uomini, quando vuol rappresentarsi oggetti fuori del comune, se li imagina sempre più alti che larghi, e in tal modo conferisce all'immagine stessa carattere, gravità e dignità in più alto grado.[88] Quante volte non ho inteso deplorare che un oggetto noto solo attraverso il racconto non soddisfi più nella realtà: la ragione è sempre quella: imaginazione e realtà stanno fra loro come la poesia e la prosa: quella si rappresenterà gli oggetti maestosi e tendenti all'alto; questa si adagerà sempre in piano. I paesisti del Cinquecento confrontati coi moderni ne offrono l'esempio più calzante. Un disegno di Jodocus Mamper[89] accanto a un bozzetto del Kniep renderebbe evidente tutto questo contrasto.

In questi e in simili discorsi ci siamo intrattenuti il Kniep ed io, ma per lui le spiagge, che aveva già in animo di riprodurre, non offrivano abbastanza seduzioni.

Quanto a me, fui di nuovo sorpreso dalla uggiosa sensazione del mal di mare, non mitigata, questa volta, come durante la prima traversata, dalla comodità di una cabina particolare. La sala comune era tuttavia abbastanza capace per accogliere parecchie persone ed anche di materassi, e buoni, non c'era difetto. Ripresi la mia posizione orizzontale, mentre il Kniep si prendeva cura di fornirmi vino rosso e pane. In una situazione simile, tutto il nostro viaggio attraverso la Sicilia non mi appariva certo dipinto coi colori più seducenti. Tutto sommato, non avevamo veduto nient'altro che i vani sforzi degli uomini per resistere contro le violenze della natura, contro la perfidia maligna del tempo, contro il furore delle loro stesse discordie ed ostilità. Cartaginesi, Greci, Romani e non so quante altre razze dopo di loro hanno costruito e hanno distrutto. Selinunte è metodicamente devastata; per rovesciare i templi di Girgenti non sono bastati due millenni; sono bastate poche ore, per non dir pochi istanti, per distruggere Catania e Messina. Tali le riflessioni, veramente afflitte dal mal di mare, d'un pover'uomo sballottato tra i flutti della vita; alle quali però non ho lasciato prendere il sopravvento.

*A bordo, martedì 15 maggio.*

La speranza di arrivare questa volta a Napoli più presto o di liberarmi più prontamente dal mal di mare, non s'è avverata. Incoraggiato dal Kniep, mi son provato più volte a trattenermi sopra coperta, ma la gioia d'uno spettacolo così bello e così vario m'è stata negata: soltanto alcuni incidenti mi han fatto dimenticare il mio capogiro. Il cielo era tutto avvolto in una nuvolaglia biancastra, attraverso la quale il sole, pur senza farci vedere la sua faccia, rischiarava il mare dipinto del più bell'azzurro che mai si possa vedere. Una schiera di delfini accompagnava il battello, mantenendosi sempre, fra un guizzo ed un salto, alla stessa distanza. Dal fondo del mare lontano essi avevano forse preso la nostra casa galleggiante, emergente come un punto nero, per buona preda di gradita digestione. L'equipaggio, per lo meno, non li ha trattati come compagni di scorta, ma come nemici. Uno è stato anche raggiunto da un colpo di fiocina, ma non si poté trarlo a bordo.

Il vento era sempre sfavorevole, tanto che con questo, il nostro battello, bordeggiando ora di qua, ora di là, non poteva che giuocar d'astuzia. L'impazienza si faceva sempre più viva, quando alcuni viaggiatori consumati dichiararono che né il capitano né il pilota sapevano il loro mestiere: andassero a fare l'uno il commerciante, l'altro il mozzo; ché non erano in grado di garantire della vita di tanta gente e del valore di tante merci.

Io pregai queste del resto ottime persone di tener per sé le loro preoccupazioni. Il numero dei passeggeri non era indifferente e fra questi v'eran donne e bambini di tutte le età: e tutti si erano pigiati in quel legno francese, senza pensare ad altro se non che batteva bandiera bianca, vale a dire che li assicurava contro i corsari. Feci osservare che la sfiducia e la preoccupazione avrebbero gettato tutti nella situazione più penosa, mentre fino allora tutti avevano veduto la loro salvezza in quel pezzo di tela senza colori e senza emblemi.

E in verità, questo cencio bianco fra cielo e mare è, talismano infallibile, abbastanza strano. Come quelli che partono e quelli che restano si salutano ancora agitando i bianchi fazzoletti, eccitando in tal modo scambievolmente un sentimento di nostalgica amicizia e simpatia, che altrimenti non avrebbero mai provato, così l'origine è qui consacrata in questa semplice bandiera: come se qualcuno attaccasse a una pertica il suo fazzoletto, per annunciare a tutto il mondo che dall'altra sponda arriva un amico.

Rifocillato di tanto in tanto con un po' di pane e vino, a dispetto del capitano che pretendeva che mangiassi quel che avevo pagato, ho potuto finalmente trattenermi sopra coperta e partecipare a qualche svago. Il Kniep ha saputo tenermi allegro, non già, come sulla corvetta, stuzzicando la mia invidia a furia di magnificare il vitto eccellente, ma chiamandomi fortunato perché questa volta non avevo appetito.

*Mercoledì, 16 maggio.*

Così era trascorso il pomeriggio, senza poter entrare, com'era nei nostri voti, nel golfo di Napoli. Eravamo sbattuti, piuttosto, sempre più verso ovest: e mentre il battello si avvicinava a Capri, si allontanava ancor più dal Capo Minerva. Tutti erano impazienti ed irritati; noi due soli, che ci guardavamo intorno con l'occhio dei pittori, potevamo esser contenti: infatti, al tramonto, abbiam goduto lo spettacolo più superbo che ci sia stato offerto durante tutta la traversata. Capo Minerva con le montagne vicine si stendeva innanzi ai nostri occhi nella pompa dei colori più splendidi, mentre le rocce che digradano a sud si andavano già tingendo d'un tono violetto. Al di là del capo, la costa, tutta accesa, si spingeva fino a Sorrento. Si intravedeva il Vesuvio, incappucciato in una enorme nuvola di vapori, dalla quale si partiva verso l'est una striscia lunga, tanto da farci supporre una violenta eruzione. A sinistra, Capri protesa verso il cielo; potevamo discernere perfettamente le forme delle sue rocce attraverso i vapori trasparenti ed azzurrognoli. Sotto un cielo senza una nube, perfettamente sereno, scintillava tranquillamente il mare, appena mosso, che alla fine, nella calma completa, si distese sotto i nostri occhi limpido e liscio come uno stagno. Eravamo come incantati; il Kniep desolato, non bastando tutte le arti del colore a rendere una tale armonia, non potendo la matita inglese più fina indurre la mano anche più esperta a riprodurre simili linee; io invece, convinto che anche un ricordo ben più modesto di quello che avrebbe saputo portar via un artista provetto come lui mi sarebbe sommamente prezioso nell'avvenire, lo andavo spronando a fare un ultimo sforzo con l'occhio e con la mano. Egli finì col persuadersi e con l'eseguire uno dei suoi disegni più precisi; che, più tardi dipinto, ha fornito la prova che in arte l'impossibile diventa possibile. Abbiam seguito, con occhi non meno avidi, il passaggio dalla sera alla notte. Capri ci stava ormai davanti nella tenebra; ma, con nostra gran meraviglia, il cappuccio del Vesuvio, non meno del suo pennacchio, prendeva fuoco sempre più. Infine, nello sfondo del nostro quadro vedemmo una considerevole porzione dell'atmosfera ancora illuminata, e che gettava anche lampi.

Uno scenario così bello non ci aveva fatto pensare che eravamo minacciati da una grave sciagura: ma un certo movimento fra i passeggeri non ci lasciò ancora a lungo nell'incertezza. Più esperti di noi delle cose di mare, essi rimproveravano aspramente il comandante e il suo pilota non solo di avere sbagliato la rotta per entrare nello stretto, ma anche del pericolo di far naufragare, colpa la loro inabilità, tante persone e tante merci loro affidate. Ci informammo della causa di tutto questo subbuglio, non comprendendo come si potesse temere una sciagura con un mare così tranquillo. Ma appunto questa calma li faceva disperare. Ci troviamo già, dicevano, nella corrente che gira intorno all'isola e che, per uno strano giuoco delle onde, lento ma irresistibile, ci spinge verso la roccia a picco, che non offre nemmeno pochi piedi di curva o di insenatura per metterci al sicuro.

Prestando attenzione a questi discorsi, considerammo la nostra situazione con orrore;[90] infatti, benché la notte non permettesse di avvertire il pericolo sempre più grave, potemmo tuttavia osservare che il bastimento, oscillando e beccheggiando, s'avvicinava agli scogli, erti e sempre più cupi innanzi a noi, mentre un leggero crepuscolo era ancor diffuso sopra il mare. Nell'atmosfera non si notava il minimo movimento: tutti tenevano sospesi in alto fazzoletti e strisce di panno leggero, ma non c'era nemmeno l'indizio d'un fiato di vento, pur tanto sospirato. La folla si faceva sempre più minacciosa e tumultuante. Le donne non stavano nemmeno in ginocchio per pregare assieme ai loro bambini sopra coperta, essendo lo spazio troppo angusto per muoversi, ma erano sdraiate l'una accanto all'altra; e più ancora degli uomini, abbastanza in sé per pensare a qualche mezzo di salvataggio, esse imprecavano e scagliavano invettive contro il capitano. Era venuto il momento in cui gli snocciolarono tutto il rosario delle proteste, tenute in serbo durante la lunga traversata: prezzo esorbitante per un posto insufficiente, vitto cattivo, e poi una condotta, se non villana, certo piena di mistero; non aveva mai creduto di rendere conto a chicchessia delle sue azioni, e fino alla sera precedente aveva mantenuto un silenzio ostinato su tutte le sue manovre. Tanto lui, quanto il pilota non erano ormai che dei trafficanti, venuti da non si sa dove, riusciti a impadronirsi di un battello per pura avidità di lucro, e senza alcuna esperienza di mare, e che adesso, causa la loro inettitudine e la loro incapacità, portavano all'ultima rovina tutti quelli che s'erano messi nelle loro mani. Il capitano taceva e sembrava occuparsi sempre di trarci a salvamento. Ma io, che fin dai primi anni ho sempre considerato l'anarchia più detestabile della morte stessa, non potei tacere più oltre. Mi feci avanti e abbordai la folla, press'a poco con quella presenza di spirito con cui avevo concionato i miei «uccelli» di Malcesine. Feci loro capire che quel chiasso e quegli strilli, in quel momento, eran fatti apposta per frastornare gli orecchi e la testa di coloro dai quali soli potevamo ancora sperare salute, tanto che non erano in grado né di pensare né di intendersi fra di loro. «Quanto a voi», gridai, «riflettete ai casi vostri e rivolgete una fervida preghiera alla Madonna; essa sola, se vuole, può intercedere presso il suo figliuolo perché faccia per voi il miracolo che ha fatto una volta per i suoi apostoli sul lago di Tiberiade, mentre le onde già penetravano nella barca e il Signore dormiva: non appena quei poveri disperati lo ebbero svegliato, ecco che egli comanda immediatamente al vento di tacere, come in questo momento potrebbe comandargli di soffiare, se questa fosse la sua santa volontà».

Queste parole produssero un'ottima impressione. Una delle donne, con la quale m'ero intrattenuto già prima, discorrendo di cose morali e religiose, uscì in quest'esclamazione: «Ah, il Barlamè, benedetto il Barlamè!»[91]; e tutte, che nel frattempo eran cadute a ginocchi, cominciarono infatti a recitare le loro litanie con un fervore, con un rapimento inaudito: ciò che potevan fare ancor più tranquillamente, perché l'equipaggio stava tentando ancora un mezzo di salvezza, che, per lo meno, dava nell'occhio a tutti: avevano cioè calata la scialuppa (che del resto non poteva contenere che sei od otto passeggeri), assicurata per mezzo d'una lunga gomena al bastimento, che i marinai con grande sforzo di remi cercavano di tirare a sé. Si credette per un momento che fossero già riusciti a smuoverlo entro la corrente, e già si sperava di vederlo tratto fuori. Ma, o che proprio questi sforzi aumentassero la resistenza della corrente, o che altra fosse la ragione, fatto è che scialuppa ed equipaggio si videro a un tratto con tutta la gomena scaraventati dietro al bastimento, come lo sverzino d'una frusta, ad una buona frustata del cocchiere. Anche quest'ultima speranza era andata in fumo. Fra i gemiti e le preghiere, per rendere la situazione ancor più spaventevole, alcuni pastori di capre, accampati sulle rocce dirimpetto, e i cui fuochi erano stati segnalati da gran tempo, gridavano cupamente che il bastimento stava per arenarsi. Fra di loro si scambiavano inoltre certe voci incomprensibili, che qualche passeggero, pratico del loro dialetto, interpretò come gridi di gioia per il pingue bottino che speravano di fare la mattina dopo. Lo stesso dubbio, non privo di conforto, che il battello finisse con l'affrontare senz'altro il pericolo di avvicinarsi alla roccia, parve purtroppo scomparire, quando l'equipaggio si armò di certe lunghe pertiche per tener lontano, nel caso più disperato, il battello dalla spiaggia finché anche queste non si spezzassero e tutto non fosse perduto. La nave dondolava sempre più, mentre anche la risacca accennava ad aumentare; in mezzo a tutto questo trambusto mi riprese il mal di mare e mi obbligò a ridiscendere sotto coperta. Mi coricai, semistordito, sul mio materasso, tuttavia con non so quale sensazione piacevole, dovuta forse al lago di Tiberiade,[92] perché la scena della Bibbia illustrata del Merian[93] mi mareggiava continuamente innanzi agli occhi. Tanto è vero che la forza delle impressioni morali e sensibili si fa sentire con maggiore intensità quando l'uomo è ripiegato completamente su se stesso. Quanto tempo sia rimasto in questo dormiveglia, non saprei dire; so che fui svegliato di soprassalto da un gran fracasso sopra la mia testa. Potei intuire chiaramente che si trattava di gomene trascinate qua e là sul ponte di coperta, ciò che mi fece sperare che si desse mano alle vele. Un momento dopo, ecco Kniep, che mi annunzia che eravamo salvi: s'era sollevato un leggero venticello, e l'equipaggio stava spiegando le vele, ed egli stesso non s'era fatto pregare a prestar l'opera sua. Ci allontanavamo già dalle rocce, e senza essere ancora completamente fuori della corrente, si nutriva tuttavia speranza di superarla. Sopra coperta tutto era ritornato tranquillo. Sopraggiunsero presto parecchi passeggeri, che, data la buona novella, andarono a coricarsi.

Svegliato che fui (era il quarto giorno della traversata), mi trovai rinfrancato e spedito, come nello stesso periodo del viaggio di andata: così, in una traversata più lunga, avrei probabilmente pagato il mio tributo con un'indisposizione di tre giorni.

Dal ponte di coperta ora mi divertivo a osservare l'isola di Capri già a una discreta distanza e il nostro battello già in tale rotta da lasciarci sperare il nostro ingresso nel golfo: ciò che ben presto anche avvenne. Così abbiamo avuto il piacere, dopo una notte di guai, di considerare in una luce del tutto diversa gli stessi oggetti che la sera prima ci avevano incantati. Poco dopo ci lasciammo indietro anche quella pericolosa isola di scogli. Come ieri avevamo ammirato da lontano la riva destra del golfo, così ora avevamo già sotto gli occhi la città coi suoi castelli, quindi Posillipo a destra, con le varie sporgenze fino a Procida e ad Ischia. Tutti i passeggeri erano sul ponte; fra questi, in prima fila un prete greco, che teneva molto al suo Oriente nativo e che, interrogato da alcuni napoletani, tutti intenti a salutare entusiasticamente la loro bellissima terra, che cosa gli sembrasse

Napoli al paragone di Costantinopoli, rispose non senza un gran *pathos*: «Anche questa è una città».

Siamo entrati in porto di buon'ora, tra il ronzio di tutta una folla, nel momento della maggior animazione di tutta la giornata. Il nostro bagaglio e gli altri arnesi appena scaricati stavano ancora sulla banchina, quando due facchini se ne impossessarono; non avevamo ancora detto che il nostro albergo era quello del Moriconi, che i due si misero a correre sotto quel peso come se avessero portato un bottino, tanto che non potemmo nemmeno seguirli con gli occhi attraverso le vie animatissime e la piazza Castello sempre in gran traffico. Il Kniep teneva la cartella sotto il braccio; in tal modo avremmo salvato almeno i nostri disegni se i facchini, meno galantuomini dei poveri lazzari napoletani, ci avessero portato via quello che la burrasca ci aveva risparmiato.

# NAPOLI

## A Herder

*Napoli, 17 maggio 1787.*

Eccomi, amici, ritornato a Napoli, sano e salvo. Ho compiuto il viaggio attraverso la Sicilia rapidamente e senza grandi disagi: al mio ritorno in patria, giudicherete voi *come* ho veduto. Il mio costante e saldo attaccamento alle cose reali mi ha procurato ora una incredibile facilità a riprodurre, per dir così, qualunque pezzo a prima vista, e mi sento ben felice di ritenere nel mio spirito così chiaro e così completo il grande e bel quadro di questa incomparabile Sicilia. Ora non c'è più nulla che mi seduca nel Mezzogiorno, tanto più che anche ieri son ritornato da Pesto. Il mare e le isole mi hanno procurato gioia, mi han costato fatica ed ora posso ritornarmene contento. Permettetemi di differire tutti i particolari al mio ritorno. Qui a Napoli non è nemmeno possibile raccapezzarsi; vi descriverò questo paese meglio che non abbian fatto le mie prime lettere. Partirò per Roma il primo giugno, se non sarò impedito da forza maggiore; ai primi di luglio penso di lasciare anche quella città. Ho bisogno di rivedervi al più presto; e saranno dei gran bei giorni, quelli. Ho raccolto un immenso bottino e ho bisogno di riposo per rivedere e metter tutto a posto.

Per quello che hai fatto con tanto affetto e tanta bontà in favore dei miei scritti ti rendo mille grazie; anch'io vorrei fare sempre qualche cosa di meglio, per accontentarti. Tutto quello che mi verrà da te, dovunque sia, sarà sempre benvenuto: il nostro modo di pensare, senza essere identico, è fino al possibile lo stesso, soprattutto nei punti essenziali. Se in quest'ultimo tempo tu hai attinto molto da te stesso, io ho molto acquistato e posso sperare in un buon cambio.

Io sono certamente, come tu dici, molto attaccato con le mie idee alla realtà e quanto più giro il mondo tanto meno nutro speranza che l'umanità possa mai diventare tutta intelligente, saggia e felice. Forse, fra tanti milioni di mondi, ve ne sarà uno che si possa vantare di tanto; dato il modo com'è costituito, c'è tanto poco da sperare per il nostro mondo, quanto per la Sicilia, data la costituzione sua.

Nel foglietto accluso,[1] narro qualche cosa della mia gita a Salerno ed a Pesto: l'ultimo e, vorrei aggiungere, più splendido quadro, che porto interamente con me nel Nord. Il tempio centrale,[2] secondo me, è da anteporre a tutto quanto si vede nella stessa Sicilia.

Quanto ad Omero, è come se mi fosse caduta una benda dagli occhi. Le descrizioni, le comparazioni e così via a noi sembrano finzioni poetiche, ma non è a dire quanto siano naturali, per quanto tracciate con una purezza, con una profondità di sentire che fa sgomento. Gli stessi episodi più strani e favolosi hanno una naturalezza, quale io non ho sentita mai se non alla presenza delle cose descritte. Lascia che te lo dica in due parole: quei nostri antichi rappresentavano l'esistenza; noi, di solito, rappresentiamo l'effetto; *essi* descrivevano il terribile, noi terribilmente; *essi* il piacevole, noi piacevolmente, e così via. Di qui tutto l'esagerato, tutto il manierato, la grazia affettata, la turgidezza; perché quando si lavora l'effetto e per l'effetto, si crede di non poterlo rendere mai abbastanza sensibile. Se quel che dico non è nuovo, lo ho sentito per lo meno profondamente in quest'ultima occasione. Ora che tutte queste spiagge e i promontori e i seni e i golfi, isole e penisole, rocce e coste sabbiose, colline verdeggianti, dolci pascoli, campagne feconde, giardini di delizie, alberi rari, viti rampicanti, montagne perdute fra le nubi e pianure sempre ridenti, e scogli e secche, e questo mare, che tutto circonda con tanta varietà e in tanti modi diversi — ora, dico, che tutto questo è presente nel mio spirito, ora soltanto l'Odissea è per me una parola viva.

Devo ora dirti, in confidenza, che sono prossimo a scoprire il segreto della generazione e dell'organizzazione delle piante:[3] è la cosa più semplice che si possa imaginare. Sotto questo cielo si possono fare le più belle osservazioni. Ho trovato in modo indubbio e chiarissimo il punto essenziale, dove è riposto il germe; tutto il resto lo vedo ora all'ingrosso e solo alcuni punti devono esser meglio precisati. La pianta primitiva diventa la cosa più sorprendente del mondo, per la quale la natura stessa mi invidierà. Con questo modello e con la sua chiave si potranno inventare piante all'infinito, che saranno conseguenti, vale a dire che, anche senza esistere nella realtà, potrebbero tuttavia esistere; che non saranno ombre o parvenze pittoriche, ma avranno una verità e una necessità interiore. La stessa legge si potrà applicare a tutti gli altri esseri viventi.

*Napoli, 18 maggio.*

Il Tischbein, che è già tornato a Roma, ha disposto qui le cose a vantaggio nostro in modo tale, che ci sembra di non accorgerci della sua assenza. Ha saputo ispirare a tutti i suoi amici di Napoli tanta benevolenza a nostro riguardo, che tutti si mostrano con noi espansivi, pieni di attenzioni e di premure, cosa per me specialmente necessaria nella mia posizione attuale, non passando giorno ch'io non abbia da pregare qualcuno di una cortesia o di un servigio. Sto proprio ora stendendo un sommario di tutto ciò che ancora mi resta da vedere: il poco tempo che mi rimane deciderà e fisserà ciò che realmente potrò riguadagnare del tempo perduto.

*Napoli, 22 maggio.*

M'è occorsa oggi una piacevole avventura, che potrebbe dar luogo a più d'una riflessione; in ogni modo merita che vi sia narrata.

Una gentildonna, che già durante il mio primo soggiorno m'aveva colmato di attenzioni, mi ha invitato a trovarmi l'altra sera in casa sua, alle cinque precise: c'era, mi aveva detto, un inglese, che desiderava vedermi, per dirmi non so che cosa a proposito del mio Werther.

Sei mesi prima avrei certamente opposto un rifiuto, quand'anche avessi avuto per questa signora il doppio dell'interesse che mi desta ora; invece ho accettato; sento bene ormai che il viaggio in Sicilia ha prodotto i suoi buoni effetti; insomma, promisi di non mancare.

Purtroppo la città è così vasta e le distrazioni son tante, che salii le scale del palazzo con un quarto d'ora di ritardo; stavo già con un piede sulla stuoia, davanti alla porta chiusa, ed ero lì lì per bussare, quando la porta si spalancò e ne vidi uscire un bell'uomo di media età, che riconobbi subito per il mio inglese. Non aveva ancor finito di squadrarmi, che mi disse: «Voi siete l'autore del Werther?» Io risposi che sì, scusandomi di non essere arrivato prima.

«Non ho potuto aspettare un momento di più», riprese: «del resto quello che voglio dirvi si può dire in due parole, anche su questa stuoia. Non vi ripeterò ciò che avete inteso da mille e mille; d'altra parte, il vostro libro non ha suscitato in me l'impressione violenta che ha fatto ad altri; ma ogni volta che penso al talento di chi l'ha scritto, mi sento sempre preso da nuova ammirazione».

Stavo per balbettare qualche parola di ringraziamento, quando egli tagliò corto e: «Non mi è possibile tardare un minuto ancora», soggiunse: «ora che vi ho potuto dir questo personalmente, il mio desiderio è soddisfatto. Addio. Siate felice». E giù per le scale. M'indugiai un istante a riflettere sopra un attestato così onorevole per me e finalmente bussai. La signora apprese con soddisfazione il nostro incontro e mi riferì parecchie cose molto lusinghiere intorno a questo curioso e singolare personaggio.

*Napoli, venerdì 25 maggio.*

Probabilmente, non la rivedrò più la mia bizzarra principessina.[4] Ella è partita per Sorrento e prima di partire mi ha onorato di una lavata di capo per aver preferito alla sua compagnia la petrosa e deserta Sicilia. Alcuni amici mi hanno dato la spiegazione di questo fenomeno. Nata di famiglia nobile ma non ricca, educata in convento, s'era decisa a sposare un principe vecchio e ricco, al quale matrimonio l'avevan potuta indurre tanto più facilmente, quanto più aveva sortito da natura un'indole, buona in fondo, ma del tutto incapace di amore. In tale posizione più che agiata, ma non indipendente per le grandi relazioni della famiglia, cercò una risorsa nel suo spirito, e vedendosi inceppata nei suoi movimenti, pensò a sciogliere per lo meno lo scilinguagnolo. Mi è stato assicurato che la sua condotta è assolutamente irreprensibile; tant'è, sembra si sia proposto di romperla a viso aperto con tutti i rapporti sociali mediante una lingua che non conosce freni. C'è chi ha osservato, scherzando, che nessuna censura lascerebbe passare i suoi discorsi, se fossero scritti, non sapendo ella dir nulla che non suoni offesa alla religione, al governo o alla morale.

Girano sul suo conto gli aneddoti più bizzarri e più gustosi. Eccone uno, benché non fra i più decenti.

Poco prima del terremoto che ha desolato la Calabria,[5] ella si era ritirata laggiù nelle terre di suo marito. Nei dintorni del suo castello avevano costruito una baracca, cioè un'abitazione di legno, a un solo piano, posta immediatamente sul suolo; del resto tappezzata, ammobiliata e fornita di tutti i comodi. Ai primi segnali del terremoto, ella si rifugiò nella baracca. Stava seduta sopra un sofà, intenta a intrecciar dei nodi, davanti a un tavolino da lavoro, avendo dirimpetto un abate, vecchio prete di casa. Improvvisamente ecco che il terreno traballa e la baracca si sfascia dalla parte della dama, mentre la parte opposta si solleva, sollevando per ciò anche l'abate e il tavolino. «Vergogna!» esclamò la dama, con la testa appoggiata alla parete che crollava: «sono cose decenti queste, per un reverendo come voi? Fate certe mosse, come se voleste cadermi addosso! Questa è un'offesa ad ogni principio di morale e di decenza».

Intanto la baracca aveva ripreso la sua posizione, e la dama non finiva dal ridere della matta figura di satiro che il povero vecchio era stato costretto a fare: come se una simile buffonata le avesse fatto dimenticare completamente tante calamità e perfino le gravi perdite che avevan colpito la sua famiglia e tante migliaia di persone. Carattere strano e felice, che sa trovare una facezia anche nel momento in cui la terra sta per inghiottirci.

*Napoli, sabato 26° maggio.*

Tutto sommato, non è mica male che vi siano tanti Santi: ogni buon credente può scegliersi il suo e rivolgersi con piena fiducia a quello che più gli conviene. Oggi è stato il mio santo ed io l'ho festeggiato, a tutto suo onore, con compunzione gioconda, secondo il suo esempio e la sua dottrina.

San Filippo Neri[6] ha lasciato di sé grande rinomanza e insieme ricordo lieto. Si resta edificati e incantati al sentir parlare di lui e della sua grande pietà; ma si sentono raccontare anche non pochi aneddoti del suo felice umore. Fin dai suoi primi anni egli ha sentito in sé un ardentissimo fervore e nel corso della sua vita si sono manifestati in lui i doni più eletti dell'entusiasmo religioso: il dono della preghiera involontaria, dell'adorazione profonda e muta, il dono delle lacrime, dell'estasi e infine anche quello di sollevarsi e di librarsi sopra il suolo, che vien considerato come la grazia più eccelsa.

A tutte queste misteriose e preziose grazie spirituali, egli accoppiava il più lucido buon senso, una valutazione, o meglio una svalutazione esattissima delle cose terrene, un vivissimo sentimento di carità, votato alle sofferenze morali e fisiche del prossimo. Era rigido osservante di tutti i doveri che in fatto di feste religiose, visite alle chiese, preghiere e digiuni può imporsi un pio ecclesiastico. Con pari fervore si occupava dell'educazione della gioventù, mediante esercizi di musica e di recitazione, proponendo argomenti sacri e geniali ad un tempo e promovendo conversazioni e discussioni atte a risvegliare l'ingegno; e tutto questo, che sembrerà il più singolare, facendo sempre di sua iniziativa e con mezzi propri, percorrendo da tanti anni sempre la sua via, senza appartenere ad alcun ordine o congregazione, senza essere stato nemmeno ordinato prete.

Ma quel che sembrerà ancor più strano è che tutto questo avveniva proprio nel tempo di Lutero, nel bel mezzo di Roma, dove quell'uomo di talento, pio, energico, attivo ha avuto lo stesso pensiero di associare il religioso, anzi addirittura il sacro col profano, d'introdurre il divino nel mondano e così preparare anche una riforma. Infatti è solo qui che si trova la chiave che può aprire le prigioni del passato e restituire all'umanità libera il suo Dio.

Intanto la Corte di Roma, come quella che aveva a due passi, nell'ambito della città e sotto la sua giurisdizione un uomo così notabile, non si diede pace finché questo servo di Dio (che del resto conduceva vita di religioso e già dimorava nei conventi dove insegnava e faceva propaganda, ed era al punto di fondare, se non un ordine, per lo meno una congregazione senza vincoli religiosi) non si fu indotto a prendere gli ordini sacri con tutti i privilegi che fino allora non aveva goduto lungo il suo cammino.

Anche a mettere in dubbio, com'è ragionevole, il suo dono mirabile di librarsi col corpo sopra il suolo, è innegabile che il suo spirito s'era elevato a grande altezza sopra questo mondo, per cui nulla lo offendeva più della vanità, del falso parere, della presunzione, che egli fieramente combatteva come i maggiori ostacoli alla vera pietà; ma, come ce lo attestano non pochi aneddoti, sempre con animo ilare.

Si trovava un giorno, per dirne una, dal papa, quando vennero ad annunziare che nei dintorni di Roma una religiosa faceva parlar di sé per certi doni spirituali, che avevan del miracolo. Filippo fu incaricato di verificare l'esattezza di questo racconto. Montato senz'altro sopra una mula, arriva ben presto, con un tempo e una strada orribili, al convento. Fattolo entrare, Filippo s'intrattiene con la badessa, che lo informa minutamente, e con la massima buona fede, di tutte quelle manifestazioni della grazia celeste. Ad un cenno, si fa avanti la monaca; Filippo, senza nemmen salutarla, le presenta una scarpa, imbrattata di fango, e la invita a togliergliela dal piede. La verginella tutta purezza e santità fa un salto indietro per lo spavento, sfogando in termini vivaci la sua indignazione di fronte a un'ingiunzione simile. Filippo si rialza come se niente fosse, riprende la sua cavalcatura e ritorna dal papa, prima che questi se l'aspettasse: infatti ai religiosi cattolici incaricati di simili indagini intorno a grazie spirituali sono prescritte le più scrupolose e severe precauzioni, perché la Chiesa non nega la possibilità di questi favori divini, ma non ne ammette nemmeno l'autenticità senza l'inchiesta più accurata. Ed ecco come Filippo riferì in poche parole al papa meravigliato l'esito della sua missione: «Questa monaca non è affatto una Santa; altro che miracoli; le manca il dono principale: l'umiltà».

Questa massima può esser considerata come il principio informatore di tutta la sua vita. Quando, per citare un altro esempio soltanto, Filippo ebbe fondata la congregazione dei Padri dell'Oratorio, che si procacciò ben presto una grande considerazione, facendo sorgere in molti il desiderio di farne parte, si presentò un giovane principe romano chiedendo l'ammissione; gli fu concesso infatti di entrare come novizio e anche di vestir l'abito di rito. Ma dopo qualche tempo, avendo costui fatto istanza per entrare definitivamente nell'Ordine, gli fu risposto che, prima, avrebbe dovuto sottoporsi ad altri esami: al che si dichiarò anche pronto. Filippo allora, presentatagli una bella coda di volpe, gli ingiunse di attaccarsela dietro alla veste talare e di andarsene così a spasso, come niente fosse, per tutte le vie di Roma. Il giovanotto, indignato né più né meno della monaca: «Io sono venuto» dichiarò, «non a chiedere un'umiliazione, ma un onore». E Filippo: «Non è questo che si deve cercare nella nostra compagnia; per noi, la massima rinunzia è la prima legge». Dopo di che il giovinotto si licenziò.

Filippo Neri aveva distillato l'essenza della sua dottrina in questo breve motto: *Spernere mundum, spernere te ipsum, spernere te sperni.*[7] E non c'era infatti nulla da aggiungere. Un temperamento ipocondriaco potrebbe imaginarsi di saper forse conformarsi ai primi due punti; ma per acconciarsi al terzo, dovrebbe essere in odore di santità.

*Napoli, 27 maggio.*

Tutte le vostre care lettere della fine del mese scorso le ho ricevute ieri, in una volta sola, da Roma, per cortesia del conte Fries,[8] e ho provato una grande gioia a leggerle e a rileggerle. L'astuccio ansiosamente atteso è anche arrivato e vi ringrazio mille volte di tutto.

Ma intanto s'avvicina il giorno in cui dovrò scappare anche da Napoli. Proprio mentre vorrei, in quest'ultimi giorni, imprimermi bene nella mente l'imagine della città e dei suoi dintorni, rinfrescare le impressioni già avute e regolare alcune faccende pendenti, il tempo stringe e intanto sono desiderato anche da parecchi valentuomini, fra conoscenze vecchie e conoscenze nuove, che non posso certo trascurare senz'altro. Ho trovato un'amabile gentildonna,[9] nella cui compagnia l'estate scorsa a Carlsbad ho passato delle bellissime giornate, e non vi dico le ore trascorse nell'oblio del presente e nel ricordo più lieto del passato. Tutte le persone che amiamo e che apprezziamo sono passate nella nostra rassegna, in prima linea il nostro caro Duca, dall'umore sempre sereno. Questa gentildonna conservava ancora la poesia[10] di cui le ragazze di Engelhaus gli avevano fatto una sorpresa alla sua partenza. Tutto questo ci ha fatto ripensare alle scene gioconde, alle burle, alle mistificazioni argute, agli ingegnosi tentativi per esercitare scambievolmente il diritto di rappresaglia. Ci siamo sentiti subito trasportati in terra tedesca, nella nostra migliore società, oppressi fra pareti di rocce, radunati in un locale strano, ma legati ancor più saldamente l'un l'altro dal rispetto, dall'amicizia, dalla simpatia. Se non che, appena ci si affacciava al balcone, la folla di Napoli scorreva davanti a noi col muggito d'un torrente, che si portava via anche i nostri dolci ricordi.

Nemmeno ho potuto trascurare l'occasione di far la conoscenza del duca e della duchessa di Ursel:[11] ottime persone, abitudini da grandi signori, menti aperte all'intelligenza della natura e degli uomini, amore pronunciato per l'arte, affabilità verso le nuove conoscenze. Ho conversato a lungo e ripetutamente con loro, e ne sono rimasto incantato.

Il cavaliere Hamilton e la sua bella continuano a colmarmi di attenzioni. Ho pranzato da loro e verso sera miss Hart ci ha fatto gustare i suoi talenti musicali e melici.

Per intromissione dell'amico Hackert, che mi dà continue prove della sua benevolenza e mi fa vedere tutto ciò che c'è di interessante, il cavaliere Hamilton ci ha condotti nei sotterranei segreti della sua raccolta d'arte e di anticaglie. C'è da perder la testa: prodotti di tutte le epoche affastellati alla rinfusa; busti, torsi, vasi, bronzi, ogni sorta di suppellettili, fra l'altro una cappelletta di agata di Sicilia, intarsi, dipinti e non so quant'altro ha potuto mettere assieme a furia di quattrini. In un ampio cassone adagiato per terra, di cui ho sollevato per curiosità il coperchio rotto, si trovavano due superbi candelabri di bronzo. Ho fatto un segno allo Hackert, chiedendogli sommessamente, se non fossero per caso somiglianti in tutto a quelli di Portici. Alla sua volta egli mi fece segno di tacere: probabilmente erano andati a finir lì proprio dai sotterranei di Pompei. Dati questi e simili acquisti fortunati, il cavaliere non ama far vedere i suoi tesori nascosti se non agli amici più fidati.

Una certa sorpresa mi fece il vedere uno stipo, aperto sul davanti e inverniciato di nero all'interno, il tutto inquadrato in una magnifica cornice d'oro. Il vano era grande abbastanza per contenere un uomo in piedi ed ecco a quale scopo si presta. Quel buongustaio di arte e di belle ragazze, non contento di ammirare la sua bella come una statua semovente, ha voluto goderla anche come quadro, dipinto in modo inimitabile: qualche volta infatti, vestita di vario colore sullo sfondo nero dello stipo e inquadrata nella cornice d'oro, ella imita i dipinti antichi di Pompei ed anche alcune opere d'arte moderna. Il periodo di questo capriccio sembra ora passato; è anche difficile trasportare l'apparecchio e collocarlo in buona luce; tutto sommato noi non abbiam potuto godere lo spettacolo.

Ecco il momento di accennare a un altro svago caratteristico dei napoletani; vale a dire ai presepî, che a Natale si vedono in tutte le chiese e che rappresentano propriamente l'adorazione dei pastori, degli angeli e dei re magi, più o meno al completo, in gruppi eleganti e sfarzosi. In questa Napoli gioconda, tale rappresentazione è arrivata fin sulle terrazze delle case. Si costruisce un leggero palchetto a forma di capanna, tutto adorno di alberi e di alberelli sempre verdi; e lì ci si mette la Madonna, il Bambino Gesù e tutti i personaggi, compresi quelli che si librano in aria, sontuosamente vestiti per la festa: un complesso di guardaroba, per cui le famiglie spendono somme non piccole. Ma ciò che conferisce a tutto lo spettacolo una nota di grazia incomparabile è lo sfondo, in cui s'incornicia il Vesuvio coi suoi dintorni.

Non è improbábile che, un tempo, fra questi fantocci si siano mescolate anche delle figure viventi e che a poco a poco le famiglie nobili e ricche si siano divertite soprattutto a rappresentare la sera, nei loro palazzi, anche delle scene profane, tolte alla storia o alla poesia.

Se mi fosse lecita un'osservazione, che un ospite così ben trattato non dovrebbe forse avventare, confesserei che la nostra graziosa e bella inglese mi fa, tutto sommato, l'impressione di una creatura senza anima, la cui figura esteriore compensa tutto, ma la cui voce, la cui conversazione non hanno espressione, non hanno sentimento. Anche il suo canto manca di estensione e di fascino.

È quello che, per finirla, avviene sempre con queste creature senza anima. Belle donne ve n'è da per tutto; dotate di sentimento profondo e insieme di felici organi vocali sono molto più rare; ma ancor più rare son quelle che a tutto questo riuniscono un esteriore seducente.

Sento con gran piacere che è stata pubblicata la terza parte dell'opera dello Herder.[12] Mettetemela da parte finché non mi sia possibile dirvi dove potete inviarmela. Non c'è dubbio che egli avrà sviluppato egregiamente il bel sogno utopistico dell'umanità, che pervenga un giorno a una condizione di miglior benessere. Anch'io convengo e credo che l'umanità finirà col trionfare; ho paura soltanto che il mondo in quel giorno non diventi un immenso ospedale, in cui gli uni saranno i pietosi infermieri degli altri.

*Napòli, 28 maggio.*

Il mio buono e prezioso Volkmann mi costringe di quando in quando a dissentire dalle sue opinioni. Egli afferma tra l'altro che a Napoli vi possono essere dai trenta ai quarantamila oziosi.[13] E quanti non lo han ripetuto dopo di lui! Dopo d'essermi procurata una certa conoscenza delle condizioni sociali del Mezzogiorno, ho supposto che quello potesse essere un modo di vedere tutto proprio del Settentrione, dove si considerano come oziosi tutti coloro che non s'arrabattano a lavorare tutto il santo giorno. Per questo ho rivolto la mia attenzione particolare al popolo, a quello che si dà da fare e a quello che si mantiene tranquillo, e ho potuto osservare bensì molta gente mal vestita, ma nemmeno uno che sia disoccupato.

Ho domandato quindi notizie ad alcuni amici intorno a questi innumerevoli vagabondi, che anch'io avevo voglia di conoscere; ma nemmeno quelli sono stati in grado di farmeli vedere. Allora, potendo eseguire la mia inchiesta parallelamente alla visita della città, mi sono messo alla caccia io stesso.

Cominciai, in quell'enorme confusione, a fare un po' di conoscenza coi diversi tipi, giudicandoli e classificandoli secondo la loro figura, secondo il modo di vestire, di comportarsi, di affaccendarsi. Ho trovato quest'operazione più facile qui che altrove, essendo qui gli uomini abbandonati più liberamente a se stessi, e rivelando essi anche esteriormente la loro condizione sociale.

Iniziai la mia inchiesta di buon mattino: tutta la gente che ho visto qua e là ferma o intenta a riposare, erano persone il cui mestiere, in quell'ora, esigeva appunto una sosta.

Erano infatti: *facchini*, che hanno i loro posti fissi in determinate piazze, e che attendono che qualcuno si valga dell'opera loro; *birocciai*, coi rispettivi carretti a due ruote e a un cavallo, intenti a governare le loro bestie, e in attesa di servire il primo che capita; *marinai*, sul molo, con la pipa in bocca; *pescatori*, sdraiati al sole, probabilmente perché spira vento contrario che impedisce loro di prendere il largo. Ne ho visti anche parecchi andare e venire, ma quasi tutti portavano qualche segno della loro attività. Di *accattoni* non ne ho visto uno solo, che non fosse un vecchione o un inabile al lavoro o uno storpio. Quanto più mi guardavo attorno, e quanto più attentamente osservavo, tanto meno potevo trovare dei veri vagabondi, sia delle classi infime che delle medie, sia di mattina che durante la maggior parte della giornata, giovani o vecchi, uomini o donne.

Entrerò in qualche particolare, perché quel che affermo sia più evidente e più credibile. I *ragazzi più piccoli* sono occupati in diverso modo. Buona parte di loro portano a vendere il pesce da Santa Lucia in città; molto spesso ne vedete in vicinanza dell'arsenale o in altri luoghi dove si sgrossa il legname e c'è abbondanza di trucioli, o anche in riva al mare, che rigetta la legna minuta, occupati a riempire dei più piccoli pezzetti le loro canestre. Ho visto bambini di pochi anni, buoni appena a camminare su quattro gambe, affaccendarsi a questo mestiere in compagnia dei più grandicelli fra i cinque e i sei anni. Anche questi se ne vanno poi nell'interno della città coi loro canestri e piantan le loro tende coi rispettivi fascetti di legna come se fossero al mercato. L'operaio e il modesto borghese li comprano e ne fanno brace sul loro treppiede per riscaldarsi, oppure se ne servono anche per la loro modesta cucina.

Altri ragazzi portano a vendere in giro l'acqua delle fonti sulfuree, di cui si fa gran consumo specialmente in primavera. Altri s'industriano alla meglio a comprare e rivendere agli altri ragazzi frutta, miele filato, pasticci e dolciumi, non fosse che per godersene la loro porzione gratuitamente. Graziosissimo è il vedere uno di questi monelli, la cui baracca e le cui suppellettili consistono in tutto in una tavoletta e in un coltello, portare in giro un cocomero o una zucca arrostita, e uno stormo di piccoli che gli fan corona, e lui che appoggia la sua tavola per terra e si mette a tagliare il frutto a pezzetti. I piccoli avventori, serî serî, misurano con le dita se per il loro centesimo ne hanno avuto abbastanza, mentre il minuscolo commerciante tratta quella clientela di ghiottoni con le stesse precauzioni, per non esser defraudato nemmeno d'una briciola. Ho la convinzione che, rimanendo qui più a lungo, si potrebbero raccogliere parecchi esempi di simili industrie infantili.

Un numero rilevantissimo di persone, in parte uomini di mezza età in parte ancora ragazzi, quasi tutti straccioni, sono occupati a trasportare sugli asini la spazzatura fuori della città. La campagna che circonda Napoli è tutta un immenso orto: è un piacere osservare l'incredibile quantità di verdura che vien portata in città tutti i giorni di mercato e come l'industria umana riporta poi alla campagna i rimasugli e i rifiuti della cucina, per accelerare lo sviluppo della vegetazione. Dato il gran consumo di legumi, i torsoli e le foglie dei cavolfiori, dei broccoli, dei carciofi, dei cavoli, dell'insalata, dell'aglio, costituiscono una parte notevole della spazzatura della città; e ognuno cerca di raccoglierne quanto più può. Due grandi canestre pieghevoli appese sul dorso d'un asinello vengon riempite per quanto ce ne sta, non solo, ma in modo da ammonticchiarvi altra merce, con un'abilità particolare. Non c'è un orto che non abbia il suo asino. Servi, ragazzi, i padroni stessi vanno e vengono dalla città durante la giornata quanto più possono, e quella è veramente per loro una preziosa miniera. È facile imaginare con quale premura questa gente raccoglie lo sterco dei cavalli e dei muli. Quando annotta, non è senza dispiacere che lasciano la città; e la gente ricca, che dopo la mezzanotte se ne torna a casa in carrozza, non pensa che già all'alba altri uomini s'industrieranno a seguire le tracce dei loro cavalli. Mi è stato assicurato che talvolta due di questi individui fanno società, comprano un asino, prendono a fitto da un proprietario più benestante un pezzo di terra, e così, lavorando assiduamente, dato questo clima felice, in cui la vegetazione non si arresta mai, riescono a dare alla loro industria uno sviluppo non indifferente.

Mi allontanerei troppo dal mio assunto, se volessi parlare qui di tutte le varietà del piccolo commercio, che è così gustoso osservare a Napoli, come del resto in tutti i grandi centri; ma non posso tacere dei venditori ambulanti, che appartengono in modo speciale all'infima classe del popolo. Alcuni vanno in giro con barilotti di acqua gelata, limoni e bicchieri, per poter far su due piedi e da per tutto una limonata, bevanda alla quale anche il più straccione non sa rinunziare; altri mettono in mostra certi vassoi con sopra bottiglie di liquori diversi e bicchierini, assicurati entro anelli di legno; altri ancora portano dei panieri di paste, dolciumi, agrumi ed altre frutta: si direbbe che tutti vogliano partecipare e rendere ancor più grandiosa la festa del piacere, che a Napoli si celebra tutti i giorni.

Non meno affaccendata di codesti venditori ambulanti è una folla di altri rivenduglioli, anche girovaghi, che offrono in vendita senz'altro le loro cianfrusaglie sopra una semplice tavoletta o entro il coperchio d'una scatola, o disponendole sulla nuda terra in pubblica piazza. Qui non si tratta di singoli oggetti, che si potrebbero trovare anche nei magazzini, bensì d'una rigatteria vera e propria. Non c'è un pezzetto di ferro, di cuoio, di panno, di tela, di feltro e simili, che non possa ripresentarsi sul mercato di questi robivecchi, e che non venga ricomperato da questo e da quello. Molta gente della classe più umile è inoltre occupata presso i mercati e gli artieri in qualità di commessi e galoppini.

Non si fan quattro passi, questo è vero, senza imbattersi in gente malvestita, anzi addirittura lacera; ma questa non è una ragione per gridare al vagabondo, al perdigiorno. Sarei tentato di enunciare il paradosso che a Napoli la maggior parte delle industrie sono forse ancora in mano delle infime classi. Non è certo il caso di paragonare quest'industria con quella del nord, costretta ad affannarsi non solo giorno per giorno ed ora per ora, ma nelle giornate buone per le giornate cattive, e nell'estate per l'inverno. Se l'uomo del nord è costretto dalla natura a pensare e a provvedere ai fatti suoi; se la nostra massaia è obbligata a salare e ad affumicare le carni per mantenere la cucina ben fornita tutto l'anno; se gli uomini son costretti a non trascurare le provviste di legna, di grano e di foraggio per le bestie e così via, è chiaro che i giorni più belli e le più belle ore della giornata, dedicate al lavoro, sono sottratte al piacere. Da noi, per mesi e mesi si rinuncia volentieri all'aria libera e si cerca nell'interno della casa un riparo contro il mal tempo, la pioggia, la neve e il gelo; le stagioni si succedono alle stagioni e chiunque non voglia finir male, deve diventare un buon massaio. Perché qui non si tratta di decidere se un tal uomo *voglia* fare questi sacrifici; non deve volerli, non *può* volerli, perché non può sostenerli; è la natura che lo costringe a travagliare, a provvedere. Inutile dire che questi influssi naturali, rimasti invariati per migliaia d'anni, hanno anche dato un'impronta decisiva al carattere, per tanti riguardi rispettabile, delle popolazioni del nord. Ecco perché, dal nostro punto di vista, noi giudichiamo troppo severamente le popolazioni del sud, alle quali il cielo sorride tanto benigno. Quello che il signor di Pauw[14] ha il coraggio di dichiarare, discorrendo nelle sue *Recherches sur les Grecs*, dei filosofi cinici, calza qui a capello. Secondo il di Pauw, noi non ci facciamo un concetto troppo esatto della meschina condizione di questi uomini; il loro principio di rinunzia è favorito da un clima largo di tutti i doni. Un uomo povero, che a noi sembra un miserabile, può in questi paesi non solo soddisfare i suoi bisogni più urgenti e più necessari, ma anche godersi beatamente la vita; un così detto lazzarone napoletano potrebbe infischiarsi del posto di viceré in Norvegia e rifiutare l'onore che gli farebbe l'imperatrice di Russia nominandolo governatore in Siberia.

Certo, nei paesi nostri un filosofo cinico sarebbe costretto a vivere fra molti disagi; nel Mezzogiorno, invece, sembra che la natura stessa inviti a vivere secondo quei principî. Qui, un uomo con l'abito a brandelli non è ancora un uomo nudo; colui che non ha una casa sua né una casa a pigione, ma che l'estate passa le notti sotto qualche grondaia o sulla soglia dei palazzi e delle chiese o nei portici pubblici, o che, se il tempo è cattivo, trova da coricarsi in qualche luogo pagando qualche spicciolo, non si può dire per questo un reietto e un miserabile. Se si considera quale enorme quantità di alimenti offre questo mare pescoso, dei cui prodotti la gente deve nutrirsi per obbligo ecclesiastico due o tre giorni alla settimana; la gran varietà di frutta e di verdura che si trova in sovrabbondanza tutto l'anno; come una provincia intorno a Napoli ha meritato il suo nome di *Terra di Lavoro* (che si deve intendere: «terra fatta per esser coltivata» non «terra di lavoro, o di fatica») e come tutta la regione porta da secoli il titolo onorifico di «Campania felice», si comprenderà bene quanto la vita in questi paesi sia felice.

Il paradosso, che ho messo fuori più sopra, darebbe luogo insomma a più d'una riflessione, se alcuno volesse imprendere una descrizione di Napoli in tutti i particolari: per la quale sarebbero indubbiamente necessari un talento non comune e non pochi anni di osservazione. Si vedrebbe allora che il così detto «lazzarone» tutto sommato non è per nulla più ozioso che il suo simile delle altre classi e si riconoscerebbe del pari che tutti, a modo loro, non lavorano soltanto per *vivere*, ma per *godere*, e che tutti badano a ricrearsi perfino nel lavoro della vita. Questo spiega parecchie cose: come ad esempio gli operai qui siano in generale meno abili di quelli del nord; come le fabbriche non attecchiscano; come, eccezione fatta degli avvocati e dei medici, la cultura sia poco diffusa relativamente alla gran massa della popolazione, per quanto lodevoli siano gli sforzi e le benemerenze di singoli individui; come nessun pittore di scuola napoletana sia mai stato artista completo e sia mai diventato grande; come gli ecclesiastici si abbandonino volentieri soprattutto all'ozio e come i nobili si compiacciano di godere per lo più dei loro beni, dandosi ai piaceri, allo sfarzo e alla dissipazione.

Tutto questo, e non mi sfugge, è forse detto troppo sulle generali; i lineamenti caratteristici di ogni classe non possono esser tracciati con precisione se non dopo una conoscenza e una osservazione più esatta; ma tirando le somme converrà, credo, arrivare a questi risultati.

Per ritornare al popolino di Napoli, è interessante osservare che, come fanno i ragazzi più vispi quando si comanda loro qualche cosa, anche i napoletani finiscono con l'assolvere il loro compito, ma ne traggono sempre argomento per scherzarvi sopra. Tutta la classe popolana è di spirito vivacissimo ed è dotata di un intuito rapido ed esatto: il suo linguaggio deve essere figurato, le sue trovate acute e mordaci. Non per nulla l'antica Atella[15] sorgeva nei dintorni di Napoli; e come il suo prediletto Pulcinella continua ancora i giuochi atellani, così il basso popolo s'appassiona anche adesso ai suoi lazzi.

Nel capitolo quinto, libro terzo, della sua Storia Naturale, Plinio[16] ritiene la sola Campania degna d'una descrizione diffusa.

«Questa regione», egli dice «è così felice, così deliziosa, così fortunata, che vi si riconosce evidente l'opera prediletta della natura. Perché quest'aere vitale, questa perpetua mitezza di cielo, questa campagna così fertile, questi colli solatii, queste foreste così sicure, questi recessi ombrosi, questi alberi fruttiferi, queste montagne perdute fra le nubi, queste messi sterminate, tanta copia di viti e di ulivi, e greggi dalla nobile lana e tori così pingui, e tanti laghi, e tanta dovizia di acque irrigue e di fonti, tanti mari e tanti porti! Una terra che porge da ogni parte il suo seno ai commerci e che, quasi per incoraggiare gli umani, stende ella stessa le sue braccia nel mare!

«Non parlo dell'indole del suo popolo, dei suoi costumi, della sua potenza, né degli altri popoli che essa ha conquistato mediante la sua lingua e con le sue armi.

«Un popolo come il Greco, solito a magnificar se stesso oltre misura, ha pronunciato il giudizio più onorifico di questa, chiamandone una parte Magna Grecia».

*Napoli, 29 maggio.*

Si osserva da per tutto, con la più viva simpatia, una gaiezza del tutto singolare. I fiori e i frutti d'ogni colore, di cui si adorna la natura, sembra che invitino gli uomini a rivestire leggiadramente se stessi e tutte le cose loro delle tinte più vivaci. Scialli e nastri di seta e fiori sui cappelli sono l'ornamento di chiunque se li possa procurare. Nelle più umili case, le seggiole e i cassettoni sono adorni di fiori screziati su fondo d'oro; perfino i birocci a un cavallo sono dipinti d'un rosso vivo; i finimenti sono dorati, i cavalli attillati di fiori artificiali, impennacchiati di rosso e coperti di lustrini. Alcuni portano sulla testa dei ciuffi di piume, altri delle banderuole, che nella corsa sventolano ad ogni mossa. Noi siamo soliti di chiamare barbara e di cattivo gusto questa predilezione pei colori vivaci e, in certo modo, può anche essere o divenir tale; ma sotto un cielo così azzurro e così splendido, nulla è veramente variopinto, perché nulla può vincere lo splendore del sole e il suo riflesso nel mare. La tinta più sgargiante resta attutita da una luce così potente; e come tutti i colori, il verde degli alberi e delle piante, il giallo, il bruno, il rosso del terreno agiscono sull'occhio con grande violenza, anche i fiori e gli alberi screziati si confondono nell'armonia generale. I busti e le gonne porporine delle donne di Nettuno, adorne di galloni d'oro e d'argento, i diversi costumi locali a colori, le barche dipinte, tutto pare che gareggi a distinguersi in qualche modo fra lo splendore del cielo e del mare.

E come vivono, così seppelliscono anche i loro morti; nessun corteo lento e lugubre interrompe l'armonia di questo giocondo paese.

Ho visto le esequie d'un bambino. Un grande tappeto di velluto rosso, tutto a ricami d'oro, avvolgeva un ampio feretro, sopra il quale era posta una piccola bara cesellata, carica di fregi d'oro e d'argento; in questa giaceva il morticino, vestito di bianco e come soffocato fra i nastri rosa. Ai quattro lati della bara erano quattro angeli, alti ognuno due piedi circa, che tenevano dei grandi fasci di fiori intorno al bimbo addormentato e che, sospesi a dei semplici fili di ferro, dondolavano qua e là ad ogni scossa del carro come se spargessero dolcemente intorno dei profumi rianimanti; e tanto più si dondolavano, quanto più il corteo procedeva per la via con grande celerità e i preti e tutti gli altri con le torce, più che al passo, andavano di corsa.

Non c'è stagione, in cui non si nuoti nell'abbondanza di viveri: il napoletano non prende soltanto gusto al cibo; egli esige per di più che la merce in vendita sia presentata con grazia.

A Santa Lucia il pesce vien messo in mostra, secondo la qualità, in cesti graziosi e puliti; i gamberi, le ostriche, i cannòli e altri frutti di mare distribuiti a parte, e tutti sopra foglie verdi. Le botteghe di frutta secche e di legumi sono decorate nel modo più pittoresco. Graziosi a vedersi sono gli agrumi di ogni sorta frammischiati al verde dei ramoscelli. Ma nulla è più accurato dell'addobbo delle macellerie, verso le quali il popolo tende lo sguardo con avidità particolare, per l'appetito reso più aguzzo dalla privazione periodica.

Sui banchi dei macellai non si espongono in vendita i quarti di bue, i vitelli, i montoni senza che, oltre il grasso, i fianchi e i cosciotti non siano abbondantemente coperti di dorature. Alcuni giorni dell'anno, specialmente le feste di Natale, sono famosi per le scorpacciate. Sono giorni di cuccagna universale, per cui mezzo milione di abitanti fanno a gara a chi più può. In simili circostanze anche via Toledo e parecchie vie e piazze dei dintorni sono addobbate in modo da destare il più grande appetito. Un gran divertimento è anche vedere in bella mostra nelle botteghe, dove si vende la verdura, i grappoli d'uva conservata, i poponi e i fichi. I commestibili sospesi in festoni, da un capo all'altro della strada: come gli enormi rosarî di salsicce dorate e tenute insieme con nastri rossi, o come i polli d'India, che portan tutti una banderuola rossa nel didietro. Mi assicuravano che, in quei giorni, di questi polli se ne sono venduti trentamila, senza contare quelli che le famiglie ingrassano in casa. Oltre a tutta questa grazia di Dio, girano per le vie e sui mercati asini in quantità, carichi di verdura, di capponi e di agnelli di latte; quanto poi alle uova, i cumuli che si vedono qua e là sono tali, che uno non si ricorda mai d'averne visti tanti. E non basta che tutta questa grazia di Dio sia divorata: ogni anno un ufiziale di polizia passa a cavallo attraverso la città per bandire a suon di tromba in tutte le piazze e in tutti i crocicchi quante migliaia di buoi, vitelli, agnelli, maiali e così di seguito i buoni napoletani hanno consumato. Il popolo ascolta a orecchie tese e con grande giubilo le cifre così specificate, contenti tutti di poter ricordare la parte presa da ognuno a tanta cuccagna.[17]

Quanto ai cibi composti per lo più di farina e di latte, che le nostre cuoche sanno allestire in tante maniere, il popolo napoletano, che in simili faccende ama andar per le spicce e che del resto non ha una cucina approntata con le regole dell'arte, vi provvede in due modi. I maccheroni, fatti di pasta di farina fine, tenera, accuratamente lavorata, poi cotta e ridotta in forme diverse, si trovano da per tutto e per pochi soldi. Si cuociono per lo più semplicemente nell'acqua pura, e vi si grattugia sopra del formaggio, che serve ad un tempo di grasso e di condimento. Quasi ad ogni svolta delle vie principali vi sono poi i friggitori, affaccendati con le loro caldaie di olio bollente, specialmente nei giorni di magro, a cucinare lì su due piedi, a chiunque voglia, pesci o frittelle a piacere. Questi friggitori fanno affari d'oro; sono migliaia le persone che così si portano a casa, ravvolto in pezzo di carta, il loro pranzo o la loro cena.

*Napoli, 30 maggio.*

Questa notte, passeggiando per la città, sono arrivato al molo; ed ho veduto, d'un colpo d'occhio, la luna che illuminava del suo chiarore gli orli delle nuvole, il riflesso che tremolava dolcemente sul mare, ma più distinto e più vivido sulla cima delle onde più vicine; e poi le stelle, la lanterna del faro, il fuoco del Vesuvio, il suo riflesso nell'acqua, e molti altri splendori disseminati qua e là sui battelli. Un tema così ricco di variazioni mi avrebbe fatto piacere vederlo elaborato da un van der Neer.[18]

*Napoli, giovedì 31 maggio.*

Ero ormai così assorbito dal pensiero di assistere a Roma alla festa del *Corpus Domini*[19] e di vedere in quest'occasione gli arazzi eseguiti su disegni di Raffaello, che non mi son lasciato fuorviare dalle grandi bellezze naturali di Napoli, per quanto non sian comparabili con altre del mondo; e ho continuato ostinatamente i preparativi della partenza. Il passaporto era stato ordinato, e un vetturino mi aveva già data la caparra: perché qui, al contrario che da noi, si usa così per maggior garanzia del viaggiatore. Intanto il Kniep era in faccende per trasferirsi nel suo nuovo alloggio, molto migliore del precedente sia per ampiezza che per posizione.

Prima di passare alla nuova abitazione, l'amico mio mi aveva fatto capire più volte che gli sarebbe spiaciuto, e in certo modo gli sembrava anche sconveniente, occupare la casa nuova senza portarvi proprio nulla: un letto soltanto sarebbe bastato ad incutere nei padroni di casa un certo rispetto. Passando oggi per quegli interminabili vicoli di robivecchi intorno al Largo del Castello, ho visto un paio di spalliere di un letto in ferro inverniciato di bronzo, che mi affrettai a comperare e ad offrire in regalo all'amico, quale base futura d'un talamo sicuro e tranquillo. Uno di quei facchini che son sempre lì a disposizione di tutti, ha portato i due letti con le rispettive tavole nel nuovo alloggio, la quale attenzione ha fatto tanto piacere al Kniep che volle andar subito a stabilirsi lì, procurandosi senz'altro tavolette per disegnare e tutto l'occorrente per l'arte sua. Secondo i nostri accordi, gli ho ceduto una porzione degli schizzi eseguiti in Sicilia.

*Napoli, 1 giugno.*

L'arrivo del marchese Lucchesini[20] mi ha fatto differire la partenza di alcuni giorni. Ho avuto gran piacere di fare la sua conoscenza. Mi ha fatto l'impressione di uno di quegli uomini, dotati di un invidiabile stomaco morale, che possono assidersi in permanenza al banchetto della vita; al contrario di noi altri che, simili ai ruminanti, ce lo riempiamo per un momento fino alla sazietà e non possiamo prender più nulla finché il nostro stomaco non abbia finito di rimasticare e di digerire. Anche la signora mi piace molto; è il tipo della tedesca distinta.

Adesso parto da Napoli volentieri; del resto, partire è necessario. In questi ultimi giorni mi sono abbandonato al piacere di frequentare il gran mondo; ho fatto la conoscenza di parecchie persone interessanti e sono contento di aver dedicato loro alcune ore della mia giornata. Ma un paio di settimane ancora, e mi sarei allontanato sempre più dalla mia meta. Senza contare che qui si diventa sempre più indolenti. Dopo la mia escursione a Pesto, eccettuati i tesori di Portici non ho visto che poco, e molto mi resta ancora da vedere, tanto che non so risolvermi a partire. Ma quel museo è anche l'alfa e l'omega di tutte le collezioni d'arte antica; lì si può vedere come gli antichi fossero più innanzi di noi quanto a giocondo sentimento d'arte, pur restandoci indietro quanto alle industrie intese nel significato più severo.

Il commesso di piazza, che m'ha fatto trovare in regola il passaporto, mi ha anche riferito, non senza rammaricarsi della mia partenza, che una lava abbondante si è aperta la via del Vesuvio, dirigendosi alla marina; ha già oltrepassato la costa più ripida della montagna e fra pochi giorni raggiungerebbe il mare. Questa notizia mi ha messo nella situazione più tormentosa. Ma intanto la giornata d'oggi è già trascorsa in visite di congedo che dovevo a tante persone così benevoli e così obbliganti. Quanto a domani, prevedo quel che accadrà. Sottrarsi del tutto alla compagnia degli uomini che si sono incontrati lungo il cammino non è possibile; ma per quanto ci abbian reso qualche servizio o procurato qualche piacere, finiscono tuttavia con lo strapparci ai nostri propositi più seri, senza che noi siamo in grado di secondare i loro. Ecco perché sono di pessimo umore.

*Di sera.*

Ma anche le mie visite di ringraziamento non sono state senza qualche soddisfazione e qualche profitto, e ho potuto vedere parecchie cose interessanti, che finora avevo differito o trascurato. Il cavalier Venuti[21] mi ha fatto perfino vedere dei tesori ancora nascosti. Ho osservato un'altra volta con grande venerazione il suo Ulisse,[22] sempre incomparabile per quanto mutilato. Nel momento di congedarci mi ha condotto nella fabbrica di porcellane, dove ho cercato d'imprimermi nella memoria l'Ercole e i miei occhi si sono saziati alla vista dei vasi campani.

Profondamente commosso nel prender congedo con le più amabili parole, il Venuti finì col confidarmi la vera ragione delle sue pene, manifestando il desiderio ch'io potessi rimanere ancora a lungo. Anche il mio banchiere,[23] che ho sorpreso nell'ora del pranzo, non voleva più lasciarmi partire: tutto sarebbe andato benissimo, se l'eruzione non si fosse ormai impadronita della mia fantasia. Intanto, fra questa e quella occupazione, fra il regolare i conti e il far bagagli, sopraggiunse la notte ed io mi precipitai al molo.

Questa volta ho visto tutti i fuochi e tutte le luci e i rispettivi riflessi, ancor più oscillanti, causa il mare mosso; la luna piena in tutta la sua maestà a fianco del Vesuvio rovente, e infine la lava, che, in questi ultimi giorni scomparsa, ora seguiva il suo vecchio cammino infuocato. Avrei voluto spingermi un'altra volta fin lassù, ma i preparativi sono troppo lenti e non vi saresti arrivato che al mattino. Non ho voluto guastare a furia d'impazienza lo spettacolo che godevo; e son rimasto lì sul molo finché, con tutto il via vai della folla, le spiegazioni, i racconti, i confronti, le discussioni sulla via che avrebbe preso la lava e non so qual altro cicaleccio, mi son sentito cader gli occhi dal sonno.

*Napoli, sabato 2 giugno.*

Ed ecco un'altra bella giornata trascorsa lietamente e proficuamente in ottima compagnia, ma contro le mie intenzioni e col cuore in angustie. Osservavo con rimpianto la nuvola di fumo che scendeva lenta lenta per la montagna in direzione del mare, indicando chiaramente la via che la lava percorreva di ora in ora. Ma per la serata, io avevo un impegno: avevo promesso una visita alla duchessa Giovene.[24] La duchessa abitava alla reggia; mi fecero salire non poche scale e attraversare non pochi corridoi, gli ultimi dei quali erano zeppi di casse, di armadî e di tutto l'ingombrante bagaglio d'una guardaroba di Corte. In una sala spaziosa ed alta, che non aveva del resto nulla di speciale, ho trovato una giovine signora di bella presenza, la cui conversazione mi parve oltremodo graziosa ed eletta. Tedesca di nascita, non le era ignoto che la nostra letteratura si va orientando verso una tendenza più liberale, più larga, più umana; apprezza in particolare l'opera dello Herder e tutto ciò che le si avvicina; non nasconde anche un'intima simpatia per quel lucido intelletto del Garve.[25] Vorrebbe andare alla pari con le scrittrici tedesche ed è manifesto che la sua ambizione sarebbe d'avere il talento e la fama di scrittrice. I suoi discorsi non cadevano su altro argomento e in pari tempo tradivano l'intenzione di influire sull'educazione delle giovinette di condizione elevata: inesauribile argomento anche questo. Era già cominciato il crepuscolo e non ci avevano ancora portato le candele. Passeggiavamo su e giù per la sala, quando la duchessa, avvicinandosi a un balcone con le persiane chiuse, ne aprì un battente ed io vidi quello che nella vita non si può vedere che una volta. Se il suo scopo è stato quello di sbalordirmi, devo dire che questo fu raggiunto completamente. Stavamo a un balcone dell'ultimo piano, col Vesuvio proprio di fronte; la lava scorreva; e il sole essendo tramontato da un pezzo, si vedeva la corrente di fuoco rosseggiare, mentre la fiamma incominciava a indorare la nuvola di fumo che l'accompagnava; la montagna faceva sentire profondi boati; sulla cima un pennacchio enorme, immobile, le cui differenti masse venivano squarciate ad ogni sbuffo come da lampi e illuminate a rilievo. Da lassù fino alla marina, una striscia rovente fra vapori arroventati; del resto, mare e terra, rocce e cespugli, distinti nella luce del crepuscolo, in una calma luminosa, in una pace fantastica. Veder tutto questo d'un colpo d'occhio e, a completare lo spettacolo meraviglioso, la luna piena che sorgeva dietro le spalle della montagna, era ben cosa da farmi sbalordire.

Dal punto in cui mi trovavo l'occhio abbracciava tutto d'un solo sguardo e, se anche non poteva discernere i singoli particolari, non perdeva mai tuttavia l'impressione di un insieme così grandioso. La nostra conversazione, interrotta da questo spettacolo, prese una piega ancor più familiare. Avevamo sott'occhio un testo, che alcuni millenni non sarebbero bastati a commentare. Più la notte s'avanzava, e più il paesaggio sembrava illuminarsi; la luna risplendeva come un secondo sole; le colonne di fumo, con le loro strisce e le loro masse luminose, apparivano distinte in tutti i particolari; pareva perfino, guardando attraverso una lente un po' forte, di distinguere nello sfondo del cono i blocchi incandescenti vomitati dal cratere. La mia ospite — la chiamerò così perché difficilmente ella avrebbe potuto offrirmi un convito più delizioso — fece collocare le candele dalla parte opposta della sala. La bella donna, illuminata dalla luna, nel primo piano di questo quadro fantastico, mi sembrava ancor più bella, mentre trovavo in lei una seduzione ancor più viva, ascoltando dalle sue labbra, in questo paradiso del Mezzogiorno, il più amabile accento della parlata tedesca. Dimenticai che s'era fatto tardi, tanto che ella stessa alla fine dovette avvertirmene, dicendo che, con suo rincrescimento, era costretta a congedarmi, avvicinandosi l'ora in cui i saloni suoi sarebbero stati chiusi con rigore claustrale. Così mi congedai, esitando, dallo spettacolo lontano, e da quello che mi stava vicino, benedicendo il destino che mi aveva compensato ad usura, la sera stessa, delle noie della giornata trascorsa in visite di cerimonia. Ritornato all'aria aperta, dissi a me stesso che, anche in vicinanza di una simile eruzione in proporzioni maggiori, non avrei osservato che la ripetizione di una più piccola e che questa veduta d'assieme, un tale addio a Napoli era tutto quanto avrei potuto desiderare di meglio. Invece di rincasare, mi avviai al molo, per ammirare il grandioso spettacolo sopra un altro sfondo; ma, o fosse la stanchezza dopo una giornata così laboriosa o la sensazione di non dover cancellare l'ultimo quadro così bello, fatto è che ritornai all'albergo, dove trovai anche il Kniep, venuto dal suo nuovo quartierino a farmi una visita. Facemmo venire una bottiglia di vino e parlammo dei nostri rapporti per l'avvenire: io gli promisi che avrei fatto conoscere in Germania qualche suo lavoro e subito dopo lo avrei senz'altro raccomandato all'ottimo duca Ernesto di Gotha, ciò che gli avrebbe procurato delle commissioni. Così ci lasciammo di buon animo, con la sicura prospettiva d'una scambievole e benefica attività.

*Napoli, domenica 3 giugno (Festa della SS. Trinità).*

Sono passato dunque attraverso l'enorme trambusto di questa città incomparabile, ancora mezzo stordito: sentivo che probabilmente non l'avrei riveduta mai più, provando tuttavia la soddisfazione di non lasciar dietro a me né rimpianto né dolore. Pensavo al buon Kniep, ripromettendo a me stesso di essergli utile anche da lontano.

Giunto all'ultimo posto di guardia del sobborgo, fui per un momento distratto dalle mie riflessioni da un garzone caffettiere, che, datami un'occhiata amichevole, scomparve subito dopo. I doganieri non avevano ancor finito di sbrigarsela col mio vetturino, quand'ecco il Kniep, che veniva appunto dal caffè con una grande tazza di porcellana cinese sopra un vassoio. S'accostò lentamente allo sportello con una compunzione che gli veniva proprio dal cuore e che s'intonava perfettamente al suo temperamento. Ne rimasi stupito e commosso; non è facile trovare un'attenzione così piena di riconoscenza. «Lei mi ha dimostrato tante premure e tanta bontà», mi disse; «Lei mi ha fatto tanto bene per tutta la mia vita, che mi permetterà di offrirle un simbolo della mia gratitudine».

Io che non so trovare parole in simili circostanze, gli risposi laconicamente che, data l'opera da lui prestata, il vero debitore ero io e che, mettendo a profitto e rielaborando le qualità di tutti e due, egli avrebbe guadagnato anche la mia riconoscenza.

Così ci lasciammo, come di rado si lasciano persone avvicinate per breve tempo dal caso. Forse la vita ci offrirebbe molto maggiori soddisfazioni e vantaggi, se si avesse il coraggio di dirsi scambievolmente con franchezza quello che l'uno s'aspetta dall'altro. Detto questo, entrambe le parti rimangono soddisfatte, e la cordialità, che è il meglio, viene poi per sopra mercato.

*Fra Napoli e Roma, 4, 5 e 6 giugno.*

Viaggiando solo, questa volta, ho tutto il tempo di evocare le impressioni di questi ultimi mesi: che non è senza mio gran diletto. Tuttavia non mi rimangono nascoste anche certe lacune nelle mie osservazioni; se i viaggi, a chi li compie, sembrano scorrere tutti d'un fiato e si presentano alla fantasia come una successione continua di avvenimenti, si sente con tutto questo che il darne conto esatto è impossibile. Colui che narra deve riferire tutto isolatamente: come può formarsi un insieme nell'animo di chi ascolta?

Per questo, nulla per me di più gradito e più confortante che l'apprendere dalle vostre ultime lettere come vi state occupando alacremente dell'Italia e della Sicilia, e leggete descrizioni di viaggi ed esaminate le incisioni. La mia più grande consolazione è il sentire da voi che, con questo, le mie lettere acquistano maggior interesse. Se l'aveste fatto, o me l'aveste detto anche prima, ci avrei messo anche maggior impegno. Se poi sono stato preceduto da valentuomini come il Bartels, il Münter,[26] e da architetti di varie nazioni (i quali hanno perseguito obbiettivi esteriori indubbiamente con maggior cura di me, che ho avuto di mira solo i più intimi), mi son dato pace, riconoscendo per necessità l'insufficienza dei miei sforzi.

Se è vero che un uomo, in generale, non va considerato se non come un'appendice di tutti gli altri e che egli non è mai tanto utile e tanto amabile come quando si dà per tale, questa massima calza soprattutto ai viaggiatori e ai libri di viaggio. Le personalità, le vedute, i rapporti di tempo, il favore o il disfavore delle circostanze, tutto si presenta a ciascuno in modo diverso. Conoscendo i precursori d'un viaggiatore, approfitterò con diletto anche di costui, mi gioverò dell'opera sua, e aspetterei anche il suo successore e farei accoglienza cordiale anche a quest'ultimo, se nel frattempo anch'io avessi la fortuna di visitare lo stesso paese.

# PARTE TERZA

## SECONDA DIMORA A ROMA
### DAL GIUGNO 1787 ALL'APRILE 1788

*Longa sit huic aetas, dominaeque potentia terrae,*
*Sitque sub hac oriens occiduusque dies.**

# ROMA

## S. FILIPPO NERI, IL SANTO DELLA LETIZIA[1]

Filippo Neri, nato a Firenze nel 1515, si rivela fin dalla puerizia fanciullo docile, di buoni costumi e di eccellenti inclinazioni. Un suo ritratto a quell'età ci è fortunatamente conservato nella raccolta del Fidanza[2] *Teste scelte*, tomo v. fol. 31. Non si potrebbe imaginare ragazzo più svelto, più sano, più sennato. Discendente da famiglia nobile, viene istruito in tutte le buone discipline del tempo e quindi, non è detto in quale anno, mandato a Roma per compiervi i suoi studi. Qui il ragazzo diventa un giovine irreprensibile; il suo aspetto gentile, i riccioli abbondanti, lo fan notare da tutti; è attraente e riservato ad un tempo: la grazia e la compostezza non lo lasciano mai.

A Roma, nell'epoca più triste, pochi anni dopo l'atroce sacco della città, si consacra tutto, a somiglianza e sull'esempio di molti nobili, all'esercizio della pietà, e il suo entusiasmo s'accresce col vigore della forte giovinezza. Non cessa di visitare le chiese, specialmente le sette principali, recita fervorose preghiere per invocare l'aiuto celeste, si confessa e si comunica di frequente, e sospira e lotta di continuo per conquistare i beni spirituali.

In uno di questi istanti di rapimento, si getta un giorno sui gradini d'un altare e si rompe due costole; che, mal curate, gli procurano una palpitazione di cuore per tutta la vita e affinano più ancora la sua sensibilità.

Ed ecco intorno a lui raccogliersi, a prova di attiva pietà e morigeratezza, alcuni giovinetti, che dànno opera assidua per soccorrere i poveri e per visitare gli infermi, tanto che sembrano trascurare i loro studi. Si valgono del peculio che ricevono dalla famiglia per dedicarlo a scopi benefici, insomma dànno e soccorrono sempre e nulla conservano per sé. In seguito, Filippo respinge espressamente ogni aiuto da parte dei suoi per impiegare a pro dei tapini tutto quanto è assegnato loro dalla beneficenza, vivendo per conto suo stentatamente.

Queste ed altrettali esercitazioni pie eran però troppo schiette e veraci perché quei giovani non sentissero anche il bisogno di intrattenersi con spirito di sentimento interiore sopra argomenti più importanti. La piccola brigata non possedeva ancora un suo luogo di riunione, ma domandava ospitalità ora a questo ora a quel convento, dove non era difficile trovare locali vuoti adatti alla circostanza. Dopo una breve preghiera in silenzio, leggevano un passo della Bibbia, intorno al quale or l'uno or l'altro teneva poi un sermoncino di commento o di pratica applicazione, cui partecipavano talvolta anche altri oratori, sempre in argomento di immediata attività: le esercitazioni dialettiche e sofistiche erano assolutamente proibite. Il resto della giornata era dedicato all'assistenza degli infermi, al servizio negli ospedali, al soccorso dei poveri e degli indigenti d'ogni fatta.

Non essendovi in tutti questi rapporti alcun vincolo, tanto che ognuno poteva regolarsi a suo talento, il numero degli aderenti crebbe a dismisura, mentre la congregazione stessa allargava e approfondiva sempre più il suo campo d'azione. Si cominciò a leggere in pubblico anche le vite dei Santi, a consultare passi dei santi Padri e della storia della Chiesa, nelle quali occasioni quattro degli uditori avevano il diritto e il dovere di dissertare mezz'ora per ciascuno.

Queste quotidiane discussioni pratiche e familiari intorno ad interessi spirituali superiori destarono sempre più viva attenzione, non soltanto fra i privati ma anche fra le corporazioni religiose. Si cominciò a trasferire le adunanze negli atrî e nelle sagrestie di questa e di quella chiesa; la folla aumentò ancora, e soprattutto l'Ordine dei Domenicani mostrò una particolare inclinazione ad associarsi sempre più numeroso alla nostra schiera, che andava progredendo e perfezionandosi ogni giorno e che grazie alla energia e allo spirito superiore del suo condottiero prometteva, sia pure attraverso qualche avversità, di procedere per la sua stessa via.

Bandito così, conforme alle illuminate vedute del suo ottimo capo, ogni genere di discussione speculativa, essendo ogni attività disciplinata secondo la vita pratica, né potendosi concepire la vita senza letizia, quel valentuomo seppe anche in questo senso corrispondere agli innocenti bisogni e desiderî dei suoi adepti. In sul principiar della primavera li conduceva a S. Onofrio, collina elevata e spaziosa, che offriva in quei giorni il più gradito luogo di convegno. E qui, tutto dovendo apparir giovine come era giovine la stagione, dopo un po' di raccoglimento e di preghiera, ecco farsi innanzi un grazioso fanciullo, che recitava una predica imparata a memoria; seguivan poi altre preghiere, finché una schiera di cantori appositamente invitati diffondeva all'intorno i suoi cori giulivi e commossi, cosa tanto più notevole quanto meno la musica era a quei giorni diffusa e perfezionata: forse era la prima volta che un coro religioso si faceva sentire all'aria aperta.

Spiegando la sua influenza sempre in questo senso, la congregazione continuò sempre a crescere di numero e d'importanza. La confraternita dei Fiorentini indusse intanto il suo conterraneo Filippo a stabilirsi nel convento di S. Gerolamo,[3] dipendente da loro; e anche qui sviluppò altre radici ed altre influenze, finché il papa finì con l'assegnare a Filippo in proprietà un convento costruito dalle fondamenta nei pressi di piazza Navona, e che poté accogliere un numero notevole di più confratelli. Né qui fu abbandonata la tradizione di avvicinare e render familiare all'intelligenza comune e alla comune vita quotidiana la parola di Dio, ossia i sentimenti più nobili e più puri. I confratelli tenevano le loro riunioni come prima, recitavano le orazioni, leggevano un testo del Vangelo, ne ascoltavano la spiegazione, tornavano a pregare e finivano col divertirsi a far della musica. Tutto questo che allora si faceva spesso, anzi ogni giorno, ai nostri giorni ha luogo solo la domenica. Non dubito che ogni forestiero, che conosca un po' da vicino il pio fondatore, vorrà assistere d'ora in poi, per sua edificazione, a queste ingenue funzioni, purché ritenga nello spirito e nella mente quanto ho già esposto e quanto sto per esporre.

Qui in fatti è il caso di rammentare che tutto l'istituto dell'Oratorio teneva ancor molto del profano; pochi fra gli adepti avevan ricevuto l'ordine sacro, né si trovavan fra loro se non quei pochi religiosi, che eran necessari per ascoltare la confessione e per celebrar la messa. Lo stesso Filippo era arrivato all'età di trentasei anni senza essersi fatto consacrare prete; nel suo stato di laico, egli si sentiva, a quanto pare, molto più libero e padrone di sé, che non sarebbe stato se costretto dai vincoli religiosi, fosse pur membro dell'alta gerarchia, circondato da onori ma inceppato nelle azioni.

Ma nelle alte sfere non la pensavano così. Il suo confessore, fra gli altri, gli impose per scrupolo di coscienza di prendere l'ordine sacro e di entrare nel novero dei preti regolari. E così accadde; e così la Chiesa poté abilmente attrarre nella sua orbita un uomo, che con indipendenza di spirito aveva sempre mirato a conciliare e a render simpatici fra loro l'elemento sacro e il profano, l'esercizio della virtù e la pratica della vita. Del resto la mutazione avvenuta, questo passaggio di Filippo al sacerdozio regolare, non sembra aver avuto la menoma influenza sulla sua condotta esteriore.

Incomincia invece ad assogettarsi ancor più severamente ad ogni privazione e a vivere miseramente assieme ad altri in un modesto e povero convento. Così in tempo di grande carestia, cede a un più bisognoso di lui il pane che gli era stato offerto in omaggio; insomma continua come prima a dedicare i suoi servigi agli sventurati.

Tuttavia il sacerdozio spiega un influsso mirabile e crescente nell'intimo del suo spirito. L'obbligo della santa messa lo trasporta in un entusiasmo, in un'estasi, per cui quell'uomo fino allora così normale non si riconosce più. Non sa più dove va, barcolla davanti all'altare e anche per via. Quando solleva l'ostia consacrata, non riesce più a riabbassare le braccia: come se una forza invisibile lo traesse in alto. Quando versa il vino, trema e sbigottisce; e quando, consumata la transustanziazione, accosta alle labbra i misteriosi doni, manifesta un tripudio fantastico inesprimibile a parole. La passione gli fa mordere il calice, convinto nel suo rapimento di bere il sangue di quello stesso corpo, che pur dianzi ha così avidamente inghiottito. Trascorso questo delirio, lo ritroviamo sempre quell'uomo di mirabile senso pratico, per quanto sempre passionale fino alla singolarità.

Un giovine di tal fatta, un uomo d'azione così viva e così rara, non poteva non apparire strano alla comune degli uomini e talvolta, e proprio per le sue qualità, anche, molesto ed inviso; né è difficile che ciò gli sia occorso spesso nei primi anni della sua vita. Ma consacrato prete, e ridottosi a vivere in tanta strettezza e disagio, ospite d'un miserabile convento, ecco sorgere nuovi oppositori, che non cessano dal perseguitarlo col ridicolo e con lo scherno.

Passiamo sopra questi particolari, per confermare che Filippo era uomo di singolarissimo valore, che pur mirava sempre a frenare quell'istinto dominatore che è innato negli uomini suoi pari, e a nascondere le qualità brillanti della sua natura a furia di rinunzie, di privazioni, di beneficenza, di umiltà e di mortificazioni. Il pensiero di apparire agli occhi del mondo come un maniaco, per poter così meglio dissolversi ed essere in Dio e nelle cose divine, fu la sua continua aspirazione, e a questa intese sempre educare esclusivamente se stesso e quindi i suoi discepoli. Era veramente compenetrato della massima di S. Bernardo:

> *Spernere mundum,*
> *spernere neminem,*
> *spernere se ipsum,*
> *spernere se sperni;*

massima che sembrava anzi aver ricevuto da lui vita novella.

Intenti simili e circostanze simili costringono l'uomo a conformarsi a queste massime. È certo che solo gli uomini superiori e dotati d'un più intimo orgoglio si possono adattare a quei principî, decidendosi essi ad assaggiare in anticipazione le contrarietà di un mondo sempre ostile al grande ed al buono, e disposti a vuotare fino all'ultimo il calice amaro dell'esperienza prima ancora che sia loro offerto. Gli innumerevoli aneddoti, che in gran parte si raccontano tutt'ora circa il modo da lui tenuto per mettere alla prova i suoi discepoli, fanno certo perdere la pazienza a quanti, dotati di temperamento vivace, li ascoltano ancor oggi; come è vero che quelle categoriche ingiunzioni devono esser riuscite oltre modo dolorose e perfino insopportabili a quelli che allora dovevano piegare il collo: ragion per cui non tutti erano in grado di sostenere una tal prova del fuoco.

Ma prima di dare un saggio di quelle meravigliose storielle, non punto piacevoli forse per qualche lettore, non dispiaccia che c'intratteniamo ancora un poco intorno alle grazie straordinarie che i contemporanei tanto esaltano nel nostro Filippo. Le sue cognizioni, la sua cultura erano, dicono essi, più un dono naturale, che ottenuto a forza di istruzione e di educazione: tutto quello che altri duran fatica a procacciarsi, era in lui come trasfuso nel sangue. Aveva inoltre il gran dono di intuire nella psiche degli uomini, di valutare e di apprezzare degnamente le loro attitudini e le loro qualità; vedeva chiaro, grazie al suo acume straordinario, nelle cose del mondo, al punto che lo ritenevano dotato di spirito profetico. Possedeva anche in sommo grado quella *Anziehungsgabe* che gli italiani esprimono col bel vocabolo «attrattiva», e che egli esercitava non solo sugli uomini ma anche sugli animali. Si narra ad esempio d'un cane, che s'era affezionato a Filippo e lo seguiva da per tutto e non voleva sapere di rimanersi più con l'antico padrone, che pur lo avrebbe voluto prender con sé e cercava in mille modi di rifarselo amico; quello scappava sempre dal suo caro Filippo e non c'era verso che si staccasse da lui, finché un giorno, dopo parecchi anni, fu trovato morto nella stanza del padrone adottivo. Questa povera bestia mi fa ripensare a quegli esperimenti di umiltà cui ho accennato, e ai quali essa stessa ha dato qualche occasione. È noto che il portare a spasso cani, specie nel medio evo, e probabilmente anche a Roma, passava per cosa obbrobriosa. Appunto per questo, quel sant'uomo si compiaceva di portare in giro per Roma la bestiolina legata alla catenella, e non basta; i suoi alunni dovevan portarla in braccio per via ed esporsi così alle risa e allo scherno della folla.

Ma dai discepoli e dai confratelli esigeva altri atti esteriori non meno sprezzanti. Ad un giovane principe romano che aspirava all'onore di far parte dell'Ordine, fu imposto di andar passeggiando per Roma con una coda di volpe attaccata alle reni; essendosi egli rifiutato, l'ammissione gli fu senz'altro negata. Un altro fu mandato per la città senza sottana, un terzo con le maniche a brandelli. Un gentiluomo fu mosso a compassione di quest'ultimo, e gli offrì un paio di maniche nuove; ma il novizio le rifiutò e solo più tardi per comando del Maestro dovette andarle a prendere ed infilarle, non senza ringraziare della carità. Durante la costruzione della Chiesa nuova, costringeva i suoi fedeli a trasportar materiale e a dar mano agli operai come altrettanti manovali.

Così sapeva anche turbare e sopprimere ogni soddisfazione spirituale che alcuno sperimentasse in sé. Quando pareva che la predica d'un giovane avesse un certo successo e che l'oratore stesso se ne compiacesse, Filippo lo interrompeva sul più bello per prender la parola in sua vece, poi comandava di continuar la predica agli alunni meno capaci, i quali spesso, colti di sorpresa, avevan la fortuna di improvvisare più felicemente che mai altre volte.

Chi si trasporti col pensiero alla seconda metà del secolo decimosesto e alla gran confusione in cui si trovava Roma in continuo subbuglio sotto i diversi papi, comprenderà facilmente che il modo di procedere di Filippo dovette essere di potente effetto: mediante la simpatia e la paura, la sommissione e l'ubbidienza, esso conferiva alla volontà umana interiore la gran forza di resistere a qualsiasi ostacolo esteriore, di affrontare qualunque cosa potesse accadere, e rendeva possibile l'incondizionata rinunzia anche a ciò che era ragionevole, sennato, tradizionale e conforme alle buone usanze.

Non farà dispiacere se ripeterò qui, per la sua speciale attrattiva, la storia interessante, per quanto già nota, d'uno di quegli esperimenti di Filippo. Era stato riferito al Santo Padre che in un certo convento della provincia faceva parlar di sé una monaca che operava miracoli. Il nostro sant'uomo riceve l'incarico di aprire un'inchiesta su questa faccenda così importante per la Chiesa; monta sopra una mula per andare a compiere quanto gli era stato comandato, se non che, eccolo già di ritorno, ben prima che il Santo Padre se lo attendesse. Allo stupore del suo capo spirituale Filippo non oppone che queste parole: «Santissimo Padre, quella monaca non fa miracoli; le manca la prima delle virtù cristiane, l'umiltà. Arrivo al convento in cattivo arnese, dopo un cammino ed un tempaccio orribili, faccio venir la monaca in nome Vostro innanzi a me, e, invece di porgerle un saluto, le presento una scarpa e le ordino di cavarmela. Ed ecco che quella retrocede inorridita e alla mia ingiunzione risponde adirata e fremente: — Per chi mi prendete! Io sono una serva di Dio, e non di chiunque venga ad impormi degli uffici da serva. — L'ho mandata tranquillamente con Dio, mi son rimesso sulla mia cavalcatura, ed eccomi un'altra volta alla Vostra presenza. Son convinto che Vostra Santità non avrà bisogno di sottoporla ad altre prove». Sorrise il papa, d'accordo anche con Filippo; e c'è da credere che la monaca abbia avuto la proibizione di fare altri miracoli.

Ma come egli si permetteva simili esperienze con gli altri, così dovette anche tollerarne da quelli che, animati dallo stesso spirito, battevano la stessa via della rinunzia e dell'abnegazione. Un monaco questuante, in odore di santità anche lui, imbattutosi in una via molto frequentata nel nostro Filippo, gli offrì un sorso del vino che portava con gran premura in certo suo fiasco. Filippo, senza farsi molto pregare, si portò sveltamente il fiasco dal collo lungo alla bocca, rovesciando il capo all'indietro fra le risate e i commenti salaci della folla, scandalizzata al vedere i due santoni a tracannare a quel modo. Un po' sconcertato, come sembra gli accadesse talvolta a mal grado della sua pietà e sopportazione, Filippo replicò: «Mi hai tu voluto alla prova? Ora vengo io»; e gli schiacciò il suo berretto a quattro corni sulla testa pelata, sì che anche colui, berteggiato alla sua volta, se ne andò con Dio, dicendo: «Ve lo ridarò, quando alcuno me lo toglierà dalla testa». Glielo tolse Filippo e i due si lasciarono in pace.

Certo, per osar tanto, e per trarne tuttavia i più benefici effetti morali non ci voleva meno d'un uomo come Filippo Neri, i cui atti eran considerati non di rado veri miracoli. Come confessore era severissimo, e s'era acquistato perciò la massima fiducia dei penitenti; a costoro egli scopriva i peccati che tacevano, le mancanze alle quali non avevan neppur badato; la sua preghiera tutta fervore ed estasi faceva andare i suoi adepti in visibilio come qualche cosa di soprannaturale e li metteva in quella condizione di spirito per cui gli uomini credono di percepire anche mediante i sensi quello che solo la imaginazione eccitata dal sentimento può loro rappresentare; e per cui succede che anche il miracoloso, ossia l'impossibile, a furia d'essere raccontato prende spesso il posto del reale e del comune. Qui è il caso di ricordare che non soltanto c'era chi pretendeva d'averlo veduto durante il sacrificio della messa sollevarsi da terra, ma anche altri che testimoniavano d'averlo visto, mentre pregava in ginocchio al capezzale d'un ammalato grave, tanto sollevato in alto da toccar quasi col capo il soffitto della stanza.

Date simili condizioni di spirito, completamente soggiogato dal sentimento e dalla imaginazione, era naturale che non dovesse mancare anche l'intervento di demoni maligni.

Un giorno il sant'uomo vide fra le rovine diroccate delle Terme Antonine una figura sinistra e sconcia, che si aggirava su e giù con le mosse d'una scimmia; al suo comando il figuro disparve in un batter d'occhio sotto le macerie. Ben più importante di questo fatterello era il modo con cui si comportava di fronte ai discepoli che gli annunziavano d'essere stati favoriti da visioni celesti per grazia speciale della Madonna o d'altri Santi. Ben sapendo che da siffatte allucinazioni deriva per lo più quella vanagloria spirituale che è la più ostinata e la più perniciosa di tutte, li andava persuadendo che sotto la purezza e la dolcezza celeste di quelle visioni si nascondeva una turpe macchinazione diabolica; e perché ne avessero una prova, ordinava loro di sputar senz'altro sul viso della beata Vergine al suo prossimo riapparire. Quelli ubbidivano, e il successo non mancava; in luogo della visione, appariva la figura del diavolo.

Da uomo superiore, egli impartiva tali ordini in piena coscienza o, più probabilmente, per istinto innato; fatto è che egli era sicuro: l'imagine che era stata evocata da un amore e da uno struggimento fantastico, si sarebbe trasformata immediatamente in una caricatura, pur osando reagire per forza di odio e di disprezzo.

Una così singolare pedagogia gli era del resto consentita da una serie di doni naturali, spirituali e materiali, del tutto straordinari; subodorava, per dir così, l'avvicinarsi d'una persona, prima ancora di vederla; presentiva avvenimenti lontani; indovinava il pensiero delle persone vicine; costringeva gli altri a pensare come lui.

Questi e altrettali doni sono al solito distribuiti fra parecchi uomini; più d'uno può vantarsi ora di questo ora di quello; ma il trovarsi essi riuniti in un uomo solo, il sapersene giovare in tutti i casi con una efficacia così mirabile, è fenomeno possibile solo in un secolo, in cui tante forze psichiche e fisiche non disperse e non logore potevano manifestarsi con una energia così stupenda.

Vediamo ora come il temperamento di Filippo, anelante e trasportato all'azione spirituale indipendente e illimitata, dovesse sentirsi inceppato dai vincoli rigorosi e tenaci della Chiesa romana.

L'opera di S. Francesco Saverio[4] fra gli infedeli deve certamente aver sollevato gran rumore, in quei giorni, a Roma. Commossi da quelle gesta, Filippo ed alcuni amici si sentirono del pari attratti alle così dette Indie ed espressero il desiderio di andarne colà, col beneplacito del papa. Se non che, il loro confessore, probabilmente in seguito ad istruzioni avute in alto loco, ne li dissuase, facendo loro riflettere che, per uomini timorati di Dio, zelanti della salute spirituale del prossimo e della fede propaganda, a Roma stessa ce n'era abbastanza delle Indie, e c'era anche campo più che degno della loro attività. Si fece loro anche capire che una grande calamità era prossima ad abbattersi sulla metropoli, essendosi viste le tre fontanelle di Porta S. Sebastiano scorrere torbide e color di sangue: che era da considerarsi come un infallibile presagio di sventura.

Acquietati o no da queste buone ragioni, fatto è che Filippo e i suoi confratelli continuarono a spiegare a Roma un'attività benefica e prodigiosa; e che il Nostro si conquistò sempre più, di anno in anno, la fiducia e la venerazione dei potenti e degli umili, dei piccoli e dei grandi.

Basta riflettere alla singolare complicazione della natura umana, in cui si compendiano le antitesi più opposte, come il materiale e lo spirituale, il possibile e l'impossibile, il repellente e l'affascinante, il limitato e l'illimitato, e così via (ché ci vorrebbe un registro per elencarle tutte); basta pensare come un tal contrasto, quando si manifesti in un sol valentuomo, possa far traviare l'intelletto mediante la violenza dell'incomprensibile, e sfreni la fantasia, e superi la fede, e giustifichi la superstizione e metta quindi in contatto diretto, anzi confonda insieme uno stato naturale col più innaturale; basta esaminare, sulla base di queste riflessioni, la vita del nostro Filippo quale ci è tramandata per tante fonti, e si comprenderà l'enorme influenza da lui esercitata in quasi un secolo di attività, spiegata ininterrottamente e incessantemente in un campo così vasto e fra elementi così disparati. L'alta fama di lui volò tanto, che la gente attribuiva vantaggi materiali, salute morale, soddisfazioni spirituali alla sua energica e sana operosità, non solo; ma le sue stesse infermità accrescevano la fiducia di tutti, che vedevano in quelle un indizio dei suoi intimi rapporti con Dio e con la divinità. Così si comprende come egli fosse già in vita in odore di santità e come la sua morte non abbia che avvalorata la convinzione che i contemporanei avevano già piena e profonda.

Ecco perché, poco dopo la sua dipartita dal mondo (accompagnata da maggior numero di miracoli che non la vita stessa), essendo stata sottoposta a papa Clemente VIII[5] la domanda di iniziare il processo di beatificazione, il pontefice diede questa risposta: «Io ho sempre considerato Filippo per santo e non ho quindi nulla da obiettare se la Chiesa vorrà dichiararlo e presentarlo come tale ai fedeli».

E qui potrebbe anche non essere indifferente ricordare che Filippo, nel lungo ordine di anni concessi alla sua operosità, sopravvisse a ben quindici papi, essendo nato sotto Leone X[6] e morto sotto Clemente VIII; ragion per cui poté anche permettersi sempre una certa indipendenza di fronte allo stesso pontefice. In realtà, se come membro della Chiesa si uniformò sempre alle sue prescrizioni generali, come individuo non si mostrò per nulla sommesso, bensì piuttosto autoritario rispetto al suo Capo supremo. Si spiega inoltre come egli abbia rifiutato recisamente anche il cappello cardinalizio e come nella sua Chiesa Nuova, simile a cavaliere ribelle d'un antico castello, si sia permesso talvolta una condotta punto corretta rispetto al superiore Patrono.

Ma per porre sott'occhio nella maggiore evidenza e per far penetrare nello spirito dei lettori il carattere di quei rapporti, che s'erano andati stranamente sviluppando alla fine del secolo decimosesto dalla barbarie dei secoli precedenti, nulla si presta più del Memoriale[7] trasmesso da Filippo poco prima della sua morte al papa Clemente VIII, e che diede origine a una Risoluzione pontificia non meno singolare.

Da questi documenti, meglio che da qualsiasi altra descrizione, risultan chiari i rapporti interceduti fra il nostro vegliardo quasi ottuagenario e già presso a volare fra le schiere dei Santi, e il Capo supremo della Chiesa cattolica romana, durante i lunghi anni di governo in fama di insigne, esperto, e degnissimo Sovrano.

### MEMORIALE DI FILIPPO NERI A CLEMENTE VIII

«*Beatissimo Padre. E che persona son io, che i Cardinali abbiano a venire a visitarmi, e specialmente iersera i Cardinali di Fiorenza e Cusano? E perchè io aveva bisogno di un poco di manna di foglie, detto Cardinal di Fiorenza me ne fece avere due oncie da S. Spirito; perché esso signor Cardinale n'aveva mandata gran quantità a quel luogo. L'istesso giorno si fermò poi insino a due ore di notte; e disse tanto bene di Vostra Santità, più di quello che mi pareva; atteso che, essendo ella Papa, dovrebbe essere l'istessa umiltà. Cristo a sett'ore di notte si venne ad incorporare con me: e Vostra Santità, guarda, ch'ella venisse pure una volta nella nostra Chiesa. Cristo è uomo, e Dio, e mi viene ogni volta a visitare; e Vostra Santità è uomo puro, nato da uomo santo, e da bene, esso nato da Dio Padre: Vostra Santità nato dalla signora Agnesina, santissima donna: ma esso nato dalla Vergine delle vergini. Avrei che dire, se volessi secondare la collera che ho. Comando alla Santità Vostra, che faccia la mia volontà circa d'una zitella, la quale io desidero mettere in Torre di Specchi,[8] figliuola di Claudio Neri, al quale Vostra Santità ha promesso d'avere protezione de' suoi fi-*

gliuoli; *ricordandole esser cosa da Papa l'osservar le promesse. Però detto negozio lo rimetta a me, acciò bisognando mi possa servire della sua parola; tanto piu sapendo io la volontà della zitella, la quale so certo moversi meramente per divina ispirazione. E con quella maggior umiltà, che debbo, le bacio i santissimi piedi».*

### RISOLUZIONE AUTOGRAFA
### DEL PAPA SCRITTA SOTTO IL MEMORIALE

«La poliza nella prima parte contiene un poco di spirito di ambizione, volendo ch'ei sappia che i Cardinali la visitano tanto frequentemente; se già non fosse per insinuarci, che questi tali Signori sono spirituali: che Vostra Riverenza non la meriti; poiché non ha voluto accettare il Cardinalato tante volte offertole. Quanto al comandamento, si contenta ch'essa col suo solito impero faccia un ribuffo a quelle buone Madri, se non fanno a suo modo: e torna a comandare a lei, che si riguardi, né torni al confessionario senza sua licenza; e che sperando nostro Signore lo viene a vedere, lo preghi, e per lui, e pe' bisogni urgentissimi della Cristianità . . .»

## GIUGNO

#### CARTEGGIO

*Roma, 8 giugno 1787.*

Ritornato qui felicemente l'altro ieri, ieri sono stato riconsacrato cittadino romano dalla solennità del Corpus Domini. Non lo nascondo: la mia partenza da Napoli non è stata per me senza dolore; non soltanto per la regione meravigliosa che lasciavo dietro di me, ma anche per un impetuoso torrente di lava, che dalla sommità del Vesuvio proseguiva la sua corsa verso il mare, e che avrei voluto osservare e imparare a conoscere da vicino nei suoi particolari, dei quali tanto abbiamo letto e tanto inteso dire.

Tuttavia oggi il mio ardente desiderio di ammirare quella grande scena della natura si è assopito. Ma quello che mi ha risollevato nella sfera delle meditazioni superiori non è stato il trambusto della festa religiosa, che, pur imponente nel suo assieme, non ha mancato di offendere il sentimento interiore per il cattivo gusto di certi particolari; bensì la contemplazione degli arazzi eseguiti sui cartoni di Raffaello.[1] I più cospicui, quelli che con maggior certezza dobbiamo direttamente a lui, sono esposti insieme; altri, probabilmente di mano dei suoi scolari, o contemporanei, o compagni d'arte, e non indegni di stare accanto ai primi, ricoprono gli spazî immensi.

*Roma, 16 giugno.*

Permettete ch'io discorra ancora un poco con voi, miei cari. Io sto benissimo; io ritrovo sempre più me in me stesso ed imparo a distinguere quello che m'è proprio e quello che m'è estraneo. Lavoro assiduamente, prendo il buono dovunque lo trovo e la mia rigenerazione continua. In questi giorni sono stato a Tivoli[2] ed ho ammirato uno degli spettacoli più superbi. Le cascate insieme alle rovine antiche e tutto l'assieme di quel paesaggio sono cose la cui conoscenza ci arricchisce nell'intimo dello spirito.

Ho mancato di scrivervi con l'ultimo corriere. M'ero stancato molto a Tivoli, sia passeggiando che disegnando sotto il solleone. Ho fatto questa gita col signor Hackert, che possiede una valentìa incredibile per ritrarre dalla natura e dar subito forma e figura al disegno. In questi giorni ho imparato molto da lui.

Di più non posso dirvi. Anche Tivoli è una delle meraviglie di questo mondo. Una cascata nei dintorni, ricca di complicazioni, produce i più mirabili effetti.

Il signor Hackert mi è stato largo di elogi e di critiche e continua ad essermi utile. Mi ha fatto la proposta, così tra il serio ed il faceto, di rimanere in Italia diciotto mesi, per darmi allo studio su solide basi; dopo questo periodo di tempo, mi promette che sarei soddisfatto dei miei lavori. Vedo bene anch'io quanto e come è necessario studiare per superare certe difficoltà, sotto il cui peso bisognerebbe altrimenti andar tastoni tutta la vita.

Ancora un'osservazione. Solo adesso gli alberi e le rocce di Roma cominciano a diventarmi cose care; fino ad ora le ho sempre sentite come cose estranee al mio spirito; al contrario, mi procuravano piacere i piccoli oggetti, che avevano una certa rassomiglianza con quelli da me visti nella giovinezza. Adesso devo pur finire con l'acclimatarmi anche in questo campo, benché non riesca mai a procurarmi quell'intimità che avevo con quei primi oggetti della mia vita. In quest'occasione ho fatto parecchie riflessioni, principalmente a proposito di arte e di imitazione.

Durante la mia assenza, il Tischbein ha scoperto un quadro di Daniele da Volterra[3] nel convento di Porta del Popolo. Quei monaci lo avrebbero ceduto per mille scudi, che il Tischbein, nella sua condizione di artista, non sapeva dove trovare. Ha proposto quindi di acquistarlo a madama Angelica, per mezzo del Meyer; ella ha acconsentito e pagato l'importo e portato a casa il quadro; infine il Tischbein ha rivenduto a prezzo rilevante la metà che s'era riservata per contratto. È un quadro di insigne valore e rappresenta, con molte figure, Gesù deposto nel sepolcro. Il Meyer ne ha riprodotto un disegno molto accurato.

*Roma, 20 giugno.*

Ho veduto ancora molte altre insigni opere d'arte e il mio spirito si va purificando e determinando con precisione. Eppure avrei bisogno di passare a Roma ancora un anno almeno, per approfittare di questo soggiorno, a modo mio: voi sapete bene che, in altro modo, io non riesco a concluder nulla. Solo quando partirò, saprò quale senso non sarà ancora sviluppato in me, sia pure che ci voglia qualche tempo ancora.

L'Ercole Farnese è partito; l'ho veduto già restaurato con le sue gambe originali, rimesse a posto dopo sì lungo tempo. Adesso non si comprende più come si sian potute trovar buone per tanto tempo quelle del Dalla Porta. Oggi, l'Ercole appare una delle opere più perfette dell'antichità. Il Borbone farà costruire adesso a Napoli un Museo,[4] dove si raccoglierà e sarà esposto tutto quanto egli possiede in fatto d'arte: il Museo ercolanese, gli affreschi pompeiani, i quadri di Capodimonte, tutta l'eredità Farnese. Sarà una grande e bella impresa. Il nostro compatriotta Hackert ne è l'anima. Anche il Toro Farnese[5] migrerà a Napoli e sarà collocato, pare, nella Villa di Chiaia. Se potessero portar via da palazzo Farnese anche la Galleria dei Caracci, lo farebbero.

*Roma, 27 giugno.*

Sono stato con Hackert nella Galleria Colonna, dove sono raccolti quadri del Poussin, di Claude Lorrain e di Salvator Rosa.[6] Egli ha fatto parecchie buone osservazioni, profondamente pensate, intorno a questi quadri; alcuni li ha già copiati, gli altri studiati a fondo. Mi sono congratulato con me stesso, d'aver avuto, in generale, fin dalle prime visite a questa Galleria, la stessa impressione. Tutto quello ch'egli mi ha detto non ha mutato i miei giudizi in proposito, ma li ha allargati e precisati. Quando si può subito dopo rivedere la natura e ricercare e leggere ciò che simili artisti hanno immaginato e più o meno imitato, tutto questo dilata necessariamente lo spirito, lo purifica e gli procura infine il concetto più sublime dell'arte e della natura. Io non voglio aver pace, finché nulla non sia più per me vuota parola o tradizione, ma tutto intuizione viva. Fin dalla giovinezza, questo è stato il mio sospiro e il mio tormento; ora che gli anni precipitano, voglio almeno raggiungere il raggiungibile, e fare tutto ciò che è possibile, dopo di aver sofferto così a lungo, a diritto o a torto, il destino di Sisifo e di Tantalo.

Continuate a volermi bene e ad aver fede in me! Con gli uomini ora posso vivere sopportabilmente e trattare con una certa benevola franchezza; sto sempre bene e son soddisfatto di me.

Il Tischbein è un gran brav'uomo, ma temo ch'egli non sarà mai in condizione di poter lavorare con gioia e con libertà. A voce potrò dir di più di quest'uomo, del resto così degno d'ammirazione. Il ritratto che egli mi fa riesce egregiamente; è molto somigliante e la trovata piace a tutti. Anche Angelica sta dipingendo il mio ritratto, ma non ne farà nulla; è spiacentissima di non trovare la somiglianza; il suo è sempre un simpatico giovane, ma non sono io.

*Roma, 30 giugno.*

Anche la solennità dei SS. Pietro e Paolo è finalmente venuta; ieri abbiamo assistito all'illuminazione della cupola e ai fuochi d'artificio di Castel S. Angelo. L'illuminazione è uno spettacolo del mondo fantastico delle fiabe; non si crede ai propri occhi. Poiché io vedo ormai soltanto le cose e non, come una volta, con esse e per esse quello che non c'è, devo imbattermi in spettacoli così grandiosi, per trarne diletto. Durante il mio viaggio ne ho contati una mezza dozzina, ma quest'ultimo può esser certo collocato fra i primi. Le belle forme del colonnato, della chiesa e della cupola, da prima tutto in un'ardente cornice di fuoco, e, dopo circa un'ora, in una massa rovente, è spettacolo unico e magnifico a vedersi. Basta pensare che l'edificio immenso serve in questa circostanza solo di palco, per comprendere facilmente che una cosa simile non può esistere al mondo. Il cielo era completamente sereno, e splendeva la luna, che smorzava dolcemente col suo chiarore il fuoco dei lumi; solo in ultimo, quando tutto, durante la seconda illuminazione, fu una vampata sola, anche il lume della luna apparve spento. La girandola è bella, grazie al luogo, ma non regge ad alcun confronto con la illuminazione. Stasera assisteremo nuovamente a tutti e due gli spettacoli.

Anche questo è passato. Il cielo era chiaro e sereno, e la luna piena; per ciò, il chiarore dell'illuminazione più tenue e tutto proprio come una fiaba. Contemplare le belle forme della chiesa e della cupola in una visione di fuoco è uno spettacolo affascinante e grandioso.

*Roma, fine di giugno.*

Son venuto a frequentare una scuola troppo grande, per poterla lasciare così presto. I miei studi d'arte, i miei modesti talenti devono esser coltivati qui fino a diventar maturi, altrimenti vi riporterò soltanto un amico per metà, e le mie aspirazioni, i miei sforzi, questo mio arrabattarmi di qua e di là, cominceranno da capo. Non finirei mai, se dovessi raccontarvi come ancora tutto m'è andato a seconda in questo mese e come ho trovato a portata di mano tutto quello che desideravo. Ho un buon alloggio e ho trovato buoni padroni di casa. Il Tischbein andrà a Napoli ed io prenderò il suo studio, un salone ampio e fresco. Se vi ricordate di me, pensate a me come a un uomo felice. Scriverò spesso; e così saremo e resteremo tutti insieme.

Anche nuovi pensieri e nuove ispirazioni non mi mancano. Ritrovo la mia giovinezza fino nelle più piccole cose, libero di me come sono; ma poi la grandiosità e la dignità degli oggetti mi risollevano nuovamente e anche la mano non può restare del tutto indietro. Non c'è che una Roma al mondo ed io mi trovo qui come un pesce nell'acqua e vi nuoto e galleggio come la bollicina galleggia sopra il mercurio, mentre affonderebbe in qualsiasi altro fluido. Nulla turba l'atmosfera dei miei pensieri, se non che non mi è dato di condividere coi miei cari la mia felicità. Il cielo ora è deliziosamente sereno; la città vede un po' di nebbia solo al mattino e la sera. Ma sulle colline, ad Albano, a Castel Gandolfo, a Frascati, dove la settimana scorsa ho passato tre giorni, c'è sempre un'aria limpida e pura. Quella è una natura da studiare!

### AVVERTIMENTO

Mentre stavo ordinando i miei appunti conforme alle circostanze del tempo di allora, alle mie impressioni, al mio modo di sentire e mi accingevo perciò a ricavare i passi d'interesse generale dal mio stesso carteggio, il quale rappresenta indubbiamente meglio di qualsiasi descrizione posteriore la caratteristica del momento, mi son venute fra mano anche alcune lettere di amici, che credo possano giovare ancor meglio al proposito. Mi son deciso quindi a intercalare qua e là nei miei scritti questi documenti epistolari, e comincerò senz'altro a riprodurre le narrazioni più interessanti del Tischbein, il quale da poco ha lasciato Roma per Napoli. Esse hanno il pregio di trasportare subito il lettore in quei luoghi e di metterlo in contatto immediato con le persone; oltre a quello speciale di illuminare il carattere dell'artista, che per sì lungo tempo ha spiegato opera notevole, e che, se talvolta è potuto anche sembrare strano, merita tuttavia, e per la mèta che si è prefisso e per l'opera compiuta, un doveroso ricordo.

### TISCHBEIN A GOETHE

*Napoli, 10 luglio 1787.*

Il nostro viaggio da Roma a Capua è stato oltre modo felice e piacevole. Ad Albano ci ha raggiunti lo Hackert; a Velletri pranzammo dal cardinale Borgia e visitammo il suo museo, con sommo mio piacere perché vi potei osservare parecchie cose che la prima volta mi erano sfuggite. Alle tre del pomeriggio ci rimettemmo in cammino attraversando le Paludi Pontine, che questa volta mi piacquero assai più che lo scorso inverno, grazie agli alberi e alle macchie verdeggianti che conferiscono una gradevole varietà a queste grandi pianure. Poco prima del crepuscolo ci trovammo nel centro delle paludi, dov'è una stazione di posta. Nel momento in cui i vetturini impiegavano tutta la loro eloquenza per spillarci ancor un po' di danaro, un vivace stallone bianco trovò il modo di sbarazzarsi da ogni ostacolo e di scappar via: spettacolo che ci procurò non poco divertimento. Era un bel cavallo, bianco come la neve, e di forme superbe; ruppe le briglie che lo tenevano inceppato, si mise sotto le zampe anteriori il primo che si provò a trattenerlo, sferrò dei calci e fece un tal fracasso a furia di nitriti, che tutti per paura si sbandarono. Ed egli a saltare oltre il fossato e a galoppar per le campagne, sempre sbuffando e annitrendo. La coda e la criniera sventolavano all'aria e la sua figura nella libertà dei movimenti era così superba, che tutti gridavano: che bellezza! che bellezza! Poi cominciò a correre su e giù lungo un altro fossato cercando un varco stretto per saltar dall'altra parte e raggiungere i puledri e le giumente, che pascolavano al di là a centinaia. Finalmente il salto gli riuscì e andò a fermarsi tra le giumente che brucavano tranquille. Ma queste ebbero paura dei suoi feroci nitriti, si diedero alla corsa in fila, e fuggirono lontano per l'aperta radura; ed egli sempre dietro, per raggiungerle a salto.

Finalmente riuscì a sbandarne una; ma questa si mise a correre per un altro campo in direzione di un'altra mandra di giumente. E anche queste a loro volta, prese dal terrore, via, in direzione della prima mandra. Tutta la pianura era ormai nera di cavalli, tra i quali lo stallone bianco continuava a saltare all'impazzata; e tutti in preda allo spavento e alla corsa selvaggia. Correvano in file serrate su e giù per la radura, l'aria stessa ne fremeva e la terra pareva che tuonasse, dovunque passava e calpestava la forza dei pesanti quadrupedi. Noi rimanemmo a lungo e con piacere a contemplare quella truppa di parecchie centinaia che galoppava a destra e a sinistra, ora tutti in una mossa, ora divisi, ora sbandati e scorrazzanti ognuno per conto suo, ora abbandonati in lunghe schiere alla corsa sfrenata.

L'oscurità della notte che s'inoltrava ci privò alla fine di questo singolarissimo spettacolo; e come il più bel chiaro di luna spuntò da dietro la montagna, il lume dei nostri fanali già accesi si spense. Ma, dopo d'essermi deliziato a lungo a quel blando chiarore, non potei più resistere ancora al sonno, e, con tutta la mia paura della malaria, dormii una buona ora, e quando mi svegliai eravamo già a Terracina, dove cambiammo i cavalli.

Qui i postiglioni si mostrarono molto compiti, per il terrore che aveva messo loro addosso il marchese Lucchesini; ci diedero i cavalli e i vetturini migliori, causa i pericoli della via fra l'alta scogliera ed il mare. Su questo tratto son già accadute parecchie disgrazie, specie di notte, quando i cavalli s'imbizzarriscono facilmente. Mentre si attaccavano i cavalli e si esibivano i passaporti all'ultimo posto di guardia romano, andai a passeggiare fra quegli alti dirupi e la marina; e qui contemplai il più mirabile effetto di luce: la roccia scura, splendidamente illuminata dalla luna, che proiettava sull'azzurro del mare una striscia vivace abbarbagliante e che scintillava fin sopra le onde tremolanti verso la spiaggia.

In alto, sulla cresta della montagna, in un azzurro più cupo, sorgevano le rovine del castello diruto di Genserico,[1] che mi richiamò ai tempi lontani: sentii l'ardente desiderio di salvezza dell'infelice Corradino, e le ansie di Cicerone e di Mario,[2] che in questi luoghi hanno tanto sofferto.

Da questo punto in poi, sempre costeggiando la montagna, era delizioso proseguire il cammino tra i grandi macigni precipitati dall'alto, lungo la riva del mare, al chiaro di luna. Presso Fondi, le macchie degli ulivi, delle palme, dei pini erano ancora distintamente illuminate; ma non potemmo ammirare lo splendore dei boschetti d'arancio; questi fanno pompa di tutta la loro magnificenza, soltanto quando il sole brilla sulle frutta dai riflessi d'oro. Oltrepassammo infine la montagna ricca di ulivi e di carrubbi, ed era già giorno fatto, quando giungemmo alle rovine d'una città antica, coi suoi molti avanzi di monumenti sepolcrali. Il più grande tra questi si vuole sia stato eretto in onore di Cicerone, nel punto preciso dove fu assassinato. Era giorno da parecchie ore quando arrivammo all'ameno golfo di Mola di Gaeta. I pescatori facevan già ritorno carichi del loro bottino, ciò che rendeva la spiaggia molto animata. Alcuni portavano i pesci e i frutti di mare nelle canestre, altri preparavano le reti per una prossima pesca. Di qui proseguimmo verso la riva del Garigliano, dove il cavalier Venuti fa eseguire degli scavi; e qui lo Hackert, che aveva fretta di raggiungere Caserta, ci lasciò. Noi ci scostammo dalla via postale e scendemmo alla spiaggia, dove ci aspettava una colazione, che poteva passare per un pranzo. Gli oggetti antichi dissepolti erano esposti in ordine, ma miseramente infranti. Fra le altre cose buone, c'è la gamba d'una statua, che non la cede di molto all'Apollo di Belvedere. Che fortuna, se si potesse ritrovare il resto!

Per la grande stanchezza ci eravamo messi un poco a dormire; svegliati, ci trovammo in compagnia di una simpatica famiglia, dimorante nei dintorni, che ci invitò a pranzo: attenzione di cui certo avremmo dovuto esser grati al signor Hackert, che però era già lontano. Così ci trovammo davanti un'altra tavola imbandita; ma io non potei né mangiare né rimaner seduto, per quanto amabile fosse la compagnia; me ne andai invece a passeggiare sulla marina, e a raccoglier pietre, fra le quali ve n'erano di meravigliose a vedersi, in particolare molte bucherellate da insetti di mare, ed altre che sembravano spugne. Anche qui mi è occorsa un'avventura molto piacevole. Era arrivato un capraio sulla riva del mare; le capre entrarono nell'acqua e si tuffarono. Ed ecco sopraggiungere anche un porcaio; ora, mentre le due mandre si rinfrescavano nelle onde, i due pastori si misero all'ombra e incominciarono a far della musica: il porcaio con una piva, il capraio con la zampogna. Alla fine si fece innanzi un ragazzo adulto, nudo, il quale si immerse così profondamente nell'acqua, che anche il cavallo scomparve con lui. Bellissimo spettacolo era vedere quell'adolescente molto ben fatto accostarsi alla riva tanto da mostrare tutta la figura, e poi ridiscendere e rituffarsi nell'acqua, in modo che non si vedeva null'altro se non la testa del cavallo natante, e le spalle del cavaliere.

Alle tre del pomeriggio ci rimettemmo in cammino; avevamo lasciato dietro a noi Capua da forse tre miglia — ed era già un'ora di notte — quando la ruota posteriore della nostra carrozza si spezzò. Quest'incidente ci trattenne parecchie ore, necessarie per rimettere al posto un'altra ruota. Fatto anche questo, e percorse altre poche miglia, si spezzò l'asse. Quest'ultima avventura ci mise di assai cattivo umore; eravamo così vicini a Napoli e non potevamo vedere e intrattenerci coi nostri amici! Finalmente arrivammo anche a Napoli, qualche ora dopo la mezzanotte, e vi trovammo ancora tanta gente per le vie, quanta in un'altra città non se ne trova forse a mezzogiorno.

Qui ho già ritrovato tutti i nostri amici in ottima salute, e tutti hanno avuto gran piacere di sentire lo stesso di Lei. Abito in casa di Hackert. L'altro ieri sono stato col cavaliere Hamilton a Posillipo, nella sua villa. Non è possibile davvero vedere a questo mondo cosa più splendida. Dopo pranzo, una dozzina di ragazzi si buttarono a mare: spettacolo bellissimo, coi molti gruppi e le varie posizioni che assumevano giuocando fra loro. Il cavaliere li paga apposta, per procurarsi questo svago tutti i pomeriggi. Il cavaliere Hamilton mi piace straordinariamente; ho avuto parecchie conversazioni con lui, sia in casa sua che durante qualche trottata in riva al mare. Mi ha fatto anche gran piacere di aver imparato parecchie cose interessanti da questo valentuomo. E spero di impararne ancora. Mi scriva il nome degli altri suoi amici di qui, affinché li possa anche conoscere personalmente e salutare in suo nome. Fra breve riceverà parecchie notizie di Napoli. Saluti agli amici tutti, in particolare ad Angelica e a Reiffenstein.

P. S. — Qui a Napoli trovo che fa molto più caldo che a Roma, ma con la differenza che l'aria qui è più salubre e che vi soffia anche un costante vento fresco. Però il sole ha maggior forza; i primi giorni mi riusciva quasi insopportabile. Son vissuto esclusivamente di acqua gelata.

*(Posteriore, senza data).*

Ieri, avrei voluto vederla a Napoli; un chiasso tale, una folla simile, in giro soltanto per comperare vettovaglie, non l'ho mai vista in vita mia. Vero è anche che tante vettovaglie riunite insieme non se ne vedono altrove. La grande via di Toledo ne era zeppa, e di tutte le specie. Qui soltanto si può farsi un'idea d'una popolazione dimorante in una regione così felice, che ogni stagione le offre i suoi frutti giorno per giorno. Si imagini che oggi stanno gozzovigliando 500.000 uomini, e tutti all'uso napoletano. Ieri ed oggi ho preso parte ad un banchetto, e son rimasto stupito al vedere quanta roba è stata divorata: un vero sperpero della grazia di Dio. C'era anche il Kniep, che si riempì la pancia di tutte quelle ghiottonerie, da farmi temere che scoppiasse; ma egli non si sgomentava per nulla, anzi continuava a parlar dell'appetito che aveva sofferto sul bastimento e in Sicilia, mentre Lei, con tutto il suo danaro, in parte per indisposizione in parte per proposito, digiunava e addirittura soffriva la fame.

Oggi si è già finito di divorare tutto ciò che è stato venduto ieri, e si dice che domani le vie della città saranno piene come ieri. Toledo sembra il teatro, l'esposizione dell'abbondanza. Tutti i magazzini sono addobbati di generi mangerecci, che pendono a guisa di festoni fin sopra la via; le salsicce sono in parte avvolte in carta dorata, in parte legate con nastrini rossi; i tacchini hanno tutti una banderuola rossa sotto la coda. Ieri ne hanno venduti trentamila, senza contare quelli che si tengono a ingrassare nelle case. Il numero degli asini carichi di capponi o di mandarini e i grandi mucchi di queste frutta dorate sparsi sul marciapiede fanno spavento. Ma lo spettacolo più bello offrono forse i magazzini dove si vende la verdura e quelli in cui si fa esposizione di grappoli d'uva passa, di fichi e di meloni: tutto così graziosamente disposto, da rallegrare insieme l'occhio e lo spirito. Napoli è un paese dove Dio concede continuo ristoro a tutti i sensi.

*(Posteriore, senza data).*

Eccole un disegno[3] rappresentante i Turchi che si trovano qui prigionieri. Non è stato l'*Ercole*, come si diceva prima, che li ha catturati, ma un veliero di pescatori di coralli. I Turchi avevano visto questa nave cristiana ed erano sulle mosse di catturarla, ma s'ingannarono, perché i cristiani erano in prevalenza: così furono sopraffatti e condotti a Napoli prigionieri. Sulla nave cristiana vi erano trenta marinai, ventiquattro sulla turca; sei Turchi soccombettero nella zuffa, uno rimase ferito. Dei cristiani non uno si perdette: la Madonna li ha protetti.

Il padrone della nave ha fatto un lauto bottino; ha trovato danaro e merci in quantità, seterie, caffè, e inoltre dei ricchi gioielli, appartenenti a una giovine mora.

Era interessante vedere la folla che a migliaia si spingeva sui canotti per veder da vicino i prigionieri e specialmente la mora. Vi erano anche alcuni che avrebbero desiderato di comperarla ed avevano anche offerto delle buone somme; ma il capitano non ha intenzione di cederla.

Io mi son recato tutti i giorni a bordo e una volta vi ho trovato il cavaliere Hamilton e miss Harte, che era molto agitata e piangeva. Quando la mora se ne accorse si mise a piangere anche lei; la miss voleva assolutamente riscattarla, ma il capitano duro. Adesso i prigionieri non vi sono più. Il mio disegno Le farà osservare altri particolari.

### APPENDICE: ARAZZI PONTIFICI [1]

Il grave sacrificio al quale mi sono indotto col lasciare a Napoli un torrente di lava che scendeva dal cono del Vesuvio fin quasi al mare, mi è stato ad usura ricompensato dallo scopo che ora ho raggiunto; vale a dire dallo spettacolo degli arazzi esposti nel giorno del Corpus Domini, e che ci richiamano in modo superbo col pensiero a Raffaello, ai suoi discepoli e al suo tempo.

Nei Paesi Bassi l'arte dell'arazzo a trama costante, detta *hautelisse*, aveva già raggiunto il sommo grado di perfezione. Non ho potuto sapere come la preparazione di questi tappeti si sia poi sviluppata e perfezionata. Nel secolo XII sembra si siano apprestate le singole figure mediante il ricamo o in altro modo, e che poi queste siano state composte insieme mediante brani di stoffa intermedi, lavorati con metodi speciali. Simili tappeti vediam ancor oggi sugli stalli nel coro delle antiche cattedrali, e la loro lavorazione ricorda un poco le vetrate variopinte, le cui figure sono composte di minutissimi pezzettini di vetro colorato. Nei tappeti, l'ago e il filo rappresentano la saldatura e le laminette di stagno. Tutti i primi principî dell'arte e della tecnica sono di questo genere; noi abbiamo avuto sott'occhio dei preziosi tappeti cinesi, allestiti in modo simile.

Probabilmente in seguito alla spinta dei modelli orientali, questa tecnica ingegnosa fu portata nei Paesi Bassi, così dediti ai commerci ed al fasto, alla sua maggiore altezza al principio del secolo XVI; lavori simili già ritornavano in Oriente ed erano certamente noti anche a Roma, probabilmente per gli imperfetti modelli e disegni formati sul gusto bizantino. Leone X,[2] grande e, in parte (specialmente nel campo estetico) libero spirito, ebbe desiderio di veder anche su tappeti, nella sua residenza, le cose libere e grandi che vedeva figurate sulle pareti, e Raffaello, indotto da lui, eseguì i cartoni: per fortuna, soggetti che rappresentano la vita di Cristo fra i suoi apostoli e in seguito gli Atti di questi uomini insigni, dopo la morte del Maestro.

Solo in occasione della festa del Corpus Domini si venne a conoscere la vera importanza dei tappeti; questi infatti trasformano i colonnati e gli spazî aperti in sale e in corridoi superbi, mettendoci direttamente sotto gli occhi quanto può il genio dell'artista sommo e offrendoci l'esempio più felice dell'arte, che si affratella con l'industria, allo scopo di perfezionarsi a vicenda e di raggiungere il punto più alto.

I cartoni di Raffaello, finora conservati in Inghilterra, costituiscono sempre l'ammirazione del mondo: alcuni sono certamente di sola mano del Maestro, altri sono stati eseguiti probabilmente conforme ai suoi disegni e alle sue norme, altri infine soltanto dopo la sua morte. Tutti attestano di grande perfezione ed armonia e gli artisti d'ogni nazione vi affluiscono a sollevare il loro spirito e ad affinare il loro talento.

Questo ci offre anche occasione di riflettere sulla tendenza degli artisti tedeschi[3] che nutrono tanta riverenza e simpatia per quei primi lavori di Raffaello; di che si poterono osservare alcune lievi tracce anche da tempi più remoti.

Noi ci sentiamo, in ogni arte, più affini ad un artista giovane e geniale, tutto dolcezza, grazia e naturalezza; non osiamo, è vero, misurarci con lui, sì gareggiare silenziosamente, e ripromettere anche a noi ciò che egli ha finora prodotto.

Non con la stessa simpatia ci rivolgiamo ad un artista già perfetto, perché presentiamo le formidabili condizioni fra le quali anche il temperamento più sicuro può sollevarsi e riuscire al sommo possibile dell'arte; e se non vogliamo disperare, dobbiamo voltarci indietro e misurarci solo con chi ancora si dibatte tra gli sforzi e sta per raggiungere la meta.

Ecco la ragione per cui gli artisti tedeschi si son rivolti con simpatia, riverenza e fiducia all'arte primitiva e ancora imperfetta; così anche loro si poterono tenere per qualche cosa e lusingarsi con la speranza di raggiungere per se stessi quel grado, pel quale era stato necessario un lungo ordine di secoli.

Per ritornare ai cartoni di Raffaello, diremo che essi son tutti virilmente pensati; severità morale e cosciente grandezza predominano dovunque e, sebbene qua e là con un'aria di mistero, si rivelano chiaramente ad ognuno che sia sufficientemente istruito della Passione del Redentore e delle grazie miracolose concesse ai discepoli superstiti.

Consideriamo anzitutto il castigo di Anania, pel quale ci può sempre essere sufficientemente utile tener sott'occhio il piccolo rame non a torto attribuito a Marc'Antonio[4] ed eseguito su un accurato disegno di Raffaello, la riproduzione del cartone stesso fatta dal Dorigny,[5] e infine il confronto fra i due.

Poche composizioni potranno esser collocate a fianco di questa, in cui l'artista ha rappresentato con somma chiarezza un grande concetto, e nella sua perfetta varietà, e nella sua peculiarità, un'azione della maggior importanza.

Gli apostoli aspettano che i fedeli portino a contributo della proprietà collettiva la pia offerta della proprietà privata; da un lato i fedeli con le loro offerte, dall'altro i poveri che le ricevono; nel mezzo il fraudolento, atrocemente punito: una disposizione la cui simmetria procede dalla realtà e che appare animata, più che celata, dalle esigenze della rappresentazione; in modo che l'indispensabile proporzione simmetrica del corpo umano acquista vivo interesse appunto dalla varia animazione delle figure.

Ma poiché davanti a questo capolavoro le osservazioni non finirebbero mai, rileveremo ora soltanto un altro pregio importante della rappresentazione. I due uomini, che si avanzano portando un involto di oggetti di vestiario, appartengono evidentemente alla famiglia di Anania; ma come riconoscere che una parte del vestiario è stata intercettata e sottratta al patrimonio comune? Ed ecco che la nostra attenzione è richiamata da una graziosa giovine, che, sorridente in viso, conta del denaro dalla mano destra alla sinistra; ciò che ci fa ricordare la nobile sentenza: «La sinistra non deve sapere quello che dà la destra», e non ci resta dubbio che si tratta di Safira, che conta il danaro da offrire agli apostoli per trattenerne una parte per sé, come fa capire il suo gesto maliziosamente furbesco. Questo pensiero è mirabile e terribile insieme, se si rifletta. Davanti a noi, il marito, già fulminato per suo castigo, che si contorce per terra fra atroci spasimi; un po' più addietro la moglie, che non s'accorge ancora dell'accaduto, sicura di sé, sfrontata, tutta intesa alla sacrilega frode, senza alcun presentimento della sorte che la aspetta. In generale questo quadro ci si affaccia come un eterno problema, che desta in noi tanto maggior meraviglia quanto più la sua soluzione ci appare possibile e chiara. Il confronto fra il rame eseguito da Marc'Antonio sul disegno raffaellesco di pari grandezza e quello più grande del Dorigny eseguito sul cartone, ci porta poi a considerare più intimamente la sapienza con cui un talento come quello di Raffaello è riuscito, nella seconda elaborazione della stessa composizione, ad ottenere sia mutamenti che progressi. Confessiamo pure che un tale studio è stato per noi una delle gioie più pure d'una lunga vita.

## LUGLIO

CARTEGGIO

*Roma, 5 luglio 1787.*

La mia vita presente somiglia perfettamente a un sogno di giovinezza; vedremo se io sia destinato a goderlo, oppure a sperimentare che anche questo, come tante altre cose, è soltanto vanità. Il Tischbein è partito, e il suo studio è stato sgombrato, spolverato e lavato; ora ci posso stare volentieri. Quanto è necessario avere in questa stagione un rifugio di proprio gusto! Abbiamo un gran caldo. Mi alzo allo spuntar del sole e vado all'*Acqua acetosa*,[1] sorgente d'acqua minerale a circa una mezz'ora fuori porta dalla mia abitazione; vi bevo l'acqua, dal sapore di uno Schvalbach più leggero, ma, con questa temperatura, di grande effetto. Verso le otto sono già di ritorno e lavoro alacremente, secondo me lo consente la mia particolare disposizione di spirito. In salute sto benissimo. Il caldo fa sparire tutti i miei disturbi catarrali, respingendo a fior di pelle gli umori del corpo, ed è meglio che un'indisposizione dia del bruciore, anziché covi qualche malanno. Continuo a disegnare e a educare il gusto e la mano; ho poi incominciato a occuparmi di architettura con una certa serietà; e tutto mi riesce facile a meraviglia (intendo dire la teoria, perché la pratica richiederebbe tutta una vita). Il bello è, che quando son venuto qui non avevo alcuna vanità o pretesa; non avevo nulla da chiedere. Ed ora non miro ad altro se non che nulla rimanga ancora per me semplice nome, o parola vuota. Io voglio vedere e imparare a conoscere coi miei propri occhi ciò che si ritiene bello, grande e degno. Senza lo studio dell'imitazione, questo non è possibile. Adesso sto imparando a disegnare teste dai modelli in gesso. Il metodo esatto mi viene insegnato da artisti. Mi mantengo in disparte dal mondo quanto più è possibile; ma nei primi giorni della settimana non ho potuto rifiutar l'invito di qualche pranzo qua e là. Mi vogliono avere anche adesso un po' da per tutto; li lascio fare, e continuo nel mio raccoglimento. Il Moritz, con alcuni compatriotti[2] coinquilini e uno svizzero,[3] gran brav'uomo, sono la mia compagnia abituale. Anche da Angelica e dal consigliere Reiffenstein vado qualche volta, ma sempre con la mia aria un po' chiusa, senza aprirmi ad alcuno. Il Lucchesini è ritornato: egli è sempre in giro e lo si vede da per tutto: è un uomo che sa bene il suo mestiere, se non m'inganno. Fra breve ti scriverò di alcune persone, di cui spero far presto la conoscenza.

Sto lavorando all'*Egmont* e spero che riesca a dovere. Per lo meno, ho sempre avvertito durante questo lavoro degli indizî che non mi hanno ingannato. È strano come sia stato tante volte impedito dal portare a termine questo lavoro, e come ora debba finirlo proprio a Roma. Il primo atto è già riveduto e bell'e pronto; vi sono alcune scene, che non ho nemmeno bisogno di ritoccare.

Ho tante occasioni di riflettere sopra ogni genere d'arte, che il mio *Wilhelm Meister* si fa sempre più voluminoso. Ma le cose vecchie devono anzitutto essere eliminate; non sono più giovine e se voglio finire ancora qualche lavoro, non ho tempo da perdere. Come puoi facilmente immaginarti, ho cento cose nuove per la testa; ma ora non si tratta di pensare, si tratta di fare; ed è un benedetto affare il mettere in ordine tutto, in modo che tutto si trovi definitivamente al suo posto. Avrei anche molte cose da esporre sull'arte, ma che cosa si può dire, se non si hanno sott'occhio le opere stesse? Spero di mantenermi al di sopra di molte piccolezze; perciò lasciatemi il mio tempo, che io passo qui in modo singolarmente meraviglioso; lasciandomi restar qui a Roma, mi darete prova del vostro affetto.

Ed ora devo chiudere e lasciare contro mia voglia una pagina bianca. Il caldo d'oggi è stato grande e verso sera mi sono addormentato.

*Roma, 9 luglio.*

D'ora in poi scriverò qualche appunto durante la settimana, affinché il caldo nelle giornate di posta, o qualche altro incidente non mi impedisca di intrattenermi debitamente con voi. Ieri ho veduto e riveduto molto; sono stato in circa dodici chiese, dove si trovano le più belle pale d'altare.

Poi ho fatto una visita, con Angelica, all'inglese Moore,[4] un paesista i cui quadri sono quasi sempre egregiamente pensati. Egli ha dipinto, fra l'altro, un Diluvio universale, che è qualche cosa di unico. Mentre altri rappresentano l'immensità del mare, che offre solo l'idea dell'estensione, non quella dell'altezza delle onde, egli ci presenta una profonda vallata chiusa, allagata all'ultim'ora dalle acque che salgono sempre più. Si vede, dalla forma delle rocce stesse, che il livello dell'acqua sta per raggiungere le cime, ed essendo la valle chiusa nello sfondo e gli scogli emergenti tutti a picco, l'assieme è d'un terribile effetto. Il quadro è come d'una tinta grigia su fondo grigio; l'acqua sudicia gorgogliante e la pioggia che scroscia incessantemente si intonano perfettamente; l'acqua precipita e scaturisce dalle rocce, come se anche gli enormi massi volessero dissolversi nell'elemento universale, mentre il sole traspare attraverso il velario della pioggia, come una triste luna, senza rischiarare, e non è ancora notte. Nel centro del primo piano si vede uno scoglio piatto, sul quale alcuni cercano disperatamente una salvezza nel momento in cui le onde si precipitano contro per sommergerli. È un quadro di grandi dimensioni, dai sette agli otto piedi di lunghezza, per un'altezza di cinque o sei. Degli altri quadri, uno splendido Mattino e una Notte meravigliosa, non dirò nulla.

Per ben tre giorni c'è stata festa ad Ara-coeli,[5] per la beatificazione di due Santi dell'Ordine di San Francesco. L'addobbo della chiesa, la musica, l'illuminazione e i fuochi d'artificio la sera vi hanno richiamato una gran folla di popolo. Il Campidoglio lì vicino era anche illuminato e si son fatti i fuochi anche da quella piazza. Tutto il complesso è piaciuto assai, benché non fosse che un'imitazione della festa di S. Pietro. In quest'occasione le romane, accompagnate dai loro mariti o da amici, girano di notte vestite di bianco con una cintura nera, seducenti e graziose. Anche sul Corso ora sono più frequenti le passeggiate e le scarrozzate vespertine, perché durante il giorno adesso non si esce di casa. Il caldo è del tutto sopportabile e in questi giorni ha soffiato sempre un venticello refrigerante. Io resto chiuso nel mio salone fresco, e vi sto tranquillo e contento.

Lavoro assiduamente. Il mio *Egmont* fa sempre progressi. È strano che proprio in questi giorni si svolga a Bruxelles la stessa scena da me descritta dodici anni or sono;[6] molti particolari sembreranno adesso una pasquinata.

*Roma, 16 luglio.*

È già notte fatta, ma non si avverte, perché la via è piena di gente che va su e giù, cantando e suonando a gara la chitarra o il violino. Le notti sono adesso fresche e rianimanti, i giorni non del tutto insopportabili.

Ieri sono stato con Angelica alla Farnesina, dove è dipinta la tavola di Psiche. Quante volte e in quali situazioni non abbiamo visto insieme nelle mie stanze le copie di queste scene! Mi hanno fatto grande impressione appunto perché, grazie a quelle copie, io le so ora quasi a memoria. Questo salone, o meglio, questa galleria è quanto di più bello io conosca in fatto di decorazione, per quanti danni e restauri abbia sofferto.

Oggi abbiamo avuto una «giostra» di animali al Mausoleo di Augusto.[7] Questo grandioso edificio, vuoto nell'interno, aperto in alto e perfettamente rotondo, è stato ora allestito a circo di lotta e precisamente di tori, come una specie di anfiteatro. Potrà contenere dalle quattro alle cinquemila persone. Lo spettacolo in sé non mi ha molto entusiasmato.

*Martedì, 17 luglio.*

Sono stato, di sera, da Albacini,[8] restauratore di statue antiche, per vedere un torso, ritrovato fra la proprietà Farnese, che emigra a Napoli. È il torso di un Apollo seduto, di una bellezza forse senza pari; ma certo tale da poter esser collocato fra le cose migliori del mondo antico.

Ho pranzato dal conte Friess; l'abate Casti,[9] che lo accompagna nel suo viaggio, ha recitato una sua novella, *L'arcivescovo di Praga*, scritta in ottave; non è un portento di decenza, ma straordinariamente bella. Io apprezzo il Casti già come autore del mio prediletto *Re Teodoro in Venezia*. Ora egli ha composto anche un *Re Teodoro in Corsica*, di cui ho letto il primo atto: anche questo è un lavoro gustosissimo.

Il conte Friess fa molti acquisti; fra l'altro ha comperato una Madonna di Andrea del Sarto[10] per 600 zecchini. Nel marzo scorso Angelica ne aveva offerto 450; avrebbe pagato anche l'intera somma se suo marito, sempre prudente, non avesse sollevato qualche obiezione. Adesso son pentiti tutti e due. È infatti un quadro d'indicibile bellezza; non si può averne un'idea se non lo si è visto.

E così ogni giorno esce fuori qualche cosa di nuovo, che, associato all'antico e all'eterno, procura un grande piacere. Il mio occhio si educa bene; col tempo, potrei diventare un buon conoscitore.

Il Tischbein si lagna in una lettera del caldo atroce di Napoli. Ma anche qui si fa sentire abbastanza. Martedì scorso ha fatto tanto caldo, che i forestieri affermano di non averne mai sofferto tanto in Ispagna e in Portogallo.

L'*Egmont* è arrivato magnificamente al quart'atto. In tre settimane conto di averlo finito; lo spedirò subito allo Herder.

Disegno e minio anche con alacrità. Non si può uscir di casa né far quattro passi senza imbattersi in oggetti degni della massima considerazione. La mia fantasia, la mia memoria si arricchiscono di cose d'una inesprimibile bellezza.

*Roma, 20 luglio.*

Da un certo tempo ho potuto scoprire benissimo due miei difetti capitali, che m'hanno perseguitato e tormentato tutta la vita. L'uno consiste nel non aver io mai voluto apprendere il lato meccanico d'una disciplina, che pure era mio fermo volere, o dovere, di esercitare. Questa la ragione per cui, con tutta la mia disposizione naturale, ho fatto così poco. O mi è riuscito tutto, bene o male, per forza di talento, alla mercè della fortuna e del caso, oppure, quando mi sono accinto seriamente a qualche cosa, sono stato timido e non ho potuto portarla a compimento.

L'altro difetto, affine a questo, è ch'io non ho mai potuto dedicare a un lavoro o a un affare tutto il tempo necessario. Avendo la fortuna di poter pensare e combinare molte cose in breve tempo, ogni esecuzione che procede per gradi mi diventa noiosa e insopportabile. Ma adesso mi pare che sia venuta l'ora e il momento di ravvedermi. Sono nel paese dell'arte; voglio ora approfondirmi in questo campo, voglio trovar pace e gioia per quel che mi resta della vita, e per potermi poi dedicare ad altro.

Roma è per tutto questo un luogo meraviglioso. Qui non si trovano soltanto tutti gli oggetti imaginabili, ma anche uomini di ogni fatta, mediante la conversazione dei quali si può facilmente e rapidamente progredire. Grazie agli dèi, comincio a poter imparare ed acquistare dagli altri.

Per questo mi sento bene, fisicamente e spiritualmente, come non mai. Possiate voi riconoscerlo dalla mia produzione e benedire la mia assenza. Mi sento legato a voi da tutto quel che faccio e che penso; del resto, vivo molto ritirato, e devo limitare le mie conversazioni. Ma anche questo riesce qui più facile che altrove, perché si può discorrere di argomenti interessanti con tutti.

Il Mengs, a proposito dell'Apollo di Belvedere, dice a un certo punto che una statua, la quale a parità di grande stile avesse maggior verità nella carne, sarebbe la cosa più grande che un uomo possa concepire. Ora il torso di Apollo, o di Bacco, del quale ho fatto cenno, sembra aver compiuto il suo voto e la sua profezia. Il mio occhio non si è esercitato abbastanza per decidere in materia così delicata; ma per conto mio propendo a ritenere questa reliquia come la cosa più bella da me vista mai. Purtroppo non si tratta che di un torso, e per di più anche l'epidermide è scomparsa in più luoghi. Certo, lo han tenuto sotto qualche grondaia.

*Domenica, 22 luglio.*

Ho pranzato da Angelica, di cui sono ormai per consuetudine ospite tutte le domeniche. Prima del pranzo siamo andati a palazzo Barberini, per vedere il superbo Leonardo da Vinci e l'amica di Raffaello da lui stesso dipinta.[12] È un gran piacere vedere quadri in compagnia di Angelica, essendo il suo occhio molto bene esercitato, e molte estese le sue cognizioni tecniche, senza contare che è molto sensibile per tutto ciò che è bello, vero, delicato, ed è anche estremamente modesta.

Nel pomeriggio sono stato dal cavaliere d'Agincourt,[13] un ricco francese, che spende il suo tempo e il suo danaro a scrivere una storia dell'arte dall'epoca della decadenza fino al suo risorgimento. Interessantissime le sue collezioni. Si vede come lo spirito dell'uomo è sempre stato attivo anche nel suo periodo più confuso ed oscuro. Se quest'opera arriverà in porto, sarà notevolissima.

Adesso sono occupato in cosa da cui traggo molto profitto; ho imaginato e disegnato un paesaggio, che un provetto artista, il Dies,[14] dipinge sotto i miei occhi; in tal modo l'occhio e lo spirito si abituano sempre più al colore e all'armonia. Del resto tutto procede bene; soltanto faccio troppe cose, come sempre. La mia gioia più grande è il constatare che il mio occhio si educa alle forme precise e si abitua facilmente alla figura e alla proporzione, mentre si fa risentire più che mai viva la mia antica sensibilità per la compostezza e la compiutezza. Con l'esercizio, si può arrivare a tutto.

*Lunedì, 23 luglio.*

Verso sera son salito sulla colonna Traiana,[15] a godere quella vista incomparabile. Nell'ora del tramonto, splendida è la visione del Colosseo, del Campidoglio vicino, del Palatino un po' più a dietro, nella città contigua. Rincasai solo a notte, a passo lento. Un punto di vista non comune è anche la piazza di Monte Cavallo[16] con l'obelisco.

*Martedì, 24 luglio.*

A Villa Patrizi,[17] per vedervi il tramonto, per godere il fresco, per imprimere bene nel mio spirito l'imagine della grande città, per allargare e insieme semplificare il mio orizzonte davanti alle grandi linee, per arricchirlo mediante tanta varietà di cose belle. Questa sera ho veduto la piazza della colonna Antonina[18] e il palazzo Chigi al chiaro di luna; la colonna, nera per antica età, si ergeva nella notte lunare col suo piedestallo bianco scintillante. E quanti altri innumerevoli oggetti non si incontrano in una passeggiata simile! Ma quanto ci vuole, per appropriarsene anche solo una piccola parte. Ci vorrebbe una vita intera, o meglio la vita di molti uomini, i quali imparassero gradatamente l'uno dall'altro.

*Mercoledì, 25 luglio.*

Sono stato col conte Friess a visitare la gliptoteca del principe di Piombino.[19]

*Venerdì, 27.*

Del resto, tutti gli artisti, vecchi e giovani, mi aiutano a dirozzare e ad affinare il mio talentaccio. In prospettiva, in architettura, ed anche nella composizione del paesaggio, ho fatto progressi. Quanto alle creature viventi, sto ancora in sospeso: è un abisso; eppure, con la serietà e con l'assiduità si dovrebbe progredire anche in questo campo.

Non so se vi ho fatto parola del concerto che ho dato alla fine della settimana scorsa. Vi avevo invitato tutti quelli che mi hanno usato qualche cortesia, e ho fatto eseguire dai cantanti dell'opera buffa i pezzi migliori degli ultimi intermezzi. Tutti ne son rimasti contenti e soddisfatti.

Il mio salone è adesso rassettato e addobbato in tutto punto. Anche col più gran caldo, ci si sta benissimo. Abbiamo avuto una giornata coperta, poi un giorno di pioggia e un altro temporale, e solo pochi giorni sereni ma non molto caldi.

*Domenica, 29 luglio.*

Sono stato con Angelica a palazzo Rondanini.[20] Vi ricorderete, dalle mie prime lettere romane, di una Medusa,[21] che già allora mi piaceva tanto, ma che ora mi procura la più grande gioia. La sola idea che una cosa simile esiste al mondo, che una cosa simile è stata possibile all'uomo, ci rende uomini due volte. Come sarei lieto di parlarne se tutto ciò che si può dire sopra questo capolavoro non fosse che vano fiato di vento! L'arte è fatta perché noi la vediamo, non perché ne parliamo, a meno che non sia in sua presenza. Come mi vergogno di tanto cicaleccio d'arte, in cui un tempo anch'io ho fatto sentir la mia voce! Se sarà possibile avere un buon gesso di questa Medusa, lo porterò con me, ma bisognerebbe formarne uno nuovo. Ve ne sono alcuni in vendita, che però non mi piacciono, perché, lungi dal darcene e conservare l'espressione, guastano addirittura l'idea. La bocca in particolare è qualche cosa di inesprimibilmente ed inimitabilmente grande.

*Lunedì, 30.*

Son rimasto in casa e ho lavorato tutta la giornata. L'*Egmont* è prossimo alla fine; il quarto atto si può già dire finito. Appena trascritto, ve lo spedirò per il corriere a cavallo. Che gioia sarà per me l'apprendere che questo mio lavoro avrà incontrato il vostro gusto! Io mi sento giovine un'altra volta, nel comporre questo mio lavoro; così possa esso offrire anche a chi legge un'impressione di freschezza! Ieri sera ci fu un piccolo ballo nel giardino attiguo a casa nostra, e noi pure siamo stati invitati. Benché non sia proprio questa la stagione di ballare, si son divertiti molto. I bei visetti delle italiane hanno pur qualche cosa di particolare; un dieci anni fa, qualcuno di loro avrebbe potuto far breccia, ma oggi questo fuoco per me è spento e tutta quanta la festicciola non ha avuto nemmeno tanto interesse da trattenermi fino alla fine. Le notti di luna sono di una bellezza addirittura incredibile; al sorgere della luna, quando questa non si è ancora liberata dai vapori, essa appare tutta di un giallo acceso, «come il sole d'Inghilterra»; per il resto della notte, è chiara e sorridente. Un po' di vento fresco, e tutto comincia a vivere. Fin verso il mattino, vi son sempre per le vie gruppi di gente, che cantano e suonano; qualche volta si sentono dei duetti, belli, e anche più belli che in un'opera o al concerto.

*Martedì, 31 luglio.*

Ho buttato giù sulla carta alcuni effetti di luna, e pel resto mi son dedicato a studi d'arte di ogni genere. La sera ho fatto una passeggiata con un compatriotta, disputando intorno al primato di Michelangelo e di Raffaello; io tenevo per il primo, egli per il secondo: finimmo per sciogliere entrambi un inno a Leonardo. Ma come sono felice, che tutti questi nomi abbiano finito di essere nomi e che le idee vive del valore di questi grandi diventino in me, a poco a poco, perfette!

A tarda sera, all'Opera buffa. Si dà un intermezzo nuovo: *L'impresario in angustie*,[22] ottimo lavoro, che ci divertirà qualche sera a dispetto del gran caldo della sala. C'è un quintetto, riuscitissimo, in cui il poeta legge il suo pezzo, l'impresario e la prima donna da una parte lo applaudiscono, il compositore e la seconda donna dall'altra lo criticano, dopo di che succede un baccano generale. I castrati in abiti da donna rappresentano le loro parti sempre meglio e piacciono sempre più. Davvero che, per una piccola compagnia estiva improvvisata, non c'è male. Tutti rappresentano la loro parte con grande naturalezza e molto spirito. Solo il gran caldo li fa tribolare, da destar pietà.

# LUGLIO

#### APPUNTI

Per predisporre opportunamente le notizie che ho in animo di far seguire da ora in poi, ritengo necessario di inserire qui alcuni passi del volume precedente[23] che lì, dopo tante vicende, possono essere sfuggite all'attenzione del lettore; devo anche raccomandarmi, in quest'occasione per me non senza importanza, agli amici delle scienze naturali.

*Palermo, martedì 17 aprile.*

Gran disgrazia, l'esser perseguitato e tentato da ogni sorta di folletti! Stamane mi ero recato al giardino pubblico col fermo proposito di cullarmi tranquillamente nei miei sogni di poesia, quando, senza che me ne accorgessi, mi vidi assalito da un altro fantasma, che mi assediava già da alcuni giorni. Le molte piante, ch'ero abituato a vedere solo nelle casse e nei vasi, e per la maggior parte solo nelle serre, qui allignano vegete e fresche all'aria aperta; per cui, conformandosi pienamente al loro destino, ci diventano anche più intelligibili. Alla presenza di tante forme nuove o rinnovellate, mi saltò in testa la mia antica fantasia: perché, in tanta ricchezza di vegetazione, non dovrei scoprire la *Urpflanze*, la pianta originaria? Una tal pianta ci deve pur essere: diversamente, come potrei riconoscere che questa o quella figura è una pianta, se non fossero tutte formate sopra un solo modello?

Mi sono sforzato di esaminare in che cosa realmente tutte queste varie figure si possano distinguere l'una dall'altra. E le ho trovate sempre più simili che diverse; applicando la mia terminologia botanica, la cosa mi riusciva fino a un certo punto, ma non venivo ad una conclusione; ciò che mi rendeva irrequieto, senza giovarmi a nulla. Ed ecco sconvolto il mio bel progetto poetico, ecco sparito il giardino di Alcinoo: davanti a me si apriva solo un giardino di questa terra. Ma perché, noi altri moderni siamo così distratti; perché ci lasciamo sedurre da problemi che non possiamo né risolvere, né affrontare?

*Napoli, 17 maggio.*

Devo ora dirti, in confidenza, che sono prossimo a scoprire il segreto della generazione e dell'organizzazione delle piante: è la cosa più semplice che si possa imaginare. Sotto questo cielo si possono fare le più belle osservazioni. Ho trovato in modo indubbio e chiarissimo il punto essenziale, dove è riposto il germe; tutto il resto lo vedo ora all'ingrosso e solo alcuni punti devono esser meglio precisati. La pianta primitiva diventa la cosa più sorprendente del mondo, per la quale la natura stessa m'invidierà. Con questo modello e con la sua chiave si potranno inventare piante all'infinito, che saranno conseguenti, vale a dire che, senza esistere nella realtà, potrebbero tuttavia esistere; che non saranno ombre e parvenze pittoriche e poetiche, ma avranno una verità e una necessità interiore. La stessa legge si potrà applicare a tutti gli altri esseri viventi.

Poche cose ancora, a miglior intelligenza di quanto seguirà. Mi era in fatti balenata l'idea che in quell'organo della pianta che noi siamo soliti di chiamare foglia, si nasconda il vero Proteo, che si sa celare e manifestare in tutte le forme. Prima e poi, la pianta non è che foglia, così inseparabilmente unita al germe futuro, che l'una non si può pensare senza l'altro. Concepire questa idea, elaborarla, scoprirla nella natura, è un compito che ci trasporta in una condizione penosa e dolce ad un tempo.

### RIFLESSIONI SULLA NATURA CHE TURBANO LO SPIRITO

Chi sa per esperienza che cosa vuol dire un pensiero fecondo, sia esso spontaneamente sorto in noi o comunicato o inoculato da altri, confesserà che ben intensa è la commozione che per esso si produce nel nostro spirito e come ce ne sentiamo entusiasmati, già presentando all'ingrosso tutto quello che in seguito dovrà più o meno svilupparsi e qual punto dovrà raggiungere poi lo sviluppato. Dopo questa riflessione mi si vorrà concedere ch'io sono stato preso e sospinto da un presentimento simile, del quale dovrò occuparmi, se non esclusivamente, certo per tutto il resto della mia vita.

Per quanto questa inclinazione fosse sorta nell'intimo di me stesso, non potrei tuttavia parlare di uno studio metodico, subito dopo il mio ritorno a Roma. Poesia, arte, mondo antico, ognuno mi voleva in certo modo tutto per sé, tanto che in vita mia non ho forse mai trascorso giorni più operosi e più faticosi. Agli intenditori della materia sembrerà forse troppo ingenuo ch'io racconti come, giorno per giorno, in tutti i giardini, durante le passeggiate e le escursioni, m'impossessavo delle piante che avevo osservato lungo il cammino. Degno di nota particolare mi pareva, nel tempo in cui i semi cominciavano a maturare, l'osservare il modo come alcuni di questi escono alla luce. Così ho rivolto la mia attenzione al germogliare del *Cactus Opuntia*, ancora informe durante la sua vegetazione, e ho visto con mia soddisfazione che esso, né più né meno che un dicotiledone, si rivelava in due tenere foglioline, ma che in seguito, continuando a vegetare, si sviluppava nella futura sua veste.

Anche con le capsule dei semi mi è occorso qualche cosa di sorprendente. Avevo portato a casa parecchie capsule di *Acanthus mollis* e le avevo deposte in una cassetta aperta; una notte, mi accadde di sentire un certo crepitio e poco dopo un brulicar di piccoli corpi a destra e a sinistra. Lì per lì non mi seppi dar ragione del fatto, ma in seguito constatai che le mie capsule s'erano aperte e che i semi erano sparsi qua e là. La temperatura asciutta della stanza aveva portato a perfezione la maturità, in pochi giorni, fino a tal grado di elasticità.

Fra i molti semi da me assoggettati a queste osservazioni, devo ricordarne alcuni altri, perché si riprodussero in tempo più o meno breve, a mio ricordo, a Roma. Le pigne si schiudevano in modo notevolissimo; si innalzavano come racchiuse in un uovo, ma si spogliavano subito di quest'involucro e mostravano già, in un incrocio di aghi verdi, i principî della loro futura precisa configurazione.

Quanto ho detto fin qui riguarda la propagazione mediante i semi; ma la mia attenzione non fu meno vivamente richiamata dalla propagazione mediante le gemme, e ciò per opera specialmente del consigliere Reiffenstein, che, durante tutte le nostre passeggiate, cogliendo ramoscelli qua e là, sosteneva fino alla pedanteria che tutto ciò che vien piantato sotto terra deve immediatamente riprodursi. Come prova decisiva, egli mostrava alcune di queste sue barbatelle egregiamente attecchite nel suo giardino. Come è diventata importante, in seguito, una riproduzione simile, applicata in generale, per l'orticoltura botanica, e come avrei desiderato che egli fosse vissuto abbastanza per vederla!

Più sorprendente ancora mi parve tuttavia una pianta di garofani, cresciuta a somiglianza di arbusto. È nota la capacità riproduttrice e la tenacia di questa pianta: le gemme si accumulano lungo i ramoscelli alle gemme, i nodi si innestano ai nodi. Tutto questo s'intensifica ancor più col tempo e le gemme da proporzioni impercettibili son portate al massimo sviluppo, in modo che lo stesso fiore perfetto produce dal suo grembo quattro perfetti fiori.

Non avendo alcun mezzo per conservare queste mirabili conformazioni, m'indussi a disegnarle, e così ottenni di veder più a fondo nel concetto fondamentale della metamorfosi. Ma le distrazioni procuratemi da tanti miei impegni diventarono altrettanto più moleste e il mio soggiorno a Roma, di cui già prevedevo la fine, sempre più travagliato e affaticante.

Dopo essere rimasti piuttosto a lungo nella solitudine più completa, lungi dalle distrazioni del gran mondo, abbiam commesso un errore, che ha richiamato su noi l'attenzione di tutto il quartiere, non meno che della gente curiosa di accidenti nuovi e singolari. Ecco come andò la faccenda. Angelica non si recava mai a teatro e noi non ce n'eravamo mai chiesta la ragione. Ma da amici appassionati agli spettacoli, non potevamo mai esaltare abbastanza in sua presenza la grazia e l'abilità dei cantanti e la potenza della musica del nostro prediletto Cimarosa, né potevamo desiderare di meglio che mettere anche lei a parte dei nostri svaghi. Ora acadde che, a lungo andare, i più giovani fra noi, primo fra tutti il Bury, in ottimi rapporti con quei cantanti e musicanti, tanto dissero e tanto fecero che quest'ultimi si offrirono di fare un giorno un po' di musica e di canto anche nel nostro salone, assieme a noi, loro amici sperticati e sempre in vena di applaudire. L'idea, più volte ventilata, proposta e differita, divenne finalmente una lieta realtà, per desiderio espresso dei giovani dilettanti. Kranz,[24] violinista valente e direttore d'orchestra al servizio del duca di Weimar, che si trovava in congedo di perfezionamento in Italia, portò l'ultima spinta col suo arrivo impreveduto. Il suo talento diede poi il tracollo alla bilancia dei dilettanti di musica e noi ci vedemmo messi nella necessità di invitare a una elegante festicciuola madama Angelica, suo marito, il consigliere Reiffenstein, i signori Jenkins[25] e Volpato,[26] in breve tutti quelli ai quali dovevamo qualche cortesia. Alcuni rigattieri ebrei ed altri tappezzieri avevano addobbato il salone, il caffettiere più vicino aveva assunto il servizio dei rinfreschi e così ebbe luogo uno splendido concerto, nella più bella notte estiva, che richiamò sotto le nostre finestre aperte una folla di persone, le quali applaudivano regolarmente i pezzi, come se fossero state a teatro.

Ma la sorpresa maggiore fu che una grande carrozza di gala, in cui si trovavano dei dilettanti di musica, reduce da una sua allegra passeggiata notturna per le vie della città, si fermò sotto le nostre finestre e, dopo aver pagato il suo vivace tributo di applausi alle produzioni del piano superiore, un'ottima voce di basso, accompagnata da tutti gli strumenti, attaccò una delle arie predilette proprio dell'opera di cui noi avevamo eseguito dei pezzi. Da parte nostra ricambiammo l'applauso più nutrito, la folla vi unì il suo e tutti finirono con l'assicurare d'aver preso parte sì ad altre serenate come questa, ma di non essersi forse mai divertiti tanto.

Così da un giorno all'altro la nostra casa di fronte al palazzo

Rondanini, al solito così tranquilla per quanto di bella apparenza, attrasse la curiosità di tutto il Corso. Certamente, si bisbigliava, vi alloggia qualche ricco milord; ma nessuno riusciva a identificarlo fra le personalità più note. È fuor di dubbio che uno spettacolo simile, se si fosse dovuto allestire con danaro contante, sarebbe costato non poco, mentre tutto fu eseguito da artisti per amore di artisti, con una spesa così modesta. Noi ripigliammo subito dopo la nostra vita tranquilla, ma non ci fu possibile d'impedire che in seguito la gente ci ritenesse personaggi ricchi e d'alto affare.

Anche l'arrivo del conte Friess ha dato una nuova spinta all'animazione della nostra società. Era con lui l'abate Casti, che ci ha tenuti molto allegri con la lettura delle sue *Novelle Galanti*, ancora inedite. Il suo modo di recitare, giocondo e spregiudicato, sembrava far rivivere perfettamente quelle scene piene di spirito e oltre modo geniali. Per conto nostro si deplorava soltanto che un amatore d'arte in buona fede e ricco come il Friess non fosse sempre servito dalle persone più fidate. L'acquisto d'una gemma falsa ha fatto parlar molto e provocato malumori. Ma il conte ha potuto ben consolarsi nel frattempo con la compera di una bella statua, rappresentante un Paride, secondo altri un Mitra. La statua gemella trovasi ora nel Museo Pio Clementino; tutte e due erano state ritrovate in una cava di sabbia. Del resto non eran soltanto i commercianti di oggetti d'arte che stavano sulle sue piste; egli dovette essere il protagonista di più d'una avventura; e non avendo potuto risparmiare la sua salute specialmente nella stagione calda, fu, com'era inevitabile, sorpreso da certi disturbi che gli amareggiarono gli ultimi giorni della sua dimora a Roma: cosa tanto dolorosa per alcuni di noi, come per me, che alla sua cortesia andavo debitore di non poco. Fra l'altro, è a lui che devo la buona ventura d'aver potuto esaminare la rara collezione di gemme del principe di Piombino.

In casa del conte Friess si davan convegno, oltre i commercianti di oggetti d'arte, anche certi letterati che qui vanno in giro in costume di abate. Non ho trovato però molto gusto a discorrere con questa gente. Appena cominciata la conversazione sulla poesia nazionale, mentre avreste voluto essere illuminati su questo o su quel particolare, potevate esser sicuri che vi avrebbero posta senz'altro la questione: quale dei due, l'Ariosto o il Tasso, debba ritenersi più grande poeta. Voi rispondevate che era da ringraziar Dio e la Natura se avevan largito a una nazione due uomini così insigni, ai quali, secondo il tempo, le circostanze, le disposizioni e il modo di sentire, dobbiamo a volta a volta momenti deliziosi. Parole ragionevoli, ma che nessuno vi passava per buone. Invece, quello dei due poeti, pel quale si eran decisi, veniva da loro portato alle stelle; l'altro addirittura abbassato all'ultimo gradino. Le prime volte, ho cercato di assumere le difese di quest'ultimo, mettendo in rilievo i suoi pregi, ma non ho avuto successo. Tutti avevano preso posizione e rimasero del loro parere. Ma poiché quella canzone si ripeteva continuamente ed io non mi sentivo di disputare dialetticamente intorno ad argomenti simili, ho evitato queste conversazioni, specialmente perché avevo osservato che non eran che frasi, buttate lì e difese senza un interesse reale all'argomento in questione.

Molto peggio ancora, se si trattava di Dante. Un giovine e intelligente gentiluomo, veramente innamorato di quel grande, non ha fatto troppo buon viso al mio plauso e al mio riconoscimento, affermando apertamente che gli stranieri devono rinunziare a comprendere un genio tanto straordinario, che gli Italiani stessi non possono sempre seguire. Dopo qualche botta e risposta, alla fine mi sentii punger sul vivo e dichiarai d'esser disposto ad approvare senz'altro le sue affermazioni, non avendo mai potuto capire come la gente si occupasse dei suoi poemi. Per me, dissi, l'*Inferno* è assolutamente mostruoso, il *Purgatorio* equivoco e il *Paradiso* noioso. Dopo di che, egli rimase pienamente soddisfatto, traendo buon argomento in favore della sua tesi: era proprio quello che ci voleva per dimostrare ch'io non ero in grado di comprendere la profondità e la sublimità di questi poemi. Ci lasciammo da ottimi amici; egli anzi mi promise che m'avrebbe indicato e commentato alcuni passi, che gli avevan dato molto da fare, ma il cui senso alla fine gli era diventato chiarissimo.

Purtroppo la conversazione con gli artisti e gli amatori non è stata più edificante. Ma si finiva col perdonare anche agli altri il difetto che ognuno doveva riconoscere a se stesso. Ora si dava la preferenza a Michelangelo, ora a Raffaello, per cui bisognava concludere che l'uomo è un essere così limitato che, anche se il suo spirito è aperto alle cose grandi, non acquista mai la capacità di apprezzare e di riconoscere in egual misura le differenti grandezze.

Mentre risentivamo l'assenza d'un artista autorevole come il Tischbein, egli ce ne compensava per conto suo fino al possibile, scrivendoci lettere piene di brio. Oltre alcuni curiosi incidenti narrati con grande vivacità ed altre sue geniali fantasie, apprendevamo i particolari dei suoi racconti anche dai disegni e dagli schizzi d'un quadro[28] che a Napoli ha avuto grande successo. Vi ha rappresentato in mezze figure Oreste, nel momento in cui vien riconosciuto da Ifigenia davanti all'altare, mentre le furie che lo hanno perseguitato stanno per allontanarsi. Ifigenia è il ritratto ben riuscito di miss Harte, a quei giorni in tutto il fulgore del suo prestigio e della sua bellezza famosa. Anche una delle furie appare nobilitata dalla somiglianza con lei, che del resto può ben prestarsi come modello di tutte le eroine, muse e semidee. Un artista capace di cose simili non poteva non essere accolto con tutti gli onori nell'eletta società d'un cavaliere Hamilton.

# AGOSTO

### CARTEGGIO

*Roma, 1° agosto 1787.*

Tutto il giorno in casa per il gran caldo a lavorare. Il mio maggior diletto, durante il solleone, è pensare che anche voi avrete una bella estate in Germania. Qui, il più gran divertimento è veder trasportare il fieno falciato; in questa stagione infatti, non piove per nulla, per cui gli agricoltori si regolano a loro talento; ammesso che qui esista un'agricoltura!

La sera prendo un bagno nel Tevere, in certi camerini comodi e sicuri; poi faccio una passeggiata a Trinità dei Monti e godo il fresco al chiaro di luna. I chiari di luna qui sono veramente come uno se li imagina, o come li sogna.

Il quarto atto dell'*Egmont* è finito; nella prossima mia spero di annunziarti la fine di tutto il dramma.

*Roma, 11 agosto.*[1]

Resterò in Italia ancora fino a Pasqua. Per ora non posso lasciare questa scuola. Se resisto, arriverò certamente a un punto, che sarà la soddisfazione mia e dei miei amici. Riceverete sempre mie lettere; quanto ai miei lavori, vi arriveranno a poco a poco; così avrete di me l'idea di un assente vivo, come un tempo avete tanto spesso deplorato di avere in me un presente morto.

L'*Egmont* è tutto finito e potrà partire alla fine del mese. Attenderò poi, non senza ansia, il vostro responso.

Non passa giorno ch'io non progredisca nella conoscenza e nell'esercizio dell'arte. Come una bottiglia aperta immersa sott'acqua si riempie subito, così qui è facile riempire se stessi, purché si possegga sensibilità e cultura: l'elemento artistico ci inonda da tutte le parti.

Vi avevo già predetta la bella estate che ora godete. Noi abbiamo sempre quel cielo puro, ma un caldo terribile di pieno giorno, caldo che io evito discretamente nella frescura del mio salone. Il settembre e l'ottobre li passerò in campagna a disegnare dalla natura. Forse ritorno a Napoli per approfittare delle lezioni di Hackert. In quindici giorni che ho passato con lui, ho fatto più progressi che non avrei fatto da solo in parecchi anni. Non ti mando nulla ancora, ma conservo una dozzina di piccoli schizzi per farti avere qualche cosa di buono in una sola volta.

Questa settimana è passata tranquilla, ma ho lavorato assiduamente. Ho imparato parecchie cose specialmente nella prospettiva. Verschaffelt,[2] figlio del direttore dell'Accademia di Mannheim, si è perfezionato in questo campo e mi soccorre con tutta la sua abilità. Fra l'altro, ho messo sulla tavoletta alcuni effetti di luna, che ho anche ombreggiato; alcune altre mie idee sono troppe temerarie, per poterne far parola.

Ho scritto una lunga lettera alla Duchessa[3] per suggerirle di differire a un altr'anno il suo viaggio in Italia. Venendo in ottobre, arriverebbe in questo benedetto paese proprio nella stagione in cui la temperatura è soggetta a mutazione e c'è poco da stare allegri. Se seguirà i miei consigli in questo e in quello se ne chiamerà contenta, con l'aiuto della fortuna. Faccio voti di cuore perché ella possa compiere questo viaggio.

È stato ben provveduto sia per me che per gli altri, e possiamo attendere tranquillamente il futuro. Nessuno può capovolgere la propria esistenza e sfuggire al proprio destino. Anche da questa mia puoi arguire il mio programma, che spero approverai. Perciò non ripeto nulla.

Scriverò spesso e per tutto l'inverno sarò con voi in spirito. Il *Tasso* arriverà con l'anno nuovo. Il *Faust* si farà trasportare col suo mantello per annunziare, come corriere, il mio arrivo. Allora avrò conchiusa e perfettamente suggellata un'epoca importante della mia vita e potrò rimettermi al lavoro, solo se sarà necessario. Già mi sento una grande elasticità di spirito e quasi un altr'uomo, da quello d'un anno fa.

Vivo nell'opulenza e nell'abbondanza di tutto ciò che mi è particolarmente e più caramente diletto; soltanto in questi due mesi ho potuto godere a fondo il mio tempo. Tutto adesso si spiega e l'arte mi è diventata come una seconda natura, nata dalla testa degli uomini grandi, come Minerva dalla testa di Giove. Di tutto questo voi sentirete parlare da me più tardi per giornate intere, per interi anni.

Auguro a voi tutti un lieto settembre. Alla fine di quest'agosto, in cui coincidono tutti i nostri natalizi, penserò particolarmente a voi. Come il gran caldo scemerà, andrò in campagna a disegnare. Nel frattempo, faccio quel che si può fare in una stanza; spesso son costretto a far la siesta. La sera però, bisogna ben guardarsi dalle infreddature.

*Roma, 18 agosto.*

In questa settimana ho dovuto rallentare un poco la mia nordica smania di lavoro: i primi giorni sono stati torridi; per cui non ho fatto quanto desideravo. Ma da un paio di giorni abbiamo la più deliziosa tramontana e un cielo perfettamente sereno. Settembre e ottobre dovrebbero essere due mesi di paradiso.

Ieri sono andato all'Acqua Acetosa prima del levar del sole; c'è veramente da perdere la testa, a vedere la colorazione divina di quel paesaggio, specialmente dello sfondo.

Il Moritz adesso si è dato all'archeologia, che intende portare all'intelligenza e all'esercizio dei giovani e di tutti gli uomini pensanti, purificandola di ogni sua muffa e della polvere delle scuole. Egli possiede una giusta e assai felice maniera di considerare le cose: spero che saprà anche trovare il tempo di approfondirsi. La sera andiamo a passeggio insieme ed egli mi confida che cosa ha meditato durante la giornata e quello che ha letto dei suoi autori; in tal modo si colma anche questa lacuna, che per tant'altre mie occupazioni avevo dovuto lasciar vuota e che avrei potuto colmare solo in ritardo e a fatica. Nel frattempo, osservo edifici, vie, paesaggi, monumenti, e al mio ritorno a casa mi svago a buttar giù sulla carta, fra una chiacchiera e l'altra, le vedute che mi son piaciute di più. Ti accludo uno di questi schizzi, di ieri sera. Rappresenta, a un di presso, il Campidoglio visto dalla salita posteriore.

Domenica sono stato con la nostra ottima Angelica a vedere la galleria del principe Aldobrandini, e in particolare uno squisito Leonardo.[4] Ella non è felice quanto meriterebbe, dato il suo grande talento e con quel patrimonio che s'accresce di giorno in giorno. È stanca di dipingere per commissione, ma al suo vecchio marito non par vero di veder entrare tanto danaro per lavori qualche volta di così poco momento. Ella amerebbe di lavorare a piacer suo, con più agio e maggiore studio e preparazione; e potrebbe anche. Figliuoli non ne hanno, non sono nemmeno in grado di dar fondo ai frutti del loro capitale e per giunta ella guadagna ancora abbastanza, ogni giorno, e con poca fatica. Ma questo non può andare né può durare. Con me, parla con molta franchezza; io non le ho nascosto la mia opinione, le ho dato qualche consiglio e le fo coraggio ogni volta che mi trovo da lei. Si parla tanto di miserie e di guai; ma intanto quelli che sono bastantemente forniti di mezzi, non li possono né impiegare né godere! Angelica possiede un talento incredibile e, per una donna, veramente straordinario. Bisogna vedere e apprezzare quello che *fa*, non quello che *tralascia di fare*. Quante opere dei nostri artisti resisterebbero, se si volesse tener conto di quello che in esse non c'è?

Così, miei cari, la città, il mondo romano, l'arte e gli artisti mi diventano sempre più familiari e ne vedo i rapporti ben addentro; tutto mi riesce più intimo e naturale, vivendoci dentro, e girando di qua e di là. Ogni visita, per sé semplicemente, procura delle idee false. Anche a Roma mi vorrebbero strappare alle mie abitudini solitarie e metodiche e cacciarmi in mezzo al gran mondo. Ma sto in guardia, come meglio posso; prometto, differisco, sfuggo, torno a promettere, faccio insomma l'italiano fra gli italiani. Il cardinal Buoncompagni,[5] segretario di Stato, m'ha fatto in proposito le più vive insistenze, ma io saprò schermirmi, finché in settembre andrò in campagna. Di fronte ai gran signori e alle grandi dame io provo una specie di terrore, come di fronte a una malattia; mi sento male al solo vedere come vanno in carrozza.

*Roma, 23 agosto.*

Ho ricevuto la vostra cara lettera n. 24 l'altro ieri, proprio mentre mi avviavo al Vaticano; e l'ho letta e riletta cammin facendo, poi nella Cappella Sistina, nei momenti in cui mi riposavo dalla fatica del vedere e fare osservazioni. Non so esprimere quanto ho desiderato di esservi vicino, perché aveste almeno un'idea di ciò che può fare e portare a termine un unico uomo quando sia un uomo completo. Senza aver veduto la Cappella Sistina non ci si può fare un concetto adeguato di quello che può compiere un uomo. Si sente parlare e si legge tanto di uomini grandi e degni; ma qui è tutto un uomo vivo, che ci pende sopra il capo e ci sta innanzi agli occhi. Mi sono intrattenuto molto con voi e vorrei poter mettere tutto su questo foglio. Voi volete sapere mie notizie: quante ve ne potrei dare! Perché io sono veramente rinato e rinnovellato e rieducato. Sento che la somma delle mie forze ha raggiunto il colmo; e spero di poter fare ancora qualche cosa. In questo tempo ho fatto dei seri studi intorno al paesaggio e all'architettura e anche qualche tentativo pratico; ora vedo la via che mi convien battere e fino a qual punto potrò arrivare.

Infine sono stato completamente preso dall'alfa ed omega di tutte le nostre conoscenze, dalla figura umana; e questa è tutta presa di me; sicché posso dire: «Signore, io non ti lascierò finché non mi avrai benedetto, dovessi io lottare fino all'estremo».[7] Nel disegno, non riesco a nulla, sì che mi son deciso a modellare; e in questo mi sembra di far progressi. Per lo meno sono arrivato a un pensiero, che mi rende facili parecchie cose. Sarebbe troppo lungo entrar qui in particolari, e del resto meglio è fare che dire. A farla breve, tutto si compendia in questo: che il mio studio ostinato della natura, e il fervore con cui mi son dedicato all'anatomia comparata mi mettono ora in grado di comprendere, in tutto il loro complesso, sia nella natura che nell'arte antica, quello che gli artisti non riescono a vedere, nei singoli casi, se non a gran fatica e che, una volta raggiunto, ritengono soltanto per sé, senza poterlo comunicare ad altri.

Ho anche rimesso sul tappeto i miei vecchi ritrovati fisionomici, relegati in fondo alla scrivania per dispetto contro il profeta,[8] e ne son soddisfatto. Inoltre ho già incominciato una testa di Ercole; se riuscirà bene, mi spingerò anche più innanzi.

Lontano come sono dal mondo e da ogni rumore mondano, mi fa un'impressione strana leggere di quando in quando un giornale. L'aspetto di questo mondo trapassa; io vorrei occuparmi solo di rapporti immanenti e così procurare finalmente al mio spirito il possesso dell'eterno, secondo la dottrina di \*\*\*.[9]

Ieri ho visto molti disegni in casa di Ch. von Worthley,[10] reduce da un viaggio in Grecia, Egitto, ecc. I più interessanti per me sono i disegni e i bassorilievi nel frontone del tempio di Minerva in Atene, opera di Fidia. Non è possibile imaginare cosa più bella di quelle poche e semplici figure. Del resto c'era poco di interessante in tutti gli altri disegni; i paesaggi son poco felici; val meglio l'architettura.

Addio, per quest'oggi. Stanno facendo il mio busto, ciò che mi ha preso tre giorni in questa settimana.

*Roma, 28 agosto.*

Ho avuto parecchie fortune in questi giorni: oggi, per il mio natalizio, anche il libretto dello Herder,[11] così ricco di pensieri elevati sulla Divinità. È stata per me una consolazione e una gioia, poter leggere pagine così belle e così pure in questa Babele, madre di tante ciurmerie e di tanti errori; e pensare che proprio adesso è il momento buono di diffondere tali sentimenti e tali opinioni. Leggerò e mediterò spesso, nella mia solitudine, questo libretto e lo annoterò anche, in modo da poter aver occasione, in seguito, di discorrerne a lungo.

In questi giorni ho anche allargato sempre più la cerchia delle mie cognizioni in materia d'arte ed ora posso quasi abbracciare d'un solo sguardo tutto il compito che mi rimane da assolvere; e quando sarà assolto, non sarà nulla ancora. Ma forse offrirà ad altri l'occasione di portare a migliore e più facile compimento ciò per cui si richiede abilità e talento.

L'Accademia di Francia[12] ha fatto un'esposizione dei suoi lavori.

Vi sono delle cose interessanti: Pindaro,[13] che prega gli dèi di concedergli una lieta fine, cade fra le braccia d'un fanciullo da lui molto amato, e muore. C'è di molto buon lavoro in questo quadro. Un architetto ha sfruttato poi un'idea molto felice: ha disegnato la Roma d'oggi da un punto in cui la città si presenta egregiamente in tutte le sue parti; quindi ha rappresentato in un altro cartone la Roma antica, vista presumibilmente dallo stesso punto. Si riconoscono i luoghi dove sorgevano i monumenti antichi, e per la maggior parte si vede anche la forma di quelli, mentre di molti altri sussistono ancora le rovine. Egli ha tolto via tutto il moderno e riprodotto l'antico, come può essere stato circa l'epoca di Diocleziano; tutto questo con molto gusto e molta diligenza, e colorato graziosissimamente.

Ciò ch'io posso fare, lo faccio; ed accumulo in me tanto di questi concetti e di questi talenti, quanto mi è possibile portarne via; e in tal modo porto meco anche tutta la possibile realtà.

Non ti ho detto che il Trippel[15] sta facendo il mio busto? Glie ne ha dato la commissione il principe di Waldeck. È quasi tutto finito e nel complesso piace. È lavorato in uno stile molto severo. Finito il modello l'artista lo getterà in gesso e comincerà poi a trattare il marmo, che desidera lavorare fino all'ultima bozza sul mio modello. Infatti, quel che si può fare con questo materiale non si può raggiungere con nessun altro.

Angelica dipinge ora un quadro che riuscirà egregiamente: la madre dei Gracchi, nell'atto in cui presenta i figliuoli, come i suoi tesori più preziosi, a un'amica che fa pompa dei suoi gioielli: composizione piena di naturalezza e molto felice.

Quanto è bello seminare per raccogliere! Qui non ho detto ad alcuno che oggi è il mio natalizio, e, nell'alzarmi da letto, pensavo: Non mi arriverà proprio nulla dai miei amici per la mia festa? Ed ecco il vostro pacchetto, che mi ha procurato una gioia indicibile; e subito a cominciarne la lettura; ed ora che l'ho finita, mi tarda di rendervene le grazie più sentite.

Ora vorrei proprio esservi vicino, e intrattenermi con voi, e spiegar meglio alcuni punti, cui v'ho accennato. Pazienza, anche questo ci sarà concesso e intanto godo a pensare che già è stata piantata quella colonna miliare, dalla quale potremo d'ora in poi contare il nostro cammino. Procedo a gran passi nei campi della natura e dell'arte, dai quali avrò la gioia di venirti incontro.

Ci ho pensato anche oggi, dopo ricevuta la tua lettera; ma devo perseverare; i miei studi di artista, le mie occupazioni di autore, tutto richiede ancora del tempo. In arte, devo raggiungere ancora il punto in cui tutto diventi intuizione e conoscenza, nulla rimanga tradizione e parola vuota. Lo raggiungerò a tutti i costi, in questi altri sei mesi; e in nessun luogo sarà possibile fuori di Roma. Le mie cosette (non so rappresentarmele che in diminutivo) devo almeno portarle a termine nel raccoglimento e nella gioia dello spirito.

Del rimanente, tutto mi richiama alla mia patria. Se anche dovessi condurre in seguito una vita solitaria e da privato, ho tanti fili da riprendere, tante cose da mettere in chiaro, che per una decina d'anni prevedo che non avrò requie.

Nel campo della storia naturale ti porterò delle cose che non ti aspetti. Credo d'aver raggiunto molto da vicino il *come* dell'organismo. Tu saluterai con gioia queste manifestazioni — non ho detto «folgorazioni»[16] — di Dio e mi farai sapere chi, nel tempo antico e nel moderno, ha trovato e pensato le stesse cose, o le ha considerate dallo stesso punto di vista o da un altro un po' diverso.

# AGOSTO

### APPUNTI

Ai primi di questo mese s'è andato maturando in me il proposito di rimanere a Roma anche durante il prossimo inverno: sentivo e intuivo troppo bene che, nelle presenti circostanze, sarei partito ancor del tutto impreparato, senza contare che non avrei mai trovato altrove l'ozio e la tranquillità necessaria per finire le mie opere; così ho finito col decidermi. Adesso che ne ho già informati i miei amici, comincia per me un'èra nuova.

Il gran caldo, che aumentava di giorno in giorno ponendo un limite ad ogni soverchia attività, ci ha fatto trovare più piacevoli e graditi i locali nei quali si può impiegare utilmente il tempo nella quiete, pur rimanendo al fresco. La Cappella Sistina ci ha offerto per questo la migliore occasione. Proprio in quei giorni, Michelangelo era diventato oggetto di nuova e più fervida ammirazione da parte dei nostri artisti: oltre alle altre sue grandi qualità, si voleva che egli non fosse stato superato nemmeno nel colorito, ed era di moda disputare quale dei due genî fosse superiore, lui, o Raffaello. La Trasfigurazione di quest'ultimo è stata fra l'altro severamente criticata, mentre la Disputa fu giudicata la migliore delle sue opere; ciò che già preannunziava la predilezione manifestatasi più tardi per le opere della scuola antica, che l'osservatore spassionato non può considerare se non come una tendenza di talenti mediocri o non originali,[17] senza poterla mai condividere con simpatia.

È già tanto difficile comprendere a fondo un grande talento; non diciamo nulla di due contemporaneamente. Noi ci agevolammo questo còmpito, dividendoci in due partiti; il giudizio intorno agli artisti e agli scrittori oscilla sempre, finché poi o l'uno o l'altro tiene incontrastato il campo. Quanto a me, simili contese non potevano tirarmi fuor di strada, perché le consideravo per quel che valgono, occupandomi dell'immediato studio di tutto ciò che mi pareva meritevole e degno. Questa predilezione per il grande fiorentino si propagò ben presto dagli artisti agli amatori, e fu proprio allora che il Bury e il Lips[18] ebbero l'incarico dal conte Friess di eseguire all'acquarello delle copie della Cappella Sistina. Il custode, pagato bene, ci lasciava entrare dalla porta di dietro accanto all'altare, e ci abbiamo piantato le tende a piacer nostro. Non mancava nemmeno qualche refezione e ricordo anche che, spossato dal caldo, un dopopranzo schiacciai un sonnellino sul trono del papa.

Furono accuratamente copiate le teste e le figure inferiori della pala, alle quali si poté arrivare mediante una scala; e precisamente, prima col gesso bianco su telai di crespo nero, poi con la matita rossa su grandi cartoni.

Né meno glorificato, durante questo fervore di predilezione per l'antico, fu Leonardo da Vinci, il cui celeberrimo quadro, Cristo tra i Farisei,[19] sono andato a vedere con Angelica nella galleria Aldobrandini. Era ormai consuetudine che la domenica verso mezzogiorno Angelica, suo marito e il consigliere Reiffenstein passassero con la loro vettura sotto la mia abitazione per recarci tutti insieme con un caldo da morire in questa o in quella galleria, dove ci indugiavamo alcune ore per poi ritornare a casa di lei, e pranzare a una tavola sempre ben fornita. Era per me di gran profitto, alla presenza di opere d'arte così insigni, conversare con questi tre amici, ognuno dei quali ha una sua particolare cultura, teoretica, pratica, estetica e tecnica.

Il cavaliere Worthley, reduce dalla Grecia, ci ha fatto vedere con grande amabilità i disegni portati dal suo viaggio; fra questi le riproduzioni delle opere di Fidia nel frontone dell'Acropoli mi hanno lasciato impressione profonda e incancellabile, anzi tanto più profonda in quanto le possenti figure di Michelangelo mi avevano spinto a dedicare tutta la mia attenzione e il mio studio al corpo umano.

Molto rumore nel mondo sempre vivace degli artisti ha fatto l'esposizione dell'Accademia di Francia alla fine del mese. Con gli Orazî del David[20] le predilezioni del pubblico sono passate dalla parte dei francesi. Il Tischbein ne fu indotto a ritrarre in grandezza naturale il suo *Ettore*,[21] che provoca a combattimento Paride, in presenza di Elena. Grazie a Drouais,[22] Gagneraux, Desmarest, Gauffier e St. Ours, la fama dei francesi oggi tiene il campo e anche Boquet si va facendo un nome come paesista alla maniera del Poussin.

Nel frattempo il Moritz era tutto infervorato nella mitologia antica. Era venuto a Roma per procurarsi i mezzi di viaggio, secondo l'usanza di una volta, mediante la descrizione del viaggio stesso.[23] Un editore gli aveva fornito un anticipo; ma soggiornando a Roma, egli dovette ben presto accorgersi che l'abborracciare un diario leggero e sciatto non sarebbe stato senza deplorevoli conseguenze. A forza di continue conversazioni, e di veder tante insigni opere d'arte, si destò in lui l'idea di scrivere una mitologia degli antichi in senso puramente umano, e di pubblicarla poi con opportune illustrazioni tratte dalle pietre incise. Vi ha lavorato con assiduità, e il nostro circolo non ha mancato di interessarsene efficacemente.

Una consuetudine di conversazioni fruttuose e piacevoli, in perfetta armonia coi miei propositi e i miei desiderî, fu quella che si stabilì fra me e lo scultore Trippel, nel suo stesso studio, mentre modellava il mio busto, che stava eseguendo in marmo per il principe von Waldeck. In altre circostanze, sarei ben difficilmente arrivato allo studio della figura umana e alla chiara conoscenza delle sue proporzioni, sia come canone fisso che come carattere indipendente. Questo breve periodo fu anche doppiamente interessante, perché il Trippel venne a conoscenza di una testa di Apollo,[24] che fino allora era rimasta quasi inosservata nel museo del palazzo Giustiniani. Egli la giudicava una delle più nobili opere d'arte e nutriva speranza di comperarla, ciò che tuttavia non gli riuscì. Questo pezzo antico, diventato poi celebre, è entrato più tardi in possesso del signor de Pourtalès a Neufchatel.

Ma come a colui che, una volta affrontato il mare, è spinto, dal vento e dalle onde a prendere ora questa, ora quella direzione, così accadde anche a me. Verschaffelt aprì un corso di prospettiva, dove ci radunavamo la sera; un folto gruppo seguiva le sue lezioni, e le metteva subito in pratica. Era proprio quello che ci voleva, perché vi si imparasse il necessario, e non troppo.

Gli amici avrebbero certamente voluto strapparmi da questa mia feconda quiete contemplativa ed attiva. Quel nostro sciagurato concerto aveva fatto molto rumore a Roma, dove i pettegolezzi della giornata sono oggetto di mille commenti, né più né meno che in provincia. Così fu richiamata l'attenzione del pubblico sulla mia attività di scrittore e sulla mia persona. Avevo letto da poco, nell'intimità, la mia *Ifigenia* ed altre cose, ed anche queste furono molto discusse. Fatto è che il cardinale Buoncompagni espresse il desiderio di vedermi; io però tenni fermo nella mia ben nota clausura, ciò che mi riuscì anche facilmente perché il consigliere Reiffenstein andava proclamando risolutamente ed ostinatamente che, dal momento che io non avevo acconsentito di essere presentato da lui, nessun altro avrebbe potuto farlo in sua vece. Tutto questo fu una fortuna per me, che mi son valso sempre del prestigio di Reiffenstein per mantenermi appartato, come mi ero proposto e come avevo espressamente dichiarato.

## SETTEMBRE

CARTEGGIO

*1° settembre.*

Oggi posso dire che l'*Egmont* è finito; in questi ultimi giorni ho sempre lavorato attorno a questa o a quella parte. Lo spedisco per posta, via Zurigo, desiderando che Kayser[1] accetti di comporre gli intermezzi e tutta la parte musicale necessaria. Altro mio desiderio è che possa piacere anche a voi.

I miei studi d'arte progrediscono bene: il mio principio trova la sua conferma da per tutto e mi apre la porta di tutto. Tutto ciò che gli artisti son costretti a scoprire isolatamente ed a fatica, mi sta ora innanzi chiaro e senza impacci nel suo complesso. Adesso vedo quante cose non so, ma la via per sapere e per comprendere tutto è aperta.

Il «Dio» dello Herder ha fatto molto bene al Moritz; segnerà certo una data importante nella sua vita; il suo spirito è inclinato a tali teorie ed è stato preparato anche dalla mia conversazione. Ha preso fuoco subito, come il legno bene asciutto.

*Roma, 3 settembre.*

Oggi è un anno che ho lasciato Carlsbad. Quale anno, e quale singolare data non è per me questo giorno natalizio del Duca e giorno natale anche per la mia vita nuova! Come io abbia messo a profitto quest'anno, non posso calcolarlo ora né per me né per altri; ma verrà il tempo, spero, verrà l'ora agognata in cui voi ed io potremo tirar le somme.

Adesso e qui soltanto cominciano davvero i miei studi; non avrei visto affatto Roma, se ne fossi partito prima. Non è possibile imaginare ciò che qui si può vedere ed imparare: fuori di qui non se ne può avere un'idea.

Sono ritornato anche ai miei studi sull'Egitto antico. In questi giorni ho riveduto parecchie volte il grande obelisco, che si trova in un cortile, spezzato, fra le macerie ed il fango. Era l'obelisco di Sesostri,² eretto a Roma in onore di Augusto, per servire da indice del grande orologio solare, tracciato sul suolo del Campo Marzio. Questo monumento più antico e più insigne di molti altri giace ora in frantumi e deturpato in molte parti, probabilmente dal fuoco. Eppure esiste ancora, e le parti risparmiate hanno ancora tanta freschezza come se fossero di ieri, e mostrano nel loro genere tanta leggiadria di lavoro. Sto facendo eseguire un calco della sfinge al sommo dell'obelisco e altre figure di sfingi ed uomini ed uccelli, per fonderli in gesso. Sono cose inestimabili, che bisogna possedere, tanto più che il papa, a quanto dicono, ha intenzione di innalzare il monumento per qualche piazza, nel qual caso i geroglifici non si potran vedere più. Lo stesso farò anche coi più bei lavori etruschi, ecc. Per ora, modello questi oggetti in creta, per diventar padrone assoluto di tutto.

*Roma, 5 settembre.*

Questa mattina non starò senza scrivere, perché è giorno di festa per me: oggi il mio *Egmont* è veramente e completamente perfetto. Ho scritto anche il titolo e i personaggi, e colmato alcune lacune che avevo lasciate in bianco. Ora pregusto il momento in cui lo riceverete e lo leggerete. Aggiungerò anche qualche disegno.

*Roma, 6 settembre.*

Mi ero proposto di scrivervi a lungo e di narrarvi un mondo di cose nell'ultima mia; ma sono stato interrotto e domani vado a Frascati. La presente deve partire sabato prossimo, per cui non aggiungo che poche parole d'addio. È probabile che ora abbiate anche voi bel tempo, come noi lo godiamo sotto questo cielo più sereno. Io sono sempre assalito da nuovi pensieri, e poiché gli oggetti che mi circondano sono di una varietà innumerevole, mi suscitano ora un'idea, ora un'altra. Ma tutto converge per diverse vie in un punto solo, e posso dire di veder ben chiaro dove arriverò e sarò capace di arrivare. A quest'età bisogna arrivare, per avere soltanto una debole idea del proprio stato! Non sono dunque i soli abitanti della Svevia che hanno bisogno di quarant'anni, per far giudizio!

Sento che lo Herder non sta bene, e ciò mi fa stare inquieto. Spero di apprendere presto notizie migliori.

Io sto sempre bene di spirito e di corpo, e non dispero nemmeno di guarire *radicaliter*. Tutto mi riesce facile e a volte è un soffio di giovinezza che mi alita in viso. L'*Egmont* parte assieme a questa mia, ma arriverà più tardi perché lo affido alla posta corriera. Sono curiosissimo ed impaziente di sentire ciò che direte.

Sarebbe forse bene di incominciare la stampa presto. Mi farebbe piacere se questo lavoro si presentasse senza indugio al pubblico. Pensateci voi. Per me, non vi farò aspettare il resto del volume.[3]

Il «Dio» (di Herder) mi fa la migliore delle compagnie. Anche il Moritz ne è rimasto edificato. Ci voleva solo quest'opera per concludere, come una chiave di volta, i suoi pensieri, sempre lì lì per sbandarsi. Egli mi sta diventando prezioso. Mi ha spronato ad approfondirmi nelle ricerche di storia naturale, nelle quali sono pervenuto, specie in botanica, ad un *èn kaì pân*,[4] che mi fa stupire. Fino a qual punto maturerà, non posso prevedere nemmeno io.

Trovo sempre più esatto, in ogni sua applicazione, il mio sistema di interpretare le opere d'arte e di spiegare d'un sol colpo quello per cui artisti ed amatori si affannano a cercare e a studiare dal Rinascimento in poi. In verità, non è che l'uovo di Colombo. Senza dire che già posseggo una simile chiave di volta, discuto opportunamente nei particolari con gli artisti, e vedo a che punto stanno, che cosa hanno ottenuto e gli ostacoli che si presentano. La porta mi sta innanzi aperta e mi trovo già sulla soglia; purtroppo di lì non potrò girare lo sguardo al di fuori del tempio, che un giorno dovrò lasciare.

Questo è certo, che gli artisti antichi hanno posseduto una grande conoscenza della natura e un sicuro intuito di tutto ciò che si può rappresentare e del modo con cui tutto deve essere rappresentato; in questo non son rimasti indietro ad Omero. Purtroppo, il numero delle opere d'arte di primo ordine è troppo esiguo. Ma se si ha la fortuna di vederle, non resta altro da desiderare che di conoscerle a fondo e poi andarsene in pace. Questi sublimi capolavori dell'arte sono stati prodotti da uomini come le più sublimi opere della natura, secondo leggi giuste e naturali. Tutto ciò che è arbitrio e capriccio, cade da sé: è la necessità, è Dio.

Fra giorni vedrò i lavori di un abile architetto,[5] che ha visitato Palmira[6] e ne ha disegnato la regione con grande intelligenza e buon gusto. Ne scriverò subito un cenno e attenderò con impazienza il vostro giudizio intorno a queste importanti rovine.

Gioite con me della mia felicità; sì, lo posso dire: non sono mai stato felice come ora. L'aver potuto soddisfare con la maggior tranquillità e serenità una passione innata, il ripromettersi da un continuo piacere un vantaggio duraturo, non è cosa da poco. Potessi io soltanto comunicare ai miei cari parte almeno della mia gioia e delle mie sensazioni!

Spero che le nubi dell'orizzonte politico si dilegueranno.[7] Le nostre guerre moderne fanno molti infelici mentre esse durano; nessuno felice, quando sono finite.

*Roma, 12 settembre.*

Resta dunque inteso, miei cari, che io sono un uomo che vive di lavoro. Anche in quest'ultimi giorni, ho più lavorato che goduto. Intanto la settimana sta per finire ed ho il dovere di scrivervi.

Peccato, che l'aloe del Belvedere scelga proprio l'anno della mia assenza da Roma per fiorire. In Sicilia sono andato troppo presto; qui non c'è che una pianta d'aloe che fiorisca quest'anno, ma non è grande e poi si trova in un punto così alto, che non si arriva a vederne il fiore. Evidentemente è una pianta indiana, che anche sotto questo clima si trova a disagio.

Le descrizioni del viaggiatore inglese[8] non sono di mio gusto. Gli scrittori ecclesiastici devono andar molto cauti in Inghilterra, ma in compenso si sbizzarriscono col pubblico d'oltre Manica. Il figlio della libera Inghilterra deve procedere con molta riservatezza in materia di scritti sulla morale.

Gli uomini con la coda non mi stupiscono; dalla descrizione che ne fanno, la cosa è molto naturale. Vi son cose ben più meravigliose, che si presentano tutti i giorni al nostro sguardo, e alle quali noi non badiamo, perché non ci riguardano molto da vicino.

Che il B., come tanti altri, che non han mai conosciuto nella loro vita un sentimento di vera pietà, sia diventato pio, a quanto dicono, nella vecchiaia, sta anche benissimo; non si pretenda però che per questo noi dobbiamo sentirci edificati.

Ho passato alcuni giorni a Frascati assieme al consigliere Reiffenstein. Angelica ci venne a prendere domenica scorsa. Un paradiso.

*Ervino ed Elmira*[9] l'ho rimaneggiato per una buona metà. Mi sono studiato d'infondere più vita ed interesse in questo lavoretto, ed ho soppresso senz'altro alcune banalità del dialogo. È un componimento scolastico o meglio una broda lunga. Le graziose canzonette, sulle quali si basa tutto, rimangono naturalmente.

Continuo ad occuparmi di cose d'arte: è un vero furore, un delirio.

Il mio busto è riuscito benissimo, e tutti ne sono soddisfatti. Certo è lavoro di stile elevato e nobile, e non posso aver nulla in contrario che i posteri credano esser io stato proprio così. Ora sarà scolpito subito in marmo e finalmente ritoccato anche nel marmo, sull'originale. Se il trasporto non procurasse tante noie, ve ne manderei senz'altro un gesso; approfitterò forse di qualche trasporto per acqua, dovendo pure un giorno fare la spedizione di parecchie casse.

Non è ancora arrivato Kranz, al quale ho consegnato una scatola per i bimbi?

In questi giorni si rappresenta al Valle una nuova graziosa operetta, dopo il fiasco completo di altre due. Gli attori recitano con molto brio e con grande affiatamento. Ma fra breve andremo in villeggiatura. Ha fatto un po' di pioggia, la temperatura s'è rinfrescata e la campagna mostra ancora del verde.

Della grande eruzione dell'Etna avran detto, o diranno qualche cosa anche i giornali.

*Roma, 15 settembre.*

Ho letto anch'io la *Vita* del Trenck;[10] non è poco interessante e si presta a non poche riflessioni.

La prossima mia vi darà notizia d'un singolare viaggiatore, di cui farò la conoscenza domani.

Siate contenti anche voi di questo mio soggiorno! Roma è diventata ormai casa mia e non c'è quasi più nulla in me, di quel che mi teneva in continuo stato di sovreccitazione. A poco a poco l'ambiente mi ha preso e sollevato. Io godo d'una gioia sempre più pura e sempre più consapevole. La mia buona stella continuerà a soccorrermi.

Accludo un foglio da me trascritto, che vi prego di comunicare agli amici. Il soggiorno di Roma è interessante anche perché questa città è un centro nel quale convergono tante cose. I disegni di Cassas sono d'una finezza straordinaria. Gli ho rubato con la memoria parecchie cose, che vi porterò con me.

Lavoro sempre intensamente. Ho disegnato testè dal gesso una testina, per vedere se il mio principio trova conferma; e mi sembra che vada benissimo e che agevoli in modo sorprendente l'esecuzione. Non si voleva credere che fosse opera mia; e non è nulla ancora. Ora vedo proprio a che punto si possa arrivare a forza di assiduità.

Lunedì ritornerò a Frascati. Sarà mia cura che oggi ad otto parta un'altra mia. Poi andrò ad Albano e disegnerò dalla natura con la maggiore alacrità. Nulla mi sta più a cuore che il produrre e l'educare a fondo il mio spirito. È una malattia, di cui son malato dalla gioventù: voglia Iddio che finalmente si risolva.

*Roma, 22 settembre.*

Ieri ha avuto luogo una processione col trasporto del sangue di S. Francesco; ed ho fatto delle osservazioni sulle teste e sui visi dei passanti, mentre sfilavano i varî ordini religiosi.

Mi son procurato una collezione di duecento fra i migliori calchi di gemme antiche.[11] È quanto di più bello ci rimane di questa vetusta lavorazione; alcuni li ho scelti anche per la grazia della invenzione. Non si può portar via da Roma nulla di più prezioso, tanto più che i calchi sono d'una bellezza e d'una finezza straordinarie.

Quante cose belle vi porterò, se potrò ritornare con quella mia navicella: anzitutto, un cuore soddisfatto e più capace di godere la felicità che mi riserva il vostro amore, la vostra benevolenza. Soltanto non devo intraprendere più nulla che sia fuori della sfera delle mie attitudini, e che mi esaurisca senza alcun frutto.

Eccovi, miei cari, un altro foglietto, che mi affretto a spedirvi con questa posta. La giornata d'oggi è stata molto importante per me: lettere di numerosi amici, fra cui della Duchessa madre, notizie dei festeggiamenti per il mio natalizio, e infine l'arrivo delle mie opere.

È veramente strana l'impressione che provo nel vedermi arrivare proprio a Roma questi quattro graziosi volumetti,[12] frutto d'una metà della mia vita! Posso affermare che non c'è una parola che non sia stata vissuta, sentita, gioita, sofferta, pensata: per questo mi parlano un linguaggio altrettanto più vivo. Ora la mia preoccupazione, la mia speranza è che gli altri quattro volumetti non siano da meno di questi. Grazie a tutti, per quanto avete fatto per amor mio; mi riprometto di poter ricambiare anche a voi qualche soddisfazione. Pensate intanto con cuore di amici anche per i volumetti che verranno poi!

Mi state tormentando per quelle mie *provincie*, e confesso che l'espressione è molto impropria. Vedete dunque come a Roma ci si abitua a considerare tutto in grande. Davvero che mi sembra di nazionalizzarmi italiano; e poi si rimprovera ai Romani di non saper pensare né parlare se non di «cose grosse».

Continuo a lavorare con assiduità e al presente attendo allo studio della figura umana. Come è lunga l'arte, e come infinito appare il mondo, quando si sa mantenersi una buona volta entro i limiti del finito!

Martedì, 25, andrò a Frascati e anche lì mi darò da fare e da lavorare. Pare che tutto incominci ad andar bene; se fosse proprio così!

Una riflessione mi ha colpito: in una grande città, in un ambiente vasto, anche il più povero, il più meschino si sente qualche cosa, mentre in un piccolo centro anche il migliore, anche il più ricco non si sente a suo agio, gli sembra di non poter respirare.

*Frascati, 28 settembre.*

Sono felicissimo di trovarmi qui; tutto il giorno, fino a notte, si disegna, si dipinge, si ombreggia, si incolla, si trattano arti e mestieri *ex professo*. Il consigliere Reiffenstein, nostro ospite, ci tiene buona compagnia e siamo tutti soddisfatti e di buon umore. La sera passiamo da una villa all'altra al chiaro di luna e perfino all'oscuro riproduciamo i nostri motivi più impressionanti. Ne abbiamo scovati alcuni, che un giorno vorrei proprio elaborare. Ma spero che verrà anche il tempo di portar tutto a compimento. Questo è però sempre molto lontano, quando si ha la vista lunga.

Ieri abbiamo fatto una scarrozzata ad Albano; cammin facendo, abbiamo anche ucciso parecchi uccelli. Qui, dove si vive nella vera abbondanza, si può anche permettersi questo svago. Io brucio del resto della passione di appropriarmi tutto e sento che il mio gusto si purifica a misura che la mia anima più abbraccia. Così potessi io mandarvi una volta qualche cosa di bello, invece che semplici parole! Riceverete tuttavia qualche piccolezza per mezzo d'un nostro compatriotta.

Avrò probabilmente il piacere di vedere Kayser a Roma. Così anche la musica verrà a chiudere il circolo che le arti mi fanno intorno, quasi per impedirmi di volgere lo sguardo ai miei amici.

Intanto oso appena toccare questo tasto e confessarvi quanto spesso mi sento solo e quale nostalgia provo di non ritrovarmi fra voi. In fondo non vivo che in una continua ebbrezza, e non posso né voglio pensare più in là.

Ho trascorso delle ore liete in compagnia del Moritz, cominciando con lo spiegargli il mio sistema botanico, e annotando volta per volta in sua presenza il punto al quale siamo arrivati. In questo modo soltanto ho potuto stendere in iscritto parte dei miei pensieri. In questo mio nuovo alunno, vedo fino a che punto diventa afferrabile anche l'idea più astratta, purché venga rappresentata col giusto metodo e trovi un'anima ben disposta ad accoglierla. Egli stesso ne prova grande piacere, e ne anticipa sempre per suo conto le conclusioni. È difficile tuttavia tradurre in iscritto certe cose, ed impossibile comprendere dalla semplice lettura, per quanto propria e precisa ne sia l'esposizione.

Io vivo dunque felice, perché «sono in ciò che è di mio Padre».[14] Ricordatemi a quanti son debitore di questa felicità, e a quanti mi aiutano, direttamente o indirettamente, e m'incoraggiano, e mi sostengono.

# SETTEMBRE

**APPUNTI**

Quest'anno ho avuto più d'un motivo per festeggiare il 3 settembre. Era il natalizio del mio principe, che ha saputo ricambiare con tanta benevolenza e in tanti modi la mia fedele devozione; ed era anche l'anniversario della mia egira da Carlsbad. Eppure non oso ancora di voltarmi indietro per vedere quali conseguenze abbia avuto per me questo soggiorno così importante, così pieno di vita, così completamente nuovo, e quali cose mi abbia fruttato e concesso; del resto non mi rimane nemmeno il tempo per pensarci troppo.

Roma ha questo grande, unico vantaggio, che può esser considerata come il centro d'ogni attività artistica: i viaggiatori colti sono unanimi nel riconoscerlo e infatti tutti van debitori di parecchio al loro soggiorno più o meno prolungato a Roma. Poi ripartono, continuano a lavorare e a mietere, e quando arrivano col loro bottino in patria, si attribuiscono ad onore e a soddisfazione l'esporre quanto hanno raccolto e l'offrire un pegno di riconoscenza ai loro maestri vicini e lontani.

È ritornato dal suo viaggio in Oriente l'architetto francese Cassas. Egli ha misurato i monumenti antichi più importanti, specialmente quelli ancora inediti, ha disegnato i luoghi, ha ricostruito graficamente monumenti e paesaggi deperiti o distrutti; una parte dei suoi disegni si può anche vedere tracciata a penna e ravvivata all'acquarello, con rara precisione e buon gusto.

1. Serraglio di Costantinopoli, visto dal mare, con una parte della città e la moschea di S. Sofia. Su quel delizioso estremo d'Europa la residenza del Sultano offre uno spettacolo che non si può imaginare più giocondo. Alberi di grande altezza, piantati alternativamente, si schierano in folti gruppi per lo più collegati l'uno all'altro, fra i quali si scorgono non già vaste mura o palazzi, ma piccole case, cancellate, gallerie, chioschi, esposizioni di tappeti, e tutto così minuscolo e dall'aria di famiglia e graziosamente confuso insieme, che è un piacere vederlo. Essendo poi il

disegno eseguito a colori, l'effetto è quanto mai grazioso. Un bel tratto di mare lambisce la spiaggia disseminata di costruzioni. Dirimpetto si scorge l'Asia e anche parte dello stretto che sbocca nei Dardanelli. Il disegno può misurare un 7 piedi in lunghezza e 3-4 in altezza.

2. Panorama delle rovine di Palmira, nelle stesse dimensioni. Il Cassas ci ha fatto prima vedere una pianta della città, da lui ricostruita sulle rovine. Una schiera di colonne, lunga circa un miglio italiano, attraversava la città dalle porte al tempio del Sole, in linea non perfettamente diritta, facendo leggermente gomito nel centro. Le file delle colonne erano quattro, e ogni colonna alta dieci volte il diametro. Non si vede che siano state coperte da sopra; egli ritiene che siano state ricoperte di tappeti. In un disegno più grande una parte del colonnato appare ancora in piedi, in primo piano. C'è anche rappresentata con pensiero felice una carovana che attraversa il paesaggio. Nello sfondo si innalza il tempio del Sole, con un grande piazzale alla destra, attraversato da alcuni giannizzeri in corsa. Il fenomeno più strano è una linea azzurra, come una linea di mare, che chiude il quadro. Egli ci ha spiegato che l'orizzzonte del deserto, diventando in lontananza azzurro, chiude la visuale perfettamente come il mare, in modo che, in natura, inganna l'occhio proprio come aveva ingannato noi stessi nel quadro, pur sapendo che Palmira è abbastanza distante dal mare.

3. Tombe di Palmira.

4. Restauro del Tempio del Sole a Balbeck; anche questo è un paesaggio con le rovine quali sussistono tuttavia.

5. La grande moschea di Gerusalemme, costruita sopra le rovine del tempio di Salomone.

6. Rovine d'un tempietto in Fenicia.

7. Paesaggio ai piedi del Libano, grazioso quanto si può imaginare. Boschetto di pini, un'acqua, salici piangenti e tombe qua e là, col monte in lontananza.

8. Tombe turche. Ogni pietra sepolcrale scolpita porta l'acconciatura principale del defunto, e poiché i turchi si distinguono per l'acconciatura del capo, si vede subito il grado del defunto.

Sulle tombe delle fanciulle si coltivano fiori con grande cura.

9. Piramide egiziana con grande testa di sfinge. Quest'ultima, spiega il Cassas, era scolpita nella roccia calcarea, ma presentando in seguito delle crepe e delle ineguaglianze, hanno rivestito il colosso di stucco e quindi lo hanno dipinto, come si può ancora osservare nelle pieghe dell'acconciatura del capo. Un frammento del viso è alto circa dieci piedi. Sul labbro inferiore l'architetto ha potuto passeggiar comodamente.

10. Piramide, restaurata secondo documenti, indizi e supposizioni diverse. Ha dei loggiati che sporgono da quattro lati con degli obelischi che le sorgono accanto. Per le logge vanno dei corridoi adorni di sfingi, come se ne trovano ancora nell'alto Egitto. Questo disegno rappresenta la più colossale idea architettonica che io abbia visto in vita mia: e non credo che si possa andar più in là.

La sera, dopo aver osservato a nostro agio tutte queste cose belle, siamo andati nei giardini del Palatino,[15] grazie a queste aiuole, gli spazi fra le rovine e i palazzi imperiali sono stati resi fertili e graziosi. Lassù, sopra una terrazza all'aperto e all'ombra di magnifici alberi, dove sono stati disposti intorno frammenti di capitelli ornati di colonne lisce e scannellate, bassirilievi infranti e altri simili avanzi, come altrove si usa collocare tavole, sedie e panche per qualche lieto convegno all'aperto, abbiam goduto a nostro talento una splendida serata. Quando, nell'ora del tramonto, potemmo contemplare con occhi ben aperti e addestrati quel panorama ricco di tanta varietà, dovemmo confessare che un quadro simile poteva essere ammirato anche dopo tutti quelli che ci erano stati mostrati nella giornata. Disegnato e colorato sul gusto del Cassas, desterebbe l'entusiasmo generale. Così l'occhio, mediante il lavoro dell'artista, si addestra a poco a poco e si affina in modo che diventiamo sempre più sensibili anche agli spettacoli della natura e sempre più disposti alle bellezze che essa ci offre.

Ma il giorno dopo, (e ciò fu per noi anche argomento di conversazione scherzosa) dovemmo recarci in un ignobile angolo appartato della città proprio per amore di quel che di grandioso e di immenso avevamo osservato in casa dell'artista. I superbi monumenti egiziani ci avevan fatto pensare al maestoso obelisco che, innalzato da Augusto sul Campo di Marte, aveva già servito da indice dell'orologio solare, ma ora, ridotto in pezzi e circondato da un assito, attendeva in un lurido ripostiglio l'audace architetto che gli avrebbe imposto di risuscitare. (N. B. Al presente è stato rimesso in piedi a piazza Monte Citorio e serve ancora, come nell'epoca romana, da quadrante solare). L'obelisco è tagliato nel più puro granito egiziano e disseminato da per tutto di graziose ed ingenue figurazioni, benché tutte nello stile già noto. Era interessante osservare, in vicinanza della punta che un tempo fendeva l'aria in linea verticale, le facce dell'obelisco coperte da sfingi su sfingi riprodotte con la maggior finezza, mentre prima non poteva raggiungerle occhio umano, ma solo i raggi del sole. È la riprova che l'elemento religioso nell'arte non fa assegnamento sull'effetto che possa produrre sull'occhio umano. Abbiamo fatto pratiche per trarre impronte di queste imagini sacre, che permettano di veder ancora comodamente all'occhio nudo ciò che un tempo non era rivolto che verso la regione delle nuvole.

In quell'angolo così poco piacevole, dove pure ci trovavamo al cospetto di un'opera tra le più venerande, non potemmo trattenerci dal considerare Roma come un *quod libet*, ma unico nel suo genere; anche in questo senso, infatti, questa incommensurabile città ha i più grandi vantaggi. Il caso qui non ha creato nulla; ha soltanto distrutto. Tutto ciò che si regge ancora in piedi è superbo; ma anche ogni rovina è venerabile; la stessa deformità delle rovine testimonia d'una vetusta regolarità, che si riproduce nelle moderne forme grandiose delle chiese e dei palazzi.

Quelle riproduzioni, prontamente eseguite, mi fecero ricordare che nella grande collezione di pietre artificiali del Dehn,[16] i cui calchi erano in vendita sia in blocco sia parzialmente, si trovavano anche degli oggetti preziosi. E come una cosa tira l'altra, così anche da questa raccolta ho scelto i pezzi migliori, e ne ho data la commissione ai rispettivi proprietari. Questi calchi rappresentano un vero tesoro e una base, sulla quale l'amatore di mezzi limitati può fondare per il futuro grandi vantaggi d'ogni sorta.

I quattro primi volumi delle mie opere, nell'edizione del Göschen, sono arrivati; ho presentato subito l'esemplare di lusso ad Angelica, che ha creduto trovarvi un nuovo motivo per compiacersi della sua lingua materna.

Quanto a me, mi son ben guardato dall'abbandonarmi troppo alle considerazioni che mi si affollavano alla mente, nel rivolgere lo sguardo alla mia varia attività del passato; non riuscivo a vedere a qual punto mi potrà portare la via battuta fin qui e in qual modo il frutto di tanto mio sospirare e peregrinare potrà un giorno compensarmi della fatica durata.

Ma non mi rimase nemmeno il tempo e l'agio di riguardare e di ripensare al passato. Le idee, direi quasi innestate nel mio spirito, intorno alla natura organica, alle sue formazioni e trasformazioni, non mi concedevano requie e mentre nel mio pensiero ne sorgeva una serie dopo l'altra, sentivo il bisogno, per mia stessa istruzione, di comunicarle continuamente anche ad altri. Ho fatto qualche tentativo col Moritz, al quale ho esposto, del mio meglio, la mia teoria intorno alla metamorfosi delle piante. Ed egli, simile a un recipiente, che, sempre vuoto ma bisognoso di assorbire, è avido di oggetti da potersi appropriare, finalmente mi capì, almeno tanto che io non ho deposto il coraggio di continuare le mie lezioni.

A questo punto mi capitò fra mano un libro singolare, non so se a proposito, ma certo di grande stimolo per me, vale a dire lo scritto dello Herder che, con un laconico titolo, cerca di esporre in forma dialogica le varie intuizioni intorno a Dio e la Divinità. Questo scritto mi ha trasportato col pensiero ai giorni in cui avevo tante occasioni di intrattenermi a voce, a fianco dell'ottimo amico, intorno a simili problemi. Tanto più strano mi è parso quindi il contrasto fra questo volumetto, che si eleva alle più sublimi meditazioni di pietà, e una scena di culto religioso, alla quale ci richiamò la festa particolare di un Santo.

Il 21 settembre, giorno sacro alla memoria di San Francesco, si portò in giro per la città il sangue del Santo in lunga processione di frati e di fedeli. Io osservai attentamente quello sfilare di tanti monaci, il cui semplice abito fa concentrare gli sguardi sulla sola testa; e rimasi colpito a constatare quanta importanza abbiano i capelli e la barba per chi voglia farsi un'idea dell'individuo di sesso maschile. Da prima con curiosità, poi con mio stupore ho passato in rivista tutta la processione, veramente incantato di osservare che un viso, incorniciato dalla bárba e dai capelli, spicca ben diversamente tra la folla senza barba. E ho finito col concludere che simili facce, rappresentate in un quadro, dovrebbero esercitare sullo spettatore un fascino straordinario.

Il consigliere Reiffenstein, che ha preso sul serio il suo compito di guida e di cicerone dei forestieri, ha potuto accorgersi ben presto, nell'esercizio delle sue funzioni, che coloro i quali arrivano a Roma soprattutto con la voglia di curiosare e di divertirsi, van soggetti talvolta alla noia più insopportabile, mancando loro di solito, in paese forestiero, tutti i mezzi per riempire il vuoto delle ore libere. Questo esperimentato conoscitore di uomini sa benissimo quanta stanchezza procura il semplice osservare qua e là e come sia necessario di intrattenere piacevolmente i propri amici con qualche opportuna occupazione. A tal uopo, egli ne ha scelte due, con le quali ha sempre saputo tener desta la loro attività: la pittura ad encausto e la fabbricazione delle pietre artificiali. L'arte d'impiegare la cera per tenere insieme i colori era ritornata in voga solo da poco e poiché nel campo artistico la cosa principale è quella di dare occupazione agli artisti, un nuovo metodo di fare una cosa vecchia richiama sempre sopra di sé l'attenzione e stimola a ritentare con nuovi mezzi ciò che non si è voluto intraprendere all'usanza antica.

L'audace impresa di eseguire per l'imperatrice Caterina una riproduzione delle logge di Raffaello e di render possibile a Pietroburgo una ripetizione di tutta l'architettura, compresa la magnificenza degli addobbi, fu favorita da questa nuova tecnica, senza la quale quell'impresa sarebbe stata forse impossibile. Si fecero tagliare gli stessi scompartimenti, le pareti, gli zoccoli, i pilastri, i capitelli, le modanature dalle tavole e dai tronchi più saldi di castagno massiccio e tutto fu rivestito di tela che, prima impressa, servì poi di base sicura per l'encaustica. Quest'opera che ha tenuto occupato per parecchi anni specialmente l'Unterberger[17] sotto la direzione del Reiffenstein, era già stata coscienziosamente compiuta e tutto già spedito a destinazione quando io arrivai, e non potei prender notizia e visione se non di quello che di così grande impresa era ancora rimasto a Roma.

Dopo un'opera simile l'encaustica era salita in grande onore; gli stranieri di qualche talento, che vi si sono dedicati, si son fatti un certo nome; i guarnimenti preparati a colori si potevano ottenere a poco prezzo; la gente si fabbricava perfino il sapone cerato e tutti avevano sempre qualche cosa da fare o da impastricciare in ogni ritaglio di tempo. Anche gli artisti mediocri trovarono occupazione come costruttori e coadiutori ed io stesso ho visto qualche volta dei forestieri imballare con la maggior soddisfazione di questo mondo i loro lavori d'encaustica eseguiti a Roma, per portarli seco in patria.

L'altra occupazione, quella di fabbricare pietre artificiali, era più indicata per gli uomini. L'ampia volta di una vecchia cucina[18] nell'abitazione del Reiffenstein si prestava egregiamente alla bisogna: c'era più che lo spazio sufficiente per le opportune operazioni. La massa refrattaria, resistente al fuoco, veniva minutissimamente polverizzata e passata allo staccio; la massa pastosa, che ne risultava, veniva impressa sulle pietruzze, accuratamente asciugata e quindi, stretta in un anello di ferro, gettata nella vampa; in seguito vi si versava sopra la massa di vetro liquefatta, in modo che ne usciva sempre qualche piccola opera d'arte, da procurar diletto ad ognuno che poteva attribuirla all'opera delle proprie mani.

Il consigliere Reiffenstein, che m'aveva iniziato con grande buona volontà in queste esercitazioni, dovette però constatare che una prolungata occupazione di simil genere non era proprio la più indicata per me e che la mia passione vera era quella di addestrare sempre più l'occhio e la mano, riproducendo direttamente dalla natura e dalle opere d'arte. Il grande caldo non era ancora passato, quando egli mi portò seco a Frascati, in compagnia di alcuni artisti; lì piantò le sue tende in una villa privata, comoda e fornita di tutto il necessario; la sera ci riunivamo piacevolmente intorno a un gran tavolo di acero. Giorgio Schütz, di Francoforte, artista d'una certa abilità se non di grande talento, inclinato piuttosto alla vita comoda che non all'esercizio assiduo dell'arte, detto perciò dai romani anche «il barone», mi accompagnava nelle mie escursioni, rendendomi più di un buon servizio. Quando si pensa che in questa regione l'architettura è stata per secoli la dominatrice nel senso più nobile, e che I pensieri degli artisti e degli spiriti più eminenti si sono elevati ed affermati sopra le imponenti sub-costruzioni ancora superstiti, si comprenderà bene quale sia l'incanto dello spirito e dell'occhio, nell'abbracciare con lo sguardo, quasi come una musica muta, sotto qualsiasi illuminazione, queste così diverse linee orizzontali e le infinite linee verticali, qua interrotte, là in piena decorazione; e come tutto ciò che è in noi di meschino e di limitato venga non senza dolore superato ed eliminato. Soprattutto non si può imaginare come agisca la ricca varietà dei chiari di luna, quando ogni particolare che diletta, o a dir meglio, forse, che distrae, passa decisamente in ultima linea e solo le grandi masse di luce e di ombra presentano all'occhio delle figure gigantesche simmetricamente armoniche e d'una grazia infinita. Del resto anche la serata non passava senza conversazioni istruttive, benché qualche volta un po' malignette.

Non posso nascondere infatti che alcuni dei nostri giovani artisti, conoscendo e scoprendo le originalità dell'ottimo Reiffenstein, originalità che per lo più si chiamano debolezze, ne facevano spesso fra loro argomento di scherzo e di beffa. Una sera la conversazione era ricaduta sull'Apollo di Belvedere, fonte inesauribile di discussioni artistiche, e qualcheduno aveva osservato che gli orecchi di questa testa superba non si potevan dire un lavoro proprio eccellente; si passò naturalmente a discorrere della dignità e della bellezza di questo organo, della difficoltà di trovarlo bello nella natura e di riprodurlo convenientemente per virtù di arte. Ora essendo il Schütz noto appunto per i suoi begli orecchi, io lo invitai a posare sotto la lampada accanto a me, volendogli disegnare l'orecchio meglio costrutto, che era indiscutibilmente il destro. Egli venne a collocarsi, in rigida posizione di modello, proprio di fronte al consigliere Reiffenstein, dal quale né sapeva né poteva togliere lo sguardo. Il consigliere cominciava ad esporre le sue tanto celebrate teorie, affermando non doversi rivolger subito l'attenzione all'ottimo, ma prender le mosse dai Carracci, nella galleria Farnese, per passar poi a Raffaello, e disegnare infine l'Apollo di Belvedere tanto da impararlo a memoria: non essendoci nulla da desiderare o da sperare di più.

Il buon Schütz fu allora preso da una esplosione di riso, che non gli fu possibile soffocare in sé, e il suo tormento non fece che aumentare quanto più io mi studiava di farlo stare tranquillo. Così anche il maestro e il benefattore, per assumere talvolta un atteggiamento inopportuno, possono aspettarsi l'ingratitudine e lo scherno.

Una vista splendida, ma non inaspettata, abbiamo goduto dalle finestre della Villa del principe Aldobrandini, che, trovandosi in villeggiatura, ci aveva cortesemente invitati e trattenuti a una tavola riccamente imbandita, in compagnia dei suoi ospiti, ecclesiastici e laici. Va da sé che la villa è situata in una posizione che permette di abbracciare d'un colpo d'occhio tutta quella meraviglia di colline e di pianure. Si fa un gran parlare di luoghi di delizie; ma si dovrebbe spaziare con lo sguardo da un punto come questo per convincersi che ben difficilmente una villa può trovarsi in una posizione più deliziosa.

Ma qui mi preme aggiungere una seria riflessione, che vi raccomando in modo speciale. Essa vi illuminerà intorno a quanto v'ho già detto e vi disporrà meglio a quanto dirò: uno spirito docile e inclinato ad affinarsi potrebbe trarne anche occasione per conoscere meglio se stesso.

Gli spiriti che tendono ad elevarsi non si accontentano di godere, vogliono conoscere. La conoscenza spinge all'azione e, quale sia l'esito di questa, si finisce col sentire che non si può giudicare esattamente se non quello che si può produrre da sé. L'uomo però non ha idee molto chiare in proposito e ne risultano quindi certi sforzi inconsulti, e altrettanto più penosi quanto più pura e più onesta è l'intenzione. In quest'ultimo tempo mi si vanno affollando dei dubbi e dei sospetti, venuti a turbarmi proprio durante questo buon periodo della mia vita; ho avuto infatti la sensazione che il vero scopo e la vera aspirazione di questo mio soggiorno non saranno tanto facilmente esauditi.

Trascorsi dunque alcuni giorni piacevoli, siamo ritornati a Roma, dove una nuova operetta, graziosissima, rappresentata in una sala luminosa e affollata ci doveva ricompensare della perduta libertà di vivere all'aria aperta. La fila delle sedie dei nostri artisti tedeschi, una delle prime in platea, era come al solito al completo, e non pochi furono i nostri applausi e le grida di: «fuori!», tanto per pagare il nostro debito, sia per il divertimento goduto sia per quelli passati. Siamo arrivati fino al punto di ridurre al silenzio tutto il pubblico che chiacchierava ad alta voce, facendo sentire di quando in quando, al ritornello d'un'aria preferita o al principio di qualche altro pezzo, il nostro grido di: «zitti!», da prima abilmente bisbigliato, poi più forte, infine col tono di comando. Per questo i nostri amici attori hanno avuto l'attenzione di rivolgere i loro più calorosi inchini di ringraziamento verso il nostro gruppo.

# OTTOBRE

CARTEGGIO

*Frascati, 2 ottobre 1787.*

Devo incominciare un po' prima questa mia perché possiate riceverla in tempo debito. Veramente, ho molto ed ho poco da dire. Continuo nel mio studio del disegno, sempre pensando nel frattempo ai miei amici. In questi giorni mi ha ripreso un'acuta nostalgia del mio paese, forse appunto perché qui mi trovo tanto bene, ma sento nel tempo stesso che mi manca ciò che mi è più caramente diletto.

Mi trovo in una posizione veramente strana; per cui devo concentrarmi, approfittare di ogni giorno, fare tutto ciò che è possibile fare, e continuare a lavorare tutto l'inverno.

Non potete credere quanto m'abbia fatto bene, ma mi sia riuscito anche grave, il vivere tutto quest'anno assolutamente fra gente estranea, specialmente da quando il Tischbein, sia detto fra noi, ha preso una via diversa da quella ch'io speravo. Egli è in fondo un brav'uomo, ma non così aperto, così naturale e schietto come le sue lettere. Ha un carattere che vorrei descrivere solo a voce, per non fargli torto; ma che ritratto si può mai fare a parole! La vita d'un uomo è il suo carattere. Adesso, la mia speranza è d'intendermela col Kayser; questi potrebbe riservarmi grandi soddisfazioni. Voglia Dio, che non si frappongano ostacoli.

L'affare più importante per me rimane sempre di progredire nel disegno fino al punto di poter fare qualche cosa con facilità, senza dover ricominciare da capo o stare tanto tempo inoperoso come purtroppo sono stato nel periodo più bello della mia vita. Ma bisogna trovare una scusa anche a se stessi; disegnare per disegnare è come parlare per parlare. Quando non avessi nulla da esprimere, e nulla mi eccitasse, e non sapessi trovare soggetti degni se non con grande sforzo, a che gioverebbe questo mio spirito d'imitazione? In questo paese bisogna diventare artisti: tutto vi contribuisce; l'arte ci assorbe sempre più e si è costretti a fare qualche cosa. Data la mia disposizione e la mia conoscenza del cammino da percorrere, sono convinto che qui, in pochi anni, dovrei fare molta strada.

Voi volete, miei cari, che vi parli delle cose mie; ma vedete bene come ve ne parlo; quando saremo riuniti, ne sentirete ancora di belle. Ho avuto occasione di riflettere molto su me stesso e su altri, sul mondo e su la storia, e vi potrò comunicare, a modo mio, se non cose del tutto nuove, qualche cosa di buono. Tutto poi sarà compreso e conchiuso nel mio *Wilhelm Meister*.

Moritz è stato sempre fin qui il mio compagno prediletto, benché io abbia temuto e tema ancora che, in mia compagnia, egli diventi sì più avveduto, ma non più saggio, né migliore, né più felice: preoccupazione che mi trattiene sempre dall'aprirmi completamente con lui.

Anche il contatto con parecchie persone, in generale, mi giova assai. Osservo il temperamento e il carattere di tutti. L'uno rappresenta la sua parte, l'altro no; l'uno si fa strada, l'altro difficilmente; l'uno è buon raccoglitore, l'altro è dissipatore; a chi basta tutto, a chi niente; questo ha del talento, ma non se ne giova; quello non ne ha, ma lavora assiduamente; e così via. Vedo tutto questo e me stesso in mezzo a tutto questo; ciò mi diverte e, non sentendo un grande interesse per gli uomini, né dovendo dar loro alcun conto, mi fa stare di buon umore. Cari miei, solo quando la gente, pur vivendo ognuno alla sua maniera, pretende di formare un tutto e di continuare a rimanere un tutto (tanto più se questo si pretende da me) non resta altro che andarsene, o diventar matti.

*Albano, 5 ottobre.*

Vorrei far arrivare questa mia a Roma ancora in tempo per la posta di domani; non vi scrivo quindi che la millesima parte di ciò che avrei da dirvi.

Ho ricevuto le vostre lettere contemporaneamente alle *Pagine sparse* che sarebbe meglio dire *Pagine raccolte*, alle *Idee* e ai quattro volumi delle mie opere legati in marocchino, proprio ieri mentre stavo per lasciar Frascati. Ora posseggo un tesoro per tutta la villeggiatura.

Ho letto *Persepoli*[1] ieri notte. La lettura mi ha fatto immenso piacere e non ho nulla da aggiungere, trattandosi d'un genere che a Roma non si conosce ancora. Consulterò i libri citati[2] in qualche biblioteca. Intanto vi ringrazio di nuovo; continuate, vi prego; voi dovete continuare a illuminare tutto della vostra luce.

Le *Idee* e le *Poesie*,[3] non le ho sfogliate ancora. I miei scritti ora possono andare; continuerò a lavorare con fiducia. I quattro rami per gli ultimi volumi saranno eseguiti qui a Roma.

La nostra relazione con le persone nominate[4] è stata semplicemente un armistizio cortese per ambo le parti. Ci sarà sempre una maggior distanza fra noi, e alla fine, se la cosa andrà proprio bene, avverrà silenziosamente la rottura. L'uno è un matto e un semplicione pieno di pretese. «*Meine Mutter hat Gänse*»[5] è più facile e ingenuo a cantarsi che non «Gloria a Dio nell'alto dei cieli». È anche un . . . : *Sie lassen sich das Heu und Stroh, das Heu und Stroh nicht irren* ecc. Alla larga da questa gente! La prima ingratitudine è migliore dell'ultima. Quell'altro crede di arrivare *tra i suoi* da un paese straniero e si trova fra uomini che cercano *se stessi*, senza volerlo confessare. Si sentirà davvero straniero, ma senza sapere forse il perché. O ch'io mi inganno di molto, o la *magnanimità di Alcibiade*[6] è un gioco di bussolotti del profeta zurighese, abbastanza esperto ed abile nel far vedere con incredibile sveltezza il bianco per il nero e per far apparire vero il falso, e viceversa, secondo il suo spirito teologico-poetico. Che il diavolo se lo porti, o se lo tenga pure, questo vecchio amico della menzogna, della demonologia, dei presentimenti, delle nostalgie ecc. ecc.

Devo ora aggiungere un altro foglio e pregarvi di leggerlo più con lo spirito che con gli occhi, come io lo scrivo più con l'anima che con la mano.

Tu non stancarti, fratello mio, del meditare, del ritrovare, del riunire, del poetare, dello scrivere, senza preoccuparti degli altri. Bisogna scrivere, così come si vive, e anzi tutto per se stessi; poi si può esistere anche per gli esseri affini.

Platone non voleva sopportare alcun *ageométreton*[7] nella sua scuola. Se io fossi in grado di fondarne una, non sopporterei nessuno che non si sia scelto un suo proprio e severo studio della natura. In una infelice declamazione fra l'apostolico e il cappuccinesco del profeta di Zurigo ho trovato recentemente queste stolte parole: «*Tutto ciò che ha vita, vive grazie a qualche cosa fuori di sé*»[8] o qualche cosa di simile. Sono cose che può scrivere solo un missionario; e alla revisione, il genio non lo tira per la manica. Questa gente non ha capito nemmeno le prime e più semplici verità della natura, eppure vorrebbe sedere a scranna intorno al trono, che spetta ad altri, o che non spetta a nessuno. Lascia andare come faccio anch'io, benché per me ora non sia così difficile.

Non ti descriverò la mia vita; avrebbe l'aria di essere troppo gioconda. La mia principale occupazione è il disegnar paesaggi; a questo il cielo e la terra invitano qui come in nessun altro luogo. Ho escogitato perfino alcuni idillî pittorici. E che cosa non finirò col fare! Lo vedo bene, noi altri dobbiamo aver sempre qualche cosa di nuovo intorno a noi e allora soltanto possiamo vivere.

Salute e felicità a tutti voi! E se vi accadrà qualche cosa in contrario, pensate che siete *tutti insieme*, mentre io, esule volontario, errabondo per progetto, inesperto per programma, straniero da per tutto e da per tutto a casa mia, più che vivere, lascio correre la vita e, in ogni caso, non so come andrà a finire.

Addio. Ossequi, vi prego, alla Duchessa. Ho studiato per lei col consigliere Reiffenstein un progetto per tutto il suo prossimo soggiorno a Frascati. Se tutto andrà a seconda, sarà un capolavoro. Stiamo ora trattando per una villa[9] che si trova in certo qual modo sotto sequestro e quindi sarà data a pigione, mentre le altre sono già occupate o non verrebbero cedute dalle grandi famiglie se non per cortesia, per cui si dovrebbe andar incontro ad obblighi e a relazioni. Scriverò appena vi sarà qualche cosa di più sicuro. Anche a Roma ci sarebbe bell'e pronto un bell'appartamento, in posizione comoda e con giardino. Vorrei che ella si trovasse da per tutto come in casa sua, altrimenti non godrà nulla; il tempo passa, il danaro se ne va, e noi abbiamo sempre l'aria di chi segue con gli occhi un uccello scappato di mano a qualcuno. Farò il possibile di farle trovare tutto a posto, senza che abbia ad urtare in qualche contrarietà.

Ma ora non sono in grado di continuare, benché mi resti ancora dello spazio. Addio. Scusate la fretta di queste righe.

*Castel Gandolfo, 8, o a dir meglio, 12 ottobre.*

Questa settimana è infatti passata senza che mi sia riuscito di scrivervi; e questo foglietto deve arrivare a Roma in gran fretta, per potervi essere spedito.

Qui[10] si vive come ai bagni; solo al mattino mi tengo un po' in disparte, per disegnare: tutto il resto della giornata si sta in compagnia, ciò che del resto non mi dispiace per questi pochi giorni; vedo finalmente della gente, e anche molta, senza gran perdita di tempo.

C'è qui anche Angelica, che soggiorna nelle vicinanze. Vi sono poi delle ragazze piene di brio, delle signore, il signor von Maron,[11] cognato di Mengs, con tutta la sua famiglia, in parte nella stessa nostra casa, in parte a poca distanza da noi: una compagnia allegra, che ci fa star sempre di buon umore. La sera andiamo poi a veder la burletta, con Pulcinella protagonista; sicché si passa tutta la giornata rievocando le pulcinellate della sera prima. *Tout comme chez nous*: soltanto sotto un incantevole cielo sereno. Oggi si è sollevato un vento tale, che mi trattiene in casa. Se qualche cosa mi potesse far perdere le staffe, sarebbero queste giornate; ma io ritorno sempre in me e tutte le mie simpatie sono sempre rivolte all'arte. Ogni giorno che passa è una nuova luce che mi rischiara l'intelletto; per lo meno, se non mi inganno, imparerò a vedere.

*Ervino ed Elmira* si può dir già finito; si tratta ancora di un paio di mattine di buon lavoro; del resto, pensato è tutto.

Lo Herder mi sollecita a sottoporre delle questioni e delle congetture al Forster[12] per il suo viaggio intorno al mondo. Non saprei dove prendere il tempo e il raccoglimento necessari, benché la cosa mi stia molto a cuore. Vedremo.

Da voi le giornate saranno più fredde e tristi; noi invece speriamo di far delle passeggiate ancora per un mese intero. Non posso dire quanto diletto mi procurino le *Idee* dello Herder. Non dovendo aspettare alcun Messia, questo libro è per me il Vangelo migliore. Saluti a tutti (io vi sono sempre vicino col pensiero) e vogliatemi bene.

Castel Gandolfo, 12 ottobre.

Solo due parole in fretta, e ancora i più cordiali ringraziamenti per le tue *Idee*! Mi sono arrivate proprio come il più prezioso Vangelo; gli studi più interessanti della mia vita coincidono con quelle. Ora soltanto ci riesce chiarissimo ciò per cui ci siamo così a lungo tormentati! Quanto trasporto mi hai comunicato e rinnovato con questo tuo libro per tutto ciò che è buono! Non sono arrivato che a metà. Fammi trascrivere, ti prego, al più presto possibile tutto il passo di Camper da te citato a pag. 159, perché io possa vedere le regole che egli ha scoperto circa l'ideale greco dell'artista. Io non ricordo che il processo della sua dimostrazione del profilo ricavato dal rame. Scrivimi qualche cosa in proposito e fammi gli estratti che crederai utili per me, in modo ch'io sappia fino a qual punto siamo arrivati con questa speculazione; come vedi, io son sempre un bambino. La fisiognomica del Lavater ha qualche cosa di buono in proposito? Ubbidirò volentieri al tuo invito, a proposito del Forster, benché non veda ben chiaro ancora come mi sarà possibile: non posso fare delle singole domande; dovrei esporre e spiegare da capo a fondo le mie ipotesi; e tu sai quanto questo mi riesca penoso per iscritto. Fammi sapere l'ultimo termine entro il quale tutto deve essere pronto e dove spedito. Adesso mi trovo proprio nel mezzo del canneto e a furia di tagliar canne non riesco a farmi uno zufolo. Se mi accingerò a quell'impresa, dovrò cominciare a dettare; perché veramente la considero di buon augurio. Sembra che ora debba regolare tutte le mie faccende domestiche e mettere i libri sotto chiave.

La cosa più difficile per me sarà il dover fare assolutamente tutto di mia testa; non ho nemmeno una paginetta dei miei appunti, non un disegno; non ho proprio nulla e tutti i libri più recenti qui mancano completamente.

Resterò a Castel Gandolfo ancora due settimane, a far la vita degli stabilimenti balneari. La mattina disegno, e poi gente dalla mattina alla sera. Mi fa piacere di vedere tutta questa folla; se dovessi vederli ad uno ad uno sarebbe una gran seccatura. Angelica si trova anche qui e mi aiuta a sopportarli tutti.

Il papa avrebbe ricevuto la notizia che Amsterdam è stata presa dai prussiani.[14] Le prossime gazzette ci diranno qualche cosa di sicuro. Questa sarebbe la prima spedizione, per cui il nostro secolo si mostrerebbe in tutta la sua grandezza. Questa sì che la chiamo «sodezza»! Senza colpi di spada, due o tre bombe in tutto e nessuno che se ne dia per inteso! Addio. Io sono un figlio della pace e continuerò a stare in pace con tutto il mondo, dal momento che sono arrivato a conchiuderla con me stesso.

*Roma, 23 ottobre.*

Con l'ultima posta, miei cari, non avrete ricevuto mie lettere. L'animazione a Castel Gandolfo è stata perfino eccessiva, e per di più ho dovuto anche esercitarmi nel disegno. Fate conto come da noi, nella stagione dei bagni; abitando io in una casa dove c'è sempre da attaccar discorso, ho dovuto adattarmici. In quest'occasione ho visto più italiani che finora in un anno e dall'esperienza che ne ho fatto, non ne son malcontento.

Mi ha soprattutto interessato, durante gli otto giorni della sua permanenza, una signorina di Milano:[15] si fa notare fra le romane a tutto suo vantaggio e per la sua naturalezza e per il suo buon senso e per le belle maniere. Angelica è stata come sempre, piena di senno e di bontà, di cortesie e di attenzioni. Non si può non esserle amici; si può imparar molto e si può soprattutto lavorar bene con lei; non si crederebbe quante cose sa portare a termine.

In questi ultimi giorni la temperatura si è rinfrescata ed io non vedo l'ora di ritornare a Roma.

Ieri sera, andando a letto, ho provato proprio un gran piacere di esser qui; mi sembrava di coricarmi sopra una base veramente ampia e sicura.

Sarei felice di poter parlare a tu per tu con Herder del suo *Dio*. Un punto essenziale mi par notevole; è uno di quei libretti, che si scambia per *vivanda*, mentre veramente è il *piatto*. Chi non ha da metterci nulla, lo trova vuoto. Lasciatemi continuare nell'allegoria, che lo Herder saprà spiegarla meglio di tutti. Con la leva e coi curri si posson trasportare dei bei pesi; per smuovere i pezzi dell'obelisco si impiegano invece martinelle, argani e così via. Quanto maggiore è il peso, o quanto più delicato il lavoro (come sarebbe trattandosi d'un orologio), tanto più complesso e ingegnoso sarà il meccanismo, che nell'interno è tuttavia della più grande semplicità. Così sono tutte le ipotesi, o meglio tutti i *principî*. Chi non ha molto da smuovere, dà di piglio alla leva e non cura il mio argano; che cosa può fare il tagliapietre con una vite perpetua? Quando il L. impiega tutte le sue forze per trasformare una fiaba in una verità, quando lo J. si arrabatta a portare alle stelle la vacua impressione d'un cervello da bambino, quando il C.[16] da pedestre procaccia la pretende ad apostolo, è chiaro che costoro devono avere in orrore tutto ciò che ci svela i segreti della natura. Potrebbe l'uno dire impunemente: «tutto ciò che ha vita, vive grazie a qualche cosa fuori di sé?» potrebbe l'altro non vergognarsi dell'imbroglio dei concetti, della confusione delle parole «*scienza* e *fede, tradizione* ed *esperienza*?» potrebbe il terzo non esser costretto a collocarsi alcuni banchi più in basso, se non avessero cercato in tutti i modi di disporre le scranne intorno al trono dell'Agnello,[17] se non si guardassero bene dall'avventurarsi nel campo della natura, dove ognuno è quello che è, dove noi tutti abbiamo gli stessi diritti?

Apriamo invece un libro come la parte terza delle *Idee*, e vediamo anzitutto che cosa è, poi domandiamoci: avrebbe potuto scriverlo l'autore, senza avere quel concetto di Dio? Giammai! Perché la sua verità, la sua nobiltà, la sua interiorità, la possiede appunto *nel, dal* e *mediante* quel concetto di Dio e del mondo.

Se c'è dunque difetto, non è difetto della merce, bensì di compratori, non della macchina, ma di coloro che se ne servono. Ho sempre sorriso dentro di me al vedere come quei signori non mi consideravano abbastanza maturo per discorrere di metafisica; ma poiché io sono un artista, la cosa mi può essere indifferente. A me potrebbe piuttosto stare a cuore che rimanga nascosto il principio, pel quale e mediante il quale lavoro. Io lascio ad ognuno la sua leva e mi servo da tempo della mia vite perpetua, anzi con più diletto; e mi ci trovo bene.

*Roma, 27 ottobre.*

Sono ritornato in questo cerchio magico e mi trovo un'altra volta come incantato, soddisfatto di me, più che al di fuori di me, mentre le imagini dei miei amici vengono silenziosamente e amabilmente a visitarmi. Ho impiegato questi primi giorni a scriver lettere e poi a sfogliare un poco i disegni eseguiti in campagna; la settimana ventura passeremo ad altro lavoro. Le speranze datemi da Angelica circa le mie attitudini a disegnar dal paesaggio, sempre sotto certe condizioni, sono troppo lusinghiere perché ve le possa comunicare. Ma persevererò, per accostarmi almeno al punto, cuj non arriverò mai.

Attendo con ansia la notizia dell'arrivo dell'*Egmont*, e dell'accoglienza che gli avrete fatto. Non vi ho già scritto che Kayser arriverà qui? Lo aspetto fra giorni con la partitura completa delle nostre «scapinerie».[18] Imaginati che festa sarà. Poi daremo mano a un'opera nuova,[19] e alla sua presenza e sotto la sua guida, farò delle correzioni a *Claudina* e ad *Ervino*.

Ora ho finito di leggere le *Idee* dello Herder, libro che m'ha procurato una gioia straordinaria. La chiusa è stupenda, vera, consolante; e col tempo, e forse sotto il nome d'un altro, essa farà, come tutto il libro, del gran bene all'umanità. Quanto più una concezione come questa si farà strada, tanto più felice sarà l'uomo pensante. Quest'anno, vivendo fra gente estranea, ho notato anch'io che tutti gli uomini veramente saggi finiscono, più o meno, e in forma più o meno recisa, con l'ammettere che il momento è tutto e che il privilegio d'un uomo ragionevole consiste nel comportarsi in modo che la sua vita, per quanto dipende da lui, contenga la maggior somma possibile di momenti razionali e felici.

Dovrei scrivere un altro libro, per dire quanto mi ha fatto pensare un libro come questo. Adesso sto rileggendo dei passi, così come mi capitano, per ricrearmi ad ogni pagina; è scritto infatti e pensato da capo a fondo deliziosamente.

Bellissima mi sembra la parte che tratta dell'epoca greca; si comprende, senza ch'io lo dica, che nella parte che riguarda Roma, desidererei, se mi è lecita l'espressione, più corporalità. È ben naturale. Al presente sonnecchia nel mio spirito il complesso di ciò che era lo Stato romano, in sé e per sé; per me esso è, come la patria, un concetto che esclude qualche cosa. E voi dovrete determinare, in rapporto con l'universo immenso, il valore di quella singola esistenza, per cui certamente molto si perderebbe e andrebbe in fumo.

Così il Colosseo per me resta sempre imponente, in quanto penso all'epoca in cui è stato costruito e al fatto che il popolo, il quale affollava quest'enorme arena, non era più il romano antico.

Ci è anche pervenuto un libro sulla pittura e la scultura a Roma. È un prodotto tedesco e, quel che è peggio, d'un cavaliere tedesco.[20] L'autore pare sia un giovane, non privo di risorse, ma pieno di pretensioni, che si è dato la pena di andare qua e là, di annotare, ascoltare, origliare, leggere. Ha saputo dare al suo lavoro la parvenza di un fatto organico; e vi è molto di vero e di buono, accanto al falso e al vuoto, e cose pensate e ripetute ad orecchio, e prolissità e divagazioni. Chi lo sfogli anche lontano di qui, osserverà subito come questo voluminoso libro sia riuscito un mostruoso *quid medium* fra la compilazione e l'opera originalmente pensata.

La notizia dell'arrivo dell'*Egmont* mi fa piacere, e son tranquillo, ma desidero anche una parola in merito, che forse sarà già per via. L'esemplare in marocchino dei miei scritti è arrivato e l'ho già consegnato ad Angelica: Con l'opera del Kayser cercheremo di far meglio di quello che ci è stato consigliato; all'arrivo del Kayser, avrete altre notizie.

La recensione[21] è perfettamente nello stile del nostro Vecchio; c'è troppo e troppo poco. Adesso non mi preoccupo che di *fare*, dal momento che vedo come da millenni si va *recensendo* quello che è *fatto*, anche se non sempre fatto alla perfezione, vale a dire come si fa a raccontare della sua esistenza.

Tutti si meravigliano come io sia arrivato fin qui senza pagare il mio tributo all'aria cattiva; ma non sanno quale regime di vita io abbia seguito. Quest'ottobre non è stato un portento, e però abbiamo avuto dei giorni deliziosi.

Comincia adesso per me un'epoca nuova. Il mio spirito si è così dilatato a forza di vedere e di apprendere, che mi è necessario limitarmi a qualche singolo lavoro. L'individualità d'un uomo è qualche cosa di strano: la mia, ora, mi è ben nota, perché da una parte quest'anno sono stato completamente libero di me stesso, e dall'altra ho avuto da fare con uomini a me completamente estranei.

# OTTOBRE

### APPUNTI

Al principio di questo mese abbiamo goduto, con un tempo sempre sereno, splendido, una vera e propria villeggiatura a Castel Gandolfo, per cui ci siamo visti come iniziati e naturalizzati nel centro di questa incomparabile regione. Il signor Jenkins, un agiato inglese, commerciante in oggetti d'arte, soggiorna qui in una villa molto vasta, già residenza del generale dei Gesuiti, alla quale, per un certo numero di amici, non fanno mai difetto né comode stanze d'abitazione, né salotti per liete riunioni, né porticati per piacevoli passeggiate.

La migliore idea che ci si possa fare d'un simile soggiorno autunnale è quella di pensare al soggiorno in uno stabilimento balneare. Persone che non hanno il menomo rapporto fra di loro, sono messe dal caso in intimo contatto l'una con l'altra. La colazione, il pranzo, le passeggiate, le scampagnate, le conversazioni serie e quelle frivole offrono subito l'occasione alla conoscenza e alla familiarità; sarebbe strano infatti se proprio qui, dove non c'è nemmeno il diversivo delle malattie e della cura, e si vive nell'ozio più completo, non si dovessero manifestare le affinità elettive più spiccate. Il consigliere Reiffenstein aveva provveduto opportunamente a farci uscire per tempo, per trovar modo di dedicarci alle nostre varie escursioni e peregrinazioni artistiche, prima che la ressa degli ospiti ci invitasse a prender parte ai trattenimenti comuni. Noi eravamo sempre i primi ad uscire, e non abbiamo trascurato mai, sotto la direzione della nostra provetta guida, di fare le opportune osservazioni nei dintorni, e di coglierne il maggior diletto e il migliore ammaestramento.

Dopo un certo tempo, ho visto arrivare quassù con sua madre una romana molto graziosa, che abitava sul Corso vicino a noi. L'una e l'altra, dopo quella mia consacrazione a milord, avevan corrisposto più che mai garbatamente ai miei saluti, mentre io non avevo ancora rivolto loro la parola, pur passando spesso davanti a loro la sera, mentre stavano davanti alla porta di casa;

infatti ero rimasto completamente fedele al mio voto di non lasciarmi distrarre, per relazioni simili, dal mio scopo principale. Un bel giorno c'incontrammo come delle vecchie conoscenze. Quel tale concerto fornì sufficiente argomento per la prima nostra conversazione. Non c'è nulla di più piacevole di una romana, facile a conversare nel modo più naturale e più gaio, e ad esprimere il suo interesse e la sua simpatia alla pura realtà, con vivacità ma con un'amabile riservatezza personale; aggiungete l'armonia della parlata romanesca, un po' veloce ma chiara, che eleva anche il ceto medio al di sopra di sé, dando una certa nobiltà a ciò che è il più naturale di questo mondo, e perfino a ciò che è comune. Queste qualità e queste sue doti speciali m'erano già note, ma io non le avevo ancora osservate tutte in una volta in modo così insinuante.

In quegli stessi giorni madre e figlia mi presentarono ad una giovine milanese, che avevan portato con sé e che era sorella di un commesso del signor Jenkins, giovanotto che godeva tutto il favore del principale, per la sua abilità e per la sua correttezza. Tutte e tre sembravano amiche e molto intimamente legate a vicenda.

Le due belle — che si potevano veramente chiamar belle — rappresentavano un'antitesi, non cruda, ma recisa; capelli neri la romana, castani la milanese; quella di colorito bruno, questa di pelle chiara e delicata; questa occhi quasi azzurri, quella neri. La romana aveva l'aria piuttosto seria e riservata; la milanese un contegno più aperto, che ispirava, meglio ancora imponeva simpatia. Mentre una sera si giuocava alla tombola, io stavo seduto fra le due, facendo cassa comune con la romana; continuando a giuocare, mi accadde di tentar la fortuna anche con la milanese, non ricordo se con una scommessa o con altro. A farla breve, si finì anche a questo modo con una specie di società, senza che nella mia ingenuità io avvertissi che quest'interesse comune non piaceva; infatti alla fine, terminata la partita, la madre, sorpresomi a quattr'occhi, fece intendere al signor forestiero, con garbo ma con un sussiego da grande matrona, che, una volta arrivato a tal punto di confidenza con sua figlia, non era più conveniente entrare in simili rapporti con un'altra ragazza; essere costume, durante la villeggiatura, che persone compromesse scambievolmente fino a un certo punto, diano a vedere tali rapporti anche in società, mantenendosi in un reciproco, garbato scambio di cortesie. Io cercai di scusarmi alla meglio, adducendo tuttavia che uno straniero non poteva sapere di simili obblighi; che da noi è usanza mostrarsi premurosi e cortesi con tutte le signore, in società, con l'una come con l'altra, prima e dopo le altre; cosa tanto più ragionevole nel caso presente, trattandosi di due amiche così intime.

Ma, ahime! mentre mendicavo queste scuse, già sentivo nel modo più strano che le mie simpatie si erano determinate per la milanese, fulmineamente e intensamente, come capita spesso a un cuore ozioso, che, nella piena e tranquilla fiducia di se stesso, non teme nulla, non desidera nulla e tutt'a un tratto si vede innanzi il tesoro più agognato di questo mondo. Sono di quei momenti in cui non ci accorgiamo nemmeno del pericolo che ci minaccia sotto forme così lusinghiere.

Il giorno dopo ci trovammo tutti e tre soli, e la bilancia s'inchinò ancor più dalla parte della milanese. Ella aveva questo grande vantaggio sulla sua amica: un certo appassionato calore che si notava in tutte le sue espressioni. Si rammaricava, per esempio, non perché la sua educazione fosse stata trascurata, ma perché era troppo primitiva.

«Non ci insegnano a scrivere», diceva, «perché hanno paura che la penna ci serva a scrivere lettere amorose: non ci permetterebbero nemmeno di leggere, se non dovessimo servirci del libro di preghiere; ad istruirci nelle lingue straniere non ci pensa nessuno; pagherei non so che cosa per saper l'inglese. Sento spesso il signor Jenkins e mio fratello, madama Angelica, il signor Zucchi, i signori Volpato e Camuccini[22] parlar l'inglese fra di loro, con un sentimento che direi di invidia; vi son dei giornali, grandi come tovaglie, lì sul tavolo, a portata di mano, pieni di notizie da ogni parte del mondo, a quanto sento, ed io non so che cosa dicono!»

«È un peccato» osservai, «tanto più grande, in quanto l'inglese si impara facilmente. Lei lo comprenderebbe e lo possederebbe in poco tempo. Facciamo subito la prova» aggiunsi, prendendo uno di quegli sterminati giornali, sparsi qua e là intorno a noi.

Vi diedi una rapida occhiata e trovai un articolo che narrava di una donna caduta nell'acqua, ma felicemente tratta a salvamento e restituita ai suoi. C'erano dei particolari, in questo fatto, che lo rendevano complicato e interessante: non si vedeva chiaro se si era gettata in acqua per cercarvi la morte, né quale dei suoi spasimanti, il favorito o il ripudiato, aveva affrontato il pericolo pur di salvarla. Io le feci vedere il passo relativo, e la pregai di accompagnarlo attentamente con l'occhio. Poi incominciai a tradurle tutti i sostantivi, assicurandomi alla prova che ne avesse ritenuto il significato. Ella prestò subito attenzione alla posizione di quelle voci principali, rendendosi facilmente conto della loro collocazione nel periodo. Passai quindi ai verbi, agli aggettivi, alle congiunzioni, facendole notare con suo gran diletto come queste voci animano tutto il periodo; la catechizzai fino al punto in cui ella finalmente mi lesse tutto il brano, da sé, come se fosse stato scritto in italiano, non senza una certa graziosa commozione di tutto il suo essere. Non ho visto forse una gioia dello spirito così schietta come quella che ella esprimeva, nel ringraziarmi amabilmente d'avere potuto penetrare col suo acuto sguardo in questo campo per lei nuovo. Appena poteva stare in sé per la contentezza, avendo constatato la possibilità di realizzare il suo più ardente desiderio, già quasi a una prima prova.

Intanto la compagnia s'era fatta più numerosa, ed anche Angelica era arrivata. Stavamo intorno a una gran tavola apparecchiata, e mi avevano messo alla sua destra; la mia alunna si trovava dalla parte opposta ma, mentre gli altri ospiti facevano cerimonie per scegliersi i posti, ella non esitò un momento solo a fare il giro della tavola per prender posto accanto a me. La mia vicina, così seria, parve l'avesse notato con una certa sorpresa; ma non occorreva l'occhiata d'una donna giudiziosa come Angelica, per accorgersi che qualche cosa c'era sotto e che lo stesso suo amico, rimasto fino allora, rispetto alle signore, riservato fino alla fredda scortesia, stava come colto alla sprovvista e tutto mansuefatto.

Mi contenni ancora un poco, almeno esteriormente, ma ben

presto la mia emozione si tradì per un certo imbarazzo col quale dividevo la conversazione fra le mie vicine, studiandomi da una parte d'intrattenere con calore l'amica non più giovane, più docile, ed ora silenziosa, e dall'altra di tranquillizzare, manifestandole una simpatia da buon amico ma senza compromettermi, la ragazza, che sembrava sempre prender gusto alla nostra conversazione in lingua straniera e si trovava nella condizione di uno che, improvvisamente accecato dall'apparizione della luce desiderata, non riesce lì per lì a raccapezzarsi fra gli oggetti che lo circondano.

Questo stato di sovreccitazione doveva ben presto subire un voltafaccia ben singolare. Verso sera, andando a trovare le mie signorine, m'imbattei sotto un padiglione nelle signore anziane. Da quel punto si offriva una delle viste più splendide; io volsi una occhiata intorno, ma davanti agli occhi mi passò ben altro che il pittoresco del paesaggio: su tutto il panorama si era diffusa una tonalità che non poteva attribuirsi né al tramonto, né all'aria pura della sera. L'illuminazione accesa del firmamento, le ombre fresche e violette della vallata eran tali che un quadro ad olio o un acquarello non le avrebbero rese più superbamente. Non mi saziavo dal contemplare, pur sentendo in me la smania di lasciar quel luogo, per godere l'ultimo saluto del sole in una più ristretta e più interessante compagnia.

Purtroppo non mi fu possibile rinunziare all'invito delle mamme e delle altre signore del gruppo, di prender posto accanto a loro; tanto più che m'avevano ceduto il posto vicino alla finestra, donde si godeva la più bella vista. Prestando attenzione ai loro discorsi, compresi che si parlava di corredo, argomento che s'affacciava continuamente e che sembrava inesauribile. Si faceva l'elenco di tutte le cose indispensabili: numero e qualità dei singoli regali, donativi principali della famiglia, contributi varî di amici e di amiche, parte dei quali erano ancora un segreto, insomma un'enumerazione particolareggiata, che faceva passare tanto tempo prezioso e che io fui costretto a sorbirmi, perché le signore mi avevano impegnato anche per la passeggiata successiva.

Finalmente il discorso cadde sulle doti del fidanzato, che fu descritto, in complesso, abbastanza favorevolmente, senza nascondere però i suoi difetti, nella ferma speranza che la grazia, il senno, l'amabilità della fidanzata sarebbero bastate ad attenuarli ed a correggerli.

In ultimo, proprio mentre il sole si tuffava nel mare lontano, offrendo una vista incomparabile con le lunghe ombre e i giuochi di luce già lievemente attenuati ma ancora imponenti, domandai, non senza impazienza, ma nel modo più discreto, chi fosse quella fidanzata. «Ma Lei dunque non sa quello che tutti sanno?» mi fu risposto fra la meraviglia di tutti. E allora soltanto finirono col capire che io non ero un ospite della stessa famiglia, ma uno straniero.

Non è necessario ch'io dichiari quale fu il mio terrore quando appresi che l'oggetto della conversazione era appunto la mia alunna, alla quale proprio allora avevo preso a voler bene. Il sole intanto tramontava, ed io trovai un qualunque pretesto per liberarmi da quella compagnia, che, senza rendersene conto, mi aveva dato una lezione così crudele.

Come le inclinazioni, alle quali ci siamo lasciati andare per qualche tempo inavvertitamente, finiscano col trasformarsi nelle situazioni più penose appena ci risvegliamo dal nostro sogno, è cosa vecchia e a tutti nota; ma il caso mio può interessare per la circostanza strana d'un affetto vivo e scambievole, che vien soffocato sul nascere, distruggendosi così anche quel presentimento di ogni felicità, che un tale sentimento si ripromette senza limiti nel tempo futuro. Quella sera rincasai tardi e la mattina dopo feci un'escursione più lunga del solito, con la mia cartella sotto il braccio, scusandomi di non poter ritornare per l'ora del pranzo.

Avevo età ed esperienza sufficienti per rientrare in me, sia pur con dolore. Sarebbe abbastanza strano, dicevo a me stesso, se un destino simile a quello di Werther venisse a raggiungerti a Roma, per guastare d'un colpo una situazione così importante e che finora hai saputo mantenere con tanto successo.

Mi rivolsi così un'altra volta e al più presto allo studio del paesaggio vero, che nel frattempo avevo trascurato, cercando di ritrarre la natura con la maggior fedeltà possibile. E per lo meno riuscii a vederla meglio. La scarsa tecnica da me posseduta era appena sufficiente per qualche schizzo insignificante, ma la gran copia di oggetti d'ogni fatta, rocce, alberi, pendii e declivi, laghi tranquilli e acque correnti che offriva la regione, era più che mai sensibile al mio occhio, così che non potei serbare il broncio alla mia sventura, che si prestava ad affinarmi a tal punto il senso interiore ed esteriore.

Ma ora sarò più breve. La folla degli ospiti riempiva la casa nostra e quelle del vicinato; si poteva evitarsi senza ostentazione; e la cortesia ben intesa, alla quale ci dispone un'inclinazione simile alla mia, è sempre ben accolta in società. Il mio contegno piacque e non ebbi mai dispiaceri né contrarietà, salvo una volta sola col mio ospite signor Jenkins. Io avevo infatti portato da una lunga escursione pei boschi e sulla montagna certi funghi prelibati, che poi consegnai al cuoco; questi, soddisfattissimo della pietanza rara e tenuta in gran pregio sul luogo, li aveva cucinati con tutte le regole dell'arte e serviti in tavola. Tutti li trovarono squisiti; soltanto, quando per farmi onore si scoprì che li avevo portati io dalla foresta, il nostro ospite, da buon inglese, manifestò, per quanto velatamente, il suo malumore, meravigliandosi che persona estranea avesse fornito un piatto alla tavola comune, senza che il padrone di casa ne sapesse nulla, e senza un suo comando o un suo cenno; non era la cosa più conveniente, pareva dicesse, preparare certe sorprese alla tavola di un ospite, e fargli trovare dei cibi di cui non poteva garantire. Tutto questo mi dovette essere comunicato in via diplomatica dal consigliere Reiffenstein a tavola sparecchiata; io, che soffrivo in cuor mio di tutt'altro male da quello che può derivare da un piatto di funghi, osservai modestamente che non avrei mai supposto che il cuoco non ne avesse parlato al suo padrone e assicurai che, nel caso mi fossero venuti ancora sotto mano simili manicaretti, li avrei prima fatti esaminare ed approvare al nostro egregio ospite. Se infatti vogliamo esser giusti, bisogna convenire che il suo rammarico era derivato dal fatto che i funghi, sempre sospetti, erano stati serviti senza un'opportuna scelta. Il cuoco stesso mi aveva rassicurato in proposito, e rammentato anche al padrone che più volte, se non proprio di frequente, data la sua grande rarità, un piatto simile era stato servito in questa stagione con soddisfazione di tutti.

L'avventura culinaria mi fece pensare, in un momento di tranquillo umore, che proprio io, affetto da un veleno tutto mio, ero venuto in sospetto d'aver avvelenato, causa sempre la mia imprevidenza, tutta una brigata di amici.

Non mi fu difficile perseverare nel partito preso. Cercai d'evitare anzitutto le lezioni d'inglese, allontanandomi ogni mattina e avendo cura di non avvicinare la mia alunna, sempre amata in segreto, se non alla presenza di più persone.

Ma ben presto anche questa relazione cessò di conturbare il mio spirito, affaccendato in ben altre cose; e ciò accadde in modo graziosissimo; infatti, considerando io la ragazza come una fidanzata, come la futura moglie d'un altro, ella si elevava ai miei occhi sopra la condizione banale delle ragazze da marito; e poiché le manifestavo la stessa simpatia di prima, ma da un punto di vista superiore e disinteressato, potei facilmente entrare con lei nei migliori rapporti d'amicizia, tanto più che non avevo del resto l'aria d'un giovanotto leggero. La mia servitù, se è lecito chiamar così una spontanea devozione, si dimostrava senza affettazione, a tempo e a luogo, e non disgiunta da un certo rispetto. Quanto a lei, sapendo benissimo che la sua relazione mi era nota, non poteva essere che pienamente soddisfatta della mia condotta. Tutti gli altri, perché io continuavo a trattare con tutti, o non ci badarono affatto o non avevan nulla da ridire sul mio conto, e così i giorni e le ore trascorsero nel modo più tranquillo di questo mondo.

Quanto ai nostri passatempi della più varia natura, vi sarebbe molto da dire. Basti, che c'era anche un teatrino con un Pulcinella, il quale, già da noi tante volte applaudito durante il carnevale (il resto dell'anno faceva il ciabattino ed era considerato come un buon borghesuccio qualunque), aveva in sommo grado l'abilità di tenerci allegri con certe sue laconiche stupidità mimiche e pantomimiche, e di farci passare il tempo nella scioperataggine più divertente.

Più d'una lettera privata mi aveva fatto intanto capire che il mio viaggio in Italia, da tanto tempo progettato, sempre differito e finalmente intrapreso in fretta e furia, aveva sollevato una certa agitazione e qualche impazienza fra i miei cari lontani, e fra l'altro anche il desiderio di raggiungermi per godere quella stessa gioia, di cui nulla, meglio delle mie lettere stesse, piene di notizie liete e interessanti, poteva dare un'idea. Si sa che nella cerchia intellettuale e così appassionata per le cose d'arte, che vive intorno alla nostra duchessa Amalia, è sempre stata una tradizione considerare l'Italia come una nuova Gerusalemme del mondo veramente colto, e che per essa il pensiero e il cuore hanno costantemente provato quell'acuta nostalgia che solo Mignon ha potuto esprimere. La diga finalmente si ruppe e a poco a poco fu noto a tutti che la duchessa Amalia col suo seguito da una parte, lo Herder e il Dalberg[23]junior dall'altra, si preparavano sul serio a varcare le Alpi. Io li consigliai di lasciar passare l'inverno, di spingersi nella stagione di mezzo fino a Roma e quindi più giù, a poco a poco, augurando loro di godere tutto quel che offrono i dintorni dell'antica capitale del mondo, l'Italia meridionale ecc.

Questo mio consiglio, disinteressato e fondato sull'esperienza, si risolveva anche in mio vantaggio personale. Un'epoca importante della mia vita avevo fin qui trascorso in un mondo del tutto straniero, fra gente straniera, rigustando con freschezza tutta giovanile il senso dell'umanità, che dopo tanto tempo avevo finalmente ritrovato in rapporti accidentali bensì, ma pur naturali, mentre la vita trascorsa tra persone perfettamente note ed amiche, nella chiusa cerchia domestica, aveva finito col mettermi in una situazione delle più strane. A forza di tollerarsi e di sopportarsi a vicenda, di dividere gioie e dolori, sorge un certo sentimento medio di rassegnazione, pel quale dolori e gioie, malumori e soddisfazioni si annullano a vicenda nella consuetudine di tutti i giorni. Di qui anche una media, che sopprime il carattere dei singoli avvenimenti, tanto che, per voler vivere a proprio agio, si finisce col non poter abbandonarsi liberamente né al dolore né alla gioia.

Tutto compreso da questi sentimenti e presentimenti venni alla ferma risoluzione di non attendere qui l'arrivo dei miei amici. Che il mio modo di vedere le cose non fosse proprio il loro, mi era ben chiaro, tanto più che io stesso avevo lavorato da un anno a spogliarmi di quel cimmerio modo di rappresentarci le cose tutto proprio di noialtri settentrionali, e m'ero assuefatto a osservarle e a respirare più liberamente sotto l'azzurra volta di questo cielo. Nel frattempo, i viaggiatori tedeschi che capitavano qui erano per me una vera afflizione; essi venivano a cercare ciò che avrebbero dovuto dimenticare, senza poter vedere, pur avendolo sotto gli occhi, ciò che avevano da tanto tempo agognato. Io stesso duravo sempre gran fatica a mantenermi, a forza di pensare e di lavorare, sulla via che avevo fermamente riconosciuto per la maestra.

Quanto ai forestieri tedeschi, ho potuto anche evitarli: ma persone a me così intimamente legate, apprezzate e care mi avrebbero certo turbato e ostacolato nei miei movimenti coi loro stessi errori, con la loro insufficiente intelligenza delle cose e perfino con l'entrare nel dominio delle mie idee. Il viaggiatore nordico crede di venire a Roma per trovarvi come un'appendice della sua esistenza, per completare ciò che gli fa difetto; ma a poco a poco finisce con l'accorgersi, con suo grande rammarico, che per questo dovrebbe trasformare completamente il suo modo di sentire e incominciare tutto da capo.

Per quanto tutto questo mi sembrasse chiaro, mi sono saviamente mantenuto nell'indeterminatezza e ho continuato ad approfittare senza tregua del mio tempo nel miglior modo possibile. La riflessione più indipendente, i colloqui con terze persone, le osservazioni sulle attitudini degli artisti, le mie stesse esperienze pratiche si sono avvicendate senza interruzione, completandosi più opportunamente a vicenda.

In tutto questo m'è stato di sprone soprattutto la consuetudine di vita con lo zurighese Enrico Meyer, la cui compagnia fu per me di gran profitto, benché piuttosto rara: da artista operoso e rigido con se stesso, egli sapeva infatti impiegare il suo tempo meglio che il gruppo dei giovani, illusi di poter accoppiare la vita allegra e spensierata a un serio progresso nella teoria e nella tecnica.

# NOVEMBRE

CARTEGGIO

*Roma, 3 novembre 1787.*

È arrivato Kayser, ed io non ve ne ho scritto nulla per tutta questa settimana. Egli sta ancora accordando il pianoforte, ma a poco a poco l'operetta progredirà. La sua presenza a Roma segna per me una nuova epoca importante e mi accorgo che basta soltanto continuare tranquillamente per la propria via: ogni giorno che passa porta con sé il suo bene e il suo male.

L'accoglienza che avete fatto al mio *Egmont* mi riempie di gioia; spero che non perderà nulla a una seconda lettura: io so quanto ci ho messo del mio e so che non si può gustarlo bene a una prima lettura. Ho voluto fare proprio quello per cui voi mi lodate; se dite che è proprio così, io ho ottenuto il mio scopo. È stato un còmpito arduo da non potersi dire e che non avrei mai assolto senza una libertà sconfinata di vita e di spirito. S'imagini che cosa vuol dire ritornare sopra un lavoro scritto dodici anni prima e portarlo a compimento senza rifarlo da capo. Le speciali circostanze di questo mio periodo mi hanno insieme agevolato e reso più difficile il còmpito. Adesso ho ancora due scogli innanzi a me: il *Faust* e il *Tasso*. Poiché gli dèi misericordiosi sembra voglian riserbarmi per l'avvenire il supplizio di Sisifo, non dispero di portare anche questi due macigni sulla vetta della montagna. Una volta arrivato lassù, comincerà una vita nuova ed io farò tutto il possibile per esser degno del vostro plauso, mentre ora mi dimostrate e conservate il vostro affetto senza alcun mio merito.

Non comprendo esattamente quello che mi dici di Claretta,[1] per cui aspetto la prossima tua. Vedo bene che a parer tuo manca una sfumatura fra la fanciulla e la dea; ma poiché la sua relazione con Egmont è per proposito esclusiva ed io ho posto per base al suo amore più che la sensualità il concetto della perfezione dell'amato e alla sua estasi la gioia appena concepibile che un uomo come Egmont le appartenga, poiché ne ho fatto un'eroina, che nel profondo sentimento di un'eternità d'amore segue il suo diletto, al cui spirito ella appare finalmente in un sogno radioso che tutta la glorifica, non saprei dove collocare questa sfumatura intermedia, pur confessando che, per amore delle esigenze coreografiche, le ombreggiature or ora accennate sono forse troppo snodate e spezzate o, meglio ancora, collegate mediante allusioni troppo vaghe. Forse una seconda lettura ti soddisferà di più; forse sarai più preciso nella prossima tua.

Angelica ha disegnato il frontespizio dell'*Egmont*, e Lips lo ha inciso;[2] in Germania, un disegno e un rame come questi non li avrebbero saputi né disegnare né incidere.

Purtroppo ora devo lasciar completamente da parte le arti figurative, altrimenti non finirei più i miei lavori drammatici, che esigono un particolare raccoglimento e una elaborazione tranquilla, se si vuol venire a capo di qualche cosa di duraturo. *Claudina* è in lavoro, anzi direi quasi che la sto rifacendo da capo; così la mia esistenza si va spogliando dell'involucro antico.

*Roma, 10 novembre.*[3]

Il Kayser, dunque, è arrivato, per cui vivo d'una triplice vita, essendosi aggiunta ora anche la musica. È un ottimo amico, che fa proprio per noi, abituati a una vita secondo natura, per quanto è possibile a questo mondo. Il Tischbein sta per ritornare da Napoli e dovremo quindi tutti e due cambiare e trasformare le nostre stanze; ma data la nostra abilità, tutto sarà a posto in una settimana.

Alla Duchessa madre ho fatto la proposta di spendere per lei, col suo consenso, secondo l'occasione, la somma di duecento zecchini in diversi piccoli oggetti artistici. Tu devi appoggiare questa proposta nel modo che troverai indicato nella mia lettera. Il danaro non mi occorre né subito né tutto in una volta. Si tratta d'un affare importante e di cui comprenderai tutta la portata senza molte spiegazioni. Riconosceresti poi meglio ancora l'opportunità e l'utilità del mio consiglio e della mia profferta, se ti fossero note le condizioni di questo mercato, che io conosco perfettamente. Con quelle inezie io le procurerò un vivo piacere, e trovando ella qui le cose che sto preparando per lei di mano in mano, si calmerà anche quella smania di possedere, che afferra tutti i forestieri novellini, quali si siano, e che ella dovrebbe rassegnarsi dolorosamente a soffocare o non potrebbe soddisfare senza grave dispendio o perdita. Su quest'argomento potrei riempire delle pagine intere.

Che l'*Egmont* incontri la vostra approvazione, mi fa un grande piacere. Non ho compiuto nessun altro lavoro con maggior libertà di spirito e con maggior coscienziosità. Ma non è facile incontrare il gusto del lettore, quando si è fatto già dell'altro; il lettore vuole sempre qualche cosa sul genere di quello che ha avuto la prima volta.

*Roma, 24 novembre.*

Nell'ultima tua mi fai delle domande intorno al colore di questi paesaggi. Posso rispondere che nei giorni sereni, specialmente d'autunno, il paesaggio qui è così *ricco di colore*, che nelle riproduzioni deve sembrare *screziato*. Spero di poterti mandare presto alcuni disegni d'un tedesco[4] ora dimorante a Napoli. I colori ad acquarello rimangono molto al disotto dello splendore naturale, eppure non lo crederesti. Il più bello è che i colori più vivaci, già a una certa distanza, si attenuano causa il tono dell'aria, tanto che le antitesi di questi toni freddi e toni caldi, come li chiamano, sono evidentissime. Le ombre azzurre spiccano deliziosamente sul verde, il giallastro, il rossastro, e il bruno luminoso, e si legano col lontano azzurrino vaporoso. È uno splendore e insieme un'armonia, un digradare nell'insieme, di cui nel Settentrione non si ha alcuna idea. Da voi tutto è crudo o nebuloso, variopinto o monotono. Per lo meno non ricordo di aver visto se non di rado effetti singoli di colore, che mi permettessero di pregustare quello che ora ho sott'occhio tutti i giorni e tutte le ore. Ma forse, ora che il mio occhio è meglio addestrato, troverei maggiori bellezze anche nel nord.

Del rimanente ora posso dire di vedere e di conoscere in certo modo le vie diritte, che portano a tutte le arti figurative, mentre nel tempo stesso ne misuro più esattamente anche la distanza e la lontananza. Sono troppo vecchio ormai per poter, da ora in poi, fare, più che abborracciare. Vedo anche quel che fanno gli altri: ne trovo più d'uno sulla buona via, ma nessuno che la percorra a gran passi. La stessa cosa vale per la felicità e per la saggezza, i cui modelli ci stanno sempre confusamente innanzi, mentre non riusciamo, tutt'al più, che a sfiorarne un lembo.

L'arrivo del Kayser e il tempo necessario per allogarci tutti alla meglio in casa, hanno causato una certa sosta nei miei lavori, che si sono arenati. Ma ora li vado riprendendo e le mie operette per musica saranno presto finite. Il Kayser è un eccellente compagno, intelligente, ordinato, posato, artista che sa il fatto suo come pochi, un uomo insomma per la cui compagnia si diventa più sani. È anche d'una grande bontà d'animo e possiede un sicuro intuito di cose e di uomini, per cui il suo carattere, del resto rigido, acquista maggior duttilità e la sua conversazione un fascino tutto particolare.

# NOVEMBRE

**APPUNTI**

Mentre pensavo in cuor mio a distaccarmi a poco a poco dal mondo, eccomi entrato in nuovi rapporti, in seguito all'arrivo d'un vecchio e bravo amico, il francofortese Cristoforo Kayser, giunto a Roma negli stessi giorni del Klinger.[5] Dotato di un naturale e particolare talento per la musica, egli aveva incominciato a scrivere le note anche per l'*Egmont*, fin dagli anni in cui stava componendo *Scherzo, Astuzia* e *Vendetta*. Lo avevo informato da Roma che il mio lavoro era partito e che una copia era rimasta in mia mano. Invece di stabilire fra noi un lungo carteggio, ci accordammo opportunamente che egli sarebbe venuto senz'altro qui; e infatti, attraversata a volo l'Italia col corriere, in brevissimo tempo ce lo vedemmo comparire innanzi, amicamente accolto nella nostra cerchia di artisti che ha piantato il suo quartier generale al Corso, dirimpetto a palazzo Rondanini.

Ma qui, invece del necessario raccoglimento, sono uscite in campo nuove distrazioni e nuove dissipazioni.

Anzitutto ci vollero parecchi giorni prima di trovare, provare ed accordare un pianoforte e prima che questo fosse messo a posto secondo la volontà o il capriccio dell'artista, che non la finiva mai di desiderare e di pretendere o questo o quello. Ma intanto questo sciupio di tempo e di fatica ci è stato subito ricompensato dalle varie esecuzioni d'un artista come lui, dotato di gran talento, perfettamente all'altezza del suo tempo e che sa riprodurre con grande disinvoltura i pezzi moderni della più grande difficoltà. Perché il conoscitore di musica sappia subito di che si tratta, dirò che allora si riteneva impossibile andar più in là dello Schubart[6] ed anche che la pietra di paragone di un provetto pianista fosse l'esecuzione di certe variazioni, in cui un semplice tema sviluppato a regola d'arte rippresentandosi alla fine naturalmente, permette all'uditore di riprender fiato.

Egli ha portato con sé la sinfonia dell'*Egmont*, ciò che risveglia in cuor mio l'antica tendenza, rivolta ora più che mai, e per necessità e per gusto, al teatro lirico.

*Ervino ed Elmira*, come pure *Claudina di Villa Bella* dovrebbero anche partire per la Germania; se non che, in seguito all'elaborazione dell'*Egmont*, ho talmente aumentate le mie esigenze verso me stesso, che non so risolvermi a metterle fuori nella loro forma originaria. Parecchi spunti lirici in esse contenuti mi sono cari, e ci tengo, come a quelli che testimoniano di molte ore vissute certo follemente ma anche felicemente, non meno che del dolore e del travaglio cui è esposta la giovinezza nella sua irriflessiva vivacità. Al contrario, il dialogo in prosa rammenta troppo quelle operette francesi, alle quali dobbiamo sì il ricordo di qualche ora lieta, per aver esse importato per la prima volta nel nostro teatro non so che forma gioconda di canto, ma che ora non mi soddisfano più, diventato come sono cittadino italiano, che non ama accoppiare il canto melodico col recitativo e col declamato.

In questo senso si troverà che ho rifatto tutte e due queste operette; quanto alla loro musica, questa è anche piaciuta qualche volta, ed eccole quindi anch'esse varate a loro volta nel fiume dell'arte drammatica.

Ci si lamenta al solito dei libretti italiani, ripetendo quel che si sente dire, senza pensarci su più che tanto; sono indubbiamente libretti facili e spigliati, ma non esigono dal musicista e dal cantante se non un po' di buona volontà e di simpatia. Per non dilungarmi troppo, ricorderò il libretto del *Matrimonio segreto*;[7] il suo autore non è nemmeno noto, ma certo è uno dei più abili del genere, chiunque egli sia stato. La mia intenzione è stata appunto di far qualche cosa in questo genere, per uno scopo ben determinato e con la stessa libertà; ma io stesso non saprei dire quanto mi sia avvicinato alla mèta.

Purtroppo ero impegnato da qualche tempo con l'amico Kayser in un'impresa, che a poco a poco apparì sempre più ardua e sempre meno realizzabile.

Ripensiamo un poco all'epoca ancora così ingenua dell'opera tedesca, in cui anche un semplice intermezzo, come la *Serva padrona* del Pergolesi, trovava tanto plauso e successo. Era il tempo in cui recitava un buffo tedesco, certo Berger,[8] in compagnia d'una bella e formosa donna, pure abile nella sua parte; costoro in varie città e borgate della Germania, con un guardaroba modesto e con musica piuttosto deficiente, davano delle divertenti rappresentazioni da camera che si aggiravano sempre intorno a qualche vecchio galante innamorato, tradito e scornato.

Avevo pensato di aggiungere una terza voce intermedia, da trovarsi facilmente, e così anni or sono la mandai al Kayser a Zurigo, ma questi, da artista coscienzioso, si mise al lavoro con troppa serietà e lo svolse con eccessiva larghezza. Io stesso avevo già passato la misura dell'intermezzo e l'argomento in tante arie cantabili, che anche con poca musica tre personaggi soli non sarebbero mai bastati a sostenere l'esecuzione. Il Kayser poi aveva svolto le arie scrupolosamente secondo il vecchio stile e qua e là, convien dirlo, piuttosto felicemente e non senza grazia nel complesso.

Ma come e dove tutta questa roba avrebbe potuto essere rappresentata? Per disgrazia, conforme ai vecchi principî di moderazione, il nostro lavoro soffriva anche di una certa scarsezza di voci; non si arrivava mai oltre il terzetto e per ottenere un coro si sarebbe dovuto far cantare perfino le ampolle di triaca[9] del dottore. Ogni nostro sforzo per mantenerci nei limiti della semplicità andò quindi perduto, quando entrò in campo il Mozart. *Il ratto dal Serraglio*[10] fece crollare tutte le nostre speranze e quanto a far rappresentare il nostro lavoro così accuratamente allestito, non se ne parlò più.

La presenza del nostro Kayser andava intanto elevando e allargando la nostra passione per la musica, limitata fino allora alle sole opere teatrali. Egli seguiva con interesse le feste religiose, ciò che ci offrì il destro di assistere alle solennità musicali che si celebravano in quei giorni. Per noi esse erano certamente ancor troppo mondane, così a piena orchestra, benché vi predominasse sempre il canto. Ricordo d'aver inteso per la prima volta il giorno di S. Cecilia un pezzo di bravura con l'intervento del coro; questa musica mi produsse una profonda impressione, che del resto prova anche il pubblico quando la ascolta nei pubblici teatri.

Il Kayser aveva anche un'altra virtù; occupandosi molto di musica antica, si dava da fare anche per lo studio metodico della storia della musica, e frequentava le biblioteche. La sua assidua attività gli aveva fatto trovare buona accoglienza e buoni aiuti specialmente alla Minerva.[11] Le sue indagini bibliografiche richiamarono per conseguenza la nostra attenzione sulle antiche opere a stampa con incisioni del secolo XVI e fra l'altro egli non mancò di destare il nostro interesse, per esempio, allo *Speculum romanae magnificentiae*,[12] alle *Architetture* del Lomazzo, all'opera posteriore *Admiranda Romae* e simili altre. Queste raccolte di libri e di stampe, mèta anche dei nostri pellegrinaggi, hanno gran valore soprattutto se si possono esaminare in buone impressioni; esse ci trasportano in quei secoli, in cui le cose antiche eran considerate con rispetto e riverenza e quelle reliquie erano impresse in caratteri magistrali. Con questo spirito ci accostavamo, per citar qualche esempio, ai colossi[13] che si trovavano ancora al loro posto antico nel giardino Colonna; il settizonio di Severo,[14] a metà rovinato, ci dava ancora una certa idea dell'edificio ora scomparso; la chiesa di S. Pietro,[15] ancora senza facciata, col centro grandioso senza la cupola, il Vaticano vecchio,[16] nel cui cortile si potevano dare ancora dei tornei, tutto ci faceva rivivere nel tempo antico e ci permetteva nel tempo stesso di osservare chiaramente le trasformazioni portate dai due secoli posteriori e gli sforzi fatti, a malgrado dei gravi ostacoli, per ripristinare i monumenti distrutti e per ripararne tanti altri caduti in oblio.

Lo zurighese Enrico Meyer, di cui ho avuto tante occasioni di parlare, per quanto vivesse ritirato ed assorto nel lavoro, non ha trascurato di vedere, di osservare e di apprendere, sempre che vi fosse qualche cosa di interessante. Tutti lo cercavano e lo desideravano, altrettanto modesto quanto dotto, com'egli era in compagnia. Il Meyer procedeva a passo sicuro per la sua via, tracciata dal Winckelmann e dal Mengs, e sapendo riprodurre egregiamente alla seppia i busti antichi alla maniera del Seidelmann,[17] nessuno meglio di lui aveva modo di giudicare e d'imparare a conoscere le tenui sfumature dell'arte antica e della moderna.

Un giorno, mentre ci disponevamo a visitare al lume delle fiaccole i musei del Vaticano e del Campidoglio (visita sempre desiderata dai forestieri, artisti, dilettanti e profani), il Meyer volle essere dei nostri; ed io trovo ancora fra le mie carte uno dei suoi saggi, onde quella visita incantevole per le splendide opere d'arte, da noi passata quasi interamente come in un delizioso sogno che a poco a poco sia svanito dalla nostra anima, conserva tuttavia importanza durevole anche per la sua benefica influenza sulla nostra cultura e sulle nostre intuizioni.

«L'usanza[18] di visitare a lume di fiaccola i grandi musei romani come il Pio-Clementino in Vaticano, il Capitolino ecc., era ancora, a quanto pare, una novità nel penultimo decennio del secolo scorso: non mi è noto però quando sia incominciata precisamente.

«Vantaggi di questa illuminazione: ogni opera d'arte viene considerata isolatamente, staccata da tutte le altre, in modo che l'attenzione dello spettatore rimane fissa esclusivamente sopra quella sola; inoltre, tutte le più delicate sfumature del lavoro appariscono, nella violenta luce della fiaccola, di gran lunga più evidenti; i riflessi che, specialmente nelle statue passate a pulitura, turbano tanto la visione, sono scomparsi; le ombre risultano più marcate, mentre le parti rischiarate risaltano più luminose. Un vantaggio essenziale e incontrastabile è poi, che anche le opere esposte in luce sfavorevole, con questo sistema vengono apprezzate nella giusta misura. Così, per esempio, il Laocoonte[19] non si può veder bene nella nicchia in cui si trova, se non al chiarore della fiaccola, perché non cade sopra di lui una luce naturale immediata, ma soltanto una luce riflessa dal non ampio e rotondo cortile del Belvedere, circondato da portici. Lo stesso si dica dell'Apollo e del così detto Antinoo[20] (Mercurio). Ancor più necessaria ci fu quest'illuminazione per poter vedere il Nilo[21] e il Meleagro[22] ed apprezzarne il valore. A nessun'altra opera antica il chiarore della fiaccola dona tanto quanto al così detto Focione,[23] perché solo così e non alla luce naturale, causa la sua cattiva esposizione, si possono osservare le parti del corpo così mirabilmente trasparenti dal fine e semplice panneggiamento. Molto se ne avvantaggia anche l'ottimo frammento d'un Bacco seduto,[24] come pure la parte superiore d'una statua di Bacco,[25] ma soprattutto quella meraviglia dell'arte che è il celebre ma non mai abbastanza celebrato Torso.[26]

«I monumenti del Museo Capitolino sono in generale meno notabili di quelli del Pio-Clementino, ma ve ne sono alcuni di grande importanza ed è bene vedere anche questi al lume delle fiaccole, per farsi un'idea adeguata dei loro pregi. Il così detto Pirro,[27] di eccellente lavorazione, è collocato sulla gradinata e non riceve affatto luce naturale; nella galleria, davanti alle colonne, si trova una bella mezza figura, ritenuta per una Venere ammantata,[28] che riceve scarsa luce da tre parti. La Venere nuda,[29] la più bella statua del genere a Roma, non si mostra a tutto suo vantaggio nella luce naturale, essendo esposta in una stanza ad angolo; e la così detta Giunone[30] dalla bella veste si trova fra due finestre, dalle quali non riceve che un po' di luce per incidenza; anche la tanto famosa testa di Arianna[31] nella sala delle Miscellanee non si può vedere in tutto il suo splendore se non mediante la luce delle fiaccole. Così dicasi di parecchi altri pezzi di questo museo sfavorevolmente esposti, che avrebbero assoluto bisogno di tale illuminazione per essere visti convenientemente e pregiati per quel che valgono.

«Ma come tant'altre cose che si seguono per moda finiscono col degenerare in abuso, così è accaduto anche dell'usanza delle fiaccole. Essa può riuscire utile solo nel caso che si sappia servirsene giudiziosamente. Per vedere monumenti esposti in luce naturale non sufficiente, come abbiamo detto più sopra, tale illuminazione è necessaria, perché dà maggior rilievo alle sporgenze, alle insenature e ai trapassi delle singole parti. Ma più che mai favorevole risulta l'illuminazione alle opere d'arte dell'epoca classica, purché colui che porta la fiaccola e lo stesso spettatore sappiano di che si tratta; essa permette di veder meglio le masse e dà rilievo alle sfumature più delicate del lavoro. Invece, le opere di stile antico in generale, del più sublime e anche del meno sublime, hanno poco da guadagnare, quando già si trovino collocate in buona luce; se infatti gli artisti d'allora non sapevano né di luce né di ombre, come potevano contare per i loro lavori sull'ombra o sulla luce? Lo stesso vale anche per le opere di periodi posteriori, quando gli artisti cominciarono ad esser meno raffinati e il gusto era già tanto decaduto, che non si pensava nemmeno alla luce e all'ombra in tema di plastica, e la teoria delle masse era addirittura caduta in dimenticanza. A che gioverebbe l'illuminazione con le fiaccole a monumenti di tale genere?».

È giusto ricordare, in un'occasione così solenne, anche il signor Hirt,[32] che in vario modo è stato utile e servizievole al nostro circolo. Nato il 1739 nel Fürstenberghese, dopo avere studiato gli scrittori antichi, lo Hirt si sentì irresistibilmente attratto a Roma. Vi era giunto alcuni anni prima di me e s'era procurato una profonda conoscenza delle opere di architettura e di scultura antiche e moderne, dedicandosi alla professione di cicerone degli stranieri desiderosi di apprendere. Anche a me egli fu cortese di questi suoi buoni uffici con affettuoso disinteresse.

Il suo studio principale era l'architettura, senza per questo trascurare i luoghi classici e tanti altri monumenti. Le sue vedute teoriche intorno all'arte offrivano frequente occasione, in una città come Roma così proclive a discutere e a parteggiare, ai dibattiti più vivaci. Dalla diversità delle opinioni scaturisce una grande varietà di vedute, specialmente qui dove l'arte è sempre l'argomento del giorno; e così lo spirito, al cospetto di tanti oggetti interessanti, viene eccitato e spronato nel modo più vivace. Il concetto fondamentale del nostro Hirt si basava sulla derivazione dell'architettura greca e romana dalle primitive e remotissime costruzioni in legno, e su quello fondava l'elogio o la critica dell'architettura moderna, giovandosi abilmente di esempi tratti dalla storia. Altri sostenevano invece che nell'architettura, come in ogni altra manifestazione d'arte, si trovano delle finzioni ricche di buon gusto, dalle quali l'architetto non può prescindere mai, dovendo egli aiutarsi nei casi più diversi ora in un modo ora in un altro, costretto a derogare dalla regola fissa.

Disputando intorno al Bello, si trovava anche spesso in disaccordo con altri artisti, essendo per lui fondamento della Bellezza il caratteristico; ma consentivan con lui, quelli che eran convinti doversi considerare il carattere come base fondamentale d'ogni opera d'arte, pur ritenendo che l'esecuzione debba poggiare sul senso estetico e sul buon gusto, ai quali spetta di esprimere qualsiasi carattere nelle sue giuste proporzioni non meno che nella sua grazia.

Ma poiché l'arte consiste nel fare e non nel dire, mentre si continuerà sempre a dire più che a fare, si comprende facilmente che simili discussioni non finivano mai, come non finiscono nemmeno ai nostri tempi modernissimi.

Se le discordi opinioni degli artisti provocavano talvolta degli incidenti poco simpatici e perfino delle rotture fra amici, davano anche luogo, benché di rado, a dei casi ameni. Eccone uno.

Un gruppo di artisti, dopo aver trascorso il pomeriggio in Vaticano, se ne ritornava dalla porta vicina alle colonne di S. Pietro, attraversando la vigna che conduce al Tevere (data l'ora tarda) senza girare a lungo per la città. Cammin facendo si erano bisticciati e si bisticciavano ancora, quando giunsero alla riva; e continuarono poi la disputa vivacemente, anche durante il traghetto. Nel momento di sbarcare a Ripetta erano sul punto di separarsi e di soffocare sul nascere i pro e i contro, che non eran pochi da una parte e dall'altra. Quando decisero ad unanimità di restar tutti in compagnia e di ripassare il fiume fino all'altra sponda, per dar libero corso sulla zattera alla loro dialettica. Ma un solo tragitto non parve sufficiente; una volta in ballo, vollero assolutamente che il barcaiuolo ripetesse il giuoco. Costui non si fece pregare, anche per amore d'un baiocco a persona, che tanto importava ogni traversata: guadagno non indifferente, che per l'ora tarda egli non si sarebbe mai aspettato. Per cui soddisfece il loro desiderio senza fiatare. Solo, chiedendogli un suo figliuoletto, meravigliato: «Ma che cosa vogliono costoro?» rispose tranquillamente: «Non lo so, ma certo sono matti».

Press'a poco in quei giorni, ricevetti dai miei familiari questa lettera:

«Monsieur, je ne suis pas étonné que vous ayez de mauvais lecteurs; tant de gens aiment mieux parler que sentir, mais il faut les plaindre et se féliciter de ne pas leur ressembler. Oui, Monsieur, je vous dois la meilleure action de ma vie, par conséquent la racine de plusieurs autres, et, pour moi, votre livre est bon. Si j'avais le bonheur d'habiter le même pays que vous, j'irais vous embrasser et vous dire mon secret, mai malheureusement j'en habite un, où personne ne croirait au motif qui vient de me déterminer à cette démarche. Soyez satisfait, Monsieur, d'avoir pu, à 300 lieues de votre demeure, ramener le cœur d'un jeune homme à l'honnêteté et à la vertu, toute une famille va être tranquille, et mon cœur jouit d'une bonne action. Si j'avais des talens, des lumières ou un rang qui me fît influer sur le sort des hommes, je vous dirais mon nom, mais je ne suis rien et je sais ce que je ne voudrais être. Je souhaite, Monsieur, que vous soyez jeune, que vous ayez le goût d'écrire, que vous soyez l'époux d'une Charlotte qui n'avait point vu de Werther, et vous serez le plus heureux des hommes, car je crois que vous aimez la vertu».

# DICEMBRE

### CARTEGGIO

*Roma, 1 dicembre 1787.*

Posso assicurarti[1] questo: sono più che sicuro quanto ai punti principali; e per quanto la conoscenza possa estendersi all'infinito, ho un concetto fermo, chiaro, comunicabile del finito-infinito.

Mi sono proposto le cose più mirabili, ma freno le mie facoltà conoscitive, perché possano svilupparsi soltanto le mie energie attive. Si tratta di grandi cose, e, una volta afferrate, intelligibili fino all'evidenza.

*Roma, 7 dicembre.*

Ho trascorso questa settimana a disegnare, non riuscendo a comporre; bisogna vedere e cercare di sfruttare ogni periodo della propria attività. La nostra accademia domestica procede sempre bene ed ora siamo affaccendati a risvegliar dal suo sonno il vecchio Anganthyr.[2] La sera ci occupiamo di prospettiva, ed io mi sforzo d'imparare a disegnar sempre meglio e con più sicurezza alcune parti del corpo umano. Ogni cosa profondamente studiata offre grandi difficoltà e richiede assiduo esercizio.

Angelica, sempre buona ed amabile, mi colma di ogni attenzione. La domenica la passiamo insieme e durante la settimana la vedo ogni sera. Essa lavora e fa tutto così bene che appena si concepisce come ciò sia possibile; e dice sempre che non fa niente.

*Roma, 8 dicembre.*[3]

Quanto mi fa piacere che la mia canzonetta[4] abbia incontrato il tuo gusto. Non puoi credere quale gioia sia per me evocare un accento, che si accordi al tuo modo di sentire. Questo appunto desideravo ottenere col mio *Egmont*, del quale mi dici tanto poco, e anche questo poco mi sembra averti fatto piuttosto male che bene. Gli è che sappiamo anche troppo che non potremo mai facilmente intonarci alla perfezione ad una composizione così grande; in fondo nessuno ha un concetto chiaro della difficoltà dell'arte, se non lo stesso artista.

In arte c'è molto più del positivo (vale a dire elementi che si possono *insegnare* e *tramandare*) di quanto comunemente non si creda, e le risorse meccaniche con le quali è dato produrre gli effetti più spirituali (s'intende sempre con l'aiuto dello spirito) sono moltissime. Conoscendo queste piccole astuzie, molte cose che sembrano avere in sé del meraviglioso, non sono che un trastullo. In nessun luogo credo che si possa imparare, nel campo della cultura superiore ed inferiore, più che a Roma.

*Roma, 15 dicembre.*[5]

Vi scrivo tardi e per dirti solo poche cose. Ho passato questa settimana molto lietamente. La settimana precedente non son venuto a capo di nulla né con questo né con quel mio lavoro; e poiché lunedì era una bellissima giornata e la mia esperienza del cielo me ne faceva sperare delle altre, mi son messo in cammino, col Kayser e col mio secondo Fritz,[6] e da martedì fino a questa sera ho fatto delle escursioni in varî luoghi che già conoscevo e in parecchi altri che non conoscevo ancora.

Martedì sera arrivammo a Frascati. Il mercoledì visitammo le ville più belle, ma soprattutto il delizioso Antinoo[7] di Mondragone.[8] Giovedì, da Frascati passammo a Monte Cavo per Rocca di Papa, di cui riceverai certi disegni, perché lo scrivere e il descrivere non serve a nulla; infine scendemmo ad Albano. Venerdì il Kayser ci lasciò perché non si sentiva molto bene ed io continuai col mio secondo Fritz per Ariccia, Genzano, il lago di Nemi e di nuovo ad Albano. Oggi siamo andati a Castel Gandolfo e a Marino, e di qui siam ritornati a Roma. Il tempo ci è stato oltre modo amico: forse il tempo più bello di tutto quest'anno. Oltre agli alberi sempre verdi, alcune querce hanno ancora le foglie e così anche alcuni castagni, benché un po' ingialliti. Il paesaggio ha delle tonalità di una bellezza rara. E quelle grandi forme, così imponenti nella tenebra notturna! Ne ho riportato un gran diletto, di cui voglio far parte con te, a distanza. Sono anche stato sempre bene e di buon umore.

*Roma, 21 dicembre.*[9]

L'occuparmi di arte e in particolare del disegno, non che ostacolare, favorisce le mie facoltà poetiche; scrivere poco, bisogna, ma disegnare molto. Vorrei soltanto poterti comunicare il concetto che ora ho dell'arte figurativa; per quanto esso sia ancora subordinato, mi fa tutto lieto perché è il concetto vero, e acquista sempre maggiore importanza. L'intuito e la logica dei grandi maestri sono appena credibili. Se al mio arrivo in Italia ero come rinato, adesso incomincio ad essere come rieducato.

Quello che vi ho mandato finora, non sono che dei frivoli tentativi. A mezzo di Thurneisen spedisco un involto, in cui il meglio sono certe cosette esotiche che ti faranno piacere.

*Roma, 25 dicembre.*[10]

Questa volta Cristo è venuto al mondo fra lampi e tuoni: proprio a mezzanotte abbiamo avuto un forte temporale.

Lo splendore delle maggiori opere d'arte non mi abbaglia più; vivo ora nella contemplazione, nella conoscenza vera e razionale. Di quanto io ne sia debitore a un modesto, solitario e operoso svizzero, di nome Meyer, non posso dire. Egli per primo mi ha aperto gli occhi ai particolari e alle proprietà delle singole forme, e mi ha iniziato a *fare*, nel vero senso della parola. È un modesto, che si contenta di poco. Gode le opere d'arte veramente più dei signori che le posseggono senza comprenderle e più degli altri artisti, troppo agitati dalla smania di imitare l'inimitabile. Possiede una divina chiarezza di idee e una bontà di cuore angelica. Non parla mai con me, ch'io non sia tentato di scrivere tutto ciò che egli dice: così precise sono le sue parole, così esatte, così vere nella loro linea perfetta. Le sue lezioni mi dànno quello che uomo al mondo non mi ha potuto dare; la sua assenza sarà per me irreparabile. Vicino a lui, col tempo, spero ancora di arrivare nel disegno a un punto che adesso non oso nemmeno di pensare. Tutto ciò che in Germania ho imparato, intrapreso, pensato, sta alla sua scuola come il cortice dell'albero al nòcciolo del frutto. Non ho parole per esprimere la tranquilla e profonda beatitudine con cui ora incomincio a contemplare le opere d'arte; il mio spirito si è dilatato abbastanza per comprenderle, e si affina sempre di più per poterle veracemente apprezzare.

Abbiamo qui di nuovo dei forestieri, coi quali talvolta visito qualche galleria. Mi fanno l'impressione dei mosconi nella mia stanza, che si avventano contro le finestre scambiando i vetri per l'aria, e ne rimbalzano e ronzano in giro per le pareti.

Non desidererei nemmeno a un nemico di essere costretto al silenzio, fuori d'ogni contatto col mondo; quanto a me sarebbe men che esatto farmi passare ora come in altri tempi per *malato* e *tutto chiuso*. Orsù, dunque, amico mio, muoviti, fa tutto quanto puoi per me e conserva a me la mia vita, ché altrimenti finirebbe miseramente, senza essere utile ad alcuno. A dir la verità, quest'anno sono stato, moralmente parlando, molto viziato. Completamente staccato dal mondo, mi son mantenuto per un certo tempo nella solitudine. Ora si è formata intorno a me una ristretta cerchia di amici, tutti buoni e tutti sulla *buona* via; tanto è vero che se la intendono con me, mi circondano di simpatia e cercano con piacere la mia compagnia, quanto più, pensando ed operando, si trovano sulla via maestra. Perché io sono impaziente e senza pietà con tutti quelli che si sbandano o si smarriscono lungo il cammino, mentre pretendono di passare per guide e per viandanti esperti. E a furia di motteggi e di scherno finisco con l'indurli a cambiar vita, o a lasciarmi in pace. Nel caso nostro, s'intende, non si tratta che di gente per bene e corretta. Le teste mediocri e sventate vengono senz'altro messe alla porta. Due uomini, e forse tre mi vanno debitori d'aver cambiato vita e modo di pensare, e me ne saran grati finché vivranno. È proprio su questo punto dell'attività del mio spirito che sento la perfetta *sanità* della mia natura e la sua *estensione*. I piedi mi dolgono solo nelle scarpe troppo strette, e se mi mettono davanti un muro non vedo niente.

## DICEMBRE

#### APPUNTI

Il mese di dicembre era incominciato con un tempo sereno e abbastanza costante; per cui ci venne un'idea che a una buona e allegra compagnia come la nostra doveva procurare parecchi giorni di letizia. Figuriamoci — così si disse — d'essere arrivati a Roma proprio ora e di dover visitare le cose più importanti alla lesta, da forestieri frettolosi. Incominciamo il giro per la città con questo proposito; così le cose già note si ripresenteranno al nostro spirito e ai nostri sensi come se fossero nuove.

Ci accingemmo subito all'esecuzione del programma, che infatti fu anche svolto con una certa fedeltà. Purtroppo c'è rimasto poco a ricordarci le cose belle e buone, osservate e meditate in quella circostanza. Lettere, appunti, disegni, abbozzi di quel periodo, tutto è andato perduto quasi completamente. Ecco tuttavia qualche breve cenno.

Nei dintorni di Roma bassa, non lontano dal Tevere, sorge una chiesa di mediocre grandezza, detta *Alle tre fontanelle*,[11] le quali sarebbero scaturite, a quanto si narra, dal sangue di S. Paolo dopo la decapitazione e continuano a scorrere fino ad oggi.

La chiesa è del resto situata in basso e la conduttura dell'acqua, che passa internamente, le aumenta l'umidità. Parcamente addobbata all'interno, è anzi quasi trascurata; soltanto per qualche rara funzione religiosa viene ripulita del fradiciume e allestita con cura. Ma il suo ornamento principale è un Cristo con gli apostoli, dipinto in grandezza naturale su disegno di Raffaello lungo i piloni della navata. Quel genio straordinario, che altre volte ha già raffigurato, a luogo opportuno, gli stessi Santi in gruppo e vestiti allo stesso modo, ha riprodotto ora le singole figure con le caratteristiche particolari di ciascuna, vale a dire non come se fossero in compagnia del Maestro, ma come se, abbandonato ciascuno alla sua sorte, dopo l'Ascensione, ciascuno dovesse da ora in poi affrontare da solo, secondo il proprio carattere, il travaglio e le miserie della vita.

Ma per permettere anche a noi lontani di apprezzare questi dipinti, sono state eseguite delle riproduzioni dei disegni originali, lavoro magistrale di Marc'Antonio,[12] riproduzioni che ci hanno spesso offerto occasione di rinfrescarci la memoria e ci han giovato a stendere queste note.

Facciam seguire intanto l'estratto d'un nostro articolo[13] apparso nel «Deutscher Merkur» del 1789.

Il còmpito di rappresentare degnamente il sublime Maestro coi suoi dodici discepoli, i primi e i più insigni, che pendevano dalle sue labbra e dal suo spirito, e che dovevan quasi tutti coronare la semplice vita col martirio, è stato assolto da Raffaello con tanta ingenuità, con tanta varietà e tanto amore, e insieme con tanto intelletto d'arte, che possiam considerare queste incisioni come uno dei più bei documenti della sua natura felice.

Di tutto quel che ci è noto, per le scritture e per la tradizione, del loro carattere, del loro stato, delle loro occupazioni, della loro vita e della loro morte egli si è giovato con somma finezza, creando una serie di figure che, senza assomigliarsi a vicenda, hanno un intimo rapporto fra loro. Esaminiamole un poco ad una ad una per invogliare i lettori all'interessante raccolta.

*Pietro*. L'artista lo ha collocato in primo piano e gli ha impresso un carattere fermo e severo. Le estremità appariscono, in questa come in altre figure, alquanto grandi, per cui la persona appare alquanto in iscorcio. Il collo è breve, i capelli corti e ricci più che in tutte le altre tredici figure. Le pieghe principali della veste scendono a mezzo il corpo; il viso, come il resto della persona, si presenta tutto di prospetto. Tutta la figura appare notevolmente concentrata in sé e sta come una colonna che debba reggere un peso.

*Paolo* è anche raffigurato stante, ma vôlto da un lato, come colui che vorrebbe andare e ancora si rivolge e guata; porta il mantello rialzato sul braccio, sotto il quale tiene un libro; i piedi sono sciolti e senza alcun impedimento a dar dei passi; la barba e i capelli sono come uno svolio di fiamme; uno spirito d'entusiasta gli brilla nel volto.

*Giovanni*. Un giovine pieno di nobiltà, con lunghi e bei capelli inanellati solo alle estremità. Si vede che è beato di possedere e di poter mostrare i simboli della fede, il Libro e il Calice. Una trovata felicissima è l'aquila, che, allargando le ali, solleva in pari tempo il manto dell'apostolo, in modo che le belle pieghe si svolgono in un ondeggiamento perfetto.

*Matteo.* Figura d'un uomo ben portante, soddisfatto e sicuro di sé. La calma e l'indolenza alquanto eccessive sono temperate da uno sguardo severo, direi quasi selvatico; le pieghe che scendono lungo la persona e la borsa col danaro dànno un'idea indescrivibile di gioconda armonia.

*Tomaso* è una delle figure più belle e, nella sua semplicità, delle più espressive. L'apostolo è tutto chiuso nel suo mantello, da ambo i lati del quale scendono quasi simmetricamente delle pieghe, completamente dissimili tuttavia l'una dall'altra per alcune leggerissime variazioni. Non si potrebbe rappresentare una figura più calma, più silenziosa, più concisa di così. La mossa del capo, la gravità, lo sguardo piuttosto malinconico, la finezza della bocca sono nella più perfetta armonia con la compostezza di tutta la persona. Soltanto i capelli sono in movimento, quasi per rivelare uno spirito lievemente agitato da qualche circostanza esteriore.

*Giacomo Maggiore.* Mite figura di pellegrino ravvolto nel suo mantello, che va per la sua via.

*Filippo.* Collocando quest'apostolo fra i due precedenti e considerando l'onda delle pieghe di tutti e tre, ci colpisce il vedere come le pieghe della prima figura si sviluppino con maggior ricchezza, imponenza ed ampiezza. Il suo vestire è così splendido e così distinto, egli appar così sicuro di sé, tiene la croce con tanta fermezza e la guarda così fissamente, che da tutta la figura traspare la calma, la fermezza, la grandezza interiore.

*Andrea.* Più che portare la croce, questi la abbraccia e la accarezza; le semplici pieghe del mantello sono dedotte con grande accorgimento.

*Taddeo.* Un giovinetto che, come usano i monaci peregrinanti, porta la tunica molto succinta, affinché non dia impaccio durante il cammino. Semplice mossa, dalla quale si sviluppano leggiadrissime pieghe. Per bordone da pellegrino porta una partigiana, simbolo del suo martirio.

*Mattia.* Arzillo vegliardo, in semplice abito reso vivace da pieghe condotte con molta arte; si appoggia ad un'asta; il mantello gli cade sulle spalle.

*Simone.* Le pieghe del mantello e di tutta la veste, che ricopre questa figura (la quale va osservata alle spalle più che di lato), sono fra le più belle di tutta la collezione. Mirabile, indescrivibile l'armonia dell'atteggiamento, del gesto, della capellatura.

*Bartolomeo.* Chiuso nel suo mantello con una certa fierezza e con una trascuratezza, ottenuta però con molta arte. Il suo atteggiamento, l'onda dei capelli, il modo come egli tiene il coltello, ci fan quasi pensare ch'egli sia pronto a scorticare qualcuno, anziché disposto a sostenere quest'operazione.

*Cristo* finalmente non soddisferà forse nessuno, che cerchi qui la figura prodigiosa d'un Uomo-Dio. Egli si avanza semplice e tranquillo e benedice la turba. Quanto alla veste, che si solleva dal basso in alto e, lasciando vedere il ginocchio in belle pieghe, si ravvolge composta intorno alla persona, si potrà giustamente osservare che essa non potrebbe veramente mantenersi così nemmeno un momento, ma dovrebbe cader subito verso il basso. A quanto pare, Raffaello ha supposto che Cristo, sollevata e trattenuta un po' la veste, la lasci sfuggire nell'istante in cui alza il braccio a benedire, in modo che quella stia per abbassarsi proprio allora. Sarebbe questo un esempio del grazioso espediente artistico, che permette di esprimere un'azione di poco precedente mediante lo stato in cui ancor si trovano le pieghe della veste.

Da questa modesta chiesetta al maggior monumento dedicato al grande Apostolo, son pochi passi: parlo della chiesa di S. Paolo fuori le mura,[14] costruita con antiche pietre monumentali, grandiose e di singolare valore artistico. Già all'ingresso se ne ha una impressione imponente: le squisite colonne sorreggono nella sommità delle pareti dipinte, che, chiuse in alto dal soffitto in legno lavorato, offrono in sul principio, al nostro occhio profano, l'aspetto di un'aia, benché l'assieme, se quelle fossero rivestite nei giorni solenni di tappeti, dovrebbe produrre un effetto straordinario. Vi sono inoltre, e ben conservati nei capitelli, alcuni resti di architettura colossale di ornamentazione ricchissima, ricuperati dalle rovine del vicino palazzo di Caracalla, ora quasi completamente scomparso.

Il Circo,[15] che porta ancora il nome di questo imperatore, benché in gran parte diruto, dà tuttora un'idea di quello spazio sterminato. Il disegnatore che si collochi a sinistra dell'uscita dei gladiatori avrebbe alla sua destra, in alto, sopra i consunti sedili degli spettatori, la tomba di Cecilia Metella con gli edifici moderni che la circondano, e di qui la linea dell'antica gradinata che si stende all'infinito, mentre da lontano si presentano allo sguardo ville e casine considerevoli. Volgendo l'occhio indietro, si possono seguire ancora benissimo le rovine della spina centrale, in modo che chi fosse dotato di fantasia architettonica potrebbe rappresentarsi in certo qual modo il fasto di quei tempi antichi.

La piramide di Cestio fu da noi salutata per questa volta solo con lo sguardo; le rovine delle terme d'Antonino e di Caracalla,[16] riprodotte dal Piranesi[17] con effetti alquanto fantastici, non ci han potuto accontentare per nulla, da vicino, l'occhio assuefatto a quelle riproduzioni. Invece, in questa occasione ci si è riaffacciato molto vivo il ricordo di Hermann von Schwanenfeld,[18] che col suo squisito bulino, così sapiente nell'esprimere ogni più delicato sentimento della natura e dell'arte, è riuscito a ridar vita a queste reliquie del passato, anzi a trasformarle in monumenti che aiutano a comprendere la vita del presente.

In piazza S. Pietro a Montorio salutammo il giuoco dell'Acqua Paola,[19] che zampillando in cinque colonne dalla parte d'un arco trionfale, riempie fino all'orlo una vasca di grandi proporzioni. Mediante un acquedotto restaurato da Paolo V, tutta quest'acqua percorre dal lago di Bracciano in poi venticinque miglia, attraverso un curioso zig-zag imposto dalle colline che si avvicendano l'una dopo l'altra; soddisfa i bisogni di varie fabbriche e di varî molini, per poi diffondersi in Trastevere.

Gli amici dell'architettura hanno esaltato qui il pensiero felice d'aver aperto a questo volume d'acqua un adito libero ad ogni sguardo e che ha qualche cosa di trionfale. Con tante colonne ed archi e fregi ed attici, vien fatto di pensare a quelle porte superbe, attraverso le quali un tempo facevano il loro ingresso i capitani vincitori. Ma qui è l'elemento benefico e nutritivo che passa con la stessa forza e con la stessa potenza, mentre per il travaglio del suo lungo percorso raccoglie tributo di riconoscenza e di ammirazione. Le iscrizioni ci dicono del resto che lo spirito provvido e benefico d'un papa di casa Borghese celebra qui come un solenne trionfo, e continuo e imperituro.

Eppure, un viaggiatore di fresco arrivato dalla Norvegia trovava che sarebbe stato meglio accumulare qui dei rozzi macigni, per rendere più naturale la scaturigine delle acque. Gli fu osservato che non si trattava di acqua ottenuta naturalmente, ma artificialmente, e che quindi era giustissimo l'aver decorato il suo arrivo in modo egualmente artistico.

Ma a questo proposito i pareri non furono meno discordi che a proposito del mirabile quadro della Trasfigurazione,[20] che avemmo occasione di ammirare subito dopo nel vicino convento. Le parole questa volta furono molte; e i più calmi finirono con l'indispettirsi a sentire rinnovare la solita critica della duplice azione. Ma a questo mondo si vedono ogni giorno monete senza valore, che hanno sempre un certo corso accanto a quelle di valore, specialmente quando si vuol farla subito finita con un affare e tagliar corto a certe differenze. Riman sempre sorprendente che non si sia mai osato sollevare una critica alla grande unità d'una simile concezione. In assenza del Maestro, i genitori inconsolabili presentano un giovinetto ossesso ai discepoli di Lui; forse questi hanno già fatto tentativi per cacciarne lo spirito maligno; hanno anche consultato un libro, per vedere se sia mai possibile trovarvi qualche formula tradizionale, efficace contro questo male, ma in vano. A questo punto ecco apparire l'unico Potente, trasfigurato, riconosciuto dai suoi grandi precursori; e subito tutti accennano in alto, alla visione, come all'unica fonte di salvezza. Come si vuol separare ciò che è in basso da ciò che è in alto? L'uno e l'altro sono una cosa sola; in basso, quelli che soffrono e han bisogno di aiuto; in alto, la forza e la salute. L'uno ha rapporto con l'altro ed entrambi si completano a vicenda. È forse possibile, per esprimere il pensiero sotto altra forma, che un rapporto ideale con un che di reale, sia separato da quest'ultimo?

Quelli che la pensarono così si confermarono anche questa volta nella loro convinzione. Raffaello, dicevano, si è distinto appunto per la logica del pensiero; e un uomo dotato di qualità divine, quale egli si rivela, potrebbe, nel fiore della vita, aver pensato erroneamente? No; egli ha sempre ragione, come la Natura, e specialmente quando noi lo comprendiamo meno.

Un accordo come quello che avevamo preso, di passare in rapida scorsa e in lieta brigata le meraviglie di Roma, non poteva effettuarsi in completa indipendenza l'un dall'altro, come era nella nostra intenzione. Ora mancava questo, ora quello, trattenuti da varie circostanze; altri ancora s'erano aggiunti alla nostra compagnia, per visitare cammin facendo questo o quel monumento importante. Pure il nòcciolo della comitiva si manteneva compatto, riusciva ora ad ingrossarsi, ora ad assottigliarsi, ora a rimanere in coda, ora a mettersi alla testa. Di quando in quando, s'intende, si sentivano esprimere giudizî molto strani. C'è tutta una categoria di opinioni fatte, messe in circolazione da lungo tempo specialmente da viaggiatori inglesi e francesi. Si esprimono giudizi affrettati e leggeri, senza riflettere che ogni artista ha mille modi di procurarsene uno, mediante il suo particolare talento, grazie ai suoi predecessori e ai maestri, e a tempo e a luogo, per opera di mecenati e di coloro che commettono un lavoro. Non si tiene alcun conto di tutto ciò che sarebbe necessario per la valutazione pura di un'opera d'arte, per cui deriva una deplorevole confusione di lodi e di biasimi, di affermazioni e di negazionì, che tolgono ogni valore particolare alle opere in questione.

Il nostro buon Volkmann, così diligente del resto e, come guida, veramente utile, sembra si sia attenuto costantemente a quei giudizî stranieri, per cui i suoi apprezzamenti riescono non poco strani. È possibile, ad esempio, esprimersi più infelicemente di lui, a proposito della chiesa di S. Maria della Pace?[21]

«Nella prima cappella Raffaello ha dipinto alcune Sibille, che han sofferto molto. Il disegno è corretto, ma la composizione è debole, ciò che si deve probabilmente alla posizione incomoda per l'artista. La seconda cappella[22] è adorna di arabeschi su disegni di Michelangelo, tenuti in gran pregio ma non abbastanza semplici. Sotto la cupola si vedono tre quadri: il primo rappresenta la Visitazione di Maria, di Carlo Maratti, dipinta freddamente, ma ben pensata; il secondo la Natività di Maria, del cavaliere Vanni, alla maniera di Pietro da Cortona; il terzo la Morte di Maria, di Maria Morandi. La disposizione è alquanto confusa e cade nel volgare. Nella vôlta sopra il coro, l'Albani ha dipinto un'Assunta, ma con colorito debole. Le sue pitture presso i piloni sotto la cupola son riuscite meglio. Il cortile del chiostro attiguo a questa chiesa è stato eseguito su disegni del Bramante».

Simili giudizî vaghi e insufficienti tirano assolutamente fuori di strada lo spettatore, che segua per sua guida questo libro. Non ne mancano alcuni del tutto falsi, come per esempio quel che vi si afferma a proposito delle Sibille. Raffaello non s'è mai lasciato imporre dallo spazio assegnatogli dall'architetto; anzi è una caratteristica della sua grandezza e dell'eleganza del suo genio, l'aver saputo riempire e adornare nel modo più squisito qualsiasi spazio, come gli è riuscito più evidentemente nella Farnesina. Perfino i superbi quadri della Messa di Bolsena, della Liberazione di S. Pietro e del Parnaso[23] non sarebbero così indicibilmente geniali senza la singolare limitatezza dello spazio. Anche qui, nelle Sibille, la celata simmetria, che nella composizione è tutto, domina nella misura più sublime; perché, come nell'organismo della natura, anche nell'arte la perfezione nell'esprimere la vita della vita si manifesta entro i limiti più precisi.

Comunque sia, il modo di intendere un'opera d'arte dev'essere lasciato completamente libero a tutti. In quest'escursione io ho avuto la vera intuizione, il sentimento, il concetto di ciò che si potrebbe chiamare nel senso più alto la presenza del suolo classico; voglio dire la convinzione, formatasi nello spirito mediante i sensi, che qui fu la vera grandezza, e qui è e qui sarà. Che anche le cose grandi e superbe periscano, è nella natura del tempo e degli elementi morali e fisici che agiscono reciprocamente e incondizionatamente. In questa scorsa generale ai monumenti, noi siam potuti passare senza tristezza davanti a tanta distruzione, anzi abbiamo avuto da rallegrarci al vedere tante cose ancora conservate e tante altre ricostruite e più splendide e in proporzioni più imponenti che mai per lo passato.

S. Pietro è indubbiamente concepito grandiosamente, anzi più grandiosamente e audacemente di qualsiasi altro tempio antico; innanzi ai nostri occhi non è passato soltanto quello che duemila anni hanno dovuto distruggere, ma anche quello che una cultura più progredita ha potuto poi novellamente produrre.

Lo stesso fluttuare del gusto d'arte, il continuo sforzo per raggiungere il semplice grandioso, il ritorno al piccolo e complicato, tutto indicava vita e movimento; arte e storia dell'umanità, tutto stava sincronicamente sotto i nostri occhi.

Non ci deve abbattere il pensiero che la grandezza è passeggera; ma piuttosto, riflettendo che il passato è stato grande, dobbiamo acquistar coraggio per produrre anche noi qualche cosa di notevole, che alla sua volta, anche quando sarà caduto in rovina, ecciti i posteri a una nobile attività, come non hanno mai mancato di fare i nostri predecessori.

Tali contemplazioni oltre modo istruttive e rianimanti furono, non dirò turbate o interrotte, ma commiste a un doloroso sentimento, che mi ha accompagnato dovunque. Avevo appreso infatti, che il fidanzato di quella graziosa milanese aveva ritirato la sua parola, non saprei sotto qual pretesto, e s'era dichiarato sciolto dal suo impegno. Se da una parte mi stimavo felice di non aver ceduto alla mia simpatia e d'essermi subito allontanato da quell'amabile creatura (del resto, ho anche appreso, da informazioni precise, che fra i pretesti addotti non fu fatto il più lontano cenno alle vicende di quella nostra villeggiatura), d'altra parte mi riusciva oltre modo penoso di dovermi rappresentare da ora in poi così turbata ed offuscata quella imagine gentile, che mi aveva fino allora accompagnato così sorridente e così serena. Venni anche a sapere ben presto che la cara fanciulla, in seguito a questo fatto, per l'ambascia e la disperazione fu assalita da una febbre violenta, che aveva fatto temere per la sua vita. Ora, mandando io a chieder notizie ogni giorno, da principio anzi due volte al giorno, avevo il dolore, alimentato dalla fantasia che lavorava fino al rappresentarsi l'impossibile, di pensare quei lineamenti già così soavi, fatti per brillare solo alla pura luce del giorno, quell'espressione di vita ingenua e dolcemente serena, ormai offuscati dalle lacrime, deformati dalla malattia, tutta una fiorente giovinezza così anzi tempo illanguidita e sciupata dalle sofferenze interiori ed esteriori.

In tale stato d'animo, non potevo desiderar di meglio che la diversione violenta, offertami da una serie di oggetti della più alta importanza, che in parte, con la loro presenza, mi tenevano occupati i sensi, in parte, per la loro eterna nobiltà, davan da lavorare abbastanza anche alla fantasia. Nulla di più naturale, se la maggior parte di essi fossero da me considerati con una profonda tristezza.

Se i monumenti antichi erano ridotti, dopo tanti secoli, ad un ammasso informe, era anche deplorevole, mentre sorgevano i nuovi e splendidi edifici, l'assistere alla decadenza di tante famiglie; perfino quello che si manteneva ancora rigogliosamente in vita mi sembrava attaccato da un segreto verme roditore. Come potrebbe infatti reggersi ai giorni nostri ciò che è di questa terra, senza una forza fisica, ma solo mediante gli appoggi morali e religiosi? Come uno spirito sereno riesce a rianimare anche le rovine, così come una vegetazione fresca e perenne ravviva le mura diroccate o i massi crollati qua e là, allo stesso modo un pensiero triste spoglia un essere vivente del suo ornamento migliore e ce lo presenta quasi come uno scheletro stecchito.

A un'escursione sui colli romani, progettata ancor prima dell'inverno in gioconda compagnia, non mi son potuto risolvere prima d'essermi rassicurato che la mia gentile milanese era migliorata e che avrei ricevuto, come avevo accuratamente disposto, notizie della sua guarigione nei luoghi stessi dove l'avevo imparata a conoscere così graziosa ed amabile nei più bei giorni dell'autunno.

Già le prime lettere da Weimar, dopo l'invio dell'*Egmont*, contenevano alcuni appunti su questo e su quel passo; e ciò mi ricondusse a una mia antica osservazione, che cioè il nostro poco poetico dilettante di cose d'arte, così comodamente sdraiato nella sua tranquillità borghese, trova al solito un inciampo proprio là dove il poeta ha cercato di risolvere un problema, o di mascherarlo o di nasconderlo addirittura. Per un lettore così comodo, tutto dovrebbe procedere col suo passo naturale; ma anche l'insolito può essere naturale; eppure non sembra tale a chi si ostina nelle sue vedute particolari. M'era arrivata una di queste lettere, e l'avevo portata con me a Villa Borghese; e qui dovetti leggere che alcune scene sarebbero sembrate troppo prolisse. Ci volli riflettere, ma non riuscii a vedere come le avrei potute abbreviare, dati i così importanti motivi che dovevano essere sviluppati. Ciò che alle mie amiche è parso poi più degno di critica, è stato il laconico testamento con cui Egmont raccomanda a Ferdinando la sua piccola Clara.

Un brano della mia replica farà comprendere meglio la mia posizione e il mio modo di pensare in proposito.

«Come vorrei soddisfare il vostro desiderio e introdurre qualche modificazione nel testamento di Egmont! Sono andato subito con la vostra lettera, in quella splendida mattinata, a Villa Borghese, e per ben due ore ho ripensato al processo del lavoro, ai caratteri, alle situazioni, senza poter trovar nulla da abbreviare. Sarei felice di esporvi tutte le mie riflessioni, i miei *pro* e *contra*; ma essi riempirebbero un quaderno e ne uscirebbe un trattato sull'economia del mio lavoro. La domenica dopo andai da Angelica e le sottoposi la questione. Essa lo ha studiato e ne possiede una copia. Peccato che tu non sia stata presente, per sentire con quanta delicatezza tutta femminile ella spiegava tutto, finché venne alla conclusione; quello che, secondo voi, il protagonista dovrebbe dire ancora, è contenuto implicitamente nell'apparizione. Secondo lei, poiché l'apparizione esprime unicamente ciò che si svolge nell'animo dell'eroe dormiente, egli non potrebbe esprimere a parole quanto la ama e la stima, con maggior efficacia di questo sogno, che non eleva l'amabile creatura fino a lui, ma al di sopra di lui. Le è molto piaciuto, anzi, che quest'uomo che ha in certo modo passata tutta la sua vita come in un sogno, che ha tenuto nel più gran pregio la vita e l'amore, o meglio li ha tenuti in pregio soltanto per le gioie che procurano, finisca quasi per vegliare sognando e per dirci semplicemente quale intimo, eletto ed alto posto occupa la sua amata in fondo al suo cuore. Altre considerazioni si aggiunsero ancora: ad esempio, nella scena con Ferdinando non si può accennare a Clara che in via subordinata, per non diminuire l'interesse dell'addio del giovine amico, il quale, del resto, non era allora in grado né di ascoltare né di comprendere nulla».

## MORITZ ETIMOLOGO

È già molto tempo che un saggio ha pronunciato la giusta sentenza: l'uomo, le cui forze non bastano a produrre l'utile né il necessario, si accontenti dell'inutile e del non necessario.[1] Quello che segue potrà esser giudicato da più d'uno a tale stregua.

Il nostro compagno Moritz non cessava di pensare e di attendere, nel campo delle arti superiori e della bella natura, alle qualità interiori, alle inclinazioni e alle evoluzioni dell'uomo; per questo motivo si è soprattutto occupato anche del linguaggio in generale.

A quel tempo, in seguito allo scritto dello Herder «Dell'origine del linguaggio»,[2] e conforme alle comuni vedute di allora, prevaleva l'opinione che la razza umana non si fosse propagata da una coppia nell'alto Oriente su tutta la terra, ma che, in un'epoca del mondo singolarmente produttiva, la specie umana fosse apparsa qua e là, sotto certe condizioni favorevoli, più o meno perfetta, dopo che la natura aveva già prodotto gradatamente gli animali più diversi. Con l'uomo è stato concreato il linguaggio, in intimo rapporto ai suoi organi e alle qualità del suo spirito. Per questo non occorre né un'iniziazione soprannaturale, né una tradizione. In questo senso esiste una lingua universale, che ogni stirpe autoctona avrebbe tentato di esprimere. La parentela di tutte le lingue consiste nella concordanza dell'idea, secondo la quale la forza creatrice ha formato il genere umano e il suo organismo. Di qui il fatto che, in parte per un naturale impulso interiore, in parte per circostanze esteriori, il numero assai limitato delle vocali e delle consonanti è stato impiegato più o meno esattamente ad esprimere i sentimenti e le rappresentazioni: era naturale quindi, anzi necessario, che gli autoctoni più diversi in parte s'incontrassero, in parte si differenziassero fra loro e che in seguito questa o quella lingua si corrompesse o si perfezionasse. Ciò che vale per le parole fondamentali, vale anche per le derivate, mediante le quali si esprimono e si designano più precisamente i rapporti dei singoli concetti e delle singole rappresentazioni. Tutto questo potrebbe essere ammesso ma come un principio ancora inesplorato, mai come certo e come definitivo in sé.

A questo proposito trovo fra le mie carte le seguenti considerazioni:

«Mi fa piacere che il Moritz sia uscito dal covo della sua pigrizia, dall'indecisione e dal dubbio di se stesso, per darsi a una certa attività. In questo caso egli diventa prezioso. Tutti i suoi grilli poggiano allora sopra una base vera e le sue fantasticherie acquistano senso e scopo. Attualmente è infervorato in un'idea, che io pure condivido, e che ci dà molto da discutere insieme. Non è facile metterla fuori, perché ha tutta l'aria di una stravaganza. Ma mi ci proverò.

«Egli ha inventato un alfabeto dell'intelligenza e della sensazione, mediante il quale dimostra che le lettere dell'alfabeto non sono arbitrarie ma fondate sulla natura umana e pertinenti tutte a certe regioni del senso interiore, che esse, pronunciate, esprimono. Secondo quest'alfabeto si possono giudicare tutte le lingue, e in questo caso risulta che tutti i popoli hanno cercato di esprimersi secondo questo senso interiore, ma che, o volontariamente o per caso, tutti hanno deviato dalla via diritta. In seguito a ciò, noi scegliamo nelle lingue le parole che si son formate più felicemente, or questa, or quella; ma poi le trasformiamo finché ci sembrano giuste, ne facciamo di nuove, e così via. Anzi, a continuare il giuoco, facciamo dei nomi per gli uomini, esaminiamo se questo o quel nome si adatta a questo o a quello ecc. ecc.

«Questo trastullo etimologico occupa già molta gente e anche noi abbiam molto da fare e da divertirci. Appena noi due ci riuniamo, lo trattiamo come il giuoco degli scacchi, tentando centinaia di combinazioni; che se alcuno per caso stesse ad origliare, dovrebbe prenderci per matti. Per questo non vorrei tenerne parola che coi più intimi. Ma, a farla breve, è il giuoco più ingegnoso del mondo ed esercita oltre ogni dire il senso linguistico».

# GENNAIO

**CARTEGGIO**

*Roma, 5 gennaio 1788.*

Perdonate se oggi non scrivo che poche righe. Il nuovo anno l'ho incominciato lavorando seriamente ed ho appena il tempo di guardarmi intorno.

Dopo una pausa di alcune settimane, durante le quali mi son comportato passivamente, ho avuto, oso dirlo, le più belle rivelazioni. Mi è concesso di spingere lo sguardo nell'essenza delle cose e nei loro rapporti, che mi schiudono un abisso di ricchezze. Questi effetti sorgono nel mio spirito perché apprendo continuamente e apprendo da altri. Imparando da sé, la forza che lavora e quella che elabora è la stessa e i progressi sono più scarsi e più lenti.

Lo studio del corpo umano mi assorbe completamente; tutto il resto, al confronto, impallidisce. Ho fatto in proposito una strana esperienza per tutta la mia vita e la faccio tuttora. Ma non parliamone; quello che ancora farò lo dirà il tempo.

Il Teatro dell'Opera non mi diverte; solo ciò che è profondamente ed eternamente vero mi può dare gioia.

Per Pasqua sta maturando un'epoca decisiva nella mia vita, lo sento. Che ne sarà, non lo so.

*Roma, 10 gennaio.*[1]

Con questa mia riceverai *Ervino ed Elmira*; che questo lavoretto ti possa dar piacere! Ma un'operetta, per buona che sia, non può mai soddisfare alla lettura: ci vuole la musica, per esprimere tutto il pensiero del poeta. *Claudina* verrà poi. I due libretti han richiesto più lavoro che non sembri, avendo dovuto prima studiar bene con Kayser la struttura del melodramma.

Continuo a disegnare assiduamente dal corpo umano, e la sera vado a lezione di prospettiva. Sto preparandomi al distacco, per rassegnarmi di buon animo, qualora gli dèi lo abbiano decretato per Pasqua. Avvenga quel che può.

L'interesse per la figura umana fa impallidire, al confronto, tutto il resto. Lo sentivo, anzi me ne volevo sempre allontanare, come ci si allontana dalla luce abbagliante del sole. Del resto sarebbe inutile tentare questo genere di studi fuori di Roma. Senza il filo conduttore, che solo qui s'impara a torcere, non si può cavarsi da un tal labirinto. Purtroppo il mio filo non è lungo abbastanza, ma mi aiuterà per lo meno ad uscir dai primi meandri.

Se riuscirò a finire la pubblicazione delle mie opere sotto la stessa buona stella, nel corso di quest'anno dovrei innamorarmi d'una principessa per poter scrivere il *Tasso* e dovrei vendermi al diavolo per scrivere il *Faust*, benché abbia poca voglia di far sì l'una che l'altra cosa. Finora è proprio andata così. Per rendere a me stesso interessante il mio *Egmont*, il *Kaiser* romano se l'è presa coi Brabantini, e per dare alle mie operette un certo grado di perfezione è venuto a Roma il *Kayser* zurighese. Questo si chiama vivere da *patrizio romano*, come direbbe lo Herder; trovo del resto molto piacevole d'esser diventato la mira di imprese e di accidenti che non han nulla da fare direttamente con me. Quando si dice aver fortuna!... Attendiamo dunque a piè fermo il diavolo e la principessa.

Eccoti, e da Roma, un altro piccolo saggio di arte nostra, *Ervino ed Elmira*. Era pronto ancor prima di *Claudina*, ma non amo che sia stampato in precedenza.

Vedrai subito che tutto è calcolato secondo le esigenze della scena lirica, che solo qui ho avuto occasione di studiare. Si tratta di occupare tutti i personaggi in una certa successione e in una certa misura, in modo che ogni cantante abbia i suoi momenti di respiro ecc. ecc. Bisogna tener d'occhio mille cose, per le quali l'italiano sacrifica tutto il *senso* del libretto; ma spero mi sia riuscito di soddisfare a tutte queste esigenze musico-teatrali con un lavoretto, forse non del tutto senza capo né coda. Ho pensato inoltre che le due operette resistano anche alla lettura, senza far disonore al loro vicino *Egmont*. Questi librettacci italiani nessuno li legge se non la sera stessa della rappresentazione; e quanto a fare un volume di una tragedia vera e propria, sarebbe qui un'impresa altrettanto impossibile quanto il far cantare in tedesco.

Quanto all'*Ervino*, osserverò ancora che troverai spesso, specie nell'atto secondo, il metro trocaico; non è caso, né abitudine, ma è tolto da esempi italiani. Questo metro si presta oltre modo alla musica e il compositore, mediante cadenze e ritmi, lo può variare al punto che l'uditore non lo riconosce; gli italiani si attengono del resto esclusivamente alle sillabe e ai ritmi piani e semplici.

Il giovine Camper[3] è una testa vulcanica, che sa molte cose, comprende facilmente e salta sopra le difficoltà.

Buona fortuna per la quarta parte delle tue *Idee*. La terza è per noi come un libro sacro, che io tengo chiuso sotto chiave; solo adesso lo ho dato a leggere al Moritz, che si reputa felice di vivere in quest'epoca di rieducazione del genere umano. Egli ne ha avuto un'impressione profonda ed è stato entusiasta della conclusione.

Potessi io, per tutto il bene che mi hai fatto, ospitarti un giorno sul Campidoglio! È uno dei miei voti più ardenti.

Le mie idee titaniche non sono state che castelli in aria, i quali preludevano ad un periodo più serio. Ora sono assorbito dallo studio della figura umana, che è il *non plus ultra* di ogni nostra scienza e attività. La mia assidua preparazione allo studio di tutta la Natura, specialmente dell'osteologia, mi aiuta a dare di gran passi. Solo ora vedo, solo ora godo quel che di più sublime ci è rimasto del mondo antico, le statue. Sì, riconosco che si può studiare tutta la vita e finire con l'esclamare: solo adesso vedo, solo adesso gioisco.

Raccolgo in fretta e in furia quanto più è possibile, per concludere, verso Pasqua, una certa epoca della mia vita alla quale adesso è fisso il mio sguardo, e per non lasciare Roma troppo a malincuore. Spero di poter continuare ed approfondire in Germania alcuni studi a mio talento, benché con una certa lentezza. Qui la corrente ci trascina con sé; basta aver messo un piede nella barca.

# GENNAIO

**APPUNTI**

*Cupìdo, ragazzo malizioso e capriccioso,*
*mi avevi pregato di darti quartiere per poche ore!*
*quanti giorni e quante notti sei invece rimasto:*
*sei diventato il padrone e il signore della casa.*
  *Sono stato scacciato dal mio comodo letto,*
*ed ora, sdraiato per terra, passo notti di inferno;*
*la tua insolenza ravviva continue fiamme al mio focolare,*
*consuma la provvista d'inverno e brucia anche me poveretto.*
  *Mi hai scompigliate tutte le mie suppellettili;*
*io le cerco, ma son diventato stupido e cieco.*
*E tu fai tanto schiamazzo, che la mia piccola anima*
*temo se ne vada, pur di sfuggirti, e lasci sgombra la casetta.*[4]

Chi voglia intendere questa canzonetta non nel senso letterale, senza pensare, cioè, a quel demone che comunemente si chiama Amore, ma rappresentandosi una schiera di spiriti attivi che picchiano alla porta del cuore umano, lo eccitano, lo trasportano di qua e di là e lo sconvolgono mediante interessi di varia natura; potrà simbolicamente partecipare allo stato d'animo in cui mi son trovato, e che i brani delle mie lettere e le relazioni precedenti fanno conoscere abbastanza. Bisognerà convenire che mi è stato necessario un grande sforzo per mantenermi fermo contro tante tentazioni, senza provare stanchezza nella mia attività e senza impigrire durante il raccolto di tanti frutti.

**AMMISSIONE NELL'ACCADEMIA DELL'ARCADIA**[5]

Già alla fine dell'anno scorso ero stato assediato da una proposta, conseguenza, secondo me, di quello sciagurato concerto, che ci aveva fatto svelare così alla leggera il nostro incognito. Forse c'erano anche delle altre ragioni: fatto è che da più parti si tentò di indurmi a farmi accogliere in Arcadia come un pastore di grido. Io resistetti a lungo, ma dovetti finire col cedere agli amici, che sembravano tenerci tanto.

In generale è noto che cosa s'intende per questa Accademia degli Arcadi; ma non sarà sgradito apprendere qualche particolare.

Durante il secolo XVII, la poesia italiana era decaduta, a quanto pare, sotto parecchi aspetti; in realtà, verso la fine del secolo, uomini di cultura e di senno le rimproveravano d'aver completamente trascurato il contenuto, che a quei tempi si chiamava la bellezza interiore; e di essere riprovevole anche sotto l'aspetto della forma, ossia della bellezza esteriore. Infatti, per amore delle sue espressioni barbare, dei versi d'una durezza insopportabile, delle figure e dei tropi viziosi, ma specialmente delle continue iperboli, metonimie, metafore senza capo né coda, aveva completamente sacrificato, dicevano, quella grazia e quella dolcezza, che piace tanto trovare anche nella forma.

Se non che, preoccupati di simili errori, i critici diedero addosso, come suol accadere, anche al buono ed all'ottimo, allo scopo di rendere inoppugnabili in seguito i loro stessi eccessi; cosa che non vollero tollerare più a lungo alcuni valentuomini colti e intelligenti, finché nel 1690 un gruppo di volenterosi e risoluti convocò una adunanza e decise di battere tutt'altra via.

Perché poi le loro adunanze non dessero troppo sospetto e non provocassero una reazione, si riunirono all'aria aperta, in una di quelle vigne dei dintorni, di cui Roma entro le sue stesse mura ha tanta abbondanza. Così avevano il vantaggio di accostarsi ad un tempo alla Natura e di respirare con l'aria pura lo spirito primordiale della poesia. Lì, nei posti più ameni, si sdraiavano sull'erba o si sedevano su frammenti di architettura o su massi di pietra; e perfino i cardinali intervenuti non avevano altro privilegio che un cuscino un po' più morbido degli altri. E lì discorrevano delle più varie opinioni, dei loro principî, dei loro propositi, e recitavano poesie, in cui si sforzavano di far rivivere lo spirito dell'antichità classica e quello dell'insigne scuola toscana. Un giorno, ad uno di loro, nel suo entusiasmo scappò fuori: «Ecco la nostra Arcadia!». Ed ecco il nome dell'Accademia, come pure il carattere idillico della sua fondazione. Essa non doveva essere protetta da grandi personaggi influenti; non era ammesso né un capo, né un presidente. Un semplice Custode aveva il compito di aprire e chiudere i territori d'Arcadia e, nei casi estremi, un Consiglio da scegliersi fra gli anziani, quello di assisterlo.

E qui spetta un posto d'onore al Crescimbeni,[6] che può essere considerato come un fondatore dell'Arcadia e ne coprì con zelo e per parecchi anni la carica di primo custode, vigilando ad introdurre un gusto migliore e più puro e a sbandire sempre più le barbarie.

I suoi Dialoghi su «L'istoria della volgar Poesia» (che non sarebbe esatto tradurre «Poesia popolare», bensì poesia quale si conviene a una nazione, coltivata da talenti veri e risoluti, non deformata dai grilli e dai capricci di singole teste balzane), cotesti Dialoghi, in cui espone il meglio della sua dottrina, sono evidentemente il miglior frutto delle conversazioni arcadiche e di somma importanza rispetto alle nostre moderne tendenze estetiche. Anche le Poesie degli Arcadi da lui pubblicate meritano in questo senso tutta la nostra attenzione. Ci permettiamo soltanto le seguenti osservazioni.

Questi egregi pastori, accampati all'aria aperta sulla verde erbetta, avevano avuto veramente l'intenzione di accostarsi per tal modo alla natura, per cui l'amore e la passione sogliono conquistare facilmente il cuore umano; ma la loro società era composta di ecclesiastici e d'altre degne persone, cui non era lecito abbandonarsi al dio Amore del triumvirato romano,[7] amore da loro espressamente scartato. Ora, essendo l'amore indispensabile al poeta, non restava loro che rivolgersi a quell'aspirazione ultraterrena e in certo modo platonica, e abbandonarsi senz'altro all'allegorico, per cui la loro poesia assume un particolare carattere di perfetta decenza, permettendo anche di seguir le orme dei grandi precursori Dante e Petrarca.

Quando io giunsi a Roma, quest'Accademia esisteva precisamente da cent'anni e, con qualche cambiamento formale di sede e di tendenze, s'era sempre mantenuta con decoro, se non con grande successo; non c'erano, si può dire, stranieri di qualche importanza residenti a Roma, che non fossero sollecitati a farne parte, tanto più che il Custode delle poetiche provincie, con le sue rendite modeste non avrebbe potuto altrimenti sbarcare il lunario.

Ecco come si svolse la cerimonia della mia ammissione. Nell'anticamera d'un decoroso palazzo,[8] fui presentato da un ecclesiastico ragguardevole, che mi si fece conoscere per socio introduttore e sarebbe stato il mio mallevadore o padrino. Facemmo il nostro ingresso in un salone già abbastanza affollato e prendemmo posto nella prima fila di sedie, proprio dirimpetto a una cattedra collocata nel centro. Intanto altri spettatori arrivavano, sempre più numerosi; alla mia destra, rimasta vuota, si trovava un uomo attempato dalla figura imponente, nel quale, all'abito e per il rispetto di cui era circondato, credetti riconoscere un cardinale.

Il Custode, dall'alto della cattedra, tenne un discorso d'introduzione generale e chiamò per nome parecchie persone, che si fecero sentire coi loro componimenti in poesia e in prosa. Dopo un bel poco che durò questa faccenda, il Custode diede principio a un'orazione, sopra il cui testo sorvolo, essendo perfettamente identico al Diploma che mi fu poi consegnato e che riprodurrò più sotto. Dopo di che, fui proclamato formalmente del bel numer uno, accolto e salutato fra grandi battimani.

Il mio così detto padrino ed io ci eravamo intanto alzati, per ringraziare con numerose riverenze; ma anch'egli tenne un suo bel discorso, non troppo lungo, anzi molto garbato, salutato alla sua volta da nuovi applausi, sedati i quali, approfittai per ringraziare personalmente e fare a tutti i miei convenevoli. Ecco, nel testo originale, il Diploma che mi fu consegnato il giorno seguente, e che, tradotto, perderebbe in qualsivoglia lingua il suo sapore particolare. Non occorre aggiungere che io provvidi del mio meglio perché il Custode rimanesse soddisfatto del suo nuovo Compastore.

## C. U. C.[9]
*Nivildo Amarinzio,*[10] *Custode Generale d'Arcadia.*

*Trovandosi per avventura a beare le sponde del Tebbro uno di quei Genj di prim'Ordine, ch'oggi fioriscono nella Germania, qual'è l'Inclito ed Erudito signor De Goethe, Consigliere attuale di Stato di Sua Altezza Serenissima il Duca di Sassonia Weimar, ed avendo celato fra noi con filosofica moderazione, la chiarezza della sua Nascita, de' suoi Ministerj, e della virtù sua, non ha potuto ascondere la luce, che hanno sparso le sue dottissime produzioni tanto in Prosa che in Poesia, per cui si è reso celebre a tutto il Mondo Letterario. Quindi essendosi compiaciuto il suddetto rinomato Signor De Goethe d'intervenire in una delle nostre Geniali Adunanze, che gli Arcadi in gran numero convocati co' segni del più sincero giubilo ed applauso vollero distinguerlo come Autore di tante celebrate opere, con annoverarlo a viva voce fra i più illustri membri della loro Pastoral società, sotto il Nome di Megalio, e vollero altresì assegnare al Medesimo il possesso delle Campagne Melpomenie sacre alla Tragica Musa, dichiarandolo con ciò Pastore Arcade di Numero. Nel tempo stesso il ceto Universale commise al Custode Generale di registrare l'Atto pubblico e solenne di sì applaudita annoverazione tra i fasti d'Arcadia, e di presentare al chiarissimo Novello Compastore Megalio Melpomenio il presente Diploma in segno dell'altissima stima, che fa la Nostra Pastorale Letteraria Repubblica de' chiari e nobili ingegni a perpetua memoria.*

*Dato dalla Capanna del Serbatojo dentro il Bosco Parrasio alla Neomenia di Possideone, Olimpiade DCXLI. Anno II della Ristorazione d'Arcadia. Olimpiade XXIV. Anno IV. Giorno lieto per General Chiamata.*

*Nivildo Amarinzio, Custode Generale.*
*Corimbo Melicronio, Florimonte Egireo, Sotto Custodi.*

Il sigillo rappresenta una corona, metà lauro e metà pino; nel centro il flauto di Pan; al di sotto: «Gli Arcadi».

## IL CARNEVALE DI ROMA

Nell'intraprendere la descrizione del carnevale di Roma,[1] dobbiamo aspettarci un'obiezione: che cioè una festa di simil genere non possa veramente prestarsi ad una descrizione. Una così grande massa viva di oggetti sensibili dovrebbe muoversi senz'altro sotto i nostri occhi ed esser veduta e compresa da ognuno a modo suo.

Ancora più seria apparirà l'obiezione, quando noi stessi avremo confessato che il carnevale di Roma non può offrire un'impressione né completa né piacevole, né rallegrare propriamente gli occhi, né soddisfare lo spirito del forestiero che lo veda per la prima volta e che del resto non può far altro che vederlo.

La via lunga e stretta, in cui si rincorre una calca innumerevole di persone, non si può nemmeno abbracciar tutta con l'occhio: si può distinguere tutt'al più qualche particolare, in mezzo al tumulto che passa sotto i nostri sguardi. Il movimento è sempre quello, il frastuono assordante, e la serata finisce con una sensazione di scontento. Ma tutte queste preoccupazioni dilegueranno presto se ci spiegheremo meglio; si tratta soprattutto di decidere: vale la pena di descrivere questa gazzarra?

Il carnevale di Roma non è precisamente una festa che si offre al popolo, ma una festa che il popolo offre a se stesso.

Lo Stato non si occupa gran che di preparativi, né fa grandi spese. La serie dei divertimenti si svolge automaticamente; e la polizia non fa che dirigerla con mano non troppo pesante.

Non si tratta insomma d'una di quelle numerose feste ecclesiastiche che a Roma abbarbagliano gli occhi degli spettatori; non è il fuoco d'artifizio, che da Castel S. Angelo presenta uno spettacolo unico e stupefacente; non è l'illuminazione della cupola e della Chiesa di S. Pietro, che richiama e manda in visibilio tanti forestieri di tutti i paesi; non è una brillante processione, al cui passaggio il popolo rimane stupefatto e commosso alla preghiera. Qui basta un segnale, per avvertire che ognuno può fare il pazzo a modo suo e che, ad eccezione delle bastonate e delle pugnalate, quasi tutto è permesso.

La differenza di casta, tra grandi e piccoli, sembra per un momento sospesa; tutti si addossano l'un sull'altro, tutti accettano con disinvoltura quel che loro capita, mentre la libertà e la licenza son mantenute in equilibrio dal buon umore universale.

Sono i giorni in cui anche il romano moderno si rallegra con se stesso che la nascita di Cristo abbia potuto differire di alcune settimane la festa dei Saturnali con tutte le sue prerogative, senza essere riuscita ad abolirla.

Tenteremo di rappresentare alla fantasia dei lettori i divertimenti e il guazzabuglio di queste giornate. Ci lusinghiamo anche di rendere un servizio a tutti quelli che hanno assistito una volta al carnevale e che potranno ancor provare diletto a ricordarsi vivamente di quei giorni; non meno che a coloro i quali stanno per compiere il viaggio di Roma; a questi le poche pagine che seguono potranno offrire una rassegna generale degli spettacoli e il piacere di una gioia pazza e travolgente.

*Il Corso.*

Il carnevale di Roma ha per teatro il Corso. Questa via limita e determina i divertimenti pubblici delle varie giornate. In un altro luogo, la festa non sarebbe più quella; per cui descriveremo anzi tutto il Corso.

Come parecchie vie di altre città in Italia, anche questa prende il nome dalle corse dei cavalli, con le quali a Roma finisce ogni giornata carnevalesca, mentre altrove segnano la fine di altre solennità, come la festa del patrono o l'inaugurazione d'una chiesa.

La via corre in linea retta da Piazza del Popolo a palazzo Venezia. È lunga circa tremila cinquecento passi e racchiusa da altri edifici quasi tutti imponenti. La sua larghezza non è proporzionata alla lunghezza e all'altezza degli edifici. Ai due lati, i marciapiedi occupano dai sei agli otto piedi, in modo che per le carrozze non resta nel mezzo che uno spazio di dodici o quattordici piedi; è chiaro che in questo spazio non possono circolare più di tre vetture insieme.

L'obelisco di piazza del Popolo rappresenta, durante il carnevale, il limite inferiore del Corso, palazzo Venezia il superiore.

### La passeggiata nel Corso.

Il Corso di Roma è già per sé animato tutte le domeniche e le feste dell'anno. I nobili e i ricchi vi vanno su e giù in carrozza, in lunghe file, per un'ora o un'ora e mezzo innanzi notte; le vetture scendono da palazzo Venezia tenendo la sinistra; se il tempo è bello, sfilano davanti all'obelisco e vanno fuori Porta, percorrendo via Flaminia, e qualche volta fino a Ponte Molle.

Quelle che ritornano o presto o tardi tengono la destra e così le due file passano l'una accanto all'altra nel massimo ordine.

Gli ambasciatori hanno il diritto di andar su e giù tra le due file; lo stesso privilegio era concesso al Pretendente,[2] che dimorava a Roma sotto il nome di Duca di Albania.

Non appena suonano le campane della sera quest'ordine viene interrotto: ognuno va dove gli pare e piace per la via più breve, spesso disturbando un gran numero di altri personaggi, che son costretti a fermarsi e a restar prigionieri nel breve spazio.

Questa passeggiata vespertina, che è una brillante consuetudine di tutte le grandi città d'Italia, imitata anche nelle piccole, sia pure con poche carrozze, richiama sul Corso una quantità di pedoni. Tutti vengono per vedere, o per essere veduti.

Come or ora vedremo, il carnevale non è propriamente che la continuazione o meglio l'esasperazione di questi consueti spassi domenicali e festivi; non c'è nulla di nuovo, nulla di strano o di unico, ma tutto si collega naturalmente alle usanze della vita romana.

### Clima. Fogge di vestire dei religiosi.

Altrettanto poco strano sembrerà vedere ora una folla di maschere all'aria aperta, assuefatti come siamo ad assistere tutto l'anno a tante scene della vita quotidiana sotto il bel cielo sereno.

Ad ogni festa, i tappeti esposti dai balconi, i fiori sparsi sulla via, i drappi tesi dall'un capo all'altro trasformano in certo modo le vie in gallerie e saloni.

Anche i morti qui non sono mai portati al camposanto senza un corteo di confratelli incappucciati; questi numerosi costumi monacali abituano l'occhio alle forme più strane e curiose. Sembra che tutto l'anno sia carnevale; in questo gli abati in veste nera rappresenterebbero, fra le maschere degli altri ecclesiastici, i *tabarri* così distinti dei Veneziani.

*Primo tempo.*

Già da capodanno in poi si aprono i teatri e incomincia il carnevale. Nei palchi si vede qua e là qualche bella, che, travestita da ufficiale, mostra con gran compiacenza alla folla le sue spalline. La passeggiata sul Corso si fa più animata; ma l'aspettazione generale è per gli ultimi otto giorni.

*Preparativi per gli ultimi giorni.*

Preparativi di vario genere annunziano al pubblico queste ore di delizia.

Il Corso, una della poche vie di Roma mantenute pulite durante tutto l'anno, viene spazzato e ripulito con maggior cura; gli operai sono in gran faccende per livellare o rimettere a posto il bel selciato, formato da pezzetti di basalto tagliati a cubo e quasi della stessa grandezza, specialmente nei tratti dove appare meno uniforme.

Oltre a questi, vi son altri preavvisi, rappresentati da messaggeri viventi. Tutte le sere del carnevale finiscono, come abbiamo accennato, con una corsa di cavalli. I cavalli allevati a questo scopo sono per la maggior parte piccoli e, per l'origine straniera dei migliori fra loro, son chiamati *barberi*.

Ognuno di questi, incappucciato di tela bianca che gli riveste esattamente testa, collo e corpo, e adorno alle cinture di nastri multicolori, vien portato davanti all'obelisco, al punto dal quale poi comincia la sua corsa. Lo si abitua a restare per qualche momento immobile, con la testa rivolta verso il Corso; poi viene accompagnato lentamente per tutta la via e, giunto a piazza Venezia, gli si dà un po' di avena, per eccitare in lui la voglia di percorrere più rapidamente la sua pista.

Poiché un simile esercizio si ripete con la maggior parte dei cavalli, che spesso sono da quindici a venti, e il loro sfilare è accompagnato sempre da una allegra frotta di ragazzi schiamazzanti, ecco già un primo saggio del baccano e del giubilo che verrà subito dopo.

Un tempo, le principali famiglie di Roma allevavano questi cavalli nelle loro scuderie; ed ognuna si attribuiva a grand'onore che il suo cavallo riportasse la palma. Si organizzavano delle scommesse e la vittoria era celebrata con un banchetto. Ma ai nostri tempi, questi gusti sono molto meno in voga e l'ambizione di farsi un nome a spese dei propri cavalli è scesa, nella classe media, anzi all'infimo del popolino.

Probabilmente data da quei tempi la consuetudine che il corteo dei cavalieri, che con accompagnamento di trombe porta in giro per tutta Roma i premi, entri nei palazzi dei nobili e, al suono di qualche pezzo per tromba, riceva una mancia.

Il premio consiste in un pezzo di stoffa d'oro e d'argento lunga circa due palmi e mezzo e non più larga di uno, issata e sventolante come una banderuola in cima ad un bastone variopinto, con la figura di alcuni cavalli in corsa, ricamata per traverso in basso.

Questo premio si chiama il pallio e per quanti giorni dura il carnevale altrettanti sono gli stendardi di questa foggia che vengono portati in giro per Roma dal corteo sopra descritto.

Intanto, anche il Corso comincia a cambiare d'aspetto; l'obelisco è ormai l'estremo limite della via. Sul davanti viene eretta una tribuna con molti posti a sedere, dalla quale si vede il Corso per tutta la lunghezza; davanti alla tribuna sono disposti degli stalli, nei quali dovranno essere condotti i cavalli prima della partenza.

Ai due lati, si costruiscono altri grandi palchi, che si ricongiungono con le prime case del Corso, prolungando così la via fin sulla piazza. A destra e a sinistra degli stalli trovansi dei palchetti coperti, per le persone che devono regolare la partenza dei cavalli.

Lungo tutto il Corso sono costruiti palchi anche davanti ad alcuni palazzi. Piazza S. Carlo e Piazza Colonna sono separate dalla via mediante barriere e tutto indica chiaramente che lo spettacolo deve svolgersi e si svolgerà completamente entro il Corso, lungo e stretto com'è.

Finalmente tutta la via vien cosparsa di pozzolana perché i cavalli in corsa non possano tanto facilmente scivolare sul lastricato.

*Si dà il segnale di piena libertà.*

In tal modo l'aspettazione viene ogni giorno alimentata e intrattenuta, finché una campana dal Campidoglio, poco dopo il mezzogiorno, dà il segnale che è permesso abbandonarsi ad ogni follia di sotto la cappa del cielo.

Da questo momento, il grave quirite, che per tutto l'anno s'è guardato dal mettere un piede in fallo, dimentica ad un tratto ogni prudenza ed ogni serietà.

Gli operai, che fino all'ultimo momento hanno picchiato sul lastricato, si metton sulle spalle i loro attrezzi e finiscono tra le risate l'opera loro. Tutti i balconi, tutte le finestre si rivestono a poco a poco di tappeti; sui marciapiedi ai lati della via si espongono sedie; il popolino, i ragazzi tutti sono in mezzo alla strada, che adesso ha finito di essere una strada, per assomigliare piuttosto a un gran salone, a un'immensa galleria addobbata per la festa.

Infatti, mentre tutte le finestre si rivestono di tappeti, anche le tribune si rivestono di arazzi; le molte sedie accentuano l'impressione d'una sala, alla quale il bel cielo sereno non lascia nemmen pensare che manca il tetto.

Così la via a poco a poco sembra sempre più un'abitazione; uscendo di casa, non si crede di essere all'aperto e fra gente estranea, ma di trovarsi in un salone, fra conoscenti.

*Il corpo di guardia.*

Mentre sul Corso si accentua l'animazione e fra le numerose persone che vanno a passeggio nei loro abiti di tutti i giorni fa qua e là la sua apparizione un pulcinella, i soldati di guardia si riuniscono davanti alla Porta del Popolo. Essi risalgono il Corso, preceduti dal generale a cavallo, in buon ordine, e con le divise nuove e con la musica in testa; in un batter d'occhio occupano tutti gli sbocchi, stabiliscono due o tre corpi di guardia nelle piazze principali e assumono il compito di mantenere l'ordine durante tutta la festa.

Quelli che noleggiano le sedie e i palchi si sbracciano a gridare ai passanti: «Luoghi! luoghi! padroni! luoghi!».

*Le maschere.*

Ed ecco le maschere sempre più numerose. Giovinotti travestiti da donne del popolino, attillati in costumi di festa, col seno scoperto, audaci fino all'insolenza, sono di solito i primi a far la loro comparsa. Fanno carezze agli uomini in cui s'imbattono, trattano in confidenza e senza riguardi le donne come loro pari, si abbandonano insomma ad ogni licenza, come loro suggerisce il capriccio, lo spirito o la volgarità.

Ricordo fra gli altri un giovanotto che sosteneva stupendamente la parte di donna appassionata e battagliera, che non c'era modo di calmare, e che continuava a bisticciarsi per tutto il Corso, apostrofando tutti, mentre i suoi compagni sembrava si dessero un gran da fare per ammansirla.

Ed ecco arrivar di corsa un pulcinella, con un gran corno che gli spenzola tra i nastri screziati intorno ai fianchi. Discorrendo con le donne, riesce ad imitare insolentemente, mediante un semplice gesto, la figura dell'antico dio degli orti — e siamo nella santa Roma! — mentre la sua monelleria suscita più che disgusto, ilarità. Ed eccone un altro che, più modesto e più soddisfatto, si porta a spasso la sua bella.

Poiché le donne prendono altrettanto gusto a mostrarsi in abiti da uomo, quanto gli uomini in abiti da donna, non mancano anch'esse di acconciarsi nel popolare costume di pulcinella e non si può negare che, in questa figura ambigua, riescono oltre modo interessanti.

A passo svelto, e declamando come in tribunale, ecco ora farsi largo tra la folla un avvocato; parla gridando alle finestre, afferra i passanti, mascherati o no, minaccia a tutti di fare un processo, raccontando ora una filastrocca di delitti che avrebbero commesso, ora mostrando un'esatta specifica dei suoi onorari. Alle donne fa una predica contro i cicisbei, alle ragazze contro i loro innamorati; consulta un volume che porta con sé, mette fuori dei documenti, e tutto questo con una voce in falsetto e con lo scilinguagnolo bene sciolto. Cerca insomma di confondere e metter tutti nel sacco; e quando si crede che se ne vada, allora ritorna; affronta quello, che se n'è già andato; se poi urta in un collega, la pazzia raggiunge il colmo.

Ma tutti costoro non riescono a fissare a lungo su di sé l'attenzione del pubblico; l'impressione più folle resta assorbita dalla stessa moltitudine e dalla diversità della folla.

I quaccheri, in particolare, non fanno tanto chiasso ma non interessano meno degli avvocati. La maschera del quacchero sembra essere diventata così popolare per la facilità con cui si posson trovare costumi francesi all'antica da ogni rigattiere.

I principali requisiti per questa maschera sono appunto gli abiti francesi all'antica, purché ben conservati e di stoffa fine. Sono quasi sempre di velluto o di seta; le giubbe si portano di broccato o ricamate. Il quacchero dev'essere corpulento per natura, e la maschera del viso paffuta e col taglio degli occhi piccolo; la parrucca deve avere delle piccole code bizzarre e il cappello, anche piccolo, quasi sempre dei bordi.

È evidente che una simile figura assomiglia molto al *buffo caricato* dell'operetta; e come quest'ultimo rappresenta per lo più lo sciocco innamorato e gabbato, così i quaccheri sostengono la parte dei bellimbusti più ridicoli. Saltano qua e là con grande leggerezza sulla punta dei piedi e portano dei grossi anelli neri senza vetro in luogo di lenti, e con questi sbirciano in tutte le carrozze e a tutte le finestre. Hanno per costume di fare una goffa e profonda riverenza e, incontrandosi tra di loro, esprimono la loro gioia saltando più volte a piedi giunti ed emettendo un suono stridulo, penetrante, inarticolato, prodotto press'a poco dalle consonanti, *brr*.

Con questo si dànno spesso il segnale, che vien ripetuto dai più vicini, in modo che in pochi minuti questo strillo corre per tutto quanto il Corso.

Dei monelli petulanti soffiano nel frattempo entro certe conchiglie ritorte, lacerando gli orecchi con suoni insopportabili.

È chiaro che, data l'angustia dello spazio e la somiglianza di tante maschere (vi possono esser sempre alcune centinaia di pulcinella e circa cento quaccheri, che scorazzano su e giù pel Corso) ben pochi possono aver la pretesa di dar nell'occhio e di esser particolarmente notati. Le maschere devono inoltre far presto la loro comparsa sul Corso; i più escono di casa per divertirsi, per darsi alla pazza gioia e per goder nel miglior modo possibile la libertà di queste giornate.

Sono specialmente le ragazze e le maritate, che in questi giorni trovano il modo di divertirsi a loro capriccio. Tutte vogliono assolutamente uscir di casa e mascherarsi comunque sia; e sebbene poche siano in condizione di sobbarcarsi a gravi spese, tutte si ingegnano ad escogitare ogni mezzo di mascherarsi, più ancora che di farsi belle.

Molto facili a procurarsi sono le maschere da mendicanti maschi e femmine. Per questo si richiedono soprattutto bei capelli, una maschera per il viso completamente bianca, un piccolo recipiente di argilla appeso a un nastro, un bastone e un cappello in mano. Passano in aria di compunzione sotto le finestre o davanti ai pedoni, ricevendo, in luogo di elemosine, confetti, noci o altre inezie.

Altre si prendono ancor meno fastidio: si gettano sulle spalle una pelliccia o si offrono in graziosa veste da camera con la maschera al solo viso. Vanno per lo più senza uomini e, per tutt'arma offensiva e difensiva, portano una leggera scopetta fatta con l'efflorescenza delle canne, con la quale in parte tengono a bada gli importuni, ma in parte, e con gesto abbastanza provocante, solleticano in viso i conoscenti e i non conoscenti che passeggiano senza maschera.

Quando uno, di cui si voglian prender giuoco, capita nelle mani di quattro o cinque di queste femmine, non riesce a cavarsela così facilmente. La folla gli impedisce di scappare e dovunque si rivolga si sente quel tale spazzolino sotto il naso. Difendersi sul serio contro queste o simili burle sarebbe molto pericoloso, perché le maschere sono inviolabili ed ogni guardia ha l'ordine di proteggerle.

Così, anche gli abiti più comuni e di ogni classe sociale possono servir da maschere. I ragazzi di stalla si fanno largo con le loro grosse spazzole a strigliare il dorso di chi a loro pare e piace. I vetturini offrono i loro servigi con la petulanza tutta loro propria. Più graziosi sono i costumi delle donne della campagna, delle frascatane, dei pescatori, dei marinai e degli sbirri napoletani e dei greci.

Qualche volta imitano una maschera del teatro; alcuni non si dànno altra pena che di avvolgersi in un tappeto o in un lenzuolo, annodati sulla testa.

Questi fantasmi bianchi han per vezzo di contrastare la via ai passanti, spiccano dei salti in loro presenza e credono così di rappresentare gli spettri. Alcuni si distinguono per le più stravaganti accozzaglie di costumi: ma il tabarro è sempre ritenuto la maschera più elegante, appunto perché non ha nulla che dia nell'occhio.

Maschere umoristiche e satiriche son molto rare, perché queste hanno una ragion d'essere per sé e vogliono essere particolarmente osservate. Ho visto però un pulcinella cammuffato da becco cornuto. Le corna erano mobili, ed egli poteva cacciarle e ritirarle a piacer suo come fa la lumaca. Bastava che passasse sotto le finestre d'una coppia di freschi sposi e lasciasse vedere solo la punta di un corno, o che sotto un'altra finestra le cacciasse fuori tutte e due quanto eran lunghe, facendo tinnire ben bene dei sonagli appesi all'estremità, perché il pubblico intento andasse in visibilio o scoppiasse in una solenne risata.

Ecco ora un indovino che si mescola tra la folla, mostra al pubblico un libro zeppo di numeri e ne rinfocola la passione per il giuoco del lotto.

Ecco un altro che se ne sta fra la calca con due facce; non si capisce quale sia il suo davanti, quale il didietro, e se vada o se venga.

Anche il forestiero deve rassegnarsi in questi giorni ad essere messo alla berlina. Gli abiti lunghi degli oltramontani, le grandi parrucche, gli strani cappelli rotondi fanno una certa impressione ai Romani; così anche il forestiero finisce col diventare una maschera.

I pittori stranieri, specialmente quelli che, occupandosi di paesaggi o di pezzi d'architettura, si mettono come niente fosse a sedere e a lavorare in pubblico per le vie di tutta Roma, vengono rappresentati con una certa predilezione anche in mezzo al trambusto del carnevale, dove si vedono affaccendati con le loro enormi cartelle, con dei lunghi soprabiti e con delle matite inverosimili.

I garzoni fornai tedeschi, che a Roma si fan vedere spesso in stato di ubriachezza, sono raffigurati nel loro particolare costume, con un fiasco di vino in mano e barcollanti.

Di maschere satiriche ne ricordo una sola. Si doveva erigere un obelisco davanti alla chiesa della Trinità dei Monti. Il pubblico non era troppo contento, sia perché la piazza è angusta, sia perché il piccolo obelisco avrebbe avuto bisogno d'un piedestallo molto elevato per figurare a una bella altezza. Non so a chi venne in mente di portare per berretto un gran piedestallo bianco, sopra il quale era attaccato un minuscolo obelisco rosso. Al piedestallo erano fissate delle grandi lettere, il cui significato probabilmente non fu capito che da pochi.

*Le carrozze.*

Man mano che la folla delle maschere si fa più numerosa, arrivano a poco a poco sul Corso le carrozze nell'ordine che abbiam descritto, parlando della passeggiata domenicale e festiva; con la sola differenza che adesso le carrozze scendenti da piazza Venezia sulla sinistra, all'estremità del Corso fanno il giro e continuano a risalire tenendo la destra.

Abbiam già detto che il Corso, senza tener conto del marciapiede che serve ai pedoni, non ha, per quasi tutta la sua lunghezza, che la larghezza di tre vetture.

I marciapiedi sono tutti ingombri di palchi e occupati da sedie; molti spettatori hanno già preso il loro posto. Una fila di carrozze discende rasentando i palchi e le sedie, e risale dalla parte opposta. Così i pedoni restano chiusi in uno spazio di otto piedi al massimo, fra le due file; ognuno si apre una via fra la calca come meglio può, mentre un'altra gran folla guarda dai balconi e dalle finestre la folla che cammina.

Durante i primi giorni non si vedono per lo più che i soliti equipaggi, riservandosi ognuno di sfoggiare nei giorni seguenti le vetture più eleganti e più sfarzose. Verso la fine del carnevale fanno la loro apparizione in maggior numero anche le vetture aperte, alcune delle quali hanno posto per sei; due signore seggono un po' più in alto l'una dirimpetto all'altra, in modo che si possano vedere completamente; quattro signori prendono posto ai quattro angoli; cocchieri e staffieri portano la maschera e i cavalli sono adorni di verde e di fiori.

Spesso ai piedi del cocchiere si trova un bel barbone bianco, con dei nastri rosa al collo; i fornimenti dei cavalli tintinnano di sonagli. Per qualche momento l'attenzione del pubblico è tutta rivolta a questa sfilata.

È ovvio imaginare che solo le donne belle hanno il coraggio di pavoneggiarsi così davanti a tutta una folla e che soltanto la più bella si fa vedere senza maschera. Ma è anche vero che, all'avvicinarsi della sua carrozza, che del resto deve procedere piuttosto lenta, tutti gli occhi si fissano su lei, che ha la soddisfazione di sentire a destra e a sinistra: «quanto è bella!».

Sembra che un tempo questi equipaggi siano stati molto più numerosi e più sfarzosi, e anche più interessanti per certe loro rappresentazioni mitologiche ed allegoriche; ma ai giorni nostri i gran signori, quale si sia la ragione, preferiscono a quanto pare godersi il piacere che offron queste feste, sperduti nella folla, anziché farsi notare dal pubblico.

E più si avanza la stagione di carnevale, e più gli equipaggi offrono spettacolo di gaiezza.

Perfino le persone posate, che prendon posto nelle vetture senza maschera, permettono ai loro cocchieri e ai loro lacchè di mascherarsi. I cocchieri scelgono per lo più un costume da donna, tanto che negli ultimi giorni i cavalli sembrano guidati solo da donne. Spesso sono vestiti decentemente, talvolta anche con grazia; viceversa, qualche bestione agghindato all'ultima moda femminile, in gran parrucca e piume svolazzanti, non è che una rozza caricatura; e come le belle di cui sopra hanno la soddisfazione di sentirsi ammirate, così colui deve sopportare in pace che la gente gli passi sotto il naso e gli gridi: «O fratello mio, che brutta puttana sei!».

È uso che i cocchieri rendano a una o a due delle loro amiche il servizio di farle salire a cassetta, se le incontrano in mezzo alla calca. Queste prendon posto accanto a loro, per lo più in abito da uomo, giuocando con le svelte gambette da pulcinella sopra le teste dei passanti, e mettendo in mostra i piedini e i tacchi alti.

Lo stesso fanno i lacché, accogliendo nei posti dietro alla carrozza i loro amici e le loro amiche; non manca che vederli montare sulla coperta, come nelle carrozze di posta inglesi.

I padroni stessi sembrano soddisfatti quando vedono le loro carrozze ben bene stipate. In questi giorni, tutto passa, tutto è permesso.

*La ressa.*

Mettiamo ora uno sguardo sulla via lunga e stretta, nella quale, da tutti i balconi e da tutte le finestre, fra i tappeti che pendono variopinti in lunghi festoni, una calca di spettatori si sporge curiosa sopra le tribune riempite di altri spettatori e sopra le sedie gremite in lunga fila ai due lati della via. Due file di carrozze si muovono lente lente nello spazio di mezzo, mentre lo spazio che potrebbe accogliere ancora una terza fila è pieno zeppo di gente che si vede non andare e venire, ma spingersi a vicenda su e giù. Come le carrozze si mantengono sempre, finché è possibile, a una certa distanza l'una dall'altra per non accavallarsi l'una a ridosso dell'altra ad ogni fermata, così molti pedoni, per tirare un po' il fiato, si staccano dal grosso della folla avventurandosi fra le ruote delle vetture che precedono e i timoni e i cavalli di quelle che seguono; e quanto maggiore è l'imbarazzo o il pericolo dei pedoni, tanto più sembrano aumentare l'audacia e il gusto che vi prendono.

Ma come la maggior parte dei pedoni che si agitano fra le due file di carrozze hanno tutta la cura di evitare le ruote e gli assi, per risparmiare le costole e il vestito, lasciano di solito anche, fra sé stessi e le carrozze, un po' più di spazio che non sia strettamente necessario; colui che non resiste più a lungo a secondare il movimento lento della calca, ed ha l'audacia di scivolare fra le ruote e i passanti, ossia fra un pericolo e coloro che lo temono, può percorrere in breve tempo un bel tratto, finché almeno non sia arrestato da un altro ostacolo.

La nostra descrizione a quest'ora sorpassa forse i limiti del credibile e noi stessi non oseremmo di continuare, se molti e molti che hanno assistito al carnevale di Roma non potessero testimoniare che ci siamo attenuti scrupolosamente alla verità, e se non si trattasse d'una festa alla quale, ripetendosi ogni anno, più d'uno potrà assistere con la scorta della nostra descrizione.

Che penseranno infatti i lettori, se li assicuriamo che tutto il nostro racconto fin ora non è che il primo gradino, per dir così, del tumulto, del parapiglia, del baccano e della licenza?

*Il corteo del Governatore e del Senatore.*

Mentre le vetture procedono lente lente, arrestandosi ora davanti a questo, ora a quell'incaglio, i pedoni sono tormentati in mille modi.

La guardia del papa corre su e giù a cavallo fra la ressa, per mantener l'ordine e vigilare durante i continui arresti delle vetture; così mentre il passante riesce a schivare il cavallo d'una carrozza, si sente alle reni, senza poterla evitare, la testa d'un cavallo da sella. Ma l'imbarazzo più grave viene ora.

Il Governatore passa nel bel mezzo, tra le due file degli equipaggi, in una grande berlina, con un seguito di parecchie carrozze. La guardia pontificia e gli staffieri che lo precedono danno il segnale e fanno largo, formando un corteo che per il momento prende tutto lo spazio che poco prima restava ancor libero ai pedoni. Questi si accalcano a più non posso contro le altre vetture, e in qualche modo si mettono in salvo. E come l'acqua, al passaggio di un battello, per un momento si fende in due per ricongiungersi subito dopo dietro al timone, così la folla delle maschere e degli altri pedoni ritorna subito compatta alla coda del corteo. Ma non passa molto tempo, che un altro trambusto viene a scompigliare quella massa già così pigiata.

È il Senatore,[3] che si avanza con un corteo simile al primo; la grande berlina e gli equipaggi del seguito galleggiano in certo qual modo sopra le teste della moltitudine schiacciata. Convien dire che se tutti, cittadini e forestieri, sono presi e incantati dell'amabilità del Senatore attuale, principe Rezzonico, questa è forse l'unica volta in cui tutta una folla è felice, quando egli si allontana.

I due cortei, dei due capi della magistratura e della polizia romana, passavano fin qui per il Corso solo il primo giorno, per inaugurare il carnevale in forma solenne; il Duca di Albania invece percorreva la stessa via ogni giorno, con gran disagio del pubblico, per richiamare alla mente dell'antica Sovrana dei re, in questo periodo di mascherata universale, la commedia carnevalesca delle sue pretese regali.

Gli ambasciatori esteri, che avrebbero il medesimo privilegio, se ne avvalgono di rado e con ragionevole discrezione.

### Il bel mondo a palazzo Ruspoli.

Ma la circolazione del Corso non viene interrotta soltanto da questi cortei: a palazzo Ruspoli e nelle adiacenze, dove la via non è per nulla più larga, i marciapiedi ai due lati sono un po' più alti. È qui che il mondo elegante prende il suo posto, e tutte le sedie sono occupate o riservate. Le signore più belle del ceto medio, con grande sfoggio di maschere, circondate dai loro amici, si offrono allo sguardo avido dei passanti. Ognuno che capita lì, si ferma a contemplare quella seducente platea; ognuno è curioso di indovinare chi sono le donne fra le numerose figure di uomini che sembrano trovarsi lì, e di scoprire forse sotto l'uniforme di un elegante ufficiale l'oggetto dei suoi sospiri. È in questo breve spazio, che la circolazione comincia letteralmente ad arrestarsi, perché le vetture vi s'indugiano quanto più possono; e dal momento che bisogna fermarsi, preferiscon fermarsi in così piacevole compagnia.

### I confetti.

La nostra descrizione non ha dato fin qui che l'idea di un complesso di situazioni confuse e forse perfino penose; farà quindi un'impressione ancor più bizzarra se aggiungeremo come tutto questo baccano acquisti ancora maggior vivacità, grazie a una specie di scaramuccia, che il più delle volte è uno scherzo, ma non di rado è una battaglia anche troppo sul serio.

Non è improbabile che qualche bella abbia un giorno o l'altro gettato dei confetti al suo innamorato per farsi notare tra la folla delle maschere, nulla essendo più naturale che colui che ne riman colpito si volti e riconosca la sua impertinente amica. L'usanza è diventata ormai comune e infatti, dopo un lancio di confetti, si vedono spesso due visi scambiarsi qualche saluto. Ma da un lato, la gente è troppo economica per sciupare dei confetti di zucchero vero, dall'altro l'abuso che se ne fa ne ha reso necessaria una provvista più copiosa e più a buon mercato.

Oggi è un'industria come tante altre, portare nella folla in grandi panieri e offrire in vendita questi granellini di gesso, che all'esterno sembrano confetti di zucchero.

Nessuno è al sicuro da un attacco; ognuno sta sulla difensiva; e così, o a farlo apposta o per necessità, ne risulta di quando in quando o un duello o una scaramuccia o una battaglia. Pedoni, carrozze, spettatori alle finestre, sulle tribune, dalle sedie, si dan l'assalto e si difendono a vicenda.

Le signore portan con sé dei panierini dorati o inargentati pieni di questi confetti e s'intende che i loro cavalieri devon conoscere bene l'arte di difendere le loro belle. Nelle vetture l'attacco si aspetta a sportello chiuso. Con le persone amiche si scherza, ma contro gli sconosciuti ci si difende ad oltranza.

In nessun posto questa lotta è aspra e più generale che nelle adiacenze di palazzo Ruspoli. Tutte le maschere che si sono accampate lì, sono provvedute di panierini, sacchetti e fazzoletti annodati, e muovono all'assalto, più spesso che non attendano di essere assalite. Non c'è carrozza che passi impunemente, o senza che almeno qualche maschera non le lasci un segno; non c'è pedone, che ne stia al sicuro. Specialmente quando spunta un abate in veste nera, tutti si avventano contro di lui da tutte le parti; e poiché il gesso e la creta dove passano lasciano il segno, ben presto il poveruomo appare ricoperto da capo a piedi di macchie bianche e grigie. Ma non di rado la baruffa si fa molto seria e generale; e allora desta stupore il vedere l'accanimento e l'astio personale con cui tutti si sfogano.

Un individuo mascherato s'accosta furtivamente e con una manata di confetti colpisce una delle belle più in vista, con tanta violenza e precisione che la maschera crocchia e il bel collo ne rimane ferito. I cavalieri di costei, a destra e a sinistra, montano in furore e si avventano con panieri e sacchetti contro l'assalitore; ma questi è mascherato e corazzato troppo bene, per sentirsi toccato dai loro ripetuti attacchi; e quanto più si ritiene sicuro, tanto più furiosamente continua ad assalire. I difensori proteggono la loro bella coi rispettivi «tabarri», e poiché l'aggressore nel calore del combattimento colpisce anche i vicini, irritando tutti con la sua grossolanità e la sua insolenza, anche questi ultimi prendono parte alla mischia senza risparmiare confetti, ricorrendo per lo più in simili frangenti a una riserva di munizioni un po' più efficaci, della forma press'a poco di mandorle, dalle quali finalmente l'aggressore esce così malconcio e incalzato da tanti lati, che non gli rimane se non la ritirata, specialmente se abbia esaurito la sua munizione.

Di solito, colui che si caccia in un'avventura simile, ha anche un compare, che gli fornisce le munizioni, nel tempo stesso in cui i venditori di confetti si dan le mani d'attorno a portar qua e là i loro cesti nel vivo della mischia e a pesare per gli uni e per gli altri quante libbre ne vogliono.

Noi stessi abbiamo assistito da vicino ad una di queste disfide, in cui i combattenti, per mancanza di munizioni, finirono col gettarsi sulla testa i panierini dorati, senza dare ascolto ai richiami delle guardie, che ne rimasero conciate per la loro parte.

Non v'è dubbio che una simile baruffa finirebbe talvolta a coltellate se le corde — noto strumento di tortura della polizia italiana — issate a parecchi sbocchi del Corso, non ricordassero a tutti, sul più bello del divertimento, che è molto pericoloso in quel momento servirsi di armi micidiali.

Innumerevoli sono questi incidenti, ma per la maggior parte allegri, più che pericolosi.

Ecco per esempio un carro scoperto, che s'avvicina pieno di pulcinella a palazzo Ruspoli. L'intenzione di costoro sarebbe di colpire l'un dopo l'altro tutti gli spettatori davanti ai quali passa il carro; sventuratamente la folla è troppo fitta e il carro rimane incagliato. Allora gli spettatori, tutti d'accordo contro il carro; e i confetti cadono come la grandine. I pulcinella, che hanno esaurite le loro munizioni, restano così esposti per un buon pezzo al fuoco che s'incrocia da tutte le parti, in modo che il carro, coperto come da fiocchi di neve o da chicchi di gragnuola, si allontana finalmente mogio mogio, accompagnato dalle risate e dalle voci di scherno della folla.

*Un battibecco sul Corso.*

Mentre nel centro del Corso gran parte della società elegante è occupata in questi spassi altrettanto animati che violenti, un'altra parte del pubblico trova allo sbocco superiore della stessa via un altro genere di divertimento.

Non lungi dall'Accademia di Francia, ecco apparire il così detto «Capitano»[4] del teatrino italiano, in costume spagnolesco, cappellone piumato, spada e guanti, sbucato improvvisamente da un gruppo di maschere spettatrici dalle tribune. Egli incomincia a raccontare in tono enfatico le sue grandi avventure di terra e di mare, ma non passa molto che un pulcinella gli si pianta davanti, solleva prima dei dubbi e delle obiezioni, ma poi, facendo le finte di passargli tutto per buono, copre di ridicolo, a furia di giuochi di parole e di facezie a tempo e a luogo, le spacconate di quel fracassa.

Anche qui tutti i passanti si fermano ad ascoltare il vivace battibecco.

*Il re dei pulcinella.*

Ed ecco un'altra scena, che richiama più ancora la folla. Una dozzina di pulcinella si riuniscono, si eleggono un re, lo incoronano, gli mettono lo scettro in mano, lo accompagnano a suon di musica e fra grida assordanti lo portano per il Corso in un carrozzino tutto addobbato. Gli altri pulcinella accorrono saltellando, via via che il corteo si avanza, e ingrossano il seguito del re, facendosi largo a furia di schiamazzi e di cappelli sventolanti.

Solo in quest'occasione si può osservare come ogni pulcinella si studia di rendere varia una maschera per sé così comune. L'uno porta una parrucca, l'altro una cuffia da donna sulla faccia nera, un terzo, invece del berretto, si mette in testa una gabbia in cui saltellano due uccelli, camuffati da «abate» e da «signora».

## Le vie laterali.

La ressa strabocchevole, di cui abbiamo cercato di dare alla meglio un'idea, costringe naturalmente una quantità di maschere a passare dal Corso nelle vie adiacenti. Qui le coppie innamorate vanno più tranquille e in maggior libertà, mentre le compagnie allegre trovan modo di rappresentare ogni genere di spettacoli stravaganti.

Un gruppo di popolani in costume domenicale, giubbe corte e panciotti a ricami d'oro, capelli ravvolti in lunghe reticelle pendenti, vanno a passeggio con dei giovanotti travestiti da donna, una delle quali sembra sia in stato di gravidanza avanzata. Tutti passeggiano tranquillamente su e giù. Ad un tratto, fra gli uomini sorge una disputa e si scambiano delle parole vivaci; entrano in campo le donne e l'affare si fa sempre più serio, finché i contendenti tiran fuori certi coltellacci di cartone inargentato, e si avventano l'un contro l'altro. Le donne tentano di separarli fra strilli disperati, afferrando per le braccia ora questo ora quello. Gli spettatori si appassionano come se fosse una vera rissa e tutti cercano di calmare le due parti.

Intanto, la donna incinta, per la gran paura, si sente venir le doglie; si porta una sedia; le altre donne le si fanno d'attorno, mentre ella dà in ismanie da commuovere i sassi; quand'ecco che, con grande soddisfazione dei presenti, ella mette al mondo non so che mostriciattolo. La commedia è finita e la compagnia ripiglia la sua strada per rappresentare poi lo stesso o un simile spettacolo in qualche altro luogo.

Del resto il romano, che ha sempre sotto gli occhi l'esempio di qualche assassinio, prende volentieri confidenza anche con l'idea dell'omicidio. Perfino i ragazzi hanno un giuoco che chiamano «chiesa», corrispondente al nostro «Frischauf in allen Ecken», ma che in realtà rappresenta un assassino che si rifugia sui gradini d'una chiesa; altri ragazzi rappresentano gli sbirri e cercano in tutti i modi di agguantarlo, senza osare tuttavia di varcare il sacro asilo.

E così in tutte le vie adiacenti, specialmente in via del Babuino e a piazza Venezia, accadono le scene più esilaranti.

Qui arrivano a schiere anche i quaccheri per abbandonarsi con maggior licenza alle loro galanterie. Essi eseguiscono una manovra, che fa ridere tutti: marciano in linea retta in fila di dodici sulla punta dei piedi e a passo celere, presentando un fronte ben serrato; ad un tratto, arrivati in una piazza, si schierano, a destra e a sinistra, in colonna, sgambettando in fila l'un dopo l'altro; d'un colpo, il fronte torna a ristabilirsi sul fianco destro e imbocca una strada; poi, sempre all'improvviso, sul fianco sinistro. Tutta la colonna scompare, come infilzata su uno spiedo, nel portone d'una casa e la truppa balzana non si vede più.

*Di sera.*

Come imbruna la sera, la folla si accalca sempre più sul Corso. La circolazione delle vetture è interrotta da un pezzo e accade perfino che, due ore innanzi notte, nessuna vettura possa muoversi più.

La guardia del papa e le guardie a piedi hanno un bel da fare a districare fino al possibile tutte le vetture dal centro della via e ad allinearle in fila: anche questo, causa la ressa, dà luogo a parecchi incidenti e disordini. Una vettura retrocede, un'altra si spinge innanzi, una terza si sbanda, e mentre l'una rincula, tutte le altre son costrette a rinculare, finché questa o quella si trova alla fine in tal distretta, da dovere spingere i suoi cavalli verso il centro. È allora che cominciano le invettive, le minacce, le bestemmie delle guardie a piedi e a cavallo.

Il mal capitato auriga ha un bel dimostrare l'impossibilità evidente di ubbidire; le contumelie e le minacce non cessano, ed egli o deve rassegnarsi a rientrare in fila o, se c'è un vicolo vicino, deve senza sua colpa allontanarsi. Di solito, le vie laterali sono anche sbarrate da vetture ferme, arrivate troppo tardi per potersi schierare in fila, essendo già stata sospesa la circolazione.

*Preparativi per la corsa.*

Il momento della corsa dei bàrberi si approssima sempre più e da ora in poi l'ansia di tante migliaia di curiosi si fa sempre più intensa.

I sediari e gli imprenditori delle tribune raddoppiano ora a gran voce le loro offerte: «Luoghi! luoghi avanti! luoghi nobili! luoghi, padroni!». Il loro scopo è quello di veder presi tutti i posti almeno in questi ultimi momenti, anche per pochi soldi.

Ma trovare ancora un posto qua e là è una fortuna: perché il Generale ora sta scendendo per il Corso con una parte della guardia fra le due file di carrozze, respingendo i pedoni dall'unico spazio che loro rimaneva ancora. Ognuno cerca allora una sedia, un posto, sulle tribune, sopra una vettura, fra una carrozza e l'altra o alla finestra di qualche conoscente, tutte zeppe anche queste di spettatori.

Nel frattempo, la piazza davanti all'obelisco è stata completamente sgombrata della folla e presenta forse uno degli spettacoli più belli che si possan vedere ai nostri giorni.

Le tre facciate delle tribune già descritte, addobbate con tappeti, chiudono la piazza. Migliaia e migliaia di teste guardano l'una al di sopra dell'altra, offrendo lo spettacolo d'un circo o d'un anfiteatro antico. Sopra la tribuna centrale, si eleva l'obelisco in tutta la sua altezza, perché la tribuna non ne nasconde che il piedistallo; e solo allora si ha un'idea della sua altezza enorme, risultante dalla proporzione con quella moltitudine immensa.

La piazza rimasta libera concede all'occhio di riposarsi a suo agio e non è senza viva aspettazione che si osservano gli stalli vuoti e la corda ancor tesa.

A questo punto il Generale scende per il Corso: è il segnale che quest'ultimo è sgombro; dietro di lui la guardia non permette a chicchessia di rompere la fila delle carrozze. Il Generale prende posto in uno dei palchi.

*La partenza.*

I cavalli vengono ora condotti a mano da palafrenieri in costume di gala, negli stalli sorteggiati, al di là della corda. Non portano finimenti, né alcuna copertura. Qua e là sul corpo vengono loro attaccate, mediante cordicelle, delle pallottole irte di punte, e fino all'ultimo momento si ricoprono le parti, sulle quali le pallucce devono agire come di sprone, con pezzi di cuoio; vi si incollano anche delle grandi lamine di oro falso.

Quando son condotti negli stalli, sono quasi tutti impazienti e focosi e gli stallini han bisogno di tutti i loro sforzi e di tutta la loro abilità per tenerli a freno.

L'ansia di incominciare la corsa li rende indomabili, mentre la presenza di tanta gente li fa ombrosi. Spesso saltano sopra lo stallo vicino, spesso al di là della corda e tutto questo movimento, tutto questo disordine non fa che aumentare ad ogni momento l'interesse dell'attesa.

Anche gli stallini sono sovreccitati e oltremodo preoccupati perché l'abilità di chi lancia il cavallo al momento della partenza può decidere fra l'altro del vantaggio di questo o di quello.

Finalmente la corda cade e i cavalli partono.

Già nel campo aperto della piazza cercano di sorpassarsi l'un l'altro, ma una volta arrivati nello stretto budello fra le due file di vetture, ogni gara diventa quasi sempre inutile.

Di solito, alla testa corrono due o tre, che tendono tutti i loro sforzi. A mal grado della sabbia sparsa, il selciato dà scintille, le criniere volano, le lamine dorate tintinnano, e appena visti, sono passati. Gli altri rimasti indietro, s'inceppano a vicenda, urtandosi e spingendosi l'un contro l'altro; talvolta sopraggiunge anche qualche solitario sbrancato, ancora al galoppo, fra i pezzetti lacerati delle lamine dorate, che sfarfallano sul suo cammino. Ma ben presto i cavalli spariscono a tutti gli sguardi; la folla fa ressa e torna a riempire la via.

Altri stallini aspettano a palazzo Venezia l'arrivo dei cavalli, che vengono ripresi con una certa abilità e trattenuti in un recinto chiuso. Al vincitore viene intanto assegnato il premio.

Così tutti i divertimenti finiscono con un'impressione violenta, istantanea, fulminea, che migliaia di persone hanno aspettato a lungo e con tanta ansia mentre ben pochi saprebbero dire perché hanno atteso proprio questo momento e perché si son divertiti tanto.

Dalla nostra stessa descrizione è evidente che un tale spettacolo può riuscir pericoloso sia agli animali che agli uomini. Riporterò solo alcuni casi. Dato lo spazio ristretto fra una vettura e l'altra, basta che una delle ruote di dietro sporga un po' fuori e che dietro alla stessa vettura vi sia per caso uno spazio un po' più largo, perché un cavallo, che accorra incalzato dai precedenti, per guadagnare lo spazio allargato vada a battere, con un salto, proprio contro la ruota sporgente.

Abbiamo visto coi nostri occhi un cavallo cadere a terra in seguito a un urto come questo; tre altri che gli tenevan dietro, abbatteri sopra il primo e gli ultimi balzare per fortuna con un salto sopra i caduti e proseguire la corsa.

Spesso uno di questi cavalli resta morto sul colpo e in queste circostanze ne va anche della vita di qualche spettatore. Gravi incidenti possono accadere anche al ritorno dei cavalli.

Si è dato il caso di individui perfidi e invidiosi, i quali hanno gettato il mantello sugli occhi d'un cavallo che aveva già un notevole vantaggio, per costringerlo a ripiegare e slanciarsi da un lato. Peggio accade a piazza Venezia, se i cavalli non possono venire ripresi; in questo caso essi ritornano inevitabilmente sui propri passi, e poiché lo spazio si è già riempito di gente, sono causa di non poche disgrazie, che del resto passano inosservate e a cui non si dà alcun peso.

*L'ordine è sospeso.*

Di solito i cavalli corrono sul far della notte. Non appena sono arrivati a piazza Venezia, si sparano dei mortaretti; il segnale vien ripetuto a mezzo il Corso e, per ultimo, nei pressi dell'obelisco.

In questo istante la guardia abbandona il suo posto; l'ordine nelle file delle carrozze non è più mantenuto e questo, anche per lo spettatore che se ne sta tranquillo alla finestra, è un momento di ansia e di sofferenza, che merita qualche commento.

Abbiam visto più sopra che il cader della notte, momento critico nella giornata degli italiani, interrompe anche le consuete passeggiate domenicali e festive. A quest'ora non vi son più guardie, non esiste polizia ed è tradizione antica e generale accordo passeggiare con le vetture su e giù in buon ordine. Ma appena suona l'Ave Maria, non c'è persona che rinunzi al suo diritto di ritornasene quando e come gli piaccia. Ora la sfilata carnevalesca, avendo luogo nella stessa via e con le norme consuete, (benché la differenza sia grande e per la folla e per altre circostanze), tutti quanti, sul far della notte, tengono al proprio diritto di sbandarsi a loro capriccio.

Considerando ora l'enorme ressa del Corso e tutta quella folla che inonda di bel nuovo lo spazio solo per un momento lasciato vuoto, la ragione e il buon senso dovrebbero esigere che ogni equipaggio cercasse di raggiungere al suo turno il vicolo più vicino e più comodo, per andarsene al più presto a casa sua.

Invece, appena sparati i colpi d'avviso, non son poche le carrozze che si schierano nella fila di mezzo, intralciando e sbandando la folla dei pedoni; ma se a una carrozza viene il capriccio di scendere, a un'altra quello di salire per lo stretto budello del centro, succede che né l'una né l'altra riesce a dare un passo, mentre tutte impediscono la circolazione anche a quelle più giudiziose che son rimaste in fila.

Se poi è un cavallo che ritorna dalla corsa e s'impiglia in un groviglio simile, il pericolo, il malcontento, i guai si moltiplicano ancor più.

*La notte.*

Eppure anche questo trambusto ha un termine: un po' tardi, ma per lo più senza incidenti. È calata la notte, e tutti si ripromettono un po' di riposo.

*I teatri.*

Da questo momento ognuno si toglie la maschera, e la maggior parte del pubblico accorre a teatro. Solo nei palchi si vede ancora qualche «tabarro» o qualche dama in costume; la platea riappare completamente in abiti borghesi.

I teatri Aliberti[5] e Argentina dànno delle opere serie, con intermezzi di balli; il Valle e il Capranica commedie e tragedie con operette per intermezzo; la Pace fa lo stesso, ma meno bene; e così via; per scendere fino alle baracche dei Pulcinella e degli acrobati, non mancano altri spettacoli di second'ordine.

Il grande teatro di Tordinona, già distrutto da un incendio, e, appena ricostruito, crollato improvvisamente, purtroppo ora non sollazza più il popolino con le sue rappresentazioni di gala e le altre sue meraviglie.

La passione dei romani per il teatro è grande, e durante il carnevale un tempo era ancor più grande, perché solo in questa stagione poteva avere il suo sfogo. Ai dì nostri resta aperto almeno un teatro anche in estate e in autunno e così il pubblico può rimaner soddisfatto anche per la maggior parte dell'anno.

Ci porterebbe troppo lungi dal nostro compito il descrivere qui minuziosamente i teatri, e quel che di particolare offrono i teatri di Roma. I lettori ricorderanno che intorno a questo argomento ci siamo intrattenuti altrove.[6]

*Festini.*

Così avremo poco da dire anche dei «festini», grandi balli in costume, che si dànno per alcune volte nel teatro Aliberti, sfarzosamente illuminato.

Anche in quest'occasione i «tabarri» son considerati sia dai signori che dalle signore come il costume più elegante e tutta la sala è piena di figure nere, fra le quali si confondono poche maschere di carattere, di vario colore.

Più viva è la curiosità all'apparire di alcune figure più distinte, le quali, benché più raramente, scelgono i loro costumi dalle diverse epoche d'arte e imitano magistralmente le statue che si trovano a Roma.

Così si vedono, più o meno ben rappresentate secondo il costume, divinità egizie, sacerdotesse, Bacco ed Arianna, la Musa della Tragedia, quella della Storia, una città, delle Vestali, un Console.

*Il ballo.*

I balli, in questi festini, si esèguiscono ordinariamente in lunghe file, alla moda inglese; con la sola differenza che nei loro pochi giri la maggior parte dei ballerini rappresentano qualche figura caratteristica gesticolando; due innamorati, per esempio, si fanno il broncio poi si riconciliano, si lasciano poi si ritrovano.

I romani sono assuefatti per i loro balli-pantomime a una gesticolazione molto pronunciata; anche nei balli di società amano un'espressione, che a noi potrebbe sembrare esagerata ed affettata. Nessuno si arrischia tanto facilmente a ballare, se non ne ha studiato l'arte; specialmente il minuetto è considerato come un ballo da artisti veri e proprî e viene eseguito come tale solo da poche coppie. Intorno a queste coppie tutti gli altri spettatori fanno circolo ed esprimono infine la loro ammirazione e il loro applauso.

*La mattina dopo.*

Se il bel mondo si diverte così fino al mattino, altri sono fin dall'alba di nuovo in faccende sul Corso, per ripulirlo e rimetterlo in ordine. La maggior cura consiste nel cospargere in mezzo alla via la pozzolana scelta in egual misura.

Non passa molto, che gli stallini conducono davanti all'obelisco il cavallo, che il giorno prima si è comportato peggio di tutti. Gli mettono in groppa un ragazzo, mentre un altro cavalcante lo spinge innanzi con la frusta, in modo che la bestia fa tutti gli sforzi per percorrere al più presto possibile il suo cammino.

Circa alle due del pomeriggio, al segnale della campana, ricomincia ogni giorno il ciclo dei festeggiamenti già descritti. I pedoni riprendono la passeggiata, monta la guardia, i balconi, le finestre, le tribune si adornano di tappeti, le maschere sempre più numerose si abbandonano alle solite pazzie, le vetture salgono e scendono e la via si va più o meno affollando, secondo che il tempo o altre circostanze influiscono più o meno favorevolmente. Verso la fine del carnevale aumentano naturalmente anche gli spettatori, le maschere, le carrozze, gli abbigliamenti, il frastuono. Ma tutto questo è nulla in confronto alla gran ressa e agli eccessi dell'ultimo giorno e dell'ultima sera.

*L'ultima giornata.*

Per lo più le file delle carrozze, fino a due ore innanzi notte, non si muovono; nessuna carrozza può lasciare il suo posto, nessuna sboccare dalle vie adiacenti. Palchi e posti a sedere sono occupati prima, benché ora costino più cari; tutti cercano di trovare un posticino al più presto e la partenza dei cavalli è attesa con ansia più impaziente che mai.

Finalmente anche questo momento passa: i segnali annunziano che la festa è finita, ma né carrozze, né maschere, né spettatori si decidono a lasciare il posto.

Tutto è tranquillo, tutto tace, mentre il crepuscolo scende, a poco a poco.

*I moccoli.*

Appena cala la notte sul Corso angusto e infossato, ecco apparire qua e là dei lumi alle finestre, altri accennare sui palchi e, in pochi momenti, diffondersi all'intorno un tal fuoco, che tutta la via appare rischiarata come da ceri ardenti.

I balconi si adornano di lampioni di carta trasparente, tutti espongono le loro torce alle finestre, tutte le tribune sono illuminate e anche l'interno delle vetture presenta uno spettacolo grazioso, per certi piccoli candelabri di cristallo che da sopra il mantice illuminano i varî gruppi, mentre in altre carrozze le signore con le candele colorate in mano sembrano quasi invitarvi ad ammirare la loro bellezza.

I lacché appendono delle minuscole candele all'orlo dei mantici; le vetture scoperte espongono lampioncini di carta colorata; fra i pedoni, alcuni passano con alte piramidi luminose sulla testa, altri hanno fissato i loro moccoli in cima alle canne, in modo che queste pertiche arrivano all'altezza di due o tre piani.

A questo punto ognuno si fa un dovere di portare in mano un moccolo acceso e da tutte le parti echeggia l'interruzione favorita dei romani: «Sia ammazzato! Sia ammazzato chi non porta il moccolo!» grida l'uno all'altro, cercando ognuno di spengere con un soffio il lume avversario. Questo continuo accendere e spegnere, e l'esclamazione: «sia ammazzato!» diffondono ben presto, col brio e l'animazione, un reciproco interesse nella folla enorme.

Non si bada se le persone siano note o sconosciute; non si cerca che di spegnere il lume più vicino, o di riaccendere il proprio, o di spegnere, durante quest'operazione, il lume di chi aiuta ad accendere il proprio. E quanto più clamoroso riecheggia da ogni parte il grido: «sia ammazzato!» tanto più quest'espressione perde del suo atroce significato, tanto più si dimentica che si è a Roma, dove un'imprecazione simile può avverarsi in un attimo, per un nonnulla.

Tale significato si va perdendo completamente; e come anche

in altre lingue vediamo usate delle imprecazioni e delle frasi sconvenienti per esprimere ammirazione e giubilo, così il «sia ammazzato» diventa questa sera la parola d'ordine, il grido di gioia, il ritornello di tutte le facezie, di tutte le burle, di tutti i complimenti.

Così si sente dire per ischerzo: «sia ammazzato il signor abate che fa all'amore!»; o apostrofare un amico che passa: «sia ammazzato il signor Filippo!»; o associarvi talvolta una galanteria, un complimento: «sia ammazzata la bella principessa! sia ammazzata la signora Angelica, la prima pittrice del secolo!»

Tutte queste frasi vengono pronunciate rapidamente, con forza e con accento prolungato sulla penultima e terz'ultima sillaba. Fra l'incessante frastuono, si continua a spegnere e ad accender moccoli. Sia che si incontri alcuno in casa, o sulle scale, o che una compagnia sia radunata in una stanza, o da una finestra all'altra, da per tutto si cerca di aver ragione del vicino e di spegnergli il moccolo.

Tutte le classi, tutte le età sono in armi l'una contro l'altra. Si sale sopra il predellino delle vetture: non c'è lume appeso che sia sicuro; tutt'al più qualche fanale; il bimbo spegne il moccolo a suo padre e non cessa di gridare: «sia ammazzato il signor padre!». È inutile che questi gli rimproveri una simile sconvenienza: il bimbo si appella alla libertà di questa serata e continua ad imprecare con maggiore vivacità. Come poi il baccano si va calmando alle due estremità del Corso, più furioso si accentua nel centro, dove la calca ora sorpassa ogni immaginazione, tanto che anche la memoria più ferrea non riesce a rappresentarsela.

Nessuno può muoversi dal posto dove si trovava seduto o in piedi; il caldo di tante prsone, di tanti lumi; il tanfo di tanti moccoli accesi e spenti di continuo; le grida di tanta gente, che urla tanto più furiosamente quanto meno è in condizioni di muoversi, finiscono col dare il capogiro anche allo spettatore più equilibrato. Non sembra possibile che non succedano numerose disgrazie, che i cavalli delle carrozze non imbizzariscano, che qualche persona non rimanga schiacciata, pigiata o malmenata in qualche modo.

Tuttavia, poiché alla fin fine ognuno non vede l'ora di svignarsela e chi infila il primo vicolo che capita, e chi cerca un po' d'aria e di refrigerio nella piazza più vicina, tutta questa massa di popolo si squaglia e si fonde dalle estremità al centro, e questa festa della licenza e della sfrenatezza universale, questi saturnali moderni finiscono in un abbrutimento generale.

Il popolino adesso accorre a deliziarsi a una tavola bene apparecchiata e a gustarvi fino a mezzanotte di quelle carni che ben presto saranno proibite; il bel mondo si riversa nei teatri, per dire addio alle rappresentazioni date finora non senza molti tagli. Ed anche a questi piaceri pone un suggello la mezzanotte imminente.

*Mercoledì delle Ceneri.*

E così il saturnale sfrenato è trascorso come un sogno, come una fiaba; e nello spirito di chi vi ha preso parte non rimane nulla: vi rimane forse ancor meno che ai nostri lettori, alla fantasia e all'intelligenza dei quali abbiamo offerto, nelle sue grandi linee, questo quadro.

Se, nel succedersi di tali follie, il volgare pulcinella ci richiama brutalmente alle gioie dell'amore, alle quali siam debitori della nostra esistenza, se una Baubo[8] osa profanare in pubblica piazza i misteri della partoriente, se tanti moccoli accesi nel cuor della notte ci fàn pensare alla cerimonia suprema, è un fatto che in mezzo a tante stravaganze la nostra riflessione si fissa anche sugli episodi più importanti della nostra vita.

Il Corso, stretto e lungo, pieno zeppo di gente, ci richiama ancor più alla mente le vie della vita mortale, in cui ogni attore o spettatore, a volto scoperto o con la maschera, da un balcone o da un palco, non vede innanzi e accanto a sé che un breve spazio, non procede, sia in carrozza sia a piedi, che passo passo, spinto, più che trasportato dalle sue gambe, inchiodato lì per forza più che a suo riposo; e tuttavia si sforza con tanto zelo di arrivare a un posto migliore e più comodo, per trovarsi un'altra volta a suo disagio e finire con l'essere scacciato anche di lì.

Se ci sia lecito continuare su un tono più grave che l'argomento non sembri consentire, osserveremo che i piaceri più vivi e più intensi non ci passano innanzi che per un attimo come i cavalli in corsa e che, se ci commuovono, non lasciano poi quasi traccia nella nostra anima; che della libertà e dell'eguaglianza non si può godere se non nell'ebbrezza della follia e che la voluttà maggiore ci seduce di più quando è più prossima al pericolo e ci fa gustare in sua vicinanza sensazioni di spasimo e di dolcezza angosciosa.

Così anche noi avremmo chiuso, senza volere, il nostro carnevale con una considerazione da mercoledì delle ceneri. La quale, speriamo, non rattristerà alcuno dei nostri lettori; anzi, essendo in fondo la vita un carnevale di Roma, che non si può abbracciar tutta d'un colpo d'occhio, né goderla tutta, piena di pericoli com'è, esprimiamo l'augurio che questa spensierata turba di maschere ci richiami tutti a riflettere sull'importanza di ogni godimento, per tenue o rapido che talvolta possa sembrare.

# FEBBRAIO

### CARTEGGIO

*Roma, 1 febbraio 1788?.*

Sarò ben felice, se martedì sera, ultimo di carnevale, i pazzi saran ridotti al silenzio! È una seccatura indicibile veder la gente con un ramo di pazzia, quando non si ha contratto lo stesso contagio.

Ho continuato a lavorare finché mi è stato possibile; anche *Claudina* è bene avviata e se tutti i Genî non mi negano il loro aiuto, oggi ad otto spedirò allo Herder il terzo atto, e così sarebbe finito il quinto volume. Ma ecco un altro guaio, per il quale nessuno mi può dar consiglio né aiuto. Il mio *Tasso* dev'essere rifatto; quel che ho fatto fin qui, non serve; e non posso né finirlo così, né buttarlo nel cestino. Tali supplizî ha inflitto Iddio agli uomini!

Il volume sesto comprenderà probabilmente il *Tasso, Lila, Jery* e *Bätely*,[1] e tutto rifatto e rifuso in modo che non si riconoscerà più.

Nel tempo stesso ho dato una ripassata alle mie poesie minori e pensato al volume ottavo, che forse darò fuori prima del settimo. È una cosa strana il dover tirare così la *summa summarum* della propria vita. Quale traccia meschina rimane di tutta un'esistenza!

La gente mi secca anche con le traduzioni del mio *Werther*;[2] e me le fanno vedere e mi domandano quale sia la migliore, e se tutta quella storia è vera. Quel *Werther* è un guaio, che mi perseguiterebbe fin nelle Indie.

*Roma, 6 febbraio.*[3]

Ecco il terz'atto di *Claudina*; vorrei che ti procurasse anche solo una metà del piacere che provo io per averlo finito. Conoscendo ora meglio le esigenze del teatro lirico, mi sono studiato di agevolare, con alcuni tagli, i musicisti e gli attori. Il panno sul quale si vuol ricamare, deve avere una trama larga, ma se ha da servire per un'opera comica deve essere tessuto assolutamente come un velo della specie più fine. Tuttavia anche questa volta, come con l'*Ervino*, mi sono preoccupato anche dei lettori. Ho fatto insomma quel che ho potuto.

Vivo in perfetta tranquillità e senza grilli; e come vi ho già confermato, sono sempre pronto a qualsiasi chiamata a Weimar. Per le arti figurative sono troppo vecchio; per cui un po' più un po' meno che riesca a raffazzonare, è tutt'uno. La mia sete è estinta; mi trovo sulla buona via della meditazione e dello studio e godo in pace e in contentezza. Per tutto questo desidero anche la vostra benedizione. Nulla mi sta più a cuore che il finire le tre ultime parti. Dopo penserò al *Wilhelm* ecc. ecc.

*Roma, 9 febbraio.*

Questi matti hanno fatto un gran baccano anche lunedì e martedì; martedì sera specialmente, in cui la furia dei moccoli ha raggiunto il colmo. Il mercoledì abbiamo ringraziato Iddio e la Chiesa, per averci mandato la quaresima. Non sono andato nemmeno a un festino, come qui chiamano i balli in maschera. Lavoro tanto quanto me n'entra in testa. Avendo finito il quinto volume, mi voglio sbrigare di alcuni studi d'arte, per poi passare al sesto. In questi giorni ho letto il trattato di Leonardo da Vinci sulla Pittura[4] e finalmente capisco perché non ci ho capito mai niente.

Beati gli spettatori! Essi si credono esperti, e sono sempre soddisfatti. Così dicasi dei dilettanti e degli amatori. Non puoi credere quanto questa gente sia contenta di se stessa, mentre l'artista si sente sempre avvilito. Anche recentemente ho sentito con disgusto inesprimibile spifferar sentenze da un cotale, che per conto suo non sa far nulla. Simili discorsi mi indispongono, lì per lì, come il fumo del tabacco.

Angelica si è concessa il lusso di acquistare due quadri: l'uno del Tiziano, l'altro di Paris Bordone,[5] tutti e due pagati profumatamente. Ma essendo ella tanto ricca che non riesce a consumar la sua rendita e guadagnando anzi ogni anno sempre più, merita lode per gli acquisti che fa e che le procurano soddisfazione, specie trattandosi di cose che stimolano la sua passione per l'arte. Appena portati a casa quei quadri, ha cominciato a dipingere in una maniera nuova e a tentar di appropriarsi possibilmente alcuni pregi di quei maestri. Non si stanca mai, non solo di lavorare, ma anche di studiare; ed è un gran piacere ammirare delle opere d'arte in sua compagnia.

Anche il Kayser s'è messo a lavorare da quell'artista che egli è. La musica che scrive per l'*Egmont* è a buon punto. Non ho ancora sentito tutto; ma quel che ho udito mi sembra molto adattato allo scopo.

Egli metterà in musica anche «Cupìdo, ragazzo malizioso», che ti manderò subito perché, cantandolo, ti ricordi spesso di me. È anche la mia canzonetta prediletta.

Ho la testa confusa a furia di scrivere, di lavorare e di pensare. Non metto ancor giudizio: esigo troppo da me stesso e mi sovraccarico di lavoro.

*Roma, 16 febbraio.*

Col corriere di Prussia ho ricevuto tempo fa una lettera del nostro Duca, così gentile, amabile e benevola e confortante come forse non ne ho ricevuto mai. Potendo scrivere senza riserbo, mi ha fatto un quadro di tutta la situazione politica, della sua posizione personale e così via. Quanto a me personalmente, ha avuto espressioni del più vivo affetto.

*Roma, 22 febbraio.*

In questa settimana è occorso un incidente, che ha messo dolorosamente in subbuglio tutta la colonia degli artisti. Un francese, a nome Drouais,[6] giovanotto d'un venticinque anni circa, figlio unico d'una madre amorosissima, ricco, di bella cultura, e che fra tutti i suoi compagni d'arte e di studio dava le migliori speranze di sé, è morto di vaiuolo. È un lutto e una costernazione generale. Nel suo studio desolato ho visto un Filottete, in grandezza naturale, che per calmare il suo dolore fa ventaglio alla sua ferita con l'ala d'un uccello rapace da lui abbattuto: bel quadro, e ben concepito, di molti pregi d'esecuzione, ma rimasto incompiuto.

Lavoro sempre, son contento di me ed aspetto così il mio destino. Ogni giorno vedo sempre più chiaramente che sono nato per la poesia e che dovrò coltivare questo talento per i dieci anni che tutt'al più potrò ancora dedicare al lavoro e per produrre ancora qualche cosa di buono, dal momento che il solo fuoco della giovinezza mi ha fatto riuscire a qualche cosa, anche senza grande studio. Dal mio prolungato soggiorno a Roma trarrò il vantaggio di rinunciare all'esercizio delle arti figurative.

Angelica mi ha fatto il complimento di dirmi che ella conosce poche persone a Roma che *vedano* in arte meglio di me. Io so benissimo dove e che cosa non vedo ancora, e sento bene che progredisco ogni giorno di più e ciò che dovrei fare per veder sempre meglio. Basta, adesso ho raggiunto quel che era nei miei voti e cui mi sentivo così appassionatamente attratto: ora non vado più a tastoni come un cieco.

Ti manderò al più presto una poesia «Amore paesista»,[7] cui auguro buona accoglienza. Ho cercato di mettere alla meglio in ordine le mie poesie minori; e mi fanno un'impressione strana. Le poesie su Hans Sachs[8] e sulla morte di Mieding[9] chiudono l'ottavo volume, l'ultimo per ora delle mie opere. Se nel frattempo mi porteranno a dormire all'ombra della Piramide di Cestio, queste due poesie potran servire d'orazione funebre.

Domani mattina, ci sarà la Cappella pontificia con la prima audizione dei famosi musici, che salirà poi al più alto grado dell'interesse nel corso della Settimana Santa. Io ci andrò tutte le domeniche, per rendermi familiare quello stile. Il Kayser, che si occupa appunto di questi studi, mi inizierà nei segreti di quest'arte. Attendiamo con tutti i corrieri un esemplare della musica del giovedì santo, che il Kayser ha lasciato a Zurigo. La sentiremo prima al cèmbalo, poi nella Cappella Sistina.

# FEBBRAIO

#### APPUNTI

Quando si è nati artisti e si è circondati da un mondo di oggetti che si prestano alla intuizione estetica, si può riuscire, come è riuscito a me, a far qualche cosa di buono anche nel subbuglio, fra le pazzie e le assurdità del carnevale. Era la seconda volta che vedevo il carnevale e dovetti persuadermi presto che anche questa festa popolare, come ogni altro avvenimento periodico, seguiva il suo corso ben determinato.

Mi son sentito quindi riconciliato con questa gazzarra e l'ho osservata come si osserva qualsiasi altro importante fenomeno naturale o avvenimento nazionale. Me ne interessai da questo punto di vista, seguii con attenzione il corso delle varie follie e constatai come anche queste si svolgevano in una certa forma e norma. In seguito presi degli appunti intorno ai singoli episodi, dei quali mi giovai come d'un lavoro preparatorio per il saggio inserito or ora, e pregai nel tempo stesso il nostro camerata Giorgio Schütz di disegnare e dipingere alla lesta le singole maschere, ciò che egli fece con la consueta cortesia.

Questi disegni furono in seguito incisi in formato quarto da Giorgio Melchiorre Kraus di Francoforte sul Meno,[10] direttore dell'Istituto libero di disegno a Weimar e miniati conforme agli originali per la prima edizione del «Carnevale» apparsa pei tipi dell'Unger[11] e che sta diventando rara.

Per raggiungere gli scopi anzidetti, mi fu necessario imbrancarmi nella folla delle maschere più che non sarebbe avvenuto in altre circostanze; ciò che, a dispetto di ogni veduta artistica, mi ha fatto spesso una impressione uggiosa e disgustosa. Pareva che lo spirito, assuefatto ai degni spettacoli ai quali si può assistere a Roma durante l'anno, si sentisse qualche volta a disagio.

Ma ai miei sentimenti più teneri era intanto riservata una graditissima sorpresa. A piazza Venezia, dove numerose carrozze sogliono attendere e godersi il passaggio prima di accodarsi in fila, vidi un giorno la carrozza di madama Angelica e mi avvicinai allo sportello per salutarla. Aveva ella fatto appena un cortese cenno del capo verso di me, quando si tirò indietro per lasciarmi vedere la mia graziosa milanese, già guarita, che sedeva al suo fianco. Non la trovai mutata; una sana giovinezza come la sua perché non dovrebbe subito rifiorire? Mi parve anche che mi guardasse d'un occhio ancor più vivace e più luminoso di prima, e con una gioia che mi arrivò al cuore. Rimanemmo così per un certo tempo senza parole, quando madama Angelica ruppe il silenzio e mi disse, mentre la giovinetta si sporgeva: «Farò io l'interprete, perché vedo che la mia piccola amica non riesce ad esprimere ciò che da tanto tempo ha desiderato, si è proposto e mi ha spesso ripetuto; cioè quanto vi è grata per la parte che avete preso alla sua malattia e alla sua sorte. La prima cosa che l'ha consolata riaffacciandosi alla vita, e che l'ha aiutata a rimettersi e a guarire, è stata la simpatia dei suoi amici, in particolare la vostra; è stato, dopo una così profonda solitudine, il sentirsi ancora in amabile compagnia di tante care persone».

«È tutto vero», soggiunse la fanciulla; e passando davanti alla sua amica mi tese la mano, che io fui a tempo di stringere nella mia, ma non di portare alle labbra.

Mi allontanai in preda a un'intima contentezza, e raggiunsi la ressa delle maschere provando la più dolce riconoscenza per Angelica, che s'era data tanta pena per consolare la buona fanciulla subito dopo la sua sventura, e per accogliere nella eletta cerchia dei suoi intimi — ciò che a Roma avvien di rado — quella ragazza fino allora del tutto estranea: quest'ultimo particolare mi commosse tanto più profondamente, perché mi potevo lusingare che la mia simpatia per quella creatura vi avesse anche contribuito.

Il senatore di Roma, principe Rezzonico, era già venuto a farmi una visita, al suo ritorno dalla Germania. Aveva un'intima amicizia col signore e la signora von Diede[12] e all'occasione mi portava sempre i saluti da parte di questi egregi amici e mecenati; io evitai, come il solito, di entrare in più stretti rapporti, ma finii per necessità con l'essere attratto anche in quel circolo.

I signori Diede, gli amici di cui sopra, fecero alla loro volta una visita al senatore loro amico ed io non potei rifiutarmi di corrispondere a qualche invito, tanto più che la signora, in gran fama come suonatrice di cembalo, non sarebbe stata restia a farsi sentire in casa del senatore, che abitava sul Campidoglio; a questo concerto era stato invitato a partecipare anche il nostro camerata Kayser, la cui abilità era nota a tutti. La vista incomparabile che nell'ora del tramonto si gode dai saloni del senatore sopra il Colosseo e le sue adiacenze offriva al nostro occhio di artisti uno spettacolo magnifico indubbiamente; ma noi non potevamo dedicarvi tutta la nostra attenzione senza mancar di riguardo e di cortesia verso la società. La signora Diede si produsse, sfoggiando delle rare qualità, in un interessante concerto, al quale prese parte in seguito anche il nostro amico; ed anche lui, a prestar fede agli applausi, si mostrò degno della circostanza. Per un poco si produsse ora questo ora quell'artista, una signora cantò poi un'aria favorita e infine, essendo ritornato il turno al Kayser, questi eseguì sopra un grazioso tema con grande virtuosità una serie di variazioni.

Tutto procedeva benissimo, quando il senatore, dopo aver conversato un po' con me molto amabilmente, non potè nascondermi e non deplorare anzi, con quel suo fare cascante da buon veneziano, di non avere gran simpatia per simili variazioni, mentre per gli adagio così espressivi della signora provava sempre un vero entusiasmo.

Ora, io non vorrei proprio affermare che gli accenti sospirosi, introdotti comunemente negli adagio e nei largo, mi siano mai stati antipatici; ma nella musica ho sempre preferito gli eccitanti, perché i nostri stessi sentimenti e le considerazioni sui danni e gli insuccessi patiti minacciano fin troppo spesso di abbatterci e di sopraffarci.

Naturalmente non volli contraddire il nostro senatore; anzi convenni con tutta la cortesia possibile che egli doveva prestar volentieri l'orecchio a simili accenti, che gli ricordavano la fortuna di ospitare, nella più splendida residenza del mondo, una amica così cara e così pregiata.

Per noi spettatori, specialmente tedeschi, è stato certo un godimento incomparabile: ascoltare una gran dama, apprezzata e famosa da tanto tempo, che traeva dal cembalo le note più squisite, e nel tempo stesso affacciarsi dal balcone sopra un lembo di terra unico al mondo, abbracciando con lo sguardo, grazie a un semplice movimento del capo, nel fulgore del tramonto, il quadro grandioso, a sinistra dell'arco di Settimio Severo,[13] lungo il Campo Vaccino,[14] fino ai templi di Minerva e della Pace col Colosseo nello sfondo; oltre il quale, guardando a destra e passando sopra l'Arco di Tito,[15] c'era da smarrirsi, più che da sostare, nel labirinto delle rovine del Palatino e nei suoi recessi abbelliti da giardini e rivestiti di vegetazione selvaggia.

(Preghiera di dare qui un'occhiata a un panorama della parte nord-ovest di Roma, disegnato ed inciso nel 1824 da Fries[16] e Thürmer,[17] e preso dalla torricella del Campidoglio. È di alcuni piani più alto e rappresentato conforme agli scavi più recenti, ma nella luce e negli ombreggi del tramonto, come noi lo abbiamo veduto allora. S'intende che bisognerebbe aggiungervi il fuoco del colore coi suoi contrapposti violenti, e tutto l'incanto che ne deriva.)

In quest'occasione abbiamo avuto anche la fortuna di ammirare a nostro agio il quadro forse più superbo che abbia mai dipinto il Mengs: il ritratto di quel Clemente XIII Rezzonico,[18] che ha elevato il nostro insigne ospite, suo nipote, alla dignità di Senatore. Intorno al valore del quadro riproduco qui nella chiusa un passo dal Diario del nostro amico Meyer:[19]

«Fra i ritratti dipinti dal Mengs, quello in cui l'arte sua si manifesta più squisita è il ritratto di papa Rezzonico. In quest'opera l'artista ha imitato, quanto al colorito e alla maniera, i veneziani, riuscendo ad ottenere un felice risultato; il tono del colorito è naturale e caldo, l'espressione del viso piena di vita e di intelligenza; la cortina di panno dorato, dalla quale la testa e il resto della figura spiccano in bel rilievo, passa per un ardito esempio di virtuosità pittorica, ma è riuscito perfettamente, come quello che dona al quadro un'intonazione ricca ed armonica, che colpisce gradevolmente l'occhio».

# MARZO

CARTEGGIO

*Roma, 1 marzo 1788.*

Domenica scorsa siamo andati nella Cappella Sistina, dove il papa ha assistito alla messa coi cardinali. Non essendo quest'ultimi vestiti di rosso, ma di violetto, a causa della quaresima, lo spettacolo m'è apparso nuovo. Alcuni giorni prima avevo veduto dei quadri di Alberto Dürer, e così fui ben lieto di rivedere qualche cosa di simile vivo e vero. Tutto l'assieme era d'una grandiosità e insieme d'una semplicità senza pari, né mi meraviglio che gli stranieri, i quali affluiscono appunto nella Settimana Santa, non sappiano frenare l'entusiasmo. La Cappella per sé mi è ben nota, avendovi fatto il mio pranzetto l'estate scorsa e avendo poi schiacciato quel tal sonnellino sulla sedia papale; anche i quadri li so quasi a memoria; eppure, a vedervi celebrare le cerimonie caratteristiche del luogo, lo spettacolo è ben diverso e si riesce a mala pena ad orientarsi.

Fu cantato un mottetto antico, musicato dallo spagnuolo Morales,[1] per cui potemmo pregustare quello che sarebbe venuto in seguito. Anche il Kayser è d'opinione che questa musica non può né deve esser intesa che qui, in parte perché non sarebbe possibile altrove addestrare dei cantori a un canto come questo senza organo e senza strumenti, in parte perché esso si intona mirabilmente con l'antico inventario della Cappella e col complesso delle opere michelangiolesche, il Giudizio Universale, i Profeti e la Storia sacra. Il Kayser si occuperà di proposito, un giorno o l'altro, di tutto ciò. È un grande adoratore della musica antica e si occupa con grande fervore di tutto ciò che vi ha attinenza.

Fra l'altro, possediamo una considerevole raccolta di salmi: sono redatti in versetti italiani e musicati da un nobile veneziano, Benedetto Marcello,[2] del principio del nostro secolo. Egli ha scelto come motivo, per molti di essi, l'intonazione degli ebrei, in parte spagnuoli in parte tedeschi; per altri ha preso come base antiche melodie greche, sviluppandole con molta sagacia, conoscenza musicale e sobrietà. Sono degli assolo, dei duetti, dei cori, straordinariamente originali, tanto che bisogna prima farci un po' l'orecchio. Il Kayser li apprezza molto e ne eseguirà una parziale trascrizione. Forse un giorno metteremo la mano sull'opera completa, stampata a Venezia nel 1724, che comprende i primi cinquanta salmi. Perché non se ne occupa lo Herder? In qualche catalogo egli potrebbe trovarla, quest'opera interessante.

Mi è bastato il coraggio di attendere contemporaneamente alla pubblicazione dei miei tre ultimi volumi, e so ormai bene quel che farò. Soltanto, il cielo mi dia la lena e la fortuna di fare.

È stata questa una settimana di gran lavoro, e, a ripensarci, mi sembra un mese.

Anzi tutto ho tracciato il disegno del *Faust*, che spero riuscito bene. Naturalmente, altro è finire un lavoro come questo, oggi, altro l'averlo finito una quindicina d'anni fa; ma ritengo che per questo non perderà nulla, tanto più che ora credo d'aver ritrovato il filo. Anche per ciò che riguarda l'intonazione generale, sono soddisfatto; ho già eseguito una scena nuova[3] e se volessi dare un po' di giallo alle pagine nuove, nessuno, penso, le distinguerebbe dalle vecchie. Essendo risalito, mediante il lungo riposo e la vita appartata, al livello della mia esistenza, è strano come io assomiglio a me stesso e quanto poco il mio spirito ha sofferto dopo tanti anni e tante vicende. Il vecchio manoscritto[4] mi dà a pensare, qualche volta, al vedermelo innanzi. È sempre quel primo manoscritto, buttato giù, nelle scene principali, senza minuta. Ora è così ingiallito dal tempo, così malandato (i quaderni non sono stati mai ricuciti), così consunto ai margini, che ha proprio tutta l'aria di un frammento di codice antico; così, mentre allora mi trasportavo col pensiero e con la fantasia in un mondo lontano, ora mi devo trasportare in un passato da me stesso vissuto.

Anche l'abbozzo del *Tasso* è in buon ordine e la maggior parte delle poesie varie son già trascritte in buona copia per il terzo volume. Il «Pellegrinaggio dell'artista» [*Des Künstlers Erdewallen*][5] deve essere rielaborato, con l'aggiunta della sua «Apoteosi». Per queste fantasie giovanili solo adesso ho iniziato gli studi, ed ogni particolare ora mi sta innanzi vivo. Anche di questo sono lieto e ho grandi speranze pei tre ultimi volumi: me li vedo già innanzi bell'e finiti e non desidero altro che ozio e tranquillità di spirito per condurre ora a termine, passo passo, tutto quello che ho già pensato.

Per la disposizione delle varie poesie minori mi son proposto a modello la tua raccolta «Pagine sparse»[6] e confido d'aver trovato un buon mezzo per collegare cose tanto disparate, come pure per rendere in certo qual modo gustabili le poesie troppo soggettive e d'occasione.

Abbiamo avuto la nuova edizione degli scritti del Mengs,[7] opera di straordinario interesse per me, che posseggo i concetti sensibili, indispensabili anche per comprendere una sola riga. È un gran bel lavoro, sotto tutti gli aspetti; non c'è pagina che non si legga senza evidente profitto. Anche ai suoi «Frammenti intorno alla Bellezza», che a parecchi sembrano così oscuri, son debitore di felici interpretazioni.

Mi son dedicato, inoltre, a speculazioni d'ogni genere intorno ai colori; questo studio mi stava molto a cuore, essendo appunto quello di cui finora ho compreso meno. Mi accorgo che, con un po' d'esercizio e con la continua riflessione, potrò procurarmi anche questo eletto godimento.

Una di queste mattine sono stato nella galleria Borghese, che non avevo veduta da un anno; e con mia soddisfazione ho constatato che l'ho riveduta con occhi molto più esperti. Il principe possiede tesori inestimabili.

*Roma, 7 marzo.*

Ecco trascorsa un'altra buona settimana, fruttuosa e tranquilla. Domenica non siamo andati alla Cappella Sistina, ma per compenso ho veduto con Angelica uno splendido quadro, che si vuol attribuire al Correggio.

Ho visto la collezione dell'Accademia di San Luca,[8] dove si conserva il cranio di Raffaello.[9] La reliquia mi sembra autentica. Si tratta di una scatola cranica meravigliosa, in cui un'anima bella potrebbe trovarsi a tutto suo agio. Il Duca ne desidera una riproduzione in gesso, che non mi sarà difficile procurargli. Il quadro di Raffaello,[10] che trovasi nella stessa sala, è degno di lui.

Ho anche fatto un'altra visita in Campidoglio e viste alcune cose, che prima m'erano sempre sfuggite, fra cui in particolare la casa del Cavaceppi.[11] Fra i molti e pregevoli lavori, ci hanno entusiasmato le copie delle due teste dei colossi di Monte Cavallo. In casa Cavaceppi si possono vedere da vicino, in tutta la loro grandiosità e bellezza. Purtroppo, la migliore delle due ha perduto, per le ingiurie del tempo e dell'umido, una parte della superficie liscia del viso, per lo spessore d'una paglia; da vicino, direste che abbia sofferto di vaiuolo.

Oggi hanno avuto luogo le esequie del cardinal Visconti nella chiesa di San Carlo.[12] Poiché la Cappella del papa doveva prender parte alla messa cantata, ci siamo andati per addestrare i nostri orecchi alla cerimonia di domani. Fu cantato un *requiem* per due soprani, la cosa più singolare che si possa sentire. *N.B.* Anche qui, né organo né qualsiasi altra musica.

Che strumento sciagurato sia l'organo, ho potuto constatare ieri sera nel coro di San Pietro mentre quello accompagnava il canto dei vespri. Mentre non si fonde assolutamente con la voce umana, è nel tempo stesso così prepotente! Che delizia, invece, nella Cappella Sistina, dove cantano le sole voci!

Il tempo è da alcuni giorni coperto e mite. Il mandorlo è già in gran parte sfiorito e ora incomincia a vestirsi di verde; solo pochi fiori si vedono ancora alla cima. Adesso è la volta del pèsco, che è l'ornamento dei giardini col suo bel colore. Il *viburnum tinus* fiorisce sopra tutte le rovine; cespi di ébulo sono in pieno rigoglio nelle siepi, e così altri arbusti che non conosco. I muri e i tetti si colorano sempre più di verde; su alcuni si vedono anche fiori. Dalla mia nuova stanza, che occupo nell'attesa del Tischbein da Napoli, godo una veduta variata sopra innumerevoli giardinetti e sulle salette interne di molte case. È qualche cosa che mette allegria.

Ho cominciato a modellare un poco. Quanto a conoscenza teorica, progredisco molto esattamente e speditamente, quanto all'applicazione pratica, sono ancora un po' confuso. È quello che succede anche a tutti i miei confratelli.

*Roma, 14 marzo.*

La prossima settimana non sarà possibile né pensare né far nulla, bisognerà secondare l'ondata delle solennità religiose. Dopo Pasqua vedrò ancora qualche cosa, che fin qui mi è sfuggita, troncherò il filo che ancor mi lega qui, regolerò i miei conti, farò le mie valigie e me ne andrò in compagnia del Kayser. Se tutto accade come spero e mi propongo, verso la fine d'aprile sarò a Firenze. Nel frattempo riceverete ancora mie nuove.

Cosa strana; mi son dovuto rassegnare per varie ragioni a contrarre nuove relazioni, ma il mio soggiorno a Roma mi è diventato così più gradito, più fruttuoso, più felice. Posso dire che in queste ultime otto settimane ho goduto la più alta felicità della mia vita e che ora conosco per lo meno il grado massimo, sul quale potrò misurare d'ora in poi il termometro della mia esistenza.

Questa settimana è trascorsa bene, a dispetto del tempo cattivo. Domenica abbiamo udito nella Cappella Sistina un mottetto del Palestrina.[13] Martedì poi, fortuna volle che si cantasse, in un salone privato e in onore di una dama straniera, parecchi pezzi di musica della Settimana Santa. Li potemmo udire con tutto l'agio e farcene a un di presso un'idea, per averli già eseguiti più volte al cembalo. È un'arte d'una grandiosità e d'una semplicità appena credibili, che non può riprodursi, e rinnovarsi e conservarsi se non in questo luogo e in queste circostanze. A ben considerare, cadono quelle volgari esagerazioni secondo le quali questa musica sarebbe addirittura un miracolo inaudito; con tutto questo rimane sempre qualche cosa di straordinario, un concetto del tutto nuovo. Il Kayser ne potrà un giorno riferire come si conviene. Egli otterrà il permesso speciale di assistere alle prove nella Cappella, cui di regola non è ammesso nessuno.

Oltre a ciò, in questa settimana ho modellato un piede, previo uno studio delle ossa e dei muscoli, e ho avuto gli elogi del mio maestro. Chi avesse studiato così a fondo tutto il corpo umano, riuscirebbe di gran lunga più esperto: ma a Roma, s'intende, con tutti gli aiuti e col consiglio dei varî intenditori. Posseggo il piede d'uno scheletro, una bella anatomia ricalcata al naturale, una mezza dozzina dei più bei piedi antichi, alcuni anche brutti: quelli per modello, questi come esempio da evitarsi; e posso anche consigliarmi con la natura: in ogni villa, che visito, trovo occasione di studiare queste parti; i quadri mi fan vedere ciò che i pittori hanno pensato e hanno fatto. Tre, quattro artisti vengono ogni giorno da me, che mi giovo dei loro consigli e delle loro osservazioni; fra tutti, a ben riflettere, il consiglio e l'assistenza di Enrico Meyer mi son di maggior profitto. Se con un vento simile e in un elemento come questo una nave non riesce a prendere il largo, vuol dire che non ha vele o che è guidata da un pilota cieco. Data la visione generale dell'arte, che mi son procurata, m'era assolutamente necessario di accostarmi alle singole parti con serietà e con assiduità. Fa piacere il progredire anche nell'infinito.

Continuo a girare da per tutto e a vedere cose per lo passato trascurate. Così ieri sono stato per la prima volta nella villa di Raffaello,[14] dove egli, a fianco della sua bella, preferiva la gioia della vita ad ogni arte e ad ogni gloria. È un monumento sacro. L'ha acquistato il principe Doria e lo tratta, a quanto si vede, come merita. Raffaello ha eseguito ventotto volte il ritratto della sua bella alle pareti, in tutte le fogge e in tutti i costumi; anche nelle sue composizioni storiche, le donne le assomigliano. La posizione della casa è bellissima: ma sarà più piacevole discorrere, anziché scrivere. Bisogna osservare tutti i particolari.

Di lì sono andato a Villa Albani,[15] ma non vi ho fatto che una rapida scorsa. Era una splendida giornata. Questa notte invece è piovuto molto; adesso risplende il sole e davanti alla mia finestra è un paradiso. I mandorli sono tutti verdi, i fiori dei pèschi cominciano già a cadere, mentre quelli dei limoni si aprono in cima agli alberi.

La mia partenza da Roma rattrista profondamente tre persone. Esse non troveranno più quello che hanno avuto in me; e anch'io le lascio con dolore. Solo a Roma ho ritrovato me stesso, sono andato per la prima volta d'accordo con me stesso; son diventato saggio e felice; e queste tre persone mi hanno, in diverso senso e in diverso grado, conosciuto, posseduto e goduto così.

*Roma, 22 marzo.*

Oggi non vado in S. Pietro, ma voglio scrivere una paginetta. Ora, anche la Settimana Santa è passata con tutte le sue meraviglie e i suoi strapazzi: domani andremo un'altra volta a farci benedire, dopo di che il nostro spirito si rivolgerà ad una vita nuova.

Grazie al favore e alla cortesia di buoni amici, ho veduto e ho ascoltato tutto: ma per assistere alla lavanda dei piedi e alla refezione ai pellegrini, ci siam dovuti sobbarcare a molte noie e a grandi disagi.

La musica della Cappella Sistina è d'una bellezza fantastica. Soprattutto il *Miserere* dell'Allegri,[16] e i così detti *Improperi*,[17] ossia i rimproveri che Dio crocifisso muove alle turbe. Questi si cantano il venerdì santo. Il momento in cui il papa, spoglio d'ogni sua pompa, discende dal trono per adorare la croce, mentre tutti gli altri restano al loro posto, immobili, e il coro intona il *populus meus, quid feci tibi?* è, fra tutte le funzioni, pur così notevoli, una delle più suggestive. Ma di tutto questo sarà meglio discorrere a voce; quanto alla musica, tutto ciò che sarà trasportabile se lo porterà il Kayser con sé. Io ho goduto, a piacer mio, tutto quello che era possibile godere e su tutto il resto ho meditato tranquillamente per conto mio. Quel che comunemente si dice effetto, non m'ha fatto alcuna impressione, né mi son lasciato imporre da nulla; ma ho ammirato tutto; bisogna convenire infatti, che questa gente ha saputo elaborare alla perfezione le tradizioni cristiane. Nelle funzioni cui prende parte il papa, specialmente nella Cappella Sistina, quello che nel culto cattolico appare al solito urtante, si svolge con molto gusto e con perfetta dignità. Questo però non è possibile che qui, dove hanno da secoli tutte le arti a disposizione.

Non è il caso di diffondersi qui in particolari. Se nel frattempo non mi fossi fermato alle ragioni che sai, e non avessi creduto di rimaner qui più a lungo, potrei partire già la settimana prossima. Ma anche questo ritardo è per il mio bene. Intanto mi son rimesso di lena a studiare e il periodo della mia vita, sul quale ho fondate le mie speranze, si è chiuso e si è arrotondato. Riman sempre una singolare sensazione dover abbandonare d'un tratto una via nella quale si andava innanzi a gran passi; ma è necessario adattarvisi e non farne gran caso. In ogni grande distacco c'è un germe di follia: bisogna guardarsi dal covarlo e dal rinfocolarlo a forza di pensarci su.

Ho ricevuto da Napoli dei bei disegni, mandatimi dal Kniep, il pittore che m'ha accompagnato in Sicilia. Sono amabili frutti del mio viaggio, che per voi saranno anche i più graditi; perché ciò che si può metter sott'occhio ad alcuno, è quello che gli si può offrire di più certo. Fra questi ve ne sono alcuni per tono di colore deliziosi. Voi stenterete a credere che il mondo laggiù sia così bello.

Quel che vi posso dire è che a Roma mi son sentito sempre più felice e che la mia felicità aumenta di giorno in giorno; se può sembrar triste che debba partire proprio ora che son più che mai degno di restarvi, è anche una gran consolazione pensare che son potuto rimanere abbastanza per raggiungere la mia mèta.

Or ora Cristo Signore è risorto, tra un frastuono indiavolato. Da Castel S. Angelo[18] tuona il cannone, suonano le campane e in tutte le vie e in tutte le piazze s'ode rimbombo di petardi, di razzi e di girandole. Sono le undici del mattino.

# MARZO

### APPUNTI

Si ricorderà che S. Filippo Neri s'era prefisso come un dovere di visitare spesso le sette principali chiese di Roma, per dare una prova manifesta del fervore della sua pietà. Ora è da notare che tutti i pellegrini i quali affluiscono per il giubileo, devono effettivamente compiere una visita a quelle chiese; e, in realtà, essendo stazioni parecchio distanti fra loro, e dovendosi percorrere tutto il cammino in un sol giorno, è il caso di considerare anche questa cerimonia come un pellegrinaggio abbastanza faticoso.

Le sette chiese sono: S. Pietro, S. Maria Maggiore, S. Lorenzo fuori le mura, S. Sebastiano, S. Giovanni Laterano, S. Croce di Gerusalemme, S. Paolo fuori le mura.

Il pellegrinaggio vien compiuto anche dai fedeli di Roma, durante la Settimana Santa, e specialmente il venerdì santo; ma come al vantaggio spirituale, di cui i devoti fruiscono grazie alle indulgenze annesse, è unito anche uno svago materiale, la mèta e lo scopo di questa peregrinazione acquistano maggiore attrattiva.

Colui infatti che, a pellegrinaggio compiuto, rientra finalmente, coi dovuti certificati, per porta S. Paolo, vi riceve una tessera, mediante la quale può prender parte, in un determinato giorno, a una festa ecclesiastica popolare a Villa Mattei.[19] Agli intervenuti si distribuisce una refezione di pane e vino con un po' di cacio o di uova, che quelli si godono accampati qua e là nel giardino, principalmente nel piccolo anfiteatro. Nel casino della villa, dall'altro lato, si riunisce la società più eletta, cardinali, prelati, principi e patrizî, per godere alla loro volta lo spettacolo e partecipare alla elargizione fondata dalla famiglia Mattei.

Abbiam veduto sfilare a due a due un corteo di giovinetti dai dieci ai dodici anni, vestiti non da ecclesiastici, ma press'a poco come si converrebbe a garzoncelli di bottega in giorno di festa, in uniforme dello stesso taglio e dello stesso colore. Potevano essere una quarantina. Cantavano e recitavano devotamente le loro litaníe, procedendo tranquilli e composti.

Un uomo attempato, dall'aspetto robusto di operaio, camminava loro a fianco, con l'aria di guidarli e tenerli tutti in buon ordine. Una certa sorpresa destava il vedere la prima fila dei ben vestiti, chiudersi con una dozzina di ragazzi dall'aspetto di accattoni o straccioni, che marciavano a piedi nudi, ma tuttavia con la compostezza e disciplina dei primi. Assunte informazioni, ci si disse che quell'uomo, calzolaio di mestiere e senza figli, aveva adottato per buon cuore come garzone un povero ragazzo, accettando di vestirlo e di tirarlo su con cura e con amore. Dato una volta l'esempio, era riuscito a spingere altri padroni ad accogliere come lui altri ragazzi, che in seguito rimasero del pari sotto la sua custodia. Così si era formata una piccola schiera, da lui continuamente occupata in esercizî di pietà, anche per tenerla lontana, nei giorni di domenica o di festa, dai pericoli dell'ozio; si arrivò anche a prescriver loro di visitare in una sola giornata le chiese principali così distanti l'una dall'altra. In tal modo la pia istituzione si è andata sempre più diffondendo; il calzolaio continuò a organizzare quei lodevoli pellegrinaggi; ma poiché, trattandosi di una trovata manifestamente benefica, i giovinetti accorrevano sempre in numero esorbitante, il brav'uomo, per stimolare la beneficenza pubblica, ricorse a un espediente; aggiunse al suo corteo alcuni ragazzi ancora sprovvisti di tutto e laceri, riuscendo così ogni volta ad ottenere qualche elargizione bastante al loro sostentamento.

Mentre ci intrattenevamo su questi particolari, uno dei più grandicelli fra i ben vestiti si accostò anche a noi e ci presentò un piatto, chiedendo con parole opportune e modeste un'elemosina per gli ignudi e per gli scalzi; elemosina ch'egli ricevette, e abbondante, non solo da noi stranieri, tutti commossi, ma anche dai romani e dalle romane presenti alla scena. Questi ultimi, anzi, al solito così spilorci, non trascurarono di aggiungere anche un valore morale alla modesta offerta, spendendo anche molte buone parole di consenso per la provvida istituzione.

C'era chi pretendeva sapere che il buon padre adottivo di quei pargoli facesse partecipare gli stessi suoi pupilli a quell'elemosina, dopo d'averli ben predisposti mediante un pellegrinaggio; ciò che produceva sempre un discreto introito a pro' del benefico istituto.

### DELL'IMITAZIONE DEL BELLO
### NELLE ARTI FIGURATIVE
*(di K. Ph. Moritz, Braunschweig, 1788)*

Con questo titolo è stato dato alle stampe un volumetto di quattro fogli appena, di cui il Moritz aveva spedito il manoscritto in Germania per calmare in qualche modo l'impazienza del suo editore, che gli aveva dato un anticipo per la descrizione d'un viaggio in Italia. Descrivere un tal viaggio non è certo impresa facile come quella di narrare le avventure di una passeggiata in Inghilterra.

Ma questo volumetto, non posso lasciarlo passare senza un cenno; esso è venuto fuori dalle nostre conversazioni, che il Moritz ha sfruttato ed elaborato a modo suo. Comunque può essere anche storicamente interessante rintracciare quali fossero in quel tempo le nostre idee, che poi sviluppate, esaminate, applicate e diffuse, han mostrato di coincidere abbastanza felicemente con le idee dominanti nel secolo.

Sarà opportuno riferire qui qualche pagina della parte centrale della dissertazione, che potrà dare forse occasione a una ristampa di tutto lo scritto.

«L'orizzonte della forza agente — nel genio figurativo — deve essere vasto come la natura stessa; vale a dire l'organizzazione deve essere intessuta così finemente e offrire così frequenti, anzi infiniti punti di contatto alla natura onnipresente, che, come gli estremi più lontani di tutti i rapporti della natura in grande, così qui, disponendosi l'uno accanto all'altro in piccolo, essi abbiano spazio sufficiente, per non respingersi a vicenda.

Ora se un'organizzazione di così fine intreccio, giunta al suo pieno sviluppo, e nell'improvviso, oscuro presentimento della sua forza agente s'impadronisce di un complesso, che non s'è presentato né al suo occhio né al suo orecchio né alla sua fantasia né ai suoi pensieri, si determinerà necessariamente una irrequietezza, un rapporto di disagio fra le forze bilanciantisi, finché esse non riprendano il loro equilibrio.

In un'anima, la cui facoltà puramente agente comprenda in un oscuro presentimento tutto il nobile, grandioso complesso della natura, la forza pensante e conoscitiva (il pensiero), la imaginativa (fantasia), che è forza ancor più vivacemente rappresentativa, e il senso esteriore che funziona da tersissimo specchio, non possono più accontentarsi di contemplare il singolo nel suo nesso con la natura.

Tutti i rapporti (solo vagamente presentiti nella forza agente) di quel grande complesso devono necessariamente diventare in qualche modo o percettibili all'occhio e all'udito, o comprensibili alla fantasia; e per diventar tali, la forza agente in cui sonnecchiano deve formarli a sua imagine ed esprimerli da se stessa. Essa deve comprendere tutti quei rapporti del grande complesso e in essi il bello nel suo più alto grado, come all'estremità dei suoi raggi, in un fuoco. Da questo fuoco, secondo la portata dell'occhio, deve a poco a poco formarsi una delicata, ma fedele imagine del bello nel più alto grado, che nella sua breve orbita abbraccia i rapporti più perfetti del grande complesso della natura, con tanta verità e con tanta precisione quanto la natura stessa.

Ma poiché questa copia del sublime deve necessariamente riferirsi a qualche cosa, la facoltà formativa, determinata dalla sua individualità, sceglie un qualche oggetto visibile, percettibile all'udito o comprensibile alla imaginativa, sul quale essa trasferisce in iscorcio il riflesso del sublime. E poiché questo oggetto, se fosse veramente quello che rappresenta, non potrebbe alla sua volta sussistere col nesso della natura, che al di fuori di sé non sopporta alcun complesso realmente autonomo, tutto questo ci riporterebbe al punto, dove eravamo prima: cioè, l'essenza interiore dovrebbe trasformarsi in fenomeno, prima di potersi foggiare con l'aiuto dell'arte in un complesso indipendente e di poter rispecchiare liberamente i rapporti del grande complesso della natura in tutta la estensione.

Ma come quei grandi rapporti, nella cui orbita sta appunto il bello, non cadono più sotto il dominio della ragione (pensiero), anche il concetto dell'imitazione del bello mediante l'arte figurativa non può trovarsi nel primo momento della sua origine che nel sentimento della forza agente, che lo produce, quando l'opera più perfetta d'un tratto si affaccia vagamente allo spirito attraverso tutti i gradi del suo divenire e in questo primo momento esiste in certo modo prima della sua stessa esistenza; per cui deriva anche quell'indicibile fascino, che eccita il genio creativo alla continua produzione.

Mediante la nostra riflessione sull'imitazione del bello nell'arte figurativa, accoppiata al puro godimento delle belle opere d'arte, può sorgere in noi qualche cosa che s'avvicina a quel concetto vivo, che eleva in noi il godimento delle belle opere d'arte. Ma non potendo il nostro più alto godimento del bello comprendere in sé per nostra propria virtù il suo divenire, l'unico sommo godimento del bello riman sempre lo stesso per il genio creativo che lo produce, e il bello ha raggiunto perciò il suo più alto scopo nella sua origine, nel suo divenire; il goderlo noi dopo, non è che una conseguenza della sua esistenza e il genio creativo esiste quindi nel grande disegno della natura, prima per se stesso, e solo dopo per noi; esistendo poi oltre a lui altri esseri, che per sé non possono creare e formare, ma che possono comprendere con la loro imaginativa ciò che è formato, una volta che sia prodotto.

La natura del bello consiste appunto nel fatto che la sua intima essenza risiede oltre i confini del pensiero, cioè nella sua origine, nel suo divenire. Il bello è tale appunto perché il pensiero non può più domandarsi perché esso sia bello. Al pensiero manca infatti completamente un termine di confronto, in base al quale poter giudicare e considerare il bello. Quale altro termine di confronto esiste per il vero bello, se non questo concetto di tutti i rapporti di quel grande complesso della natura, che nessuna ragione può comprendere? Ogni bello sparso qua e là nella natura è bello solamente in quanto in esso si manifesta più o meno questo concetto di tutti i rapporti di quel grande complesso. Non può quindi mai servire come punto di confronto per il bello delle arti figurative, né come modello alla vera imitazione del bello; il bello in massimo grado, nei particolari della natura, non è ancor bello abbastanza per la orgogliosa imitazione dei grandi e maestosi rapporti del complesso della natura che tutto abbraccia. Ecco perché il bello non può esser conosciuto, ma deve esser prodotto, o sentito.

Non essendo il bello, per la mancanza assoluta di un termine di confronto, oggetto della ragione (pensiero) noi dovremmo anche, in quanto non possiamo produrlo, rinunciare a goderlo, non potendo attenerci ad altro che gli si avvicini se non a un meno bello; se qualche cosa non sostituisse in noi il posto della forza produttrice, qualche cosa che le si avvicina al possibile, pur senza esser essa stessa. Ciò è appunto quello che noi chiamiamo gusto o capacità di sentire il bello, che, se rimane entro i suoi limiti, può sostituire la mancanza del godimento superiore, producendo il bello mediante la calma perfetta della tranquilla contemplazione.

Se infatti l'organo non è abbastanza finemente tessuto per offrire al grande complesso della natura tanti punti di contatto quanti son necessari per rispecchiare in piccolo tutti i suoi grandi rapporti e ci manca ancora un punto per chiudere completamente il circolo, noi non possiamo avere per il bello che la capacità di sentirlo, invece dell'imaginativa; ogni tentativo di rappresentarlo fuori di noi sarebbe vano e ci renderebbe tanto meno soddisfatti di noi stessi quanto più la nostra capacità di sentire il bello confina con la imaginativa (fantasia) che ci manca.

Esistendo infatti l'essenza del bello nella sua perfezione in se stesso, quell'ultimo punto mancante gli nuoce, come se fossero mille, perché esso sconvolge tutti gli altri punti dal posto che loro spetta. E una volta che tal punto di perfezione non c'è, un'opera d'arte non compensa la fatica d'incominciar da capo e il tempo del suo divenire; scende al livello del cattivo e dell'inutile e la sua esistenza deve risollevarsi necessariamente con la dimenticanza in cui cade.

Così alla facoltà formativa, insita nel più fine tessuto dell'organismo, l'ultimo punto che manca alla sua perfezione nuoce come se fossero mille. Il massimo valore, che potrebbe avere come forza di sentire (sentimento) non ha maggior importanza del valore minimo, come forza formativa. Nel punto in cui il sentimento oltrepassa i suoi confini, deve necessariamente precipitare, sollevarsi e annullarsi.

Quanto più perfetta è la facoltà di sentire per una certa specie di bello, tanto più vicino è il pericolo di ingannarsi, di considerar se stessa come forza formativa e di turbare così, a forza di tanti inutili tentativi, la propria tranquillità. Intravede, ad esempio, durante il godimento del bello, in qualche opera d'arte, e mediante il suo divenire, nella forza formativa, che lo ha creato; e presente vagamente il più alto grado di godimento di questo bello, nel sentimento di questa forza, che è stata abbastanza potente per produrlo da se stessa.

Per potersi poi procurare questo grado superiore di godimento, che non può trovare in un'opera già esistente, la facoltà senziente (sentimento) si sforza in vano di produrre da se stessa qualche cosa di simile, odia la sua stessa opera, la ripudia e si disamora perfino di ogni godimento del bello che esista anche fuori di sé, non trovandovi più alcun piacere, appunto perché quello s'è prodotto senza la sua collaborazione.

Il suo unico desiderio, la sua vera aspirazione consiste nell'esser partecipe del godimento superiore a lei negato e di cui ha solo un presentimento oscuro; nel rispecchiare se stessa in un'opera bella, che sia a lei debitrice della sua esistenza, con la coscienza della propria forza formativa.

Ma essa non potrà mai appagare il suo desiderio, perché questo è stato partorito dall'egoismo e perché il bello si lascia cogliere dalla mano dell'artista solo per amor di se stesso e formare da lui spontaneamente e docilmente.

Quando nella tendenza formativa desiderosa di creare si mescola la rappresentazione del godimento del bello che, quando sia perfetto, esso deve concedere; e quando tale rappresentazione sia la prima e più potente spinta alla nostra attività, la quale non si sente attratta in sé e per se stessa a quello cui si accinge, questa tendenza formativa non è certamente pura: il fuoco o punto di perfezione del bello è nell'effetto e trascende l'opera; i raggi divergono e l'opera non può «arrotondarsi».

Sentirsi così vicino al più alto godimento del bello spontaneamente prodotto e dovervi tuttavia rinunziare, può sembrare un'aspra lotta; che tuttavia riesce oltre modo facile, se riusciamo ad estirpare da questa tendenza formativa, che ci illudiamo di possedere, ogni traccia di egoismo superstite e se cerchiamo di sbandir da noi fino al possibile ogni rappresentazione del godimento, che ci dovrebbe offrire il bello che vogliamo produrre, mediante il sentimento della nostra propria forza; in modo da sforzarci di renderlo perfetto anche se per renderlo tale dovessimo esalare l'ultimo respiro.

Se ora il bello, quale lo presentiamo puramente in sé e per sé, ha per noi abbastanza seduzione per muovere la nostra forza attiva, noi possiamo seguire tranquillamente il nostro impulso formativo, perché esso è genuino e puro.

Ma se, supponendo completamente assenti il godimento e l'effetto, si perde anche quell'attrattiva, non c'è bisogno di ulteriore lotta, perché la pace è già ristabilita in noi e la facoltà sensitiva, rientrata nei suoi diritti, quasi in compenso dell'essere modestamente circoscritta entro i suoi limiti, si schiude al godimento più puro del bello, che può sussistere con la natura del suo essere.

Certamente, il punto in cui intercedono forza formativa e forza sensitiva, può assai facilmente andare errato ed esser sorpassato, in modo che non sarebbe meraviglia se, causa il falso impulso formativo, sorgessero nel campo dell'arte mille false copie del bello sublime, contro una sola genuina.

La forza formativa genuina, infatti, porta in sé, suo compenso sicuro, già al primo apparire della sua opera, il primo e più alto godimento di questa; essa si distingue dalla falsa forza formativa solo per il fatto che essa riceve il primissimo momento della sua spinta per sé stessa e non mediante il presentimento del godimento della sua opera; non potendo ora il pensiero in questo momento di passione pronunciare alcun giusto giudizio, è quasi impossibile, senza una serie di infelici tentativi, sfuggire a questa illusione.

Ma anche questi vani tentativi non sono sempre una dimostrazione di mancanza di forza formativa, perché quest'ultima, anche se genuina, prende spesso una falsa direzione, volendo mettere innanzi alla sua imaginativa (fantasia) quel che spetta all'occhio, o innanzi all'occhio quel che spetta all'orecchio.

Appunto perché la natura non permette sempre alla forza formativa di giungere a perfetto sviluppo e a maturità, o le fa battere una falsa via, sulla quale non potrà mai svilupparsi, il bello genuino è raro.

E poiché essa permette che anche da un opportuno impulso formativo sorga impunemente il volgare e il cattivo, il bello e il nobile si distinguono dal cattivo e dal volgare appunto per questa loro rarità.

Nella facoltà di sentire (sentimento) riman quindi sempre la lacuna, che si colma soltanto col risultato della forza formativa. Ambedue si comportano a vicenda come maschio e femmina. Perché anche la forza formativa, nel primo sorgere della sua opera, nel momento del più alto godimento, è in pari tempo capacità di sentire, e, come la natura, riproduce il modello o la copia del suo essere, da se stessa.

Sentimento e forza formativa si basano dunque sul tessuto più fine dell'organizzazione, in quanto quest'ultima in tutti i suoi punti di contatto coi rapporti del complesso della natura è una copia perfetta o quasi.

Le due forze suddette comprendono più che il pensiero; e la forza agente, sulla quale poggiano entrambe, comprende anche tutto ciò che comprende la forza pensante, portando in sé, ed elaborando in sé, i primi motivi di tutti i concetti che possiamo avere.

In quanto questa forza agente comprende in sé tutto ciò che non cade nell'orbita della forza pensante, si chiama forza formativa, fantasia, imaginativa; in quanto poi comprende in sé ciò che è al di là dei confini della forza pensante, si chiama sentimento.

La forza formativa non può sussistere per sé sola senza la sensitiva e la agente; la forza semplicemente agente invece può sussistere senza vere e proprie forze sensitiva e formativa, delle quali essa non è che la base.

In quanto poi questa forza puramente attiva ha la sua base nel tessuto più fine dell'organizzazione, l'organo in generale può essere in tutti i suoi punti di contatto una copia, uno stampo, dei rapporti del gran tutto; senza di che, si richiederebbe appunto il grado di perfezione, che presuppone la forza sensitiva e quella formativa.

Dei rapporti del gran tutto che ne circonda, sono tanti quelli che coincidono in tutti i punti di contatto del nostro organo, che noi sentiamo quel grande complesso oscuramente in noi, senza che vi sia. Tali rapporti diffusi in tutto il nostro essere tendono ad estendersi alla lor volta in tutte le direzioni. L'organo tende a propagarsi in tutti i sensi fino all'infinito. Vuole non solo rispecchiare in sé tutto ciò che lo circonda, ma essere, fino al possibile, questo stesso.

Per ciò ogni organismo superiore tende, per sua natura, ad assoggettarsi l'inferiore e ad assorbirlo nel suo essere. Così fa la pianta con la materia inorganica, mediante il semplice diventare e crescere; così l'animale con le piante, crescendo, diventando, nutrendosi; l'uomo non trasforma soltanto animali e piante nel suo intimo essere, ma comprende nell'orbita della sua esistenza tutto ciò che è subordinato al suo organismo, mediante la superficie sopra tutte le altre brillantemente levigata del suo essere, per rappresentarlo poi al di fuori di sé abbellito, quando il suo organo evolvendo si sia in se stesso perfezionato.

Quando ciò non avvenga, egli deve attrarre nell'orbita della sua esistenza tutto ciò che lo circonda, distruggendo e devastando quanto più può, perché la pura e ingenua contemplazione non può spegnere la sua sete, avida di un'esistenza reale e diffusa».

APRILE

CARTEGGIO

*Roma, 10 aprile 1788.*

Sono ancora a Roma, col corpo, ma non con l'anima. Dacché ho fermamente risoluto di partire, nessun interesse mi trattiene più, e vorrei già esser partito da una quindicina di giorni. A dire il vero, resto qui ancora per amore di Kayser e di Bury. Quello ha bisogno di compiere certi studi, che non può fare che a Roma, e deve raccogliere ancora della musica; l'altro deve dare l'ultima mano a un quadro da me ideato, per cui ha bisogno del mio consiglio.

Intanto ho fissato la partenza per il 21 o il 22 aprile.

*Roma, 11 aprile.*

I giorni passano ed io non posso far più niente. È già molto se riesco ancora a vedere qualche cosa; il mio ottimo Meyer mi assiste sempre ed io mi giovo fino all'ultima ora della sua proficua conversazione. Se non avessi qui il Kayser, avrei portato meco il Meyer; se lo avessimo avuto con noi, soltanto per un anno, avremmo percorso un bel cammino. Mi avrebbe specialmente aiutato a liberarmi da tanti scrupoli circa il disegno delle teste.

Stamane, sempre col mio buon Meyer, sono stato all'Accademia di Francia, dove si trovano le copie delle migliori statue antiche. Come esprimere quello che ho sentito questa volta, nel momento dell'addio! Alla presenza di oggetti come questi, ci si sente più di quel che si è; si sente che la cosa più degna di cui ci si possa occupare è la figura umana, che in quel luogo si mostra in tutta la sua varietà e in tutta la sua nobiltà. Ma chi non si sente anche meschino, innanzi a quello spettacolo! Anche ad esservi preparati, si resta come annichiliti. Io avevo pur cercato di rendermi in certo modo familiari la proporzione, l'anatomia, la regolarità dei movimenti; ma questa volta son rimasto troppo colpito al constatare che la *forma*, in sostanza, riassume tutto: la proporzione delle membra, il rapporto, il carattere, la bellezza.

*Roma, 14 aprile.*

La mia confusione non potrebbe esser maggiore: mentre non tralasciavo un momento di modellare quel piede, mi venne in mente che avrei dovuto piuttosto porre mano al *Tasso*, verso il quale del resto si rivolgevano tutti i miei pensieri. Sarebbe una ben gradita compagnia per il mio viaggio imminente. Ma intanto faccio le valigie; è il momento in cui ci si accorge di tutto quanto si è raccolto e messo da parte.

# APRILE

### APPUNTI

Il mio carteggio di queste ultime settimane offre poco d'importante; la mia situazione era troppo confusa e titubante fra l'arte e gli amici, fra il possesso e il desiderio, fra il presente cui m'ero abituato, ed un futuro al quale mi sarei dovuto abituare. Date queste circostanze le mie lettere non potevano dir molto; la gioia di riveder presto i miei vecchi e fidi amici era ancora troppo timida, e il dolore del distacco, viceversa, troppo mal soffocato. Riassumerò quindi poche cose in questi appunti retrospettivi, raccogliendo soltanto ciò che intorno a quel periodo mi han conservato altre carte e documenti da una parte, e ciò che posso rievocare coi miei ricordi, dall'altra.

Il Tischbein ha prolungato il suo soggiorno a Napoli, pur annunziando ripetutamente il suo ritorno per la primavera. In complesso, è un uomo col quale si può vivere; ma a lungo andare diventa molesto per un suo vezzo di lasciare come in sospeso tutto quello che si propone di fare, per cui, sia pure senza cattiva volontà, spesso è di peso e di noia. Anche a me è accaduto di farne l'esperienza: in attesa del suo ritorno a Roma, ho dovuto cambiare appartamento, per trovarci poi tutti bene accasati; ed essendo rimasto vuoto appunto il piano superiore della nostra casa, non ho esitato a prenderlo a pigione e ad occuparlo, affinché egli, al suo ritorno, potesse trovare il suo, al piano inferiore, in buon ordine.

Le stanze superiori corrispondevano alle inferiori; ma queste ultime avevano il vantaggio d'una vista deliziosa sul giardinetto interno e su quelli del vicinato, e si poteva spaziare per ogni lato, essendo la nostra casa ad angolo.

Vedevo giardini d'ogni fatta, separati regolarmente da muriccioli, mantenuti e piantati nel modo più vario; per rendere poi ancor più ameno questo paradiso di erbe e di fiori, si aggiungeva da per tutto un'architettura semplice e nobile di verande, di balconi, di terrazze e per di più un loggiato aperto sulle più alte casette dello sfondo, e fra tutto questo, ogni genere di piante e di alberi indigeni.

Nel giardinetto della nostra casa un vecchio prete si educava alcune piante di limoni, conservate in certi vasi di grazioso disegno in terracotta, che durante l'estate godevano l'aria aperta, ma che durante l'inverno eran custodite in una serra. Giunte a perfetta maturità, le frutta venivano raccolte con grande cura, e, ravvolte pezzo per pezzo in carta velina, spedite in pacchi. Tali limoni sono molto ricercati in commercio, per i loro pregi particolari. Un agrumeto come questo è considerato, nelle modeste famiglie borghesi, come un piccolo capitale, che frutta ogni anno un certo interesse.

Le stesse finestre, dalle quali nelle giornate più luminose osservavo in tranquillità tutte queste scene graziose, offrivano anche una luce eccellente per contemplare le opere di pittura. Il Kniep m'aveva spedito proprio allora, secondo l'accordo, diversi acquarelli, eseguiti sugli schizzi accuratamente presi durante il nostro viaggio in Sicilia e che, collocati nella luce più opportuna, erano la gioia e l'ammirazione di quanti li vedevano. Gli effetti di luce e d'aria riescono forse come a nessun altro a quest'artista, che si è dato con trasporto proprio a simili ricerche. La vista di quei cartoni era davvero incantevole; sembrava di rivedere, di sentire l'umidità del mare, le ombre violente degli scogli, i toni rosso-giallastri delle montagne, il lontanare dell'orizzonte nel cielo più luminoso. Ma non eran soltanto quei cartoni che si presentavano in luce tanto favorevole; ogni dipinto esposto sullo stesso cavalletto, nello stesso punto, appariva di maggiore e più sorprendente effetto. Ricordo che talvolta, entrando nella mia stanza, quei quadri mi facevano una impressione quasi magica.

Il segreto di un'illuminazione atmosferica favorevole, diretta o indiretta, non era stato ancora scoperto allora, ma se ne sentiva il bisogno e tutti ne erano già incantati, per quanto la si considerasse ancora come accidentale e inesplicabile.

La nuova abitazione ci offrì anche il destro di collocare in grazioso ordine e in buona luce un certo numero di riproduzioni in gesso, che avevamo a poco a poco raccolto; e solo così cominciammo a godere veramente di quel nostro nobilissimo tesoro. Quando ci si trova di continuo in presenza di lavori di plastica antica, come avviene a Roma, ci si sente, come al conspetto della Natura, davanti a qualche cosa di infinito, di imperscrutabile. L'impressione del bello, del sublime, per quanto benefica, ci turba; proviamo il desiderio di esprimere a parole la nostra intuizione; ma per questo bisogna anzi tutto conoscere. intuire, comprendere; così incominciamo a dividere, a distinguere, a ordinare, e anche questo, se non impossibile, ci riesce estremamente difficile, in modo che finiamo col ritornare alla pura ammirazione, che contemplando gioisce.

Ma l'azione più decisa di tutte le opere d'arte è appunto quella di trasportarci nelle condizioni del tempo e degli individui che le hanno prodotte. Circondati da statue antiche, ci sentiamo vivere in mezzo a una natura animata; avvertiamo la gran varietà della struttura umana e siamo ricondotti completamente all'uomo nel suo stato più puro, per cui lo spettatore stesso diventa vivente e puramente umano. Lo stesso panneggiamento, conforme a natura, e che dà in certo modo maggior risalto alla figura, produce in generale un senso di benessere. A Roma, usufruendo quotidianamente di un tale ambiente, si finisce col diventare avidi di statue antiche, si vuol esserne circondati, e la migliore occasione ne offrono le buone riproduzioni in gesso, che sian veri e propri facsimili. Così aprendo gli occhi, al mattino, ci sentiamo commossi alla vista di ciò che v'è di più perfetto; tutti i nostri pensieri, i nostri sentimenti, sono accompagnati da queste figure e in tal modo ci riesce impossibile di ricadere nella barbarie.

Il primo posto nel nostro appartamento era tenuto dalla Giunone Ludovisi, tanto più apprezzata e venerata quanto più raramente e occasionalmente è dato vedere l'originale; in modo che bisognava considerare come una fortuna l'averla di continuo sott'occhio; infatti nessun contemporaneo, che per la prima volta le si accosti, oserebbe affermare di esser già in grado di comprenderla.

Alcune altre Giunoni più piccole le stavano a fianco, per confronto, e così alcuni eccellenti busti di Giove, e, per tacer d'altro, un buon gesso antico della Medusa Rondanini, meraviglioso pezzo, che, esprimendo il contrasto fra la vita e la morte, fra il dolore e il piacere, esercitava sul nostro spirito come nessun altro mistero una seduzione inesprimibile.

Ricorderò ancora: un Ercole Anace, vigoroso e colossale quanto mite e pieno d'espressione, e un delizioso Mercurio, i due originali del quale si trovano presentemente in Inghilterra.

Inoltre dei bassorilievi, riproduzioni di alcuni egregi lavori in terracotta; lavori egiziani, questi ultimi, presi dalla sommità del grande obelisco, e non so quanti altri frammenti, tutti ben disposti all'intorno, parecchi anche di marmo.

Parlo di questi tesori, rimasti esposti nella nostra nuova abitazione solo per poche settimane, come colui che, pensando a dettare il suo testamento, dia un'occhiata alle cose belle che lo circondano, con fermezza ma non senza commozione. Alcune circostanze noiose, le varie difficoltà, le spese e una mia certa inettitudine per queste faccende mi han distolto dall'inviare subito il meglio in Germania. Così destinai la Giunone Ludovisi alla mia nobile amica Angelica, poche altre cose agli artisti più intimi; parecchie erano ancora proprietà del Tischbein, altre non furono rimosse dal loro posto perché dovevano servire, a suo talento, al Bury, che ha occupato l'appartamento dopo di me.

Mentre scrivo, i miei pensieri rivolano ai giorni più lontani, riandando le occasioni in cui per la prima volta conobbi questi oggetti, e che ne risvegliarono in me l'interesse, suscitando nella mia riflessione ancor del tutto immatura un entusiasmo illimitato e per conseguenza un desiderio sconfinato di visitare l'Italia.

Nella mia prima giovinezza e nella mia città natale, l'arte plastica mi era rimasta del tutto sconosciuta. Fu a Lipsia che il Fauno[1] cimbelicida, in atteggiamento di fauno danzante, mi fece per la prima volta una profonda impressione, tanto che anche adesso rivedo nella memoria quella riproduzione nella sua individualità e nel suo ambiente. Dopo un lungo intervallo, mi trovai d'un colpo tuffato in pieno oceano quando visitai la gliptoteca di Mannheim, in quel salone così ben illuminato dall'alto.

In seguito anche a Francoforte si trovarono dei fonditori in gesso, che eran venuti d'oltr'alpe con alcune riproduzioni originali, e, dopo averle formate, le vendevano a modico prezzo. Così mi potei procurare una discreta testa di Laocoonte, le figlie di Niobe, un'altra testina ritenuta più tardi per una Saffo e non so che altro. Queste nobili figure erano allora per me come una specie di contravveleno rispetto a tante cose mediocri, false o manierate che minacciavano di soffocarmi. Fatto è che provavo sempre le intime sofferenze d'un ardente desiderio insoddisfatto, che non sapevo che cosa si volesse, che talvolta si attutiva, ma che poi si ridestava più vivo che mai. Ecco perché non fu piccolo il mio dolore, quando, alla vigilia di lasciare Roma, dovetti dire addio a tante cose che, ardentemente sospirate, ero riuscito finalmente a possedere.

Nel frattempo mi dava continuamente da fare anche la mia teoria sull'organizzazione delle piante, che avevo imparato a conoscere in Sicilia; così avviene al solito di tutte le inclinazioni che s'impadroniscono del nostro spirito e si rivelano nel tempo stesso conformi alle nostre attitudini. Visitavo il giardino botanico, che, nel suo stato d'abbandono, non aveva, se si vuole, una grande attrattiva, ma che esercitò sul mio spirito un benefico influsso avendovi trovato molte cose per me nuove e inaspettate, ed approfittai dell'occasione per farmi una raccolta di piante rare e per continuare le mie osservazioni, non senza seguire attentamente lo sviluppo delle piante da me ottenute per via di semi e di acini.

Quest'ultime specialmente furono molto disputate fra i miei amici, in occasione della mia partenza. Avevo piantato un giovane pino già abbastanza sviluppato, piccola anticipata imagine d'un albero futuro, nel giardinetto di Angelica,[2] dove dopo parecchi anni era cresciuto a una bella altezza, come più d'un amabile viaggiatore ha avuto poi cura di farmi sapere, ricordando anche altri particolari del mio soggiorno in quei luoghi. Purtroppo, dopo la morte di quella incomparabile amica, al nuovo proprietario non parve giusto che fra le sue aiuole crescessero dei pini. Così, qualche anno dopo, altri cortesi romei, che ne avevan chiesto novelle, trovarono il posto vuoto, e, lì almeno, sparita ogni traccia d'una così amabile esistenza.

Più fortunate furono alcune palme dattilifere, da me ottenute seminando il granulo. Di queste ultime andavo di quando in quando ad esaminare il notevole sviluppo, per cui dovetti sacrificare qualche esemplare; le superstiti, di rigogliosa cresciuta, le regalai a un amico romano, che le trapiantò in un giardino di via Sistina,[3] dove prosperano ancora, salite ad altezza d'uomo, come ha avuto la bontà di confermarmi un augusto viaggiatore. Possano non riuscir moleste ai nuovi proprietari e rinverdire ancora a mio ricordo, e crescere e prosperare!

Nell'elenco dei monumenti, che avrei dovuto visitare prima della partenza da Roma, ce n'erano ancora due, molto disparati: la Cloaca massima[4] e le Catacombe di S. Sebastiano.[5] La prima sorpassò perfino il concetto colossale al quale m'aveva predisposto il Piranesi. La visita alle Catacombe invece rimase al di sotto della mia aspettazione: fin dai primi passi in quei tristi sotterranei, mi si ridestò una tale insofferenza, che risalii immediatamente a rivedere il sole, e ad aspettare, in quel rione del resto ignorato ed appartato, i miei compagni d'escursione, che, meno impressionabili di me, avevan potuto visitare tranquillamente anche quei luoghi.

Nella grande opera: «Roma sotterranea, di Antonio Bosio, romano»,[6] ho potuto molto più tardi erudirmi particolarmente in tutto quello che avevo veduto o meglio non veduto, e credo d'essermi risarcito abbastanza.

Un altro pellegrinaggio fu invece intrapreso con maggior frutto e profitto: vale a dire quello all'Accademia di San Luca, per testimoniare la nostra venerazione al cranio di Raffaello, ivi custodito come una reliquia, dal giorno in cui, rimosso dalla tomba del Grande, aperta in seguito a una nuova fabbrica, fu trasportato colà.

Spettacolo veramente mirabile: un cranio di stupende, incredibili proporzioni, liscio e rotondo, senza alcuna traccia di quelle protuberanze e di quei bernoccoli, che, osservati poi in altri teschi, hanno acquistato tanta importanza per le teorie del Gall.[7] Io non sapevo staccarmi di lì; nell'andarmene, pensavo quanto sarebbe stato interessante per gli amici dell'arte e della natura procurarne una riproduzione. Il mio autorevole amico, il consigliere Reiffenstein, mi diede buone speranze, che qualche tempo dopo non furono deluse, avendomi realmente mandato in Germania il gesso desiderato, oggetto anche adesso di mie varie e frequenti riflessioni.

Ho ammirato quindi con mio vivo compiacimento il delizioso quadro di Raffaello[8] rappresentante la Madonna che appare a S. Luca affinché egli possa dipingerla con verità e naturalezza in tutta la sua divina grazia e dignità. Raffaello in persona, ancor giovinetto, assiste in disparte al lavoro dell'evangelista. Sarebbe difficile esprimere più graziosamente una vocazione alla quale alcuno si senta irresistibilmente attratto.

Proprietario di questo quadro era stato prima Pietro da Cortona, che lo lasciava per testamento all'Accademia. È un po' avariato qua e là e presenta tracce di restauro; ma è sempre un gran bel quadro.

Intanto, proprio in questi ultimi giorni, sono stato assalito da una singolare tentazione, che per poco non m'ha ostacolato la partenza e inchiodato di bel nuovo a Roma. Era venuto da Napoli il signor Antonio Rega,[9] artista e negoziante in oggetti d'arte, che, in confidenza, aveva fatto sapere all'amico Meyer d'essere arrivato a Roma con un suo barcone, ancorato lì a Ripa Grande, sul quale anzi lo invitò a fargli una visita: perché ci aveva una statua antica di importanza, proprio quella Danzatrice, o Musa, che era rimasta da tempo immemorabile in una nicchia del cortile di palazzo Carafa Colombrano, e sempre considerata come opera di gran pregio. Il Rega avrebbe voluto venderla, ma senza far chiasso; domandava quindi se per caso il nostro Meyer o qualche suo amico fidato non sarebbe stato disposto a trattare; avrebbe ceduto quella rarità a un prezzo in tutti i casi irrisorio: trecento zecchini: pretesa che indiscutibilmente sarebbe stata ben più considerevole, se non vi fossero state delle ragioni per andar molto cauti, nell'interesse sia del venditore che dei compratori.

Informato immediatamente dell'affare, ci precipitammo tutti e tre al posto di Ripetta, abbastanza lontano da casa nostra. Il Rega sollevò senz'altro una tavola della cassa ancora sopra coperta e vedemmo prima una squisita testina, non ancora staccata dal tronco, sorridente fra l'ondeggiar dei capelli; poi, man mano che si scopriva l'involucro, tutta la figura slanciata e graziosa nella compostezza della veste, e del resto non molto danneggiata, e con una mano perfettamente conservata.

Mi ricordai subito e benissimo d'averla vista un giorno nella sua nicchia; chi mi avrebbe detto che ci saremmo un giorno incontrati così da vicino?

Pensammo naturalmente — e chi non avrebbe pensato? — che l'imbattersi in un simile tesoro anche dopo un anno di scavi e di spese sarebbe stata certo una gran fortuna. Non potevamo saziarci dai contemplarla: non avevamo mai veduto una statua antica di tanta nobiltà così ben conservata e da potersi restaurare così facilmente. Ma finimmo con l'andarcene, riprommettendo a noi stessi e promettendo al Rega una pronta risposta.

Eravamo tutti e due impegnati in una vera lotta, non sembrandoci opportuno, per più d'una considerazione, di fare quell'acquisto; risolvemmo quindi di esporre il caso alla nostra brava signora Angelica, che era la più indicata, per i suoi mezzi e per le relazioni di cui disponeva, sia a comperar la statua che a farla restaurare e così via. L'amico Meyer si riservò di parlargliene, come aveva fatto per il quadro di Daniele da Volterra, e sperammo anche questa volta nel miglior risultato. Ma l'accorta signora e più ancora suo marito, avaruccio anzi che no, non vollero saperne dell'affare, adducendo per scusa le spese non indifferenti già sostenute per acquisti di quadri, per cui ora non potevano risolversi a comperare anche delle statue.

Data questa risposta negativa, noi due pensammo ad altro: sembrava che la fortuna ci arridesse. Il Meyer esaminò meglio la statua e si convinse che, da tutto l'assieme, si trattava veramente di lavoro greco, e precisamente di poco anteriore all'epoca augustea, forse del periodo di Gerone II.[10]

Io avevo credito sufficiente in piazza, per acquistare per conto mio l'insigne lavoro; d'altra parte il Rega avrebbe anche accettato un pagamento a rate; per un momento, ci parve d'essere in possesso della statua e di vederla già ben esposta e in bella luce nel nostro salone.

Ma come nell'intervallo fra un'ardente inclinazione amorosa e il definitivo contratto nuziale si frappongono al solito altre riflessioni, così avvenne anche nel nostro caso: non ci bastò il cuore di stringere un simile legame, senza il consiglio e il consenso dei nostri eminenti fratelli d'arte, il signor Zucchi e la sua buona signora; perché, almeno in senso ideale e pigmalionico,[11] si trattava veramente d'un legame. Non nascondo infatti, che l'idea di possedere quella creatura, aveva messo nel mio cuore radici profonde; anzi, per dimostrare come accarezzassi questo sogno, confesserò che consideravo tutto l'episodio come un monito di demoni superiori, che avessero stabilito di trattenermi ancora a Roma, eliminando d'un colpo tutte le ragioni che m'avevano indotto a partire.

Buon per me, che mi trovavo già nell'età in cui la ragione in simili casi viene in aiuto dell'intelligenza: così, passione per l'arte, mania di possedere, dialettica, superstizione o che so io, tutto dovette cedere di fronte alle savie considerazioni, che la nostra incomparabile amica Angelica sempre piena di tatto ebbe la bontà di metterci sott'occhio; considerazioni che mi fecero capire perfettamente quante difficoltà, di natura più o meno delicata, si opponevano al mio progetto. Persone tranquille come noi, dedite fino allora a studi d'arte e d'antichità, immischiandoci in negozi di compra-vendita di oggetti artistici, avremmo destato la gelosia dei commercianti di professione; anche le difficoltà dei restauri non sarebbero state poche e tutto stava nel vedere se e come saremmo stati serviti a dovere e a buon mercato; ammesso infine che tutto fosse bell'e pronto per la spedizione, non era escluso che all'ultim'ora, causa il divieto d'esportazione di un'opera d'arte come quella, sorgessero nuovi ostacoli, senza tener conto di cento altri inconvenienti, relativi alla traversata, all'arrivo in porto e allo sbarco della statua. Il commerciante può passar sopra a tutte queste considerazioni: per lui, tutto sommato, la fatica ed il rischio si equilibrano; ma per un privato, un'impresa come questa rimane sempre una faccenda seria.

Tante belle ragioni poterono attenuare le mie smanie e i miei propositi, ma non sì da soffocarli del tutto; tanto più che alla danzatrice eran riservati grandi onori; infatti, ella si trova presentemente nel museo Pio-Clementino, in quel piccolo gabinetto riservato ma in comunicazione col museo, che ha il pavimento intarsiato di così bei mosaici[12] di maschere e volute floreali. Ecco le altre statue del gruppo, nello stesso gabinetto: 1. Una Venere assisa[13] sul tallone, col nome di Bupalo inciso alla base; 2. un piccolo Ganimede,[14] delizioso; 3. una bella statua di adolescente, al quale, non so se a ragione, è stato imposto il nome di Adone;[15] 4. un Fauno, in rosso antico; 5. il Discobolo in riposo.

Il Visconti[16] ha descritto questo monumento nel terzo volume della sua opera dedicato al Museo, lo ha illustrato di sue chiose e riprodotto alla tavola trentesima. Non vi sarà studioso d'arte, il quale non deplori con noi che non ci sia riuscito di assicurare alla Germania la bella statua, per arricchirne qualche grande collezione nazionale.

Non sembrerà strano se, durante le mie visite di congedo, non ho potuto dimenticare quella mia graziosa milanese. Da qualche tempo avevo appreso notizie confortanti di lei: avevo inteso che la sua amicizia con Angelica era diventata sempre più intima e che ella sapeva comportarsi egregiamente nell'eletta società, cui era stata ammessa grazie all'amica. Avevo anche ragioni di supporre, anzi di sperare, che un certo giovanotto, di condizione agiata,[17] e nei migliori rapporti con la famiglia Zucchi, non sarebbe stato indifferente alle grazie della signorina, né lontano dal farsi avanti con le più serie intenzioni.

In occasione della mia visita, la sorpresi in gentile abito di mattina, proprio come m'era apparsa la prima volta a Castel Gandolfo; mi accolse con cordiale buona grazia e m'espresse nuovamente con naturale gentilezza ed amabilità la sua riconoscenza per l'interesse che le avevo dimostrato. «Non dimenticherò mai», mi disse «che nel riavermi dal turbamento della convalescenza, fra i nomi delle persone più care e più venerate che avevano chiesto mie nuove, ho sentito fare anche il vostro. Ma è proprio vero? Ho domandato più volte; e voi avete continuato per più settimane a prender notizie, finché mio fratello venne a vedervi e a ringraziarvi per tutti e due. Non so s'egli abbia disimpegnato l'incombenza che gli ho affidata; certo, se fosse stato conveniente, sarei venuta anch'io con lui». Mi rivolse poi alcune domande sul viaggio che intendevo fare e come le ebbi esposto il mio itinerario: «Beato voi!» sospirò, «che siete abbastanza ricco per concedervi queste soddisfazioni; quanto a noi dobbiamo rassegnarci a quello che vuole Iddio coi suoi Santi. È un pezzo che dalla mia finestra vedo i barconi che vanno e vengono, caricano e discaricano; tutto questo è interessante, ma qualche volta mi domando: donde vengono? dove vanno?» Le sue finestre davan proprio sulle scale di Ripetta, e il traffico era a quell'ora assai vivo.

Mi parlò poi con tenerezza di suo fratello, compiacendosi di tenergli in ordine la casa e di rendergli così possibile, pur con quel suo modesto stipendio, di collocarne vantaggiosamente una parte negli affari. A farla breve, mi mise a parte di tutte le sue faccende domestiche. Io ero incantato della sua parlantina; perché, a dirla schietta, era una figura assai curiosa la mia, costretto com'ero a ripassare in rassegna tutti gli episodi della nostra dolce relazione, dal primo all'ultimo momento. Ma a un certo punto entrò il fratello e il nostro addio si compendiò in una prosa modesta, come si conviene fra buoni amici.

Arrivato sotto il portone, trovai la mia carrozza senza cocchiere; un ragazzo svelto andò di corsa a cercarlo. Ella stava intanto alla finestra del mezzanino (era l'appartamento della sua famiglia, in quella casa del resto di bell'apparenza) così poco alto sulla via che non sembrava difficile potersi dar la mano.

«Vedete?» le dissi, «non mi vogliono lasciar andare lontano da voi. Sembra che lo sappiano, che vi lascio a malincuore».

Quello che ella rispose, quel ch'io soggiunsi, il seguito di quella deliziosa conversazione, che, libera da ogni impaccio, svelava il sentimento più intimo di due innamorati che sapevano d'esserlo solo a metà, non voglio profanarlo col ripeterlo qui. È stata la confessione finale, rapida, strana, provocata dal caso, strappata dalla commozione interiore, del più innocente affetto scambievole, che, per questo appunto, non mi è mai uscito dal pensiero e dal cuore.

Intanto la mia partenza da Roma doveva essere preceduta da un avvenimento particolarmente solenne: per tre notti consecutive brillò nel cielo più terso la luna piena. L'incanto magico, diffuso sulla immensa città, per quanto da me già esperimentato più volte, mi fece in quelle notti un'impressione profonda. Le enormi masse, vivamente rischiarate come da una dolce luce diurna, coi loro netti contrasti di ombra, illuminate qua e là dal riflesso a maggior rilievo dei particolari, sembrano trasportarci in un altro mondo, più semplice e più vasto.

Dopo alcuni giorni trascorsi per distrarmi, ma non senza dolore, feci una sera il giro di Roma in ristretta compagnia di amici. Dopo aver attraversato il Corso — certo per l'ultima volta! — ascesi il Campidoglio, che s'ergeva come un palazzo incantato nella solitudine d'un deserto. La statua di Marc'Aurelio mi richiamò alla memoria il commendatore del *Don Giovanni*, e mi fece capire ch'egli stava meditando qualche cosa di straordinario. Con tutto questo discesi per la gradinata posteriore. Ed ecco in faccia a me l'Arco di Trionfo di Settimio Severo nella tenebra più fitta, e proiettante alla sua volta le ombre più nere; gli oggetti a me ben noti, nella solitudine della Via Sacra, mi sembravano strani e fantastici. Ma come mi appressai alle venerande reliquie del Colosseo ed ebbi spinto lo sguardo all'interno attraverso la cancellata, non posso nascondere che mi colse un brivido, e m'affrettai a ritornare sui miei passi.

Le grandi masse producono sempre un'impressione singolare, avendo qualche cosa di sublime e di afferrabile nel tempo stesso; in quelle passeggiate notturne ho tirato in certo qual modo l'incalcolabile *summa summarum* di tutta la mia dimora nella città eterna. Tutto questo, sentito profondamente e grandiosamente nel mio spirito sovreccitato, mi produsse uno stato di animo che chiamerei eroico-elegiaco, e che avrebbe voluto effondersi in una elegia in forma poetica.

E come non avrei dovuto ricordare, in quei momenti, l'elegia di Ovidio, che, condannato all'esilio egli pure, dovette abbandonare Roma in una notte di luna! *Cum repeto noctem*... Non c'era verso che mi uscissero di mente i suoi ricordi nostalgici, dal Ponto estremo, fra tanta tristezza e tanto lutto. E ripetei quei distici, che in parte mi rifiorirono spontanei alla memoria, ma che in realtà intralciarono e incepparono la mia vena poetica; la quale, anche più tardi rievocata, non mi rispose mai più.

*Wandelt von jener Nacht mir das traurige Bild vor die Seele,*
*Welche die letzte für mich ward in der Römischen Stadt,*
*Wiederhol' ich die Nacht, wo des Theuren soviel mir zurückblieb,*
*Gleitet vom Auge mir noch jetzt eine Thräne herab.*
*Und schon ruhten bereits die Stimmen der Menschen und Hunde,*
*Luna, sie lenkt in der Höh' nächtliches Rossegespann.*
*Zu ihr schaut' ich hinan, sah dann kapitolische Tempel,*
*Welchen umsonst so nah unsere Laren gegrenzt.*

*Cum subit illius tristissima noctis imago,*
*Quae mihi supremum tempus in Urbe fuit;*
*Cum repeto noctem, qua tot mihi cara reliqui,*
*Labitur ex oculis nunc quoque gutta meis.*
*Jamque quiescebant voces hominumque canumque,*
*Lunaque nocturnos alta regebat equos.*
*Hanc ego suspiciens et ab hac Capitolia cernens,*
*Quae nostro frustra juncta fuere Lari*...[18]

# COMMENTO

## ABBREVIAZIONI DELLE OPERE PIÙ FREQUENTEMENTE CITATE

**AA** = J. W. Goethe, *Gedenkausgabe der Werke, Briefe und Gespräche*, 24 volumi, a cura di E. Beutler, Zürich, Artemis Verlag 1950.

**Amoretti** = *Viaggio in Italia*, intr., trad. e note a cura di G. V. Amoretti, Torino, UTET 1965.

**Castellani** = *Viaggio in Italia*, pref. di R. Fertonani, trad. di E. Castellani, commento di H. v. Einem adattato da E. Castellani, Milano, Mondadori 1983.

*Giornale* = J. W. Goethe, *Giornale di viaggio alla Signora von Stein*, intr., trad. e note a cura di D. De Tuoni, Torino, Einaudi 1957.

*Opere* = Goethe, *Opere*, 5 volumi, a cura di L. Mazzucchetti, Firenze, Sansoni 1944-1961.

**Zaniboni** = *Viaggio in Italia*, 3 volumi, intr., trad. e note a cura di E. Zaniboni, Firenze, Sansoni 1924.

**Mittner** = L. Mittner, *Storia della letteratura tedesca*, parte II, 3 tomi, Torino, PBE 1982.

## PARTE PRIMA

*Da Carlsbad al Brennero* *p. 3*

1. Importante stazione termale e, durante tutto l'Ottocento, uno dei centri della mondanità europea. Situata alle falde dell'Erzgebirge, è oggi — col nome di Karlovy Vary — una cittadina della Cecoslovacchia.

Goethe parte non nella sua veste di ministro del granducato di Weimar, ma in incognito, sotto il nome di Philipp o Filippo Möller o Miller, facendo credere di essere prima un commerciante e quindi un pittore, il che, nel secondo caso, ha una sua giustificazione. È nota infatti l'attività di pittore — soprattutto paesaggista — svolta da Goethe. Dall'Italia inviò alla signora von Stein tutta una serie di bozzetti di sua mano.

2. S'identificano praticamente nei personaggi più importanti della Corte di Weimar, ovvero: il duca Karl August von Sachsen-Weimar-Eisenach; la duchessa madre Anna Amalia che, ritiratasi dalla reggenza attiva, era rimasta comunque il centro della vita intellettuale di Weimar (il cosiddetto *Musenhof Anna Amalias*); la duchessa Luise Augusta, sposa infelice di Karl August, per la quale Goethe ebbe sempre parole di ammirazione, soprattutto in occasione dell'occupazione francese del granducato le cui gravi conseguenze furono in parte evitate proprio grazie alla sagacia di Luise; la baronessa Charlotte von Stein, musa e amica di Goethe durante gli anni di Weimar; gli scrittori Wieland e Herder che — nelle intenzioni del duca — assieme a Goethe e ad altri intellettuali, poeti, scienziati avrebbero dovuto fare di Weimar un punto di riferimento europeo dell'umanesimo e della scienza; ed infine i numerosi amici, come la contessa Lanthieri, il segretario Vogel, il precettore e soprintendente Knebel e molti altri ancora che Goethe menzionerà nel corso del suo soggiorno italiano.

In realtà Goethe abbandona non solo e non tanto un gruppo di amici, quanto tutto un modo di vita che riteneva ormai sterile. Tuttavia, anche se parte di nascosto — come generalmente si sottolinea — in una lettera indirizzata al duca Karl August, Goethe ribadisce di avere sistemato tutti gli affari di stato in modo che anche una sua eventuale morte non avrebbe creato alcuna difficoltà (2 settembre 1786).

3. Zwodau in Cecoslovacchia.

4. Durante il *Viaggio* sono moltissime le osservazioni di meteorologia. Esse non costituiscono un corpo estraneo, ma si integrano — nel quadro dello studio delle scienze naturali in generale — nella filosofia di vita di Goethe. «Dirò subito che il grande e altisonante comandamento: Conosci te stesso mi è sempre parso sospetto, come un'astuzia di sacerdoti segretamente in combutta per confondere l'uomo con pretese irrealizzabili e deviarlo dall'attività nel mondo esterno verso una falsa contemplazione interna. L'uomo conosce se stesso nella sola misura in cui conosce il mondo di cui ha coscienza soltanto in sé, come ha coscienza di sé soltanto in esso. Ogni nuovo oggetto, osservato bene, dischiude in noi un nuovo organo.» (*Opere*, V, p. 58), scrive nel 1823. Alla meteorologia Goethe dedicò numerosi studi, fra cui *Versuch einer Witterungslehre* (1825), *On the Modifications of Clouds* (1820). Del resto Mittner sottolinea con vigore l'importanza, per la lirica goethiana, della nube di tempesta in cui si manifesta il nume, sempre atmosferico, di Goethe (cfr. Mittner, II, II, p. 355 sg.).

5. Nome tedesco della città di Cheb sull'Eger oggi in Cecoslovacchia. Nel 1634 vi furono assassinati Wallenstein e diversi importanti generali al suo seguito. Goethe la menziona anche altrove ricordandone l'antichissima sinagoga ebraica (AA, II, p. 944).

6. Le osservazioni a carattere geologico occupano ampio spazio nel *Viaggio*. Goethe, per il quale la geologia è l'«osteologia della terra», fu amico e seguace di A. G. Werner (1750-1817) e s'inserisce così nella corrente del nettunismo, ovvero nella teoria che vedeva in tutte le rocce il prodotto di una lenta sedimentazione dei depositi chimici contenuti nelle acque del mare primigenio. La teoria opposta era il vulcanismo, ovvero l'origine eruttiva delle formazioni geologiche. «... era naturale che il pensiero di Goethe si schierasse coi primi contro i secondi. Si ricordi la sua visione del ciclo di metamorfosi della pianta; è un moto ascendente, ma racchiuso in un cerchio armonico; inventivo, mai caotico, or-

ganico, mai tumultuario», osserva B. Maffi (*Opere*, V, p. 244). Cfr. anche la nota 4.

7. Capoluogo dell'omonima regione boscosa situata tra il Fichtelgebirge e le foreste dell'Alto-Palatinato. Particolarmente importante è la biblioteca del convento di Waldsassen, che costituisce uno dei capolavori dell'arte barocca.

8. Conteneva le distanze e i tempi di percorrenza tra una tappa e l'altra ed era destinato alla signora von Stein. Questo ed altri foglietti simili sono contenuti nel *Giornale di viaggio per la Signora von Stein*.

9. Affluente del Danubio.

10. A Ratisbona Goethe scese all'albergo «Weisser Lamm».

11. Goethe assisté alla rappresentazione del dramma *Die sogenannte Menschenliebe* e della commedia *Der lieblose Knecht*. Il teatro dei Gesuiti era un'importante istituzione. Nella *Ratio Studiorum* del 1586 l'attività drammatica venne indicata come importante mezzo di formazione morale e teologica. I collegi dei gesuiti furono centri di intensa attività teatrale in tutti i paesi e diedero vita a una letteratura drammatica prima esclusivamente in latino e successivamente anche nelle lingue nazionali su temi della storia sacra o comunque a carattere edificante.

12. A Monaco Goethe pernottò alla locanda «Zum Schwarzen Adler» nella Kaufingerstrasse.

13. Si tratta di diciotto schizzi per altrettanti quadri in onore di Maria de' Medici che li aveva commissionati a Rubens per il suo nuovo palazzo del Lussemburgo a Parigi. Gli schizzi si trovano oggi nella Alte Pinakothek, di Monaco, i quadri al Louvre di Parigi. La colleczione si trovava nella galleria fatta costruire dal Principe elettore Karl Theodor (1777-1799) a fianco dello Hofgarten.

14. Opera di Luigi Valadier e di Barth Hecher che vi lavorarono per ben sei anni (1774-1780). Si trova oggi nella Schatzkammer del Residenzmuseum di Monaco. Riproduce la famosa Colonna Traiana innalzata nel Foro Traianeo del 113 d.C. per celebrare la vittoria di Traiano in Dacia. Menzionata anche da J. W. Archenholz, autore dell'opera *Reise durch Italien und England* (v. anche nota 31, p. 598).

15. L'Antiquarium è la parte più antica del palazzo della Residenz (1570). Contiene numerosi busti di antichi romani.

16. Era situato allora nello Jesuitenkollegium.

17. Uno dei campanili della Frauenkirche (1468-1488) alti 99 m, da cui si gode una splendida vista sulla città. Nel *Giornale* Goethe ricorda che da esso il 14 gennaio 1785 si era gettata una ragazza diciassettenne, Franziska Ickstatt, per gli ostacoli frapposti al suo amore. Il tragico episodio divenne argomento di alcune opere letterarie, tra cui *Die Leiden des jungen Fanny* di Nesselrode.

18. Karl Ludwig von Knebel (1744-1834). Chiamato a Weimar dalla duchessa Amalia per fare da precettore al suo secondogenito Konstantin, era intimo amico di Goethe che presentò per la prima volta al duca Karl August a Francoforte l'11 dicembre 1774. Fu noto anche per la sua attività di traduttore. La sua traduzione di Lucrezio fu discussa da Goethe in «Kunst und Altertum». Tradusse anche il *Saul* dell'Alfieri.

19. Benediktbeuern è il più antico convento benedettino dell'Alta Baviera (739).

20. Balthasar Hacquet (1739-1815). Medico, geologo e botanico. Professore a Lemberg in Austria, scrisse l'opera in quattro volumi *Physikalisch-politische Reise auf die Dinarischen, Julischen, Kärntner, Rhätischen und Norischen Alpen, gemacht in den Jahren 1781-1783*, Lipsia, 1785.

21. Viene spontaneo ravvisare in questa figura i tratti di Mignon.

22. L'abbazia benedettina di Einsiedeln fu fondata agli inizi del X secolo sul luogo di eremitaggio di San Meinardo. La biblioteca contiene centomila volumi e preziosi incunaboli.

23. La leggenda, nota fin dal 1500, vuole che l'imperatore Massimiliano — la cui grandiosa tomba, ma non il corpo, si trova nella Hofkirche di Innsbruck, città che visse sotto di lui il suo massimo splendore — inseguendo un camoscio precipitasse dalla Martinswand arrestandosi dopo un volo pauroso proprio sull'orlo di un precipizio. Mentre i presenti cercavano di prestargli soccorso, ed anzi lo davano già per spacciato, apparve un angelo che lo salvò.

24. Personaggio della commedia di Goethe *Die Mitschuldigen*.

25. «Il periodo d'oro degli studi botanici di Goethe è tuttavia quello che precede, punteggia e segue immediatamente il primo viaggio, per tanti riguardi fatale, in Italia. È come se qui, a con-

tatto con la rigogliosa natura mediterranea, le idee o le intuizioni, che urgono nella mente di Goethe, trovino infine quella loro espressione visibile e tangibile, in cui il suo "pensiero oggettivo" riconosce il segno "pregnante" del vero.» (*Opere*, introd. a cura di B. Maffi, V, p. 71).

26. Carl von Linné (1707-1778), professore di botanica a Uppsala. Legato a una visione creazionistica della natura concepita come realizzazione di un piano sapiente della divinità, implicante un'armonia e un equilibrio fra tutte le forme viventi, Linneo ereditò tuttavia un'esigenza pratica espressa dagli enciclopedisti di «riconoscere» le piante e gli animali, e quella più propriamente scientifica di fornirne una classificazione naturale. Era ben noto a Goethe che lo cita, fra l'altro, nella *Morfologia delle piante*: «La *Terminologia* di Linneo, le *Fundamenta* sulle quali doveva sorgere l'artistico edificio, le dissertazioni di Johann Gessner a spiegazione degli *Elementi* linneani, il tutto riunito in un quaderno, mi accompagnavano in tutte le mie passeggiate ed ascensioni... La *Filosofia botanica* di Linneo era il mio studio quotidiano; ... per ora mi limiterò a riconoscere che l'influenza maggiore, dopo Shakespeare e Spinoza, mi è venuta da Linneo, e proprio attraverso la posizione polemica alla quale egli mi spingeva. Infatti, mentre cercavo di assorbire le sue acute e geniali distinzioni, le sue leggi esatte e pertinenti ma spesso arbitrarie, una frattura si verificava in me: ciò ch'egli si sforzava di tener distinto con la forza, doveva, per le esigenze più profonde della mia natura, tendere a riunirsi.» (*Opere*, V, pp. 88-89).

27. Goethe alloggiò all'«Albergo della Posta» (Zaniboni, I, p. 211).

28. Georg Joachim Göschen (1752-1828). Editore di Lipsia che pubblicò la prima edizione delle opere di Goethe, *Goethes Schriften*, 1787-1790.

29. Christian Georg Karl Vogel (1760-1819). Segretario di Goethe a Karlsbad. Nel 1815 divenne Kanzleirat a Weimar.

30. Johann Gottfried Herder (1744-1803). Scrittore, poeta, predicatore, teologo, educatore, ma soprattutto filosofo del linguaggio e della storia e mediatore culturale (importante fra l'altro la sua attività di traduttore). Tra le sue opere più importanti *Über den Ursprung der Sprache* (1772) (grazie alle intuizioni in essa contenute Herder viene ad occupare un posto di primaria importanza all'interno della linguistica romantica); *Auch eine Philosophie der Geschichte*; *Ideen zur Philosophie der Geschichte der Menschheit*, in cui la storia è vista nel suo incessante dinami-

smo: Mittner lo definì — anche se con le dovute riserve — «il precursore, se non il creatore dello storicismo dialettico...» (Mittner, II, II, p. 308).

A Goethe lo legò un rapporto che — con alti e bassi — durò per tutta la vita, dal primo incontro a Strasburgo (1770-1771) fino alla morte di Herder che era stato chiamato da Goethe a Weimar nella veste di Generalsuperintendent. Qui, dopo un periodo di iniziale freddezza, il loro rapporto divenne sempre più intimo e fattivo (Herder fu di grande aiuto a Goethe nella pubblicazione delle sue opere presso l'editore Göschen; Goethe deve molte delle sue conoscenze della letteratura greca antica a Herder) fino a interrompersi quasi definitivamente, quando Herder cominciò a rivolgere la sua attenzione alla teologia e alla morale più che alla filosofia della storia. Da quel momento in poi l'interlocutore privilegiato di Goethe sarà Schiller. Un momento di particolare vicinanza tra Goethe e Herder è proprio il periodo del primo soggiorno romano. Goethe, che adombrò probabilmente Herder nella figura di Humanus, il capo dei templari dei *Geheimnisse*, poema mistico-allegorico iniziato poco prima di partire per l'Italia, cercò di spiegare il suo rapporto con Herder come un alternarsi di attrazione e repulsione. (Cfr. anche nota 11, p. 632.)

31. Goethe aveva rielaborato *Gli uccelli* di Aristofane traendone una commedia che ricorderà a più riprese nel *Viaggio*. Treufreund (amico fidato), che s'identifica con Pistetero, è uno dei personaggi.

32. *Ifigenia in Tauride*, per Mittner «l'opera più perfetta di Goethe e di tutta la letteratura tedesca» (II, II, p. 509), fu oggetto di numerose stesure. La versione in prosa, iniziata il 14 febbraio 1779, fu terminata il 28 marzo 1779 e messa in scena a Ettersburg il 6/4/1779 con Goethe nella parte di Oreste, il principe Konstantin in quella di Pilade, Korona Schröter di Ifigenia e Knebel di Toante. Il testo fu rielaborato nel 1780 in giambi liberi, quindi nuovamente in prosa nel 1781 ed infine in giambi pentapodi in Italia tra il mese di settembre e la fine del 1786. La prima rappresentazione pubblica dell'*Ifigenia* in versi ebbe luogo il 15 maggio 1802 a Weimar.

In alcune lettere inviate a Herder dall'Italia Goethe descrive le difficoltà che incontrava nella redazione definitiva dell'opera («*Ifigenia* ha bisogno ancora di molto lavoro... I passi che consideravo praticamente definitivi sono quelli che mi danno più da fare...», scrive il 14 ottobre 1786) e la sua gioia per avere portato a termine il dramma («Finalmente ti posso comunicare con gioia che la mia *Ifigenia* è finita... te la spedirò affinché tu possa apportarvi tutte le modifiche, anche profonde, che riterrai necessarie», scrive il 29-30 dicembre 1786).

*Dal Brennero a Verona*     *p. 18*

1. È in realtà l'Isarco.

2. Allart van Everdingen (1621-1675), paesaggista olandese. Goethe possedeva alcune sue opere.

3. Nome italiano: Vipiteno.

4. Nome italiano: Colma.

5. Nome italiano: Trinità.

6. Fin dal Medioevo Bolzano era il principale centro di scambi commerciali tra la Germania meridionale e orientale e l'Italia.

7. A Bolzano era allora in circolazione la moneta della Repubblica Veneta.

8. Heinrich Roos (1631-1685), pittore olandese che prediligeva come soggetti gli animali. Fin dal 1657 si era stabilito a Francoforte.

9. In realtà S. Maria Maggiore (1520), dove si tennero molte delle riunioni del Concilio di Trento (1545-1565). Il quadro è opera di Elia Naurizio, pittore trentino attivo tra il 1623 e il 1650, e raffigura il generale dei Gesuiti Jacopo Laynes. La chiesa menzionata qualche riga dopo e che Goethe sembra confondere con la prima è la chiesa barocca del Seminario costruita ad opera di Andrea del Pozzo.

10. L'Ordine dei Gesuiti era stato sciolto dal papa Clemente XIV nel 1775.

11. Palazzo Galasso, all'angolo di via Alfieri — costruito nel 1602 per Giorgio Fugger e acquistato nel 1642 dai Galasso — è chiamato ancor oggi palazzo «del diavolo». Il Fugger, ricchissimo banchiere d'Augusta, venuto a Trento s'innamorò d'una ragazza di nobile famiglia, molto bella e molto ambiziosa, che alla sua profferta di matrimonio rispose di essere disposta a concedergli la sua mano solo se le avesse costruito un palazzo degno di lei in una sola notte. Fugger ricorse al Demonio, che s'impegnò ad accontentarlo in cambio della sua anima. Il banchiere firmò il contratto con la penna intrisa nel proprio sangue, riservandosi di inserire all'ultimo momento una clausola insignificante, ovve-

ro di poter spargere nel palazzo uno strato di grano che Belzebù avrebbe dovuto riconsegnargli fino all'ultimo chicco. All'alba il lavoro era finito e il Maligno raccolse diligentemente tutto il grano, ma quando contarono i chicchi si vide che ne mancavano cinque: impastati con la pece dal furbo banchiere, erano rimasti attaccati agli unghioni del Demonio. Questi protestò, ma Fugger si fece il segno della croce e il diavolo sprofondò in un abisso spalancatosi nel pavimento.

12. Il confine linguistico è situato a Salorno. «Viaggiatori più antichi (Montaigne, Duc de Rohan ecc.) osservano che a Trento la lingua era ancor mista, a Rovereto completamente italiana. Ma i contemporanei del Goethe (in particolare lo spagnolo Andres, più tardi Kuttner, Heine, Platen) avvertono che già a nord di Trento non si sente più parlar tedesco.» (Zaniboni, p. 212). Amoretti ricorda che Platen poneva a Salorno il confine linguistico in una lettera a Goethe dell'11 settembre 1826.

13. Goethe aveva imparato l'italiano da Domenico Giovinazzi «che, fuggito nel 1717 da un convento di Putignano, e abiurata la fede cattolica, si era rifugiato a Francoforte dove campava dando lezioni d'italiano». Costui — osserva il Croce — ebbe in casa Goethe non solo l'ufficio «di secondare la placida follia del padre scrittore in lingua italiana», oppure «di cantare ariette come quella famosa del Rolli (*Solitario bosco ombroso*, che il poeta seppe a memoria prima ancora di intenderne il senso) e che certamente, con altre simili, non rimasero senza efficacia sui *Lieder* giovanili di Volfango, ma anche d'insegnare a questi e alla sorella Cornelia l'italiano» «... fantasticando forse sul misterioso passato di quell'italiano... non è improbabile, come crede la Mentzel, e come ritiene anche il Croce, che (Goethe) trovasse l'incentivo a ideare la misteriosa figura del vecchio artista dei *Lehrjahre*» (*Giornale*, pp. XIII-XIV).

14. A Torbole Goethe scese alla «Locanda alla Rosa» (oggi proprietà della famiglia Alberti), come ricorda una lapide.

15. Johann Jakob Volkmann (1732-1809). Autore di guide e di scritti sull'arte. Tra questi la guida citata a più riprese da Goethe nel *Viaggio*: *Historisch-kritische Nachrichten von Italien, welch eine genaue Beschreibung dieses Landes, der Sitten und Gebräuche, der Regierungsform, Handlung, Ökonomie, des Zustandes der Wissenschaften und insonderheit der Werke der Kunst nebst einer Beurteilung derselben enthalten. Aus den neuesten Französischen und Englischen Reisebeschreibungen und aus eigenen Anmerkungen zusammengetragen von D. J.*

*Volkmann*. Le fonti di Volkmann furono il Lalande, il Richard e il Cochin (Zaniboni, I, p. 213). Volkmann conobbe Mengs e Winckelmann. Con quest'ultimo intrattenne anche uno scambio epistolare.

16. Virgilio, *Georgiche*, II, v. 160. La citazione esatta è: «fluctibus et fremitu adsurgens, Benace, marino?». Lo Zaniboni ricorda che tale verso era un luogo comune dei viaggiatori del tempo, ad esempio di Addison, Heine.

17. «Le finestre senza vetri erano un'antica caratteristica italiana. Il vescovo di Salisbury, Burnet, si doleva di questa mancanza nei maggiori alberghi di Milano e di Firenze (1685); Th. Gray si consolò solo a Roma d'aver trovato finestre con vetri (1740)» (Zaniboni, I, p. 214).

18. A Malcesine Goethe soggiornò all'albergo «Aquila nera».

19. Si tratta del Castello Scaligero (XIII-XIV secolo) che domina il nucleo antico dell'abitato.

20. Marco Bolongaro (1712-1779) aveva fondato una casa di commercio a Francoforte. Ancora oggi a Hoechst, vicino a Francoforte, si può ammirare un edificio da lui fatto costruire.

21. Johann Maria Allesina (o Alessina), commerciante di sete di origine italiana. Sposò Franziska Klara Brentano. Goethe conosceva la famiglia Allesina che cita in *Dichtung und Wahrheit*.

22. La ricca famiglia di commercianti Brentano era originaria di Tremezzo sul lago di Como. Goethe frequentava assiduamente la loro casa. Inoltre della futura moglie di Anton Brentano, Maximiliane von La Roche, figlia della scrittrice Sophie e madre di Clemens e Bettina, Goethe si era innamorato nel 1772 e probabilmente la tenne presente, assieme a Charlotte Buff, nella creazione del personaggio di Lotte nei *Dolori del giovane Werther*. (Cfr. Castellani, p. 669.)

23. Mitica popolazione ricordata da Omero e Erodoto. Si diceva che fossero cannibali.

24. Johann Jakob Ferber (1743-1790), studioso di mineralogia. Autore delle *Briefe aus Welschland über natürliche Merkwürdigkeiten dieses Landes*, Prag, 1773.

25. Johann Karl Wilhelm Voigt (1752-1821). Dal 1783 segretario delle miniere di argento e di rame di Ilmenau. Raccoglieva piccole collezioni di minerali che poi vendeva. Goethe aveva dedicato molto tempo e fatica alla riattivazione della miniera di Ilmenau.

*Da Verona a Venezia* p.36

1. Nell'arena di Verona (I secolo), uno dei maggiori anfiteatri superstiti, si erano svolte nel 1771 e nel 1782 corride e celebrate solennità in onore di Giuseppe II e di Pio VI. Vi si rappresentavano anche farse e commedie con Brighella e Pantalone, con sdegno di alcuni viaggiatori, fra cui Heine. Verona contava allora 48.000 abitanti (Amoretti, p. 89).

2. La lapide reca la seguente scritta: «Hieronymo Marmoreo V.C., cuius incredibili studio, dum urbi praeest, quod temporis iniuria huic amphitheatro perierat, reddi coeptum est, Veronenses P.P. MDLXIX».

3. Era così chiamata perché vi passava il Palio. Progettata (1542-1557) dal Sanmicheli, era spesso chiusa e per questo era popolarmente chiamata Porta Stupa, dal verbo dialettale *astupar* che significa chiudere.

4. Il Teatro Filarmonico — costruito dal Bibbiena — andò distrutto (ad eccezione del ridotto) durante la Seconda guerra mondiale.

5. Scipione Maffei (1675-1755). Importante figura di letterato e intellettuale che contribuì in modo determinante allo svecchiamento delle strutture sociali e culturali nonché al passaggio dall'età degli eruditi a quella dei riformatori illuminati. S'impegnò a fondo nella lotta contro i pregiudizi di casta, le superstizioni pseudoreligiose, favorì un progresso della filologia e paleografia e la nascita di un giornalismo d'idee o di tendenze. La monumentale *Verona illustrata* (1732) è basata su di un concetto innovatore, ovvero sul rapporto tra sincronia e diacronia nella storia della cultura medievale, nonché sulla scoperta di scambi risolutivi tra centri maggiori e aree periferiche. Fu anche autore di opere teatrali.

Il Museo Lapidario Maffeiano, creato tra il 1714 e il 1715 dal Maffei e primo del suo genere in Europa, è ancora nella sua antica sede.

6. Herder aveva scritto nel 1769 un saggio sulla raffigurazione della morte nell'arte sepolcrale in cui elogiava quella italiana per la sua «tranquilla grandezza» e la sua «bella semplicità» (*Wie die Alten den Tod gebildet? Ein Nachtrag zu Lessings Abhandlung desselben Titels und Inhalts*).

7. Allude probabilmente al monumento funebre di Götz von Berlichingen nel monastero di Schönthal an der Jagst.

8. Iniziato nel 1610, l'edificio barocco della Gran Guardia fu ultimato nel 1821.

9. Si tratta del Palazzo del Capitano eretto da Alberto I della Scala e rifatto nel XVI secolo. La facciata è ornata d'un ricco portale del Sanmicheli e il cortile della barocca Porta dei Bombardieri. Un arco detto «della Tortura», perché nel XVI secolo vi erano appesi strumenti di tortura, unisce questo edificio al Palazzo del Governo.

10. Opera di Adasio di Efeso, si trovava allora a Villa Borghese. È oggi custodita a Parigi, dove fu portata da Napoleone.

11. La chiesa, costruita tra il 1477 e il 1536, era considerata già nel XVIII secolo una vera e propria pinacoteca.

12. La «Pioggia della manna» di Felice Ricci, detto il Brusasorci (1545-1605), fu terminata ad opera degli allievi Ottino e Orbetto.

13. «Moltiplicazione dei pani» di Paolo Farinati (1524-1606).

14. «Sant'Orsola e le Undicimila Vergini» di Francesco Caroto (1480-1555).

15. La pala d'altare «Assunzione della Madonna» di Tiziano Vecellio, attualmente al Duomo di Verona, è citata dal Vasari «tra le cose moderne la migliore di Verona».

16. La Galleria Gherardini andò dispersa nel 1825 (Amoretti, p. 99).

17. Alessandro Turchi (1578-1649) chiamato Orbetto o Alessandro Veronese. Fu scolaro del Brusasorci. Il suo «Sansone e Dalila» si trova al Louvre.

18. Palazzo Canossa. Opera del Sanmicheli (1537). Della «Danae» nulla si sa.

19. Palazzo Bevilacqua, capolavoro del Sanmicheli (1530).

20. Jacopo Robusti detto il Tintoretto (1518-1594) dipinse il «Paradiso» nel 1579. Il quadro si trova al Louvre dal 1799.

21. Paolo Caliari detto il Veronese (1528-1588). Sul Veronese Goethe esprimerà un giudizio estremamente positivo l'8/10/1786 davanti al dipinto «La famiglia di Dario davanti ad Alessandro» allora a Palazzo Pisani Moretta di Venezia, attualmente alla National Gallery di Londra. È forse opportuno ricordare l'affinità fra il Palladio e il Veronese che si concretò nel ciclo di affreschi di Villa Barbaro a Maser costruita dal Palladio.

22. Il «Niobide» si trova attualmente alla Glyptothek di Monaco di Baviera. La collezione di Palazzo Bevilacqua era stata ricordata anche da Winckelmann nella sua *Storia dell'arte antica*.

23. I Cimmeri erano un'antica popolazione, forse tracia, stanziata nella Crimea. Nel secolo VIII a.C. invase l'Asia Minore e fu a lungo combattuta dagli Assiri finché verso il 600 fu scacciata dal re Aliatte di Lidia. In Omero i Cimmeri sono i mitici abitanti di un nebbioso settentrione.

24. *Das Stundenmass der Italiener* fu pubblicato nel mese di ottobre 1788 nel «Teutscher Merkur» di Wieland.

25. Il duca John Churchill Marlborough (1650-1722) fu uno dei più importanti condottieri nella guerra di successione spagnola contro Luigi XIV. La canzonetta «Marlborough s'en va-t-en guerre», mezza in italiano e mezza in francese, era popolarissima nell'Europa d'allora. Goethe la ricorda nella II Elegia Romana e nel saggio sul *Volksgesang* pubblicato nel marzo del 1789 nel «Teutscher Merkur» di Wieland.

26. Costruzione cinquecentesca con uno splendido giardino del Settecento.

27. Vicenza era la città che Goethe aveva inizialmente scelta come patria di Mignon: «Per lungo tempo fui indeciso se dare a Mignon come patria Verona o Vicenza. Sarà senza dubbio Vicenza, anche perciò mi devo trattenere qui ancora qualche giorno» (*Giornale*, pp. 73-74).

28. Andrea di Pietro della Gondola detto Palladio (1508-1580). In una lettera a H. Meyer del 30/12/1795 Goethe si esprime in questi termini: «Quanto più si studia il Palladio, tanto più difficile risulta afferrare il genio, la maestria, la ricchezza, la versatilità di quest'uomo. In qualche particolare la sua arditezza può anche essere discutibile, ma nel complesso le sue opere costituiscono una frontiera a cui nessuno si era mai accostato in precedenza e che difficilmente un altro riuscirà a varcare in tempi brevi». Ciò che affascinava Goethe nel Palladio era proprio l'idea che il suo severo classicismo era uno strumento di progettazione atto a superare il manierismo cinquecentesco, in modo da fondare l'architettura su basi scientifiche, da farne un linguaggio universale.

Il palladianesimo, ovvero la diffusione dell'opera del Palladio come modello architettonico, si impose nel primo Settecento soprattutto in Inghilterra, dove in seno all'aristocrazia whig in ascesa, che trascorreva gran parte dell'anno nelle proprie tenute, si costituì un'élite culturale educata ai principi shaftesburiani di un bello semplice e nobile. In Germania uno dei maggiori ammiratori del Palladio fu F. W. Erdmannsdorf che costruì il castello di Wörlitz nel ducato di Dessau avvalendosi per l'appunto dei principi palladiani.

29. Ultima opera del Palladio portata a termine dallo Scamozzi. Costruito in legno e stucco, ripete le forme dei teatri classici dell'antichità. Il saggio *Del Teatro Olimpico di Andrea Palladio in Vicenza. Discorso del Signor Conte Giovanni Montenari Vicentino* (1733), a cui Goethe probabilmente allude, è conservato a Weimar nella biblioteca di Goethe.

30. Uno dei capolavori del Palladio. Costruita tra il 1540 e il 1617 è uno degli edifici più rappresentativi del Rinascimento veneto. Il Palladio circondò il preesistente quattrocentesco Palazzo della Ragione di un rivestimento marmoreo sontuoso, a portico e loggia di solenni forme classiche.

31. *Les trois Sultanes ou Soliman II*, commedia musicale di C.-S. Favart (1710-1792) e *Il ratto dal Serraglio* di W. A. Mozart. «...L' "opera" ascoltata da Goethe a Vicenza fu il *Serraglio di Osman*. È lecita la congettura che si tratti di un titolo posticcio dato a quello che dal testo stesso di Goethe risulta essere stato uno spettacolo-centone di brani tratti dalle due opere» (Castellani, p. 675).

32. Antonio Turra, botanico e medico. Un suo saggio scientifico fu tradotto dal medico di corte di Weimar, per cui Goethe molto probabilmente lo conosceva. Elisabetta Caminer, moglie del Turra e figlia del pubblicista Domenico Caminer, svolse una notevolissima opera di mediazione culturale tra l'Italia da una parte e la Francia e i paesi di lingua tedesca dall'altra.

33. Ottavio Bertotti Scamozzi (1719-1790). Architetto. Fu allievo e studioso del Palladio al quale dedicò l'opera *Le fabbriche e i disegni di Andrea Palladio*. Nel *Giornale* si legge: «Se dovessi obbedire al mio desiderio mi tratterrei qui un mese, farei con il vecchio Scamozzi un rapido corso di architettura e quindi proseguirei tranquillato del tutto con me stesso» (p. 72).

34. In realtà Casa Cogollo.

35. Geniale creazione del Palladio (1550) completata dallo Scamozzi (1606). Per Mittner essa adombra addirittura uno dei simboli più importanti degli *Anni di apprendistato di Wilhelm Meister*: «Il chiuso mondo pietistico di Susanna von Kletten-

berg... è il germe da cui si sviluppa il mondo di un umanesimo morale ed artistico, il mondo dello zio di lei, che ha per centro e simbolo la Rotonda del Palladio; questa villa, rappresentata quasi come un tempio classico e moderno ad un tempo, è a sua volta il germe della Torre, che è il mondo di un filantropismo assai più sociale che culturale ed estetico...» (Mittner, II, II, p. 528).

36. L'Accademia Olimpica, fondata nel 1556, promuoveva la vita teatrale. Il Teatro Olimpico, ideato dal Palladio (1579) e compiuto dallo Scamozzi, fu voluto dall'Accademia Olimpica. Palladio, che fu uno dei fondatori dell'Accademia stessa, tentò una ricostruzione filologica della tipologia degli antichi teatri romani da lui studiati a Vicenza e a Pola.

37. L'Osservatorio dell'Università.

38. Joseph Smith (1682-1770). Console inglese che fu mecenate del Canaletto.

39. Pietro Bembo (1470-1547). Figura di rilievo nel panorama dell'Umanesimo italiano. Particolarmente importanti gli *Asolani*, trattato sull'amor platonico in cui confluivano le diverse correnti culturali dell'epoca: il neoplatonismo filosofico e mistichegiante del Ficino, il misticismo amoroso di origine provenzale e quindi passato agli stilnovisti e al Petrarca, ed infine quell'attenzione tra romanzesca e mondana al tema dell'amore tipica della letteratura cortese e, in Italia, del Boccaccio. Non meno importanti sono le *Prose della volgar lingua* che auspicavano una lingua che riflettesse l'ideale di classicità e di aulicità della cultura. (Cfr. al riguardo G. Petronio, *L'attività letteraria in Italia*, Palumbo, Palermo, 1977, pp. 260-265.)

40. L'università di Padova, fondata nel 1222, è una delle più antiche d'Italia e d'Europa. È detta il Bo dal nome di un albergo un tempo esistente sulla sua area. Il teatro anatomico è il primo del genere.

41. Dietro un'antica meridiana in una serra ottagonale si trova la «palma di Goethe», gigantesco esemplare di Chamaerops humilis eccezionalmente longevo (quasi quattrocento anni), davanti a cui si narra che Goethe ebbe una prima conferma della sua idea della pianta originaria. Indubbiamente la visita all'Orto Botanico di Padova — il più antico d'Europa, fondato nel 1545 — è un evento non di secondaria importanza: l'idea della *Urpflanze* accompagna Goethe per tutto il suo viaggio in Italia. E comunque, per accennare quanto l'interesse per la botanica fosse strettamente collegato alla *Weltanschauung* di Goethe, basta citare

il seguente passo tratto dalla *Morfologia delle piante* (1790): «Come perciò la mia attenzione si concentrasse sempre più su questa mobilità, con quanto impegno le corressi dietro, soprattutto viaggiando, in mutate latitudini geografiche, altezze barometriche ed altre condizioni diverse, ne danno un primo assaggio le notizie che ho cominciato a pubblicare sul mio viaggio in Italia; il prossimo volume spiegherà come abbia concepito in modo embrionale l'idea della metamorfosi delle piante, con quale gioia, anzi trasporto, l'abbia amorosamente inseguita a Napoli e in Sicilia, l'abbia applicata ad ogni singolo caso, e dell'accaduto abbia riferito a Herder con l'entusiasmo di chi abbia scoperto l'evangelica moneta... Allo stesso modo riferirò come, nella mia seconda permanenza a Roma, mi accadde di osservare una vegetazione rigogliosa, facile a riprodursi e a superare ogni volta se stessa, di trascorrere lunghe ore a studiare e disegnare le forme complesse ed intrecciate che di rado si riscontrano nel nostro clima e, infine, di concepire nelle grandi linee la teoria come l'ho esposta più tardi.» (*Opere*, V, pp. 95-96).

42. Il Prato della Valle è una caratteristica, vasta spianata, con un isolotto alberato al centro, ornato di statue e cinto da un canale; fu creato nel 1775. Ogni anno, in occasione della festa di S. Antonio, vi si tiene una fiera che dura tre giorni.

43. Gustavo Adolfo (1594-1632). Re di Svezia dal 1611.

44. Leopoldo II (1747-1792). Granduca di Toscana e imperatore tedesco dal 1790 al 1792.

45. La Scuola del Santo, attigua alla Basilica di S. Antonio, è ornata da un complesso di affreschi sulla vita del Santo che sono opera di vari pittori veneti del primo Cinquecento, fra cui il più importante è senza alcun dubbio di Tiziano («Il miracolo del neonato», «Il miracolo del piede risanato», «Il miracolo della donna ferita»).

46. Giovanni Battista Piazzetta (1682-1754). Pittore e direttore dell'Accademia di Venezia.

47. La chiesa degli Eremitani, costruita fra il 1276 e il 1306 in forme romanico-gotiche, fu semidistrutta nel 1944 e quindi fedelmente ricostruita. Goethe poté ammirarvi gli affreschi del Mantegna oggi non più esistenti.

48. Andrea Mantegna (1431-1506). Come nota il von Einem (Castellani, p. 679), Goethe — a differenza del Volkmann che giudicò Mantegna gotico e molto di maniera — seppe riconoscere la forza espressiva ed il valore storico di questo artista. Al

«Trionfo di Cesare» del Mantegna Goethe dedicò un saggio pubblicato nel 1823.

49. Il Palazzo della Ragione, detto anche il Salone, fu eretto nel 1218-1219 e rinnovato nel 1306.

50. S. Giustina è una grandiosa costruzione del Cinquecento sormontata da otto cupole.

*Venezia* p. 61

1. Come noto, il padre di Goethe aveva compiuto un viaggio in Italia nel 1740 e scritto in italiano, con l'aiuto di D. Giovinazzi, un resoconto dello stesso che fu pubblicato in Italia nel 1932 a cura di A. Farinelli.

2. Come nota lo Zaniboni, il «Burchiello», che collegava Padova a Venezia, è ricordato da molti viaggiatori del tempo. «Era una specie di "diligence d'eau", come lo definisce il De Brosses, o come lo descrive il Lalande: "un grand bateau, dont la chambre est ornée de peintures avec de tapis, de glaces et de portes vitrées..." Platen è fra gli ultimi che lo ricordino (1829)» (Zaniboni, I, p. 228).

3. Oggi «Albergo Regina di Roma e Vittoria». Una lapide ricorda il soggiorno di Goethe.

4. Il *Giornale* e, forse, l'*Ifigenia*.

5. Con ogni probabilità J. P. Siebenkees, precettore a Venezia fin dal 1782 e attento osservatore della vita culturale e sociale veneziana. Pubblicò a Weimar, nel «Journal des Luxus und der Moden», degli schizzi di vita veneziana. (Cfr. al riguardo Amoretti, p. 128.)

6. Il «Dreikönigenschrein», conservato nel Duomo della città, è uno splendido pezzo di oreficeria del XII secolo.

7. Sull'isola della Giudecca sorge la chiesa del Redentore, uno dei capolavori del Palladio, ultimata alla sua morte dagli allievi e collaboratori.

8. Dogana di mare o Dogana Vecchia (1682), sulla cui torre d'angolo si leva il gruppo in bronzo dei due Atlanti che reggono il globo con la Fortuna girevole.

9. S. Giorgio Maggiore, che sorge sull'isoletta omonima, una delle più belle creazioni del Palladio (1565-1580), ultimata dallo Scamozzi (1610).

Santa Maria della Salute, uno dei capolavori del Barocco veneziano, è opera del Longhena. Goethe la giudica in questi termini: «La cupola centrale che caratterizza il duomo non è da sprezzarsi né per altezza né per ampiezza. Il complesso però fino ai minimi particolari un ammasso di esempi del cattivo gusto, una chiesa meritevole che in essa accadano miracoli» (*Giornale*, p. 103).

10. Furono portate a Venezia dall'Oriente nella seconda metà del XII secolo. Fra le due colonne con antiche statue del leone di San Marco e di San Teodoro si ergeva un tempo il palco per le esecuzioni capitali.

11. La festa di S. Michele cade il 29 settembre. S. Michele in Isola fu costruita nel 1469 da Mauro Codussi. Nell'isola si trova oggi il cimitero.

12. Angelo Emo (1731-1792). Ammiraglio della flotta veneziana nella guerra contro Tunisi. Fu successivamente ambasciatore della Repubblica Veneta a Costantinopoli.

13. Il Palladio iniziò la costruzione del convento nel 1561, portò a termine però soltanto un lato del chiostro e una loggia. Si trova all'interno della Scuola Grande della Carità, a sua volta a fianco della chiesa di S. Maria della Carità.

14. I più antichi conservatori italiani sorsero non a Napoli, ma a Venezia, dove erano chiamati «ospedali», nel senso di ospizi per la gioventù abbandonata. I quattro «ospedali» veneziani più importanti erano quelli della Pietà, degli Incurabili, dei Derelitti ai SS. Giovanni e Paolo, e dei Mendicanti. Particolare importanza ebbero i concerti della Pietà per coro e orchestra femminili, diretti alcuni decenni prima della visita di Goethe da Vivaldi (1678-1741).

15. Nel Settecento Venezia vantava ben sedici teatri pubblici (il primo teatro lirico a pagamento fu il S. Cassiano, inaugurato nel 1637), sette dei quali funzionavano contemporaneamente; i palchi erano riservati alle famiglie patrizie che avevano fatto costruire e sovvenzionavano i teatri, mentre le platee accoglievano il pubblico pagante e le gallerie il personale di servizio addetto ai palchi. Il Teatro di S. Moisè fu inaugurato nel 1639 con l'*Arianna* di Monteverdi. Nel 1792 fu aperta La Fenice.

16. La Chiesa di S. Moisè è un tipico esempio del più ridondante Barocco veneziano.

17. Si tratta del processo Semitecolo-Manin, la cui sentenza definitiva fu pronunciata il 28 ottobre 1786 a favore dei Semitecolo. In realtà non si tratta della moglie del Doge Renier, in quanto questi «al momento della sua elezione, era vedovo della prima moglie patrizia... la intervenuta in causa, veduta e descritta dal Goethe, non era "la moglie" ma o "la nuora" del Doge Renier, come noi riteniamo, oppure quella Margherita Dalmaz, nata da genitori greci a Costantinopoli, già ballerina, sposata segretamente al doge, ma non riconosciuta dalla Repubblica per "dogaressa"» (Zaniboni, I, p. 231).

18. Il Palazzo Ducale, massimo esempio dell'architettura gotico-veneziana, costruito tra il 1309 e il 1442, è definito nel *Giornale* «quanto di più singolare abbia concepito la mente umana» (p. 93).

19. *Berlicke Berlocke*, esclamazione tipica dei buffoni e giocolieri per scongiurare l'apparizione di fantasmi o geni malefici. Nel *Faust* di Simrock si trova «perlippe perlappe».

Hanswurst o Kasperle erano i personaggi comici del *Puppenspiel* (teatro delle marionette) ancora vivo ai tempi della prima giovinezza di Goethe. Quasi inutile ricordare qui il *Puppenspiel des Doktor Faustus* cui Goethe forse assistè nel 1770 a Strasburgo, città che generalmente si considera come la fonte d'ispirazione del suo *Faust*.

20. Teatro di San Luca, oggi Teatro Goldoni in calle Fabbri.

21. *El escondido y la tapada* di Calderon de la Barca, tradotto da Bock in tedesco col titolo *Der Verschlag oder Hier wird Versteckens gespielt*, fu tradotto da questa lingua in italiano dalla Caminer (cfr. nota 32, p. 585).

22. All'interno di San Francesco della Vigna, grande chiesa cinquecentesca su disegno del Sansovino, si trovano dipinti di G. Bellini e del Veronese.

23. L'Arsenale fu la grandiosa officina da cui uscirono le flotte da guerra e mercantili della Repubblica Veneta. Risale al XII secolo, ma fu più volte ampliato. Nel 1682 si costruì davanti al portale la terrazza, ornata di statue allegoriche e di quattro leoni provenienti dalla Grecia.

24. La Riva degli Schiavoni è la splendida passeggiata lungo il bacino di San Marco. Prese il nome dai marinai della Dalmazia (detta anche Schiavonia), che qui ormeggiavano i loro navigli, e tenevano bottega.

25. Carlo Gozzi (1720-1806). Celebre scrittore di commedie che reintrodusse — in opposizione a Goldoni — le maschere della Commedia. Fu noto anche ai Romantici tedeschi.

26. Il Teatro di San Crisostomo fu ribattezzato Malibran nel 1824.

27. Prosper Jolyot Crébillon (1674-1762). Celebre drammaturgo francese.

28. Si allude alla chiesa di Santa Giustina attualmente sede di un Liceo Scientifico.

29. La vittoria di Lepanto è del 7 ottobre 1571.

30. Il Consiglio dei Savi apparve per la prima volta nella Repubblica Veneta durante il governo del Doge Pietro Polani (1130-1148). Le delibere del Consiglio dei Savi avevano potere esecutivo, con evidente limitazione del potere dogale ancora regalistico.

31. Dell'interessante nota dedicata da Zaniboni al canto dei gondolieri si ricorda soltanto che tale canto fu oggetto di grande attenzione da parte di molti artisti, da Byron a Liszt, e che «il musicofilo Burney ne parla al principio del suo Diario veneziano come d'una melodia già nota e diffusa fra le persone di gusto in tutta Europa» (Zaniboni, I, pp. 232-233).

Goethe si riferirà ancora al canto dei gondolieri nello scritto sul *Volksgesang* apparso nel 1789 nel «Teutscher Merkur» e negli *Anni di pellegrinaggio di Wilhelm Meister*: «... e il musicale pittore... cominciò a intonare con molto sentimento uno di quei canti stranamente melanconici che i gondolieri fanno echeggiare dal mare alla riva e dalla riva al mare» (*Opere*, IV, p. 820).

32. L'opera di Rousseau cui allude Goethe è *Consolations de Misères de ma vie ou Recueil d'Airs, Romances et Duo*.

33. Per il dipinto «La famiglia di Dario davanti ad Alessandro» si veda la nota 21, p. 583.

34. «La Chiesa di S. Marco devi vederla in una incisione. L'architettura è la massima aberrazione che la mente umana possa immaginare e conseguire, per ischerzo cerco di paragonare la facciata a una colossale grancevola: credo almeno che un qualsiasi mostruoso cetaceo me lo posso figurare di questo tipo.» (*Giornale*, p. 93).

35. Palazzo Farsetti è una costruzione veneto-bizantina risalente al XII-XIII secolo.

36. Si tratta di un'«Arianna addormentata» da originale ellenistico del II secolo a.C. e si trova ora nel Museo Vaticano.

37. «Niobe», riproduzione romana di una statua ellenistica. Si trova ora agli Uffizi. Goethe ne parla, con una precisa osservazione, in una nota alla sua traduzione (1789) di Denis Diderot *Essai sur la peinture*, in «Propyläen», Bd. I, II (Amoretti, p. 162).

38. Jakob Böhme (1575-1624). Nella biografia dedicata a questo mistico che viveva lavorando come calzolaio, Abraham von Franckenberg narra che Böhme — folgorato dalla luce divina all'età di venticinque anni — entrò in contatto con il Centro della natura misteriosa contemplando un recipiente di stagno. La simbologia di questo mistico della natura svolse un ruolo di notevole importanza nel Romanticismo tedesco, soprattutto in Tieck negli anni 1796-1797. (Cfr. al riguardo Mittner, II, III, p. 764.)

39. Antonino Pio fece erigere il tempio in onore della moglie Faustina (141 d.C.). Situato sulla Via Sacra divenne successivamente chiesa di culto cristiano e fu chiamato S. Lorenzo in Miranda.

40. Furono portati a Venezia da Francesco Morosini dopo la riconquista della Morea. Goethe li ricorda nel XX degli *Epigrammi Veneziani*: «Posano davanti all'arsenale due leoni della Grecia antica. Piccoli sembrano, al confronto della coppia, porta, torre e canale. / Scendesse la madre degli dei sulla terra s'aggiogherebbero e l'uno e l'altro al Carro, ed ella godrebbe della loro pariglia. / Ma ora tristemente posano, il nuovo gatto con l'ali va facendo da per tutto le fusa e Venezia lo chiama suo patrono». (*Opere*, II, p. 258).

41. Tutte le edizioni del *Viaggio* concordano nell'identificarli con i due bassorilievi romani, parte del «Trono di Saturno», che si trovavano prima a S. Vitale a Ravenna, furono poi trasportati prima in una casa privata veneziana e quindi nella chiesa di S. Maria dei Miracoli (che probabilmente Goethe confuse con S. Giustina) e che infine vennero collocati nel Museo Archeologico Marciano dove tuttora si trovano. La leggenda relativa agli angeli dell'«Uccisione di San Pietro Martire» (distrutto nell'incendio del 16 agosto 1867) è dovuta al passo contenuto nelle *Meraviglie dell'arte* di Carlo Ridolfi.

42. Ora al Museo Archeologico di Venezia.

43. Si ricordino gli studi dedicati da Goethe alla morfologia degli animali, al concetto del *tipo* generale e costante degli animali

superiori, di questo «proteo», le cui parti possono variare per forma e disposizione, ma sono sempre presenti nella struttura ossea. E si ricordi inoltre la splendida poesia *Metamorphose der Tiere*, pubblicata nel 1820, ma quasi certamente composta subito dopo la *Metamorphose der Pflanzen* (1790).

44. Goethe ricorderà Goldoni nel suo primo saggio sul teatro *Frauenrollen auf dem römischen Theater durch Männer gespielt* scritto dopo avere assistito ad una commedia di Goldoni a Roma (cfr. nota 6, p. 645), e apparso nel novembre 1788 nel «Teutscher Merkur». Nella sua introduzione alla raccolta *Schriften zur Literatur* Fritz Strich rileva che «la separazione dell'arte dalla natura e dalla realtà, e pertanto la difesa dell'arte dal naturalismo, era il pilastro portante dell'estetica, poetica e critica goethiana. Orbene, se si considera che da una parte il teatro era la sede più adatta a recepire le istanze del naturalismo, ovvero l'illusionismo e la verosimiglianza auspicate dagli scrittori di teatro naturalisti Iffland, Schröder, Kotzebue che dominavano le scene tedesche, mentre gli attori miravano soltanto alla "naturalezza", e che dall'altra parte Goethe a confronto con un'arte caratterizzata da uno stile sublime proprio in Italia intuì dove fosse ravvisabile il vero nemico dell'arte, non può essere considerato casuale il fatto che il suo primo scritto sull'arte drammatica risalisse al periodo italiano e che in esso si esprimesse il piacere provato da Goethe nell'assistere ad una commedia caratterizzata non certo dal naturalismo, ma dalla finzione, dal gioco, dall'apparenza e dal travestimento». (AA, XIV, pp. 1011-1012.)

45. Antonio Sacchi (1708-1786) e il figlio Felice furono due famosissimi Arlecchini.

46. Secondo lo Zaniboni *L'Anglicismo in Italia* (qualche altro pasticcio sul gusto dell'«Anglomania» del Sografi) fu meritatamente fischiato.

47. Marco Pollio Vitruvio, celebre architetto romano vissuto all'epoca di Cesare e di Augusto, è l'autore dell'opera *De architectura* (16-13 a.C.). Si tratta dell'unica opera latina sull'architettura degli antichi conservatasi fino ad oggi.

48. Lo studioso e archeologo Bernardo Galiani tradusse in italiano l'opera di Vitruvio (1758-1759).

49. Nei primi anni del suo soggiorno a Weimar Goethe si occupò approfonditamente di Spinoza (1632-1677) assieme alla von Stein e a Herder. Nell'*Ewiger Jude* Goethe prevedeva un incon-

tro tra Ahasvero e Spinoza. Del resto, la filosofia di Spinoza nei suoi punti salienti (l'unicità della sostanza e la sua identificazione con Dio e con la natura — *Deus sive natura* —; l'identificazione di Dio col mondo; la negazione della libertà umana e l'accettazione del necessitarismo universale; la difesa della libertà religiosa) divenne oggetto di grande interesse nella Germania del secondo Settecento soprattutto in seguito alla pubblicazione delle *Lettere a Mose Mendelssohn sulla dottrina di Spinoza* di F.H. Jacobi (1785), in cui si rivelava l'adesione di Lessing allo spinozismo. Prese forma una vivace discussione (*Pantheismusstreit*), in cui i massimi pensatori del tempo intervennero per difendere Spinoza dall'accusa di panteismo. Goethe ravvisava in Spinoza un autore «theissimus et christianissimus», mentre Herder mostrava l'infondatezza dell'accusa di ateismo rivolta al sistema spinoziano.

50. Christoph Martin Wieland (1733-1813). Importante poeta, traduttore e mediatore culturale di formazione essenzialmente illuminista. Fu a Weimar fin dal 1772, scrisse romanzi, racconti in versi e in prosa, libretti d'opera.

Nonostante Goethe con la farsa *Götter, Helden und Wieland* (1774) avesse messo alla berlina Wieland, il rapporto tra Wieland e Goethe fu sempre all'insegna della reciproca stima e rispetto. Goethe collaborò intensamente al «Teutscher Merkur» curato da Wieland e nel 1813 dedicò a quest'ultimo un saggio in cui ne ricordava la grande apertura intellettuale, la lotta instancabile contro tutto quanto non è comprovabile con i fatti, contro la filosofia dogmatica, la realtà piatta e il filisteismo (*Zu brüderlichem Andenken Wielands*).

51. «La "barcaccia" o "barca-corriera di Bologna", mezzo di trasporto ben noto ai pellegrini e viaggiatori medievali, era ancora al tempo di Goethe la sola vettura pubblica tra le due città... Le opere idrauliche, che il Goethe chiama frettolosamente "puerili e nocive", sono invece molto apprezzate da un tecnico come il De Lalande, e da non pochi altri» (Zaniboni, I, p. 239).

*Da Ferrara a Roma*     *p. 99*

1. La leggenda narra che Didone, cui era stato concesso di fondare una città la cui estensione non avrebbe potuto superare quella del terreno racchiuso entro la pelle di un bue, avesse tagliato quest'ultima in strisce sottilissime, al fine di ottenere un'area quanto più vasta possibile.

2. Anticipiamo alcune notizie sul *Tasso* di Goethe che, iniziato nel marzo 1780, era stato completato del secondo atto alla metà di novembre del 1781. Questa parte che Goethe portò con sé in Italia non si è conservata. Durante la traversata verso la Sicilia Goethe formulò l'idea di rielaborare il testo che fu ultimato nella sua forma definitiva tra il 1788 e il 1789 e pubblicato nel 1790. Fu grazie alla biografia del Tasso ad opera dell'abate Serassi (1783) che Goethe venne a conoscenza di Antonio Montecatino, il cortigiano antagonista del poeta (v. 1° aprile 1787 e 3 novembre 1787).

3. Il monumento funebre dell'Ariosto si trovava allora nella chiesa di S. Benedetto. Fu trasportato quindi alla biblioteca dell'università.

4. La leggenda vuole che il Tasso fosse stato rinchiuso all'Ospedale di Sant'Anna.

5. Si narra che Lutero — tentato dal Maligno nel castello della Wartburg, dove si era rifugiato dopo il Concilio di Trento e dove tradusse la Bibbia — avesse scagliato il calamaio contro il Diavolo lasciando una macchia indelebile sulla parete. È appunto a questo episodio che Goethe si riferisce quando afferma che la macchia, rischiando di scomparire, doveva essere continuamente rinfrescata dai custodi.

6. Fondato nel 1587 da Alfonso V d'Este sotto questo nome, fu quindi battezzato Università, di cui oggi è effettivamente la sede. Nel cortile si trovano sarcofaghi romani e paleo-cristiani.

7. Il quadro «Giovanni Battista davanti a Erode e a Erodiade» è del pittore ferrarese Carlo Bononi (1569-1632) e si trova nella chiesa di San Benedetto.

8. Giovanni Francesco Barbieri detto il Guercino (1591-1666) è il rappresentante più importante della scuola bolognese. Secondo Amoretti il Guercino godeva al tempo di Goethe di una fama che la critica moderna non condivide.

9. Il dipinto si trova attualmente alla Pinacoteca Comunale di Cento.

10. Robert Strange (1721-1792), incisore inglese molto apprezzato da Winckelmann. Dal 1759 viveva in Italia.

11. L'ammirazione per Raffaello (1483-1520) accompagna Goethe per tutta la sua vita. Nel 1770, a Strasburgo vede per la prima volta «un esemplare di quegli arazzi lavorati sui cartoni di

Raffaello, e quella vista ebbe per me un effetto ben decisivo, in quanto, sebbene si trattasse solo di imitazioni, venni a conoscere in gran copia il bello e il perfetto. Andavo e venivo, venivo e andavo, e non potevo saziarmi di guardare, anzi mi tormentava una vana aspirazione, perché avrei voluto anche capire quello che mi attirava così straordinariamente» (*Opere*, I, p. 928). La spiegazione per questa forte attrazione è riconoscibile sia nelle righe del *Giornale* sia nel saggio *Antik und Modern*, dove Goethe puntualizza che non soltanto gli antichi, ma anche Raffaello, i Carracci e Rubens, i maestri olandesi del XVII secolo possono essere considerati un modello per il presente. In questo scritto Goethe cita gli artisti felicemente sicuri del loro linguaggio formale e le epoche caratterizzate da uno stile unitario. Ed ancora nel *Giornale* afferma: «Di recente ho imparato a conoscere due uomini ai quali dò senz'altro l'epiteto di grandi, il Palladio e Raffaello. Non vi era in loro un bricciolo di arbitrarietà, però conoscevano i confini e le leggi della loro arte al massimo grado e si muovevano in esse con facilità, le esercitavano e ciò li rende grandi» (*Giornale*, p. 149).

12. «Santa Cecilia» o «Sacra Conversazione». I Santi sono S. Cecilia, S. Paolo, S. Giovanni Evangelista, S. Agostino, la Maddalena.

13. Melchisedech, re e sacerdote di Gerusalemme, definito orfano probabilmente per essere stato citato improvvisamente e un'unica volta in tutta la *Bibbia* nella *Lettera agli Ebrei* (7, 3).

14. Francesco Raibolini detto il Francia (1450-1517). Pittore e orafo, importante esponente della prima scuola bolognese.

15. Pietro Vannucci detto il Perugino (1446-1523). Fu maestro di Raffaello e principale esponente della scuola umbra.

16. Albrecht Dürer (1471-1528). Goethe ammirava in Dürer l'espressione di un animo virile. Come afferma Mittner «il goticismo di Goethe è in definitiva caratterizzato dall'identificazione del gusto di Dürer e di Hans Sachs, assunti a tipici rappresentanti della "vera" germanicità, quella cinquecentesca, ma anche dall'identificazione, ben più importante, della struttura "organica" delle cattedrali gotiche e di quella dei drammi shakespeariani» (II, II, p. 344). Effettivamente Goethe in *D. M. Erwin a Steinbach* esprime la sua ammirazione per Dürer: «O virile Albrecht Dürer, che i novizi deridono, la più lignea tra le tue figure mi è ben più gradita» (*Opere*, I, p. 561). Tuttavia Goethe non mancherà di sottolineare anche quelli che sono a suo modo di ve-

dere i limiti di Dürer: «A. Dürer era sorretto da una visione intima e realistica al massimo grado, da una umana ed amabile capacità d'immedesimarsi in tutte le circostanze e situazioni del suo tempo; gli fu di nocumento una fantasia cupa, informe e priva di fondamento» (AA, XIII, p. 333).

«Quanto al "contratto" veneziano, cioè alla commissione dell'opera "La festa del rosario" (oggi alla Galleria Nazionale di Praga), esso non gli fu affidato dai preti, bensì dai mercanti del fondaco dei Tedeschi» (Castellani, p. 691).

17. Famiglia di pittori bolognesi. Il più importante fu Annibale (1560-1609). Gli altri furono il fratello Agostino (1557-1602) e il cugino Ludovico (1555-1619). L'opera più importante di Annibale — portata a termine anche grazie al contributo del fratello e del Domenichino — è l'affresco che adorna la volta di Palazzo Farnese a Roma, rappresentante il trionfo di Amore col corteo di Bacco e Arianna.

18. Guido Reni (1575-1642). Principale esponente della scuola bolognese. Fu allievo dei Carracci (v. nota precedente).

19. Domenico Zampieri detto il Domenichino (1581-1641). Pittore della scuola bolognese.

20. La «Madonna della Pietà» è opera di Guido Reni. Attualmente si trova alla Pinacoteca di Bologna.

21. «San Giovanni nel deserto», attribuito ad un allievo di Guido Reni, è anch'esso custodito alla Pinacoteca di Bologna.

22. Il «San Sebastiano» si trova anch'esso alla Pinacoteca di Bologna.

23. I vari commentatori identificano questo dipinto con la «Madonna del latte» attualmente di proprietà di una collezione privata di New York.

24. La parte superiore dell'opera si trova alla Pinacoteca di Bologna, il resto al Museo di Lione.

25. Indovino della Mesopotamia che, invitato a maledire Israele, suo malgrado lo deve benedire (Numeri 22-24).

26. La «Sant'Agata» è ricordata in alcuni inventari bolognesi. Il Filippini («CDA», 1925) tentò d'identificare l'opera con la «Santa Caterina» di Londra, ma l'ipotesi non ebbe seguito.

27. Si allude all'Archiginnasio: questo grande palazzo, eretto nel 1563 dal Terribilia, fu sede fino al 1803 di numerosi istituti universitari.

28. Nel 1784 ebbe luogo un processo di liberalizzazione dell'orfanotrofio di Weimar con la parziale sistemazione degli orfani presso la buona borghesia.

29. Anteo, figlio di Poseidone e di Gea. Invincibile fino a quando restò legato alla madre, fu strangolato da Ercole che lo strappò dalla terra.

30. «Un paese, una stazione di posta o un albergo con questo nome non è mai esistito. Il G. ha pernottato (22-23 ott.) alla "Locanda delle Maschere", menzionata di continuo dal 1765 in poi... presso il così detto Ponte del Ghiereto... La svista del Goethe è dovuta certamente a equivoco di dettatura o di trascrizione (Ghiereto scritto alla ted. Gireto o Giredo)» (Zaniboni, I, p. 246).

31. Johann Wilhelm v. Archenholz (1743-1812). Storico e politico. Nella sua opera *Italien und England* giudicò negativamente l'Italia.

32. Il Tempio di Minerva, eretto nei primi secoli dell'Impero, fu trasformato in chiesa cristiana.

33. La città di Palmira in Siria fu distrutta da Aureliano nel 273. Goethe conosceva probabilmente le rovine del tempio di Baal dalle incisioni contenute in *Ruins of Palmyra* di Wood, Boweril e Dawkins (1753). V. anche nota 6, p. 634.

34. Personaggio mitologico che, divenuto folle per avere commesso sacrilegio nei confronti degli dei, fu punito da Zeus che lo legò con serpi ad una ruota in perpetuo movimento.

35. Il Ponte delle Torri è una ciclopica costruzione a dieci arcate che scavalca il solco del torrente Tessino tra il Poggio della rocca e il Monteluco, probabile opera di M. Gattapone (XIV sec.). Poggia su fondamenta romane.

36. Nel vastissimo parco del Castello di Wilhelmshöhe (Kassel) si trova un Ercole (copia dell'«Ercole Farnese» del Museo di Napoli) che poggia su di un enorme ottagono ai cui piedi comincia una cascata.

37. Si potrebbe trattare sia del tempio del Clitunno, detto anche chiesa di S. Salvatore, sia della Basilica di S. Salvatore di Spoleto (cfr. Castellani, p. 694).

38. Tacito era nato a Terni.

39. Nel suo diario di viaggio sul Reno, Meno e Lahn assieme a Goethe, Lavater ricorda: «Goethe parla sempre molto di Spino-

za e dei suoi scritti, affermando che nessun altro è riuscito ad esprimersi in modo così chiaro sulla divinità e sulla salvezza. Goethe recitava ampi passi dal suo *Ewiger Jude*». La leggenda di Ahasvero, l'ebreo condannato a errare fino al giorno del Giudizio universale, si era diffusa in Germania nel 1600, facendo riferimento all'incontro del vescovo Paulus von Eitzen con Ahasvero. La leggenda ha tuttavia un antecedente nella *Chronica Majora* dell'anno 1228 di Matthaeus Paris che narra di Cartaphilus, un greco servo di Pilato il quale — avendo incitato Cristo a muoversi dopo che la sentenza era stata pronunciata — ottenne da questi la risposta: «Ego vado et expectabis donec veniam». Si tratta quindi di una leggenda cristiana divenuta nel XVI secolo un mito del popolo ebreo. Goethe voleva servirsi proprio di tale mito per ripercorrere — assieme al viandante Ahasvero — in modo critico il cammino della cristianità (cfr. AA, Introduzione al volume IV, p. 1049). Mittner rileva che nell'*Ewiger Jude* «il vero viandante è... Cristo stesso, che ridiscende sulla terra e nel corso delle sue peregrinazioni tocca la Francia e giunge poi in Germania. La differenza tra la Francia cattolica e la Germania non è grande ("là più liturgia, qua più prediche")» (Mittner, II, II, p. 378).

40. Le parole pronunciate da Pietro, che fuggiva da Roma per salvarsi dal martirio, alla vista di Cristo il quale gli rispose che andava a subire il martirio al posto suo.

41. Ai piedi di Narni, sul fiume Nera, si trovano le rovine del ponte di Augusto, probabilmente costruito in età augustea.

42. Anche il Ponte Felice sul Tevere fu costruito sotto Augusto e restaurato sotto Pio V.

43. La Rocca di Civita Castellana fu fatta innalzare da Alessandro VI alla fine del V secolo e venne completata del maschio da Antonio da Sangallo il Vecchio sotto Giulio II.

*Roma, prima dimora* *p. 126*

1. La Porta del Popolo, eretta nel 1565 da Nanni di Baccio Bigio e completata dal Bernini che nel 1655 vi aggiunse la facciata interna, costituiva l'accesso alla città per i viaggiatori provenienti dal Settentrione.

2. «Goethe arrivò a Roma la sera del 29 ottobre. Per la prima notte dormì alla Locanda (oggi Hostaria) dell'Orso, dove, secondo la tradizione, avevano soggiornato anche Dante e Rabelais, e sicuramente Montaigne» (Castellani, p. 695).

3. In Ovidio, *Metamorfosi*, libro X, v. 243.
Fu J. J. Bodmer il primo a battezzare col nome di Elisa la statua di Pigmalione (*Pygmalion und Elise*).

4. Il Palazzo del Quirinale fu la residenza estiva dei Papi. Venne iniziato nel 1574 sotto Gregorio XIII e vi contribuirono numerosi architetti: Mascherino, Fontana, Ponzio, Maderno, Bernini e Fuga. La piazza era popolarmente chiamata di Monte Cavallo.

5. Johann Heinrich Wilhelm Tischbein (1751-1829). Ritrattista e pittore di quadri a soggetto storico. Tra il 1781 e il 1782 soggiornò a Zurigo, dove conobbe Lavater e Bodmer. Famosissimo è il suo ritratto di Goethe nella campagna romana. Durante il soggiorno romano Tischbein come incisore e Goethe come poeta avevano progettato di realizzare un'opera a quattro mani. Tuttavia, soltanto nel 1819-20 Tischbein raccolse in un volume una serie di acquarelli con scene idilliche che inviò a Goethe il quale le «glossò» con quelli che sono noti appunto come i *Tischbeins Idyllen*. Molto conosciuto è il suo ritratto di Goethe nella campagna romana attualmente a Francoforte.

6. Si tratta delle due statue dei Dioscuri.

7. Carlo Maratti (1625-1713). Si formò studiando soprattutto le opere di Raffaello e dei Carracci. Fu il massimo rappresentante della seconda fase, classicheggiante, del Barocco romano. Dipinse molti quadri a soggetto religioso, mitologico e storico. Notevole fu la sua importanza storica nel passaggio dall'iniziale pittoricismo barocco al neoclassicismo settecentesco di P. Batoni e A. Mengs.

8. La «Madonna» di San Niccolò dei Frari di Tiziano è conservata alla Pinacoteca Vaticana.

9. L'«Annunciazione» di Guido Reni è custodita nella Cappella dell'Annunziata al Quirinale.

10. Tale dipinto, attribuito al Pordenone, è in realtà di Paris Bordone. Si trova attualmente alla Pinacoteca Vaticana.

11. Johann Heinrich Meyer (1759-1832). Pittore e storico dell'arte con cui Goethe ebbe un rapporto di profonda amicizia personale e di grande collaborazione professionale. Meyer, che viveva a Roma dal 1784, si pone nella linea di pensiero di Winckelmann e di Mengs. Nel 1791 si trasferì a Weimar dove l'aveva chiamato Goethe e nel 1795 prese il posto di M. Krauss (v. nota 10, p. 646). Particolarmente importanti i suoi contributi alle

«Horen», ai «Propyläen» e alla raccolta su Winckelmann da cui traspare la teoria classicista sviluppata in quegli anni a Weimar. «Meyer valuta tutta l'arte riferendosi ai Greci e alle opere dell'Alto Rinascimento italiano, e diventa un intollerante nemico del Romanticismo e della sua predilezione per l'arte preraffaellita del XIV e XV secolo. Nel famoso e polemico manifesto del tardo classicismo, rivolto contro la Scuola dei Pittori Nazareni (*Neu-deutsche religiös-patriotische Kunst*, 1817), Meyer ribadisce con severa incisività "che l'approccio più sicuro e ragionevole per chi si occupa di arte è studiare l'arte greca e quanto ad essa si ricollega nell'epoca moderna"» (cit. in *Goethes Briefe*, Hamburger Ausgabe, II, p. 508). Da queste parole emerge con chiarezza la polemica contro i giovani Romantici in nome del «buon gusto», ovvero di quella dottrina razionalistica per la quale l'esattezza, la regola e la norma erano principi supremi, realizzati in modo esemplare nell'antichità. E fu proprio questo senso estetico razionalistico-scientifico, basato sulla chiarezza della rappresentazione ed esattezza del sapere, ad affascinare Goethe.

12. Heinrich Koella (1757-1789). Pittore svizzero, amico di gioventù di H. Meyer con cui si recò a Roma nel 1784. Fu apprezzato da H. H. Füssli, dal duca di Sachsen-Gotha, da Meyer stesso e da Lavater che possedevano sue opere. Si ispirò soprattutto a Raffaello e agli antichi.

13. Johann Jakob Bodmer (1698-1783). La sua importanza va individuata non tanto nella sua attività poetica, quanto nella sua opera di critico e teorico della letteratura. Famosissima all'epoca la rivista fondata assieme a J. Breitinger «Discourse der Mahlern» in cui si oppose alla dittatura estetica di Gottsched e ai modelli del teatro classico francese. Sia Bodmer che Breitinger rimasero sempre fedeli al principio oraziano «ut pictura poesis», che permetteva di equiparare la poesia (pittura vivente) alla pittura (pittura muta). Ammiratore dell'opera di Milton, che lo indusse a giustificare il meraviglioso, Bodmer citò spesso nella sua rivista il Muratori, che fu uno dei primi decisi sostenitori del valore dell'immaginazione nella poesia. Goethe conobbe Bodmer a Zurigo.

Goethe si riferisce a un ciclo di pitture progettato da Tischbein e ispirato alla lettura dei poemi biblici di Bodmer e al disegno «Stärke des Mannes» che fu poi effettivamente tradotto in un quadro ad olio (1821).

14. La costruzione delle Logge del cortile di S. Damaso, di cui quella di Raffaello costituisce il secondo piano, ordinate da Giu-

lio II, furono incominciate dal Bramante e continuate, dopo la sua morte, da Raffaello che le terminò sotto Leone X. Vi contribuirono anche molti altri famosi artisti.

15. La «Scuola di Atene» si trova nella famosissima Stanza della Segnatura interamente affrescata da Raffaello e più volte citata da Goethe.

16. Johann Friedrich von Reiffenstein (1719-1793). Consigliere di corte, archeologo e amante dell'arte. Nel 1764 si stabilì a Roma dove amava fare da guida a stranieri illustri.

17. Tischbein e Goethe abitavano in una casa di fronte a Palazzo Rondanini.

18. Il Pantheon, eretto da Marco Agrippa nel 27. a.C., fu completamente rifatto sotto Adriano.

19. La basilica di S. Pietro sorge sulla tomba di San Pietro e venne eretta da Costantino nel 320 circa. Niccolò V ordinò la riedificazione dell'edificio ormai in rovina, ma fu soltanto sotto Giulio II che ebbero inizio i lavori su progetto del Bramante. Continuarono l'opera Giuliano da Sangallo, Raffaello Peruzzi, A. da Sangallo il Giovane ed infine Michelangelo che impresse alla costruzione la sua impronta. Alla sua morte i lavori furono proseguiti dal Ligorio, dal Vignola, dal della Porta, dal Fontana e dal Maderno.

20. L'Apollo del Belvedere, collocato in una delle quattro nicchie del Cortile omonimo, è una copia romana da un originale greco del IV secolo a.C. La statua fu oggetto di una appassionata descrizione di Winckelmann, che lo definì «il più alto ideale d'arte tra le opere antiche che si sono conservate fino a noi». (J. Winckelmann, *Il bello nell'arte*, Einaudi, Torino, 1973, p. 132.)

21. La Piramide di Caio Cestio è la tomba del pretore e tribuno morto nel 12 a.C. Nelle vicinanze si trova il Cimitero Protestante dove fu sepolto il figlio di Goethe, morto a Roma nel 1830.

22. La leggenda vuole che sul Palatino Romolo e Remo fossero stati allattati dalla lupa e che qui Romolo avesse fatto sorgere il primo nucleo di Roma. Era la zona dei Palazzi imperiali.

23. Alla Ninfa Egeria, la cui grotta è situata sulla via Appia, accanto alla Porta di San Sebastiano, si rivolgeva Numa Pompilio per ricevere consigli.

24. Il circo di Massenzio, innalzato nel 309, uno dei meglio conservati dell'antichità.

25. La tomba di Cecilia Metella è il più famoso monumento della via Appia e risale agli ultimi decenni della Repubblica. Nel 1302 i Caetani la inclusero in un castello fortificato.

26. Lettera indirizzata a Herder il 10-11 novembre.

27. Sono le arcate dell'Acquedotto dell'Acqua Felice.

28. Il Colosseo, edificato sotto Vespasiano e Tito, fu utilizzato come circo fino al V secolo, divenne quindi una fortezza e successivamente cava di pietrame durante il Rinascimento. Nel Settecento, per iniziativa di Benedetto XIV, le spoliazioni ebbero infine termine.

29. Philipp Hackert (1737-1807). Paesaggista. Nel 1785 si stabilì a Napoli al servizio di Ferdinando IV. Dopo la sua morte Goethe e H. Meyer curarono la pubblicazione dei suoi appunti che comparvero nel 1811 presso Cotta sotto forma di biografia, *Philipp Hackert, Biographische Skizze von Goethe*.

30. Johann Georg Sulzer (1720-1779). Filosofo e scienziato. Fu professore di matematica a Berlino. Nel 1771-1774 pubblicò a Lipsia la *Allgemeine Theorie der schönen Künste* in cui, riportando l'esperienza artistica nell'ambito della morale, giunse ad un'estetica fortemente moralistica. Goethe recensì negativamente nelle «Frankfurter Gelehrten Anzeigen» il sunto di tale opera pubblicato sempre da Sulzer nel 1772. Goethe non poteva infatti non criticare una teoria che considerava il mondo come il migliore possibile e vedeva nell'imitazione pura e semplice della natura il compito supremo dell'arte.

31. S. Andrea della Valle, iniziata nel 1591 su disegno del Grimaldi e del della Porta, fu ultimata dal Maderno, a cui si deve la cupola, la più alta dopo quella di S. Pietro.

32. Palazzo Farnese, oggi sede dell'ambasciata di Francia, ospita nella Galleria splendidi affreschi dei Carracci e nella Galleria Spada dipinti d'importanti artisti, fra cui Tiziano, Reni, Domenichino, Rubens, Guercino.

33. La villa della Farnesina, uno dei gioielli dell'architettura rinascimentale, è opera di B. Peruzzi (1508-1511). Al pianterreno si trova la Galleria con la volta splendidamente affrescata da Raffaello («Favola di Psiche») con il contributo di Giulio Romano. Nella casa di Goethe a Weimar si trovano ancora oggi le incisioni di tali affreschi ad opera di Nicolas Dorigny (v. nota 5, p. 629).

34. S. Pietro in Montorio sorge sul luogo ove, secondo la leggenda, San Pietro subì il martirio della crocifissione. Fu rifatta nello stile rinascimentale. Sulla «Trasfigurazione» v. nota 20, p. 643.

35. Secondo l'Amoretti si tratta forse di Blasius Caryophylus, *De antiquis marmoribus*, Wien, 1738.

36. La Congregatio de Propaganda Fide fu istituita da papa Gregorio allo scopo di favorire la diffusione della fede cattolica nel mondo.

37. La Domus Aurea è il grande palazzo che Nerone fece costruire dopo l'incendio di Roma nel 64, poi interrato per la costruzione delle Terme di Traiano.

38. Diel de Marsilly (-1761) è il francese cui allude Goethe. Lasciò alla sua governante il quadro che non è di Mengs. Winckelmann lo descrive in termini entusiastici nella sua *Storia dell'arte antica*. Mengs — dopo aver eseguito, dapprima, un «Giove con Ganimede» in stile e tecnica antichi — preparò la composizione con falsi restauri. La descrizione del «Ganimede», lodato come una delle più belle pitture trasmesse dall'antichità, passò nella storia dell'arte; Mengs, sembra, ammise il falso solo poco prima di morire alla sorella Teresa. Mengs, comunque, aveva permesso anche ad un suo allievo, Gian Battista Casanova, di ingannare Winckelmann presentandogli come originali ercolanesi due falsi.

39. Anton Raphael Mengs (1728-1779). Pittore e scrittore d'arte boemo. Per la sua formazione fu importante lo studio delle «Stanze» di Raffaello e della Cappella Sistina di Michelangelo a Roma, dove il padre — anch'egli pittore — era attivo fin dal 1740. Importante fu il suo rapporto con J. J. Winckelmann per il cui protettore, il cardinale Albani, realizzò l'affresco «Il Parnaso» (1761) a Villa Albani, dipinto che è considerato il vero manifesto neoclassico, accolto come una svolta rispetto alla pittura precedente soprattutto rococò dai contemporanei che ebbero per lui una vera e propria venerazione. Le figure del «Parnaso» ricordano le statue classiche e gli affreschi romani appena venuti alla luce a Pompei e a Ercolano. I suoi scritti teorici (*Pensieri sulla bellezza e sul buon gusto* e le *Opere* postume) risentono dell'amicizia con Winckelmann interrottasi nel 1765. Nel suo saggio *Neudeutsche Kunst* H. Meyer esprime ammirazione per la «quasi ossessiva accuratezza posta nella riproduzione delle antiche forme» da parte di Mengs, ed afferma che la lettura dei suoi scritti e di quelli di Winckelmann «dà a tutti coloro che

operano in campo artistico la possibilità di capire a fondo l'arte e lo spirito che la anima».

40. Johann Joachim Winckelmann (1717-1768). Il fondatore della storia dell'arte nacque da famiglia di modeste condizioni, studiò teologia a Halle e medicina e scienze a Jena, fu quindi maestro e successivamente bibliotecario del conte di Bunau presso il quale conobbe il pittore Oeser che lo educò al gusto di un bello semplice, lontano dagli eccessi del Rococò. Passò quindi al servizio del cardinale Archinto che lo convinse a convertirsi al cattolicesimo, in pratica *conditio sine qua non* per recarsi a Roma dove effettivamente Winckelmann si recò nel 1755 divenendo bibliotecario del cardinale Passionei e successivamente del cardinale Albani. A Roma l'abate Winckelmann diede un impulso decisivo agli scavi archeologici. Uno dei capisaldi della concezione estetica di Winckelmann — che peraltro molto deve alle idee di Shaftesbury e di Baumgarten — riguarda la natura particolare dell'arte, che non si manifesta come passivo mimetismo, non ha aspetti fenomenici, tipici, ma possiede un valore autonomo e attinge a una sua organizzazione interna, immutabile, sovrastorica. Tra le sue opere più importanti i *Gedanken über die Nachahmung der griechischen Werke*, scritti peraltro senza avere alcuna conoscenza diretta dell'arte figurativa, e la *Geschichte der Kunst des Alterthums*. In generale si può affermare che il propugnatore del binomio «nobile semplicità e quieta grandezza» fu il primo ad avere assegnato al termine «stile» il significato attuale mediante la sua *Storia dell'arte antica*. Egli dedusse le caratteristiche dello stile non solo dalle opere d'arte, ma dalle condizioni sociali, la religione, i costumi, il clima. «H. Gombrich ha messo in evidenza il fatto che Winckelmann, trattando dello stile greco come espressione del modo di vivere dei greci, incoraggiò Herder e gli altri scrittori a fare lo stesso per il periodo medievale, e in tal modo la storia dell'arte si affermò saldamente in termini di stili di periodi successivi.» (D. Irwin, Introduzione a J. J. Winckelmann, *Il bello nell'arte*, Einaudi, Torino, 1973, pp. LXXI-LXXII.) La sua morte, avvenuta a Trieste in circostanze poco chiare per mano di un assassino, fu un vero e proprio shock per i contemporanei.

Goethe, pur esprimendo certe riserve, riconobbe a Winckelmann, nel saggio *Winckelmann und sein Jahrhundert,* un'importanza fondamentale sia per la sua propria formazione sia per la cultura dell'epoca.

41. L'obelisco fu trasportato a Roma da Eliopoli sotto Caligola e posto nel circo Vaticano, qui innalzato nel 1586 da D. Fontana.

«Violenta e, in un punto, assai volgare è la polemica contro il colonnato della piazza di S. Pietro di Roma» — afferma Mittner (II, II, p. 344) nel suo commento al saggio *Von deutscher Baukunst* di Goethe che, evidentemente, cambiò idea dopo avere visto il colonnato dal vivo. Nel 1795-96 Goethe — in vista di un terzo viaggio a Roma — preparò, sulla scorta dell'opera *Templi Vaticani Historiae* di F. Bonanni, uno schema storico-artistico sulla chiesa di S. Pietro: «La storia della chiesa di San Pietro m'interessa più che mai, è veramente una storia del mondo in miniatura, ed io vorrei che raccogliessimo tutta una documentazione al riguardo» (a H. Meyer, 16/11/1795).

42. Riferendosi all'ammirazione per gli affreschi della Cappella Sistina di Michelangelo che Goethe definisce «al di là dell'umano, e comunque infinitamente al di sopra dell'umanità» (AA, XIII, p. 732), il von Einem afferma che in tale ammirazione «sembra farcisi nuovamente incontro, sulla soglia della classicità, il Goethe della giovinezza (cioè lo stürmeriano autore dell'inno all'architetto di Strasburgo)... In Raffaello, nel Palladio e nei Greci Goethe ammira una creatività conforme alla natura, ma anche in Michelangelo egli scorge naturalezza e non arbitrio, e se in un primo tempo dispera, come individuo, di poter vedere la natura con occhi da gigante come i suoi, nel secondo soggiorno romano saranno proprio le possenti figurazioni michelangiolesche che lo spingeranno "a dedicare al corpo umano maggiore attenzione e studio di quanto abbia fatto finora". Quello che invece Goethe non poté riconoscere a Michelangelo fu l'idea di bellezza» (Castellani, p. 704).

43. S. Cecilia in Trastevere è anteriore al V secolo, ma fu ricostruita nel IX e quindi sottoposta a diversi rimaneggiamenti.

44. «L'operina *Fra i due litiganti il terzo gode*, di Giovan Battista Lorenzi, librettista di Cimarosa e di Paisiello, si rappresentava al Teatro Valle» (Castellani, p. 704). A Roma, oltre ai famosi teatri privati delle famiglie Barberini, Capranica, Ottoboni ecc. della seconda metà del XVII secolo, si ebbe un teatro pubblico, il Tor di Nona, nel 1671. L'attività melodrammatica romana divenne però più intensa e regolare solo nel Settecento, quando furono aperti tra gli altri il Teatro Valle e il Teatro Argentina.

45. Philipp Joseph von Liechtenstein (1762-1802). Presentò Goethe all'Accademia dell'Arcadia. V. 4 maggio 1787.

46. Marie Josephine von Harrach (1763-1833). Goethe l'aveva conosciuta a Karlsbad.

47. Vincenzo Monti (1754-1828). In questi anni romani (1778-1797) l'attività di Monti è caratterizzata dalla molteplicità delle poetiche e delle tendenze di gusto. Verseggiò in modi arcadici, accolse spunti neoclassici, riecheggiò le correnti nordiche di sentimento e di gusto: dagli *Sciolti a Sigismondo Chigi* e dai *Pensieri d'amore* traspare l'influenza del Werther. La sua tragedia, l'*Aristodemo*, alla cui rappresentazione Monti chiese a Goethe d'intervenire, accolse la lezione di Shakespeare, ormai ben conosciuto nell'Italia di fine Settecento.

48. Charlotte Stuart (1753-1789). Figlia naturale del pretendente al trono d'Inghilterra Charles Stuart. V. nota 2, p. 644.

49. Kaspar J. Schwendimann (1741-1786). Pittore svizzero.

50. J. K. Hedlinger (1691-1771). Coniatore di medaglie.

51. Karl Philipp Moritz (1756-1793). È noto soprattutto per il suo romanzo *Anton Reiser*, che rappresenta il vuoto di un'anima che non riesce a conquistare né il senso della realtà né una propria autonoma individualità nella realtà. Dopo un viaggio in Inghilterra (1782), Moritz soggiornò in Italia dove incontrò l'autore del *Werther* da lui sommamente ammirato. Tra i due s'instaurò un rapporto di amicizia e di fattiva collaborazione che trovò il suo sbocco concreto nell'aiuto che venne all'*Ifigenia* dal *Versuch einer deutschen Prosodie* di Moritz (1786), e nella stesura del saggio *Über die bildende Nachahmung des Schönen* firmata da Moritz, ma indubbiamente ispirata alle conversazioni romane tra quest'ultimo e Goethe sul tema dell'imitazione, concepita da Goethe come attività creativa in quanto plasmatrice (*bildend*). « Il trattato riflette molto esattamente le idee estetiche di Goethe, dove affronta il difficile ed arduo problema teorico di ogni classicismo, l'esigenza di conciliare l'arte-imitazione e l'arte-creazione. Goethe e Moritz procedono idealmente da Shaftesbury: l'arte raccoglie in un punto solo, paragonabile al foco di uno specchio ustorio, tutto l'universo, ed è quindi organica come lo è l'universo stesso. Con tale similitudine Goethe e Moritz danno una formulazione quasi scientifica alla concezione stürmeriana dell'arte prodotta da quel misterioso "centro creativo" che è la forza geniale sentita come "ardore" dell'anima» (Mittner, II, II, p. 551). Goethe stesso definì anni dopo questo scritto «un monumento della nostra fruttuosa oscurità». (Cfr. l'Introduzione agli *Schriften zur Kunst*, AA, vol. XIII, p. 1116.)

52. Villa Doria Panfili sul Gianicolo. Fu costruita nel 1630.

53. Villa Madama fu costruita su progetto di Raffaello (1517), poi trasformato da A. da Sangallo il Giovane, per il cardinale

Giulio de' Medici. Appartenne a Madama Margherita di Parma, moglie di Ottavio Farnese. È oggi sede dell'Osservatorio astronomico di Monte Mario.

54. «L'Orto Botanico o l'Orto dei Semplici, fondato da papa Alessandro VII, sorgeva sul Gianicolo fra Porta San Pancrazio e Trastevere» (Amoretti, p. 255).

55. Carlo Fea (1753-1834). Archeologo. Tradusse in italiano la *Storia dell'arte antica* di Winckelmann, la cui seconda edizione comparve nel 1786.

56. La fama dell'autore della *Storia dell'arte antica* già diffusa e consolidata fu certamente alla base della pubblicazione, immediatamente dopo la morte di Winckelmann, delle sue lettere (una sua lettera era già stata pubblicata nel 1763 da F. Marpurg): nel 1776 furono date alle stampe le lettere al filologo Ch. G. Heyne e al barone di Münchhausen, seguirono quelle inviate agli amici svizzeri (1778). Tra il 1777 e il 1778 uscirono le *Lettere agli amici* a cura di C. W. Dassdorf, primo tentativo di epistolario completo. Seguirono varie raccolte, fra cui le ventisette lettere di Winckelmann al compagno di studi Berendis con il saggio *Winckelmann und sein Jahrhundert* a cura di Goethe e Meyer.

57. Christian Friedrich Münter (1761-1830). Professore di teologia a Copenhagen e studioso dell'antichità. Nel 1790 pubblicò le *Nachrichten von Neapel und Sizilien auf einer Reise 1785 und 1786*.

58. Gli oggetti antichi di minori dimensioni ebbero una parte importante nella diffusione del gusto per l'arte classica: sempre più si diffondeva l'abitudine di collezionare monete, medaglie, gemme e bronzetti, oggetti cioè facilmente trasportabili e meno costosi, affinché i giovani artisti potessero venire a contatto diretto con l'arte antica, altrimenti mediata da copie e disegni.

59. Palazzo Rondanini, in corso Umberto I, si trovava di fronte alla dimora romana di Goethe. Un calco in gesso della Medusa Rondanini, copia di età imperiale di un originale greco della fine del V secolo a.C., ora conservata alla Gliptoteca di Monaco di Baviera, fu donato a Goethe da Luigi di Baviera.

60. La testa colossale di Giove Otricoli, da un originale greco del IV secolo a.C., si trova attualmente al Museo Pio-Clementino a Roma.

61. La «Erste Sammlung» degli *Zerstreute Blätter* di Herder fu pubblicata nel 1785, la «Zweite Sammlung» nel 1786, la «Dritte Sammlung» nel 1787.

62. Il ritratto di «Goethe nella campagna romana» si trova attualmente al Museo di Francoforte.

63. Attualmente al Museo Nazionale Romano (collezione Ludovisi), questa testa colossale di Hera o Giunone Ludovisi risale al I secolo d.C. Winckelmann la giudicò in termini entusiastici, Schiller la menzionò con parole altrettanto entusiastiche nelle sue lettere *Über die ästhetische Erziehung des Menschen*. Nel 1823 C. F. Schultz, autore del saggio *Über physiologische Farbe* fatto pubblicare da Goethe nel «Journal für Physik und Chemie», gli fece dono di un calco in gesso di quest'opera che si trova ancor oggi a Weimar.

64. La chiesa di S. Apollinare risale all'VIII secolo, ma fu completamente rifatta nel 1700.

65. Pasquale Anfossi (1729-1797). Compositore napoletano di opere buffe. Divenuto successivamente Maestro di cappella in S. Giovanni in Laterano si dedicò alla musica sacra. Esercitò una notevole influenza su Mozart. Il dramma era del Metastasio.

66. Moritz aveva pubblicato nel 1786 il *Versuch einer deutschen Prosodie* che esercitò una certa influenza su Goethe. Si ricordino i problemi metrici dell'*Ifigenia* cui Goethe allude all'inizio del viaggio. Cfr. lettera a Herder del 16/11/1787.

67. Il *Goetz von Berlichingen* fu una delle opere più rappresentative dello «Sturm und Drang».

68. Alla signora von Stein, 16 dicembre 1786.

69. Palazzo Giustiniani, nelle vicinanze del Pantheon, ospitava un'importante collezione d'arte antica messa all'asta all'epoca di Napoleone. L'«Apollo Pourtalès» si trova attualmente al British Museum, la «Minerva», copia romana di scultura greca della scuola di Fidia (V-IV secolo a.C.), ai Musei Vaticani.

70. Alessandro Albani (1692-1779). Cardinale amico e protettore di Winckelmann a Roma. V. note 39, p. 604 e 40, p. 605.

71. Luigi Braschi, nipote del Papa.

72. L'«Ercole Farnese», statua colossale da originale bronzeo del IV secolo a.C. forse di Lisippo (ne esiste un'altra copia a Palazzo Pitti recante la scritta Lisippo), fu trasferito a Napoli dai Borboni eredi dei Farnese. Restaurato da Guglielmo della Porta

su modello di Michelangelo, si trova oggi al Museo Archeologico Nazionale di Napoli.

73. «La chiesa di Sant'Antonio Abate Nuovo sorgeva vicino a Santa Maria Maggiore dove è stato costruito il Seminario Lombardo» (Amoretti, p. 278).

74. Goethe allude a Federico II di Prussia, morto il 17 agosto 1786.

75. «L'Ospedale di Santo Spirito in Borgo S. Spirito venne fondato da Papa Innocenzo III (1198-1216)» (Amoretti, p. 281).

76. Angelica Kauffmann (1741-1807). Si formò alla pittura copiando, giovanissima, opere di maestri rinascimentali e del Seicento. A Roma conobbe J. J. Winckelmann e frequentò il vivace ambiente di letterati e di artisti residenti in questa città. Dopo un soggiorno londinese (1766-1781) si sposò con il pittore Antonio Zucchi e si trasferì definitivamente in Italia, dove conobbe Goethe di cui divenne una sincera amica. Il suo stile è caratterizzato da elementi di neoclassicismo accademico frammisti a richiami sentimentali di gusto rococò.

77. Goethe allude a Shakespeare a cui aveva dedicato nel 1771 il discorso *Zum Shakespeare-Tag* e per il quale nutrì interesse e ammirazione per tutta la sua esistenza. Shakespeare, il più grande «viandante», ovvero genio che l'umanità abbia mai avuto, — sprezzando le leggi formali — sa cogliere l'organicità della vita, «e scopre quel "punto nascosto", in cui "la volontà individuale collide col corso necessario della storia" e si rivela volontà illusoria, volontà determinata da una superiore necessità insita nella storia stessa.» (Mittner, II, II, pp. 344-346.)

78. Sul Palatino il servo di Amulio aveva abbandonato Romolo e Remo. Come si desume dalla lettera del 20/1/1787 alla von Stein, Goethe leggeva in quel periodo *Ab urbe condita libri* di Tito Livio.

79. Alba Longa tra il lago di Nemi e il Monte Cavo fu distrutta da Tullio Ostilio.

80. Durante il viaggio di ritorno nella primavera del 1788 Goethe aveva visto a Milano il «Cenacolo» di Leonardo che gli era apparso come «una chiave di volta nell'arco delle concezioni dell'arte. Nel suo genere è un dipinto unico, tale da non poter essere paragonato con nessun altro» (a Karl August, 23/5/1788). Successivamente Goethe ebbe nuovamente modo di occuparsi del «Cenacolo» e scrisse un saggio *Über Leonardo da Vincis Abend-*

*mahl zu Mailand* basato in larga parte sul *De cenacolo di Leonardo da Vinci* di G. Bossi (1810).

81. François Jacquier (1711-1788). Religioso e studioso di fisica e matematica a Roma.

82. Di F. M. Voltaire (1694-1778) Goethe tradusse nel 1799 il *Mahomet* e nel 1800 il *Tancred*. Il *Mahomet* era stato scelto come opera ideale per «educare» gli attori a recitare in modo non naturalistico, ma naturale, a declamare solo e soltanto il testo originale, a gestire in modo adeguato all'azione. Con queste traduzioni Goethe fa rientrare a Weimar — in opposizione a Berlino e ad Amburgo — il classicismo francese sulla scena tedesca, da cui era stato bandito dai tempi di Lessing.

83. L'obelisco, copia romana d'età imperiale, fu fatto erigere da Pio VI nel 1789 davanti alla chiesa di Trinità dei Monti.

84. Charles Louis Clérisseau (1722-1820). Pittore e architetto.

85. La citazione è tratta dal *Neueröffnetes Moralisch-politisches Puppenspiel* (1774).

86. Moritz stava preparando *Anthousa oder Roms Alterthümer* e *Die Götterlehre oder Mythologische Dichtungen der Alten*. Quest'ultima opera fu concepita ed elaborata nel quadro di un costante scambio di idee tra Goethe e Moritz durante il soggiorno italiano. La *Götterlehre*, che contiene numerose poesie di Goethe a sfondo mitologico, incontrò un successo più ampio del saggio *Über die bildende Nachahmung des Schönen* riportato da Goethe alla fine del *Viaggio* e fu altamente apprezzata da Goethe, Schiller, Körner, Schelling, F. e A. W. von Schlegel.

87. Villa Medici fu costruita nel 1544 e passò ai Medici nel 1600. Napoleone vi trasferì nel 1803 l'Accademia di Francia. I giovani artisti francesi vincitori del Prix de Rome vi trascorrono un periodo di perfezionamento.

88. Claude Lorrain, pseudonimo di Claude Gellée (1600-1682). Come molti altri suoi contemporanei si recò ben presto a Roma, dove fu allievo di A. Tassi, a sua volta allievo di P. Bril. Acquistò fama e onori lavorando per una clientela di alto rango. Fu influenzato dal nordico Bril, dai Carracci e dal Domenichino. Nonostante che C. Lorrain e C. Poussin (v. nota 62, p. 621) si conoscessero e frequentassero, non si riscontrano influenze reciproche, anche se entrambi presero le mosse da opere pastorali e bucoliche ispirate a studi dal vero (Lorrain si recava nella campagna romana assieme a v. Sandrart, Poussin e P. van Laer per

disegnare dal vero) e progredirono poi verso un'elaborazione più classica ed intellettuale. Nel saggio *Künstlerische Behandlung landschaftlicher Gegenstände* Goethe afferma: «In Claude Lorrain la natura si rivela eterna».

89. Libro scolastico illustrato, in latino, opera del pedagogo Comenius.

### PARTE SECONDA

*Napoli*　　　　　　　　　　　　　　　　　　　　　　　　*p. 183*

1. Il percorso è in realtà il seguente: Albano Laziale, Ariccia (dove si trova Villa Chigi col suo magnifico parco), Genzano di Roma, Velletri, Sezze.

2. La collezione Borgia fu trasferita quindi a Roma, alla Propaganda Fide, e successivamente in Vaticano.

3. Posta di Mesa.

4. La cittadina tra Fondi e Mola di Gaeta è Itri.

5. L'odierna Formia.

6. Resti della romana Minturnae, fra cui il grandioso teatro.

7. Roccamonfina è situata sull'omonimo vulcano spento.

8. Sessa Aurunca.

9. «S. Agata di Sessa, stazione di posta formata da un gruppo di casolari» (Zaniboni, II, p. 209).

10. Il re Ferdinando IV di Borbone era un appassionato cacciatore.

11. Maria Carolina, sorella di Giuseppe II d'Austria e moglie di Ferdinando IV di Borbone, ebbe diciassette figli.

12. Secondo lo Zaniboni, la locanda Moriconi si trovava tra via delle Campane, il largo del Castello e via S. Carlo.

13. Detto anche Maschio Angioino perché di origine angioina (1279-1282), ma completamente ricostruito sotto Alfonso I d'Aragona (XV sec.).

14. La Grotta Vecchia o romana di Posillipo, scavata nel I secolo a.C. per agevolare le comunicazioni tra Napoli e Pozzuoli. È oggi in parte franata.

15. Christian August von Waldeck (1744-1798). Generale austriaco già conosciuto a Roma da Goethe. Lo scultore A. von Trippel ebbe da lui l'incarico di eseguire un busto di Goethe (oggi nel castello di Arolsen). Un secondo esemplare, commissionato dalla granduchessa Amalia, si trova a Weimar. Nella lettera datata 20/1/1787 alla von Stein, Goethe parla della «bella signora» parente del vescovo di Praga che col marito accompagna sempre il generale.

16. Dramma indiano in sette atti di Kalidasa (IV-V secolo) che Goethe lesse nella versione di G. Forster nel 1791. Bernhard Suphan, curatore delle opere di Herder, avanzò l'ipotesi che tale parola nel testo originario stesse per Spinoza.

17. Campi Flegrei.

18. Nella capanna, che si trovava a breve distanza dal luogo in cui nel 1814-1815 fu costruito l'Osservatorio astronomico, abitò per quindici anni un eremita francese.

19. Oggi Punta Campanella.

20. Il Belvedere era la residenza estiva dei duchi di Weimar.

21. La chiesa di S. Filippo Neri o dei Girolamini, costruita tra il 1592 e il 1619 e completata in epoche successive.

22. «La cacciata dei profanatori dal tempio» di L. Giordano (1684), detto Luca fa presto.

23. «La Cacciata di Eliodoro» nella chiesa di S. Gesù Nuovo è di F. Solimena (1657-1743).

24. La stima nutrita da Goethe per Filangieri emerge chiaramente quando lo menziona negli *Anni di pellegrinaggio di Wilhelm Meister*: «Gli anni della sua vigorosa virilità caddero al tempo del Beccaria e del Filangieri; le massime umanitarie e universali facevano allora sentire la loro azione in ogni campo». (*Opere*, IV, p. 662).

25. Si temeva che Giuseppe II volesse estendere la sua influenza sulla Toscana e sull'Italia tutta.

26. Johann Georg Hamann (1730-1788). Filosofo tedesco di grande importanza per le correnti irrazionalistiche e per lo «Sturm und Drang». La sua teorizzazione del genio — nel linguaggio del quale è ravvisabile un elemento divino — rappresenta «una nuova impostazione di un problema teologico che quasi sottomano diventa linguistico e con ciò anche estetico. La superiore certezza profetica è attribuita anche ai grandissimi poeti,

come Omero e Shakespeare. Tuttavia mentre Young e Lessing avevano cercato di giustificare Shakespeare, sostenendo che egli si avvicinava in sostanza al modello di Aristotele pur ignorandone le leggi, in Hamann il genio ignaro delle leggi non è giustificato in quanto anticipatore profetico delle leggi; è esaltato per quella sua ignoranza, *conditio sine qua non* per qualsiasi opera geniale. In tale differenza tra Lessing e Hamann si attua sostanzialmente il passaggio dall'Illuminismo allo Sturm und Drang» (Mittner, II, II, p. 299). Goethe riconobbe l'indubbia importanza di Hamann. Non mancò tuttavia di definire in *Poesia e verità* «sibillini» i suoi scritti: «...intorno a noi si fa solo sempre più buio quanto più lo studiamo, e questa oscurità crescerà con gli anni, perché i suoi accenni erano specialmente diretti a determinate specie di vita e di letteratura, che dominavano in quel momento... Questi fogli meritano anche per ciò di venir chiamati sibillini, perché non si possono considerare in sé e per sé, ma sono come oracoli da interrogare in certe determinate occasioni» (*Opere*, I, pp. 1076-1077).

Riprendendo l'accostamento tra Vico e Hamann istituito da Goethe, Croce riconobbe alcune somiglianze, ma sottolineò soprattutto le differenze tra i due pensatori.

27. Nel rinascimentale palazzo, oggi Carafa Santangelo, era custodita la testa del cavallo — probabilmente appartenente ad una statua colossale — che attualmente si trova al Museo Nazionale.

28. La «Ninfa», che si trova oggi ai Musei Vaticani (Gabinetto delle Maschere), fu descritta da Winckelmann nella *Storia dell'arte antica*.

29. Il Teatro San Carlo, uno dei più vasti del mondo, risale al 1737, ma fu rinnovato in forme neoclassiche nel 1800.

30. Melodramma di Giuseppe Giordano su libretto di Carlo Sernicola.

31. Il Palazzo Reale di Capodimonte, iniziato nel 1738 per volere di Carlo di Borbone, fu ultimato un secolo più tardi.

32. Karoline Filangieri, nata contessa Fremdel, era stata inviata in qualità di istitutrice da Maria Teresa alla corte di Napoli. Sposò Gaetano Filangieri.

33. Teresa Filangieri, sorella di Gaetano e moglie di Filippo Fieschi Ravaschieri, principe di Satriano, era nota per le sue bizzarrie.

34. Gli scavi di Pompei e di Ercolano furono iniziati alla metà del XVIII secolo.

35. Erano così chiamati dai coloni della Nuova Francia quattro tribù indigene (probabilmente irochesi).

36. Wieland aveva pubblicato nel 1776 *Das Wintermärchen. Nach einer Erzählung im ersten Teile von « Tausendundeine Nacht ».*

37. Georg Schlosser (1739-1799). Giurista e scrittore. Sposò la sorella di Goethe, Cornelia e, alla morte di questa (1777), Johanna Falmer, amica di gioventù di Goethe.

38. Porta Ercolano è la più importante porta di Pompei.

39. Si tratta della tomba a forma di esedra della sacerdotessa Mamia che reca la seguente iscrizione: « Mamiae P.f. sacerdoti publicae locus sepulturae datus decurionum decreto».

40. Christoph Heinrich Kniep (1755-1825). Pittore soprattutto paesaggista con uno stile simile a quello di Hackert.

41. A Portici si trova il Palazzo Reale fatto costruire da Carlo di Borbone nel 1738.

42. Il disegno della Kauffmann, che rappresenta la terza scena del terzo atto della tragedia, è custodito a Weimar.

43. Il Palazzo Reale di Caserta, uno dei più vasti e maestosi edifici d'Italia (1200 stanze, 1700 finestre), fu voluto da Carlo di Borbone. Iniziato dal Vanvitelli nel 1752, venne realizzato nel 1774 e ultimato nelle decorazioni interne un secolo dopo. « L'antica reggia si trovava nell'attuale piazza Vanvitelli» (Castellani, p. 719).

44. Si tratta del Casino Reale di San Leucio.

45. Christian Friedrich Andres. Pittore e restauratore, allievo di Mengs. Divenne ispettore della Pinacoteca di Capodimonte.

46 Sir William Hamilton (1730-1803). Ambasciatore d'Inghilterra a Napoli e collezionista e amante dell'arte. Fu il primo collezionista serio di vasi greci. Una collezione da lui ceduta a causa di difficoltà finanziarie costituì la base della sezione di antichità greche e romane del British Museum aperto nel 1759.

47. Emma Lyons Harte Hamilton (1761-1815). Figlia di un fabbro rimasta orfana a due mesi, dopo un'adolescenza e prima giovinezza trascorse nei postriboli, divenne la moglie di Sir William Hamilton (1791) ed in seguito — dopo l'arrivo di Nelson a Na-

poli (1799) — l'amante di quest'ultimo. Dotata di un fascino particolare, era nota per le *attitudes*, scene mimate in cui raffigurava personaggi della mitologia ed eroine storiche. Fu grande amica della regina Maria Carolina e probabilmente svolse un ruolo di una certa importanza sugli avvenimenti del 1799. Morì in miseria a Calais.

48. Già a Lipsia e a Strasburgo Goethe venne a contatto con la filosofia di J. J. Rousseau (1712-1778) soprattutto in riferimento all'*Emile* e alle *Confessions*.

49. Ercolano, situata alle estreme pendici del Vesuvio, sul golfo di Napoli, fu distrutta dall'eruzione del 79 d.C. I primi scavi risalgono al XVIII secolo. Nel 1750 vennero pubblicate le prime riproduzioni delle pitture d'Ercolano menzionate anche da Winckelmann.

50. Il piano del teatro di Ercolano, costruito in età augustea e postaugustea, decorato in età claudia e neroniana, fu raggiunto — grazie allo scavo di un pozzo — nel 1717 dal generale austriaco Elboeuf. Il teatro giace ancora sepolto sotto uno strato di fango tufaceo.

51. Gerhard Dow (1613-1675). Pittore olandese allievo di Rembrandt.

52. Cfr. il saggio *Lebensgenuss des Volkes in und um Neapel* pubblicato nel 1788 nel «Teutscher Merkur».

53. La villa era situata sulla Riviera di Chiaia.

54. Villa Reale, oggi Villa Comunale, possiede uno splendido parco.

55. Il *Wilhelm Meister*, iniziato nel 1777 e compiuto nei primi sei libri nel 1785 col titolo provvisorio di *Wilhelm Meisters Theatralische Sendung*, fu ripreso solo dopo il viaggio in Italia nel 1791 e soprattutto dopo la campagna di Francia. Tuttavia è soltanto nel 1794 che l'opera compie progressi sostanziali venendo integrata e rielaborata (soprattutto nel sesto libro) e assumendo il titolo di *Wilhelm Meisters Wanderjahre*, che fu però rielaborata per l'edizione definitiva apparsa nel 1829. Il libro ebbe poi un seguito, *Wilhelm Meisters Lehrjahre*, concluso nel 1829.

56. Non si sa di quale quadro si tratti.

57. Si tratta dello «Sposalizio mistico di Santa Caterina» alla Galleria Nazionale del Museo di Capodimonte.

58. Si tratta del monte Liberatore.

59. La Scuola Medica fu istituita a Salerno nell'XI secolo.

60. Paestum, fondata alla fine del VII secolo a.C. da coloni greci, fu conquistata prima dai Lucani e divenne quindi colonia romana. Nell'Alto Medioevo iniziò a decadere a causa delle alluvioni e della malaria, finché non fu definitivamente abbandonata nel IX secolo in seguito alle incursioni dei Saraceni. Fino al Settecento rimase nascosta e dimenticata tra boscaglie e paludi. Winckelmann visitò Paestum nel 1758 assieme a Volkmann.

61. Contenuta nel saggio *Die Metamorphose der Pflanzen*.

62. Francesco Maria Berio fu fine letterato e collezionista (cfr. Zaniboni, II, pp. 222-223).

*Sicilia* p. 231

1. I primi due atti del *Tasso* risalgono al 1780-1781 (v. nota 2, p. 595).

2. Secondo il Pitrè, Goethe non entrò a Palermo per Porta Felice, come sembra indicare la sua descrizione, bensì dalla Porta della Legna (non più esistente), e prese alloggio alla «locanda di Madame Montaigne» in via Porta Salvo.

3. Goethe allude a via Vittorio Emanuele e a via Maqueda.

4. Nello splendido parco di Villa Giulia, o La Flora, Goethe continuò le sue riflessioni sulla pianta originaria. V. anche 17 aprile.

5. Goethe allude al progetto della *Nausicaa* che non fu mai portato a termine.

6. Capo Zafferano con il monte Catalfano.

7. La Conca d'Oro.

8. Battaglia di Panormo, in cui Asdrubale fu sconfitto dal console Cecilio Metello nel 251 a.C.

9. La monumentale Fontana Pretoria, ricchissima di statue e di getti d'acqua, è opera dei fiorentini F. Camillani e M. Naccherino (1555-1575).

10. Patrick Brydone (1740-1818). Naturalista inglese. Pubblicò le lettere del suo viaggio in Italia col titolo *A tour through Sicily and Malta*.

11. La gita al santuario di Santa Rosalia fu descritta in un articolo apparso sul «Teutscher Merkur» nel 1788.

12. Jean Claude Richard Abbé de Saint Non (1727-1791). Pubblicò tra il 1781 e il 1786 l'opera in cinque volumi *Voyage pittoresque ou description des Royaumes de Naples et de Sicile*.

13. Santa Rosalia, nipote del marchese normanno Sinibaldo, si spense nel 1166 nella grotta profonda 25 metri dalle cui pareti stilla un'acqua ritenuta miracolosa. La statua è opera dello scultore fiorentino Gregorio Tedeschi.

14. Goethe acquistò l'*Odissea* nell'edizione curata da St. Bergler tuttora conservata a Weimar. Negli anni successivi tradusse la descrizione dei giardini di Alcinoo (VII libro).

15. Francesco d'Aquino, viceré di Palermo dal 1785 al 1788.

16. Il Palazzo dei Normanni, di origine araba (IX sec.), fu ampliato dai re normanni nel XII secolo e quindi rimaneggiato in seguito.

17. Karl Friedrich von Dacheröden. La figlia Caroline sposò Wilhelm von Humboldt. Il coadiutore è Karl Theodor von Dalberg (1744-1817).

18. Francesco Ferdinando II Gravina, Cruylas e Alliata, principe di Palagonia (1722-1788). Su Goethe e Villa Palagonia cfr. M. Fancelli, *Goethes Italienische Reise*, in «Impulse», 1982.

19. L'abbazia benedettina di Monreale fu fondata nel 1174 da Guglielmo II, mentre la strada d'accesso fu costruita soltanto nel 1760 dall'arcivescovo Testa di Monreale.

20. L'abbazia benedettina di San Martino delle Scale fu fondata secondo la tradizione da San Gregorio Magno nel VI secolo. L'attuale grandioso monastero è opera di G. Venanzio Marvuglia (1770-1786).

21. Goethe allude al Palazzo Reale e alla Sala d'Ercole.

22. Si tratta di due opere greche risalenti al periodo ellenistico (IV sec.). Una di esse andò distrutta durante la rivoluzione del 1848, l'altra si trova attualmente al Museo Nazionale di Palermo.

23. Frisso, figlio di Atamante e di Nefele, fu fatto fuggire dalla madre assieme alla sorella Elle sull'ariete dal vello d'oro per sottrarlo alle persecuzioni di Ino, seconda moglie di Atamante. Elle cadde in mare, ma Frisso giunse ad Ea nella Colchide dove sposò la figlia del re Eeta, Calciope.

24. Le catacombe, situate vicino alla porta Ossunta, erano una scoperta recente (1785).

25. Il principe Gabriele Lancellotto Castello di Torremuzza (1727-1794) era un appassionato e colto numismatico. Una parte della sua collezione si trova attualmente al Museo Nazionale di Palermo.

26. Il principe di Palagonia era a capo dell'ordine religioso dei Mercedari.

27. Michel Jean Borch (1753-1810). Naturalista e viaggiatore polacco. Nel 1778 aveva pubblicato a Roma la *Lithologie Sicilienne*.

28. Hoffegut (Sperobene) è un personaggio della commedia *Die Vögel* e s'identifica con Evelpide degli *Uccelli* di Aristofane (v. nota 31, p. 578).

29. L'incisione compare nel *Mémoire justificatif* scritto da Cagliostro alla Bastiglia nel 1785.

30. L'avvocato era Antonio Vivona, rappresentante legale della Francia in Sicilia.

31. È noto che il cardinale di Rohan, per riconquistarsi le simpatie della regina Maria Antonietta, le aveva fatto dono di una collana, rimanendo coinvolto in un imbroglio che gettò cattiva luce sulla famiglia reale in generale e sulla regina in particolare. Alla faccenda non fu estraneo il sedicente conte Cagliostro. Questo avventuriero siciliano (1743-1795) si chiamava in realtà Giuseppe Balsamo. Orfano di padre, fu messo come novizio in un convento. Abbandonata la carriera ecclesiastica, sposò a Roma nel 1768 Lorenza Feliciani, in compagnia della quale viaggiò per tutta l'Europa guadagnandosi fama e ricchezze come guaritore e mago. Venuto a contatto col mondo delle sette, fondò la massoneria di rito egiziano autoproclamandosi «gran cofto». Implicato nell'*affaire du collier* a Parigi, fu prima imprigionato alla Bastiglia e quindi costretto a fuggire dalla capitale francese. Arrestato a Roma, dove tentava d'introdurre riti massonici, fu prima condannato a morte e quindi all'ergastolo. Morì nella fortezza di San Leo nel 1795. Un estratto del processo romano fu pubblicato in tedesco da C. J. Jagemann e si trovava nella biblioteca della granduchessa Amalia.

Goethe s'interessò moltissimo a Cagliostro pubblicando su di lui un saggio *Des Joseph Balsamo, genannt Cagliostro, Stammbaum. Mit einigen Nachrichten von seiner in Palermo noch lebenden Familie*, pubblicato nel 1792 nel primo volume dei *Neue Schriften*, e avendo senza alcun dubbio in mente la figura di questo avventuriero nella commedia *Der Grosskophta* il cui onorario — assieme a delle somme raccolte tra gli amici — inviò alla famiglia di Cagliostro.

32. Allude a Lavater.

33. La Cattedrale o Duomo fu eretta nel 1185, ma venne rimaneggiata in varie epoche, soprattutto tra il 1781 e il 1804.

34. La Ziza è l'antico palazzo di delizie dei re Normanni, iniziato sotto Guglielmo I (1154-1160) e compiuto dal figlio Guglielmo II.

35. Allusione alle nozze di Cana.

36. Il torrente Gaggera, che passa sotto il colle dove sorgeva Segesta.

37. Il tempio di Segesta, risalente al V secolo a.C., non fu probabilmente mai portato a termine.

38. Johann Hermann von Riedesel (1740-1785). Ambasciatore di Prussia alla corte di Vienna. Pubblicò nel 1771 l'opera *Reise durch Sizilien und Grossgriechenland*. Goethe ne parla anche nelle pagine seguenti.

39. Il teatro di Segesta è di età ellenistica (III-II sec. a.C.) e fu restaurato dai Romani.

40. L'itinerario seguito da Goethe è diverso da quello dei viaggiatori dell'epoca.

41. Agrigento.

42. Sulla vetta del monte S. Calogero sorge l'omonimo santuario, sotto al quale si trovano le stufe vaporose di S. Calogero, grotte naturali con emanazioni di vapore a 38°-43°.

43. Oggi Maccazzolo.

44. Goethe allude a Caltabellotta, centro la cui origine è antichissima.

45. Don Michele Vella.

46. Opera attica del II secolo. Attualmente è conservato al Museo Nazionale.

47. Conservato al Museo Archeologico Nazionale.

48. Il Tempio di Giunone è coevo del Tempio della Concordia (v. nota seguente).

49. Il Tempio della Concordia fu eretto verso la metà del V secolo e dedicato forse ai Dioscuri.

50. Il Tempio di Giove Olimpico fu innalzato verso il 480 a.C. dopo la vittoria degli agrigentini sui cartaginesi a Imera. Si presenta devastato dai terremoti.

51. Il Tempio di Ercole fu eretto alla fine del VI secolo a.C.

52. Il Tempio di Esculapio fu eretto nel V secolo a.C.

53. Terone, tiranno di Agrigento, morì nel 473 a.C., mentre la cosiddetta tomba di Terone risale al I secolo a.C.

54. La chiesetta medievale di San Biagio occupa la cella del piccolo tempio di Demetra, eretto nel 480-460 a.C.

55. Trittolemo, re di Eleusi, protetto di Demetra, che gli donò un carro cui era aggiogato un drago alato per facilitargli la semina dei campi. A Trittolemo è attribuita l'invenzione dell'aratro.

56. Monte Gemini.

57. Goethe allude alle tre colline fortificate presso Gotha in Turingia.

58. L'antica e attuale Enna. Il mito vuole che presso il lago di Pergusa fosse avvenuto il ratto di Proserpina. Goethe aveva inserito nell'opera comica *Der Triumph der Empfindsamkeit* (di cui esistono due versioni: 1777 e 1786) il monodramma *Proserpina*.

59. Probabilmente la Torre Pisana del Castello di Lombardia. Potrebbe però anche trattarsi della Torre di Federico II costruita nel XIII secolo.

60. Calascibetta è situata in una posizione estremamente panoramica ad anfiteatro sopra una rupe sforacchiata di grotte.

61. Per Vincenzo Casagrandi la località di Molimenti s'identifica col feudo di Meliventris, sulla sinistra del medio corso del Dittaino, che nella parlata locale è detto Monumenti o Munimenti. (*Wolfango Goethe a Catania nel maggio 1787*, in «Archivio Storico della Sicilia Orientale», 1932. Cfr. Castellani, p. 731.)

62. Probabilmente Nicolas Poussin (1594-1665). Appartiene a quella generazione di pittori francesi amanti dell'avventura e dei viaggi. Poussin giunse tuttavia a Roma, allora capitale dell'arte, quando era un pittore già formato e noto in Francia. Fu importante l'influsso esercitato su di lui dalle opere veneziane del Cinquecento, da Raffaello, dal Domenichino, dalle sculture antiche che amava disegnare durante le sue passeggiate romane. Notevole rilevanza ebbe per lui anche la lettura dei classici, come ad

esempio Ovidio. «La morte di Germanico» (1627) è una tappa fondamentale non solo nell'itinerario artistico di Poussin, ma nella storia della pittura dei due secoli successivi. La fortuna del quadro — per il quale Poussin s'ispirò a fonti diverse (molto importanti comunque restano i modelli antichi) — fu immensa. Il quadro divenne un modello per tutta una serie di pittori che vissero a Roma dal Settecento al Romanticismo e che predilessero il «quadro storico». Poussin, in cui lo studio archeologico rinnova l'ispirazione religiosa, è una delle voci più importanti del Classicismo francese. Goethe lo tenne sempre in grandissima considerazione, come si desume dai suoi scritti sull'arte e dai *Colloqui* con Eckermann.

Nel caso specifico Goethe potrebbe però anche alludere al meno celebre cognato di Poussin, ovvero Gaspard (Dughet), anch'egli paesaggista.

63. «Si tratta dello storico fondaco Cuba, ove nell'ottobre 1713 soggiornarono Vittorio Amedeo di Savoia, re di Sicilia, e la regina Anna Maria e, nel maggio 1787, Volfango Goethe» (Castellani, p. 732). In realtà Goethe e Kniep si trasferirono senza saperlo al Leon d'oro.

64. Oggi Paternò.

65. Motta Sant'Anastasia. Notevole il castello normanno.

66. Il convento benedettino Monastero Bianco era stato distrutto dal terremoto del 1669.

67. Vincenzo principe di Biscari, uno degli uomini più ricchi e colti di Catania. L'abate era Domenico Sestini, autore della *Descrizione del museo d'Antiquaria e del Gabinetto di Istoria Naturale di S.E. il principe di Biscari* (1776). Sembra tuttavia che non s'identifichi con l'Abate che fece da guida a Goethe, in quanto Sestini era all'epoca già partito dalla Sicilia.

68. All'esterno della bella porta Uzeda (1696) si vede la settecentesca facciata di Palazzo Biscari con finestre e logge riccamente ornate. Attualmente quanto resta della collezione Biscari si trova al Museo Civico.

69. Già segnalato da Riedesel (v. nota 38, p. 620) come Bacco.

70. Anna Borso e Bonanno, principessa di Poggio Reale.

71. Johann Heinrich Bartels (1761-1850). Teologo, giurista e archeologo. Fu borgomastro di Amburgo. Era stato a Catania l'anno precedente e tra il 1787 e il 1792 aveva pubblicato l'opera

*Briefe über Calabrien und Sizilien*. Riedesel (v. nota 38, p. 620) era stato a Catania nel 1767.

Christian Friedrich Münter (v. nota 57, p. 608) aveva soggiornato a Catania nel 1785 e 1786.

72. Sulla sinistra della settecentesca chiesa di S. Niccolò si trova l'ex convento benedettino, uno dei più vasti d'Europa ricostruito nel Settecento. All'interno di S. Niccolò è tuttora visibile, anche se notevolmente danneggiato, il grandioso organo di Donato del Piano.

73. Riguardo ai vulcanisti v. nota 6, p. 574.

74. Giuseppe Gioeni, professore di scienze naturali all'università di Catania, fondò un Museo di Storia Naturale al livello di quelli già esistenti del principe di Biscari e dei Benedettini.

75. Di fronte ad Aci Trezza emergono i famosi Faraglioni o isole dei Ciclopi, pittoreschi scogli che il mito dice scagliati da Polifemo accecato contro Ulisse in fuga. Il più grande si chiama Aci.

76. «Da questo disegno Kniep ricavò un acquarello che si trova nella casa di Goethe a Weimar» (Castellani, p. 733).

77. Si calcola che l'Etna abbia avuto in epoca storica circa 135 eruzioni. Dal 1500 al 1800 esse furono 34. La più disastrosa fu quella del 1669, quando da diverse bocche esplosive si formarono i Monti Rossi e sgorgò un torrente di lava che raggiunse Catania e avanzò nel mare.

78. Il Teatro Greco, costruito in epoca ellenistica (III sec. a.C.), fu quasi interamente rifatto in epoca romana (forse II sec. d.C.)

79. «Il secondo di questi due disegni, fatto a seppia da Kniep e raffigurante il teatro, è appeso in cornice nella casa di Goethe a Weimar» (Castellani, p. 733).

80. La fiumara di Fiumedinisi.

81. Il terremoto del 1783 aveva devastato Messina.

82.*«... perirono in realtà non 12 mila, ma 1200 persone...» (Castellani, p. 734).

83. Il Römerberg era la piazza medievale di Francoforte dove venivano incoronati gli imperatori. Fu distrutto durante la Seconda guerra mondiale.

84. Don Michele Odea, feldmaresciallo inglese, dal 1783 governatore provvisorio della città.

85. L'edificio in stile neoclassico fu distrutto dal terremoto del 1908.

86. La chiesa cinquecentesca di S. Gregorio non esiste più.

87. «Gli amici e commensali del Governatore appartenevano probabilmente alla Loggia degli Amici sinceri, che aveva una filiale a Messina e ramificazioni in tutta Italia» (Zaniboni, II, p. 237).

88. Goethe riprese questi pensieri nel saggio *Künstlerische Behandlung landschaftlicher Elemente*.

89. Joos de Momper (1564-1634). Paesaggista olandese.

90. «Ma l'impressione più incancellabile ci è stata lasciata dagli scogli delle Sirene presso Capri, sui quali siamo andati a rischio di naufragare in maniera stranissima, con cielo perfettamente sereno e completa bonaccia, e proprio a causa di questa bonaccia» (*Briefe* 27/5/1787, cit. in Castellani, p. 735).

91. Si tratta quasi certamente di Barlaam, una figura della leggenda cristiano-bizantina, che convertì Josafat, figlio di un re indiano. Secondo Castellani potrebbe però anche identificarsi con il teologo trecentesco Barlaam Calabro, fautore, durante lo scisma avignonese, dell'unione delle chiese cristiane e della crociata contro i Turchi.

92. Le acque del lago di Tiberiade furono placate da Gesù.

93. Matthäus Merian il Vecchio (1593-1650), curatore di una *Bibbia*, tradotta da Lutero, con 223 incisioni in rame, posseduta dal padre di Goethe.

*Napoli* *p. 329*

1. Il «foglietto accluso» non è stato riprodotto da Goethe nel *Viaggio*.

2. Si tratta del Tempio di Nettuno (v. 23 marzo 1787).

3. Goethe allude una volta di più alla pianta primigenia.

4. La principessa di Satriano. Si veda la nota 33, p. 614.

5. Goethe allude al terremoto del 1783.

6. Secondo Castellani, S. Filippo Neri (v. saggio a lui dedicato alle pp. 359-371) è il personaggio ispiratore del Pater Ecstaticus che compare nel finale del Secondo Faust (Castellani, p. 736).

7. Goethe riprenderà con qualche variante questo motto nel *Secondo soggiorno romano* attribuendolo in quell'occasione a Bernard de Clairvaux. «Di esso abbiamo varianti nel poeta latino e predicatore Hildebert von Lavardin (ca. 1056-1133) ed in Hugo Sotovagina (fine del XII sec.) e come segue: "Spernere mundum, spernere sese, spernere nullum, spernere se sperni, quatuor haec bona sunt» (Amoretti, p. 509).

8. Josef Johann von Fries. Finanziere austriaco colto ed amante dell'arte.

9. Probabilmente la contessa Aloysia Lanthieri.

10. Poesia d'occasione scritta da Goethe alla fine del mese di agosto 1786: *Abschied an den Herzog Karl August im Namen der Engelhäuser Bäuerinnen*.

11. Il duca von Ursel, diplomatico belga, e la moglie.

12. L'opera cui si allude è *Ideen zur Philosophie der Geschichte der Menschheit* (1784-1791).

13. Questo passo è la quasi integrale riproduzione del saggio *Neapel. Volkmanns historisch-kritische Nachrichten von Italien. Dritter Band.* «*Lazaroni*», pubblicato nel 1788 nel «Teutscher Merkur».

14. Cornelius de Pauw (1739-1799). Canonico a Xanten sul Reno. Nel 1787 aveva pubblicato a Berlino le sue *Recherches philosophiques sur les Grecs*.

15. È noto che proprio da Atella deriva il nome dell'atellana.

16. Plinio il Vecchio (23-79). Morì durante l'eruzione del Vesuvio che distrusse Pompei ed Ercolano. Questo passo è la quasi integrale riproduzione dell'articolo *E Plinius Naturgeschichte. Drittes Buch, Fünftes Kapitel. Lebensgenuss des Volks in und um Neapel*, pubblicato nel 1788 nel «Teutscher Merkur».

17. A queste feste partecipava anche il re che distribuiva al popolo vino e carne. Tale usanza fu soppressa nel 1783.

18. Aert van der Neer (1603-1677). Paesaggista olandese. Dipinse molti paesaggi notturni.

19. La festa del Corpus Domini cadeva il 7 giugno 1787.

20. Girolamo Lucchesini (1751-1825). Diplomatico e politico della corte prussiana.

21. Domenico Venuti (1745-1817). Già il padre era stato un va-

lente archeologo, il primo ad occuparsi degli scavi di Ercolano. Egli fu direttore della fabbrica di porcellane di Capodimonte cui diede un'impronta neo-classica. Fu inoltre fisico e chimico.

22. Della testa in marmo, menzionata anche da H. Meyer in una lettera del 1789, non si hanno più notizie.

23. «Il banchiere Meuricoffre o Meuricoffer, svizzero del cantone di Turgovia; a Napoli aveva aperto una banca» (Zaniboni, II, p. 241).

24. Giuliana Giovane (Giovene) di Girasole, nata von Mudersbach (1632-1705). Dama di corte della regina Maria Carolina dal 1785 al 1791. Si trasferì quindi alla corte di Vienna. Tradusse in italiano gli *Idyllen* di Gessner.

25. Christian Garve (1742-17⁰8). Filosofo illuminista. Tradusse in tedesco le opere dei più importanti moralisti ed economisti inglesi del Settecento (Smith, Burke ecc.). Goethe gli dedicò uno *Xenion*.

26. Riguardo a Bartels e Münter v. note 71, p. 622 e 57, p. 608. Si rammenta che i loro ricordi di viaggio furono pubblicati dopo il 1787. L'annotazione di Goethe è quindi posteriore al viaggio.

## PARTE TERZA

*Roma, seconda dimora*     p. 357

\* Ovidio, *Fasti*, v. 831 sgg.

S. FILIPPO NERI, IL SANTO DELLA LETIZIA     p. 359

1. Iniziato nel 1810, fu completato nel 1829.

2. Paolo Fidanza (1731-1790). Incisore. La sua opera *Teste scelte di personaggi illustri* (1757) era nota a Goethe.

3. «S. Girolamo della Carità, convento a Roma in via di Monserrato. Sorto là dove San Girolamo trascorse alcuni anni della sua vita, venne restaurato nel XVII secolo. Il Neri vi abitò sino a quando fu ordinato sacerdote; si trasferì quindi nel convento di S. Giovanni dei Fiorentini che sorge tra il Palatino e il Tevere. La nuova costruzione è la chiesa di Santa Maria in Valicella, costruita negli anni 1575-1605 da Mattia Castello, Martino Longhi il Vecchio, Giacomo della Porta e Fausto Rughesi. Venne desti-

nata all'Ordine degli Oratoriani fondato nel 1575 da Filippo Neri. L'oratorio dei Filippini che si trova a sinistra della chiesa venne costruito dal Borromini negli anni 1637-1662» (Amoretti, pp. 699-700).

4. Francesco Saverio (1500-1552). Gesuita e missionario in India, dove morì.

5. Ippolito Aldobrandini (1536-1605). Divenne papa col nome di Clemente VIII nel 1592.

6. Giovanni de' Medici (1475-1521). Divenne papa col nome di Leone X nel 1513.

7. Secondo le varie edizioni la traduzione in tedesco è forse di F. W. Riemer (1774-1845), precettore del figlio di Goethe e quindi professore e bibliotecario a Weimar. Riemer fu uno dei collaboratori più stretti di Goethe le cui opere postume diede alle stampe assieme a Eckermann.

8. Torre degli Specchi ospitava il convento delle suore Francescane.

Giugno *p. 372*

1. I Cartoni di Raffaello sono custoditi al Victoria and Albert Museum di Londra. Raffaello li predispose tra il 1515 e il 1516 per i famosi dieci arazzi tessuti poi a Bruxelles da Pieter van Aelst. Gli arazzi sono invece esposti nella Pinacoteca Vaticana. (v. anche nota 11, p. 595).

2. Tivoli è celebre fin dall'antichità come luogo di villeggiatura di patrizi e per le splendide ville, le rovine e le cascate dell'Aniene. Il Tempio di Vesta e il Tempio della Sibilla dominano la valle delle cascate.

3. Daniele Ricciarelli da Volterra (1509-1556). «La leggenda della Croce». Del quadro si sono perse le tracce. Una copia è custodita al Museo di Chantilly, e un'altra, eseguita ad acquerello da H. Meyer, si trova tuttora nella casa di Goethe a Weimar.

4. Il Museo e la Galleria di Capodimonte sono sistemati nel Palazzo Reale di Capodimonte voluto da Carlo III nel 1734 per ospitare la celebre collezione d'arte avuta in eredità dalla madre Elisabetta. La Collezione Farnese fu accolta inizialmente nell'attuale Museo Archeologico Nazionale che, sorto come caserma nel 1585, fu trasformato prima in università e quindi adibito a museo da Carlo di Borbone per ospitarvi temporaneamente la collezione Farnese per l'appunto.

5. Il «Toro Farnese», gruppo di colossali dimensioni, è una copia del II-III secolo di un'opera di Apollonio e Taurisio di Tralles, riproducente il supplizio di Dirce. È attualmente conservato al Museo Archeologico di Napoli.

6. Salvator Rosa (1615-1673). Pittore napoletano che prediligeva come soggetto le battaglie.

7. Il ritratto di Goethe fu acquistato alla morte del poeta dalla nuora Ottilie e si trova attualmente nella casa di Weimar.

TISCHBEIN A GOETHE *p. 377*

1. Si tratta in realtà del tempio di Giove Anxur eretto nel I secolo a.C.

2. Nella torre del castello di Torre Astura presso Nettuno fu imprigionato Corradino di Svevia che, reduce dalla battaglia di Tagliacozzo (1268), qui aveva cercato rifugio.
Nei dintorni di Formia, l'antica Mola di Gaeta, si trovano i resti della villa di Cicerone che qui trovò la morte (43 a.C.) e venne sepolto.
Mario fu fatto prigioniero nelle Paludi Pontine.

3. Riprodotto nell'edizione dell'*Italienische Reise* curata da von Graevenitz.

APPENDICE: ARAZZI PONTIFICI *p. 383*

1. L'Appendice fu scritta per l'edizione definitiva del *Viaggio*.

2. Si veda la nota 6, p. 627.

3. Goethe allude ai Nazareni, noto gruppo di pittori tedeschi così definiti per il rigoroso cattolicesimo cui improntarono la loro vita e, forse, anche per l'uso di portare i capelli lunghi, «alla nazarena». Nel 1806 alcuni allievi dell'Accademia di Vienna, capeggiati da F. Pforr e da F. Overbeck, si ribellarono all'insegnamento accademico e si unirono nel «Lukasbund» con il fine di propugnare la libertà dell'insegnamento e dell'arte. Uno dei testi cui si ispirarono fu l'opera di W. H. Wackenroder *Herzensergiessungen eines kunstliebenden Klosterbruders* (1796). Auspicavano il ritorno a un'arte religiosa, ispirata direttamente agli antichi maestri italiani dal Quattrocento sino a Raffaello. Importante fu il loro tentativo di comporre sia sul piano ideologico sia su quello estetico la crisi seguita alla riforma protestante, superando la frattura fra Germania e Italia e armonizzando gli antichi maestri italiani e tedeschi, tentativo questo che trovò un'e-

spressione concreta nel quadro di Overbeck «Italia e Germania». Molte delle idee che animavano il gruppo sono alla base dello spirito romantico; per quanto accolga formalmente influssi classici e neoclassici, l'arte dei Nazareni dev'essere quindi considerata come un aspetto particolare del Romanticismo. V. anche la nota 11, p. 600.

4. Marcantonio Raimondi (1475-1534). Celebre incisore che, grazie ai suoi lavori, diffuse l'opera di Raffaello, Michelangelo, Giulio Romano. Probabilmente il suo «Ciclo degli Apostoli» è basato su disegni di Raffaello.

5. Nicolas Dorigny (1657-1746). Incisore francese. Goethe possedeva dieci incisioni colorate, riproducenti gli affreschi raffaelleschi della Farnesina, che ancora adesso si trovano a Weimar.

Luglio *p. 387*

1. La fonte di Acqua Acetosa si trova nei pressi della Porta del Popolo.
   Langenschwalbach, località termale nel Taunus.

2. Fritz Bury (1763-1823). Pittore ritrattista e storico. Soggiornò tra il 1783 e il 1799 a Roma, dove abitava nella stessa casa di Goethe. Nel 1800 eseguì un ritratto di Goethe e di Christiane Vulpius.
   Johann Georg Schütz (1755-1813). Pittore. Soggiornò a Roma tra il 1784 e il 1790 nella stessa casa di Goethe.

3. Lo svizzero è Heinrich Meyer.

4. James Moore (1740-1793). Paesaggista inglese che visse a Roma.

5. S. Maria d'Aracoeli fu eretta nel IV o V secolo sulla cima più alta del Campidoglio. Nel 1250 fu affidata ai Francescani che la restaurarono in forme romanico-gotiche.

6. Allusione ai tumulti di Bruxelles provocati dalle riforme volute dall'imperatore Giuseppe II e dalla reggente Maria Cristina. L'*Egmont* — iniziato forse già nel 1773 — fu portato definitivamente a compimento nel 1787 in Italia, dove il dramma dell'individuo geniale e demonico assurse a dramma storico universale: durante una passeggiata a Villa Borghese Goethe concepisce la conclusione e il 5 settembre l'opera è definitivamente terminata.

7. Mausoleo di Augusto: il sepolcro di Augusto e della famiglia

Giulio-Claudia. Nel Medioevo fu trasformato in fortezza e quindi adibito ad altri usi.

8. Carlo Albacini. Scultore e restauratore. La tomba di Mengs a Roma è opera sua. Il torso, che Goethe menzionerà anche il 20 luglio, è probabilmente un Dioniso in riposo (III sec. a.C.), attualmente custodito al Museo Nazionale di Napoli.

9. Giambattista Casti (1724-1803). Letterato. Soggiornò alla corte di Vienna e di Pietroburgo essenzialmente come poeta cesareo, carica questa che non gli impedì di satireggiare la società del tempo, come è dimostrato ad esempio dal poema *Gli animali parlanti*. Scrisse anche libretti d'opera, *Re Teodoro a Venezia*, *Re Teodoro in Corsica*, *L'arcivescovo di Praga*.

10. La «Madonna col Bambino e San Giovanni», erroneamente attribuito a Andrea del Sarto, è attualmente proprietà della Anthony de Rothschild Collection di Ascot (Castellani, p. 743).

11. Si tratta del *Fragment eines zweiten Antwortschreibens an Herrn Fabroni, die Gruppe der Niobe betreffend*, in *Hinterlassene Werke*, 1786, vol. III, p. 101.

12. Il primo quadro «Vanità e modestia» è in realtà di Luini; il secondo è la celebre «Fornarina» di Raffaello, identificata con la senese Margherita Luti, figlia di Francesco fornaio di contrada Santa Dorotea a Roma, e amante di Raffaello. Entrambe le opere si trovano alla Galleria Nazionale di Palazzo Barberini.

13. Jean Baptiste d'Agincourt (1730-1814). Storico dell'arte vissuto in Italia dal 1778. Tra il 1810 e il 1823 pubblicò l'*Histoire de l'art par les monuments depuis sa decadence au IV$^e$ siècle jusqu'à son renouvellement au VI$^e$*.

14. Albert Christoph Dies (1755-1822). Paesaggista e incisore vissuto a Roma tra il 1775 e il 1796.

15. La Colonna Traiana eretta nel 113 a ricordo della vittoria di Traiano sui Daci.

16. Monte Cavallo oggi piazza del Quirinale.

17. Villa Patrizi era ubicata all'esterno di Porta Pia.

18. In realtà Colonna di Marco Aurelio, situata al centro dell'elegante piazza Colonna su cui si affaccia sul lato nord il bel fianco di Palazzo Chigi.

19. Palazzo Piombino sorgeva in piazza Colonna.

20. Palazzo Rondanini si trova di fronte alla casa dove abitò Goethe a Roma, via del Corso n. 18.

21. La «Medusa Rondanini», copia dell'epoca imperiale di un originale greco del V secolo a.C., si trova attualmente alla Glyptothek di Monaco di Baviera. Goethe ne possedeva un calco donatogli da Luigi I di Baviera.

22. *L'impresario in angustie* di Domenico Cimarosa. Goethe ne fece una riduzione per il teatro di Weimar, *Theatralische Abenteuern*. Zaniboni ricorda che Goethe, il quale nutriva una innegabile predilezione per questo musicista, curò anche il rifacimento di un altro libretto di Cimarosa, *Le trame deluse* (Zaniboni, III, p. 246).

L'intermezzo era una breve opera comica per lo più in due parti che si alternava in un unico spettacolo ai tre atti di un'opera seria, commedia o altro, purché non fosse comico, al fine di creare una sorta di contrasto, una specie di pausa di divertimento. In origine erano previsti due personaggi che verso la metà del XVIII secolo salirono a cinque o sei.

23. Riprende le pagine scritte a Palermo il 17 aprile 1787.

24. Johann Friedrich Kranz (1754-1807). Violinista alla corte di Weimar e successivamente Kapellmeister presso la corte di Stoccarda.

25. Thomas Jenkins (1722-1797). Pittore e commerciante d'arte. A Roma abitava nelle immediate vicinanze della casa di Goethe e possedeva inoltre una villa a Castelgandolfo.

26. Giovanni Volpato (1733-1803). Incisore. Sono note soprattutto le sue incisioni delle Stanze e Logge vaticane.

27. In realtà Goethe annovera Dante tra i geni poetici dell'umanità. Cfr. ad esempio *Dante* (1826) e *Ugolino Gherardesca* (1801).

28. «Oreste e le Furie», attualmente al Castello di Arolsen in Assia.

Agosto                                                                 *p. 405*

1. Lettera indirizzata alla von Stein.

2. Maximilian von Verschaffelt (1754-1818). Figlio di Peter cui succedette — dopo un periodo trascorso a Roma (1782-1793) — alla direzione dell'Accademia di Mannheim. Si trasferì quindi a Monaco di Baviera (gli è attribuita la creazione dell'Englischer

Garten) ed a Vienna. Un suo disegno si trova nella casa di Goethe a Weimar.

3. La granduchessa Amalia accompagnata da Herder soggiornò in Italia tra l'agosto del 1788 e il maggio del 1790. Goethe la raggiunse a Venezia dove compose gli *Epigrammi Veneziani*.

4. «Cristo tra i Farisei» attribuito a Leonardo, ma in realtà di Luini. Si trova attualmente alla National Gallery di Londra.

5. Ignazio Boncompagni-Ludovisi (1743-1792). Segretario di stato di Pio VI, abbandonò la carica per le difficoltà di attuare le riforme proposte. Fu generoso mecenate.

6. Di Charlotte von Stein.

7. *Genesi* 32, 27.

8. Il profeta è J. Kaspar Lavater (1741-1801), predicatore, teologo e teorico — assieme a Gall — della frenologia, secondo cui dalla conformazione del cranio è possibile risalire allo sviluppo di certe zone del cervello, sedi di particolari funzioni psichiche. «Il teologo che si fa scienziato è indice eloquente dei tempi nuovi...» (Mittner, II, II, p. 630). Sempre secondo Mittner l'amicizia tra Goethe e il parroco zurighese non era destinata a durare: «Il credo cristocentrico di Lavater era inconciliabile con quello naturalistico di Goethe. La rottura, che si compì nel 1782, segna una svolta decisiva della storia letteraria, perché con essa s'inizia il classicismo tedesco che fu sostanzialmente pagano» (Mittner, II, II, p. 633). Negli anni precedenti alla rottura Goethe aveva partecipato alla stesura dei primi tre volumi dei *Physiognomische Fragmente*. Nonostante le polemiche tra Goethe e Lavater, che raggiunsero il loro apice negli *Epigrammi Veneziani* (cfr. *Epigramma Nr. 52*) e negli *Xenien*, Goethe traccerà un ritratto affettuoso di Lavater in *Poesia e verità* (*Opere*, I, in particolare le pp. 1167-1176).

9. Goethe allude a Spinoza.

10. Richard Worthley (1751-1805). Archeologo e collezionista. Nel 1824 fu pubblicato il *Museum Worthleyanum* (con il contributo di Ennio Quirino Visconti), compendio delle opere d'arte raccolte durante i suoi viaggi (1781-1787).

11. Goethe allude a *Gott* di Herder. Nato in seguito alla polemica tra F.H. Jacobi e M. Mendelssohn sullo spinozismo di Lessing (v. nota 49, p. 593), il libro intendeva dimostrare l'infondatezza della tesi che Spinoza fosse ateo, e contemporaneamente giusti-

ficare l'adesione di Lessing allo spinozismo. L'opera non è però una rappresentazione oggettiva della filosofia di Spinoza, quanto la proiezione nella visione di Spinoza del concetto herderiano di Dio influenzato da Leibniz e da Shaftesbury (nella ristampa del 1800 fu aggiunto il sottotitolo *Einige Gespräche über Spinoza's System, nebst Shaftesbury's Naturalysmus*). Il mondo è considerato soltanto l'espressione finita di una forza infinita. Ogni essere si trova in una condizione di continuo mutamento ed è in un certo senso eterno perché sottoposto ad una eterna palingenesi. Anche il cosmo si evolve ininterrottamente passando dal caos all'ordine, mentre non esistono in questo processo né stasi né regressi. Indubbiamente Goethe ritrovò in *Gott* molte delle sue convinzioni, fra cui la difesa di Spinoza dall'accusa di ateismo. Già il 9/6/1785 — sempre nell'ambito della controversia summenzionata — Goethe aveva definito Spinoza «theissimus e christianissimus» ed alla fine della stessa lettera affermava di cercare il divino «in herbis et lapidibus».

12. L'Accademia di Francia era allora ospitata a Palazzo Mancini, oggi si trova a Villa Medici.

13. Di Jean Baptiste Desmarais (1765-1813). Pittore francese ospite dell'Accademia Francese dal 1786 al 1794.

14. Lettera indirizzata a Herder.

15. Alexander Trippel (1744-1793). V. nota 15, p. 613.

16. Amoretti nota che nel quarto dialogo di *Gott* Herder cita, contestandola, la parola «Fulguration» adoperata da Leibniz per indicare l'intervento divino. Goethe parla invece di «Manifestation», parola che risponde non tanto al modo di vedere di Herder quanto ad una sua propria concezione (Amoretti, p. 595).

17. Goethe allude nuovamente ai pittori nazareni. V. nota 3, p. 628 e nota 11, p. 600.

18. Johann Heinrich Lips (1758-1817). Disegnatore e incisore svizzero. Collaborò ai *Physiognomische Fragmente* di Lavater. Tra il 1782 e il 1789 soggiornò a Roma, successivamente fino al 1794 fu professore all'Accademia di Weimar.

19. «Cristo tra i Farisei» è invece di B. Luini.

20. Jacques Louis David (1748-1825). Pittore del Classicismo francese. Il suo quadro «Il giuramento degli Orazi», dipinto a Roma nel 1784, suscitò un notevole scalpore all'epoca.

21. Di quest'opera si sono perse le tracce.

22. Germain Jean Drouais (1703-1788), Bénigne Gagnereaux (1756-1795), Louis Gauffier (1761-1801), Jean Pierre Saint-Ours (1752-1809), Didier Nicolas Bouquet (1755-1839). Pittori vissuti per lunghi periodi a Roma e interessati soprattutto a soggetti storici.

23. *Reisen eines Deutschen in England in den Jahren 1786-1788.*

24. La testa di Apollo si trova al British Museum di Londra.

Settembre                                                              *p. 417*

1. Philipp Christoph Kayser (1755-1823). Compositore e pianista amico di Goethe, di cui musicò numerosi testi: i Singspiele *Jery und Bäteli, Scherz, List und Rache, Hurtato* e *Miranda* (balletti) e le musiche di scena per l'*Egmont.*

2. Con Sesostri s'intende in realtà Psammetico II. L'obelisco di Psammetico II (594-589 a.C.) — oggi nella piazza di Montecitorio — fu trasportato a Roma da Eliopoli sotto Augusto a ornamento del Campo Marzio.

3. Il rimanente: *Claudine von Villa Bella* e *Erwin und Elmire.*

4. Il principio dell'Uno-Tutto risalente agli Eleati è uno dei capisaldi del panteismo di Spinoza con il quale Goethe sentiva indubbiamente delle affinità. V. nota 11, p. 632.

5. L'architetto era Louis-François Cassas (1756-1827). Suo è il *Voyage pittoresque de la Syrie, de la Phénicie* pubblicato nel 1799.

6. Palmira in Siria fu distrutta nel 273 da Aureliano. V. anche nota 33, p. 598.

7. La guerra tra Prussia e Olanda scoppiò tra settembre e ottobre del 1787. Vi fu coinvolto anche Carlo Augusto.

8. Viaggiatori inglesi e olandesi avevano riferito dell'esistenza di uomini con la coda a Formosa e nelle Filippine.

9. *Erwin und Elmire, Ein Schauspiel mit Gesang.* Ne esistono due versioni, la prima del 1773-1774 con una dedica a Lili Schönemann (adombrata col nome di Belinde) musicata da un amico di gioventù di Goethe, Johann André; la seconda frutto di una rielaborazione durante il secondo soggiorno romano sulla traccia di modelli italiani. Goethe vi introdusse una seconda coppia di innamorati, «al fine di rendere più viva ed interessante l'operina», e sacrificò il fascino poetico allo schema dell'opera buf-

fa. Questa seconda versione fu musicata da J. F. Reichardt ma — a differenza della prima — non fu mai rappresentata. Ancora oggi si esegue la poesia *Das Veilchen* musicata da Mozart.

10. Friedrich von der Trenck (1726-1794). Protetto di Federico II di Prussia, cadde in disgrazia e fu imprigionato nella fortezza di Glatz. Morì ghigliottinato a Parigi nel 1794. Nel 1786 aveva pubblicato l'opera *Merkwürdige Lebensgeschichte*.

11. I calchi si trovano tuttora a Weimar.

12. I primi quattro volumi delle *Opere* pubblicati da Göschen.

13. Le ville patrizie costituiscono la maggiore attrattiva della città.

14. *Vangelo di S. Luca*, 2, 49.

15. Gli Orti Farnesiani, voluti da Paolo III della famiglia Farnese (1534-1550), furono eliminati dopo il 1870, ovvero in seguito alle scoperte e scavi archeologici sul Palatino.

16. Christian Dehn (1770). Mercante d'arte vissuto a Roma. Era specializzato nella vendita di calchi di antichi cammei.

17. Christoph Unterberger (1732-1798). Pittore vissuto a Roma. Fu allievo di Mengs. Le copie menzionate si trovano all'Hermitage di Leningrado.

18. La cucina di Palazzo Zuccari.

Ottobre                                                    *p. 436*

1. Quinto saggio contenuto nella «Dritte Sammlung» dell'opera *Zerstreute Blätter* di Herder pubblicata nel 1787.

2. «Resoconti di viaggi di Kämpfer, Chardin, Le Bruyn e Niebuhr» (Castellani, p. 752).

3. Herder pubblicò queste sue poesie giovanili nella «Dritte Sammlung» degli *Zerstreute Blätter*.

4. Le persone nominate sono Matthias Claudius, Friedrich Heinrich Jacobi e Lavater.

Matthias Claudius (1740-1815). Poeta e editore della rivista «Der Wandsbecker Bote» decisamente avverso all'Illuminismo. Goethe aveva molto apprezzato una sua recensione del *Werther*. Nello *Spinoza-Streit* Claudius sosteneva che i partiti opposti avrebbero dovuto amarsi o almeno stimarsi, poiché avevano detto l'uno e l'altro «tante cose nobili» (cfr. Mittner, II, II, p. 287).

Col passare degli anni Claudius si rifugiò in una religiosità sempre più reazionaria.

Con Friedrich Jacobi (1743-1819), scrittore e filosofo, Goethe intrattenne un rapporto di amicizia caratterizzato da numerosi alti e bassi. La prima rottura si verificò nel 1779 per il giudizio poco lusinghiero espresso da Goethe nei confronti del romanzo di Jacobi *Woldemar*. Il rapporto fu riannodato da Goethe nel 1782, ma s'incrinò nuovamente nel 1785 e soprattutto durante il viaggio in Italia proprio a causa della polemica su Spinoza. Negli anni seguenti si assisterà ad un riavvicinamento (1792) e quindi ad una nuova rottura, praticamente definitiva, nel 1811, quando Jacobi nel suo *Von den göttlichen Dingen und ihrer Offenbarung* affermerà che la natura cela Dio il quale si manifesta soltanto al soprannaturale esistente nell'uomo, toccando così uno dei punti nevralgici della concezione goethiana Dio-natura e provocando una forte reazione in Goethe. V. anche nota 11, p. 632.

5. «È una canzoncina pubblicata nel "Wandsbecker Bote" e definita dal suo autore M. Claudius "ninnananna da cantarsi al chiaro di luna, per persone erudite e sensibili"» (Castellani, p. 752).

6. Si allude a Franz Buchholz (1756-1812). Protettore di Hamann, favorì il trasferimento di quest'ultimo a Münster. Non sembra affatto che fosse stato Lavater ad avere contribuito a raccomandare Hamann presso la principessa Gallitzin di Münster.

7. Detto attribuito a Pitagora: «Non sia ammesso nessuno ignorante in geometria».

8. Queste parole — che si oppongono chiaramente al panteismo goethiano — sono contenute nell'opera *Nathanael* dedicata da Lavater a Goethe. Quest'ultimo ebbe una reazione violenta alla dedica di Lavater.

9. Villa Malta presso Porta Pinciana, dove la duchessa Amalia effettivamente soggiornò.

10. Goethe era ospite nella villa di Thomas Jenkins, oggi Villa Torlonia.

11. Anton von Maron (1733-1808). Pittore, aveva sposato la sorella di Mengs.

12. Georg Forster (1754-1794). Scrittore e viaggiatore. Fu compagno d'imprese di James Cook nella seconda circumnavigazione del globo. Progettò un secondo viaggio intorno al mondo col

contributo di Caterina II, impresa questa che però non gli riuscì di compiere. Fu uno scrittore di viaggi affascinante, in cui l'incontro fra lo spirito dell'Illuminismo rivoluzionario e lo spirito classico porta ad un classicismo rivoluzionario che si accompagna a un senso straordinariamente preciso e solido della realtà concreta. « Un abisso divide i viaggiatori tedeschi del Sette e del primo Ottocento (Moritz, ad esempio, e i Romantici), per i quali il viaggio era il più spesso il sogno di un viaggio ed un sogno ad occhi aperti restava anche se era realmente compiuto, da Forster, che imparò a viaggiare, da inglese, con gli occhi ben aperti » (Mittner, II, II, p. 608).

13. Petrus Camper (1722-1789). Fu un importante professore di anatomia all'università di Groninga. Nel 1785 Goethe gli aveva fatto pervenire il suo studio sull'osso intermascellare, la cui esistenza nell'uomo era però stata negata da Camper. Goethe incontrò il figlio di questo illustre studioso a Roma. V. p. 491.

Il passo è il seguente: « Il grande studioso di anatomia Camper ha dimostrato che l'ideale formale dell'arte greca poggiava su regole nate da una ponderata riflessione » (cit. in Herder, *Ideen für eine Philosophie der Geschichte der Menschheit*, 13. Buch. *Künste der Griechen*, p. 108).

14. La resa di Amsterdam avvenne l'8 ottobre 1787.

15. Si tratta della famosa Maddalena Riggi (1765-1825) che Goethe ricorderà ben più ampiamente nelle pagine seguenti. Il nome della fanciulla ci è noto grazie ad una lettera di Angelica Kauffmann a Goethe del 1° novembre 1788. Dopo la partenza di Goethe sposò in prime nozze il figlio dell'incisore Volpato.

16. Goethe allude a Lavater, Jacobi e Claudius.

17. S. Giovanni, *Apocalisse*, 22, 3.

18. Scapin (personaggio di Molière) e Scapine sono personaggi di *Scherz, List und Rache* di Goethe.

19. Il soggetto, che avrebbe dovuto essere trattato nella nuova opera (*Die Mystifizierten oder il Conte*), fu poi trattato da Goethe nel *Grosskophta* (v. nota 31, p. 619).

20. W. Basilius von Ramdohr (1757-1822). Ambasciatore del re di Prussia a Roma. Il suo libro *Über Malerei und Bildhauerarbeit für Liebhaber des Schönen in der Kunst*, pubblicato nel 1787, conteneva delle idee non condivise né da Goethe né da Schiller, come si evince dalla lettera inviata da quest'ultimo a Goethe il 7 settembre 1794.

I cavalieri erano giovani stranieri nobili o comunque di alta estrazione sociale che, a partire dalla prima metà del Settecento, venivano in Italia per completare la loro educazione ammirando le opere d'arte esistenti sul suolo italiano.

21. Wieland aveva pubblicato nel «Teutscher Merkur» del 1787 una recensione ai primi quattro volumi di Goethe.

22. Figlio del pittore Vincenzo Camuccini. Era mercante d'arte.

23. Johann Friedrich Dalberg (1752-1812). Canonico a Treviri e a Worms.

Novembre                                                                              *p. 458*

1. Personaggio dell'*Egmont*.

2. «Il disegno della Kauffmann rappresenta Klärchen inginocchiata davanti ad Egmont. Fu inciso da Lips e riprodotto nel V volume delle opere complete del Goethe, edizione del 1788» (Amoretti, p. 655).

3. Le due lettere (del 10 e del 24 novembre) sono dirette alla signora von Stein.

4. Si allude a Kniep. V. nota 40, p. 615.

5. F. Max Klinger (1752-1823). Fu uno dei maggiori rappresentanti dello Sturm und Drang, termine questo che fu proposto da Kaufmann come titolo della commedia di Klinger medesimo che in origine doveva chiamarsi *Wirrwarr* (cfr. Mittner, II, II, p. 406). Fu grande amico di Goethe negli anni tra il 1772 e il 1775. Autore di una serie di drammi e, dal 1791, di romanzi, si recò anch'egli a Weimar al seguito di Goethe, senza peraltro riuscire ad inserirsi nella società e nella vita del granducato. Nel 1780 si arruolò come ufficiale nell'esercito russo e divenne quindi amministratore dell'università di Dorpat. Con la tragedia *Die Zwillinge* ottenne il premio di Amburgo del 1776, «anno in cui vari Stürmer parteciparono con drammi originali al concorso bandito da Schröder, direttore del teatro di Amburgo» (cfr. Mittner, II, II, p. 405).

6. Christian Friedrich Daniel Schubart (1739-1791). Poeta, giornalista e musicista eclettico. Per le idee rivoluzionarie fu imprigionato nella fortezza di Hohenasperg, dove trascorse dieci anni (1777-1787), prima di essere graziato nel 1780 grazie all'intervento di Federico II esaltato dal poeta in un inno, *Die Fürstengruft*, di cui furono vendute all'epoca settemila copie.

7. Il *Matrimonio segreto* (prima rappresentazione a Vienna nel 1792) di Domenico Cimarosa. Il librettista era Giovanni Bertati (1735-1815), fecondo scrittore di libretti per i teatri veneziani. Sostituì Da Ponte a Vienna quando questi cadde in disgrazia.

8. Anton Berger recitò anche a Weimar.

9. La triaca o teriaca, prodotto dell'antica farmacologia, composto di una grande quantità di ingredienti, era considerato un toccasana per molte malattie, e specialmente un efficace contravveleno. Nel II atto di *Scherz, List und Rache*, il dottore ne ordina una dose a Scapine, che finge di essere malata.

10. *Il Ratto dal Serraglio* fu rappresentato a Vienna nel 1782 e a Weimar nel 1785.

11. Santa Maria sopra Minerva cui è annessa la Biblioteca Casanatense.

12. Antonio Lafreri (1512-1577): *Speculum Romanae Magnificentiae*; Giovanni Paolo Lomazzo (1538-1600): *Trattato dell'arte della pittura, scultura ed architettura*; G.P. Bellori (1615-1696): *Admiranda Romanorum antiquitatum*.

13. Il colossale gruppo dei Dioscuri, replica romana di originale greco del VI-V secolo a.C., rinvenuto nei giardini Colonna, si trova attualmente in piazza del Quirinale.

14. «Il Septizonium era un grandioso ninfeo a più piani di colonne, fatto costruire da Settimio Severo sulle pendici meridionali del Palatino (sotto l'attuale Belvedere) come propaggine della Domus Severiana. Il significato preciso del nome è incerto. Intorno al 1590 papa Sisto V ne fece demolire gli ancora imponenti resti» (Castellani, p. 757).

15. Per volere di Paolo V, Carlo Maderno trasformò nel 1606 la pianta di San Pietro da croce greca (Michelangelo aveva immaginato l'edificio come un immane corpo a croce greca dominato da una maestosa cupola) a croce latina, prolungando il braccio anteriore, ed eresse la facciata.

16. Il Palazzo Apostolico subì dal 1377 in poi — ovvero da quando al ritorno dei papi da Avignone ne divenne la residenza ufficiale — numerose modifiche: ad esempio Sisto IV nel 1473 fece innalzare la Cappella Sistina, Innocenzo VIII costruì gli appartamenti del Belvedere e via dicendo. «Goethe poté conoscere l'antica forma del Vaticano dallo *Speculum Romanae Magnificentiae*, che riproduce la veduta del cortile del Belvedere dise-

gnata nel 1574 da Mario Cartaro e tre incisioni raffiguranti un torneo in esso svoltosi nel 1565» (Castellani, p. 757).

17. Jakob Crescenz Seydelmann (1750-1829). Pittore e allievo di Mengs, fu direttore dell'Accademia di Dresda.

18. L'articolo era destinato ai «Propyläen».

19. Diffusissima è la fama di questo celebre gruppo scultoreo, opera di Rhodo, Agesilandro e Polidoro, risalente al 50 a.C. e rinvenuto nel 1506 nelle Terme di Tito. In ambito tedesco, nel quadro di un'ampia discussione estetica, se ne occuparono Winckelmann, Lessing, Herder e Klotz. Particolarmente noto è il contributo di Lessing (1767) che istituì un raffronto tra il passo dell'*Eneide* di Virgilio e questa scultura tardo ellenistica, al fine di evidenziare la differenza tra poesia e arti figurative. Goethe, che ammirava moltissimo questa scultura a lui nota fin dalla visita all'Antikensaal di Mannheim (1769), dov'era custodita una copia, le dedicò nel 1798 un saggio *Über Laokoon*, in cui espose non soltanto il suo apprezzamento per il «Laocoonte», ma anche le sue idee sulla scultura che «è giusto tenere in così alta considerazione, in quanto essa può e deve far giungere l'atto del rappresentare al suo punto supremo, perché spoglia l'uomo di ogni elemento non essenziale».

20. «Antinoo» è in realtà un «Hermes», copia di età adrianea da un originale greco del IV secolo a.C.

21. Il «Nilo», statua colossale, opera romana del I secolo d.C., si trova al braccio nuovo del Museo Chiaramonti.

22. «Meleagro» è una copia da originale greco del IV secolo a.C., probabilmente di Scopa.

23. La testa raffigurante lo stratega ateniese appartiene ad una statua che rappresenta «Mercurio» (IV sec.).

24. Non un «Bacco seduto» ma un «Apollo», copia da un originale di gusto ellenistico.

25. «La statua di "Bacco" è mutilata delle parti inferiori. Si tratta di una copia da un originale greco del IV secolo» (Amoretti, p. 667).

26. Il «Torso» di Apollonio (seconda metà del I secolo a.C.) fu descritto in termini entusiastici da Winckelmann.

27. «Pirro», probabilmente «Ares», è una copia da un originale dell'età ellenistica.

28. Copia da originale greco del IV secolo a.C. Oggi al Museo Capitolino.

29. La «Venere Capitolina», imitazione romana di una statua di età ellenistica (III sec. a.C.).

30. «Giunone» è una copia da originale greco del V secolo a.C.

31. L'«Arianna» s'identifica probabilmente con un «Bacco» di età ellenistica.

32. Alois Ludwig Hirt (1759-1837). Archeologo. Fu a Roma tra il 1782 e il 1796. Successivamente fu professore di archeologia a Berlino. Sostenne in architettura la derivazione dei templi in pietra da quelli in legno e sottolineò — a livello estetico — l'importanza del caratteristico per il bello. Goethe dedicò all'architettura due saggi. Nel primo, scritto nel 1788, quindi immediatamente dopo il suo ritorno dall'Italia, formulò l'ipotesi della dipendenza di determinate forme artistiche dal materiale impiegato e s'interrogò sugli inizi dell'architettura in pietra. Nel secondo (1795) individuò le condizioni necessarie affinché l'architettura possa essere considerata arte.

Dicembre                                                     *p. 471*

1. Lettera indirizzata a Herder.

2. Personaggio di una leggenda islandese che viene destato dalla figlia. V. Herder, *Volkslieder* al titolo *Zaubergespräch Aganthyrs und Hervors*.

3. Lettera indirizzata alla von Stein.

4. La poesia, contenuta in *Claudine von Villa Bella*, è la seguente: Liebe schwärmt auf allen Wegen / Treue wohnt für sich allein; / Liebe kommt euch rasch entgegen, / Aufgesucht will Treue sein.

5. Lettera indirizzata alla von Stein.

6. Il primo Fritz è Fritz Bury (v. nota 2, p. 629). Il secondo Fritz è uno dei figli della von Stein.

7. La colossale testa di «Antinoo», attualmente al Louvre, era stata citata da Winckelmann nella *Storia dell'arte antica*. Un calco in gesso, acquistato nel 1827, si trova a Weimar.

8. Villa Mondragone, ora Seminario dei Gesuiti, fu costruita nel 1575 da M. Longhi e modificata da G. Vasanzio e G. Ramaldi; nella parte posteriore è una magnifica facciata del Vignola.

9. Lettera indirizzata alla von Stein.

10. Lettera indirizzata a Herder.

11. L'Abbazia delle Tre Fontane sorge nel luogo dove, secondo la tradizione, fu decapitato San Paolo. Nel cortile che si apre all'ingresso sorge la chiesa dei Ss. Vincenzo e Anastasio (è qui che si trovano gli affreschi menzionati), che conserva l'aspetto medievale (1221). Sulla destra v'è la chiesa di S. Maria Scala Coeli, rifatta da G. della Porta (1583). Un viale lungo il fianco dei Ss. Vincenzo e Anastasio conduce alla chiesa di S. Paolo alle Tre Fontane, rifatta da G. della Porta nel 1599 e contenente le tre fontane.

12. L'attribuzione degli affreschi a Marcantonio Raimondi è molto incerta, come si desume dallo studio dedicato al Raimondi da Henri Delaborde nel 1886 (cfr. Castellani, p. 760).

13. Il saggio intitolato *Über Christus und die Zwölf Apostel nach Raphael von Marc Anton gestochen und von Herrn Professor Langer in Düsseldorf copirt* fu pubblicato nel «Teutscher Merkur» del dicembre 1789.

14. Una delle quattro grandi basiliche patriarcali, la più vasta dopo quella di S. Pietro. Eretta da Costantino nel 314 nel luogo di sepoltura dell'apostolo, venne ingrandita nel 386 e, sotto Onorio, completata e ornata di mosaici che la resero bellissima. Rimase quasi intatta attraverso i secoli, finché un incendio nella notte del 15-16 luglio 1823 non la distrusse completamente. Fu subito ricostruita secondo la pianta originale. Gli affreschi erano di Piero Cavallini (1250-1334) e avevano come soggetto scene dall'Antico Testamento e dalla vita degli Apostoli.

15. Per il Circo di Massenzio v. nota 24, p. 602; per la tomba di Cecilia Metella v. nota 25, p. 603 e per la piramide di Caio Cestio v. nota 21, p. 602.

16. Le Terme di Caracalla erano forse le più belle e lussuose terme di Roma. Risalgono al 217 e rimasero in funzione fino al VI secolo.

17. Giovanni Battista Piranesi (1720-1778). Pittore e incisore. Sono celebri le sue «Vedute di Roma e Antichità romane». Durante il suo viaggio in Italia il padre di Goethe ne aveva acquistato delle riproduzioni che teneva appese alle pareti della casa di Francoforte. Secondo Michéa, «Goethe non condivideva la passione dei suoi contemporanei per Piranesi... Niente è più lontano dal classicismo goethiano della profonda violenza del Piranesi ac-

centuata dall'uso dell'acquaforte». Cfr. Michéa, Le « *Voyage en Italie*» *de Goethe*, Paris, Aubier, 1946, pp. 214-215.

18. Hermann van Swanevelt (1600-1655). Paesaggista olandese, allievo di Claude Lorrain.

19. La Fontana Paola, opera di F. Ponzio e di G. Fontana, risale al 1612.

20. La «Trasfigurazione» di Raffaello si trovò in S. Pietro in Montorio dal 1523 al 1797. Fu quindi portata in Francia e restituita nel 1815. È attualmente custodita alla Pinacoteca Vaticana. «La vecchia accusa della duplice azione (drammaticità del gruppo inferiore di contro alla calma grandiosità di quello superiore) era stata elevata per la prima volta da Jonathan Richardson nell'*Essay on the Theory of Painting* (1715) e poi sempre ripetuta da Falconet, Ramdohr, Volkmann ecc. Goethe confuta quell'accusa con argomenti non di ordine esteriore, ma che traggono origine dal dipinto stesso» (Castellani, p. 761).

21. S. Maria della Pace fu costruita sotto Sisto IV nel 1480 circa e ultimata della facciata e del pronao nel 1656. Sull'arco della prima cappella si trovano le famose Sibille (Cumana, Persica, Frigia e Tiburtina) dipinte da Raffaello nel 1514; i quattro Profeti al livello superiore furono dipinti da scolari su cartoni del maestro.

22. Si tratta della Cappella Cesi.

23. I primi due affreschi si trovano nella Stanza di Eliodoro e scendono ai lati di due finestre opposte, il terzo si trova nella Stanza della Segnatura. La difficoltà compositiva, causata ad esempio nel primo affresco dal decentramento della finestra rispetto all'asse della lunetta, era stata superata prolungando sulla destra il piano dell'altare, variando la successione dei gradini ecc.

MORITZ ETIMOLOGO *p. 486*

1. La massima è di Francis Bacone, in *De dignitate et augmentis scientiarum* (Libro III).

2. Herder aveva scritto la *Abhandlung über den Ursprung der Sprache* in occasione del concorso bandito dalla Berliner Akademie nel 1770 e avente il seguente tema: «Gli uomini sono in grado d'inventare da sé il linguaggio soltanto con le loro facoltà naturali?» e «Con quali mezzi l'uomo ha potuto e dovuto giungere a tale invenzione?». Sull'importanza di tale saggio cfr. nota 30, p. 577.

Gennaio  *p. 489*

1. Lettera indirizzata alla von Stein.

2. Lettera indirizzata a Herder.

3. Gilles Adrian Camper. Figlio dello studioso di anatomia Petrus (v. nota 13, p. 637).

4. La poesia, inserita in *Claudine von Villa Bella*, era una delle predilette di Goethe (cfr. Eckermann, *Colloqui con Goethe*, 5 aprile 1829).

5. Goethe fu accolto in realtà all'Accademia dell'Arcadia un anno prima col nome di Megalio «per causa della grandezza oder grandiosità delle mie opere» (a F. v. Stein, 4/1/1787). A titolo di curiosità si ricordi che Goethe, a quattordici anni, aveva presentato la richiesta di essere accolto nella «Arkadische Gesellschaft zu Phylandria», un'istituzione che stava a metà tra una società letteraria e un'associazione segreta e che radunava soprattutto giovani di famiglie nobili. La richiesta di Goethe fu allora respinta.

6. Giovanni Maria Crescimbeni (1663-1728). Poeta e letterato, fu il primo custode dell'Arcadia (1690-1728).

7. Catullo, Tibullo e Properzio (cfr. Goethe, *Elegie Romane*, a cura di R. Fertonani, Milano, 1979, nota all'Elegia V).

8. La sede invernale dell'Arcadia era la Capanna del Serbatoio, mentre d'estate i pastori si riunivano sul Gianicolo.

9. La sigla significa Coetus Universi Consulto. Il diploma conferito a Goethe si trova a Weimar.

10. Pseudonimo arcadico di Gioacchino Pizzi (1716-1790).

## IL CARNEVALE DI ROMA  *p. 497*

1. Il *Carnevale*, scritto nel 1788, fu pubblicato da Unger nel 1789 corredato d'illustrazioni ad opera di G. Schütz e M. Kraus, e quindi nel 1790 nel «Journal des Luxus und der Moden». Cfr. la Relazione di febbraio nelle pagine successive.

2. Charles Edward Stuart (1720-1788). Nipote di Giacomo II, era nato a Roma e nel 1745-46 aveva tentato di sbarcare in Inghilterra per conquistare il trono. L'impresa fallì. A Roma viveva come Conte di Albany.

3. Abbondio Faustino Rezzonico. Senatore di Roma dal 1765.

4. La maschera della Commedia dell'arte italiana che interpreta il tipo del soldato millantatore, come il *miles gloriosus* di Plauto da cui deriva.

5. Il Teatro Alibert si trovava in via del Babuino; il Teatro Argentina si trova in largo Arenula, il Teatro Capranica (oggi cinema) si trovava in piazza Capranica ed era inizialmente privato; il Teatro della Valle è situato in corso Vittorio Emanuele; il teatro Tordinona si trovava in via Tordinona; il Teatro della Pace era attiguo a piazza Navona.

6. Allude all'articolo *Frauenrollen auf dem römischen Theater durch Männer gespielt*, apparso nel «Teutscher Merkur» nel 1788. V. nota 44, p. 593.

7. Filippo Möller, ovvero Goethe.

8. Mitica nutrice di Demetra.

Febbraio *p. 529*

1. Dei due Singspiele (sono *Lila* e *Jery und Bätely*) il secondo, riscritto in Italia, fu musicato da Reichardt che fu consulente musicale di Goethe dal 1789 al 1809. Il terzo ed ultimo collaboratore musicale fu F. Zelter, legato a Goethe da un'amicizia profonda fin dal 1799. (Sul Kayser, primo consulente musicale di Goethe, v. nota 1, p. 634.) Va tuttavia rilevato che molti imputano proprio a Zelter — buon compositore di Lieder e conoscitore del mestiere, ma di gusti e mentalità arretrati — una certa influenza sui gusti musicali di Goethe che valutò sempre negativamente Beethoven e Schubert. Nato e cresciuto in ambiente musicale, Goethe stesso suonava il pianoforte ed il violoncello, ed era in grado di leggere partiture nonché di comporre musica. Nella sua qualità di sovrintendente del teatro di corte di Weimar, Goethe si occupò attivamente del repertorio operistico e della scelta degli esecutori. A Venezia e a Roma Goethe approfondì la conoscenza di tutti i generi di musica, anche se l'interesse predominante rimase rivolto alla musica operistica di scena.

2. Sulle traduzioni del *Werther* risultano molto interessanti le note di Zaniboni, ed in particolare quando egli ricorda che nel 1788 esistevano due traduzioni del *Werther*, la prima a cura di Grassi apparsa già nel 1781 e la seconda a cura del Dott. Michelangelo Salom pubblicata a Venezia presso Giuseppe Rosa. Della prima Goethe si era lamentato in una lettera indirizzata alla von Stein: «Mi hanno inviato una traduzione del Werther. Quanto scalpore ha suscitato questo fuoco fatuo. Non si può dire

che il traduttore non abbia capito il testo... Ma le espressioni di gioia e di dolore cocente che si susseguono annullandosi e rinascendo senza tregua, sono completamente scomparse... Ed anche il nome a me tanto caro l'ha trasformato in Annetta» (a Charlotte von Stein, 12/12/1781).

3. Lettera indirizzata a Herder.

4. In Italia il *Trattato della pittura* di Leonardo era stato pubblicato per la prima volta nel 1733 a Napoli e quindi, nel 1786, a Bologna. Precedentemente era apparso a Parigi nel 1651. Sull'interesse di Goethe per Leonardo v. nota 80, p. 610.

5. Paris Bordone (1500-1571). Pittore allievo del Tiziano.

6. Jean Germain Drouais (1703-1788). Pittore francese vissuto a Roma. Il quadro «Filottete a Lemno» si trova al Museo di Chartres.

7. *Amor als Landschaftsmaler* fu scritta a Castel Gandolfo nel 1787 e pubblicata nel 1789.

8. *Erklärung eines alten Holzschnittes, vorstellend Hans Sachsen poetische Sendung*, scritta nel 1776, fu pubblicata nello stesso anno nel «Teutscher Merkur» da Wieland che rese così nota la figura di Hans Sachs alla cerchia di Weimar. Fu pubblicata quindi, con alcune modifiche apportate a Roma, tra gli *Schriften* apparsi nel 1789.

9. *Auf Miedings Tod* fu scritta nel 1782 in onore del falegname di corte Mieding che per anni era stato *Theatermeister* della troupe che recitava a Weimar, dove non esisteva un teatro stabile. Fu pubblicata nello stesso anno in pochi esemplari per la cerchia di Weimar e quindi apparve negli *Schriften* del 1789.

10. Melchior Krauss (1737-1806). Pittore e incisore. Dal 1775 in poi visse a Weimar, dove nel 1780 divenne direttore dell'Accademia. Accompagnò Goethe in Francia e all'assedio di Mainz.

11. Johann Friedrich Unger (1750-1804). Tipografo, incisore, editore attivo dal 1780. Presso Unger fu pubblicato *Il Carnevale Romano* di Goethe nel 1789.

12. Wilhelm Christoph Diede (1752-1807). Sposato con Luise von Callenberg, fu consigliere segreto e ambasciatore alla corte di Federico il Grande, e successivamente alla corte d'Inghilterra e a Regensburg. In buoni rapporti con Weimar, Diede si avvalse dell'opera di consulente di Goethe per la costruzione del castello di Ziegenberg in Assia.

13. L'Arco di Settimio Severo fu innalzato nel 203 a ricordo della vittoria sui Parti e sugli Arabi.

14. Il Foro divenne nell'Alto Medioevo pascolo di bestiame (per questo fu chiamato Campo Vaccino) e cava di pietre da costruzione. Verso la fine del Settecento cominciarono gli scavi che, interrotti e proseguiti dopo il 1898, diedero alle rovine l'attuale sistemazione.

15. L'Arco di Tito, situato sul punto più alto della Via Sacra, fu innalzato nell'81 a ricordo delle vittorie di Vespasiano e di Tito sui Giudei nel 71.

16. Ernst Fries (1801-1833). Paesaggista nato a Heidelberg.

17. Joseph Thürmer (1789-1833). Architetto, pittore e incisore. Fu direttore dell'Accademia di Dresda.

18. Carlo Rezzonico (1693-1769). Divenne papa nel 1758 col nome di Clemente XIII.

19. Heinrich Meyer, *Entwurf einer Kunstgeschichte des 18. Jahrhunderts*, in Goethe, *Winckelmann und sein Jahrhundert*.

## Marzo *p. 537*

1. Christobal de Morales. Compositore e cantore del coro vaticano.

2. Benedetto Marcello (1686-1739). Uno dei massimi esponenti della vita musicale del Settecento. La fama di B. Marcello, già considerevole quando era in vita, si conservò costante anche dopo la morte, e persino durante il XIX secolo, che ha ignorato molti grandi musicisti del Settecento. Tale fama era fondata quasi unicamente sui suoi *Salmi*, una raccolta di cinquanta composizioni a 1-4 voci, soliste e corali, su basso continuo, nello stile e nella forma della cantata, su testo italiano del nobile veneziano G.A. Giustiniani, poeta e amico del compositore, che aveva parafrasato i primi cinquanta salmi davidici col titolo *Estro poetico-armonico*.

3. « Si tratta, secondo il von Einem, della scena del patto; secondo altri commentatori (Amoretti, Allason, Fortini), della scena della cucina della strega; il Trunz, nel suo commento al *Faust*, afferma che ambedue queste scene furono scritte in Italia » (Castellani, p. 769).

4. Il manoscritto dell'*Urfaust* — alcune scene del quale, secondo Mittner, risalgono già al 1772 — è andato perduto. Si è con-

servata infatti soltanto la trascrizione ad opera della damigella di corte Luise von Göchhausen.

5. *Des Künstlers Erdewallen* fu scritta nel 1774, durante il viaggio sul Reno, nel libro degli ospiti del pittore Schindl. Pubblicata nel 1774 nel *Neueröffnetes moralisch-politisches Puppenspiel*, fu successivamente inserita tra le poesie di maggiori dimensioni aventi per tema dominante il problema dei rapporti tra l'artista da una parte e il borghese, la realtà quotidiana, i critici dall'altra. In questo ciclo di poesie rientra anche la *Künstlers Apotheose* iniziata e terminata probabilmente nel 1788 durante e immediatamente dopo il viaggio in Italia (prima pubblicazione: 1789). Il dissidio tra arte e realtà risulta meno aspro nell'*Apotheose*.

6. La «Dritte Sammlung» degli *Zerstreute Blätter* contiene tra l'altro una raccolta di poesie giovanili («Bilder und Träume»).

7. Ovvero i *Sogni sulla bellezza* e il *Frammento di una nuova opera sulla bellezza*. Tutti i commentatori ritengono che si tratti dell'edizione a cura di Carlo Fea (Roma 1787). Goethe conosceva l'edizione del 1789 a cura di Azara. Sulle opere di Mengs v. nota 39, p. 604.

8. «La fondazione dell'Accademia di San Luca risale al 1553 e ha sede nel Palazzo Carpegna di via Borrella» (Amoretti, p. 780).

9. In realtà il cranio — di cui si conserva peraltro un calco a Weimar — non è di Raffaello, come si poté accertare nel 1833 quando fu aperta la tomba di Raffaello al Pantheon. V. anche Resoconto di aprile.

10. La «Madonna di San Luca» non è probabilmente opera di Raffaello.

11. Bartolomeo Cavaceppi (1716-1799). Restauratore di statue antiche. Amico di Winckelmann. Lasciò all'Accademia di San Luca la sua collezione di disegni d'importanti artisti. La casa era situata tra via del Babuino e via Gesù e Maria.

12. San Carlo al Corso, la chiesa dei Lombardi a Roma, fu innalzata nel 1612-1672 da Onorio e Martino Longhi.

13. *Missa papae Marcelli* di Pierluigi da Palestrina.

14. Il casino cosiddetto di Raffaello entro il recinto di Villa Borghese fu dipinto da J.A.D. Ingres (1807, Musée des Arts Décoratifs - Parigi), e da un certo Giacomo Romano (1814). L'edifi-

cio deve il nome alla tradizione che vuole che saltuariamente vi abitasse Raffaello; sembra comunque da escludere che a lui se ne debba il progetto. Fu distrutto durante gli scontri del 1849.

15. Villa Albani, oggi Villa Torlonia, fu costruita tra il 1737 e il 1746 da Carlo Marchionni per il cardinale Albani, mecenate e protettore di Winckelmann. Molti pezzi della collezione di antichità costituita grazie ai consigli di quest'ultimo furono portati via da Napoleone. Celebre l'affresco del «Parnaso» ad opera di Mengs.

16. Gregorio Allegri (1584-1652). Compositore. Noto è l'episodio di Mozart che riuscì a copiare — fissandolo nella memoria durante l'ascolto — il suo *Miserere* a nove voci del coro papale che era stato fatto divieto di trascrivere.

17. Di Giovanni Pierluigi da Palestrina (1525-1594).

18. Castel Sant'Angelo — innalzato dall'imperatore Adriano (135-139) e oggetto di numerose modifiche — deve il suo nome all'angelo che, secono la leggenda, papa Gregorio Magno passando in processione durante la peste del 590 vide in cima alla mole nell'atto di rinfoderare la spada.

19. Oggi Villa Celimontana. Il grazioso casino cinquecentesco è opera di Giacomo Del Duca.

Aprile  *p. 555*

1. Il «Fauno danzante», considerato dal Maffei una delle più belle opere dell'antichità e attribuito a Prassitele (anche se in realtà sembra vi siano stati degli interventi per mano di Michelangelo stesso), si trova agli Uffizi (cfr. *Catalogue of the Royal Uffizi Gallery in Florence*, 1904). Goethe ne aveva visto una copia all'Accademia di Oeser.

2. Angelica Kauffmann abitò dal 1782 fino alla sua morte nella casa che era stata di Mengs (via Sistina 72).

3. Giardino di Villa Malta. L'augusto viaggiatore era Luigi I di Baviera.

4. Costruita da Tarquinio Prisco per bonificare la zona del Foro Romano.

5. Le catacombe si trovano all'esterno della Porta di San Sebastiano.

6. Pubblicato nel 1632.

7. Franz Joseph Gall (1758-1828). Studioso di anatomia e di frenologia. V. nota 8, p. 632.

8. La «Madonna di San Luca» fu donata all'Accademia da Federico Zuccari. V. nota 10, p. 648.

9. «Può darsi che si tratti di Filippo Rega che, nato nel 1760, vissuto sempre tra Napoli e Roma, fu poi valente incisore in pietre dure, amico ed emulo di Antonio Pichler, e del quale si trovano elogi in parecchie opere italiane di biografia e nei viaggi di parecchi stranieri» (Zaniboni, III, p. 257).

10. Ierone II, tiranno di Siracusa (306-215 a.C.). L'originale è anteriore (V sec. a.C.).

11. Allusione al mito di Pigmalione innamoratosi di una statua.

12. Si tratta dei quattro mosaici con maschere dalla Villa Adriana (II sec.).

13. «Venere accovacciata», imitazione romana di una famosa opera di Doidalsas (III sec. a.C.).

14. Il «Ganimede» (oggi alla Galleria dei Candelabri) è una copia da un originale di Leochares.

15. È in realtà un «Apollo» (IV sec. a.C.). Il «Fauno» è una copia da opera ellenistica. Il «Discobolo», in realtà rinvenuto nel 1792, è della cerchia di Policleto.

16. Ennio Quirino Visconti (1751-1818), *Il Museo Pio-Clementino*, 1782-1807, Roma.

17. Allude a Giuseppe Volpato, figlio di Giovanni. (v. nota 26, pag. 631).

18. Ovidio, *Tristia*, I libro, III Elegia. La traduzione in tedesco è di F. W. Riemer, collaboratore di Goethe.

# INDICE DEI NOMI

Le opere di Goethe attinenti al Viaggio o comunque citate nel presente volume figurano in corsivo.

Abach 6
Abbazia di Benediktbeuern 8 10 *576*
Abbazia di Monreale 253 254 *618*
Abbazia di Walsassen 3
Achates, fiume 290
Acquedotto di Spoleto (Ponte delle Torri) 122 *598*
Acraga (o Akragas: Girgenti), fiume 286
Adige 18 19 21 24 32 99 *579*
Aelst Pieter van *627*
Angicourt Jean-Baptiste d' 393 *630*
Agrigento v. Girgenti
Alba (Longa) 168 *610*
Albacini Carlo *390 630*
Albani Alessandro 162 163 482 *609 649*
Albano 183 186 377 422 424 437 472 *612*
Albergo L'Aquila Nera *581*
   Leon d'Oro (Casa Baroni Poliero) 294 302 *622*
   della Posta *577*
   Regina d'Inghilterra 61 *588*
   della Rosa 23
   Weisser Lamm *575*
Alcamo 272-274
Aldobrandini, principe 408 434

Alighieri Dante 403 494 *631*
Allegri Gregorio 543 *649*
Allesina (o Alessina) Joh. Maria 30 *581*
Allesina Brentano Klara *581*
Alpi 14 33 97 127 455
*Amor als Landschaftsmaler* 532 *646*
Amsterdam 442 *637*
Andrea del Sarto 391 *630*
Andres Chr. Friedrich 213 *615*
Anfossi Pasquale 159 *609*
Apollonio di Tralle *640*
Appennini 100 101 103 111 113 123-125 142 186
Aquino Francesco d', principe di Caramanico 247 *618*
Archenholz Joh. Wilhelm 11 147 *575 598*
Arezzo 113 114
Ariccia 472 *612*
Ariosto Ludovico 99 403 *595*
Asburgo Massimiliano d' 11 *576*
Asburgo-Lorena Giuseppe II d' 36 197 *582 615 629*
Asburgo-Lorena Maria Cristina d' *629*
Assisi 116 sgg.
   Madonna degli Angeli 116
   Basilica di S. Francesco 119
   Tempio di Minerva (S. Ma-

ria della Minerva) 116-119 *598*
Tomba di S. Francesco 116 119
Atella 345 *625*
*Auf Miedings Tod* 532 *646*

Bacchiglione 52
Bacone Francis *643*
Bagheria 240
Balsamo, famiglia 260 262-269 *619*
Balsamo Giuseppe 259 260-261 *619*
Bardolino 32
Bartels Joh. Heinrich 299 355 *622*
Beccaria Cesare 197
Bellini Giovanni *590*
Bellori Giovanni Pietro *639*
Bembo Pietro 57 *586*
Benaco 24
Benedetto Marcello 537 *647*
Berger Anton 464 *639*
Berio Francesco, marchese 229 *617*
Bertotti Scamozzi Ottavio v. Scamozzi
Bibbiena F. *582*
Biscari Vincenzo, principe di 297-299 *622*
Bodmer Joh. Jakob 127 133 *600 601*
Böhme Jakob 86 *592*
Bogliacco 32
Bologna 102 sgg.
    Chiesa dei Mendicanti 105
    Gli Studi (Archiginnasio) 108 *597*
    Palazzo Tanari 106
    Portici 103
    Torre degli Asinelli 104
    Torre della Garisenda 103-104

Bolongaro Marco 29 *581*
Bolzano 9 19 20 32-34 *579*
Bonaparte Napoleone *583 649*
Bononi Carlo 100 *595*
Boquet Didier Nicolas 415 *634*
Borbone, Ferdinando IV di 189 *612*
Borbone, Maria Carolina di 189 *612*
Bordone Paris 530 *600*
Borgia C. e S. 183 377 *612*
Borso e Bonanno Anna, principessa di Poggio Reale 298 *622*
Borch, conte von 256 257 300 *619*
Bosio Antonio 562 *649*
Bracconieri, famiglia 260
Bramante (Lazzari Donato D'Angelo detto il) 482 *602*
Braschi Luigi, duca 163 *609*
Brenta 52 60-62
Brentano, famiglia 30 *581*
Bressanone 18
Bronzolo 33
Brydone Patrick 243 300 *617*
Buonarroti Michelangelo 142 147 396 404 413 414 482 537 *606*
Buoncompagni Ludovisi I., cardinale 408 416 *632*
Bury Fritz 388 401 414 472 474 555 560 *629 641*

Cagliostro v. Balsamo
Calabria 261 303 320 333
Calascibetta 291 *621*
Calderon de la Barca Pedro *590*
Caltabellotta 278 *620*
Caltanissetta 287-290
Camillani F. *617*
Campagna romana 186
Campania 345

Camper Gilles Adrien 491 *644*
Camper Petrus 441 *637*
Caminer Turra Elisabetta 585 *590*
Camuccini, antiquario 449 *638*
Canaletto (Canal Antonio detto il) 52 *586*
Capitummino, famiglia v. Balsamo
Capo Gallo 233
Capo Libero 233
Capo Minerva (Punta Campanella) 195 223 231 323 *613*
Capo Zafferano *617*
Capra, famiglia 52 53
Capri 195 196 223 231 232 323 324 327 *624*
Capua 188 213 377 380
Cariddi 320 *624*
Carlsbad 3 16 157 337 417 426 *573*
*Carnevale romano* (descrizione) 497 sgg. *644*
Caroto Francesco 42 *583*
Carracci Agostino, Annibale, Ludovico 104 374 434 *597*
Casa del Diavolo (Palazzo del Diavolo e Galasso) 22 *579*
Caserta 212-214 380
    Casino Reale di S. Leucio 212 *615*
    Palazzo Reale 212 *615*
Cassas Louis-François 420 422 426 428 *634*
Castellamare 210
Castelli romani 176
Castello G. L., principe di Torremuzza 255 298 *631*
Castello, Il (Forte di S. Nicolò al Lido) 90
Castello di Arolsen *631*
Castello di Gleichen 290
Castello Scaligero *581*
Castelvetrano 276 *620*

Casti Giambattista 390 402 *630*
Castrogiovanni (Enna) 291 292 *621*
Catania 295 sgg.
    Convento dei Benedettini (chiesa di S. Nicolò) 299 *623*
    Fondaco Cuba 294 *622*
    Museo Civico *622*
    Museo di Storia Naturale 300 *623*
    Palazzo Biscari 297 *622*
    Porta Uzeda *622*
Catena e Passo del Brennero 3 10 14 15 18 33 34 157
Cavaceppi Bartolomeo 540 *648*
Cava dei Tirreni 225
Cavallini Piero *642*
Cecina 32
Cento 100 102 107 127 *595*
Chiesa del Seminario dei Gesuiti 22 *579*
Chigi, principe 183
Chioggia 87 90 93 96
Cimarosa Domenico 396 401 463 *631 639*
Città Castellana (Civita C.) 124 *599*
Clairvaux Bernard de (S. Bernardo di Chiaravalle) *625*
Claretta v. *Egmont*
*Claudine von Villa Bella* 444 459 463 471 489 490 492 529 531 *634 641 644*
Claudius Matthias 438 443 *635*
Clemente VIII (Aldobrandini Ippolito) 369 370 *627*
Clemente XIII (Rezzonico C.) 536
Clérissau Charles-Louis 172 *611*

653

Codussi Mauro 589
Cölla H. v. Koella
Colle di S. Martino 289
Colli romani 176
Collina di S. Onofrio 361
Collman (Colma) 18 33 *579*
Colonia 62
Comenius (Komensky) G. A. 178 *612*
Convento di Tor di Specchi 370 *622*
Corradino di Svevia 379 *628*
Correggio (Allegri Antonio detto il) 224 539 *616*
Cortona Pietro da 482 563
Crébillon Prosper Jolyot de (Il Vecchio) 81 *591*
Crescimbeni Giovanni Maria 494 *644*
*Cupido* 531

Dacheröden Karl Friedrich von 247 *618*
Dalberg Karl Theodor von 247 *618*
Dalberg Joh. Friedrich 455 *638*
Dalla Porta, scultore 374
Dalmaz Margherita 74 *590*
Dalmazia 8 172 230
Del Pozzo Andrea *579*
Danubio 3 4 6
David Jacques-Louis 414 *633*
Da Volterra Daniele (Ricciarelli D. detto D. da Volterra) 373 564 *627*
Dehn Christian 429 *635*
Della Porta Guglielmo 164 475 *603 609 642*
*Des Künstlers Erdewallen* 538 *648*
Desmarais Jean-Baptiste 411 *633*
*Dichtung und Wahrheit* *581 614*

Diede, Luise von Callenberg 534-536 *646*
Diede W. Christoph von 534-536 *646*
Dies Albert Christoph 393 *630*
Divina Commedia 403
Domenichino (Zampieri Domenico detto il) 104 139 *597*
Doria, principe 542
Dorigny Nicolas 385 386 *629*
Dow Gerhard 219 *616*
Drouais Germain Jean 415 531 *634 646*
Dürer Albrecht 103 537 *596*

Eckermann G. P. *622*
Eger (fiume e paese) 3 *574*
*Egmont* 388 390 395 405 418 419 444 445 458-460 462 463 471 485 486 490 531 *629 638*
Egna (Neumarkt) 33
Einsiedeln 9 *576*
Elba, fiume 3
Ellbogen 15
*Elwin und Elmire* 421 440 444 463 489 490 491 530 *634*
Emo Angelo 68 *589*
Engelhaus 337
Enna v. Castrogiovanni
Ercolano 190 217 *617*
Erfurt 247 290
Este 56
Etna 285 292 295 300 301 303 *623*
Ettersburg 27
Everdingen Allart van 18 *579*
*Ewiger Jude, Der* 123 *593 598-599*

Farinati Paolo 41 *583*
Farinelli A. *588*
*Faust* 406 458 490 538 *590 647*

Favart Charles-Simon *585*
Fea Carlo 149 *608 648*
Federico II il Grande 115 165 288 *610 638*
Ferber Joh. Jakob (o Färber) 33 *581*
Ferrara 99 100 *595*
Fidanza Paolo 358 *626*
Fidia 410 414
Fieschi Ravaschieri Filippo, principe di Satriano *614*
Fieschi Ravaschieri Teresa, principessa di Satriano 203-206 sgg. 332 *614 624*
Filangieri Gaetano 197 203 207-209 *613*
Filangieri Karoline Fremdel di Presburgo 203 sgg. *614*
Filippo Neri 359 sgg. *626*
Firenze 54 112 114 127 541
   Battistero 112
   Duomo 112
   Giardino di Boboli 112
Foligno 116 118-120
Fondi 184 186 379
Forster Georg 441 *613 636*
Franceschini, industriale 54
Francesco Saverio, San 368 *627*
Francia (Raibolini Francesco detto il) 103 *596*
Francoforte 4 29 30 309 433 533 561 *623*
Franke Joh. Michael 151
Frascati 137 142 418 421 422 424 432 436 439 472 *635*
   Villa Aldobrandini 434
   Villa Mondragone 472 *641*
Fries Ernst 536 *647*
Fries Joseph Johann von 336 390 391 394 402 414 *625*

Gabinetto di Storia Naturale di Monaco 6
Gaeta 187
Gaggera, torrente 274 *620*
Gagneraux Bénigne 415 *634*
Galiani Bernardo 97 *593*
Gall Franz Joseph 563 *632 650*
Galleria degli Uffizi *649*
Gardone 32
Gargnano 32
Garigliano 188 380
Garve Christian 352 353 *626*
Gattapone M. *598*
Gauffier Louis 415 *633*
Gellée Claude v. Lorrain
Genova 244
Genzano 183 472 *612*
Gerio, Mastro 284
Gioeni Giuseppe 300 302 *623*
Giordano Giuseppe (detto il Giordanello) 202 *614*
Giordano Luca 196 *613*
Giovene Giuliana, duchessa di Girasole 352 *626*
Giovinazzi Domenico 580
Giredo (Ponte del Ghiereto) 111 *598*
Girgenti 278 sgg. 321 *620*
   Cattedrale 279 286
   Chiesa di San Biagio *621*
   Monte Gemini 289 *621*
   Monte e Santuario di S. Calogero (Termae Selinuntinae) 278 *620*
   Tempio della Concordia 279 281 *620*
      di Demetra 283-284 *621*
      di Ercole 282 *621*
      di Esculapio 282 *621*
      di Giove 281-282 285 *621*
      di Giunone 279 281 *620*
   Tomba di Terone 282 *621*

Giulio II *601-602*
Göschen Georg Joachim 16 173 430 *577*
Goethe August *602*
Goethe Joh. Kaspar *588*
Goethe J. W. *Articoli:* 46 *591 593 603 616 617 642 645* *Traduzioni:* 247 269 *592 611 618*
*Götz von Berlichingen* 160 *609*
Goldoni Carlo 93 *593 645*
Gondolieri, canto dei 83 *591*
Gotha 230 290 *621*
Gotha E. 354
Gozzi Carlo 79 95 *591*
Gravina Alliata Francesco Ferdinando II, principe di Palagonia 248 sgg. *618 619*
Gregorio, Mastro 29-31
Gregorio XV (Ludovisi A.) *604*
*Grosskophta, Der 619 637*
Guercino (Barbieri G. F. detto il) 100 101 106 129 *595 597*
Guglielmo I e II di Puglia *618*
Gustavo Adolfo di Svezia 58 *587*

Hackert Philipp 138 139 191 212 282 288 337 338 373 374 377 380 381 406 *603*
Hacquet Balthasar 8 33 *576*
Hamann Joh. Georg 197 *613*
Hamilton William, Sir 215 223 337 381 383 404 *615*
*Hans Sachs* 532 *646*
Harrach Marie Josephine, contessa di 144 *606*
Hecher Barth *575*
Herder Joh. Gottfried 16 17 88 97 153 155 159 177 210 228 329 339 352 410 412 417 419 430-538 (*passim*) *577 578 582 587 593 603* *609 632 633 635 640 641 642 643 644 646*
Hirt Alois Ludwig 468 *641*
Hybla Major (Paternò) 294 *622*

Ingres J. A. D. *648*
Inn 10 11
Innocenzo III (G. Lotario dei conti Segni) *610*
Innocenzo VIII *639*
Innsbruck 7 10 11 14 *576*
Inzingen 10
*Iphigenia* (a Delfi) 107 158 173
*Iphigenia in Tauride* 17 106 157 159 160 167 171 179 192 196 211 214 416 *578 588 607 609*
Isar 8 10
*Isarco 578*
Ischia 187 231 327
Istria 77
Itri 188 *612*

Jaci 300 302
Jacobi Friedrich Heinrich 438 443 *594 633 635*
Jacquier François 169 *611*
*Jery und Bätely* 529 *645*
Jenkins Thomas 401 447 449 453 *631*
*Julius Caesars Triumphzug gemalt von Mantegna* 587-588

Kalidasa *613*
Kauffmann Angelica 167 172 211 373 375 381 388 sgg. 485-566 (*passim*) *610 615 637 638*
Kayser Phil. Christoph 417 424 436 444 445 458 459 461-555 (*passim*) *634*
Klinger F. Max 462 *638*

Knebel Karl Ludwig 7 *576 578*
Kniep Christoph Heinrich 210 219 225-354 (*passim*) 382 544 558 *615 623 638*
Koella Heinrich 131 *601*
Kranz Joh. Friedrich 401 421 *631*
Krauss G. Melchior 533 *646*

Lafreri Antonio 465 *639*
Lago di Bracciano 479
di Garda 23 35 157
Kochel 8
di Nemi 472
Trasimeno 116 123
Walchen 8 14 15
Lagune 60
Lanthieri Aloysia, contessa 24 337 *625*
Lavardin Hildebert von *625*
Lavater Joh. Kaspar 410 438 439 441 443 *598 620 632 635 636*
Leibniz Gottfried Wilhelm von *632*
*Leiden des jungen Werther* 144 229 247 331 332 452 470 529 *581 645*
Leochares *650*
Leone X (Giovanni de' Medici) 384 *602 607 627*
Leopoldo, arciduca d'Austria (Leopoldo II) 58 *587*
Lessing Gotthold Ephraim *594 632 640*
Liechtenstein Philip Joseph, principe di 144 145 *606*
*Lieder* 396
*Lila* 529 *645*
Limone sul Garda 26
Linneo (Carl von Linné) 14 153 *577*
Lione 54
Lips Joh. Heinrich 414 459 *633*

Lipsia 409 560
Locanda di Madame Montaigne (Casa Gramigna) 235 *617*
Locanda Moriconi 189 328 *612*
Locanda dell'Orso *599*
Locanda della Rosa 25 *580*
Locanda Zum Schwarzen Adler *575*
Lojano 111
Lomazzo Giovanni Paolo 465 *639*
Longhena Baldassarre *589*
Longhi Onorio e Martino *641 648*
Lorenzi Giovan Battista *606*
Lorrain Claude (C. Gellée detto C. Le Lorrain) 177 237 374 *611*
Lucchesini Girolamo, marchese 350 379 388 *625*
Luigi I di Baviera *608 631 649*
Luini Bernardino *630 632 633*
Lutero Martin *595*
Luti Margherita *630*
Lyons Harte Hamilton Emma 215 337 383 404 *615*

Maderno 32
Maderno Carlo *603 639*
Franc. Scipione, marchese 38 *582 649*
Magna Grecia 255 346
Malacuba 278 *620*
Malcesine 26 28 30 40 325
Malta 287 318
Mamper (o Momper) Joos de 321 *624*
Manin, famiglia *590*
Mantegna Andrea 59 *587*
Maratti Carlo 129 482 *600*
Marchionni Carlo *649*
Mare Adriatico 66 89 103 176
Marino 472

Marlborough John Churchill, duca di 46 *584*
Maron Anton von 440 *636*
Marsilly Dield de 140 *604*
Martello M. e V. 260
Marvuglia G. Venanzio *618*
Medici Maria de' *575*
Megalio Melpomenio (nome di G. come Arcade) 496
Mengs Anton Raphael 140 141 392 440 465 536 539 *604 630 648 649*
Meno 4
Merian Matthäus 327 *624*
Mesa (*Pometia*) 185 *612*
Messina 308 sgg. *623*
　Cittadella 320
　Chiesa e Collegio dei Gesuiti (chiesa di S. Gregorio) 313 315-318 *624*
　Palazzata 312 313 320 *624*
Meuricoffre (o Meuricoffer), banchiere 351 *626*
Meyer Joh. Heinrich 131 373 388 456 465 473 536 542 555 563 564 *584 600 601 603 608 629 646 647*
Mezzaselva 18
Miller Filippo (pseudonimo di G.) *573 645*
Misterbianco (Monastero Bianco) 295 *622*
*Mitschuldigen, Die* 11 *576*
Mittenwald 7 10
Modena 103
Möller J. Philipp (altro pseud. di G.) *573 645*
Mola di Gaeta (Formia) 187 188 379 *612*
Molimenti 293 295 *621*
Monaco 6-7 *575 576 584 608 631*
Monreale 253 273 274
Monteallegro 278

Monte Canarello 291
Montecassino 207
Monte Cavo 472
Monte Circello (Parco Nazionale del Circeo) 186
Monte Cuniglione 277
Monte Harz 6
Monte Liberatore 225 *626*
Monte Somma 198 199
Monte Soratte 124 142
Montesquieu Charles-Louis de 197
Monti Berici 48
Monti Rossi 301 *623*
Monti di Sezze (Monti Lepini) 183
Monti Vincenzo 144 163 *607*
Moore James 389 *629*
Morales Christobal 537 *647*
Morandi Maria 482
*Metamorphose der Pflanzen* *577 586 617 624*
Moritz Karl Phil. 146 150 157 159 177 407 415 sgg. 474 486 488 491 547 *607 609 611 634*
Motta S. Anastasia (Hybla Minor) 295 *622*
Mozart Wolfgang Amadeus 50 464 568 *585 649*
Münter Chr. Friedrich 152 299 355 *608 623*
Murano 67
Murazzi 89
Museo Ercolanese 374
Museo di Portici 211 217 *615*

Naccherino Michele *617*
Napoli 183 sgg. 329 sgg.
　Capanna dell'Eremita 193 *613*
　Capodimonte, Museo e Fabbrica di porcellane

202 203 351 374 *614 625 627*
Campi Flegrei 193 *613*
Chiesa del Gesù Nuovo 196 *613*
Chiesa dei Girolamini o di S. Filippo Neri 196 *613*
Grande Castello (Maschio Angioino) 189 *612*
Grotta di Posillipo 191 *612*
Largo del Castello (o piazza Castello) 189 328 349 *612*
Museo Archeologico Nazionale 201 374 *627 630*
Palazzo Colubrano (Carafa) 201 563 *614*
Palazzo Francavilla 191
Palazzo Satriano 206
Passeggiata, La 195
Presepi 338 339
Riviera di Chiaia 197 *616*
Santa Lucia 341 347
Teatro San Carlo 202 *614*
Via Cassano (il Cassero) 263
Via S. Carlo *612*
Via Toledo 220 381 382
Villa Reale 223 352 353 *616*
Narni 124
*Nausicaa* 271 304 306 *617*
Neer Aert van der 349 *625*
Nelson Horatio, Lord *615*
Neri Claudio 370
Neri F., San 334-336 359-371 545 *624*
Nettuno 347 *628*
Nisi 307 308 *623*

Odea Michele 311 *623*
*Odissea* 271 304 305 330 *618*
Omero 134 330 420 *618*
Orazio (Quinto Orazio Flacco) 98
Orbetto (Turchi Alessandro detto A. Veronese o l') 42 *583*
Oreto 239
Orologio italiano 44 45
Osteroda 6
Otricoli 124
Ottaiano 221
Ovidio (Publio Ovidio Nasone) 127 569 *600 626 650*

Paderborn 62
Paderno 109
Paestum 224 281 329 330 350 *617*
Padova 55 sgg.
   Chiesa degli Eremitani 59 *587*
   Chiesa di S. Giustina 60 *588*
   Giardino botanico (Orto b.) 57 *586*
   Osservatorio 56 *586*
   Prato della Valle 58 *587*
   Salone (Palazzo della Ragione) 59 *588*
   Scuola di S. Antonio 59 *587*
   Teatro Anatomico 57 *586*
   Università 57 *586*
Paisiello G. 143 *606*
Palais de Luxembourg 6 *575*
Palermo 234 sgg. 397
   Catacombe 254 255 *618*
   Cattedrale (Duomo) 271 *620*
   Conca d'Oro 239 *617*
   Fontana Pretoria 241 *617*
   Giardino di Villa Giulia o Flora (Giardino pubblico) 246 271 272 *617*
   Grotta di S. Rosalia 244 *618*
   Monte Catalfano 238 *617*
   Monte Pellegrino 234 236 238 240 243
   Monte di S. Rosalia 235 271
   Museo Nazionale *618 619*

Palazzo dei Normanni (palazzo del Vicerè) 247 *618*
Palazzo Reale 254 *618*
Porta Felice *617*
Porta della Legna 235 *617*
Porta Ossuna *618*
Santuario di S. Rosalia 243-244 *617*
Via Maqueda *617*
Via Porto Salvo *617*
Via Vittorio Emanuele 236 *617*
Ziza (o Zisa) 271 *620*
Palestrina Giov. Pierluigi da 541 543 *648 649*
Palladio Andrea 49 50-54 56 57 69 70 80 86 88 97 116 117 *583 584-586 588 589 606*
Paludi Pontine 183 185 186 377 *628*
Paolo III (Farnese) *635*
Paolo V (Borghese C.) 479 *639*
Parco Chigi 183 *612*
Passo del Brennero v. Catena e Passo del B.
Pauw Cornelius von 344 *625*
Pellestrina 84 89 90
Pergolesi Giovan Battista 463 464
Perugia 112 e sgg.
Perugino (Vannucci Pietro detto il) 103 *596*
Peruzzi B. *603*
Pesto v. Paestum
Petrarca Francesco 58 494
Piazzetta Giovanni Battista 59 *587*
Pio VI (Braschi G. A.) 36 128 185 *582*
Piombino, principe di 394 402
Piranesi Giovanni Battista 479 562 *642*

Pizzi Gioacchino *644*
Platani, fiume 278
Plinio Gaio Secondo (Il Vecchio) 345 346 *625*
Po 99 123
Pompei 190 203-205 210 218 219 338 *615*
Ponte di Augusto 124 *599*
Ponte Felice 124 *599*
Pordenone (De Sacchis, o Sacchiense Giovanni detto il) 131 *600*
Portici 211 217 338 350
Porta Ercolano 210 *615*
Posillipo 191 231 327 381
Pourtalès, conte di 415
Poussin Nicolas 294 374 415 *621*
Pozzuoli 192 193
Procida 327

Raffaello Sanzio 38 102 106 134 139 141 349 372 383-386 392 396 404 413 431 434 475 476-478 480 481 482 539 540 542 562-564 *595 596 597 601 602 603 606 607 627 630 643 648 650*
Raimondi Marcantonio 385 386 476 *629 642*
Ramdohr W. Basilius von 445 *637*
Ratisbona 3 4 6 19 *575*
Rega Antonio o Filippo 563-565 *650*
Regen, fiume 4 8 *575*
Regenstauf 4
Reiffenstein Joh. Friedrich 135 138 147 167 172 381 388 400 401 414 416 421 424 431 432-434 439 447 453 563 *602*
Reni Guido 104-106 130 *597 600*

Resina 193
Rezzonico Abbondio Faustino 534 535 *644*
Ricci F. (detto il Brusasorci) 41 *583*
Riedesel Joh. Hermann von 276 283 299 *620*
Riggi C. 567
Riggi Maddalena 442 448-452 454 483 484 534 566-568 *637*
Rimini 196
Roccamonfina *612*
Rocca di Papa 472
Roccia di S. Martino 10
*Römische Elegien 644*
Roma 126 sgg. 372 sgg. (*passim*) *599*
  Abbazia delle Tre Fontane *642*
  Accademia dell'Arcadia 492-496 *644*
  Accademia di Francia 410 414 415 555 *633*
  Accademia di S. Luca (Palazzo Carpegna) 539 562 *648*
  Acqua Acetosa, fontana dell' 387 407 *629*
  Acqua Paola (Fontana Paola) 479 480 *643*
  Acquedotto dell'Acqua Felice 137 *603*
  Acquedotto di Nerone 137
  « Apollo del Belvedere » 136 149 153 215 380 392 433 434 *602*
  « Apollo Pourtalès » 415 *634*
  Arco di Settimio Severo 536 *647*
  Arco di Tito 536 *647*
  Basilica di S. Croce di Gerusalemme 545
    di S. Giovanni in Laterano 545
    di S. Lorenzo fuori le Mura 545
    di S. Maria Maggiore 545
    di S. Paolo fuori le Mura 478 545 *642*
    di S. Pietro 129 130 142 158 171 465 483 497 540 *602 639*
    di S. Sebastiano 545
  Biblioteca di S. Maria sopra Minerva 465 *639*
  Bosco Parrasio 496
  Campidoglio 165 171 389 393 407 491 502 535 536 540 568
  Campo Marzio 168 418 429 *634*
  Campo Vaccino 536 *647*
  Capanna del Serbatoio *644*
  Cappella Sistina 142 147 149 175 409 413 414 532 537 540 541 543 *606 639*
  Casino di Raffaello 542 *648*
  Castel Sant'Angelo 375 497 544 *649*
  Castel Gandolfo 142 377 440 442 447 472 566
  Catacombe di S. Sebastiano 562 *649*
  Celio 168
  Chiesa di S. Andrea della Valle 139 *603*
    di S. Antonio Abate 164 *610*
    di S. Apollinare 158 *609*
    di S. Carlo al Corso 540 *648*
    di S. Cecilia in Trastevere 143 *606*
    di S. Maria in Ara Coeli 389 *629*
    di S. Maria della Pace 481 *643*

di S. Maria in Vallicella (chiesa nuova) *626*
di S. Paolo alle Tre Fontane 475 *642*
di S. Pietro in Montorio 139 *604 643*
di S. Trinità dei Monti 171 *611*
Circo di Caracalla (circo Massenzio) 137 479 *602*
Cloaca Massima 562 *649*
Colonna Antonina 394 *630*
Colonna Traiana 393 *575 598 630*
Colosseo 137 171 393 445 536 568 *603*
Congregatio de Propaganda Fide 140 162 184 *604*
Convento di S. Gerolamo della Carità 361 *626*
Convento di S. Giovanni dei Fiorentini *626*
Convento di Porta del Popolo 373
Corso 389 402 447 462 498-500 sgg.
«Dioscuri» (Colossi) 465 *639*
«Ercole Farnese» 163 *609*
Galleria Aldobrandini 408 414
  Borghese 539
  Colonna 374
  Farnese 374 434 *603*
Giardini di Lucullo 171
Giardino Colonna 465 *639*
«Giove Otricoli» 153 *608*
«Giunone Ludovisi» 157 *609*
Grotta della Ninfa Egeria 137 *602*
Logge Vaticane 134 148 *601*
Mausoleo di Augusto 390 *629*

«Medusa Rondanini» 153 *608 631*
Monte Mario 148
Museo Capitolino 466 467 *641*
Museo Chiaramonti *640*
Museo Pio-Clementino 402 466 467 566
Obelisco di Sesostri 418 *634*
Oratorio dei Filippini *626*
Orti Farnesiani (giardini del Palatino) 428 *635*
Orto botanico (giardino dei Semplici) 148 561 *608*
Ospedale di S. Spirito 166 *610*
Palatino 136 393 428 536 *602 610*
Palazzo Barberini 392 *630*
  Chigi 394
  Farnese 139 *603*
  Giustiniani 161 415 *609*
  di Nerone (Domus Aurea) 140 *604*
  Piombino 394 *630*
  del Quirinale 128 *600*
  Rondanini 135 153 394 401 402 *608 631*
  Ruspoli 512 514
  Zuccari *635*
Pantheon (S. Maria della Rotonda) 135 149 171 *602*
Piazza Colonna 502
  Monte Cavallo (piazza del Quirinale) 128 130 393 *600 630*
  Monte Citorio 429 *634*
  Navona 361
  S. Carlo 502
  S. Pietro 142 469
  S. Pietro in Montorio 139 479
  del Popolo 498 499

Venezia 517 520 521 533
Pinacoteca Vaticana *592 627 643*
Piramide di Caio Cestio 136 479 532 *602*
Porta Pinciana *636*
Porta del Popolo 126 499 503 *599*
Porta S. Sebastiano 368 545 *602*
Porto di Ripetta 469 564 567
Ripa Grande 563
Septizonium di Severo 465 *639*
Stanze Vaticane 134 *602 643*
Teatro Alibert 522 *645*
   Argentina 522 *606 645*
   Capranica 522 *645*
   dell'Opera 143 489 *606*
   Pace 522 *645*
   Tor di Nona 522 *606 645*
   Valle 421 522 *606 645*
Tempio della Pace 536
Terme Antonine (di Caracalla) 367 479 *642*
Tomba di Cecilia Metella 137 479 *603*
«Toro Farnese» 374 *628*
Trastevere 479
Trinità dei Monti 169 171 405 507
Vaticano (Palazzo Apostolico) 409 465 466 469 *639*
Via Sacra 156
Via Sistina 562
Villa Albani (Torlonia) 542 *604 649*
   Borghese 164 485 *648*
   Farnesina 139 390 482 *603*

Ludovisi 157 *609*
Madama 148 159 *607*
Malta *636 649*
Mattei (villa Celimontana) 545 *649*
Medici 177 *611 633*
Panfili 148 *607*
Patrizi 393 *630*
Romano Giulio *603*
Roos Joh. Heinrich 21 *579*
Rosa Salvator 374 *628*
Rousseau Jean-Jacques 83 217 *591 616*
Rovereto 23 24 *580*
Rubens Pierre-Paul 6 *575*

Saal 6
Saale 99
Sacchi Antonio e Felice 95 *593*
Saint Non, abate di *618*
Saint-Ours Jean Pierre de 415 *634*
Salemi 277
Salerno 225 226 330
Salò 32
Salorno *580*
Salso 290 291
S. Agata di Sessa 186 188 *612*
San Crocefisso 122 *598*
S. Filippo Neri v. Neri F., San
S. Giacomo di Compostella 9 62
San Gottardo 8
S. Maria Maggiore, chiesa di (Trento) *579*
S. Martino delle Scale, abbazia di 253 *618*
Sanmicheli Michele 37 *582 583*
S. Paolo, torrente 293
San Pietro 90

663

*Santa Rosalia* (descrizione) 243 sgg. *618*
Sansovino (Tatti Jacopo detto il) *590*
Sassonia Weimar, duchessa Anna Amalia e duca Karl August 337 406 417 423 439 455 459 531 540 *573 576 632 634*
Scamozzi Ottavio Bertotti 49 51 *585 588*
Scharnitz 10
Schemberg 14
*Scherz, List und Rache* 444 462 *637 639*
Schiller Joh. Ch. Fr. *578 609*
Schlosser Georg 208 *615*
Schröter C. *577*
Schubart Chr. Fr. Daniel von 462 *638*
Schultz C. F. *609*
Schütz Joh. Georg 388 433 434 494 *629*
Schwandorf 4
Schwendimann Kaspar J. 146 *607*
Sciacca 278
Scilla 320 *624*
Scogli dei Ciclopi 300 *623*
Scuola Salernitana 225 *617*
Seefeld 10
Segesta, tempio e teatro 275 276 *620*
Selinunte 321
Selva di Nicolosi 301
Semitecolo, famiglia *590*
Serassi, abate *595*
Sernicola Carlo 202 *614*
Sessa Aurunca *612*
Sestini Domenico, abate 297 *622*
Seydelmann Jakob Crescenz 465 *640*
Sezze *612*

Shaftesbury A. Ashley Cooper *607 632*
Shakespeare William *610*
Sicilia 231 sgg.
Siracusa 254 287 301 303
Sisto IV *639 643*
Sisto V (Peretti F.) *639*
Smith Joseph 56 88 *586*
Söller v. *Mitschuldigen, Die*
Solimena Francesco *613*
Sorrento 209 210 223 227 231 323 332
Sotovagina Hugo *625*
Spinoza Baruch 97 410 *593 632 634*
Spoleto 122 *598*
Statella di Malta, conte 247
Stein Charlotte von 88 330 331 *573 575* 609 631 *632 638 641 642 644*
Stein Fritz von *641*
Sterzen (o Sterzing: Vipiteno) 18 *579*
Strange Robert 101 *595*
Stuart Charlotte 145 *607*
Stuart Charles Edward, conte di Albany 499 511 *644*
Sulzer Joh. Georg 139 213 *603*
Swanevelt Hermann van 479 *643*

Tacito Publio Cornelio 123 *598*
Taormina 303 304 308 *623*
Tasso Torquato 84 99 175 403 *595*
Tedeschi Gregorio *618*
Tempio di Antonino e Faustina 87 *592*
Tempio di Nettuno *624*
Terni 121 124
Terracina 185 186 379
Testa, arcivescovo *618*
Teutschen (Trinità) 19 *579*

Tevere 165 168 195 405 469 475
Thiene 54
Thürmer (o Türmer) Joseph 536 *647*
Thurneisen K. W. 424 473
Tintoretto (Robusti Jacopo detto il) 42 *583*
Tirschenreuth 3 *575*
Tischbein Joh. Heinrich Wilhelm 128 130 sgg. (*passim*) 375 sgg. 540 560 *600 602*
Tivoli 137 142 186 372 373 *627*
Tiziano Vecellio 42 59 85 87 129 530 *583 587 600*
Torbole 23-26 *580*
*Torquato Tasso* 173 179 214 231 406 458 490 529 538 *595 617*
Torre Annunziata 210
Toscana 113
Toscolano 32
Trapani 298
Trenck Friedrich von 422 *635*
Trento 18 20 23
Treufreund v. *Vögel, Die*
Trippel Alexander 411 415 *613 633*
Turchi Alessandro v. Orbetto
Turra Antonio 51 *585*

*Ulisse fra i Feaci* v. *Nausicaa*
Umbria 116 sgg.
Unger Joh. Friedrich 533 *646*
Unterberger Christoph 432 *635*
*Urfaust 647*
Urpflanze 228 272 330-331 397 sgg. 561 *586 617 624*
Ursel, duchi di 337 *625*
Ustica 232 233

Valadier Luigi *575*

Vanni, il cavaliere 482
Vella Michele 279 283 *620*
Velletri 183 184 377 *612*
Venezia 61 sgg. 538 *588*
  Arsenale 77 87 *590*
  Bucintoro 77
  Campanile di S. Marco 56 67 91
  Canal Grande 65 66 76
  Cavalli di S. Marco 87 88 201
  Chiesa dei Mendicanti 71 *589*
    del Redentore 70 71 *588*
    di S. Caterina 87 *592*
    di S. Francesco della Vigna 76 *590*
    di S. Giorgio Maggiore 65 70 *588*
    di S. Giustina 81 *591*
    di S. Marco 86 *591*
    di S. Maria della Salute 70 *589*
    di S. Michele 66 *589*
    di S. Moisè 72 *589*
  Convento della Carità 65 80 *589*
  Dogana 65 *588*
  Isola e canale della Giudecca 65 66 83 *588*
  Isola di S. Chiara 66
  Isola di S. Giorgio Maggiore 65
  Leoni di S. Marco 87 *592*
  Lido 67 84 88 90
  Malamocco 84
  Palazzo Ducale 73 *590*
    (Ca') Farsetti 86 *591*
    Grimani 87
    Pisani Moretta 84
  Piazza e piazzetta S. Marco 61 65 66 91
  Ponte di Rialto 66
  Riva degli Schiavoni 77 *590*

Teatro S. Crisostomo 81 *591*
  S. Luca 75 93 96 *590*
  S. Moisè 72 *589*
*Venezianische Epigramme* *592 632*
Venuti Domenico 351 380 *625*
Verona 36 sgg. *582 583 584*
  Anfiteatro (Arena) 28 32 36 40 41 *582*
  Corso 37
  Duomo 42
  Galleria Gherardini 42 *583*
  Giardino Giusti 47-48 *584*
  Museo Lapidario 38 *582*
  Palazzo Bevilacqua 42 *583 584*
    Canossa 42 *583*
    di Giustizia (del Capitano) 39 *583*
    del Provveditore (Municipio) 39 *583*
  Piazza Bra 37 40 44
  Porta Nuova 44
  Porta Stupa o del Pallio 37 *582*
  San Giorgio (in Braida) 41 *583*
  Seminario 39
  Teatro Filarmonico 38 *582*
Veronese (Paolo Caliari detto il) 43 84 85 *583 590*
Verschaffelt Maximilian von 406 415 *631*
Vesuvio 146 178 179 187 sgg 323 324 350 351 353 372 383
Via Appia 137 184
Via Flaminia 499
Vicenza 48 sgg. *584*
  Accademia degli Olimpici 53-54 *586*
  Basilica 50 *585*
  Casa del Palladio 51 *585*
  Giardino botanico 51
  La Rotonda (Villa Capra) 52 *585*
  Teatro Olimpico 49 *585 586*
Vico Giambattista 197 *614*
Villa Adriana *650*
Vinci Leonardo da 169 392 396 414 530 *610 646*
Visconti Eugenio 540
Visconti Ennio Quirino 566 *632 650*
Vitruvio Marco Pollio 56 97 116 *593*
Vivaio, il 302
Vivona Antonio 259 *619*
*Vögel, Die* 17 27 258 325 *578 619*
Vogel Christian Georg Karl 16 *577*
Voigt Joh. Karl Wilhelm 33 *581*
Volkmann Joh. Jakob 24 70 102 116 175 339 481 *580*
Volpato Giovanni 401 449 *637 650*
Volpato Giuseppe *650*
Voltaire 169 *611*

Waldeck Chr. August von 192 202 230 411 415 *613*
Wartburg, castello della 100 *595*
Weimar 134 140 230 247 248 401 485 530 533 *573*
Weimar, duchi di v. Sassonia Weimar
Weissenstein 122 *598*
Werner A. G. *574*
Weser 156
Wieland Chr. Martin 98 206 530 *594 615*
*Wilhelm Meister* 223 388 437 *585 586 591 616*; (*Mignon*) 187 455 *584*
Wilten 11

Winckelmann Joh. Joachim 140 146 149 151 161 162 170 201 283 298 465 *602 604 605 608 640 641*
Winterkasten (Oktogon) 122
Winton (pseud. di G.) 263
Wolfrathshausen 8
Worthley Richard, Sir 410 414 *632*

Zanarini P. 163
Zelter F. *645*
Zirl 10
Zuccari Federico *650*
Zucchi Antonio e consorte 167 172 449 565 566 *610*
Zurigo 155 417 464 532
Zwodau 3 *574*

# SOMMARIO

V Introduzione di *Lorenza Rega*
XXI Cronologia della vita e delle opere
XXXIX Bibliografia

## VIAGGIO IN ITALIA

Il numero tra parentesi si riferisce alla pagina del Commento

### PARTE PRIMA

3 Da Carlsbad al Brennero, *settembre 1786* (573)
18 Dal Brennero a Verona, *settembre 1786* (579)
36 Da Verona a Venezia, *settembre 1786* (582)
61 Venezia, *ottobre 1786* (588)
99 Da Ferrara a Roma, *ottobre 1786* (594)
126 Roma, *prima dimora: ottobre 1786 febbraio 1787* (599)

### PARTE SECONDA

183 Napoli, *febbraio-marzo 1787* (612)
231 Sicilia, *marzo-maggio 1787* (617)
329 Napoli, *a Herder, maggio-giugno 1787* (624)

### PARTE TERZA

357 Roma, *seconda dimora: giugno 1787-aprile 1788* (626)
359    *S. Filippo Neri, il santo della letizia* (626)
372 Giugno, *carteggio* (627)
377    *Avvertimento. Tischbein a Goethe* (628)
383    *Appendice: Arazzi pontifici* (628)
387 Luglio, *carteggio e appunti* (629)

| | |
|---|---|
| 398 | *Riflessioni sulla natura che turbano lo spirito* |
| 405 | Agosto, *carteggio e appunti* (631) |
| 417 | Settembre, *carteggio e appunti* (634) |
| 436 | Ottobre, *carteggio e appunti* (635) |
| 458 | Novembre, *carteggio e appunti* (638) |
| 471 | Dicembre, *carteggio e appunti* (641) |
| 486 | *Moritz etimologo* |
| 489 | Gennaio 1788, *carteggio e appunti* (644) |
| 492 | *Ammissione nell'Accademia dell'Arcadia* |
| 497 | *Il Carnevale di Roma* (644) |
| 529 | Febbraio, *carteggio e appunti* (645) |
| 537 | Marzo, *carteggio e appunti* (647) |
| 547 | *Dell'imitazione del bello nelle arti figurative di Karl Philipp Moritz* |
| 555 | Aprile, *carteggio e appunti* (649) |
| 571 | Commento a cura di *Lorenza Rega* |
| 651 | Indice dei nomi |

Finito di stampare nel novembre 2020 presso
Grafica Veneta – via Malcanton, 2 – Trebaseleghe (PD)
Printed in Italy